카잔차키스의 편지

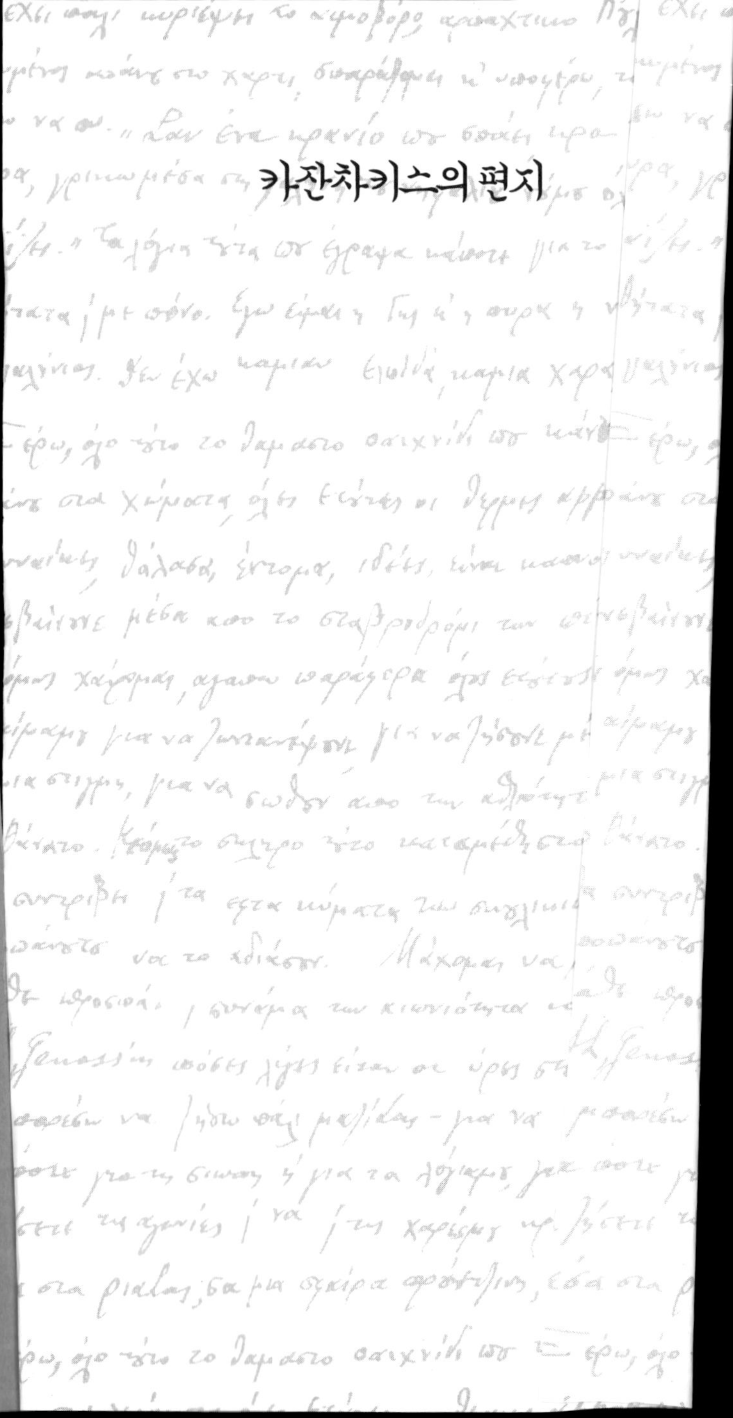

카잔차키스의 편지

2

엘레니 카잔차키 엮음 | 안정효 옮김

열린책들

일러두기

1. 번역은 모두 영어판을 대본으로 했다. 번역 대본의 서지 사항은 각 권의 〈옮긴이의 말〉에 밝혀 두었다.

2. 그리스 여성의 성(姓)은 남성과 어미가 다르다. 엘레니가 결혼 후 취득한 성 〈카잔차키〉는 〈카잔차키스〉 집안의 여인임을 뜻한다. 〈알렉시우〉나 〈사미우〉도 마찬가지로, 〈알렉시오스〉와 〈사미오스〉 집안에 속함을 뜻하는 것이다. 외국 독자들을 배려하여 여성의 성을 남성과 일치시키는 관례는 영어판에서 흔히 찾아볼 수 있으나 여기서는 그리스식에 따랐다.

3. 그리스어의 로마자 표기와 우리말 표기는 그리스어 발음대로 적되 관용적으로 굳어진 일부 용어는 예외를 두었다. 고대 그리스, 신화상의 인명 및 지명 표기는 열린책들의 『그리스·로마 신화 사전』을 따랐다.

이 책은 실로 꿰매어 제본하는 정통적인 사철 방식으로 만들어졌습니다. 사철 양장본은 오래 보관해도 손상되지 않습니다.

제2부 오디세이아 517

제3부 전쟁 641

제4부 지평을 향하여 811

부록: 카잔차키스의 해명서 981

옮긴이의 말 993

니코스 카잔차키스 연보 995

1934년 고대 그리스 사람들은 그곳의 건조한 기후 때문에 아이기나를 탐냈다. 아리스토파네스가 그곳에서 태어났다고 하며, 플라톤은 휴식을 취하러 그곳으로 찾아가고는 했었다. 우리와 같은 시대의 사람들은 구멍이 많은 그곳 물주전자와, 독특한 물고기[402]와, 해면 때문에 아이기나를 좋아한다. 그곳에 있는 도리스 양식의 아파이아 신전은 엘긴[403]의 본보기를 따라, 〈문명〉의 이름을 내세워 도적질을 일삼던 해박한 고고학자들에 의해서 약탈을 당했다. 바닷바람과 소나무들이 스치고 비비대어 떨어진 그곳의 메토프[404]들은 뮌헨에서 말라비틀어진다. 수니온을 향하고 선 근엄

---

402 아이기나 사람들이 *katsóula*라고 부르는 노르스름하고 납작하며 맛이 좋은 물고기 — 역주.

403 Elgin. 엘긴의 백작 가문으로서 영국의 유명한 집안이며, 성은 브루스 또는 드 브루스이고, 집안에 많은 유명한 인물이 있으나 여기에서 얘기하는 엘긴은 영국의 외교관이었던 킨카딘 브루스Kincardin Bruce를 의미한다. 그는 1923년 이전의 터키 왕조였던 포르테Porte 특사로 있던 무렵에 파르테논 신전의 프리즈 조각을 포함한, 〈엘긴 대리석〉이라고 알려진 조각품들을 아테네의 아크로폴리스로부터 영국 박물관으로 1803~1812년까지 옮겨 간 장본인이다 — 역주.

404 도리스식 건축물에서 두 개의 수직 구분선 사이에 끼여 있는 네모진 벽면 — 역주.

한 기둥들은 조각이 나서 춤추며 광란의 약탈에 대한 증인 노릇을 한다.

아티카의 땅인 아이기나는 어느 날, 밧줄들이 끊어진 채로 잠에서 깨어났으며, 약속을 잔뜩 머금은 하늘로부터 떨어져 내린 한 조각의 구름처럼 닻을 내리지 못한 채로 떠내려갔다. 작기는 해도 너무 작지는 않고, 멀기는 해도 너무 멀리 떨어지지는 않고,[405] 사람이 살기는 해도 너무 많이 살지는 않고, 〈유럽에서 생산된〉 관광 여행의 때가 묻지 않은 곳. 그곳의 항구는 귀족적인 분위기를 풍겼고, 그곳의 수도는 〈가난한 친척〉 같았다. 그곳의 언덕에는 아몬드나무와 폐허가 된 교회들이 흩어졌다. 그곳의 삶은 헐벗었으며, 포도원은 백악질(白堊質)이었다. 그곳의 주민은 농담과 웃음을 사랑하여 미소를 잘 지었다. 아테네를 향한 쪽은 불모의 땅이고, 에피다우로스를 향한 쪽에는 올리브나무들이 잔뜩 자라고, 더 남쪽으로는 아프리카……

옛날에 이 섬은 전쟁으로 인한 폐허뿐만 아니라 승리의 영광도 경험했었다. 겨우 140년 전에 그리스 사람들 — 〈마늘을 먹는 사람들〉 — 은 단검과 돌팔매질로 터키인들을 몰아낸 다음 이곳을 그들의 수도로 선택했다. 그러나 당장 아테네를 사람들이 더 좋아하게 되었고, 그곳에서 최초로 생긴 학교는 관습법을 어긴 자들을 가두어 두는 감옥으로 개조되었다.

그래서 아이기나로 가는 여객들은 두 번 가운데 한 번은 경찰관들과 몇 명의 〈도적〉 — 흔히 수갑을 차고 젊었으며, 간수와 잡담을 나누며 담배를 피우거나, 말없이 수염을 비트는 범죄자 — 들이 동행했다……

405 아이기나는 피레에프스로부터 약 29킬로미터 떨어져 있다.

오랜 세월이 지난 다음 이 짤막한 거리를 횡단하는 여행을 돌이켜 생각하면 내 맥박이 산투리의 박자에 맞춰 두근거리게 되리라는 사실을 도대체 누가 나에게 얘기해 주었겠는가? 누가 기억하는가? 머리를 뒤로 젖히고 시선을 고정시킨 채 건장한 남자는 우리의 섬들이 겪은 슬픔을 노래하고, 우박이 쏟아지는 듯한 산투리의 소리, 갑판을 촉촉이 적시는 보슬비. 그 무렵에는 음악까지도 공포를 연상시켰다. 요즘에는 손잡이를 돌리면 가짜 한숨 소리가 플라스틱 통으로부터 흘러나오고, 머리 짜 맞춘 광고들이 허공을 가득 채우고는 한다……

손톱 끝까지도 완전히 크레타인이었던 카잔차키스로서는 크레타를 선택함이 당연했으리라. 그러나 그는 누가 뭐라고 해도 한 사람의 인간, 가족의 포용이라는 유혹에 굴복하기를 두려워했던 한 인간에 지나지 않았다. 그래서 그는 아이기나를, 일단 배가 지나가고 나면 그날은 길이 끊어지는 섬을 선택했다. 수도로부터 가까운 거리 내에서의 고적감.

나 같으면 아티카를 더 좋아했으리라. 우리가 함께 지냈던 떠다니는 바위 같은 섬을 나는 처음에 무서워했다. 서서히 나는 만일 두 인간이 함께 갈망하기만 한다면 — 만일 그들이 고생을 마다하지 않는다면 — 그들은 말뚝 꼭대기에 올라서서 살더라도 행복해진다는 사실을 터득했다.

나는 나의 동반자를 이상화하지도 않고, 비하시키려고 하지도 않는다. 불길 같은 그의 숨결을 호흡하기란 항상 쉬운 일이 아니었다. 하지만 비록 자기 자신을 위해서는 헐벗은 곳을 더 좋아하기는 했더라도, 그는 다른 사람들에게 그곳을 강요하는 일은 전혀 없었다. 자신의 존엄성과 편리한 타협 사이에서 양자택일을 하라면 그는 전혀 주저하지 않았다. 그는 편한 의자를 당당하게 거부했다.

나는 매혹적이고도 현명한 이 남자를 사랑했다. 그리고 그의 엄격한 절제로부터 영향을 받아, 나의 본성이 한껏 피어났다고 믿었다.

우리에게 재난을 불러온 경솔함에 대해서 내가 〈중국에서 우리는 무슨 짓을 했던가요? 왜 우리는 저주받을 예방 접종을 하게 내버려 두었을까요?〉라고 한탄했더니, 프라이부르크에서 보낸 마지막 기간 중 어느 날 그가 구슬프게 말했다. 「당신은 내 곁에서 30년 동안이나 살아왔으면서도 전혀 배운 바가 없잖아요!」

안락의자의 팔걸이에 창백한 손을 얹은 채로 그는 늘 그렇듯이 놀란 표정으로 눈을 들었다. 「왜 뒤를 돌아보나요, 레노치카?」 그가 물었다.

「그건…… 그건 당신이 순교를 당하기 때문이죠…….」

「당신도 세상을 그렇게 모르다니, 너무나 우스워요!」 그러고 나서 그는 머리를 저으며 중얼거렸다. 「나는 지금까지 내가 누렸던 기쁨만 생각해요. 나머지 일은 별로 중요하지 않아요!」

그는 전혀 자신의 우월성을 주장하지 않았기 때문에, 나를 〈여성 사상가〉로 변형시키려고 전혀 고집한 바가 없었기 때문에, 나는 이 남자를 사랑했다. 나는 단순한 사람이었다. 그는 내 본성을 존중하여 나를 그대로 내버려 두었다. 하지만 그는 부적절한 보호자들로 인해서 생겨난 열등감으로부터 나를 해방시키기는 했다. 그는 오직 나 자신의 결점에 대해서만 부끄러워하도록 가르쳤다. 그는 내가 갈망하던 대학 졸업장의 가능성을 나에게 제공하지 않았다. 그러나 그는 나에게 사랑과, 자신감과, 애정과, 들판과 숲, 산과 바다, 꿈도 꾸지 못했던 여러 차례의 여행, 크레타와 아프리카의 설화, 신 앞에 완전히 발가벗고 서는 본보기를 스스로 보여 주는 행동 따위를 제공했다. 오직 간디와 더불어서만 그는 문을 활짝 열어 놓고서 살고 통치하기가 가능했다. 「통치하는 사람은 백성에게 모든 진리를 얘기할 의무를 져야 해요. 백성은 책을 읽듯이 그의 사상과 생활을 읽을 권리를 갖고요.」

바닷가에서 우리가 겪은 〈침묵〉은 듣기 좋은 표현에 지나지 않았다. 여름에는 눈에 보이지 않는 무수한 피리들이 불어 대었다. 겨울밤은 때때로 고뇌로 가득해서, 북풍이 바위를 넘어와서 우리의 집으로 쏟아졌다. 집 자체가 바다로부터 뽑아낸 하나의 바윗덩어리나 마찬가지였으므로 파도를 쉽게 견디어 냈다. 유리창 덧문은 그 밑으로 낡은 마차가 한없이 줄지어 지나가기라도 한 것처럼 갈라졌다.

만일 나 혼자였더라면 겁을 잔뜩 냈으리라. 하지만 그는 그곳에 있었으며, 석유 등잔의 깜박거리는 심지 옆에 침착하게 서서, 내 손을 잡고 어루만지면서, 내 눈이 피곤해지지 않도록 나에게 소리 내어 책을 읽어 주고는 했다.

「오늘은 당신에게 철학의 세계를 소개해 주겠어요.」

「크레타의 설화나 얘기해 주세요!」

〈철학〉이라면 그곳 내 앞에 피와 살로서 존재했었으니, 그는 선량하고 어느 누구도 질시하지 않았으며, 꼭 필요한 물건 이외에는 아무것도 소유하지 않고(그렇다, 둘러보니 세상의 어느 머나먼 곳에서 가지고 온 몇 개의 성상과 상아 제품 몇 개와 자그마한 장신구 몇 개뿐이니), 자신을 이상화한 영상을 만들어 내어 그것을 앞쪽 벽에 걸어 놓고는 그 영상과 같아지려고 노력하며, (자신의 힘을 동원하는 원동력이 바로 그들에게서 연유하기 대문에) 그에게 잘못을 범하는 자들을 용서하고, 대지와 하늘과 바다와 숫양과 암소와 빵과 올리브에 둘러싸여 (〈*Cuando perdices,*

perdices; cuando oraciones, oraciones!〉[406]라며) 기뻐하고, 안락함으로 인해서 마음이 게을러지게 내버려 두는 일이 절대로 없이, 그리고 만일 세상의 아득히 먼 끝에서 어느 아이가 배고파하면 그에 대한 책임을 느끼고, 영혼을 항상 준비된 상태로 유지하고, 때가 되더라도 꿋꿋함을 잃지 않고, 서양인의 두뇌와 아프리카인의 마음을 간직했다.

그렇다, 〈철학〉은 아프리카인의 마음을 지녔다. 그것은 어떻게 웃고, 어루만지고, 이부자리를 여미어 주는지를 알았다. 그것은 파이프를 피웠고, 생선 수프를 즐겨 만들어 먹었고, 헤엄을 치러 가서는 햇볕에 몸을 말렸고, 읍내로 나가 장을 보고는 자루에다 얘깃거리들을 가득 담아 가지고 집으로 돌아왔다.

「잘 지냈나요, 스트라티스! 장가는 언제 가기로 했나요?」

「그게 무슨 얘기인가요, 키르 니코스? 우리 집사람이 신발을 사달라고 조르는 걸 선생님은 모르시나요?」

마을에서 바보 천치로 알려진 스트라티스는 신발을 목걸이처럼 목에 걸고 다녔다. 그는 어렸을 때 장티푸스를 앓았던 덕택에 학교를 다니지 않아도 되었기 때문에 흐뭇해서 안도의 한숨을 쉬었던 남자였다.

우리 집의 문을 두드려 봤더니 허사였노라고 주장할 만한 사람은 아무도 없었다. 니코스는 자신의 경건한 집필보다도 친절과 우정을 더 소중하게 여겼다. 커피집과 여러 사람이 드나드는 만남의 장소로부터 멀리 떨어지고, 시끄러운 환경으로부터 벗어난 진지한 우정 말이다.

그는 또한 모욕을 당했거나 기분을 상한 사람들이 충고를 들으

---

406 아빌라의 성녀 테레사가 남긴 유명한 격언으로서, 〈자고라면 자고이고, 기도라면 기도이다〉라는 뜻이다.

러 자주 찾아오고는 해서, 고해성사를 듣는 신부님 노릇도 했다.

「키르 니코스, 저는 남편한테 현장을 들켰어요······. 남편이 저를 쫓아내려고 하는데······.」

키리아 마리아는 아이를 많이 낳아 몸이 약해져서 벌써 늙고 이빨도 다 빠졌다. 그녀의 남편은 그녀가 그들의 딸이 사귀는 연인의 정부 노릇을 했노라고 비난하기도 했었다!

「뭐라고 하면서 쫓아내겠대요, 키리아 마리아?」

「이런 얘기를 하더군요. 그이는 내가······ 바다로······ 배를 타고 나가서······.」

「배를 타고 나가서요?」

「배를 타고 나가는데, 조건이 하나 붙었어요······.」 그리고 니코스의 손바닥에다 그녀는 신문지에 싼 자그마한 다이너마이트[407] 꾸러미를 놓았다. 「그렇게 해야 하나요, 말아야 하나요? 어떻게 생각하세요, 키르 니코스?」

1933~1937년 또다시 사촌 마리아가 우리에게 거처를 마련해 주었는데, 이번에는 섬에서 살라미스와 메가라가 마주 보이는 북쪽 작은 곶에 위치한 집이었다. 서쪽으로는 아이기나에서 약간 남쪽으로, 에피다우로스와 메타나 위에 흥벽을 쌓은 펠로폰네소스 산맥이 있다. 동쪽으로는 마음이 선량하고, 등이 둥글게 굽어져 있으며, 길을 잘 들인 무슨 동물처럼 보이는 히메토스 산. 우리에게는 또한 포도원과, 파도를 굽어보는 우리만의 아늑한 테라스와, 무화과나무와, 상아탑 모양으로 설계한 전망대도 있었다.

---

407 그 무렵에는 물고기를 잡기 위해 자주 다이너마이트를 사용했으며, 가끔 사고도 일어났다.

낮에는 열심히 일하고, 5시쯤에는 차를 들고, 해 질 녘에는 산책을 나가고. 장밋빛이 감도는 시간에 일어나고, 한낮은 호박(琥珀)빛이고, 석양은 주홍빛이고, 밤에는 황금빛 성좌들이 나타나고, 소금기를 머금은 파도 소리를 자장가 삼아 잠이 들고. 겨울에는 북풍이 불고, 여름에는 *meltemia*[408] 바람이 불고, 미친 듯한 서풍은 우리에게 고요함의 절대적인 행복감을 상기시키고.

화가, 조각가, 시인, 소설가, 젊거나 늙은 사람들, 오랫동안 사귄 친구와 새로 사귄 친구, 그리스 사람들과 외국인들 ─ 온갖 다양한 방문객이 찾아왔다. 그리고 우리는 함께 지내면서 우리의 소박한 식사를 같이 나눠 먹자며 그들을 초대하고는 했다.

1934년, 단 1년 사이에 니코스는 파네트소스 교수와 함께 두 권의 교과서를 집필했고, 내가 많은 부분을 함께 썼던 세 번째 교과서와, 강독서 한 권과, 『오디세이아』의 새로 퇴고한 원고를 끝냈으며, 『오디세이아』의 〈경비원〉인 〈레닌〉과, 〈돈키호테〉와, 〈자기 자신〉과, 〈무함마드〉와, 〈니체〉와, 〈붓다〉와, 〈모세〉와, 〈시운(詩韻)〉과, 〈엘레니〉를 위해서 *terza rima*[409]로 아홉 편의 칸토를 썼다. 그리고 그는 또한 국립 극장으로부터 콕토의 『지옥의 기계』[410] 번역 일을 위촉받았다.

1934년 1월에 니코스는 자신의 비망록에다 그에게 깊은 인상을 주었던 어떤 꿈에 대해서 전보 형식으로 적어 두었다. 23년 후에 그는 그것을 『영혼의 자서전』에서 회고했다.

---

408 여름철에 부는 폭풍 ─ 역주.
409 이탈리아의 3운구법으로, 단테의 『신곡』이 이 시 형식을 취했다 ─ 역주.
410 『*La Machine infernale*』. 오이디푸스 주제를 다룬 작품으로 1934년에 발표했다 ─ 역주.

돌 같은 두 입술, 여인의 입술, 얼굴이 없이 허공에 따로 매달린 입술. 입술이 움직였고, 나는 어떤 목소리를 들었다. 「그대의 신은 누구인가?」 「붓다입니다.」 나는 주저하지 않고 대답했다. 그러나 입술이 다시 움직였다. 「아니다, 아니다, 에파포스[411]이니라!」

……에파포스, 배를 채워야 하는 문제라면 남들의 약속 따위를 믿고 기다리지 않는다던 격언에 나오는 늑대처럼, 그림자보다는 육체를 더 좋아했던 감촉의 신. 그는 눈도 믿지 않았고 귀도 믿지 않았으며, 만져 보고, 인간과 흙을 손에 쥐고, 그 따스함이 자신의 따스함과 섞임을 느끼고, 그것들이 자신과 하나가 됨을 느끼기를 원했다. 심지어 그는 손으로 만져 보게끔 영혼을 육신으로 바꿔 놓기를 원하기까지 했다. 대지 위에서 걸어다니고, 대지를 사랑하고, 그것을 〈자신의 영상과 모습을 닮게끔〉 만들기를 바랐던 모든 신 가운데 가장 믿음직스럽고 부지런한 신이었으며 ── 그것이 바로 나의 신이었다.[412]

무화과나무들은 태양을 향해서 뻗은 자그마한 손처럼 첫 잎사귀들을 펼쳐 냈다. 초원에는 양귀비와, 커다랗고 노란 실국화와, 파랗고 하얀 붓꽃이 만발했다……. 야생 제비꽃들이 바위에 달라붙어 바닷가에서는 감미로운 향기가 풍겼다.

출판사와의 소송은 아직도 결말이 나지 않았다. 그리고 앙겔라키스는 니코스에게 아테네로 와서 출판업자를 만나 달라고 부탁했다. 그는 〈자주 만나지 않으면 사람이란 잊게 마련〉이라는 속담을 편지에다 인용했다. 하지만 니코스는 그가 존경하지 않는 사

411 감촉의 신. 카잔차키스는 자신이 감각의 인간이라고 자주 말했었다.
412 『영혼의 자서전』에서 인용.

람이라면 누구하고도 얘기를 나누고 싶어 하지 않았다. 그래서 나는 그를 대신하여 아테네로 가야 했다.

　나의 사랑하는 레노치카!

　당신도 잘 알겠지만, 최근 호의 「누벨 리테레르」는 당신의 『간디』[413]에 대한 핀베르크의 평을 크게 실었더군요. 굉장한 찬사였는데, 한 구절은 이런 내용이었어요. 〈그녀의 저서가 사랑이 분출하는 속에서 부드러운 정열을 가지고 씌었기 때문이다⋯⋯.〉나는 아주 기뻤습니다. 이런 평은 책에 큰 도움이 될 테니까요⋯⋯.

　나는 앙겔라키스에게도 편지를 쓰겠어요⋯⋯. 언제 소송으로부터 벗어날지는 아무도 모르는 일이어서, 우리는 돈이 필요하죠⋯⋯.[414]

　마지못해 칼무코로부터 약간의 돈을 꾸고 나서 니코스는 후회했다.

　나는 칼무코에게 감동했지만, 그에게 그런 돈이 없었을 테니까 받아서는 안 되는 것이었어요. 우리가 돈을 빨리 갚게 되기만을 바랍시다⋯⋯.

　이제는 와서 새 저서[415]를 시작하면, 모든 일이 자리가 잡히겠

413 이 책은 파리에서 얼마 전에 출간되었다.
414 엘레니에게 쓴 편지.
415 엘레니는 트로이와 미케나이 유적을 발굴한 슐리만의 전기를 집필할 계획을 가

죠…….[416]

1934년 봄 수요일

아이기나에서

……출판사에서 당신에게 편지가 한 통 왔기에, 나는 마음이 조급한 나머지 *et je me suis permis*(나 자신을 용서하며) 그것을 뜯어 보았어요……. 아주 즐거운 소식인데, 『간디』가 독일어로도 번역이 된다는군요! *à la langue si pure, l'émule de Tagore*(타고르에 필적할 만큼 완전히 순수한 언어를 쓰는)[417] L[418] 브라보! 이렇게 해서…… 우리가 여행할 길을 당신이 터놓았기 때문에 나는 너무나 기뻤어요. 얼른 와서 슐리만의 전기를 시작해요. 더 좋은 책이 나올 테니까요…….

나아가자, 레니오! 그리고 내 머리카락이 바람에 나부끼는 한
그대를 홀로 남겨 두지는 않으리니, 나는 그대 손을 잡고,
우리는 온 세상을 방랑할 터이니, 불평하지 마라!

나는 오늘 『오디세이아』에 이 시구를 써넣으며 당신 생각을 무척 많이 했습니다…….[419]

1934년 여름 수요일

아이기나에서

지고 있었다.
　416 앞 편지의 계속 — 역주.
　417 간디의 전기에 대한 프랑스의 평론들 가운데에서 인용한 말.
　418 레노치카의 머리글자 — 역주.
　419 엘레니에게 쓴 편지.

7월 말에 나는 바다에서 수영하다가 심한 통증을 느꼈다……. 나는 아픈 몸을 끌고 아이기나와 아테네 사이를 오락가락했다. 결국 나는 아테네에서 아주 병상에 드러눕고 말았다.

병들고 사랑스러운 나의 성 게오르기우스!

오늘 아침 일찍, 아주 일찍, 자그마한 당나귀 한 마리가 우리 집 문밖에서 멈춰 섰어요. 어떤 여자가 내렸고, 그 뒤에는 담요를 든 하인이 따라오더군요. 나는 벌떡 일어나서 문을 열어 주었어요.

「마주어[420] 양! *Ach, Eleni ist nicht da*(아, 엘레니는 여기 없어요).」

그녀는 벨터[421] 박사의 집에 방을 두 개 구해 놓고는 우리 두 사람을 데리러 왔다면서, 당신이 건강해질 때까지 우리는 그곳에서 머물러도 된다고 했어요……. 나는 그녀의 친절에 무척 감동했는데, 그녀는 보기 드문 사람이에요…….

돈 후안[422]이 세 번째 알약을 먹었고, 오늘 밤 나는 그에게 안약 병으로 피마자 기름을 좀 먹여 보려고 했어요. 도저히 불가능하더군요. 그래서 나는 카타이피[423]를 구해 피마자 기름을 거기에 부어 넣었는데, 돈 후안이 당장 먹어 치우고는 콧수염을 핥더군요.

나는 (다른) 열두 편의 칸토에 대한 프롤로그가 될 칸토를 써야겠어요.[424]

---

420 Mazur. 아이기나에서 살고 있던 젊은 여성 고고학자.
421 Welter. 아이기나에 정착한 독일인 고고학자.
422 그들이 기르던 고양이의 이름.
423 시럽을 잔뜩 넣은 아몬드 케이크.
424 엘레니에게 쓴 편지.

······나는 당신의 편지를 몇 차례 읽었고, 마음의 아픔이 점점 더 깊어졌습니다······. 나는 모든 순간에 당신을 생각합니다. 나의 사랑과 슬픔은 말로 표현하지 못할 정도입니다······. 나는 *défendus*(금지된) 어휘들을 반복하기가 부끄러워요······. 나는 무미건조한 지성인 타입도 아니고, 내가 쓰는 모든 글이 훌륭하다고 믿을 만큼 망상에 빠진 사람도 아니기 때문에, 글을 쓴다는 행위란 나에게 아무런 기쁨도 주지 못하는 필요성입니다. 그래서 글쓰기는 나에게 아무런 위안도 되지 않습니다. 세상에서는 오직 당신만이 나로 하여금 살아 숨쉬는 기쁨을 느끼도록 해주고, 오직 당신만이 나의 존재를 정당화합니다. 그리고 당신이 나에게 어떤 존재인지를 아직까지도 당신한테 얘기할 수 없었다는 데 대해서 또다시 나는 견디기 힘든 슬픔을 느낍니다. 그런 얘기를 하기는커녕, 내가 부드러워지는 가장 강렬한 바로 그런 순간에 흔히 나는 내 감정을 숨기기 위해 무뚝뚝한 행동을 취했으며, 그래야 하는 이유를 설명하고 싶어 하지도 않았고, 설명할 능력도 없었습니다. 아, 건강해져서 얼른 아이기나로 오면 나는 절대로 다시는 그런 행동을 취하지 않겠어요······.

바람이 불고 날씨가 서늘한데, 나는 수영하러 갑니다. 칸토를 끝냈어요. 나는 올더스 헉슬리의 『연애 대위법 *Point Counter Point*』을 읽었는데, 아주 훌륭하고, 아주 뛰어나며, 아주 다채로운 작품이지만, *trop intellectuel*(너무 지적이더군요)······.

마리카가 와서 당신을 돌봐 주고 싶어 하는데, 나는 그 갸륵한 마음에 감동했어요······. 그녀가 이곳에서 보낸 나날이 내 기억

속에 아주 소중하게 남았습니다……[425]

1934년 8월 11일

아이기나에서

……오늘 마주어 양으로부터 편지가 왔는데, 그녀가 당신을 만났고 당신이 아직도 고통스러워한다는 내용이더군요. 나는 절망에 빠져 집에서 서성거립니다. 나는 생각도 나지 않고 일도 손에 잡히지 않아요. 마음의 평화를 찾기 위해서 당신에게 바치려고 쓰는 칸토[426]가 핏방울처럼 한 방울씩 맺어져 나옵니다…….

우리가 쓴 교과서 한 권이 성공을 거두었고, 어쩌면 그것은 앞으로 당분간 우리에게 닥칠 일을 처리해 줄지도 모르겠어요. 당신이 일어나서 돌아다니게 되면 가게로 가서 배터리를 사용하는 라디오를 하나 사도록 해요. 그렇게라도 해서 금년 겨울에는 고적한 우리의 생활에 음악이 첨가되기를 바라요…….

이곳에서는 새로운 일이 하나도 없어요. 당신은 『간디』의 인용문을 게재한 이집트에서 발간되는 프랑스어 간행물밖에는 받지 못했군요. 『토다 라바』에 대해서는 전혀 아무 얘기가 없습니다. 그러니까 그 작품은 상당히 많은 사람들이 언급한 당신의 책처럼 운이 좋지는 않은 모양입니다. 이렇게 해서 나는 다시 프랑스어로 써보겠다는 유혹으로부터 해방되었어요…….[427]

1934년 8월 15일

아이기나에서

425 엘레니에게 쓴 편지.
426 「엘레니에게 바치는 칸토」.
427 엘레니에게 쓴 편지.

내 사랑!

이제 며칠 후 본인이 나타나기에 앞서서 계속 당신의 말동무가 되어 주기 위해, 나는 오늘 당신에게 다시 편지를 씁니다…….

당신의 칸토 가운데 마지막 부분을 보냅니다. 당신이 좋아할지 어떨지는 모르겠지만, 도대체 어떻게 언어가 인간의 마음과 같아 질 수 있을까요! 비잔틴의 어느 신비론자는 이렇게 말했어요. 「신 은 한숨이요 감미로운 눈물이다.」 사랑도 마찬가지여서, 오직 눈 물과 한숨 속에, 그리고 생명 속에만 담깁니다……. 며칠 전에는 나에게 줄 담배와 당신에게 줄 커다란 병에 담긴 복숭아 잼, 이렇 게 우리에게 선물을 갖다주겠다는 뚜렷한 목적으로, 그리고 열정 적인 편지도 한 통 가지고 랄리 부인[428]이 보낸 사자(使者)가 아 이기나로 찾아왔어요…….

카티나는 잠시 왔다가 다시 서둘러 가버립니다. 나는 빨래와 청소를 하고 물도 뿌리죠……. 나는 항상 당신과 함께이고, 당신 을 사랑합니다. *Para siempre, siempre, siempre*(영원히, 영원히, 영원히)![429]

> 1934년 8월 18일
> 아이기나에서

다행히도 그의 누이 엘레니가 아이기나로 와서 나를 대신했다. 하지만 그래도 니코스는 고통을 이겨 내지 못했다.

---

428 Maritsa Ralli. 이 당시에 그들이 사귀었던 재능이 많은 작가였다.
429 엘레니에게 쓴 편지.

……나는 Ts가 나에게 보낸 『은밀한 생활 *Vie intime*』을 읽었어요……. 흥미 있더군요……. 혹시 카이절링[430]의 다른 저서인 『남아메리카의 명상 *Méditations sud-américaines*』이 그에게 있으면, 며칠 동안만 나한테 빌려 주지 않겠느냐고 부탁해 봐요. 그 책은 무척 내 관심을 끌어요…….

어디선가 동요를 공모하더군요. 우리가 참가했으면 좋겠어요…….[431]

1934년 9월 1일
아이기나에서

……마음이 언짢기 때문에 나는 지금 당신이 쓴 새로운 시를 읽지 않아요. 내일 읽도록 하겠어요. 틀림없이 그 작품은 내 마음에 들 거예요…….[432]

1934년 9월 13일 목요일
아이기나에서

……모든 일이 잘되어 갑니다. 우리 손님들[433]은 신이 났고요……. 그들은 테라스에 올라가 몇 시간이나 글을 쓰고 책을 읽어요. 우리는 오늘 읍내로 내려갔었는데, 나는 생선을 조금, 그리고 과일을 잔뜩 샀어요. 식탁에는 검소하고 훌륭한 식량이 가득합니다…….[434]

---

430 Hermann Keyserling(1880~1946). 에스토니아의 독일계 사회철학자이자 신비론자. 『철학자의 여행기 *Reisetagebuch eines Philosophen*』와 『창조적인 이해 *Schöpferische Erkenntnis*』 등의 저서가 있다 — 역주.

431 엘레니에게 쓴 편지.

432 엘레니에게 쓴 편지.

433 뛰어난 민요 가수인 마디 움베르-소바조와 피에르 소바조는 얼마 전에 결혼해서 1934년 9월 아이기나에 있는 그들의 집에서 잠시 머물렀다.

1934년 9월 금요일
아이기나에서

……우리는 당신의 시를 모두 다시 읽어 보았는데, 기막히더군요. 「음악」은 당신이 쓴 가장 훌륭한 작품 가운데 하나예요. 색다르고, 심오하며, 오묘해요. 당신은 그리스에서 가장 심오하고 훌륭한 시인들 가운데 한 사람이에요. 당신은 전혀 헛발을 짚거나 더듬거리지도 않으며, 단숨에 정상에 도달했어요…….

마디가 오늘 노래를 불렀어요. 목소리는 아직도 *voilée* (탁하지만) 훌륭합니다…….[435]

1934년 9월 일요일
아이기나에서

당신의 시를 받았습니다……. 하나같이 기막히더군요. 내가 몇 편을 번역해서 피에르(소바조)에게 주었습니다……. 그리고 오늘 나는 몇 편 더 번역할 계획입니다…….

보아하니 피에르와 나는 좋은 친구가 될 듯싶어요. 나는 영혼의 윤회전생(輪廻轉生)에 대한 꿀처럼 달콤하고 허망한 그의 희망과 그의 신지학(神智學)에 대한 나의 반발을 극복했고, 불교적인 달콤한 껍질 밑에 존재하는 찬란하고, 총명하고, 따뜻하고, 순수한 인간을 받아들이기로 했어요…….[436]

1934년 9월 목요일
아이기나에서

434 엘레니에게 쓴 편지.
435 엘레니에게 쓴 편지.
436 엘레니에게 쓴 편지.

삶과 죽음 사이에서 병상에 누워 7개월을 보내기는 쉬운 일이
아니다. 악령들을 쫓아 버리기 위해 나는 몇 편의 짧은 시를 짓는
일에 착수했다. 떨어져 지낸다는 고통을 덜고 싶어서, 나는 니코
스에게 편지를 보낼 때마다 시를 한 편씩 동봉했다. 그는 시를 받
고 무척 기뻐했으며, 물론 그것이 지닌 가치를 과대평가했다. 다
행히도 그 또한 잠을 못 이루는 어느 날 밤 나에게 알리베이에 대
한 멋진 얘기를 해준 사람이었다.

터키의 향료 상인이었던 노인 알리베이는 그의 작은 가게 앞
그늘에 앉아 부채질을 해가며 별로 찾아오지도 않는 손님들을 기
다렸다(손님이라고 해야 몇 푼어치의 박하와 계피를 사러 오는
어린애들이 대부분이었다). 그는 인생이 무척 아름답다고 느꼈
다. 그러던 참에 친구 한 사람이 그의 앞에 나타났고, 다정한 잡
담이 시작되었다.

「어디서 오는 길인가, 친구여?」

「이스탄불에서 온다네, 알리베이.」

「그럼 이스탄불에서는 무슨 일을 했나?」

「술탄을 만나러 갔었지.」

「파티샤[437]를 말인가?」

「신께서 우리의 나날을 가져다가 당신의 삶에 보태시기를 바라
고 기도하며, 파티샤에게로 갔다네, 알리베이! 그리고 (자비심이
너무나도 깊은) 파티샤께서는 자네에 대한 소식을 듣고 싶어 하
셨지. 〈내가 그 사람을 꽤 사랑해서, 내 인사말과 함께 정향과 계

---

437 술탄과 같은 뜻 — 역주.

피를 잔뜩 보내 주겠다고 알리베이에게 전하게나. 1백 오카의 계피와 2백 오카의 후추와 3백 오카의……〉」

알리베이는 부채질을 잊어버리고 기절해 버렸다. 찾아온 친구가 얘기를 하고 또 했으며, 오카는 자꾸만 늘어나고 또 늘어났다. 메갈로카스트로[438]가 계피와 정향 속에 파묻혀 숨이 막혔다.

「얘기를 계속하게나, 얘기를 계속하라고.」 늙은 살쾡이처럼 입술을 핥으며 마침내 알리베이가 중얼거렸다. 「영원히, 영원히 얘기하라고. 난 그 얘기가 거짓말이라는 걸 알지만, 그래도 기분이 좋으니까!」

얘기를 해요, 얘기를, 니코스무, 나는 당신이 과장한다는 사실을 알지만, 그래도 기분이 좋으니까요!

……내가 졸병으로서 봉사해야 하는 기간은 이제 끝났어요. 우리 손님들이 떠날 예정이고, 그토록 여러 날 동안 내가 일을 못 하기는 했어도 모든 것이 무난히 이루어졌다는 사실이 기뻐요…….

어제는 자정이 다 되어 집으로 돌아왔더니 기쁜 일이 나를 기다리고 있었는데 — 소바조 부부가 고르곤[439]을 사서 우리 집 대

---

438 〈큰 성(城)〉이라는 뜻의 도시 이름으로 크레타 이라클리온 시의 별칭이기도 하다 — 역주.
439 신화에 나오는 추녀 세 자매로서, 머리카락이 뱀으로 되었고 그들의 얼굴을 보면 누구나 돌이 되었다. 세 자매 가운데 우두머리 격이 메두사였다. 여기에서 얘기하는 고르곤은 그 머리 모양을 새긴 뱃머리 장식인데, 이것은 현재 이라클리온의 역사학 박물관에 소장되어 있다고 한다. 아이기나에서는 니코스가 새로 얻은 집이 〈고르곤의 집〉이라고 알려졌었다 — 역주.

문 앞까지 끌어다 놓았어요! 사람들이 배를 수리하고는 하던 항구 근처로 내려가면 우리가 늘 보고는 했던 (온통 초록색으로 칠한) 뱃머리 장식 말이에요. 그것이 이제는 우리 집 입구에 똑바로 서서 바다를 쳐다보게 되었어요. 그것은 이제 이곳에서 우리 집의 성모상 노릇을 하고, 우리는 결코 그것과 헤어지지 않을 것입니다. 아, 당신이 어서 건강해지고, 우리가 파리로 돌아가도록 피에르가 도와주고, 그러고는 아이기나에다 우리의 작은 집을 짓고 ─ 우리가 갈망하는 모든 일이 이루어진다면 얼마나 좋을까요!

우리는 정말로 피에르와 친구가 되었어요⋯⋯. 나는 미노티스[440]에게서 전보를 받았지만, 돈은 오지 않았어요. 당신이 나에게 1천 드라크마를 보내 준 건 잘한 일이었어요. 베키오스(구멍가게 주인)가 이달에는 5백 드라크마 이상을 가져갔으니까요. 하지만 친절이 믿어지지 않을 정도로 효과를 거두었기 때문에 나는 무척 기뻐요⋯⋯.[441]

> 1934년 10월 3일 수요일
> 아이기나에서

아이기나를 떠나기에 앞서서 니코스는 로제 마르탱뒤가르[442]

---

440 Alexis Minotis. 크레타 출신의 배우. 당시 그리스 국립 극장의 극장장이었다. 그는 국립 극장에서 공연할 희곡들의 번역을 카잔차키스에게 위촉했었는데, 그 작품은 하나도 공연되지 않았다.

441 엘레니에게 쓴 편지.

442 Roger Martin du Gard (1881~1958). 프랑스의 소설가이자 극작가로서, 제1차 세계 대전 이전 세대의 지성인과 도덕 문제를 많이 다루었다. 1937년에 노벨상을 수상했다 ─ 역주.

에게서 편지를 한 통 받았다. 그는 프랑스의 보기 드문 문인들 가운데 장 카수, 장 에르베르, 르노 드 주브넬과 더불어 『토다 라바』의 가치를 인정했던 몇 안 되는 사람들 가운데 하나였다. 편지의 내용은 이러했다.

〈당신의 책을 보내 주어서 진심으로 감사합니다. 대단한 집중력과 계속되는 흥미 속에서 나는 그 책을 단숨에 읽었습니다. 쓰였을 때나 마찬가지로 한 번에 읽히는 그런 책이었습니다. 힘차게 진동하고, 격렬하며, 마음을 착잡하게 만드는 책이었고, 인간적이고도 감동적인 책이어서, 독자로 하여금 저자를 사랑하게끔 만듭니다……〉

1935년 곤경으로부터 가끔 우리를 구해 주던 〈기적〉에 대해서 우리는 자주 얘기했다. 병상에 묶여 지내던 나는 나 자신의 생명력과 우리의 수호신에 대해서 다 같이 자신감을 잃기 시작했다. 바로 그 무렵 아테네의 일간지 「아크로폴리스」의 국장이 니코스에게 일본과 중국에 대해 글을 몇 편 써달라고 청탁했는데, 니코스는 거의 고통스러울 정도로 열렬히 동양을 꿈꾸어 오던 터였다.

동양으로 출발하기 전에 카잔차키스는 가장 동양적인 그의 친구 파나이트를 생각했는데, 그가 최근에 보낸 편지들은 활기차고 낙관적이었다.

친애하는 파나이타키, 그리스도조차도 필요로 하지 않는 나자로, 오, 뛰어난 나자로여!

이 땅덩어리 위에서 살아가고 사랑한다는 것은 얼마나 큰 기쁨인가요. 음경을 납으로 만들어서 재주를 넘을 때마다 여전히 똑바로 일어서게 되는 거룩한 *haidouk*[443]를 사랑한다는 것. 오, 형제여, 오, 지략(智略)의 동반자여, 오, 영원한 오디세우스여!

사흘 후에 나는 중국과 일본을 향해 떠납니다. 나는 신의 황색 얼굴과, 원숭이 같은 눈과, 시치미를 떼는 미소와, 미래에 우리의 주인이 될 사람들의 신비한 가면을 보게 되어 기뻐요. 나는 5개월 후에 귀국할 예정입니다. 하지만 그사이에 나는 아이기나의 멋진 바닷가에, 해안에 위치한 (방이 서너 개에 부엌, 베란다, 테라스, 포도밭, 우물, 그리고 무화과나무가 있는) 나의 작은 집을 당신에게 제공하고 싶습니다! 어서 오도록 해요, 친애하는 파나이타키여. 위험한 미소와 이빨을 지녔으며 눈부시게 아름답고 젊은 여자와 함께 당신은 그곳에서 행복하게 지낼 것입니다. 우리는 불장난을 하며, 우리 자신의 멋지고, 탐욕스럽고, 혈기가 넘치는 마음 이외에는 아무것도 필요로 하지 않기 때문에, 우리는 두 사람 다 행복하고, 세상에는 행복한 사람이 우리뿐입니다. 우리는 그런 마음을 날마다 집어삼키고, 밤마다 그것은 다시 태어납니다. 우리는 프로메테우스이고, 동시에 프로메테우스의 날개이기도 한, 완전한 존재입니다.

7개월 전에 나는 아주 친밀한 헌사와 더불어 『토다 라바』를 당신에게 보냈습니다. (당신을 생각할 때면 나는 감정이 북받쳐 목이 멥니다.) 그리고 이제 당신은 당신 마음대로 그것을 처리해도 좋습니다. 그리고 만일 저자를 위해서 무엇이 조금이라도 남게 된다면, 그때는 나의 건강과, 당신 자신의 건강과, 당신의 아내와 빌릴리와 엘레니의 건강을 위해 축배를 들도록 해요!

443 〈용감한 사나이〉를 의미하는 루마니아어로서, 파나이트 이스트라티의 책 가운데 이 단어를 제목으로 사용한 책이 있다.

나의 사랑하는 레노치카! 나의 성 게오르기우스에게!

이집트의 해안선이 시야에 들어왔고, 내 선실 현창의 바깥 저 멀리 아주 희미하게 검은 선을 겨우 식별하겠군요······. 이 배에는 승객이 나 한 사람뿐이어서, 마치 내가 전세를 낸 것 같아요!

나는 오늘 ─ 내 생일을 맞아 ─ 선실에 누워서 당신을 생각하고, 나 자신의 삶을 되새김질했는데, 자꾸만 자리바꿈을 계속하는 정상을 향해서 올라가기 위해 내가 더 가볍고 더 순수해지게끔 또다시 새로운 결정들을 내리고, 나 자신을 더욱 순결하게 하며, 나의 나약함을 쫓아내고, 나의 내면에 존재하는 모든 좋은 요소를 강화하기 위해서 투쟁을 벌인답니다.

그리고 당신은 나와 함께이며, 위대한 사랑이여, 나는 관능적이고 자랑스러운 환희 속에서 전율합니다.[444]

1935년 2월 18일

키프로스호 선상에서

······우연히 나는 이곳 세관의 관장으로 일하는 크레타인을 만났는데, 그는 갈라테아를 통해서 내 얘기를 들었다더군요!「당신은 마담 갈라테아의 남편이죠?」「그렇습니다.」 다음에 벌어진 상황은 말로 표현하기가 어려울 정도였는데, 안락의자를 권하고, 커피를 내놓고, 반가워서 야단법석을 부리고, 오늘 낮에는 나를 강제로 집으로 끌고 가서 식사를 대접하려고 하는군요······. 나는

---

[444] 엘레니에게 쓴 편지.

도쿄에 가서도 마담 갈라테아를 아는 사람을 만나게 될까 봐 걱정이에요. 하기야 더 한심할 수도 있었겠지만![445]

1935년 2월 20일
포트사이드에서

……그래요, 나는 그 그리스인의 집으로 가서 꿩고기를 먹었어요! 그곳 응접실에 대해서 내가 당신에게 어떻게 설명해 줘야 할까요? 나는 기가 막혀서 입맛을 몽땅 잃고 말았어요. 안주인께서는 처녀 시절에 그림을 그린답시고 장난을 좀 쳤었죠. 뭐랄까요, 그녀는 *criardes*(요란스러운) 그림엽서들을 큼직하게 옮겨 그려서는 벽에 온통 도배를 하다시피 했어요. 파란 베개 위에 놓인 역겨운 인형들. 구석에 세운 셀룰로이드 흑인상(黑人像). 흉측하게 생긴 중국 꽃병들. 그리고 잠시 후에 안주인께서 직접 모습을 나타내셨는데 ── 차갑고, *collet monté*(근엄한 체하는) 모습이었고, 내가 떠돌이 거지인지, 야만인인지, 뛰어난 인간인지 식별하기가 힘들어 난처해하는 눈치였어요. 어디에선가 *amanédes*[446]가 단조롭게 울리며 라디오 소리가 줄기차게 들려왔어요. 나중에 안주인은 자기가 훌륭한 음악을 미칠 지경으로 좋아한다는 얘기도 했어요! 그런 다음에 우리는 식탁에 앉았는데, 바르부니 생선과 유명한 꿩 고기 요리가 나오더군요……. 하녀 카티나는 크레타 여자였어요. 그때 옆방에서 살아 있는 메추라기 한 마리가 울기 시작했고, 주인이 달려가 그것을 가지고 들어왔어요. 그것도 크레타산(産)이었는데, 크레타의 산(山)을 기억하기 위해서 주인이 크레타로부터 가지고 왔다고 하더군요. 그는 그것을 식탁 위에 내

---

445 엘레니에게 쓴 편지.
446 이슬람 국가들의 전형적인 단조로운 분위기를 풍기며 웅얼거리는 영창.

려놓았고, 우리가 그 새를 막 찬양하기 시작하려는 참에 새가 식
탁보에다 똥을 쌌어요. 안주인이 벌떡 일어나더니 그것을 다시 새
장에 집어넣었죠. 식사가 다시 계속되었고, 크레타산 포도주에 크
레타산 치즈가 나왔습니다. 서서히 분위기가 누그러졌지요. 나는
안주인에게 인생에서 어떤 목적을 추구하느냐는 질문을 했고, 그
녀는 신이 존재하느냐고 나한테 물었어요. 나는 그녀에게 〈*pas
encore, Madame*(아직 그렇지 못합니다, 부인)〉이라고 말했으
며, 그녀는 나더러 어떻게 행복을 찾아야 하는지 인생에 대한 처
방을 내려 달라고 부탁했어요. 나는 그녀에게, 첫째 양심이 깨끗
해야 하고, 둘째 그것이 무엇이거나 간에 삶에서 무언가 한 가지
를 열정적으로 사랑해야 하고, 셋째 어떤 인간의 마음에도 절대
로 상처를 주어서는 안 된다고 얘기했어요. 그녀는 아주 기분이
좋아져서 4개월 후에 내가 돌아오면 기쁘게 맞아 주겠다고 약속
했어요. 그러고는 라디오를 껐으며, 나는 이루 말할 수 없을 정도
로 안도감을 느꼈습니다. 우리는 발코니로 나갔어요. 우리 앞에
펼쳐진 바다는 파도가 심했고, 바람이 시원했어요. 나는 심호흡
을 했습니다. 오후 4시에 나는 그 집에서 나왔고, 7시가 된 지금
까지 거리를 이리저리 돌아다녔어요. 나는 달콤하고도 달콤한 감
귤을 호주머니에 가득 채우고는 거리를 배회하며 먹었답니다. 저
녁 무렵이 되자 키가 작은 아랍인 한 사람이 가까이 오더니 나에
게 이탈리아어로 말을 걸어왔어요. 그는 호주머니에서 아주 음란
한 사진 몇 장을 꺼내더니 나한테 팔려고 했어요! 그러더니 그는
아주 예쁜 여동생을 소개하겠다면서 나를 집으로 데려가려고 했
어요. 나는 그에게 여자는 필요 없다고 말했고, 그랬더니 그는 남
동생을 권했는데 ─ 이번에도 그의 집으로 가자는 얘기였어요.
나는 그에게 남자도 필요가 없다는 얘기를 했고, 그는 기가 막히

다는 듯 나를 그냥 쳐다보기만 하다가 가버렸어요…….[447]

1935년 2월 20일 저녁

포트사이드에서

……일본의 고시마 마루호(號)가 도착했어요……. 키가 작고 말이 없는 일본 사람들, 커다란 배, 표지판마다 적힌 아리송한 일본 글자. 선장은 혼자서 쓰라며 훌륭한 2등 선실 하나를 나한테 내주었어요. 나는 책과 물건을 정돈해 놓고, 이곳에서 한 달 동안 지낼 준비를 했습니다……. 우리는 운하[448]에 정박했는데, 선박이 잔뜩 보이고, 앞쪽 큰길을 따라 대추야자나무들이 늘어섰어요. 밀감과, 이스트를 넣지 않은 납작한 빵과, 올리브와, 여송연과, 대마초 파이프를 배에다 잔뜩 싣고 온 *fellahs*(농부들). 나하고 여행을 같이 하는 사람들은 일본인으로, 끔찍하게도 못생긴 일본 여자도 몇 명 보이고, 폐병에 걸린 듯한 인도 사람들과, 비위에 맞지 않는 프랑스 여자도 한 명 있습니다. 보아하니 그녀는 수에 즈에서 내리는 모양입니다. 그녀가 이런 말 하는 것을 들었으니까요. 「*Ah! Je tiens à ne pas perdre mon petit déjeuner demain matin*(나는 내일 아침 식사는 해야 되겠다니까요)!」

발가벗은 농부 한 사람이 다리에서 바다로 자꾸만 다이빙을 했습니다. 모든 사람이 웃었으며, 나중에 그 불쌍한 남자는 몸을 질질 끌고 돌아다니며 *pourboire*(구경 값)를 구걸했어요. 나는 다른 인간을 모욕하는 모든 행위에 대해서 혐오감을 느끼기 때문에 시선을 돌려 버렸습니다. 사람들은 모두 그를 빤히 쳐다보고 웃었지만, 나는 한쪽 구석에서 파이프를 피우며 곧 시작될 여행에

447 엘레니에게 쓴 편지.
448 수에즈 운하 — 역주.

대한 생각을 했어요. 황색인들은 나에게 약간의 공포감을 줍니다. 내가 그들을 사랑하게 될까요? 돌아올 때는 내 마음이 어떻게 바뀌었을까요?[449]

1935년 2월 21일 정오
(바다에서)

우리는 아직도 유명한 수에즈 운하를 통과하는 중입니다. 우리의 왼쪽으로는 아라비아 사막이 펼쳐졌는데, 단조롭고, 나무도 없고, 집도 없습니다. 오른쪽으로는 이집트의 평야로서, 대추야자나무들과 작은 마을들이 보이고요. 이렇게 우리는 이곳에, 아시아와 아프리카 사이에 위치했으며, 홍해를 향해 나아가는 중입니다…… 나는 일본인 기독교 신자를 한 사람 만났어요! 우리는 종교에 대해서 한참 동안 얘기를(그것도 영어로!) 나누었는데, 그의 두뇌가 자극을 받아서 『고코로 인간』이라는 책을 쓰겠노라고 하더군요(〈고코로〉는 일본말로 〈마음〉이라는 뜻이죠). 그래서 나는 그에게 그리스도 얘기를 해주었고, 그는 감명을 받았다며, 이제는 『기독교에 대해서 일본인들이 느끼는 감정』이라는 책을 쓰겠다고 했어요…… 어디에서나 사람들은 훌륭한 어휘에 굶주려 있는데, 흔히 좋은 어휘란 풍요함을 가져다주게 마련입니다……

저녁 식탁에서는 프랑스 여자가 내 옆자리에 앉았지만, 나는 그녀에게 한 마디도 얘기하지 않았고, 앞으로도 얘기를 나눌 마음이 없어요…… 우리는 절반쯤은 유럽식이고 절반쯤은 일본식인 식사를 합니다. 프랑스 여자는 음식 냄새를 맡아 보더니 *fait la moue*(인상을 쓰는데), 음식이 마음에 안 드는 모양이에요. 나는

449 엘레니에게 쓴 편지.

맛있게 먹었고, 벌써 적응이 되는 기분이에요…….[450]

1935년 2월 21일 밤

아츠마 하 야*Atzuma ha ya!*

우리는 아직도 홍해를 횡단하고 있습니다. 우린 왼쪽으로 메카, 그리고 오른쪽으로는 아비시니아를 지났어요. 버림받고, 장밋빛이고, 접근을 허락하지 않는 멋진 산, 내가 좋아하는 바로 그런 산입니다. 사막의 사나이들, 나의 조상들이 태어난 곳이 여기라고 나는 느낍니다. 그리고 끝없는 모래밭을 둘러보면 나의 해묵은 마음이 마치 옛날의 조국을 만나기라도 한 듯 몹시 두근거립니다. 나의 신이여, 푸르른 땅과 물 사이에서 그들의 조상이 태어났을 다른 그리스인들과 나는 얼마나 다른가요.

나는 일본말을 조금씩 배우는 중입니다. 〈아츠마 하 야!〉는 일본의 유명한 신화에 나오는 표현으로서, 〈나의 아내여!〉라는 의미입니다. 돌아간 다음에…… 그 전설[451]을 당신에게 얘기해 주겠어요. 그래서 이제부터는 당신을 그렇게 부르기로 하겠습니다……. 내가 당신 생각을 얼마나 많이 하는지 말로 표현을 못할 지경이에요. 내 사랑이여, 모든 장미 빛깔의 산 위로 나는 우리 두 사람의 그림자가 바싹 붙어서 영원히 — 그러니까 우리가 죽을 때까지 영원히 구름처럼 — 허공으로 지나가는 모습을 보았어요…….

나는 기행문을 두세 꼭지 썼어요……. 황색인에 대해서 쓰려고 하는 칸토를 생각해 봤습니다……. 나에게는 눈이 넷이고, 귀도 넷이고, 마음이 둘이며 — 우리는 함께 여행을 합니다, 내 사랑이여![452]

450 엘레니에게 쓴 편지.
451 남편의 목숨을 구하기 위해 아내가 바다에 몸을 던진다는 내용의 전설.

1935년 2월 22일 저녁
홍해에서

나는 책을 읽고, 글을 씁니다. 프랑스 여자하고 얘기도 나누어 보았어요. 나는 그녀가 권태로워한다는 사실을 알았고…… 중국에 대한 아름다운 책 한 권을 내가 그녀에게 주어도 되겠느냐고 물었어요. 짜증스럽게 그녀가 대답했어요. 「하지만 나는 중국으로 가는 길인데, 무엇하러 그 나라에 대한 책을 읽어야 하나요?」[453]

2월 24일

……가끔 돌고래가 뛰어오릅니다. 갈매기들이 우리를 뒤덮고, 오늘 아침 이른 시간에 빨간 새 한 마리가 아비시니아로부터 날아와서는 두세 번 지저귀다가 돌아갔습니다. 오늘 저녁에…… 우리는 인도양으로 진입할 예정입니다. 승객들은 따분해합니다. 책을 읽는 사람이 아무도 없어요. 그들은 갑판 의자에 여기저기 널브러졌고, 갑판에서 골프도 치고, 밤에는 축음기를 틀어 놓고 춤을 춥니다. 처음 얼마 동안에는 모두 따로따로 생활하면서 다른 사람하고는 말도 하지 않았어요. 하지만 이제는 모두 초조해지고, 얘기를 나눌 상대를 찾으려 하며, 어디에서나 그냥 서 있기만 하더라도 시간을 물어본다는 핑계를 내세워 틀림없이 누군가 접근해 오고는 합니다…… 이런 식으로 나는 활기찬 어느 영국 여자를 만났는데, 턱이 육중하고 부유한 그녀는 남편과 함께 중국으로 가는 길이라더군요…… 가끔 나는 갑판에서 골프를 합니다…… 하지만 거의 하루 종일 나는 책을 읽어요…… 8일 후에 우리는

452 엘레니에게 쓴 편지.
453 엘레니에게 쓴 편지.

콜롬보에 도착하고, 15일만 더 가면 상하이예요. 길고도 따분한 여행인데, 더 이상 육지가 하나도 보이지 않고, 끝도 없고 흥미도 없는 바다뿐인 지금은 더욱 그래요…….[454]

1935년 2월 25일
바다에서

여행은 대단히 단조로워요. 승객들이 정신 이상을 일으키기 시작한다는 느낌이 들 정도입니다……. 그리고 더욱 곤란한 점은, 승객들이 독서를 하지 않는다는 사실이에요. 그들은 계속해서 똑같은 놀이를 반복하고, 똑같은 농담만 주고받으며, 날이 갈수록 점점 덜 웃는답니다.

나는 날마다 한심한 선상 도서실에서 책을 두세 권씩 갖다 읽고, 당신이 쓴 시를 거듭거듭 읽으면서 조금씩 도움이 될 만한 수정을 가합니다.

나는 무슨 칸토라도 시작하고 싶기는 하지만 분위기가 별로 마음에 들지 않아요. 무더위. 날마다 우리는 시계를 반 시간씩 앞으로 돌려놓죠. 내 사랑이여, 오직 당신만이 존재합니다. 그리고 인도양을 횡단하는 여행, 이것도 역시 하나의 신화가 되었어요…….[455]

1935년 2월 27일
바다에서

아츠마 하 야!

……그때부터 우리는 모두 콜롬보에 희망을 걸었어요. 식탁에서 나의 맞은편에 앉은 중국인은 얼굴이 창백해졌는데, 그는 애

454 엘레니에게 쓴 편지.
455 엘레니에게 쓴 편지.

기도 하지 않고, 더 이상 견디지를 못했어요. 영국 남자들과 영국 여자들은 진력이 나서 하루 종일 *chaises-longues*(긴 의자)에 널브러져 파도가 일기 시작한 바다를 멍하니 쳐다보기만 한답니다. 배가 한 척 지나갈 때마다 사람들은 모두 안도감을 느끼며, 쌍안경을 집어 들고는 열심히 구경하죠. 프랑스 여자가 자꾸 말을 붙여 오는데, 참을 수 없는 여자예요. 빈 여자는 뚱뚱한 어느 일본 남자에게 꼬리를 치고요. 헝가리의 바이올린 연주자는 바이올린을 켜고 카드놀이를 하며 반쯤 벌거벗은 모습으로 오락가락 걸어다니고, 독일인은 상어를 보고 싶어서 자꾸 기다리지만 헛수고입니다……

일본인 기독교 신자가 내 이름을 한문으로 써주었는데, 그 뜻이 〈부드럽고 자비로운 빛(니코스)〉과 〈꽃산〔花山〕 두루마기(카잔차키스)〉라는군요. 그리고 그는 당신의 이름도 써주겠대요. 가능하다면 나는 우리 두 사람의 이름을 함께 상아 도장에 새기도록 해보겠어요.

오늘 오후에는 심한 풍랑이 일었답니다. 몇 시간 동안이나 나는 시시 바다를 구경했어요. 물보라가 솟구쳐 올라와서 자꾸 무지개를 일으키고는 했으며, 날치들이 떼를 지어 희롱하면서 뛰어올랐어요. 나는 기분이 좋았습니다.[456]

1935년 3월 1일
바다에서

어제 저녁에는 남반구에서 유명한 성좌인 *la Croix du Sud*(남십자성)가 하늘에 나타났어요. 아주 크고 뚜렷했는데, 이런 모양

---

456 엘레니에게 쓴 편지.

이더군요.

*

*   *

*

나는 굉장히 기뻤어요.

일본 남자가 당신 이름을 한자로 적어 주었어요. 그것은 〈*Pretty little night, thou only choiced* (오직 그대만이 선택한 아름답고 포근한 밤)〉이라는 뜻이랍니다…….

어제 나는 『토다 라바』와 *pendant*(짝을 이루는 작품)가 될 프랑스어 책을 집필하겠다는 착상이 떠올랐어요. 그 책이 잘되기를 바라도록 합시다. 그것은 아주 빨리 전개되어서 5분 안에…….[457]

1935년 3월 3일
바다에서

동틀 녘. 우리는 콜롬보에 도착했어요. 잠시 후에 나는 밖으로 나가 당신에게 편지를 부치려고 합니다. 굉장한 무더위에, 하늘은 탁하고 엷은 자줏빛입니다. 갈색 피부에 몸이 호리호리한 인도 사람들은 활력이 넘치고……. 항상 나는 당신과 함께입니다. 오직 그대만이 선택한 아름답고 포근한 밤이여![458]

3월 5일 새벽 5시
바다에서

아츠마 하 야!
어제는 하루를 콜롬보에서 보냈습니다. 인도 사람들은 멋진 모

457 엘레니에게 쓴 편지.
458 엘레니에게 쓴 편지.

습이었어요. 신성하고 유연한 몸, 짙은 갈색 피부, 알록달록한 *pagnes*(허리에 두르는 옷), 커다랗고 다정하면서도 이글거리는 눈. 아주 이른 아침에 그들은 커다란 노를 저어 이동하는 높다란 배를 타고 왔습니다. 반쯤 벌거숭이인 그들은 꼿꼿하게 일어선 채로 노를 저었어요⋯⋯. 부둣가에는 기분 나쁜 건물들, 호텔, 은행, 세관, 창고, *toute la vermine*(온갖 기생충 같은 인간 군상). 그래서 나는 얼른 그곳을 벗어나 인력거를 잡아탔어요. 소리도 없이 빠른 속도로 널찍한 거리를 지나 어느덧 나는 옛 도시에 도착했는데 ─ (바나나, 파인애플, 망고, 포도송이 따위의) 과일이 가득한 작은 가게들이 나타났습니다. 나는 과일을 잔뜩 샀어요.

가장 큰 기쁨은 사람들의 몸뚱어리와 빛깔을 본다는 것이었습니다. 그림 속에서 우리가 그토록 자주 보았던 모든 것이 이제는 내 눈앞에서 생명을 지니게 되었어요. 하지만 너무나 날씨가 더워서 나는 흐물흐물해질 지경입니다. 썩는 냄새, 땀 냄새, 사향 냄새. 어디를 가나 꽃이 많아서 빨갛고, 엷은 자줏빛이고, 새하얗고. 거리 한가운데는 불교식 제단이 마련되어 있고, 어떤 여자가 붉은 꽃을 바치며 두 손을 맞잡고는 붓다의 상(像)을 우러러보고 있었어요.

방금 아테네에서 도착한 전문이 게시판에 나붙었는데, 그리스에서 혁명[459]이 일어났다는 내용이었어요. 나는 굉장히 불안했어요⋯⋯.

몇백 명의 인도 사람들이 와서는 갑판 위에 자리를 잡고 앉았는데, 피부에 날씬한 아주 아름다운 여자들이 보랏빛이나 오렌지빛깔의 베일로 얼굴을 가리고, 머리카락에는 황금 장신구를 달았

---

459 베니젤로스의 추종자들이 시도한 쿠데타로, 곧 진압되었다.

으며, 아주 깨끗하고 *indolentes*(태평한) 모습이었어요. 남자들은 미남이었고요. 그들은 지극히 온화한 불길이 온몸을 감싼 듯 느긋하게 책상다리를 하고 앉아서, 요리를 하고, 카드 놀이를 하고, 담배를 피웠습니다······.[460]

1935년 3월 6일
바다에서

우리는 수마트라를 통과하는 중인데, 그곳은 온통 나무로 뒤덮인 커다란 섬입니다. 하늘에는 구름이 흩어졌고, 심한 열대의 폭우가 쏟아지기 시작했어요. 바다는 쇠를 녹여 놓은 듯, 금속성 빛깔을 띤 괴이한 모습입니다. 구름은 두껍고 무거운 술이 줄줄이 늘어진 모양이고요······.

내 사랑이여, 나는 고뇌에 빠졌습니다. 배로 타전되어 들어온 그리스에 대한 소식은 지극히 놀라운 내용입니다······. 그리고 나는 너무나 멀리 떨어져 있어 자세한 내용을 하나도 알아볼 길이 없군요······. 오늘 밤 나는 당신 꿈을 꾸었는데, 당신은 기모노 차림이었고, 우리는 즐거운 시간을 함께 보냈어요······.[461]

1935년 3월 8일
바다에서

아츠마 하 야!

싱가포르는 거의 적도 부근에 위치해 있어요. 우리는 오후 4시에 도착하자마자 곧 뭍으로 나갔어요······.

멋진 광경이었습니다. 우선 길거리는 중국 사람과 중국어 간판

460 엘레니에게 쓴 편지.
461 엘레니에게 쓴 편지.

으로 넘쳐흘렀어요. 검정 바탕에 커다랗고 흰 글자이거나, 초록 바탕에 황금빛 글자이거나, 흑적색 바탕에 검은 글자였어요. 낯익은 원추형에 챙이 넓은 고깔 모자를 쓴 중국 남자들, 옥양목이나 알파카나 비단으로 만든 헐렁헐렁한 바지에 기다란 저고리를 걸친 중국 여자들. 어디를 가나 노천 식당과 이발소가 눈에 띄었고, (어떤 악취가 사람들에게서 나고 어떤 악취가 하수도에서 나는지 분간하기 힘들었지만) 가게와 하수도에서 더러운 악취가 풍겼고, (먹어 보면 하나같이 쫄깃쫄깃하고 굉장히 단맛이 나는) 묘한 과일도 팔았고, 아이들이 여기저기 떼를 지어 시궁창 속에서 뛰놀았고, 어디를 가나 등나무처럼 붉은 꽃이 다발로 열리는 짙푸르고 신비한 나무들이 자랐어요. 나는 파이프를 피우며 천천히, 천천히 돌아다니면서 여태까지 접한 적이 없었던 황색 풍경을 즐겼어요.

나는 예상하지 못했던 중국 여인의 우아함에 대해서 가장 깊은 인상을 받았는데, 소박한 데다 장신구는 하나도 달지 않고, 몸에 꼭 맞는 파자마를 입었으며, 머리를 길게 땋아 내리기도 하고 (결혼한 경우에는) 단단히 쪽을 찌었더군요. 그들의 얼굴은 마치 흠집이 하나도 없는 빛나는 나무에다 조각해서 방금 윤을 낸 듯싶었으며, 에페비[462]처럼 가볍고도 당당한 걸음걸이예요…….

우리는 배가 고파서 어느 노천 식당에 자리를 잡고 앉았어요……. 식탁마다 사람들이 잔뜩 몰려 있었는데, 저마다 그릇을 하나씩 손에 들고 식사를 했으며, 역겨운 악취와 완전한 침묵 속에서 마술사처럼 젓가락을 움직여 밥을 먹더군요……. 달걀은 썩혀 먹었고, 노른자 한가운데에서는 부화 이전의 병아리 형태가

---

462 ephebi. 고대 그리스의 젊은이를 뜻하는 말로서, 특히 완전한 시민권을 받기 위한 준비로 군사 및 체육 훈련을 받는 18세나 19세의 아테네 청년을 의미한다 — 역주.

그대로 나타났어요. 국물은 걸쭉해서 핫초콜릿과 차(茶)의 중간 쯤 되었으며, 굉장히 달더군요……. 우리는 낙담을 해서 그곳을 나섰고, 다행히도 갑자기 빵을 잔뜩 늘어놓은 가게를 발견했습니다. 우리는 저마다 한 덩어리씩 샀고, 바나나도 몇 개 사서는 걸어서 돌아오며 먹기 시작했답니다.

그러다가 우리는 널찍한 유흥 장소에 도착했는데, 이 유명한 놀이터에서는 라디오 소리가 시끄럽게 울려 대었어요. 몇 가지 중국의 풍적 같은 악기가 교미를 하는 고양이 소리로 하늘을 가득 채웠습니다. 어떻게 해야 좋을까요? 우리는 안으로 들어갔습니다……. 하지만 이루 말할 수도 없이 매혹적이었던 것은 그곳에 앉아 있거나 놀이터 안에서 오락가락 걸어 다니는 군중이었는데 ― 온통 눈이 이글거리고, 엄격하고, 굉장히 약아 보이는 신비한 모습이었고, 값싼 세숫비누 같은 냄새가 났으며, 뽕잎을 먹어대는 누에처럼 한없이 평화롭게 웅얼거리는 소리가 났습니다.

밤 10시에는 초승달이 빛났는데, 적도의 하늘에서는 짙은 초록빛이더군요. 우리는 카바레의 문을 향하고 앉아서 중국 창녀들이 들어오는 모습을 구경했어요. 이것은 지금까지 이 여행에서 나에게 제공되었던 가장 대단한 광경이었고, 가장 *troublant*(마음을 어지럽히는) 구경거리였어요. 가냘프고 키가 큰 중국 여자들이 장식을 하지 않은 아주 단순한 비단옷을 걸치고…… 초록빛이나 오렌지 빛이나 하늘빛이나 검정 비단옷을 몸에 감고 뱀처럼 꼿꼿하게 서 있는 광경을 상상해 봐요. 인간의 몸뚱어리가 그렇게까지 검(劍)처럼 보인 적은 한 번도 없었을 거예요. 그리고 발걸음을 옮길 때마다 옷의 옆쪽이 찢어진 곳을 통해서 노란 칼날처럼 반짝이는 다리가 ― 매끄럽고, 힘차고, 유혹적인 다리가 ― 사타구니까지 다 들여다보입니다. 그리고 뱀처럼 천천히 흔들리는 몸뚱어리의 꼭대기에 얹힌 이상한 얼굴을 상상해 봐야 하는데, 파이처럼 둥글넓적하고, 분을 잔뜩 바르고, 단검처럼 날카로운 아주 가느다란 눈썹에, 오렌지 빛 입은 전혀 움직이지 않고, 비스듬히 기울어진 두 눈도 역시 전혀 움직이지 않으면서, 뱀이 쳐다보듯이 무관심하게, 냉정하게, 무정하게 빤히 쳐다본답니다. 나는 그들이 한 사람씩 미끄러지듯이 지나가, 굴로 들어가는 뱀들처럼 카바레의 둥그런 문 밑으로 사라지는 광경을 보았어요. 그리고 안에서는 정말로 쉬익쉬익거리는 소리가 났는데, 반짝반짝 윤을 낸 무도장에서는 여자하고 여자, 여자하고 남자가 같이 춤을 추었고, 눈에 보이지 않는 피리가 나지막하고 속삭이는 소리로 그들의 춤을 이끌어 주었어요. 기묘하고도 머리가 쭈뼛해지는 광경이었는데, 욕정은 환각을 일으킬 정도로 치명적인 경지에 이르렀고, 아편과 여인에게 완전히 빠져 드는 분위기가 이루어졌어요.

시간은 번개처럼 지나갔습니다. 우리가 자리에서 일어나 나왔을 때는 벌써 달이 진 다음이었어요. 나는 피곤하고, 흥분하고, 역겨워진 기분을 느꼈는데 ― 그것은 마치 내가 대마초를 피우다가 잃어버린 낙원을 기억하여 공포감에 사로잡혀 무거운 몸으로 그리워하면서, 방금 정신이 깨어나기라도 한 듯 희미하고도 강렬한 감각이었어요. 온통 시궁창의 악취와 재스민의 향기로 가득 찬 그곳의 거리처럼, 역겨우면서도 향기로운 그곳의 과일처럼, 매혹과 매독으로 뒤덮인 그곳의 여자들처럼 ― 그들의 천국은 내 영혼을 유혹하면서도 쫓아 버렸어요. 세상의 유혹을 물리치고 싶지 않으면서도 동시에 밑으로 떨어지기도 원하지 않는 모든 용감하고도 명예로운 정신이 세이렌들을 만나면 그러하리라고 나는 상상합니다. 자신의 모든 것을 내주고 썩어 버리며, 자신을 전혀 내주지 않고 거룩해지는 것 ― 인간이 발견한 길 가운데

역시 오디세우스의 길이 가장 훌륭합니다…….[463]

1935년 3월 12일

시암 만(灣)에서

　머나먼 곳에서 기다리는, 나의 사랑하는 레노치카!

　……나는 어서 일본 땅을 밟아 보고 싶어요. 당장 나는 당신에게 조금이나마 기쁨을 주기 위해 멋진 진주 한 알을 찾기 시작할 생각입니다. 일본을 몽땅 집어 들어 당신에게 가지고 가서 사랑스러운 당신 어깨에다 기모노처럼 둘러 주면 얼마나 좋을까요!

　이곳 배에서의 생활은 시계처럼 똑같기만 합니다. 기쁨이란 하나도 없고요! 육지가 다시 사라졌습니다. 끝없는 바다, 그리고 이제는 안개까지 끼었고, 배가 충돌하지 않도록 자꾸만 무적을 울려 댑니다. 오늘 나는 우리를 숨막히게 만들고, 우리의 배를 짓누르는 권태감을 묘사하는 글을 한 편 썼습니다. 이제는 모두 어디가 이상해진 듯싶고…… 나의 유일한 기쁨은 드디어 오늘 프랑스 여자가 배에서 내린다는 사실입니다. 그러면 나는 약간 마음이 편안해지겠죠. 그녀는 식탁에서 내 옆자리에 앉으니까요.

　그리스 쪽을 쳐다볼 때 내가 느끼는 고뇌에 대해서 무슨 말을 할 수 있을까요? 혁명가들이 패배하고 말았으며 추방을 당하리라는 소식을 전하는 전문이 이곳에 도착했습니다.

　벌써 10시간째 우리는 바다 한가운데서 발길이 묶여 움직이지를 못해요. 짙은 안개가 끼어서 우리는 몇 피트 이상은 앞이 안 보이고, 선장은 섣불리 전진하려고 들지를 않아요……

　나의 사랑하는 레노치카, 나는 어제 당신 꿈을 꾸었어요. 우리는

---

463 엘레니에게 쓴 편지.

키피시아에 있는 나조스의 집으로 가던 길이었습니다. 도중에 어떤 처녀를 만났는데, 그녀는 우리에게 오묘하고 투명한 설화(雪花) 석고 그릇을 주었고, 그릇의 바닥에는 아주 가볍고, *très discret*(대단히 세심하게) 조각한 붓다의 돋을새김이 있었어요……[464]

1935년 3월 19일
바다에서

……상하이를 지난 다음 심한 폭풍을 만났지만, 바다는 나에게 괴로움을 주지 않았어요……. 오늘 밤 우리는 일본의 내해(內海)로 들어가는데, 그곳은 섬이 잔뜩 들어찬 호수 같아요.

나는 속이 상당히 불편해요. 내일 나는 미지의 세계로 뛰어듭니다. (영어를 아는 일본 사람이 거의 없으므로) 언어도 통하지 않고, 돈도 별로 없이 내가 어떻게 견디어 낼 수 있을까요? 값싸고 좋은 호텔을 구하고, 식당을 찾아내고, 거처를 마련해야 한다는 걱정이 다시 나를 무척 괴롭히는군요……. 하지만 나로 하여금 이런 역겨움을 잊어버리도록 해줄 만한 신기한 사물들을 내가 보게 되기만 바랍시다. 중국에서 내가 가지고 온 추억은 벌써 굉장한 보상을 해주었으니까요……. 너무나 다른 세계, 너무나 다른 종류의 세상이 이 사람들을 빚어 놓았는데, 의사를 소통할 길이 없군요. 분명한 일이지만 노래와, 선정적인 사랑과, 고통과, 그리고 무엇보다도 죽음이 우리와 그들을 연결해 줍니다. 하지만 영원의 나라에서 그들을 만나기 위해 우리는 얼마나 멀리까지 찾아와야만 하나요?[465]

1935년 3월 24일

464 엘레니에게 쓴 편지.
465 엘레니에게 쓴 편지.

일본 영해에서

……구슬프게 부드러운 가랑비가 내립니다. 추위가 대단하고, 진흙투성이입니다. 나는 외출했다가 3시간 후에 돌아왔어요……. 나는 술집에 들어갔는데, 유명한 게이샤들이 있었고 — 그들 가운데 세 사람이 자그마한 테이블에 둘러앉아서 손님이 오기를 기다렸는데 — 보잘것없고, 자그마하고, 못생긴 여자들이었어요……. 내 눈에는 이곳 여자들이 못생겼지만 마음은 착해 보이는데, 그와는 대조적으로 많은 중국 여자들은 치명적인 매력을 지녔지만 어딘가 음산한 분위기를 풍긴답니다…….[466]

1935년 3월 25일

고베에서

여행이 시작되었습니다. 언어가 통하지 않기 때문에 아주 고생스럽군요. 나는 아침에 오사카를 떠났어요. 누추하고 작은 마을이었는데…… 갑자기 만발한 벚꽃이 나타났어요…….

우리는 나라에 도착했습니다……. 나는 혹시 내가 견디어 낼 수 있을까 해서 일본 여관으로 갈 생각을 해보았습니다. 어림도 없더군요! 나는 안으로 들어갔습니다. 기모노 차림의 여자 두세 명이 깊숙한 놋화로 주변에서 불을 쬐었어요. 내가 원하는 바가 무엇인지를 그들이 이해하게 되기까지는 많은 시간이 걸렸어요. 겨우 그들이 이해하고 난 다음에야 나는 구두를 벗고 실내화로 갈아 신은 다음 층계를 올라갔습니다. 방은 반짝거릴 정도로 깨끗했고, 향기

---

466 엘레니에게 쓴 편지. 카잔차키스는 이 첫인상을 나중에 다시, 1935년 6월 9일과 10월 19일 「아크로폴리스」에 발표한 글에서도 되풀이해서 밝혔으며, 그가 발표한 일본과 중국의 기행문에서도 언급했다.

로운 나무로 만든 우리처럼 보였어요. 그들은 나에게 베개를 하나 내주었고, 나는 무릎을 꿇고 앉았으며, 그들도 내 주위에 무릎을 꿇고 앉아 얘기를 시작했습니다. 나는 공책을 꺼내 몇 마디 말을 적어 주었습니다. 그리고 내가 말했습니다.「나 배고파요.」그들이 밥을 조금 가져왔고, 사프란을 덮어 온통 노랗고 약 냄새가 나며 수상해 보이는 다른 음식도 가지고 왔어요. 도저히 먹을 수가 없더군요…… 나는 짐을 모두 싸가지고 나라에 있는 유일한 유럽식 호텔로 거처를 옮겼습니다. 공원에는 사슴이 1천 마리도 넘더군요. 나는 절을 모조리 찾아다니며 촛불을 켜고, 징을 울리고, 당신의 이름에 바치는 커다랗고 향기가 나는 *bâton*(양초)에 불을 붙였으며, 당신을 위해 특별한 기도를 드렸어요. 부처님이 내 기도를 들어 주시기만 바라면서…….

나는 아주 피곤합니다. 나는 이곳 식당에 들어갈 엄두가 나지 않기 때문에 하루 종일 사과 두 개밖에 먹은 것이 없어요…… 왜 그런지 모르겠지만, 아직까지 이번 여행은 나한테 별로 신나는 경험이 못 되는군요. 아마도 너무나 오랫동안 당신한테서 편지를 받지 못했기 때문인지두 모르겠습니다. 나는 마음이 불안하고, 정신이 집중되지를 않아요. 우리가 너무나 멀리 떨어져 있는데, 내가 어떻게 행복해지겠어요?[467]

1935년 3월 26일
나라에서

나는 나라에서부터 이름난 호류 사로 갔어요. 오묘하더군요. 평화롭고, 탑들이 있고, 봄철의 공기는 상큼하고, 반쯤 빛을 받은

---

467 엘레니에게 쓴 편지.

부처님이 빙그레 미소를 짓고, 비단에다 그린 그림도 있고, 춤추는 처녀들, 그리고 자비의 여신이라는 관음보살. 나는 그렇게 아름다운 동상을 여지껏 한 번도 본 적이 없습니다……. 나는 나라로 돌아와서 기막힌 사슴 공원을 산책했어요. 석등(石燈)이 늘어선 멋진 거리였습니다. 큰 행사가 벌어져 석등에 불을 모두 밝히고 나면 얼마나 멋진 광경이 될까요…….

나는 피곤해져서 사과를 호주머니에 가득 집어넣고는 호텔로 돌아왔습니다. 내일 아침에는 교토로 떠납니다……. 날씨가 *bedeckt*(찌푸렸지만), 봄철처럼 포근합니다…….[468]

1935년 3월 27일

나라에서

……어제 저녁에 나는 이 역사 깊고 지극히 아름다운 도시에 도착했어요. 나는 일본인 친구 한 사람과 동행했고, 그래서 쓸 만한 일본 여관을 찾아냈습니다. 나는 손짓 발짓을 해가며 한마디씩 짤막한 단어를 동원해서 의사 소통을 하는데, 이곳에서 사흘 동안이나 지낼 예정이랍니다! 나는 일본 식당에서 식사를 하고, 이런 생활에 차츰 익숙해지기 시작했어요…….

밤이면 도시는 완전히 *irréelle*(환상적)입니다. 무슨 예식이라도 거행되는 듯 온갖 알록달록한 등을 내걸고, 서둘러 딸가닥거리며 지나가는 게다 소리만이 들려옵니다……. (나는 당신을 위해서 아주 아름답고 벚꽃처럼 빨간 게다 한 켤레를 사두었어요.) 나는 또한 당신을 위해서 방수 처리를 한 종이 우산과 기모노 한 벌, 그리고 안나를 위해서도 한 벌 구해 두었습니다……. 진주는

---

468 엘레니에게 쓴 편지.

도쿄에 가서 구할 생각입니다.

오사카에서 주요 신문사를 방문하고, 거대한 기계들을 구경했어요. 일본 신문은 나의 도착을 알리고, 나한테는 물어보지도 않았으면서 내가 일본에 대해서 한 얘기들을 게재했더군요.

지금까지 일본 사람들은 상냥하고 대단히 공손한 태도였어요. 그들의 삶은 부드럽고 동양적인 매력을 지녔습니다. 여자들은 모두 내 눈에는 못생겨 보였지만, 그래도 그들 나름대로의 매력이 있어요. 그들은 끊임없이 미소 짓고, 절을 하고, 마치 걸음걸이가 춤을 추는 인상이에요……[469]

1935년 3월 31일
교토에서

오늘 하루 종일 나는 절과 박물관을 돌아다니며 훌륭하고 뛰어난 미술품을 구경했습니다. 무엇보다도 훌륭했던 작품은 16세기의 *paravent*(병풍화)였는데, 수채화로 그린 *bambous*(대나무) 그림으로 이루어졌더군요. 배경과 그림이 다 같이 *gris argent*(은회색)이었는데, 농도만 달랐습니다. 아주 단순하지만, 나는 그보다 아름다운 그림을 전혀 본 적이 없다는 생각이 들어요.

나는 기진맥진해서 호텔로 돌아왔습니다. 하녀가 당장 차를 가져왔고, 내가 목욕하도록 준비를 해주었어요. 나는 (완전히 손짓으로만 설명해서) 무슨 음식을 주문했고, 휴식을 취했으며, 파이프에 불을 붙였고, 그러자 내 영혼과 삶 전체가 레노치카를 향했습니다. 무엇보다도 숭고하고, 대나무 그림보다도 사랑스럽고, 여행보다도 감미롭고, 위대한 기쁨이며, 내 삶의 모든 기쁨이요,

469 엘레니에게 쓴 편지.

나의 모든 희망. 그녀가 나와 더불어 존재하기 때문에 나는 아무 것도 두려워하지 않습니다. 그리고 나는 그녀가 내 곁에 오는 것 이외에는 아무것도 원하지 않아요. 기쁨, 다정함, 영원함 — 당신 생각을 하면 나는 가슴이 떨리고 내 마음 전체가 크나큰 기쁨으로 꽃핍니다.[470]

1935년 4월 1일

교토에서

니코스 카잔차키스와 더불어 그리스의 어느 신문사에서 파견된 또 다른 특파원도 역시 일본을 향해서 출발했었다. 이름난 동행인의 명성에 가려 무시를 당할까 봐 걱정이 되었던 그는 일본 관리들에게 카잔차키스가 미카도의 생명을 노리고 일본으로 찾아가는 위험한 폭력주의자라고 못된 소문을 퍼뜨리기까지 했다!

그래서 이 편지들에 〈일본인 친구〉라고 언급해 놓은 인물은 다름이 아니라 그를 감시하도록 임무를 맡은 비밀 첩보원으로, 체류 기간 동안에 아마테라스[471]의 자손을 위해서 계획되었던 여행 행선지와 일치하는 곳에서는 어떤 호텔에도 그가 묵지 못하게 하라는 지시까지 받았던 터였다! 이 중간 인물 — 눈을 부릅뜬 〈수호천사〉 — 을 통해서 운명은 다시 한 번 니코스 카잔차키스를 손아귀에 쥐게 되는데, 우리는 미지의 나라를 접하면서 그가 고베에서 겪었던 고뇌를 회고하게 되었으니 — 그는 필수적인 것들만 접하고, 모든 피로와 쓸데없는 비용은 절제한 가운데 〈국화꽃〉의 마음을 발견하게 되었다.

---

470 엘레니에게 쓴 편지.
471 천황의 선조 — 역주.

〈처음에는 아주 고통스러웠다.〉 니코스는 이렇게 술회했다. 〈내가 겨우 잠이 들었다 싶으면 그들이 와서 나를 깨우고는 러시아어로 괴롭히면서 무슨 수를 써서라도 나로 하여금 앞뒤가 맞지 않는 얘기를 하게끔 만들기 위해서 속임수 같은 질문을 수없이 늘어놓고는 했다. 서서히 그들은 진정되었다. 나는 평온히 잠을 자게 되었고, 나의 경찰 감시인은 수호천사로 변했다. 완벽한 여행 동반자가 된 그는 애국심이 넘친 나머지 나로 하여금 평범한 관광객은 거의 관람이 불가능한 것을 보게끔 해주었다……〉

……나는 가부키 연극을 굉장히 많이 보고, 무용도 많이 보고, 음악도 많이 듣고, 기막힌 그림도 많이 봅니다. 그리고 나는 일본 판화들을 수록한 오래되고 훌륭한 책도 한 권 샀어요……[472]

1935년 4월 8일

도쿄에서

……나는 오늘 가마쿠라에 갔었습니다. 깨끗한 보슬비가 내렸고, 온통 벚꽃이 만발했고, 널찍한 *allées*(산책로들)에는 모두 꽃이 피었고, 나무 밑에서는 알록달록하고 기름을 먹인 종이 우산을 펼쳐 든 여자들이 조용히 이리저리 배회했어요. 감미로움, 침묵, 말로 형언하기 어려운 부드러움. 그 순간에 나는 당신이 나와 함께하기를 너무나 갈망했기 때문에 터져 나오는 울음을 참느라고 애를 먹었습니다. 나는 나 자신의 발걸음을 당신과 맞추기라도 하려는 듯 천천히, 천천히 걸었어요. 사랑하는 사람을 곁에 두

---

472 엘레니에게 쓴 편지.

지 못한 채로 기막힌 광경을 혼자 보려니까 참을 수 없을 만큼 슬
프더군요…….[473]

1935년 4월 9일
도쿄에서

　일본은 나에게 많은 기쁨을 주지만, *quelque chose y manque*
(무엇인지 허전합니다). 나는 아직 나의 내면에 새로운 보물들을
담아 둘 수가 없었습니다. 현재의 나는 찾아다니고, 얘기를 듣고,
걸어 다니고, 나 자신을 기진맥진하게 만듭니다. 봄이라는 계절
이, 그리고 거리의 삶과, 그림과, 몇 군데의 절과, 종이 등(燈)이
나에게 활기를 불어넣습니다. 우리 자신의 세계보다 훨씬 조용하
고, 훨씬 *stylisé*(미적으로 정리된) 또 다른 세계가 존재합니다.
극장과 노래와 춤과, 마치 어떤 다른 혹성에서, 아주 머나먼 곳으
로부터, 아득한 곳에서 보는 듯한 여자들. 매혹적이며 초연하고,
이상한 슬픔을 머금고, *très intéressante*(대단히 재미있는) 단조
로움. 내 눈에는 너무나 생소한 *bibelot*(자그마한 장신구)에 대한
사랑이 이곳에서 나에게 *choque*(충격을 줍니다). 분재를 보면 나
는 심장이 짓눌립니다. 떡갈나무를 화분에 심어 놓았고, 박하나
무만큼이나 작은 벗나무에 꽃이 만발하고, 전나무는 높이가 10센
티미터밖에 안 되고…….[474]

1935년 4월 10일 저녁
도쿄에서

　아즈마 하 야!

473 엘레니에게 쓴 편지.
474 엘레니에게 쓴 편지.

······나는 신문을 받았고, 봉투 속에서는 파나이트의 죽음을 알리는 끔찍한 소식이 나왔습니다. 나는 자세한 내용을 알고 싶어서 초조하게 당신의 다음 편지가 도착하기를 기다립니다. 삶이란 흉악하지만 우리는 그런 사실을 알지 못하고, 그 삶을 한심하고 유치한 짓들을 하느라고 낭비하며, 사랑하는 사람이 죽은 다음에야 우리는 나락의 언저리를 따라 걸어가고 있다는 사실을 깨닫게 됩니다. 나는 어서 당신 곁으로 돌아가고 싶어 마음이 조급하고, 우리는 손을 맞잡고 걷게 될 것입니다. 이것이 유일한 위안입니다······. 중국에서는 다시 새로운 전쟁이 벌어지고 있지만, 나는 너무 늦기 전에 베이징을 보고 5월 6일에는 상하이를 떠나고 싶어요······.[475]

1935년 4월 15일
도쿄에서

비가 내리고, 또 내리고, 날씨가 추워요. 어제 나는 하루 종일 닛코에서 보냈습니다······. 멋진 산과 거대한 사이프러스, 찬란하고 오래된 절, 동상, 그림, 석등이 늘어선 산책로······. 그리고 이제 나는 길고 좁다란 나 자신의 방에서 아름다운 청동 화로 앞에 앉아 있으며, 벽에는······ 내가 산 붓다의 족자가 걸려 있어요······.

며칠 전 밤에 친구 한 사람과 나는 게이샤가 몇 명 있는 집으로 갔답니다. 그곳 분위기의 황홀감과 순수함은 말로 표현하기가 힘들어요. 다른 모든 집과 마찬가지로 나무로 지은 집이었어요. 입구에는 두 개의 커다란 초롱을 매달았고요. 우리가 초인종을 울리자마자 문이 열리더니, 마치 오래전부터 알았던 다정한 친구

---

475 엘레니에게 쓴 편지.

들이기라도 한 듯 우리를 반갑게 맞아 주기 위해 처녀들이 떼를 지어 몰려나왔습니다. 그들은 땅바닥에 이마를 대며 우리에게 절을 하고, 우리의 신발을 벗기고는 응접실로 안내해서 들어갔어요. 다다미가 깔렸고, 나무로 불을 지폈으며, 작고 나지막한 탁자와 두 개의 놋화로와 몇 개의 베개 이외에는 가구가 하나도 없었어요. 벽에는 종교적인 족자가 걸려 있었는데, 부처님이 몇 명의 여자를 만나 꽃들의 한가운데서 대담을 나누는 장면이었어요. 우리는 책상다리를 하고 앉았으며, 게이샤들이 우리를 둘러쌌어요. 내가 아는 일본말을 몇 마디 했더니 그들이 모두 웃더군요. 그들은 우리에게 피스타치오와, 사탕과, 따끈한 정종을 가져다주었습니다…….

그리고 우리는 술을 마셨어요. 그들 가운데 한 여자가 샤미센[476]을 꺼내더니 책상다리를 하고 앉아서 연주를 시작했습니다. 그러자 키가 작은 여자 하나가 일어서더니 춤을 추었어요. 우아함, 고요함, 절제, 눈부신 빛깔의 기모노를 입은 그들의 눈은 내가 유럽의 어떤 종족에게서도 전혀 본 적이 없을 정도로 즐겁고 순진했습니다. 내 친구는 일본말을 대단히 잘해서 그들과 농담을 주고받았으며, 그들은 모두 일곱 살짜리 아이들처럼 웃었어요. 나는 여자들에게서 그 정도까지 순진한 감미로움을 전혀, 전혀 한 번도 느껴 본 적이 없었어요……. 나는 부처님처럼 팔짱을 끼고 얌전히 앉아서 그들을 지켜보았습니다. 나는 손을 내밀어 그들을 만져 보지도 않았는데, 그 황홀한 광경이 사라질까 봐 겁이 났어요.

우리는 늦게야 그곳에서 나왔어요. 그들은 땅바닥에 닿을 정도로 허리를 숙이며 예의를 갖추었고, 우리가 신발을 신도록 도와

476 일본의 전통 악기 — 역주.

주었습니다. 그러더니 그들은 새처럼 즐겁게 지저귀며 또다시 인사를 했습니다. 「아리가토 고자이마스! 아리가토 고자이마스(대단히 감사합니다! 대단히 감사합니다)!」[477]

1935년 4월 17일

도쿄에서

나는 다시 여러 날이나 당신으로부터 편지를 받지 못했고, 다시금 세상은 온통 어둡기만 합니다······. 어제 나는 어느 일본 식당에서 전에 아테네 주재 일본 대사였던 사람과 저녁 식사를 같이 했습니다. 안으로 들어갔더니 이번에도 역시 젊은 여자가 문간까지 나와서 돌을 깐 바닥에 이마를 대고 절을 했어요. 그런 다음에 우리는 반짝거릴 정도로 깨끗한 층계를 올라가 방석 위에 책상다리를 하고 앉았어요. 이곳은 찾아오는 사람이 아주 적어서 모든 손님이 저마다 방을 독차지했습니다. 방은 철저히 장식이 결여되었어요. 다다미가 깔린 마룻바닥에는 방석 세 개가 놓였고, 세 개의 놋화로에는 숯불이 가득 담겼어요. 벽에는 갈대를 그린 족자가 걸렸고, 화병에는 꽃이 세 송이 꽂혀 있더군요. 그러고는 아무것도 없었습니다. 엷은 자줏빛 기모노 차림에 머리를 이상한 모양으로 틀어 올린 심부름하는 여자가 들어왔습니다. 그녀가 엎드려 절을 했고, 식사의 예식이 시작되었어요······.

식사가 얼마나 멋있는지는 말로 표현하기가 어려울 정도입니다. 침묵 속에서 이루어지는 그 예식에는 어딘가 종교적인 면모가 엿보였어요. 시중을 드는 여자가 한쪽 구석으로 물러나서 우리의 모든 동작을 빈틈없이 살펴보다가, 소리 없이 오락가락 돌

---

[477] 엘레니에게 쓴 편지.

아다니며 정종이나 차나 수건을 가져다주었는데, 우리의 마음속에서 어떤 생각이 오가는지를 훤히 파악한 듯싶었어요.[478]

1935년 4월 20일

도쿄에서

당신에게 줄 진주를 구했어요! 대단히 훌륭한 것으로요……. 나는 너무나 기뻤답니다. 내일 아침 나는 도쿄를 떠납니다……. 「다시는 못 보겠구나!」 차근차근 나는 일본 땅에도 작별을 고했답니다…….

나는 잠을 제대로 자지 못하고, 이틀 전에는 겁에 질려 잠이 깨기도 했어요. 누군가의 목소리가 나에게 이런 말을 하는 듯싶었어요. 「너는 화강암 위에 앉았으면서도, 모두가 허공뿐이라는 사실을 깨닫지 못하는구나!」

이곳에서는 거의 날마다 지진이 일어납니다. 도쿄를 벗어나 조금만 가더라도 산에는 김이 무럭무럭 나는 온천이 많아요. 우리는 틀림없이 아직도 활동 중인 어느 화산 꼭대기에 올라앉은 셈입니다. 하지만 내가 밤중에 들은 목소리는 형이상학적인 의미를 지녔고, 물론 삶에 대한 나의 전체적인 관점과 일치합니다……[479]

1935년 4월 21일

도쿄에서

……내가 일본에서 보낸 한 달 동안에 보고 느꼈던 바를 돌이켜보려니까 나는 조금쯤 피곤함을 느끼고 ― 아직 아무런 일관성이 담긴 결론을 끌어낼 수가 없습니다. 수많은 기쁨과 불만, 짜

---

478 엘레니에게 쓴 편지.
479 엘레니에게 쓴 편지.

증스러움, 환희, 그리움, 자유, 화려한 빛깔, 그림, 동상, 극장, 여자들, 숲, 사찰, 바다 — 이 모두가 아직도 내 가슴속에서 들끓고, 나는 그것을 표현할 능력이 없습니다. 하지만 글을 정성 들여 써야 한다는 필요성으로 인해 나는 표현할 능력을 갖춰야만 합니다. 그리고 모든 본질이 결정체를 이루어 『오디세이아』로 흡수되어야 합니다. 그러기 위해서 나는 힘든, 지극히 힘든 여행을 감수했으며, 내가 지금까지 보아 온 모든 찬란함을 몇 줄의 시구에 담아내기를 바랍니다…….

　배에서 나는 중국인들을 접촉했습니다. 굉장히 호전적이더군요. 물론 *raffinés*(세련된 사람들), *grands seigneurs*(대단한 세도가들)도 좀 보이기는 하지만, 배에서나 거리에서는 그런 사람이 눈에 띄지 않더군요. 나는 신비의 도시 베이징을 어서 보고 싶어요…….[480]

1935년 4월 26일
황해에서

　……단조롭게 여행은 계속됩니다. 우리는 이제 베이징의 넓은 만(灣)으로 들어왔고, 내일은 그곳의 항구 톈진에 도착합니다. 안개가 끼고, 날씨가 춥고. 나는 하루 종일 누워서 책만 읽습니다. 아, 시를 좀 쓰면 마음이 가라앉을 텐데요. 하지만 나는 편안하게 자리를 잡지 못했고, 주변 여기저기에서 들리는 목소리, 라디오, 내 영혼에 거슬리는 바보 같은 소음 등으로 인해 내 정신력은 일을 하려는 의지를 느끼지 않습니다. 그뿐 아니라 이곳에서는 일본 요리가 *m'écoeure*(구역질이 납니다)……. 일본에서 나는 좋

---

480 엘레니에게 쓴 편지.

은 사과와 맛 좋은 바나나를 구했습니다. 나는 그것을 한 바구니 가지고 왔으며, 배에서는 그것을 먹고 살아갑니다……[481]

> 1935년 4월 27일
> 베이징 만에서

동이 트는 바로 그 순간, 우리는 톈진에 도착했습니다. 우리는 물이 불어 배가 진입할 때까지 외곽에서 기다리는 중입니다. 날씨는 구름이 끼었지만 상쾌합니다…… 중국의 해안선이 희미하게 보입니다. 돗자리 같은 이상한 돛을 단 작은 배들이 오락가락합니다. 나는 새로운 땅을 밟기 위해 내 물건과, 책과, 시선을 정리합니다…….[482]

> 1935년 4월 28일
> 톈진에서

내 사랑이여, 마침내 ― 오늘 ― 나는 행복감을 느끼게 되었다고 믿습니다. 베이징은 말로 표현하기 힘든 도시여서, 모스크바와 *pendant*(쌍벽을 이루는 곳입니다). 아침 내내 나는 〈금단의 도시〉[483] 주변을 돌아다녔습니다…… 풍요함, 빛깔, *raffinement*(정교함), 보물들…… 설명할 수가 없을 지경입니다. 지붕에서는 풀이 자라고, 온통 껍질이 벗겨지는 벽에 그려진 그림들과 깨져서 떨어지는 노란 도자기 벽돌들. 나는 그런 기적을 보리라고는 전혀 바라지도 못했었습니다. 나는 방금 돌아왔는데, 내 눈은 *éblouis*(어지럽습니다). 그리고 오늘은 화창한 하루였는데, 사람

---

481 엘레니에게 쓴 편지.
482 엘레니에게 쓴 편지.
483 베이징의 쯔진청(紫禁城)에 대한 별명 ― 역주.

들 얘기를 들어 보니 어제만 해도 *ouragan*(태풍)이 불어 뿌리가 뽑힌 나무가 많았다더군요…….

나는 몇 가지 오묘한 작품을 보았는데 — 믿어지지 않을 만큼 단순한 그림으로서, 아무 색도 쓰지 않았지만 더할 나위 없이 완전합니다…… 칼무코는 꼭 이곳에 와봐야 합니다. 또한 기막힌 화병과 도자기도 많습니다. 나는 그보다 아름답거나 세련된 조형을 한 번도 본 적이 없고, 손으로 만져서 그토록 *volupté*(관능적인) 감촉은 결코 찾아낼 수가 없을 거예요. 프로소[484]도 역시 이곳에 와봐야 하겠어요. 그리고 나 혼자서만 이런 구경을 한다는 사실이 부끄럽게 생각되기 때문에, 그 어느 누구보다도, 내 사랑이여, 우리가, 우리 두 사람이 함께 이곳에 와봐야 합니다. 그리고 이 모든 것들과 더불어 아카시아도 있고, 꽃이 만발한 나무들이 끝없이 늘어선 길도 있고, 등나무도 있어요…….[485]

1935년 4월 29일
베이징에서

나는 (에르베르의 친구[486]인) 벨기에 대사관의 비서관과 함께 어느 중국 귀족의 집으로 갔어요. 나이가 여든인 할머니의 생일잔치가 열렸어요. 굉장히 넓은 집 마당에는 그녀가 〈만수무강〉하기를 바라는 친척과 친구로부터 보내온, 온갖 소망이 담긴 붉은 비단 깃발로 장식이 되었어요. 잔칫상을 차려 놓고, 사람들이 잔뜩 모였으며, 중국 극단도 불러왔는데, 그들은 안뜰에서 공연

---

484 Frosso. 두 사람이 잘 알고 있었던 여류 조각가로서, 여러 나라에서 명성을 떨쳤다.

485 엘레니에게 쓴 편지.

486 장 에르베르는 카잔차키스에게 중국과 일본에서 만나 볼 만한 사람들을 주선하는 몇 장의 소개서를 써주었다.

을 했습니다……. 몇몇 아이들이 연극을 했는데, 희극 공연이었어요. 애교를 떠는 목소리들, 화려한 의상, 원시적인 주제, 매혹적이고 단조로운 중국 음악. 우리는 매력 있고 *pourri*(버릇이 나빠진) 노부인에게 인사를 드렸고, *criardes*(요란한) 빛깔의 사탕을 먹었습니다. 나는 담배를 피우고, 구경도 하고, 귀를 기울이면서, 내 얼굴의 구멍(그러니까 나의 두 눈)이 드디어 만족하게 될지 어떨지 궁금해했습니다…….[487]

1935년 4월 29일 저녁

나는 여러 훌륭한 절을 둘러보고 방금 돌아왔는데, 그 절들은 지붕이 검푸른 기와로 덮였기 때문에 내 눈은 파란 빛깔로 넘쳐 흘렀습니다. 하지만 우체국으로 가보니 당신한테서 세 통의 편지가 와 있었기 때문에 나는 기쁜 마음으로 돌아왔어요!

「톰.」[488] 내가 소리쳤어요. 「어서 집으로 가자고!」[489]

1935년 4월 30일
베이징에서

나는 에르베르가 마마(장군)라고 부르는 여자를 방문하고 방금 돌아왔습니다. 화려하고 으리으리한 중국 저택, 밀폐된 정원, 취향이 *inégal*(제멋대로인) 동양적인 방들. 오묘한 중국의 족자 바로 옆에는 프랑스의 쓰레기 같은 작품이 나란히 걸렸고. 마님이 들어서는데 — 쉰 살가량 되었고, *très svelte, mince, élégante*(아주 유연하고, 가냘프고, 우아하고). 몸에 꼭 끼는 황금으로 수

---

487 엘레니에게 쓴 편지.
488 카잔차키스의 인력거꾼.
489 엘레니에게 쓴 편지.

를 놓은 멋진 옷을 걸친 교태를 부리는 여자. 옥을 깎아 만든 기다란 귀고리와 진주. *Fânée*(말라비틀어지기는 했지만) 아주 *soignée*(세심한 몸치장). 그녀는 무희이고, 음악에 미쳤답니다. 그녀는 연속되는 책을 쓰고 싶어 하는데, 그녀가 이상적인 본보기로 삼는 작품은 알렉상드르 뒤마의 『삼총사』랍니다!

하지만 그녀는 총명하고 명랑한 여자입니다. 그녀는 본 것도 많고 경험도 무척 다양해서, 우리는 옛 친구처럼 얘기를 나누었습니다. 나는 모레 그녀를 다시 만나기로 했고, 우리는 더 이상 출입이 허락되지 않는 어떤 폐쇄된 궁전으로 함께 가기로 했어요. 장미 잎사귀를 넣은 차, 만주의 사탕, 기타 등등…….[490]

1935년 4월 30일 저녁

아테네로 돌아온 니코스에게는 우리의 집 문간에서 기다리는 내 모습이 보이지 않았다는 사실이 하나의 충격이었다. 그러나 나는 의사의 긴박한 지시를 받아 치료를 위해서 프랑스로 떠나야만 했었다. 그리고 니코스는 나의 끝없는 병 때문에 진저리를 쳤다.

사랑하는 레노치카!

……이곳의 분위기는 *irrespirable*(숨이 막힐 지경입니다). 말할 수도 없는 공포, 참혹함, 야만성. 나는 어서 안식처를 찾아 아이기나로 가서, 우리가 어떻게 될지를 알아보고 싶습니다……. 프레벨라키스 일은 기막히게 잘되어 가는군요……. 랄리 부인과

---

490 엘레니에게 쓴 편지.

팍시누의 열성도 놀랍고, 그들의 무한한 힘 또한 놀랍습니다. 오늘 낮에 나는 그들에게 선물로 중국 그릇 한 개와 *estampes*(판화) 몇 장을 가져다주기로 했어요.

『토다 라바』를 읽어 본 어느 독일 출판사에서 내가 그들에게 새로운 원고를 보내 주겠다고 했던 약속을 상기시키더군요……[491]

1935년 6월 5일
아테네에서

……오늘 밤 나는 파판드레우와 식사를 같이할 예정인데, 그에게도 역시 판화 한 장을 주겠어요. 이렇게 나는 소유한 것들을 닥치는 대로 주어 버리는 중이고, 당신을 만나 나머지를 주기 위해 기다리겠어요……. 당신이 너무 늦게 오면 나는 기분이 굉장히 상하리라는 사실을 시인해 두겠어요…….

내일은 선거예요. *Misères*(비참하군요). 내 친구들은 모두 탈락했어요. 나는 신문을 읽지 않고, 관심도 없지만, 그래도 이런 모든 썩은 냄새를 맡고는 속이 상합니다……[492]

1935년 6월 8일
아테네에서

……나는 무척 불안합니다. 아테네는 나를 아주 속상하게 만들어요. 그렇기 때문에 나는 그토록 짜증스럽고 답답한 편지를 당신에게 썼답니다…….

나는 이 식탁에서 저 식탁으로 끌려 다니지만, 식욕이 하나도 없어요. 그리고 나는 표정을 흐트러뜨리지 않으려고 애를 씁니다…….

491 엘레니에게 쓴 편지.
492 엘레니에게 쓴 편지.

당신이 외국에서 읽고 조금이나마 기쁨을 느끼도록, 레노치카, 즐거운 소식이 가득하고 따뜻한 편지를 당신에게 쓴다면 얼마나 좋을까요. 하지만 나는 그럴 수가 없어요. 나는 아주 마음이 아프고, 고통을 이겨 내지도 못합니다. 탓할 이유가 많기는 하지만, 그 가운데 한 가지는 *déprimant, dégradant*(답답하고 굴욕적인) 아테네의 분위기입니다. 그리고 나는 차라리 당신에게 전혀 편지를 쓰지 않고 그냥 말없이 당신이 도착하기를 기다리고 싶어요······.[493]

1935년 6월 12일
아테네에서

　　······나는 집필하지 않을 테니까, 4학년 강독서를 쓰도록 해봐요. 나는 세 권의 강독서에 내 관심을 모두 집중시켜야만 합니다······.

　　일본에 대한 기행문도 역시 사람들에게 깊은 인상을 주었습니다. 나는 아이기나에 도착하자마자 중국에 대한 기행문도 써야 합니다. 굉장히 많은 일이지만, 시간은 맞출 생각입니다. 나에게 필요한 것은 평온하고 즐거운 마음뿐입니다. 그것들은 현재 존재하지 않지만, 당신이 오면 그것들도 당신과 함께 올 것입니다······.[494]

1935년 6월 13일
아테네에서

　　몸이 건강한 동반자와 함께 지낼 때라면, 니코스 카잔차키스는 자신이 지닌 부드러움과, 인내심과, 마력의 한계를 전혀 인식하지도 못했으리라. 포근하고 부드러운 동반자와 함께라면, 나는

---

493 엘레니에게 쓴 편지.
494 엘레니에게 쓴 편지.

의심할 나위도 없이 나 자신의 몸을 더 잘 돌보고 완전히 치료가 되었을지도 모를 일이었다. 「당신이 아파서 다행이에요.」 나를 놀리면서 그가 말하고는 했다. 「만일 건강했다면 당신은 세상을 온통 뒤엎어 놓았을 테니까요!」 나는 세상을 뒤엎어 놓지는 않았다. 하지만 니코스 같은 정신적인 스승과 함께 있으면 내 정신력은 저절로 튼튼해졌고, 나는 대지의 기쁨과 고통을 거침없이 맛볼 수 있었다.

......아이기나의 땅을 밟은 순간부터 나는 다른 사람이 되었습니다. 환희, 거의 행복에 가까운 감정, 바다, 고적함, 내 영혼을 위해서는 이보다 완벽한 풍토가 없어요. 나는 집 안에서 오락가락 돌아다니고, 당신의 멋진 시를 끊임없이 생각하고, 형용사의 성(性)만을 고치고 ─. 〈당신이 나에게서 멀리 떠나가 버린다면, 내 사랑이여, 우리의 작은 집은 음산해집니다……. 집 전체에서 당신의 사랑스러운 그림자가 hanté(유령처럼 나타납니다). 무엇을 만지더라도 당신의 손을 만지는 기분이 들고, 눈에 보이지 않는 존재 때문에 몸이 떨려서, 나는 감히 아무것도 만지지 못합니다.〉[495]

나는 당신의 물건들로부터, 당신이 이곳에 그것들을 남겨 두고 간 그대로의 상태로부터 깊은 인상을 받았습니다……. 나는 다시 내 손으로 요리를 해 먹어요. 나는 큰 책상을 책으로 가득 채웠습니다. 나는 중국에 대한 책을 읽고, 『오디세이아』를 생각하고, 기초 독본을 계획하고, 내일(월요일)부터는 기행문을 쓰기 시작할 예정입니다…….

495 엘레니의 시에서 인용한 부분.

하루가 끝이 없군요. 나는 테라스에서 잠을 자고, 모든 별이 내 위에 매달려 있습니다. 전갈좌가 하늘에서 회전하고, 동틀 녘에 나는 상쾌한 기분으로 잠에서 깨어나며, 하루의 거룩한 과업이 시작됩니다……

집에 달린 〈정원〉은 초라합니다. 모든 화초가 말라붙었고, 잎사귀가 두툼한 화초들만 아직 자라납니다. (우리의 새로운 고양이) 바빗이 곧 돌아와서 늘 나하고 친구가 되어 줍니다. 저녁이면 우리는 함께 테라스를 오락가락 걸어 다닙니다……

기막힌 나날입니다. 나는 햇볕에 새빨갛게 탔어요. 나는 수영을 하고, 바위에서 몸을 말리고, 지나가는 배들을 구경하고, 일본 담배를 피우면서 내가 보았던 모든 사물을 회상합니다. 거룩한 대화와 황홀한 손길이 다시금 엮어지도록 당신이 돌아오기를 나는 기다립니다……[496]

1935년 6월 22일
아이기나에서

……반파시스트 총회에서 발표되는 연설문을 모두 보관해 주기 바랍니다. 나는 초청을 받기는 했지만 갈 수가 없어요.

당신의 두 번째 글도 역시 활력이 넘치고 훌륭합니다. 난 그것을 방금 읽었어요……[497]

1935년 7월 5일
아이기나에서

……나는 강독서에 몰두했고, 정신이 나가다시피 한 상태랍니

496 엘레니에게 쓴 편지.
497 엘레니에게 쓴 편지.

다. 나는 계속해서 글을 쓰고 또 고쳐 쓰고는 합니다. 칼무코가 찾아오고는 하죠. 우리는 이곳에서 함께 일하며, 내가 다시 고쳐 씁니다. 그리고 나는 2학년을 위한 강독서 한두 권을 더 만들어야 합니다…….

나는 당신이 새로 쓴 시의 내용은 좋아하지만, 형식이 쉽고 소박하지 않군요. 당신이 추구하는 문체가 너무나 집약되어서 (나흐만의 이론처럼) 절대적인 단순성을 성취하지 못하면 이해가 불가능하기 때문에, 작품을 다시 손질해야 하겠습니다. 당신은 복합성을 거친 다음에 얻어지는 단순성을 원하지, 복합성에 의해서 아직 때가 묻지 않은 그런 종류의 단순성을 원하는 것이 아니에요. 그것은 지극히 어려운 재능이고, 지고한 야망이며, 그래서 당신은 무척 많은 고통을 겪어야 합니다. 그것은 가파른 오름길이니까요…….

오늘 나는 우리의 〈영토〉에 우물을 하나 팠는데, 30센티미터를 내려가니까 바위가 나오더군요…….[498]

1935년 7월 15일

아이기나에서

……아테네에는 또다시 정치적인 변혁과 참담한 상황이 닥쳤습니다. 나는 그것으로 인해서 전혀 흥분하지는 않았어요. 나는 종족의 멸망에 대해서 역겨움을 느낄 따름입니다……. 레프테리스가 아테네에 왔는데 아이기나로 오고 싶어 합니다. 마음대로 하라고 두죠! 하지만 불안정한 사람은 어떻게 할 도리가 없어요…….[499]

1935년 7월 20일

498 엘레니에게 쓴 편지.
499 엘레니에게 쓴 편지.

모든 이별의 고통은 재회의 기쁨으로 인해서 보람되게 마련이
었다. 장난기와 순진함으로 빛나며 지칠 줄 모르던 니코스는 은둔
자로서 자신이 보낸 삶을 지극히 세부적인 사항까지 나에게 가끔
전해 주면서, 우스꽝스러운 면을 강조하기도 하고, 파격적이거나
침울한 부분은 슬쩍 넘어가 버리기도 했다. 어떠어떠한 날에는 바
다의 빛깔이 그렇게 싱싱하기만 했고, 또 어떠어떠한 날에는 선인
장이 불꽃놀이처럼 꽃이 만발했다는 얘기도 했다. 어느 친구가 보
기 드문 무엇을 약속했고, 고양이가 커다란 뱀과 싸움을 벌였으
며, 그의 머릿속에서는 새로운 주제들이 서로 우선권을 주장하며
싸움을 벌였다. 그리고 그는 자신이 겪은 실패담이나 무슨 뜻밖의
실수를 얘기할 때면 가장 먼저 웃음을 터뜨리고는 했다.

겨울이 가까워 오는 중이었다. 추위가 우리의 잔등에서 도마뱀
처럼 꿈틀거렸다. 동상의 첫 증상들이 나타났다.

그리고 니는 아테네로 가서 모든 일을 처리하느라 — 출판업
자 친구들과, 일감을 약속했던 편집장과, 국립 극장에서 온 배우
친구들과, 우리가 미래에 살 집의 설계도를 준비하던 건축가 뒤
라스를 만났다. 그 까닭은 우리가 어느 때보다도 더 집을 가지고
싶어 했기 때문이었고, 가능하다면 라디오도 갖고 싶어 했다. 그
리고 난로도…….

……금년 겨울에 우리는 꼭 음악을 갖추어야 합니다. 나는 이
제 6시에 잠자리에 드는데, 잠을 조금밖에 못 잘뿐더러 그 잠도

편하지가 못해요. 나는 불면증이 생겼으나, 한밤중에 일어나 일을 하고 싶은 충동도 없습니다. 만일 라디오만 구한다면 우리는 행복할 거예요……

나는 『오디세이아』를 가지고 일하는 중입니다. 나는 그리고 싶은 욕구를 느낄 때마다 『나의 아버지 *Mon Père*』를 쓰겠어요. 하지만 나는 당신을 위해서 틀림없이 그것을 쓰겠어요……

그래서 나는 6시에 잠을 자고, 바빗이 와서는 내 발치에서 잡니다. 아침에 보면 그는 내 가슴 위에 웅크리고 있어요. 오후 5시쯤에 그는 내 책상으로 올라와서 문을 열어 달라고 야옹거리는데, 나를 쳐다보는 눈초리가 마치 이런 말을 하는 듯싶어요. 〈자, 어서 일을 시작해요, 주인님! 이리 내려와요! 나는 배가 고파요!〉 그래서 내가 내려가면 고양이는 한없는 기쁨을 느끼며 마른 빵을 마구 먹어 치우고, 물을 잔뜩 마시고는 내 침대로 달려간답니다. 잠시 후에 우리가 만나죠. 그리고 안주인을 기다리면서 이런 생활이 계속됩니다……

(이것은 새로운 *synthèse* 종합이지만) 신악마(神惡魔)가 우리와 함께하기를 바랍니다![500]

1935년 11월 5일 화요일
아이기나에서

나의 사랑하는 L!

오늘 나는 다음과 같은 사건으로 인해서 내 축일이라는 사실을 알게 되었습니다. 오늘 아침 일찍 카치밍고스 씨[501]가 검정 예복

---

500 엘레니에게 쓴 편지.
501 아이기나의 향료와 커피를 파는 상인으로서, 계산대 위쪽에다 고대 그리스어로 이런 글을 써붙여 놓았다고 한다. 〈그대에게 빚진 자를 두려워하라.〉

차림에 깨끗하고 파란 목도리를 두르고 찾아와서는 나에게 축하한다는 말을 했어요.

그래서 나도 즐겁게 하루를 보내기로 마음먹었고, 커피를 가는 기계에다 커피 알갱이를 조금 집어넣는 예외를 만들었어요! 그래서 나는…… 커피를 마시고는 더 좋은 한 해를 맞게 되기를 나 자신에게 바랐어요!

멋진 하루였지만, 나는 전혀 흥이 나지 않았습니다. 나는 바람을 쐬러 나갔다가 우체국으로 선물이 왔다기에 아이기나에 들렀는데, 선물은 프레벨라키스가 보낸 것으로 프랑스어와 영어로 된 아름다운 『햄릿』이었어요. 나는 그것을 받고 기뻤으며, 계속해서 메사그로를 향해 갔습니다. 그곳에서 나는 내 책 「나의 아버지」를 위한 멋진 도입부가 될 만한 문장이 머리에 떠올랐어요. 나는 그것을 적어 가지고 돌아왔어요. 프로코피를 지나면서 나는 케이크를 세 개 샀는데 — 그것을 당신과 나의 누이동생 엘레니와, 미지의 X, 이렇게 나를 가장 사랑하는 세 사람으로부터의 선물이라고 생각했습니다! 집에 와서 나는 어제 저녁에 먹다 남은 야채 요리와 청어 반 나리로 식사를 했어요. 처음에 나는 야채 요리를 데우지 않고 찬 것을 그대로 먹으리라 속으로 생각했습니다. (차게 먹으면 맛이 얼마나 역겨운지 당신도 잘 알죠.) 하지만 오늘이 내 축일이라는 것이 생각났고, 그래서 호사하는 셈 치고 야채 요리를 데워 먹었어요.

그리고 코펜하겐 가루 반죽 과자의 맛이 어떨지는 그냥 상상이나 해보려고요. 그러고 나서 나는 안나의 술을 조금 마시며 그녀의 건강을 위해 축배를 들었어요. 이렇게 해서 12월 6일이 다 지나갔답니다……

「담배를 피우는 동안En Fumant」의 전체적인 줄거리가 지극히 세밀한 부분까지 모두 준비되었습니다. 거기에 불을 붙이기 위해서는 무엇이 필요할까요? 불꽃. 나는 그것을 기다리지만, 내 마음은 아직도 닫혀 있고, 굴복하기를 거부합니다. 날마다 나는 마음에게 애원하지만 소용이 없어요·······.[502]

1935년 12월 6일
아이기나에서

······나는 「담배를 피우는 동안」의 개요를 잡았지만, 언제 시작해야 할지는 모르겠군요. 요즈음 몇 달 동안 나는 줄곧 마음이 무거웠습니다. 왜 그런지는 모르겠지만, 나는 창조를 위해서 필요한 작열하는 분위기로 빠져 들어가지 못합니다. 나는 어떤 골격을 갖춰야 할지 완벽하게 줄거리를 짰어요·······. 그것은 일본에서 벌어지는 얘기인데, 어느 게이샤가 나에게 파이프의 불을 붙여 주고는 그 속에다 *un tout petit grain noir*(아주 작고 검은 씨앗을), 즉 대마초를 아주 조금 집어넣습니다. 그리고 계속해서 은근히 나를 *travaillait*(괴롭히던) 생각이 갑자기 솟구쳐 오르더니 몇 분 안에 나는 나의 아버지와, 크레타와, 어린 시절을 되새김질하고····· 그러다가 파이프가 꺼지면 우리는 마치 내가 어디에 와 있는지를 잠시 동안 잊어버리기라도 했던 것처럼 멍한 표정으로 나를 쳐다보던 게이샤의 웃음소리를 듣게 됩니다.

대마초는 나의 *évasion*(도피)을 완벽하게 정당화하고, 작품이 갖추게 될 *saccadé*(투박스럽고), 난폭하고, 서로 어긋나는 문체, 그리고 갖가지 *hallucinantes*(환각적인) 영상들을 정당화해서, *extrême Orient*(극동)와 크레타가 마구 뒤엉키고, *paysages*(풍

---

502 엘레니에게 쓴 편지.

경들), 째진 눈, 크레타의 머리띠, 난해하고도 *fascinant enche-vêtrement*(매혹적인 결합)가 이루어집니다.

나는 이 모두를 내 머릿속에 간직했습니다. 나는 신이 내려 주는 자유분방한 도취의 순간만이 결여되었을 뿐입니다. 하지만 금년 겨울, 우리의 고독감 속에서는 그것도 역시 찾아오겠죠. 나는 삶의 근심 걱정과, 대화와, 방문객들로 인해서 지쳤습니다…….[503]

1935년 12월 토요일
아이기나에서

……하루하루가 지극히 감미롭고, *tendres, embués*(부드럽고 안개가 자욱합니다). 나는 차분합니다. 불안한 위기는 지나갔습니다. 어쩌면 『담배를 피우는 동안』을 시작하기 위해 나의 내면에 잠겨 있던 고뇌 탓이었는지도 모릅니다. 모든 것이 내 신경을 건드렸고, 지극히 가벼운 접촉도 나를 아프게 했습니다. 그리고 이제, 나는 차분합니다. 출산은 시작되었습니다.

나는 당장 「나의 아버지」를 시작할 생각입니다. 당신한테 편지로 썼듯이, 나는 고요하고도 독창적이며 기막힌 도입부를 찾아냈습니다…….

나는 혹시 돈이 너무 많이 들지만 않는다면 크레타의 지도를 만들어 달라고 전문가한테 편지를 썼습니다. 나는 그것을 내 책상 뒤쪽 벽에 걸어 놓을 생각입니다…….

우리 집이 *m'obsède*(자꾸 내 마음을 사로잡습니다). 밤낮으로 나는 뒤라스의 설계를 생각하고 수정합니다. 당신이 온 다음에 내가 수정한 내용을 얘기할 텐데, 만일 당신이 동의한다면 우리

503 엘레니에게 쓴 편지.

는 그것을 뒤라스에게 보내고, 그러면 그는 확실한 설계도를 우리에게 만들어 주겠답니다……[504]

1935년 12월 24일

아이기나에서

1935년 3월 베니젤로스의 추종자들이 일으킨 봉기와, 그에 따른 베니젤로스의 코르시카 추방 이후에 그리스는 우익들의 손으로 넘어갔다. 1935년 콘딜리스 장군의 쿠데타 이후에 그리스 사람들이 단 하루도 자유를 누리지 못했다고 하더라도 그것은 과장된 말이 아닐 것이다.

콘딜리스가 가장 먼저 취한 행동은 공화국을 폐지하고 부정한 국민 투표를 한 것이었고, 그것을 통해서 투표권을 가진 시민의 수보다도 더 많은 사람들이 왕정복고를 원한다는 결과가 나왔다! 게오르기오스 왕이 다시 추대되어 통치를 맡았다. 다음에는 메탁사스[505]의 파쇼 독재, 전쟁, 두 차례의 내란을 거쳤고, 1944년 이후에 나치 동조자들이 그대로 요직을 계속해서 맡았다는 사실과, 그들이 민주적인 사상의 모든 면모를 탄압한 현상……. 이 모두가 너무 고통스러운 일이어서 몇 마디 말로는 서술하기가 불가능하지만, 그래도 이곳에서 언급을 해두어야 한다.

1936~1937년 그 다음 2년 동안은 고생스러운 시기였다. 그나

---

504 엘레니에게 쓴 편지.
505 Metaxas(1891~1941). 그리스의 수상, 외무 장관 등을 거친 뒤 1936년 8월 4일부터 세상을 떠난 1941년 1월 2일까지 독재자로 군림했다 — 역주.

마 역경이 파괴하지 못하던 것도 하마터면 무너질 뻔했는데, 그것은 모든 사람이 갈망하는 안식처, 즉 보금자리에 대한 꿈이었다. 이런 속담이 전해 내려온다. 〈딸을 시집보낸 적이 없거나 집을 지어 본 적이 없는 사람은 세상의 고난을 알지 못한다!〉 우리는 그 속담을 알았지만 고난이 실제로 닥치리라고는 상상도 하지 못했었다.

애초부터 우리는 어려움에 봉착했었다. 우리는 그 섬의 양상과 조화를 이루는 자그마하고 쾌적한 집을 원한다고 생각했었다. 지붕도 없고, 널찍한 앞마당 이외에는 아무것도 없는 — 너무나 기분 좋게 단순한 구조여서 태양이 하얗게 타오르거나 비가 마구 쏟아질 때는 침대 위로 그냥 흘러내려서, 히메토스 산의 마루와 바다하고 너무나 기막히게 조화를 이루었다.

또한 집 밑에 물 저장통이 필요했는데, 그것은 우리가 바위 위에다 집을 짓기 때문이었다. 그리고 돌계단은 밖으로 내서, 두말할 필요도 없이 훨씬 더 뚜렷한 단순성을 추구하기 위해 층계를 단 하나의 덩어리로부터 깎아 내었다. 아래층의 거실은 배를 타고 앉은 기분을 내게끔 꾸몄고, 우리의 침실 이외에 다른 방들도 들였으며, 위쪽으로는 독수리의 둥지처럼 테라스로 둘러싸인 전망대를 만들었다.

나는 바람으로부터 안뜰을 막아 주는 인상을 주게끔 ㄇ 모양으로 집을 짓자고 제안했다. 건축가는 이것이 좋지 않다면서 한쪽 다리를 잘라 버렸다. 니코스가 기분이 좋아서 소리쳤다. 「정말이지 우리는 너무나 빈틈이 없는 사람들이에요! 새로운 형태는 완벽하고, 우리는 여전히 감싸는 형태의 집 모양을 그대로 유지했어요. 그뿐 아니라, 그건 우리말 알파벳의 세 번째 글자인 감마, Γ 하고 똑같아요. 3, 33, 3033 — 내가 가장 좋아하는 숫자가 3

이잖아요.」

　우리는 〈자연이 우리 집으로 들어오기를〉 바랐다. 그러면서도 동시에, 니코스는 그 집이 올라앉은 절벽과 하나가 되고 — 절벽의 일부가 되게 하기 위해서 바위로부터 깎아 내고 회칠을 하지 않은 요새의 환상도 꿈꾸었다. 건축가는 〈자연과 대화를 나누는〉 네 개의 문을 마련해 놓았다. 니코스는 그 가운데 셋은 없애 버리자고 요구했다. 우리는 견해의 차이를 조절하여 베란다를 집의 나머지 부분과 〈차단〉시켰다. 부엌에 관한 것은 내 마음대로 했다.

　문에 대한 의견 충돌이 가라앉자마자 또 다른 문제가 터져 나왔는데, 실내 층계가 그것이었다. 니코스는 고집을 굽히려고 하지 않았다. 「층계는 하나로 충분해요! 나는 집에다 자꾸 구멍을 뚫어 놓는 게 싫어요. 우린 바깥 층계로 돌아다니면 되잖아요.」 그는 우리의 못마땅한 제안에 함정 같은 집을 짓겠다는 계획으로 맞섰다!

　창문 문제가 대두하자 드디어 일이 터졌다. 설계상으로 보면 길이가 4미터에서 6.5미터쯤 트기로 한 커다란 퇴창이 마련되어서 우리는 매혹되었다. 그러나 내가 아테네로 가야 할 일이 생겼을 때, 우리 집을 짓던 석공 두 사람(어떤 때는 두 사람이 넘기도 했지만)이 이 널찍한 구멍에 직면하게 되자 겁이 덜컥 났다. 「키르 니코스!」 그들이 소리쳤다. 「당신 건축가는 미쳤어요! 이렇게 구멍이 뻥 뚫려 있으면 시멘트를 한 덩어리도 얹을 수가 없어요. 무너지고 말 테니까요.」

　그들이 어찌나 일을 마음대로 처리했는지, 내가 집으로 돌아와서 보니 자그마한 정사각형의 창문으로 바뀌어 버렸는데, 모두 한심할 정도로 뒤죽박죽이었다.

　짓고, 때려 부수고, 다시 짓고, 다시 때려 부수고. 이런 고역이 여러 달에 걸쳐 계속되었다. 꼬박 2년에 걸쳐서 우리는 히드라의 머리를 계속 잘랐지만, 머리는 자꾸만 자라났고, 그럴 때마다 더욱 거세어지기만 했다. 니코스의 편지를 통해서 우리의 걱정거리들을 보다 자세히 살펴볼 수 있다. 품삯을 줘야 하는 저주받은 토요일이 되어 허리가 쑤시고 배는 고프기만 한 일꾼들이 우리를 빤히 쳐다볼 때면, 우리의 고뇌가 어떠했는지 어느 누구도 알지 못하리라.

우리를 위해서 일하던 석공 테오도로스와 이그나치오스는 소아시아에서 온 거인들이었다. (나이가 많았던) 테오도로스는 〈사장님〉의 지갑이 자신의 지갑보다 조금도 더 두툼하지 못하다는 사실을 눈치 챘고 ― 그래서 모든 면에서 절약해야겠다고 단호한 결심을 하게 되었다. 「우리는 경비를 확정했습니다, 키르 니코스. 우리는 그 이상은 초과하지 않겠어요!」 집주인과 술잔을 부딪치며 그가 선언했다. 「그럼 일은 언제 시작할까요?」「지금 당장 시작하죠!」

말이 떨어지기가 무섭게 공사가 시작되었다. 그는 몸을 일으키더니 우리 집터의 한쪽 구석으로 갔다. 그곳에다 테오도로스와 이그나치오스는 기다란 쇠막대기 두 개를 놓아두었다. 그들이 그 쇠막대기를 집어 들고는 바다를 향해 길을 내려가는 뒷모습을 보고 우리는 놀랐다. 그들은 무슨 목욕재계라도 할 작정이었던가?

우리가 지켜보는 줄도 모르고 테오도로스와 이그나치오스는 하반신을 훌렁 벗어부치고는 바다로 들어갔다. 그들은 절벽 밑으로 긴 쇠막대기를 밀어 넣더니 엄청난 힘을 써가면서 바위 벽을 깎아 내기 시작했다. 잠시 후에 그들은 저마다 두툼한 바위를 한 덩어리씩 짊어지고 다시 길을 올라왔다. 이번에는 반대 방향으로 옷을 벗고 (배를 가리고는 상반신을 드러낸 다음) 바닷물에 젖은 바위를 깎아 내는 작업에 착수했다. 몇 개의 아름답고 큼직한 돌이 튀어나왔는데, 상아 빛깔에 장밋빛이 약간 감도는 그런 돌이었다. 며칠 후에는 벽이 올라갔는데, 사탕 가게처럼 입맛이 나게 만드는 그런 벽이었다.

테오도로스는 나름대로 모래를 구하는 문제도 그냥 해결했다. 「모래는 무엇하러 사서 쓰나요, 키르 니코스? 여기 우리 발밑에 잔뜩 깔렸는데 말이에요. 이걸 민물에 씻기만 하면 쓸 만합니다!」 이토록 지나치게 낙관적인 태도는 나중에 말썽을 자아냈는데, 반짝거리는 새하얀 가루가 우리의 책을 삼켜 버리고 말았기 때문이었다.

우리가 사는 곳으로 오기 위해서 두 일꾼은 아이기나의 작은 읍내를 통과해야만 했다. 참된 동양인답게 그들은 초라하나마 선물을 가져오는 일을 절대로 잊지 않아서 — 생선이나, 과일이나, 그들의 아몬드나무에서 딴 싱싱한 아몬드 몇 개를 가져오고는 했다.

바닥에 판석을 깔아야 할 때가 되자 테오도로스는 점잖게 충고하면서 나를 피라에우스로 보냈다. 「무엇보다도 우선 그 사람들한테 속아 넘어가지 않도록 조심해요, 키라 엘레니차! 우린 잘 마른 최고급 판석을 필요로 하니까요!」

나는 카이크 배에다 재료를 잔뜩 싣고 돌아왔는데, 그중에는 유명한 판석도 실려 있었다. 항상 의심이 많았던 테오도로스가 얼굴을 찡그렸다. 그는 허리를 숙여 한 개를 집어 들어 입으로 가져가더니 힘껏 이로 깨물어 보았다. 그랬더니 이가 아니라 판석이 두 토막으로 부러져 버렸다! 『미할리스 대장』에서 우리는 설화 석고를 먹는 사람을 발견하게 된다. 그는 아직도 살아 있고, 그의 이름은 쿠키스이다. 테오도로스와 이그나치오스도 역시 『미할리스 대장』의 크레타인들 속에서 등장할지도 모른다.

『토다 라바』와 소비에트 연방 공화국에 대해서 그랬듯이, 카잔차키스는 『돌의 정원』에서도 일본과 중국 — 너무나 생소하면서도 그에게 그토록 가까웠던 두 나라에서 겪은 경험의 정수를 보여 주고 싶어 했다. 그가 중요한 여행을 하고 나면 정기적으로 발표했던 여행기는 그를 파견했던 신문을 위해서 썼던 글의 본질적인 부분을 포함했다. 그의 전기를 쓴 아지즈 이제트[506]가 너무나 적절히 표현했듯이, 『돌의 정원』은 〈작가의 모든 경험이 엄격한 시험대에 오르는 일종의 실험실이다. 「정신 수련」에 나오는 어떤 지극히 중요한 구절들이 서술 내용에 거미줄처럼 짜여져 들어간 까닭도 그럴 만한 이유가 있어서였다. 의심할 나위도 없이 카잔차키스는 「정신 수련」을 그의 독자에게 접근시키려는 의도를 가지고 있었다. 그러나 그는 자신의 금욕 훈련이 가져다준 결과가 얼마나 견실했었는지를 확인하는 데도 똑같은 관심을 보였다. 모두가 다 철저히 소외된 경지에서였지만 — 꿈과, 관찰과, 행동과, 소극적인 수용이 이렇게 뒤섞임으로써 카잔차키스의 심오하고도 감각적인 생명력과 사상의 세계를 파악하는 무척 중요한 저서가 태어났다.〉

『돌의 정원』과 더불어 카잔차키스는 알렉산드리아에서 서점을 운영하던 친구 마르셀로스의 끈질긴 요구를 충족시키기 위해 이집트에 소재한 그리스 학교에 보급할 강독서를 한 권 집필하던 중이었다. 니코스는 그것을 〈웅대한 사업〉이라고 불렀으며, 나는 전혀 그 책을 위해 일한 바가 없었는데도 그 책에다 내 이름만을 사용하라고 자꾸 고집했다.

---

506 Aziz Izzet. 그가 쓴 전기 『니코스 카잔차키스』는 1965년 파리에서 플롱 출판사가 펴냈다.

……나는 이집트 책을 위한 원고를 마르셀로스에게서 받았습니다. 모두 연필로 썼는데, 엄청나게 분량이 많고 뒤죽박죽이더군요. 그런데 나더러 그것을 다 고쳐 쓰고 사본까지 만들라는 얘기입니다.

하루 종일 나는 『돌의 정원』을 썼는데, 당신이 어서 와서 이것이 좋은지 어떤지를, 아니면 다시 시작해야 할지를 나한테 얘기해 주기를 바랍니다……. 난 몇 가지 이상한 꿈을 꾸었어요. 나는 어서 당신이 오기를 초조하게 기다립니다. 즐거운 일은 꼭 한 가지 — 영국의 왕이 죽었더군요![507]

1936년 1월 22일
아이기나에서

니코스가 (직접 프랑스어로 쓴) 『돌의 정원』을 막 끝냈을 무렵 내 건강 상태가 나빠졌다. 그러던 터에, 신이 바위처럼 튼튼한 반려자를 마련해 주었어야 했던 그는 — 내가 곁에서 함께하던 남자는 — 처음으로 절망에 굴복하고 말았다. 우리가 편지를 주고받은 오랜 기간 동안에 그런 좌절 상태에 빠진 내용을 나는 두 번밖에 받은 적이 없었다. 하느님께 감사를 드려야 할 일이지만, 그는 대화나 편지에서 나 때문에 자신이 괴로워한다는 사실을 내가 전혀 눈치 채지 못하게 했다.

나의 사랑하는 레노치카!

507 엘레니에게 쓴 편지.

588

마치 기절이라도 했었고 신경이 아직도 지나친 흥분과 피로감 때문에 떨리기라도 하는 듯, 나는 아직도 정신을 못 차리겠어요…….
수술을 받았으며 플롱비에르 치료를 받고 난 다음인데도 당신이 아직 아프다는 생각을 하면 나는 견딜 수가 없습니다……. 내가 마음을 놓을 수 있는 유일한 길은 아마 나도 역시 병이 들어 얼마 동안 병상에 누워서 나 자신의 병간호를 하게 되는 것뿐일지도 모릅니다. 그러면 나도 휴식을 취할 테고, 어쩌면 그것이 당신에게도 좋은 일이겠죠…….

집으로 돌아왔을 때 나는 차라리 *une crise de larmes*(펑펑 울고) 싶었습니다. 너무나 많은 사람들이 그러듯이, 아주 간단한 일이니까요. 하지만 눈물은 나오지 않았으며, 납덩어리가 나를 짓누르기라도 하는 듯 마음은 잔뜩 긴장하기만 했습니다…….

나는 의사들이 당신에게 무슨 얘기를 하려는지, 그 소식만 기다리고 있습니다……. 나는 아무 일도 할 마음이 없어 테라스에서 서성거리기만 합니다. 나는 평생 이토록 낙담한 적이 별로 없었어요…….

니는 소리를 지르거나 꾸짖기라도 하려고 석공들에게로 갔었지만, 나에게는 그럴 기운조차 없었어요. 나는 돌아와서 카티나를 집으로 보내 버리고는 차를 마신 다음 햇볕에 나와 앉았어요. *ricqlès*[508]를 조금 마셨더니 효과가 있군요…….[509]

> 1936년 5월 금요일 저녁
> 아이기나에서

……그리고 그(뒤라스)에게 무슨 일이 있더라도 부엌문을 만들

---

508 약용으로 사용하는 박하 알코올.
509 엘레니에게 쓴 편지.

지 말라는 얘기를 잊지 말고 꼭 해줘요. 우리는 완벽한 안락함을 누릴 필요는 없으니까요. 카렐의 말을 잊지 말아요. 「임질과, 술과, 안락함이 우리 문명에 죽음을 가져오리라……」

당신이 떠나던 날 나는 칠레로부터 편지를 한 통 받았어요. 편집자(에르실라)는 『토다 라바』에 흠뻑 빠졌노라고 하면서 그 작품을 번역하여 출판하자고 제안했고, 판매 가격의 10퍼센트를 판매 부수에 따라 주겠다고 하더군요. 그는 또한 『돌의 정원』도 보내 달라고 했어요.

나 혼자서 좋은 차를 다 마셔 버리면 아까우니까, 보통 차를 50그램만 보내 줘요…….

나는 평화롭게 잘 지내면서, 일을 굉장히 많이 합니다. 당신이 이곳에 도착할 때쯤이면 「나의 아버지」 첫 원고가 끝날 거예요…….[510]

1936년 5월 7일 목요일

아이기나에서

……사흘 후에 나는 「나의 아버지」를 끝낼 작정입니다. 그리고 다음에는 무엇을 해야 할지 모르겠어요. 새 책에 대한 착상이 머리에 떠오르기는 했지만, 나는 — 물론 그리스 내에서이기는 하지만 — 차라리 여행이라도 했으면 좋겠어요. 이렇게 연거푸 글만 쓰다가는 나도 모르는 사이에 내 육신이 기진맥진해 버릴 터이기 때문입니다…….[511]

1936년 5월 10일 일요일

아이기나에서

---

510 엘레니에게 쓴 편지.
511 엘레니에게 쓴 편지.

……그저께 드디어 「나의 아버지」가 끝났습니다! 내가 예상했던 것보다 일이 훨씬 빨리 끝났습니다. 이제 나는 그것을 서랍 속에 넣어 두고 당분간 잊어버리기로 하겠습니다. 며칠 동안 크레타에도 가봐야 되겠지만 나는 전혀 서두르고 싶은 생각이 없어요…….

이제 나는 불안하고, 한가합니다. 나는 다음 책을 —『돌의 수도원*Felsenkloster*』을 — 생각하고 있습니다. 이것은 틀림없이 훌륭한 책이 될 거예요. 하지만 (『돌의 정원』이 중국을 무대로 삼았듯이) 이 책은 인도를 무대로 삼아야 합니다…….

내일 나는 내가 좋아했던 일본 사람인 히데요시에 대한 칸토를 시작할 예정입니다.

여기는 새로운 소식이 없어요. 커다란 선인장이 꽃을 피우리라는 얘기밖에는요. 혹시 나한테 라키가 조금이라도 남아 있었더라면 꽃이 나중에 피도록 하기 위해서 부어 주었을 텐데요.

다른 소식은 하나도 없어요, 내 사랑이여. 우리에게 신의 가호가 함께하기를! 하지만 무슨 일이 생기더라도 우리가 지향하는 바는 변함이 없습니다. 〈드높은 사상을 간직하고, 열심히 일하고, 모험이 흥분을!〉[512]

1936년 5월 목요일
아이기나에서

나의 사랑하는 레노치카!

당신의 축일인 내일은 신이 당신과 함께하고 나하고도 함께하기를 바랍니다. 나는 우리의 12주년 기념일인 이틀 전 밤에 선인장꽃이 활짝 피기에 무척 감동했었습니다. 신비하고, 참되고, 완전

---

512 엘레니에게 쓴 편지.

히 소박한 모습이 좋은 징조라고 여겨졌어요. 금년은 완전한 한 해가 되어서 ── 건강과, 집과, 강독서들과, 하시디즘과, 프랑스어 소설과, 프랑스어 아동 도서 등등이 잘되기를……[513]

1936년 5월 20일
아이기나에서

……르노가 편지를 했는데, 『돌의 정원』을 처음 몇 쪽만 겨우 읽어 보았을 따름인데도 내가 일본에 대해서, 그러니까 파시즘에 대해서 우호적이기 때문에 기분이 좋지 않더라고 그랬어요! 그런가 하면 그는…… 기타 등등, 기타 등등. 나는 *juger une oeuvre d'art en homme d'action*(예술 작품을 인간의 행동에 입각해서 판단한다는 것은) 피상적이라고 그에게 답장을 했습니다. 그것은 두 가지 다른 차원이니까요. 어쨌든 그는 힘을 써보겠다고 약속했어요…….

나는 집에 쓸 돈이 하나도 없어요……. 1층에다 지붕이라도 씌우기 위해서는 어떻게 해야 좋을지 모르겠군요……[514]

1936년 5월 목요일
아이기나에서

……나는 기운이 빠졌어요. 하루 종일 나는 건축 현장에 나가 있어요. 나는 더 이상 식사도 하지 않고 잠도 자지 않습니다. 벽은 거의 다 올라갔어요. 이것은 집이 아니라 요새에 가까워서, 멋진 *Schloss*(성)가 되겠어요. 나는 당신도 집을 보면 기뻐하고 즐거워하리라 자신합니다. 창문에 대해서 뒤라스가 양보를 하기만

513 엘레니에게 쓴 편지.
514 엘레니에게 쓴 편지.

한다면 말이에요…….

나는 집 때문에 당신을 피곤하게 만들지만, 붓다의 말이 맞아요. 〈집을 짓는 사람이 곧 문과 창문이 된다……〉[515]

1936년 5월 수요일 저녁
아이기나에서

……집 때문에 나는 일을 할 여유가 없습니다……. 나는 셰익스피어, 레오나르도, 히데요시에 대해서 겨우 몇 편의 칸토밖에는 쓰지 못했어요……. 책(교과서)들이 채택되기만 바랍시다. 그래야만 집이 완성될 테니까요. 크레타에서는 사람들이 어찌나 가난한지 땅을 팔기가 전혀 불가능해요…….[516]

1936년 6월 2일
아이기나에서

비록 한창 공사 중인 집 때문에 걱정이 끊일 날이 없었지만, 친구들은 — 옛 친구나 새로 사귄 친구들은 — 다 같이 결코 잊지 못할 기쁨을 우리에게 주었다.

이 무렵에 우리는 독일계 유대인인 헬무트 폰 덴 슈타이넨과 콘라트 베스트팔을 만났는데, 니코스에게는 좋은 징조였다. 한 사람은 작가로서 호메로스 학자이며, 슈테판 게오르게의 제자였다. 다른 사람은 화가로서 시에 대한 재능이 뛰어났으며, 독일 시인과 결혼했다.

그들이 니코스와 함께 영원한 주제를 가지고 토론을 벌이는 것

515 엘레니에게 쓴 편지.
516 엘레니에게 쓴 편지.

을 들으면 즐거웠고, 그들은 후렴을 되풀이하듯 항상 그들이 좋아하는 시인들 — 셰익스피어로부터 휠덜린, 발레리, 릴케에 이르기까지 — 과 중국과 일본과 아랍 시인들을 섭렵하고, 모든 나라와 모든 시대의 신비론자들을 절대로 잊지 않았으며, 그래도 결국 시인들에게로 화제가 되돌아갔다.

베스트팔을 통해서 우리는 네덜란드인인 부부 블레이스트라 부부도 만났는데, 남자는 작가였고(나중에 『돌의 정원』을 네덜란드어로 번역함) 여자는 선생이었으며, 두 사람 다 젊고 상상력이 풍부한 데다 그리스를 좋아했다. 그들이 가능한 한 오랫동안 그리스에서 머물도록 도와주기 위해서 우리는 몇 달 동안 우리의 거처를 제공하고는 앙겔라키스의 집에서 지내야 했다. 이 무렵에는 길을 잃고 헤매던 잡종 개 한 마리가 우리의 연락병 노릇을 했다.

〈이리 와서 우리가 새로 만든 무화과 잼을 맛보세요!〉네 발 달린 연락병의 목에 매달린 편지가 목적지에 도착했다.

〈우리는 4시에 도착할 예정입니다!〉착한 개가 왔던 길을 되돌아가기 시작하여, 한쪽 끝에서 다른 쪽 끝까지 섬을 횡단했다. 정확히 시간을 맞춰 탁자에는 차가 준비되어 있었다.

항상 미소를 짓고, 머리카락을 바람에 휘날리며 다른 어떤 사람보다도 머리 하나가 우뚝 솟은 장 에르베르 역시 아이기나로 우리를 찾아왔다. 니코스와, 마리카와, 칼무코와 더불어 우리는 그와 함께 한없이 즐거운 시간을 보냈다.

그의 영혼 아주 깊은 곳에서 혼자 지내던 카잔차키스는 그를 찾아오는 사람들을 존중했으며, 그들에게 식사를 같이하자고 청하기 일쑤였다. 그는 젊은 사람들이라면 꼼짝 못했고, 그리스의 부활에 대한 모든 희망을 그들에게 걸었다. 그리고 젊은 약사 미트사키스와, 킨드지오스 판사와, (역시 작가였던) 페르사키스 부인 같은 아이기나에서 찾아오는 친구들뿐 아니라, 아테네나 그보다도 더 먼 곳으로부터 찾아오는 친구들도 적지 않았다.

「나도 이곳으로 와서 얼마 동안 당신들하고 살았으면 정말 좋겠어요.」 텔로스 아그라스가 어느 날 나에게 털어놓았다. 그는 훌륭한 서정 시인으로 아테네의 국립 도서관에서 근무했으며, 대기근 동안에 죽었다. 「사람들 얘기를 들어 보니까 카잔차키스는 아무것도 안 먹으며 살아가는 방법을 안다고 그러더군요. 나도 그런 기술을 배우고 싶어요!」

그런가 하면 테살로니키로부터 무리를 지어 찾아오는 젊은 시인과 소설가도 많았다. (예의를 갖추어 그들을 맞으려고) 니코스가 면도를 하는 사이에 그들 가운데 한 사람 — 나이가 많은 사람 — 이 헌사가 담긴 그의 책을 나에게 주었다.

「이것을 카잔차키스 선생님한테 꼭 좀 전해 주시겠습니까?」 그는 나에게 부탁했지만, 당장 바로잡아 다시 말했다. 「그걸 저한테 도로 돌려주세요, 사모님. 제가 실수를 했습니다. 제가 헌사를 현재 시제로 썼는데, 저는 죽었으니까요…….」

그리고 지난 세기 민족 시인의 손자이며, 젊고 우람하고 미남인 V는 눈 하나 깜짝하지 않고 자신이 〈*thanatophilophilos*(죽음의 친구)……〉라고 알려 주었다.

이런 젊음의 약점에도 불구하고 그들은 순수한 재능을 지녔었다. 외국의 문학 비평가들과 갖가지 작품집 편집자들로부터 무시를 당하는 모든 사람들 — 그들에 대해서 우리는 무슨 말을 하겠는가? 선배를 찾아오는 그들과 같은 사람들이 너무나 너무나 많았다. 그리고 카잔차키스가 처음부터 좋아했고, 그들이 그리스의 국경을 훨씬 초월하여 발전하는 모습을 보고 싶어 했던 젊은이들도 너무나, 너무나 많았다……

그 무렵 아이기나에는 트랜지스터나 자동차가 없었다. 우리에게는 말과 마차, 노새와 당나귀, 그리고 우리의 발이 있었다.

배를 타고 오는 사람들 가운데 우리를 찾아오는 손님이 있으면 스타마티스 선장은 무적을 세 차례 울리고는 우리가 그냥 친구들을 볼 수 있도록 우리 집 절벽 아주 가까이로 지나가고는 했다. 그러지 않을 때는 니코스의 쌍안경이 능력을 발휘했다.

「봐요! 미할리와 엘레니 아나스타시우가 저기 탔어요! 미나스 디마키스, 마놀리스, 프로소, 기오르고스 룰라카키스가 와요!」

항구로 달려 내려가 그들을 환영하기에 겨우 시간이 넉넉할 정도였다.

1936년 여름 동안에 헬무트 폰 덴 슈타이넨의 도움을 받아서, 니코스는 그가 번역한 괴테의 『파우스트』를 수정하고 다듬었다. (무척 순진하게도) 그는 아직까지도 국립 극장 사람들이 그것을 레퍼토리로 채택하기를 바라며 기다렸다.

나의 사랑하는 레노치카!

……나는 아카데미에 대해서 당신이 해준 얘기를 잘 이해할 수가 없어요. 나한테 상을 준다는 얘긴가요? 무엇 때문에요? 단테에 대해서 주는 상이라면 물론 나는 그것을 받겠어요. 하기야 작년에 나는 이 상을 타겠다는 목적으로 작품을 제출했었으니까요. 만일 내가 쓴 다른 작품 때문에 주는 상이라면 생각을 해봐야겠

어요. 그런 경우라면 상을 받지 않는 편이 나한테 더 좋을지도 모르니까요…….

　이곳에서 나는 요즈음 끊임없이 칸토를 씁니다. 대단한 투쟁이어서, 굉장히 힘이 들어요. 내일 나는 『알렉산드로스 대왕』을 끝낼 생각이에요…….

　나는 『파우스트』가 「카티메리니」에 게재되기를 손꼽아 기다리고 있어요. 그러면 굉장히 도움이 될 텐데요……. (첫째) 이 번역이 하트조풀로스의 번역보다 얼마나 더 잘 되었는지를 모든 사람이 알게 될 것이고, (둘째) 국립 극장은 기가 꺾여서 제멋대로 구는 것이 훨씬 어려워질 테니까요…….[517]

1936년 6월 토요일
아이기나에서

　하지만 국립 극장은 그래도 제멋대로 행동했다. 그리고 카잔차키스는 「카티메리니」에 보내기 위한 항의의 글을 썼다.[518]

　……나는 나보다 앞서서 번역한 사람의 노력을 통해서 가능한 한 많은 것을 배웠습니다. 나로 말하자면, 보다 보편적인 그리스어이며, 보다 다채로운 언어와, 보다 순수한 활력과, 보다 율동적인 형태로, 불멸의 원작에 가까워지려는 나 자신의 노력에 최선을 다했습니다. 내 뒤를 따르게 될 몇몇 사람들도 나중에 나 자신

---

517 엘레니에게 쓴 편지.
518 이 글이 실제로 발송되었는지, 그리고 게재되었는지의 여부는 확인할 수가 없다.

의 노력으로부터 마찬가지로 도움을 받아 더욱 발전하게 되기를 바랍니다!

오늘부터 시작해서…… 이 작품은 매주 월요일에 「카티메리니」 신문에 연재됩니다. 내가 성공했느냐 못했느냐의 여부는 독자들이 판단할 것입니다. 만일 그들이 나의 어떤 잘못이라도 지적해 주고, 그 지적을 뒷받침할 증거를 제시해 준다면 나로서는 무척 기쁘고 감사하겠습니다. 그렇게 함으로써 그들은 중대하면서도 부담스러운 과업에서 나를 돕게 됩니다…….

그래서 나는 이 번역 작품을 세월이라는 아레오파고스[519]에게 바치고, 거기에서 심판이 내려지기를 기다리겠습니다. 요즈음 지성이 자신을 비하시키는 비참한 소돔에서는 어떤 정직한 인간도 다른 어떤 곳에도 희망을 걸지 못하니까요…….

행복했던 시간을 되새기면서 다시금 과거 속에 몰입하려니까 나는 그 시절이 그토록 잔인했었다는 사실이 믿어지지 않는다. 니코스 카잔차키스가 글만 쓰며 살아가도록 하려고 친구들에게 구원을 청했던 시절의 투쟁은 얼마나 고달팠던가.

……이곳의 생활은 평화롭습니다……. 나는 「결혼 중개소」의 제2막을 썼는데, 마음에 드는군요…….[520]

1936년 7월 1일
아이기나에서

519 고대 아테네의 최고 재판소 — 역주.
520 엘레니에게 쓴 편지.

결혼 소개소의 소장은 다름 아닌 주피터 카잔차키스였는데, 그는 모든 고독한 여인을 불쌍히 여겼다……. 불행히도 이 희극은 분실되었다.

「결혼 중개소」와 같은 시기에 카잔차키스는 메리 베이커 에디[521]의 생애에 바탕을 둔 새로운 비극 「성모」의 집필을 시작했다. 하지만 그 작품은 그가 늘 얘기하던 〈뱃속〉에서 나온 것이 아니었으며, 결국 끝까지 완성하지 못했다.

바람과 파도를 견디어 낼 작품을 아이기나에서 니코스 카잔차키스가 끈질기게 만드는 동안, 너무 잘 알려져 언급할 필요조차 없는 메탁사스는 어떤 힘의 도움을 받아서 그리스의 나머지 지역들을 짓밟았다. 진보적인 사상을 지닌 모든 사람이 의심을 받았다. 겸손한 사람들 — 〈얼굴 없는 사람들〉은 경찰 심문이라는 묘한 즐거움을 경험했다. 젊은 대학교수들과 가장 많은 청중을 이끌었던 사람들은 배에 실려 섬으로 쫓겨 갔다. 물이라고는 흙탕물밖에 없는 섬인 〈anhydras〉[522]는 강인한 자들의 몫으로 남겨 두었다. 여러 해 동안의 내적인 고난을 거친 다음에 사람들은 고향으로 가서 죽었다.

군대는 〈숙청〉을 당했다. 베니젤로스파인(따라서 자유파인) 장교와 연합군의 승리를 믿었던 모든 장교는 해임되었다. 1940년에 이탈리아 사람들이 에피로스를 침공했을 때, 이 장교들은 국가를 위해서 봉사하도록 허락해 달라고 요구했다. 그들은 국가

---

521 Mary Baker Eddy(1821~1910). 세 번이나 결혼한 경력이 있지만 불구자였으며, 갖가지 치료 방법을 거친 다음 정신적인 치료도 시도했다가, 결국 성경을 통해 정신적·형이상학적 시스템인 신앙 요법, 즉 약품을 쓰지 않고 신앙으로 치료하는 크리스천 사이언스Christian Science를 창시했다. 1908년에는 『크리스천 사이언스 모니터』를 창간했다 — 역주.

522 〈無水島〉라는 뜻 — 역주.

대신 하일레 셀라시에를 섬기도록 하라는 말을 들었다! 군대의 요직에는 독일 숭배자들만 남았다.

공포감을 느끼며 우리는 또한 스페인의 비극도 지켜보았는데, 독일과 이탈리아는 그들의 새로운 무기를 실험하는 중이었고, 블룸[523] 통치하의 프랑스는 스페인을 구하고 싶어 했으며, 영국도 그것을 막아 보려고 했다.

그러나 우리 자신은 바다와 육지 사이에서, 유럽이나 아메리카의 어떤 도시 지옥에서의 삶보다도 긴 안목으로 보면 훨씬 건강하지 못한 그런 순수성 속에서 살아갔다.

그곳은 벌써 가을이었다. 해면을 따는 어부들이 곧 돌아올 터였다. 그리고 사람들이 돌아올 때마다 죽는 사람도 생겨났으며, 그보다도 더 나쁜 경우이지만, 〈다친 사람들〉과 몸이 마비된 사람들은 세상에서 쓸모가 없는 허수아비가 되어 팔다리를 축 늘어뜨리고, 노새 등에 업혀 돌아다니며 여생을 보내기도 했다.

해면 어부들에게 가장 즐거운 순간은 이별하기 전날 저녁이었다. 〈kaiméne kósme(한심하고 다정한 세상)〉와 작별하면서 그들은 번 돈을 거의 하룻밤 사이에 모두 다 탕진해 버려서 아내와 자식들을 완전히 거지처럼 살아가게 했다. 망글리스가 우리한테 해준 얘기를 들어 보니, 도데카네스[524]에서는 잠수부들이 굉장한 부자처럼 보이는 장난을 쳤다고 했다. 그들은 구두 뒤축에 금화로 징을 박기까지 했다는 것이다……. 스파르타의 엄격함에 훨씬 익숙했던 아이기나 사람들은 바이올린과 산투르 연주를 듣고, 메제[525]와 레치나[526]를 실컷 마시는 정도로 만족했다. 그리고 환희

---

523 Léon Blum(1872~1950). 프랑스 사회당과 민중 전선의 지도자로서, 1936년 6월 4일부터 이듬해 6월 21일까지 프랑스 수상이었다 ― 역주.
524 에게 해에 있는 제도 ― 역주.

의 상태에서 이별의 날이 왔다. 귀향의 시간이 되면, 오랜 기다림 끝에 세숫비누 찌꺼기처럼 〈녹아 버린〉 몇몇 아내들과 어머니들의 눈에서밖에는 기쁨을 찾아볼 수가 없었다.

우리 집 가정부의 큰딸 야눌라는 얼마 전에 모든 사람이 장래가 촉망된다고 기대했던 어느 훌륭한 잠수부와 결혼했다.

「당신은 행복한가요, 야눌라? 남편이 무사히 돌아와서 축하 행사라도 가졌나요?」 어느 날 하얀 목도리로 얼굴을 4분의 3쯤 가리고 샐러드용 채소를 다듬던 그녀에게 내가 물었다.

「무슨 질문이 그런가요, 키라 레니차!⁵²⁷ 물론 나는 행복합니다.」 하지만 그녀의 목소리에서는 무엇인지 말로 표현하지 않았던 숨겨진 생각을 암시하는 그런 분위기가 드러났다. 그래서 나는 호기심을 느꼈다.

「그렇다면 말이에요……」 몸가짐이 단정하고 손놀림이 귀족적인 젊은 여인을 빤히 쳐다보면서 내가 말했다. 「그렇다면 좋아요, 야눌라. 당신은 결혼 생활이 마음에 드나요?」

「마음에 들어요.」 젊은 여자가 대답했다. 「마음에 들어요. 하지만 …… 나한테는 아쉬운 게 있어요.」

「그게 뭔데요?」

「거리감요, 키라 레니차. 우린 거리에 대한 감각을 상실했어요. ─ 그것이 무슨 의미인지 이해가 되실지 모르겠지만요.」

그리스의 섬에서라면 10월은 말로 표현하기 힘들 정도로 날씨

525 생선, 샐러드 등의 전채 요리 ─ 역주.
526 백포도주 ─ 역주.
527 레노치카의 애칭 ─ 역주.

가 영롱하다. 8월이 지나면 캔털루프와 수박과 포도와 무화과가 쏟아져 나오고, 포도주 통에 무릎까지 빠져서 흐뭇하게 웃으며 찝찔한 농담을 주고받는 9월 이후에는 가벼운 그림자에 실려 요정처럼 10월이 찾아와서는 바람을 달래서 잠재우고, 밤의 등잔불처럼 태양을 가라앉히고, 바다를 자개가 박혀 반짝이는 헝겊처럼 바꾸어 놓는다.

단 한 차례의 호우가 기적을 마무리 짓는다. 밤의 정적 속에서, 우리가 듣기 좋은 말로 〈우리 집 밭〉이라고 부르던, 햇볕에 타서 단단해진 땅덩어리를, 쇠로 만든 곡괭이보다도 더 힘차게 부드러운 크로커스 꽃잎이 뚫고 나왔다. 크로커스가 나온 다음에는 제비꽃들이 벼랑에 다닥다닥 달라붙고, 블랙베리 덤불들 사이에서는 민들레가 푸르렀다.

조용한 평온함, 가벼운 바람, 엷은 그림자들, 모든 것이 행복을 추구하느라고 법석이었다. 그렇지만 스페인이 존재했고, 그 나라를 도와주기가 불가능하다는 절망감도 계속되었다. 그리고 우리의 등잔에서는 기름이 거의 다 떨어졌다. 희망은 보이지 않고, 〈계획〉은 앞이 가로막혔으며, 눈앞에는 아직도 다 짓지 못했건만 12월의 비를 맞아 무너질 위험에 처한 집의 벽이 남아서 버티고 있었다.

우리는 등불을 환히 밝히고 이리저리 갈 길을 찾아 〈그리그리〉[528] 소함대들이 떠다니는 음울한 바다를 마주보고 앉았다. 그곳에서 니코스와 나는 저녁을 먹은 다음 우리가 즐기던 놀이를 벌였다.

「만일 우리에게…… 만일 우리에게……」

528 배에 탄 사람들이 밤새도록 고기잡이를 할 수 있도록 환한 불을 밝힌 작은 카이크 배들을 일곱 척 또는 그 이상을 하나의 단위로 삼은 어선단을 일컫는 말이다.

「……마흔 개의 계란으로 만든 오믈렛만 있다면…….」

「그리고 물론 수표도 한 장 생기고…….」

「그리고 거기에다 여행할 기회도 생기고, 그리고 또 거기에다 조그마한 스테이크도 하나 나오고…….」

그러나 그날 저녁에 니코스는 몸을 일으켜 비프스테이크 춤을 출 시간조차 없었다. 밤에 당나귀를 타고 어떤 젊은이가 찾아왔기 때문이었다.

「안녕하십니까, 키르 니코스! 이리 와서 보세요! 선생님한테 전보가 왔으니까요!」

블라코스[529]가 서명한 전보는 니코스더러 전시(戰時)의 스페인으로 가서 그곳에 대한 기사를 써 보내 달라는 내용이었다.

지극히 냉소적이고 이지적이었던 블라코스는 카잔차키스라면 꼼짝을 못하는 사람이었다. 그는 짓궂은 미소를 띠고 카잔차키스를 맞아 주었다.

「빨갱이들하고 어울리는 쪽을 당신이 더 좋아하리라는 사실은 나도 알지만, 난 당신이 〈시커먼 인간들〉이라고 부르는 사람들에게로 보내고 싶어요.」

「그런데 도대체 왜 나를 보내려고 하나요?」

「당신은 진실을 얘기하니까요. 당신의 친구들과 적들은 마치 전염병이라도 되는 듯 당신을 피할 거예요. 난 기뻐하고요. 지금 당장 떠나겠어요?」

나의 사랑하는 레노치카,

529 Vlachos. 「카티메리니」의 편집국장.

……나는 지금 카페에 앉아 있습니다……. 호텔로 달려가서 내 옷가방을 찾아 배가 기다리는 곳으로 내려가려고 빗발이 좀 걷히기를 기다리면서요. 나는 전혀 기분이 좋지 않습니다. 나는 아이기나를 그리워하고, 오직 필요성 때문에 ── 그리고 세상에서 새로 상처를 받은 이곳 스페인을 보고 싶은 욕망 때문에 그곳을 떠났을 따름입니다. 나는 대가를 단단히 치르는 중이지만, 속으로 자꾸 이런 생각을 합니다. 한 달만 지나면 다 끝나고, 그러면 세월이라는 감미로운 푸른 녹이 슨 추억으로 변하겠지…….[530]

1936년 10월 9일

마르세유에서

……냉소적이고, 세련되고, 고통을 모르고, 느낌도 없고, 푼돈을 숭배하는 프랑스 사람들은 나의 정신적인 풍토에 맞지 않습니다. 한 발자국을 옮겨 놓을 때마다 그들은 나를 분노하게 만들어요. 무슨 말을 한마디만 해도 그들은 *scharfe*(날카롭고), 비웃는 눈초리로 빤히 쳐다본답니다. 조금 전에만 해도 나는 담배를 사려고 이곳에서 가까운 어느 *baraque*(허름한 집)에 갔었습니다. 주인은 나를 쳐다보더니 그냥 코웃음을 치기만 했어요. 「*À trois kilomètres, monsieur*(여보슈, 3킬로미터나 떨어진 곳이랍니다)!」 그가 나에게 고함을 쳤어요. 그리고 그곳에서 그들이 즐겨 마시는 빛깔의 술을 마시던 모든 프랑스 사람들이 나를 조롱했습니다. 왜 그랬을까요? 내가 담배를 사려고 했는데, 그들에게는 그것이 없었다는 이유 때문에…….

스페인은 내 머리에서 절대로 떠나지를 않습니다. 나는 마치

---

530 엘레니에게 쓴 편지.

스페인이 어떤 *concret*(특정한) 삶이기라도 한 것처럼 그 나라에 대해서 슬픔과 고통을 느낍니다. 나는 스페인이 어떤 괴로움을 당했고, 그 나라에서 어떤 일이 일어났으며, 돌이키지 못할 무엇을 상실하지는 않았는지 어서 보고 싶어 초조합니다. 그리고 나는 내가 쓰는 모든 글에서 냉혹할 만큼 공정하려고 합니다. 양쪽 모두 기분이 상하겠지만, 나는 그렇게밖에는 할 수가 없습니다. 이제 ─ 이것이 나에게는 절대적으로 마지막 발전 단계가 되겠지만 ─ 나는 좌익이나 우익 사상에 몰입하지 않는 경지에 들어섰습니다. 나의 관심을 끌고, 나에게 기쁨과 고통을 주는 존재란 오직 한 가지뿐인데, 그것은 인간 ─ 단테의 표현을 빌리면 〈*la farfalla angelica*(천사와 같은 나비)〉가 되기 위해 날개를 창조하려고 투쟁하면서, 땅바닥을 기어 다녀야만 하는 오묘한 벌레 ─ 바로 그 인간뿐입니다……[531]

> 1936년 10월 9일 저녁
> 마르세유에서

……어제는 하루 종일 이리 뛰고 저리 뛴 덕택에 결국 허가서를 받아 냈습니다. 나는 상당히 많은 사람을 만났고, 편지도 몇 통 받았으며, 일이 잘 풀리기를 바랍니다. 곤란한 문제는 교통수단인데, 어디를 가도 자동차와 철도는 찾아보기 힘들며, 호텔 따위도 없답니다. 하지만 어떻게 해서든지 꾸려 나가겠어요……[532]

> 1936년 10월 16일
> 리스본에서

531 엘레니에게 쓴 편지.
532 엘레니에게 쓴 편지.

내 사랑이여, 우리는 방금 전선에서 돌아왔습니다. 병사들과 전방에서 고생스러운 시간을 보냈어요……. 몇 명의 장교와 함께 나는 높은 지대로 올라갔는데, 그곳에서 우리는 마드리드를 보았고, 조금 떨어진 곳은 적의 땅이었습니다……. 「이곳에 서 있으면 위험해요.」한 장교가 말했어요. 「그들이 대포를 쏠 테니까요.」그의 얘기가 채 끝나기도 전에 포탄 하나가 휘익 소리를 내면서 우리의 머리 위로 날아왔습니다. 사람들이 모두 납작 엎드렸어요. 나는 포탄을 보려고 잠시 그대로 서 있었는데 — 포탄은 가까운 곳에 떨어져 굉장한 연기와 함께 흙이 솟아오르게 했고, 나무도 몇 그루 부러졌습니다. 그리고 잠시 후에 두 번째와 세 번째 포탄도 터졌지만, 다행히 다친 사람은 아무도 없었어요…….

우리는 톨레도로 가고 싶지만 어려운 문제들이 생겼어요……. 이곳에서는 큰 사건들(야만적인 행동 따위)이 다 끝났습니다. 다른 큰 사건인 마드리드 함락은 아직 이루어지지 않았고요. (주로 독일인들이지만) 수많은 기자들이 살라망카에 주저앉아서 기다립니다…….[533]

1936년 10월 22일

세고비아에서

……검열이 엄격하고…… 그렇기 때문에 나는 프랑스어로 당신에게 엽서를 보냅니다……. 이곳에서의 내 생활은 — 당신도 잘 이해하겠지만 — 지극히 음울한 광경으로 가득해요. 한 주일 사이에 나는 자동차로 북부 전선 전체를 횡단했습니다. 나는 포탄과 총탄 한가운데서 전선으로 나갔어요. 어쩌면 조금쯤 위험했

---

533 엘레니에게 쓴 편지.

는지도 모를 일이지요. 폭탄 몇 개가 내 옆에 떨어지기는 했어요. 처음에 나는 그냥 서 있기만 했답니다. 하지만 나중에는 그런 일에 익숙해져서, 휘익 소리가 들려오기만 하면 나도 다른 사람들과 마찬가지로 몸을 엎드렸어요……. 나는 참호로 들어갔고, 건너편의 적군을 보았으며, 한 주일 동안 전쟁을 겪었습니다. 폐허가 된 마을들, 통곡하는 어머니들, 검은 옷을 입은 사람들, 눈이 온통 새빨개져서 아직도 열심히 집을 지키는 개들.

오늘 밤 나는 *head-quarters*(본부)가 위치한 살라망카로 돌아갑니다. 그곳에서 잠시 지낸 다음에 톨레도 등등 — 남부 전선을 따라 — 또 한 차례 자동차로 돌아다닐 생각입니다…….[534]

1936년 10월 26일
부르고스에서

1937년 〈자유〉의 가능성을 믿었기 때문에 목숨을 잃은 젊은이의 피로 물든 작고 붉은 깃발, 고양이가 새끼를 네 마리 낳았으니까 이서 돌아와서 보라고 아버지를 불러 대던 프린체스코 로페스의 아내와 딸 카르멘치타가 보낸 편지와 사진 한 장, 그리고 약탈을 당한 어느 교회에서 가져온 굵직한 열쇠 따위 스페인의 〈선물〉이 우리의 곁에서 떠나지를 않았다.

스페인 내란이 가져온 공포에 대해서는 많은 사람이 얘기했다. 그러나 공포를 치유하기 위해서 취한 행동은 너무나 적었다. 니코스의 꿈속에서 하느님께, 〈오 주여, 만일 당신이 선하다면, 큰 사람들에게 힘을 주지 말고 의로운 사람들에게 힘을 주소서!〉라

---

534 엘레니에게 쓴 편지.

고 기도하기 위해 머리를 들었던 〈꼬마 정어리〉 ── 어린 물고기의 목소리는 아무도 듣지 못했다.

요새화한 섬이었던 아이기나는 군대의 검열 대상이었다. 그렇기는 해도 니코스가 돌아온 직후에 벌어진 몇 차례의 요란한 모임을 막지는 못했다.

「우나무노가 당신에게 한 얘기에 동의하시나요? 우리는 사람들로부터 진실을 감춰야만 할까요? 〈하느님의 얼굴을 보는 사람은 죽으리라〉는 구약성서의 말을 상기시킨 우나무노의 행동은 옳았나요?」

「옛날 신화들은 죽었습니다. 우리의 의무는 새로운 신화를 창조하는 것입니다.」

「그럼 그동안에는요?」

「우나무노의 말에는 어떤 실질적인 면이 담겼습니다. 성직자들과 갖가지 행정 부처들이 철저한 무지의 상태 속에 가둬 두었던 젊거나 늙은 수많은 여자들에게 어떻게 진리를 벗겨 보여 줄까요? 이 여자들에게는 공산주의자이거나 무정부주의자인 아들이나, 아버지나, 오빠는 마귀나 마찬가지입니다.」

「왜 그들은 가서 교회에 불을 질러야 했나요?」

「만일 공산주의자들이 교회를 불태우지 않았다면 스페인의 천주교 신부들이 불태웠겠죠……. 그리스도의 이름으로 그들은 수많은 범죄를 갈망하고 인정했습니다. 그들은 서슴지 않고 악마의 편을 들었습니다.」

「스페인이 스스로 곤경으로부터 벗어날 희망이 조금이라도 보인다고 생각하나요?」

「나는 그렇게 생각하지 않습니다. 모든 악의 힘이 스페인과 맞서기 위해서 손을 잡았으니까요.」

「그렇지만 언젠가는 우리 차례가 오겠죠!」

「틀림없이 그런 날이 옵니다!」 우리가 너무나 잘 알았던 그 작은 불꽃을 눈에서 뿜어내며 니코스가 말했다. 「나는 다음과 같은 말을 거듭거듭 되풀이합니다 ── 우리는 새로운 중세를 거치는 중입니다. 그리고 그것은 아주 오랫동안 계속됩니다.」

「10년 동안요? 20년 동안요? 우린 잘 견디어 낼 거예요.」

「어쩌면 2백 년쯤 가겠죠…… . 나는 가까운 장래에 대해서 아주 비관적입니다.」

「하지만 사람들이 각성하겠죠. 조금 아까 당신이 언급한 스페인의 어머니들은 그들의 집을 약탈하고, 그들의 자식들을 죽이고, 그들의 남편 콧등에다 칼날로 십자가를 그어 대는 모로코 사람들을 보고 행복해했을까요?」

「나를 위해 안내자 노릇을 하던 스페인 장교는 그들을 존경하는 뜻으로 머리를 끄덕였어요. 〈그들은 우리가 거의 듣지 못하는 소리도 듣습니다.〉 그가 우리에게 말했습니다. 〈아무리 칠흑 같은 밤이라고 하더라도, 우리의 눈에는 잘 안 보이는 사물들을 그들은 봅니다. 그들은 우리보다 훨씬 민첩합니다. 그들은 아무것도 무서워하지 않고, 어느 누구보다도 싸움을 잘합니다.〉」

「그들에게 유럽인들을 죽이도록 가르친다면 위험하지 않을까요?」 그의 무관심한 태도에 당황해서 내가 물었다.

장교가 어깨를 추슬렀다. 하지만 나는 이미 어떤 역사의 법이 전개되고, 야만인들이 스페인으로 내려오기 시작했음을 알았다.

그리스에서는 늘 그렇듯이 여름이 굉장히 빨리 왔다. 우리 집에는 아직 문도 달지 못했고 창문도 없었으며, 네덜란드인 친구들이 우리가 빌려 준 작은 집을 내놓으려고 하지 않기 때문에 우리는 짓다 만 집에다 거처를 정해야 할 처지였다. 문틀 등등의 배달을 독촉하기 위해서 나는 다시 아테네로 갔다. 얼마 후에 나는 피레네 산맥으로 떠났다.

내 사랑 레노치카!

N(파파이오안누)이 조금 전에 도착했는데, 나한테 보낸 당신의 편지는 가지고 왔지만 〈유럽〉은 가지고 오지 않았더군요. 그는 몸수색이라도 당할까 봐 겁이 났노라고 했어요…… 그들이 단테에 대해서 나한테 상을 주고, 내가 그 상을 받게 되면 좋겠어요…… 그렇게 될지 어떨지 잘 모르겠지만요.

어제 아침 일찍, 아주 일찍 블레이스트라가 찾아왔습니다. 우리는 잠시 산책을 하고 희곡에 대한 얘기를 나누었어요. 나는 그에게 희곡을 쓸 만한 줄거리 하나를 얘기해 주었고, 그는 작품을 쓰겠다고 열을 올렸어요. 그리고 오늘 나는 나 자신의 희곡 『돌아온 오셀로』를 구성하기 시작했습니다. 나는 구성을 찾아냈고, 내가 보기에는 그 구성이 보기 드물게 *passionant*(흥미진진)해요.

나는 『알렉산드로스 대왕』 칸토를 끝냈는데, 마음에 들어요……

오늘 키리아 포티니[535]가 용기를 내어 나더러…… 버터를 좀 사라고 제안하더군요! 나는 기가 막히다는 어조로 〈버터라뇨!〉라고

---

535 가정부이며 앞에 등장한 야눌라의 어머니이다.

그녀에게 말했고, 이 가엾은 여자는 말문이 막혀 버리고 말았어요. 잠시 후에 그녀가 다시 용기를 내어 말했어요. 「글쎄요, 적어도 시금치하고 쌀은 오늘 점심때 제가 좀 가지고 와도 되지 않을까요, 니코 선생님?」 나는 유쾌하게 동의했고, 그녀는 기분이 풀린 눈치였어요.[536]

1937년 7월 화요일
아이기나에서

……오늘 아침에는 바다에 캔털루프로 홍수가 났습니다! 캔털루프를 잔뜩 실은 카이크가 부서져서 우리 집 바깥에 잔뜩 흩어졌어요. 여자들과 아이들이 떼를 지어 몰려 내려와서 그것을 주워 모으기 시작했습니다. 배들이 정신없이 돌아다녔고, 어떤 사람들은 그것을 건져 내려고 물로 뛰어들기도 했습니다. 소피아는 그것을 잔뜩 담은 자루 두 개를 수레에 실어 가지고 올라왔는데, 커다란 멜론 한 개도 나한테 가져다주었어요……. 굉장히 신이 나서 해적처럼 소리들을 질러 대었는데, 만일 그들이 어떤 부유한 도시를 공략했더라면 무슨 일이 벌어질지 나는 훤히 상상할 수 있었어요.

나는 칸토를 끝냈고, 지금은 비극 「성모」를 연구합니다…….[537]

1937년 여름 월요일
아이기나에서

……어제 나는 날마다 글을 조금씩 「카티메리니」로 송고하겠다는 합의를 보았고, 일에 파묻혔습니다.[538] 나는 한 달에 3천 드라

536 엘레니에게 쓴 편지.
537 엘레니에게 쓴 편지.

크마를 받기로 했어요. 하지만 아직도 나는 국립 극장이 재편되어서 내가 원했던 직책을 갖게 되기를 바란답니다. 만일 그대로 되기만 한다면 우리의 생활은 안정을 찾게 될 텐데요…….[539]

1937년 8월 1일

아이기나에서

……내 앞에는 파나이트처럼 러시아로부터 *décus*(환멸을 느끼고) 돌아온 공산주의자들이 집필한 새로운 저서 일곱 권이 놓였습니다. 그렇기 때문에 나는 당신의 저서[540]가 출판될 가능성이 보인다고 말하는 거예요. *Il est à la page*(그것은 시기에 적절한 내용이니까요). 〈돌의 정원〉도 마찬가지여서, 현재 중국과 일본은…….[541]

1937년 8월 2일

아이기나에서

나의 사랑하는 성 게오르기우스에게.

오늘 나는 부데 협회에서 온 프랑스 사람 스무 명과 함께 9월에 펠로폰네소스로 가는 여행에 대해서 「카티메리니」와 타협을 보기 위해 아테네로 왔습니다. 「카티메리니」를 위해서 나는 나 자신의 글을 쓰는 것이 아니라 익명으로 칼럼을 연재하는데, 지드,

---

538 이 기사는 카잔차키스가 「카티메리니」를 위해서 필자의 이름을 밝히지 않고 유명인들의 전기를 소설로 꾸며서 쓴 글을 말한다.

539 엘레니에게 쓴 편지.

540 엘레니는 이 무렵 파나이트 이스트라티에 대한 책을 집필하고 있었는데, 1938년에 그 저서는 『파나이트 이스트라티의 참된 비극*La Verdadera Tragedia de Panaït Istrati*』이라는 제목으로 칠레의 산티아고에서 출판되었다.

541 엘레니에게 쓴 편지.

셀린, 러시아 등등 여러 개의 글이 벌써 진행 중이에요……[542]

1937년 8월 17일

아테네에서

……프레벨라키스가 행정부로 들어가서 공직을 얻었고, 한창 영광을 누리는 중입니다.[543] 그리고 나도 그 영광의 진동을 느낍니다! 자기들을 위해서 좀 나서 달라는 등등, 나한테 부탁하는 편지가 계속해서 날아듭니다……[544]

1937년 8월 23일

아이기나에서

……나는 하루 종일 일했고, 저녁에는 깜짝 놀랄 사건이 하나 벌어졌습니다. 내가 막 저녁 우유를 마시고는 잠자리에 들 준비를 하려는데 마차 한 대가 나타났습니다. 챙이 넓은 밀짚모자를 쓴 여자 한 사람이 내렸어요……「저는 선생님의 친절을 구하러 왔답니다!」 그녀가 웃으면서 말했습니다. 「당신은 누구인가요?」「저를 기억하지 못하시겠어요?」……알리키![545] 그녀는 키벨리의 딸이었어요!

그녀는 내 서재의 긴 의자에 앉아서 여러 가지 얘기를 하고는 결국 이렇게 물었습니다. 「한데 제가 왜 찾아왔는지 물어보지 않으세요?」

「고대 그리스 사람들은 사흘이 지난 다음에야 손님에게 물어보

---

542 엘레니에게 쓴 편지.
543 프레벨라키스는 얼마 전에 국민교육부의 한 예하 기관인 예술학교의 교장으로 임명되었다.
544 엘레니에게 쓴 편지.
545 Aliki. 코토풀리와 더불어 그리스의 위대한 여배우들 가운데 한 사람이었다.

았다고 합니다. 나는 고대 그리스 사람이고요!」

「하지만 저는 급해요. 제가 찾아온 까닭은 제 극장이 개들한테 넘어가게 되었기 때문이에요. 우린 어느 누구에게도 봉급을 줄 여유가 없고, 빚을 졌어요. 오늘 밤 저는 공연을 할 예정이었지만, 저는 어디를 가는지 아무한테도, 심지어 제 남편한테도 알리지 않고 모든 일을 다 팽개쳐 버리고 왔답니다. 저는 자살하고 싶었지만, 그러다가 선생님 생각이 나기에 당장 달려왔어요. 선생님 곁에서, 이곳에서 제가 며칠 동안만 지내게 해주세요. 저는 용기를 가지고 새 출발을 할 테니까요.」

「우리 마리니의 집으로 가서 무얼 좀 먹기로 해요. 여긴 아무것도 없어서요.」 내가 말했어요.

우리는 마리니의 집으로 가서 토마토와 치즈를 좀 먹었습니다. 그는 다른 먹을거리를 하나도 가지고 있지 않았어요……. 나는 작업실 긴 의자에다 그녀의 잠자리를 마련해 주었고, 지금은 오전 9시이며, 그녀는 아직도 잠을 자는 중이에요. 나는 이제 아래층으로 내려가 그녀를 위해 우유를 준비해야겠어요(그녀는 달걀 하나 삶을 줄도 모른다고 나한테 얘기하더군요).

나는 그녀의 우유를 준비하고 밥상을 차렸으며, 우리는 식사를 했어요. 그녀는 잠이 오지 않았다고 했어요. 그녀는 빗도 세숫비누도 수건도 잠옷도 가져오지 않았더군요. 아무것도요……. 나는 그녀에게 책을 몇 권 주었고, 지금 그녀는 작업실에 앉아서 독서를 합니다. 그녀는 말도 없고, 꼼짝도 하지 않아요. 그녀는 며칠 동안 묵게 될지조차 모르겠다고 했습니다……. 그녀는 절망한 듯 보였어요. 나는 그녀가 불쌍하다는 기분이 들어요. 거센 가을바람이 불어옵니다…….[546]

1937년 8월 24일

손님은 아직도 우리 집에서 지냅니다. 다행히도 그녀는 전혀 나를 귀찮게 하지 않아요. 그녀는 (잠도 그곳에서 자지만) 작업실에 가만히 앉아서, 소리 하나 내지 않고 독서만 합니다. 나는 날마다 마리니의 가게에 주문을 해두고, 그는 (토마토, 가지, 콩 등등) 먹을거리를 가져다줍니다. 우리는 정오에 식사를 합니다. 나는 위층으로 올라갑니다. 5시에는 차를 마시고요. 나는 다시 일을 계속하고, 저녁이면 우리는 연극과, 그녀의 생활 등등에 대해서 얘기를 나눕니다. 그녀는 침착하고 선량한 사람이에요. 그녀가 잠옷을 가져오지 않았기 때문에 나는 당신 잠옷 한 벌을 그녀에게 주었어요. 그녀가 가져온 것이라고는 밀짚모자뿐이었어요. 오늘 신문은 큼직한 글씨로 이런 제목을 실었더군요. 〈알리키 종적을 감추다! 생사 여부 미확인! 경찰의 추적 수사 허사로 끝나고!〉 등등. 나는 그녀에게 전보를 보내라고 얘기했지만, 그녀는 싫다고 했어요……. 어쨌든 나는 9월 1일에 떠날 준비를 하는 중이고, 필요성에 의해서 그녀도 역시 떠나야 합니다. 그녀는 쾌활하고 지극히 *discrète*(분별력이 있는) 사람이에요.

네덜란드 사람들이 어제 떠났는데, 우리의 원고에 대해서 최선을 다해 보겠노라고 약속했어요……. 나는 「성모」를 아직 끝내지 못했는데, 그 이유는 — 「카티메리니」 일과 펠로폰네소스 여행을 위한 준비로 바빠서 — 분위기를 잃어버렸기 때문입니다. 하지만 일은 잘 풀려 나갈 거예요. 나는 서두르지 않는 편이 좋겠어요.[547]

---

546 엘레니에게 쓴 편지.
547 엘레니에게 쓴 편지.

1937년 8월 26일
아이기나에서

알리키 사건은 지긋지긋했습니다! 신문 때문에 어떤 일이 벌어졌었는지는 말도 못하겠어요. 경찰은 갈팡질팡하고…… 그녀가 자살했을지도 모른다는 두려움, 갖가지 기사, 등등. 이제는 그것도 다 끝났습니다. 어제 저녁 이후로 집에는 기자들과 사진기자들이 잔뜩 모여 야단입니다……. 오늘은 드디어 그녀의 남편이 와서 눈물을 흘리고……. 하여튼 복잡했는데, 그들도 방금 떠났어요. 그녀가 이곳에서 지낸 기간은 즐거웠습니다. 어젯밤 우리는 칼무코와 저녁 식사를 같이 했어요. 우리는 웃었습니다. 나는 그녀를 가엾게 여기고 그녀에게 잘해 준 일이 — 아주 인간적이고, 아주 잘한 일이라고 생각합니다…….[548]

1937년 8월 28일
아이기나에서

오늘 신문은 자세한 얘기를 잔뜩 실었더군요. 〈알리키의 은둔처는 《별장》이었다!〉, 〈그녀가 잠을 잔 곳은 이 방의 창문가였다. 이곳에서 그녀는 우유를 마셨다. 그녀가 누워서 바다를 쳐다보던 긴 의자 옆에는 이런 뱃머리 장식이 있었다.〉……이런 식이었어요…….[549]

1937년 8월 29일
아이기나에서

548 엘레니에게 쓴 편지.
549 엘레니에게 쓴 편지.

어제 앙겔라키스 부인이 하얀 실로 은은한 수를 놓은 자그마하고 예쁜 초록빛 식탁보를 가지고 왔어요....... 알리키에 대해서 질문할 때 그녀가 보여 준 흥분감은 당신도 상상할 수 있겠죠. 많은 사람이 그녀가 내 애인이라고 믿어요! 쓸데없이 다시금 내 이름을 둘러싸고 온통 소동이 벌어지는군요! 「카티메리니」에서 전화가 왔는데, 그녀가 우리 집에서 지낸다는 정보를 그들에게 전화로 당장 알려 주었더라면 1급 특종을 할 뻔했었노라고 얘기하더군요! 나는 기자로서는 형편없지만 정직한 인간이라고 대답했어요.

어쨌든 「카티메리니」에서는 열성적입니다....... 그들은 내가 평생 써낼 어떤 걸작도 나를 그토록 유명하게 만들어 주지는 못하리라는 등등의 얘기를 합니다.......

당신은 언제 돌아오나요? 우리의 〈별장〉은 훌륭하고, 우리 두 사람 다 이곳에서 지내면 행복한 겨울이 되리라고 생각합니다. 나는 써야 할 글이 굉장히 많지만, 어떻게든 시간을 낼 수 있겠지요?

『그리스도』 칸토는 대단한 인상을 주었어요.......[550]

1937년 8월 30일
아이기나에서

......당신도 파트라스는 잘 알죠. 전원적입니다. 나는 「교황의 개」[551]처럼 하루 종일 거리를 돌아다니며 커피를 마시고, 루쿠미[552]를 먹고, 제일 큰 카페의 무대에서 야한 무희들을 구경합니

---

550 엘레니에게 쓴 편지.
551 유명한 풍자시 — 역주.
552 그리스의 고유 음식으로 젤리와 비슷하다 — 역주.

다. 남자들은 못생겼고, 그들의 말투는 한심합니다. 오늘 내 옆에서는 살찐 두 명의 노처녀 딸을 데리고 어느 노부인이 수다를 떨어 대었습니다. 「감자라면…… 우리 숙모님의 비법인데…… 냄비와 주전자들이……」 젊은 사람들은 더 기가 막힙니다. 나는 영혼으로부터 울려 나오는 소리를 단 한 마디도 듣지 못했어요. 음식, 연애, 돈…….

이제는 모두 내 이름을 알게 되었어요. 내 이름을 들을 때마다 그들은 벌떡 일어섭니다. 「카잔차키스라고요?」 「그래요!」 「알리키의 애인 말이에요?」 「네, 그렇다니까요!」 나는 위대한 작가일지도 모르지만, 내 이름은 결코 널리 알려지지는 않을 것입니다. 그런데 이제는…… 여배우 납치 사건으로 인해서 나는 저명인사가 되었다니까요![553]

1937년 9월 6일
파트라스에서

나는 더 이상 파트라스를 견딜 수가 없어서 혼자 출발했어요……. 그래서 나는 올림피아를 향해 이동하는 중입니다. 현재 초라하고 작은 어느 마을의 역에 이르렀는데, 이곳에서 나는 킬레네로 가는 기차를 기다립니다. 그곳에서 레무치 성(城)으로 올라갈 계획입니다……. 오늘은 초라한 마을들을 지나왔는데…… 중세에는 그런 마을이 지극히 찬란하고, 기사(騎士)와, *tournois*(무술 시합)과, 사치와, 색채로 넘쳐흘렀겠죠…….

늪지대, 유칼리나무, 사이프러스, 포도밭, 비옥하고 검은 흙, 탁한 공기, 열기, 모기 떼. 아무런 *élan*(비약)도 없이, 아무런 즐

---

553 엘레니에게 쓴 편지.

거움도 없이, 영혼이나 기백의 아무런 기미도 없이 얘기를 나누고. 엉덩이는 축 늘어지고, 다리는 짧고, 거위처럼 어기적거리며 돌아다니는 여자들. 그리고 모든 얼굴은 분명히 무겁고, 비굴하고……. 나에게는 이제 내 파이프만이 위안을 줍니다. 중요하고, 다정하며, 말 없는 친구이니까요.[554]

1937년 9월 6일 오후에

카바실라에서

……어젯밤 나는 두세 채의 허름한 집이 있는 바닷가에 도착했습니다. 「여긴 호텔이 하나도 없나요?」「니콜레타의 집으로 갑시다.」철도원이 제안했는데, 그는 아주 큰 도움을 주었고 말도 많았어요. 「거긴 빈대가 있습니까?」「우리가 생산하는 건 포도와 빈대밖에 없습니다.」「모기도 있나요?」「그럼요.」「늪지대에서 날아오나요?」「사방이 모두 늪지대인걸요.」「어디 가봅시다.」나는 더 이상 말을 하지 않았어요.

우리는 바닷가의 어느 여관으로 갔습니다. 니콜레타는 뚱뚱하고 못생겼지만 쾌활한 여자였어요. 그녀는 화약만큼이나 맛이 지독한 마늘 소스와 장밋빛 포도주와 삶은 생선을 우리에게 가져다주었습니다. 대여섯 명의 떠돌이, 장사치, 경찰관. 그들 가운데 한 사람이 말을 걸어왔는데, 목소리를 낮추며 그가 나에게 말했어요. 「반지를 감추세요. 여긴 모두가 전과자와 도둑뿐이니까요. 난 당신에게 조언을 한마디 듣고 싶은데요.」그러더니 그는 자기를 미워하고 그와 성교를 하고 싶어 하지 않는 아내에 대한 놀라운 얘기를 나한테 해주기 시작했어요. 그의 아내는 전에 육체 관

---

554 엘레니에게 쓴 편지.

계를 가졌던 그녀의 아저씨 생각을 자꾸만 했다는군요……. 아주
괴이한 내용이 담긴 믿어지지 않는 얘기였어요. 나는 졸렸고, 마
늘 소스는 나를 어지럽게 만들었어요. 나는 그에게 충고를 해주
고 자러 갔어요. 「당신은 혼자 지내고 싶은가요, 아니면 다른 사
람들하고 같이 묵고 싶은가요?」 니콜레타가 나한테 물었어요.
「혼자요!」 「그렇다면 당신은 내 침대에서 자야 되겠군요……. 하
지만 모기 때문에 나는 불을 켜지 않겠어요…….」

이튿날 아침에 보니 침대는 아주 깨끗했습니다. 응접실은 그림
과 사진, 수건걸이, 콘스탄티누스 왕의 석고상, 조화(造花), 초록빛
화병, 그리고 조개껍데기를 박은 수공예품으로 가득했어요…….

나는 레무치의 유명한 요새로 올라갔는데…… 지금은 오후이
고 나는 바닷가에 앉아 있습니다. 시원한 산들바람이 불고, 저 앞
에는 글라렌차의 폐허가 보이는데, 중세에 기사들을 실은 프랑크
족의 배들이 그곳에서 닻을 내렸었어요. 고운 모래, 왕골, 갈대,
야생 월계수, 유향수, 도금양…….[555]

1937년 9월 7일
킬레네에서

나는 방금 올림피아에 도착했어요. 큰 장이 열렸는데, 사람들
은 주로 말을 팔았습니다……. 호텔에서 얘기를 들어 보니 내일
프랑스인 열두 명이 도착할 예정이라고 하더군요. 그들은 나의
동행일까요? 두고 봐야겠죠. 나는 다시 박물관으로 가서 멋진 얕
은 돋을새김을 한껏 구경했어요…….

황홀한 하루였습니다. 나는 파이프를 들고 돌아다니면서 천천

555 엘레니에게 쓴 편지.

히 평원을 구경합니다. 무엇을 써야 할지 아직은 알지 못하지만, 불안한 마음 속으로 갖가지 주제가 끓어오릅니다……[556]

1937년 9월 9일
올림피아에서

……나는 방금 탐험으로부터 돌아왔는데, 그 탐험은 17일 동안이나 계속되었어요. 나는 기막힌 풍경을 보았고, 몇 곳의 요새, 특히 모넴바시아를 보고 기뻤습니다. 프랑스 사람들은 오지 않았어요……. 도중에 나는 두 명의 프랑스인 자매를 만났는데, (한 여자는 이트카 타입이고, 다른 여자는 엘사 타입이어서) 아주 좋았어요.[557] 우리는 한 주일 동안 같이 지냈고, 그 후 미스트라에서 나는 그들과 헤어졌어요…….

그리고 이제 나는 무슨 글을 써야 할지 알지 못합니다. 그리스는 힘든 주제이니까요. 나는 내가 원하는 바를 무엇이든 마음대로 쓸 수는 없습니다. 그것은 현대 그리스 사람들에게 너무 잔인하고, 너무 굴욕적인 일입니다…….

빅토르(세르게)를 만나 봐요. 나는 우리 정부기 그에게 이이기나로 와서 무엇이든 마음대로 할 수 있도록 허락해 주기를 바랍니다……. 그에게 내가 안부를 전한다고 말하고는 우리가 그를 얼마나 사랑하는지 다시 얘기해 줘요…….

나는 우리가 절대로 다시는 따로 여행해서는 안 된다고 생각해요……. 나는 영상과, 감각과, 아픔을 모아 마음속에 가득 담고 돌아왔습니다. 당신도 이런 마음으로 돌아와야 하고, 나에게 많

---

556 엘레니에게 쓴 편지.
557 이 프랑스인 자매의 이름은 이본 메트랄과 뤼시엔 플뤼뤼였는데, 그들은 니코스와 엘레니의 친한 친구가 되었다.

은 얘기를 해줘야 합니다. 우리는 서로 주고받아야죠……[558]

1937년 9월 20일
아테네에서

나의 사랑하는 레노치카!

나는 방금 나더러 파리로 오라는 당신 편지를 받았습니다. 나는 「카티메리니」에서 받아들일지 여부를 알 길이 없어요……. 하지만 아무리 받아들인다고 하더라도 나는 그것이 옳지 않다고 생각하는데, 그 까닭은…… 나는 전보를 받기만 하면 당장 아테네로 비행기를 타고 가서 국립 극장의 공연국장 직책을 맡겠다는 합의를 보았습니다…….

당신 원고는 「카티메리니」의 1면에 실렸고, 후르무지오스는 왜 당신이 다른 작품을 보내오지 않느냐고 나한테 물었어요…….[559]

1937년 9월 25일
아이기나에서

……나를 파리로 부르는 당신의 편지는 여러 면에서 내 마음을 어지럽혔고…… 정말로 그들이 받아들이겠다는 얘기인지 물어보기 위해서 나는 「카티메리니」로 사람을 보내기로 작정했으며…… 책을 위해서는 필요한 일이고 나에게 많은 기쁨이 되리라는 사실을 알기는 하지만, 나는 파리에 가고 싶지 않아요…….

극장의 직책 얘기를 하자면, 당신 편지를 받은 다음에 나는 그 직위를 받아들이지 않을 방법을 알아보기로 작정했어요. 나는 당신이 조금이나마 편안해지도록, 당신을 위해서 그 일을 맡기로

<hr>

558 엘레니에게 쓴 편지.
559 엘레니에게 쓴 편지.

했었습니다. 나 자신을 위해서는, 개인적으로 그것은 거북한 자리였어요. 하지만 당신이 개의치 않겠다니까, 나는 거기서 벗어날 길을 찾아보겠어요……. 나는 프레벨라키스의 입장을 난처하게 만들지 않으면서도 거절할 구실을 찾아내도록 하겠어요…….

나는 지금 펠로폰네소스에 대한 글을 쓰고 있습니다.[560] 그 글은 엄청나게 힘들기도 하지만, 엄청나게 쉬울지도 모릅니다. 하지만 나는 진부함에 빠지기를 원하지 않고, 그래서 아주 조심스럽습니다. 하루에 한 편 이상은 쓰기가 불가능해요……[561]

1937년 10월 5일
아이기나에서

「게르니카」는 나로 하여금 잠을 못 이루게 했다. 니코스의 작품에서 내가 사랑했던 모든 본질이 그 안에, 몇 미터의 캔버스 안에 집약되었다. 아이기나의 외로운 남자도 역시 그것을 보게 만들려면 나는 어떻게 했어야 하는가? 아테네로 돌아간 다음 나는 갖은 수단을 다 써보았다. 그리고 이번만큼은 내 노력이 성공을 거두었다. 니코스도 드디어 파리로 떠나게 되었던 것이다.

낮의 빛이 언저리에 남았으면서 비단 같고도 투명한 밤에, 그를 태우고 갈 배를 기다리면서 우리는 여유를 가지고 — 한가하게, 부드럽게 — 앞으로 찾아올 기쁨의 열매를 말없이 나누어 즐겼다. 갑자기 작업실의 유리문을 가볍게 두드리는 소리가 세 번 들려왔다.

「이런, 베스트팔이잖아!」 밤중에도 스라소니처럼 눈이 밝았던

560 『영혼의 자서전』과 『모레아 기행』 참조.
561 엘레니에게 쓴 편지.

니코스가 소리쳤다.

「대단한 뉴스예요! 니코스가 〈게르니카〉를 보러 간답니다!」

「〈게르니카〉라고요.」 화가가 한숨을 지었다. 「〈게르니카〉라……. 나도 피카소의 작품을 다시 볼 수 있었으면 좋겠어요. 특히 내가 전환기에 처한 지금 말이에요.」

「캔버스를 좀 팔고는 홀가분하게 떠나라고요!」 희망에 부풀어서 내가 말했다.

우리가 그림을 파는 가능성을 따져 볼 단계에 이르자 니코스가 끼어들었다.

「당신은 피카소와 개인적으로 아는 사이인가요?」

「거의 그런 셈이죠. 나는 그의 작품을 완전히 알아요. 나에게는 대단한 자극제 노릇을 해요…….」

「당신은 정말 〈게르니카〉를 보고 싶은가요?」 뒤따라 나올 얘기 때문에 벌써 조금쯤 흥분해서 니코스가 물었다.

「하지만 어떻게요!」 베스트팔이 대답했다.

「아, 그렇다면 좋아요. 그렇게 쉬운 일은 또 없으니까요. 당신이 파리로 가도록 해요!」 그리고 그는 그토록 고생해서 얻은 표와 여행을 위해서 필요한 외국 돈 몇 장을 호주머니에서 꺼냈다.

1938년 동화와 같은 한 해가 찾아왔다. 「옛날 옛적에 이런 일이 일어났고…… 이런 일은 없었고…… 그런데도 이런 일은 있었고…….」

아주아주 부유하고, 지극히 이지적이고, 지극히 괴팍하고, 비베카난다의 옹호자인 미국 여자 〈탄틴〉.[562] 그녀와 함께 장 에르베르는 유럽에서 스와미 Swami의 작품을 출판하기 시작했고, 나는 두 권의 얄팍한 책을 그리스어로 번역할 예정이었다. 우리의 친구는 니코스 카잔차키스에 대해서 무척 많은 얘기를 탄틴에게 해주었다.

「난 돌멩이에 대해서는 전혀 흥미를 느끼지 않아요!」 우리가 아테네에서 처음으로 만난 순간, 그녀는 다짜고짜로 나에게 말했다. 「아크로폴리스나 당신들의 어떤 오래된 보물의 발굴 따위에도 관심이 없어요. 나는 인간을 만나고 싶습니다. 당신과 함께 산다는 니코스 카잔차키스라는 사람은 누구인가요?」

나이가 많아도 날렵하고 꼿꼿하던 미국 여자는 안락의자에서 벌떡 일어섰다.

「우리 당장 아이기나로 갑시다! 나는 어서 그를 만나고 싶어요.」

「나는 날마다 다른 방에서 자겠어요.」 일단 아이기나에 도착하자 탄틴이 우리에게 선언했다. 「그리고 문은 모두 열어 두세요. 나는 내 주변에서 어떤 일이 벌어지는지 알고 싶으니까요!」

그녀는 잠자리를 바꾸지는 않았지만, 여러 가도에서 집을 살펴보았다. 좁다란 층계에 매달리면서, 어떤 부축도 고집스럽게 거부하며, 그녀는 가장 높은 테라스로 올라가서 사로니코스 만을 감상했다.

「당신들은 겨우 어제서야 나를 알게 되었잖아요.」 그녀가 말했다. 「그러면서도 당신들이 나를 도울 수 있다고 생각하나요? 나는 나 자신을 80년 동안이나 알았어요. 그 일은 누구보다도 내가 더 잘해요.」

---

562 Tantine. 친구들 사이에서 통하던 그녀의 별명.

식탁에서 탄틴은 계란의 흰자위만 먹었다.

「엘레니, 그 노른자는 깨끗해요. 버리면 안 돼요!」

「물론이죠, 탄틴.」 나는 꼼짝도 않으면서 대답했다.

「엘레니, 그 노른자는 깨끗하다니까요! 당신은 그걸 버릴 건가요?」 그녀는 엄격한 태도로 되풀이해서 말했다. 단숨에 나는 자그마하고 노란 덩어리를 삼켰다. 탄틴은 나에게 절약에 대한 첫 강의를 한 셈이었다.

그녀가 말했다. 「어렸을 때 나는 집안 청소를 하는 날이 되기만 하면 내 돈을 문 위에다 감춰 두고는 했었어요. 나는 낭비를 좋아하지 않습니다. 오늘날까지도, 나는 혹시 떨어진 성냥개비가 눈에 띄면 아직도 그것을 줍습니다! 절약해야 합니다, 엘레니. 어떤 낭비도 용납해서는 안 된답니다. 하지만 훌륭한 일을 위해서는 내놓을 줄도 알아야 하지요. 그리고 주더라도 두 손으로 줘야 합니다! 그리고 당신에게 하느님의 축복이 내리기를 빕니다! 보아하니 당신은 그 축복이 필요할 것 같으니까요.」

「그런데 당신 책상에 있는 산더미 같은 원고는 무엇인가요. 니콜로?」 얼핏 〈산더미〉가 눈에 띄자 탄틴이 물었다. 「그것이 혹시 장 에르베르가 나한테 얘기하던 『오디세이아』는 아닌가요?」

「그래요, 저건 우리의 자식이에요, 탄틴.」

「그 책에서 당신이 무엇을 얘기하려는지 나한테 얘기해 봐요. 만일 준비가 되었다면 왜 당신은 그걸 출판하지 않나요? 무얼 기다리나요?」

그리고 니코스는 그의 해적이 겪는 놀라운 얘기를 풀어 놓기 시작했다. 여행, 고난, 불타는 궁전, 대집단의 도피, 이상향의 건설, 파괴 등등. 탄틴은 얼이 빠져서 얘기를 들었다. 밤이 되었는데도 그들은 아직도 음모를 꾸미는 사람처럼 마주 앉아 있었고,

『오디세이아』는 고생을 해서 약탈했기 때문에 더욱 소중한 노획물처럼 그들의 무릎에 펼쳐져 있었다.

나는 그들의 대화를 중단시켰다.

「가서 영양 섭취도 좀 해야죠. 밥상을 차려 놓았으니까요.」

「이봐요.」 화가 난 듯한 태도로 탄틴이 명령했다. 「가서 내 지갑을 가지고 와요. 내 침대에 있으니까요. 어서요!」

「『오디세이아』를 출판하려면 돈이 얼마나 필요한가요, 니콜로?」

「글쎄요…… 1천5백 달러쯤 되겠군요.」

그러자 조세핀 매클라우드 양은 1천5백 달러짜리 수표를 끊었다! 그리고 우리는 그리스어로 『오디세이아』 초판 3백 부를 2절판으로 출판하게 되었다! 훨씬 점잖은 형태로 재판(再版)된 『오디세이아』를 나는 마지막 이별의 날에 니코스의 영구 위에다 올려놓았다. 그는 버릇대로, 살아서 그 책을 어루만져 볼 기회가 없었다.

일단 수표를 인쇄업자에게 맡긴 다음, 니코스는 나에게 교정의 책임을 맡겼다. 나는 그 일을 받아들였고, 도움을 받기 위해 미할리 아니스티시우의 젊은 아내인 또 다른 엘레너를 불렀다. 우리는 겨우 두 군데의 수정 이상은 용납되지 않았으며, 그것도 당장 끝내야만 했다! 그들은 우리에게 교정지를 가져다주었다. 우리는 교정을 보았고, 인쇄가 이루어졌으며, 하루에 8시간 이상을 일하면서 같은 날 그 자리에서 확인을 해야 했다. 그 까닭은 우리가 속도를 유지하지 않았다가는 출판비가 훨씬 비싸지기 때문이라고 그들이 말했다.

가끔 우리는 한 행에서 두 음절이 빠졌음을 깨달았는데, 15음절 시구는 17음절 시구와 무척 비슷했다. 또 어떤 어휘에 대해서는 의심스럽기도 했다. 그런 문제를 어떻게 해결해야 하는가? 아이기나로 전화를 걸려면 직접 가는 것보다 시간이 더 오래 걸렸다. 조금만 지체를 해도 식자공들은 난리를 피웠다. 그리고 더욱 우스웠던 사실은 니코스 자신도 놀랐다는 점이었다.

〈시 한 행을 당신 혼자서 고치기가 그렇게 힘이 드나요?〉 그가 나에게 편지를 썼다. 〈몇 음절 보태거나 빼버리는 일이요? 한 단어를 다른 단어로 바꾸기가요?〉

이 무렵에 그는 알레르기성 안면 습진이 자주 발생하기 시작했는데, 그 병이 말년에 그를 다시 괴롭히게 되었다.

……바로 어제만 해도 분비물이 멈추었고(어쨌든 아주 경미했으며) 나는 다른 이상은 하나도 없어요……. 당신에게 그토록 큰 걱정을 끼쳐서 미안해요. 그리고 당신에게 약속하겠는데, 다시 분비가 시작되면 나는 당장 가겠어요. 내가 가지 않으면 모든 일이 다 잘되어 간다는 의미예요…….[563]

1938년 겨울 금요일

아이기나에서

……당신 편지는 크나큰 기쁨이었어요. 그들이 「멜리사」를 받아 주기를 나는 정말로 바랍니다. 그러면 나는 용기를 얻을 테고, 다른 희곡을 쓸 것입니다. 그렇지 않으면…….

비스킷은 여전히 손을 대지 않은 채이고, (돌아온 다음에) 당신이 나의 의지력을 시험해 봐도 좋습니다. 나는 고민을 하며 「성모」를 다시 쳐다보기만 하고, 아직 작품에 손을 대지는 않았어요.

[563] 엘레니에게 쓴 편지.

나는 「멜리사」가 어떻게 될지 보려고 기다리는 중입니다. 희곡은 시하고는 완전히 다른 무엇입니다. 시라면 나는 결코 출판되지 않고 아무도 읽어 주지 않는다고 하더라도 쓰겠어요. 하지만 희곡이라면 티베트에서 이루어지는 사상의 구현이나 마찬가지여서, 나 자신으로부터 분리되어 무대로 올라가기를 갈망하는, 자생력을 지닌 생명체입니다. 만일 그것이 무대에 오르지 못하면, 또 다른 탄생을 위한 힘이 무너집니다…….[564]

1938년 겨울 수요일
아이기나에서

우리의 석공 테오도로스의 지나친 검소함으로 인해서 생겨난 새로운 걱정거리에도 불구하고, 항상 그렇듯이 니코스는 동시에 몇 가지 계획을 놓고 일을 잘 끌어 나갔다.

……요즈음 나는 줄곧 2학년 강독서를 씁니다. 당신이 올 때쯤이면 준비가 다 되겠죠. 검열 당국[565]이 당신에게 돌려보낸 모든 부분을 ─ 제20장, 21장, 22장, 23장, 24장 등을 ─ 나한테 가져와요……. 이곳은 평온합니다. 날씨가 기막혀요…….[566]

1938년 겨울 수요일
아이기나에서

564 엘레니에게 쓴 편지.
565 메탁사스 독재 정권의 검열 당국을 의미한다.
566 엘레니에게 쓴 편지.

그리고 바로 이 시기에 그는 며칠 동안 어린 딸 루트와 함께 아이기나를 찾아왔던 레아에게 편지를 썼다.

……무섭도록 음울한 시절입니다. 벌써 몇 년째 우리는 철저한 중세에서 살아갑니다. 전쟁, 그늘, 증오, 학살, 그 모든 일이 벌어집니다. 아직도 찬란하게 타오르는 마음이 몇몇 존재하기는 하지만, 별다른 구체적인 결과는 거두지 못했습니다. 우리의 의무는 무엇인가요? 〈불꽃〉에 대해서 계속 성실한 자세를 유지하는 일입니다. 현재로서는 그 불꽃이 숨어 있고, 허약하며, 우유부단합니다. 그러나 그것이 경이롭고 멋진 땅을 다시 다스리게 될 날이 곧 올 것입니다. 우리는 계속해서 강하고 충실해야 합니다. 레아, 이것만이 유일한 구원입니다. 오늘 우리가 황야에서 절규하면 그 외침은 나중에 또다시 바위를 사람으로 바꿔 놓을 것입니다. 인간의 마음속에는 결코 꺼지지 않는 무엇이 존재하고, 그 무엇만이 우리의 유일한 희망입니다……

1938년 11월 17일
아이기나에서

나의 사랑하는 L!

오늘 하루 종일 나는 (수조에서) 물을 퍼올리고, 구멍 메우는 일을 도와주고, 우물에서 물을 길어 오느라고 보냈습니다. 바람이 강하고, 아주 춥군요. 다행히도 비는 내리지 않아서 우리는 일을 빨리 끝낼 듯싶습니다……

나는 파나이트에 대해서 당신이 스페인어로 쓴 책[567]을 두 번 읽어 보았습니다. 생명력과 대단한 예술성을 갖춘 매혹적인 책입니다. 그토록 많은 사건으로부터 그토록 선명하고, 생동감이 넘치며, 열정적인 책을 엮어 내기는 아주 어려운 일입니다…… 당신은 파나이트의 추억을 위해서 훌륭한 일을 했을 뿐만 아니라, 훌륭한 책을 써내기도 했습니다. 그러면 이제 당신의 세 번째 책을 보기로 합시다…….

한 가지 섭섭한 사실은, 피터 그레이[568]가 아이기나를 떠나야만 했다는 점인데, 그러니까 외국인들은 용납하지 않는다는 등등의 얘기를 경찰이 그에게 했다는군요. 그래서 불쌍한 청년은 다시 포로스로 피신해야만 했답니다. 떠날 때 그는 나에게 키츠, 셸리, 라프카디오 헌[569] (등등의) 아주 멋진 책 대여섯 권을 주었어요. 그는 떠나야만 한다는 사실에 대단히 놀란 모양이에요. 야만적인 짓이죠!

독일에서 무슨 일이 벌어지는지 당신은 보았나요? 내 말이 맞았어요. 우리는 중세에 들어섰습니다. 온갖 징후가 나타납니다. 그러면 우리는 어떻게 해야 하나요? 미래의 문명 세계를 꿈꾸고, 계획을 세우고, 일하고. 우리는 〈작고 작은 촛불〉을 하나 켜 들었으며, 그것이 꺼지게 내버려 두어서는 안 됩니다……[570]

1938년 겨울 월요일
아이기나에서

---

567 앞서 말한 『파나이트 이스트라티의 참된 비극』 — 역주.
568 사촌 마리아의 집에 머물고 있었다.
569 Lafcadio Hearn(1850~1904). 그리스와 영국계 에이레 혈통의 부모에게서 태어난 미국의 언론인으로, 1887년에는 소설 『치타 Chita』를 발표했으며, 일본 여자와 결혼하여 귀화하면서 고이즈미 야쿠모라는 일본 이름으로 일본에 대한 여러 권의 저서를 남겼다 — 역주.
570 엘레니에게 쓴 편지.

이웃 사람이 태연하게 자신의 일을 끈질기게 밀고 나갈 때는 그 이웃을 질병처럼 피하느라고 예술가가 신경 쇠약에 시달려야 한다는 것은 인간적인, 너무나 인간적인 일이다.

어느 날, 다정한 칼무코가 우리에게 경고했다. 「만일 우리 집 문간에 박하나무 화분이 놓였으면, 방문을 하셔도 좋습니다. 그렇지 않으면 들어오지 말아요. 나는 절대적인 창조의 삼매경에 빠진 상태일 테니까요.」 사실을 따지자면, 니코스가 벌써 책상에 자리 잡고 앉았을 때쯤이면, 칼무코는 새벽에야 돌아와서 술을 마시며 밤을 보내기 십상이었다. 하루 종일 그는 덧문을 닫고 잠을 자면서 보냈다. 우리는 이런 위기로부터 벗어나도록 그를 도울 수 있는 일이 아무것도 없다는 사실이 슬펐는데, 우리가 그의 그림을 굉장히 좋아했기 때문에 더욱 그러했다.

니코스가 나에게 이런 편지를 보냈다. 〈우리와의 만남을 피하기 위해서 칼무코가 그의 안뜰 입구에 높다란 담을 쌓아 올렸어요…….〉

또다시 미노티스는 「멜리사」가 공연되리라고 나에게 다짐했고, 나는 니코스에게 편지를 썼으며, 그는 값싸지만 맛 좋은 샴페인으로 반가운 소식을 축하했다.

……당신 편지를 읽자마자 나는 찬장으로 달려가 버찌 절임을 큰 숟가락으로 하나 듬뿍 퍼서 먹었고…….

1938년 겨울 월요일
아이기나에서

……나는 네 가지의 기막힌 식료품을 받았는데, 하나같이 맛이 좋았습니다! 당신이 알려 준 새로운 방법을 통해서, 나는 당신이 떠나고 없을 때 식사를 더 잘 한답니다! 람브리디 부인이 방송에 내보냈던 자신의 기사를 나한테 보내 주었어요. 그녀는 나에 대해서 극구 칭찬을 늘어놓았으며, 시켈리아노스와 내가 오늘날 그리스의 위대한 두 가지 현실이라고 단언했어요! 맙소사, 만일 그 모든 얘기를 믿어도 좋다면 나는 얼마나 마음이 편할까요! 하지만 나는 사람들이 나에게 해주는 어떤 좋은 얘기도, 전혀, 전혀, 전혀 믿지 않아요. 내가 갈망했던 다른 대상, 내가 마땅히 했어야 할 다른 일, 어쩌면 내가 할 수 있었을지도 모르는 다른 일…… 그리고 나는 삶을 낭비해 오기만 했어요. 내가 쓰는 모든 글은 — 다시 거듭 얘기하지만 — *Ersatz*(대용품)입니다……[571]

> 1938년 겨울 수요일
> 아이기나에서

교정을 보는 일이 계속되었다. 선량함의 빛을 발산하는 여자이며, 티모테오 루비오의 아내이고, 스페인의 시인인 로사 차셀 루비오가 아테네에 도착했다. 니코스와 함께 그녀는 『오디세이아』의 번역에 착수했다.

로사가 와서 기쁩니다. 그녀는 분명히 대단한 여자입니다. 그녀가 쓰는 글은 — 그리고 무엇보다도 그녀가 구사하는 운율은 — 보기

---

571 엘레니에게 쓴 편지.

드문 것입니다. 그녀는 훌륭한 일을 할 능력을 갖추었어요······.[572]

내 사랑이여, *Qué tal*(안녕하십니까)?

기막힌 날입니다. 〈젊은 성인〉이 오렌지 빛 방울로 뒤덮인 듯한 〈불의 꽃〉세 그루를 가지고 찾아왔어요······. 우리는 그것을 심었는데, 뿌리를 내리면 멋진 꽃이 필 거예요.

당신이 번역한 피터 그레이의 글은 훌륭했고, 그것은 가장 좋은 자리에 게재되었습니다. 나는 당장 그것을 그에게 보내 주었어요. 물론 그는 기뻐하겠죠. 당신의 어휘는 완벽합니다······.

내일은 나의 영명 축일이고, 나는 한밤중에 일어나 일을 시작할 생각입니다. 나는 원고 마감을 어기지 않으려고 굉장히 열심히 일합니다······.[573]

1938년 12월 5일

아이기나에서

······나는 어서 가서 당신을 만나고 싶습니다. 당신은 내 간섭을 받지 않고도 『오디세이아』를 모두 끝냈습니다. 아마도 나는 오메가[574]에 맞춰 도착할지도 모릅니다······.[575]

1938년 12월 금요일

아이기나에서

······밤에서부터 밤까지, 나는 합스부르크 왕가에 대한 글을 썼

---

572 엘레니에게 쓴 편지.
573 엘레니에게 쓴 편지.
574 여기에서는 『오디세이아』의 끝, 즉 제24편을 의미한다. 마지막 부분이나마 직접 보게 되리라는 뜻이다.
575 엘레니에게 쓴 편지.

습니다. 나는 축제 기간 동안에 시간적인 여유를 갖기 위해 대부분의 일을 끝내 놓고 싶어요. 그래서 나는…… 내가 서명을 해야 할 때를 맞춰 시간이 임박했을 때에야 도착하게 될 거예요…….

오늘 처음으로 나는 당신 난로에다 불을 지폈어요. 난로가 아주 뜨거워졌고, 나는 콩을 삶으려고 올려놓았어요. *roucoulement*(꾸룩꾸룩하는 소리)가 나로 하여금 이상한 평온감을 느끼게 해줍니다…….

나는 희곡을 번역하기 위해서 기다리는데, 그것도 역시 뜻밖의 횡재였어요…….[576]

> 1938년 12월 8일
> 아이기나에서

……내가 사키오티스에게 가지고 갔던 병든 선인장이 회복되는 중이어서 새순이 돋아납니다. 선인장이 일사병을 앓았다는군요! 햇볕에 내다 놓으면 그 위에 양산을 얹어 놓아야겠어요!

잊어버리고 당신한테 얘기를 하지 않았었는데, 성 니콜라스의 축제일에 나는 당신 외투를 개조해서 ㅏ에게 만들어 준 저고리를 입고는, 어린애처럼 *je me pavanais*(으스대며 돌아다녔답니다)…….[577]

> 1938년 12월 9일
> 아이기나에서

1939년 그 이후에는 아테네의 남서부 지역의 채소밭 한가운데

---

576 엘레니에게 쓴 편지.
577 엘레니에게 쓴 편지.

위치한 인쇄소를 향해서 동틀 녘에 출발하는 일이 하나의 축제가 되었다. 축제가 되었던 까닭은 처음으로 꽃이 만발한 아몬드나무의 풍경 때문이었을까, 아니면 보랏빛 제비꽃과 뒤섞여 자라는 민들레의 쓰디쓴 새싹의 싱싱한 냄새 때문이었을까? 아니면 기록적인 시간 내에 우리의 일을 끝냈다는 기쁨 때문이었을까?

자비로운 대모들처럼, 자부심으로 뿌듯해진 우리 두 사람의 엘레니는 갓 태어난 통통한 아기[578]를 무릎에 올려놓고는 어서 그것을 사람들에게 보여 주고 찬사를 듣고 싶어 했다. 그리고 바로 그때 우리는 처음으로 어처구니없는 실수를 발견하게 되었다! 귀밑까지 새빨개진 우리는 니코스에게 구원을 청했다.

「인쇄가 잘못되었다고요? 심각한 실수라는 말인가요? 당황하지 말아요! 그래요, 물론 나도 곧 가겠어요. 그때까지는 칼무코한테 도움을 청해요.」

〈가능한 해결 방법은 오직 한 가지뿐〉이라고 칼무코는 판단했다. 「원하지 않는 글자들을 긁어내고 그 자리에다 맞는 것으로 직접 써넣는 거예요.」

다행히도 인쇄한 책은 겨우 3백 부뿐이었고, 3만 행이 넘는 내용 중에서 오류는 서른 곳을 넘지 않았다! 그러나 심각한 부분도 한 군데 발견되었다! 그리스어의 알파벳에서는 o자(字)가 획 하나만 빠지면 a자가 된다. 이런 식으로 왜곡되었기 때문에 형용사가 우리까지도 저절로 웃음을 터뜨리게 만드는 그런 엉뚱한 의미를 나타내게 되었다. 오, 니코스, 니코스 — 이상적인 윗사람! 야단을 치는 대신에 그는 재미있어하며 혀를 차기만 했다. 「저런, 저런, 저런! 난 그런 건 생각도 못 해봤는데요!」

---

578 『오디세이아』의 초판은 무게가 6.8킬로그램나 나갔다고 한다.

이런 일을 당하고 나서 나는 나중에 우리 어린 조카딸 알카가 우리를 찾아올 때마다 타자기를 가지고 장난치고 싶은 미칠 듯한 충동에 사로잡히고는 했었다는 사실이 생각났다. 니코스는 『오디세이아』의 네 번째 수정 원고를 깨끗하게 타자로 정리한 교정지를 위층에서 검토하는 중이었다. 알카는 원고를 조금씩 위층의 그에게 가져다주고는 했다. 원고에서 틀린 곳을 지우고 표시해 놓은 온갖 지저분한 자취가 사라진 상태를 보게 될 때 필자가 느낄 안도감은 쉽게 상상이 가는 일이었다. 알카와 나는 본디 시구에다 불쑥 다른 가짜 시구 — 엉터리이기는 해도 형식은 완벽한 시구 — 를 집어넣는 장난을 치고는 했었다. 우리는 숨을 죽이고 〈대시인(大詩人)〉의 반응이 어떨지를 기다렸다.

　처음에는 진지한 침묵 속에서 몇 분이 흘러갔다. 그런 다음에는 폭소가 터져 나왔다. (니코스가 원하던 〈뚜껑 문〉은 갖추지 못했지만, 그나마 마련했었던 지극히 불편한 층계인) 좁다란 층계를 한 번에 네 개씩 달려 내려오면서, 문제의 교정지를 손에 들고 흔들어 대며 그는 우리의 어깨를 두들기기 시작했고, 알카의 두 팔을 번쩍 들고는 그녀와 함께 빙글빙글 돌고는 했다.

　「이건 순수한 초현실주의야! 대단한 걸작이라고!」 그리고 그는 집에서 만든 술을 작은 잔에다 한 잔 따라 우리에게 주고는 장래가 촉망되는 여류 시인의 건강을 위해 축배를 들라고 했다.

　드디어 대망의 날이 왔다. 전날 저녁에 서점을 운영하는 두 친구[579]는 정성을 들여 가며 한가운데다 책을 진열해 놓았다. 그래서 〈대물(大物)〉은 왕좌를 차지했는데 — 지중해의 힘찬 물속으로 헤엄쳐 나간 모비 딕이나 마찬가지인 그 작품은 모든 면에

---

579 가까운 친구가 된 스타모스 디아만타라스와 가니아리스라는 이름의 책방 주인들.

서 대물이었다.

「난 1백 그램만 주세요!」 지극히 기만적으로 다정다감한 미소를 짓고는 했던 M.A., 누구보다도 까다롭고 험담을 잘하던 M.A.가 줄의 맨 앞에서 요구했다.

「나도요, 350그램 부탁합니다!」

「그럼 나는 450그램요!」

도전은 길고도 힘겨웠다. 〈자신이 살아가는 시대를 따르려고 하지 않는〉 사람에 대해서 험담을 퍼부어 대던 사람들은 다름이 아니라 바로 그의 글을 전혀 읽지 않는 그런 사람들이었다. 그러나 아무리 고집불통인 도시인이라고 하더라도 시(詩)는 피할 수 없게 마련이었다. 니코스는 3백 부 가운데에서 거의 절반을 그냥 주어 버렸다. 지극히 비관적이었던 나는 다섯 명밖에는 돈을 주고 살 사람이 없으리라고 계산했다. 산 사람은 1백 명이었다. 그리고 젊은이들은 이 서사시를 이 사람 저 사람 돌려 가면서 겨우 읽을 기회를 얻었고, 그들 자신의 경제적인 수준에 알맞은 보급판이 나와야 한다고 야단이었다.

우리 친구들은 열심히 노력했다. 예를 들면 우리나라에서 가장 훌륭한 화가 가운데 한 사람인 니코스 하드지키리아코스-기카는 한마디 말도 없이 그가 삽화를 그리고 싶은 어떤 시구들을 뽑아 프랑스어로 번역하기 시작했다. 이 초벌 번역을 기초로 삼아서 로베르 레베스크는 자신의 번역을 가미하여 나중에 「그리스의 영원성」에다 게재했다.

「나는 레베스크와 키먼 프라이어[580]를 히드라로 초대했었어

---

[580] Kimon Friar. 카잔차키스의 작품들을 영어로 번역한 사람으로서, 역자가 (그리스어를 모르기 때문에 불가피하게 중역을 해가면서) 번역한 작품들 『오디세이아』, 『최후의 유혹』, 『전쟁과 신부』, 『영혼의 자서전』도 모두 그의 번역본을 텍스트로 삼았다 — 역주.

요.」 하드지키리아코스가 어느 *vernissage*[581]에 유쾌하게 털어놓
았다. 「그리고 나는 그들이 어떤 작품을 접하게 되었는지를 깨닫
게 될 때까지 〈산고〉를 치렀어요. 아테네에서 카잔차키스 반대파
들이 퍼뜨려 놓은 온갖 소문을 감안한다면, 정말이지 그것은 쉬
운 일이 아니었죠.」

「카티메리니」의 주필 후르무지오스는 그의 유리한 입장을 이
용해서 『오디세이아』를 선전해 주었다. 그의 신문에는 긴 기사들
이 그의 이름을 박아 발표되었다. 그해에 실린 굉장히 많은 기사
중에서 우리는 『오디세이아』를 격렬히 옹호하거나 비난하는 내
용을 찾아보았다. 일단 초기의 흥분이 가라앉은 다음에 니코스는
어디로 떠나 버리고 싶다는 생각뿐이었다. 그러나 떠나기 전에
그는 놀라운 제안을 했다.

「난 독을 하나 사두고 싶어요. 큰 것으로요!」

「어디에 쓰려고요?」

「기름을 담아 두려고요. 올리브기름을 40킬로그램쯤 저장해
두면 어떨까요.」

기가 막혀서 내가 소리를 질렀는데도 그는 자신의 계획을 그대
로 실천했다. 그는 여기저기 널리 수소문해서 그가 원하던 독을
찾아냈다. 그리고 거기에서 그치지 않고 그는 독에 훌륭한 올리
브기름을 손수 가득 채워 두었다!

「이 기름은 썩을 거예요!」 내가 항의했다.

「제발 흥분하지 말아요, 레노치카. 고향에서 우린 항상 기름을
많이 비축해 두었었어요.」

나는 그의 아버지가 집에서 절대로 빵이 떨어지도록 내버려 두

---

581 그림 전람회가 개최되는 전날로서, 출품한 그림에 가필이나 니스 칠이 허용되
는 날이다. 영어로는 *varnishing day* — 역주.

지 않았었다는 사실을 알고 있었다. 아버지가 빵을 어찌나 많이 사들여서 친척들에게 나누어 주고는 했는지 그에게는 〈빵 대장〉 이라는 별명이 붙었었다. 〈니코스는 《올리브기름 대장》이 되겠구 나〉 하고 나는 혼자 생각했다.

니코스가 내 불평에 신경을 쓰지 않았던 것은 다행한 일이었 다. 그 까닭은 이 기름 덕택에 우리는 기근이 남긴 오랜 상처를 이겨 냈기 때문이었다. 그리고 또한 우리는 이웃 아이 몇 명도 구 해 주었다.

제3부
전쟁
1939~1945

이 고난의 시기 동안에 아테네에는 진짜 시골 신사 같은 영국인 외교관 시드니 워털로 경이 있었다. 니코스는 두 사람이 공통적으로 알던 어떤 친구를 통해서 그를 사귀게 되었다. 시드니 경은 인상적인 풍채에, 굉장히 교양이 풍부했으며, 형이상학에 관심이 많았고, 그리스를 사랑했는데 — 오늘날의 그리스 못지않게 지난날의 그리스도 사랑했고, 우리는 그런 면에 전혀 익숙하지 못했다.

　두 남자는 이제 서로 기꺼이 말동무가 되어서, 마음을 가다듬고 정치와, 예술과, 종교 얘기를 나누었다. 관찰력이 예민했던 영국인은 그의 〈낙원〉에서 이 그리스 시인이 야기시키는 위험들을 이해했고, 그에게 영국으로의 여행을 약속해 주었다. 시드니 경은 또한 그의 친구가 내세우는 사상에 대해서도 관심을 보였고, 「정신 수련」을 번역하기 시작했다.

　국립 극장, 교과서, 약속했던 번역들…… 무엇 하나 제대로 진전을 보이지 않았다. 영국인만이 약속을 지켰다.

　만사가 뜻대로 되지는 않았어도 『오디세이아』가 어느 정도 성공을 거두었다는 사실에 대해서는 니코스도 무관심하지 않았다.

그리고 그는 새로 사귄 친구 스타모스 디아만타라스에게 아이기나에서 1939년 1월 6일에 이 편지를 썼다.

……나 자신의 영혼으로부터 — 크나큰 노력을 기울인 덕택으로 거기에다 어휘로 살을 입힘으로써, 내가 건져 보려고 애썼던 작품을 읽고는 조금이나마 기쁨을 느낀 사람이 몇 명 나왔다는 사실이 나는 즐겁습니다. 나는 어떤 보상도 바라지 않아요. 은둔 자에게는 그보다 더 큰 보상은 없을 테니까요.

내 예상보다 훨씬 많은 사람이 『오디세이아』를 사주었으므로, 피르소스[1]는 책값을 할부로 갚고 싶어 하는 모든 사람을 위해서 편의를 봐줘야 할 것입니다……. 『오디세이아』의 목적은 어떤 대 가를 치르더라도 젊은이들로 하여금 읽게 해야 한다는 것입니다. 이 작품은 노인들을 위해서 쓰지 않았습니다. 그것은 젊은 사람들, 그리고 아직 태어나지 않은 사람들을 위해서 쓴 작품입니다…….

런던으로 떠날 때를 기다리는 동안 카잔차키스는 일을 하기 위해 아이기나로 돌아갔다.

나의 사랑하는 L.

……자라난화(紫羅欄花)가 노랑과 자줏빛으로 온통 만발했어요. 나는 누가 심어 놓은 열다섯 그루가량의 올리브나무를 발견

---

1 『오디세이아』를 펴낸 출판사.

했습니다……. 오늘은 햇빛이 찬란했으며, 평온하고 고요합니다. 나는 행복해요. 오늘은 시간이 너무나 많군요. 나는 일을 하고 또 하지만, 그래도 해가 지지를 않아요. 이곳에서는 시간이 크나큰 의미를 지닙니다. 그것은 아테네에서처럼 제멋대로 공허하게 흘러가 버리지 않습니다. 나는 작업실의 긴 의자에 길게 누워서 우리의 집이 지닌 아름다움 ― 훌륭하고, 소박하고, 빛이 가득한 아름다움 ― 을 둘러봅니다. 바다는 유리처럼 빛나고, 산은 엄숙하고 포근하며, 대지에는 푸르름이 덮였어요. 나는 고적함으로부터 모든 것을 얻습니다. 고적함이 없었다면 나는 아무 일도 하지 못했을 터이고, 아무것도 되지 못했을 테니까요. 히메네스의 말마따나, 〈*Soledad, soledad, soledad*(고독이여, 고독이여, 고독이여)!*〉입니다…….

나는 하루 종일 영어를 읽었어요. 나는 〈탈출〉 계획을 수천 가지나 세워 보았습니다. 우리가 몇 년 동안 영국의 절벽에다 닻을 내리게끔…….

내일 ― 토요일 ― 은 내 생일입니다. 나는 당신이 나에게 보내는 지민 고기를 가지러 내려갈 생각입니다. 하느님이 당신과 함께하기를. 나를 잊지 말아요…….[2]

1939년 2월 17일
아이기나에서

……이곳은 모두가 차분하고 평화로워요. 나는 일을 계속합니다…….무대극을 위해 「니키포로스 포카스」를 각색하고, 영어 공부[3]도 합니다. 워털로가 나한테 생일을 축하하는 편지를 보냈

---

2 엘레니에게 쓴 편지.
3 카잔차키스는 영어를 잘 알기는 했어도 회화는 서툴렀다.

는데, 끝에 이런 말을 덧붙였더군요. 〈*Il faut absolument nous revoir bientôt*(우리는 곧 다시 만나지 않으면 안 됩니다).〉

나는 당신도 그를 만나게 되기를 바라고, 우리가 런던으로 떠날 날이 곧 오기를 바랍니다……

사육제 가면을 쓴 사람이 몇 명 나에게로 왔지만, 나는 상중(喪中)이라고 하면서 그들을 쫓아 버렸어요. 「누가 죽었는데요?」 그들이 걱정스럽게 나한테 물었어요. 하지만 나는 스페인의 죽음을 애도하는 중이라는 말은 하지 않았어요.

나의 사랑스럽고 소중한 동지여, 하느님이 당신과 함께하기를 빌어요! 당신이 없다면 나는 길을 잃을 것입니다.[4]

1939년 2월 20일

아이기나에서

니코스는 혼자 런던으로 떠났다. 그는 파리에 들러 친한 친구 세그레다키스와 이미 그곳에서 망명 생활을 하던 스페인 친구들을 만났는데, 그들 중에는 바예잉클란[5]의 두 아이도 있었다. 니코스는 아주 가냘프고, 아주 아름답고, 그리고 각별히 다정했던 마리키나에게 홀려 버렸다. 그녀와 함께 있으면 그는 마치 자신이 사랑하는 스페인에 다시 돌아간 듯한 기분을 느꼈다.

때가 되자 나도 곧 새로운 수술을 받으리라는 예상을 하면서 역시 파리에 도착했다. 우리가 도착했을 때는 제2차 세계 대전이 터지기 직전이었다.

---

4 엘레니에게 쓴 편지.
5 Ramón del Valle Inclán(1869~1936). 스페인 작가로서, 소설과 시 이외에 19세기 스페인 사람들의 정신력을 다룬 일련의 글도 남겼다.

파리에서 우리를 가장 기쁘게 해준 일은 크레타의 골동품상 마놀리스 세그레다키스를 다시 찾아가 만나는 것이었는데, 그는 우람한 사람으로 좋은 의미에서의 농부 기질이 다분했으며, 30년 전에 맨발로 파리에 도착한 낙천주의자였다. 그리고 이제 그는 파리에서 가장 훌륭한 수준의 화랑을 얼마 전에 차렸다.

니코스의 서한문에서 우리는 멋진 엽서가 한 꾸러미 도착했다는 얘기가 나올 때 이외에는 세그레다키스의 이름을 자주 접하지 못한다. 하지만 우리가 파리에 갈 때마다 얼마나 즐거운 대화를 나누었던가!

세그레다키스는 대단히 너그러운 사람이었다. 그가 전송하려고 역으로 나올 때는 찻간 전체의 사람들이 갈증을 풀기에 충분할 정도로 과일을 잔뜩 담은 큼직한 상자를 틀림없이 가지고 오고는 했다. 해방이 된 다음에 혹시 그에게 빗이나 종이나 펜이라도 좀 보내 달라고 부탁하면, 그는 가게를 차리기에 충분할 정도로 잔뜩 보내오기 십상이었다.

우리는 그가 부자라고 생각했다. 전쟁이 끝난 다음에 그는 뉴욕에서 옷을 보냈는데, 크레타에 있는 그의 마을 사람들을 모두 입히기에 충분할 정도로 많은 옷이었다. 하지만 바로 그 무렵, 그는 자신이 마실 커피나 샌드위치 값을 내기 위해서 꾸어야만 했던 5달러나, 심지어는 2달러까지도 공책에 적어 두고는 했었다. 슬프게도 그는 자신이 태어난 고향을 방문하는 사이에 갑자기 죽었고, 우리는 슬피 울었다.

과거에 니코스 카잔차키스는 팔레스타인, 이집트, 시나이, 예루살렘, 예레반, 부하라, 모스크바 같은 곳이 — 그가 자주 쓰던 표현을 빌리면 — 손바닥 위에서 석류가 벌어지는 듯한 기분을 느끼게 만들고, 꿈으로부터 현실로 갑자기 뛰어드는 듯한 놀라움을 경험하게 한다는 얘기를 우리에게 얼마나 자주 해주었던가.

그리고 이번에는 런던이 그런 곳이어서, 히틀러의 도당이 그곳을 침공하고 싶어 하던 순간 — 그 존재가 가장 심각한 위기를 맞은 순간 — 가장 찬란했던 최상의 상황에서 그가 만나게 된 영국이 그런 경험을 제공했다.

카잔차키스는 그의 콧구멍을 불태우는 듯한 지옥의 유황불 냄새를 맡았다. 그러면서도 동시에 그는 영국의 풀밭에서 즐겁게 뛰놀았으며 — 그의 머릿속에 영국이라는 땅이 남겨 준 가장 즐거운 감각은 그때의 경험을 통해서 얻었다. 그가 여태까지 사랑해 오다가 이제야 처음으로 가까이에서 접하는 이러저러한 그림을 그의 시선이 머뭇거리며 한없이 어루만지게 되었다. 그리고 그는 성숙해졌고, 아시아에 몰입해서 영국 박물관에 소장된 아랍과 인도와 페르시아의 세밀화에 빠져 버리고 말았다. 그는 또한 장원에서 사는 몇몇 시골 귀족도 다시 찾아보았고, 자신과 같은 사람들의 영혼을 위해서는 이런 공간과 격리된 상태가 얼마나 큰 활력제 노릇을 할까 부러워하면서 상상해 보기도 했다.

그는 친구 프레벨라키스에게 편지를 썼다.

……날마다 나는 자네를 머리에 떠올리며, 우리가 이곳에서 태어났어야 하며 — 근엄하고, 하얀 가발을 쓰고, 뺨이 불그레한 — 조상들의 초상화를 벽에다 걸어 놓은 편안하고 고색이 창연한 성(城)에서, 외떨어진 영국 시골 지역에서, 내가 만나 본 영주들처럼 풍족하고, 조용하고, 격리된 귀족의 삶을 살았어야 한다는 생

각을 한다네. 내가 죽고 나면 (멍청이 같은!) 어떤 전기 작가는 내 전기에다 나는 천성이 고행자여서, 바라는 바도 별로 없고, 버림을 받은 빈곤한 상태에서 살아야 활동을 더 잘하는 인간이었노라고 쓰겠지. 그리고 만일 내가 〈고행자〉로서 끝장을 본다고 하더라도, 그것은 내가 부르주아의 값싸고 굴욕적인 제복보다는 차라리 벌거벗고 살기를 더 좋아했기 때문이라는 사실을 아무도 깨닫지 못할 거야.

「강하고 사나이답게 행동할지어다!」 이곳에서 영국의 왕에게 왕관을 씌워 줄 때 대주교가 하는 이 말이 왕관처럼 내 이마를 감싼다네. 나는 그런 표현을 알았었지만, 그토록 거룩한 예식에서 성스러워진 형태로 그 말을 이곳에서 만나게 되어 기뻐했지……

1939년 7월 23일
러셀 광장 베드퍼드 플레이스
런던 W.C.1

나의 사랑하는 레노치카!

나는 유명한 샌드위치 성에서 이 편지를 쓰는데, 당신이 오면 자세한 얘기를 모두 해주겠어요. 믿어지지 않을 정도의 부유함, 서재는 세잔, 반 고흐, 드랭, 코로, 모딜리아니, 피카소 등등의 그림으로 가득하고. 고딕 조각품과, 불상과, 정원에는 일본에서 가져온 석등이 들어섰고, 그리고 가장 멋진 부분은 검거나 흰 포도의 큼직한 송이가 주렁주렁 달린 멋진 포도나무들이 자라는 온실과, 성벽을 타고 가는 격자 울타리를 따라 심어 놓은 복숭아나무와 배나무, 무화과나무 등등……

내가 도착했을 때는 백작 부인이 식탁에 앉아 기다리고 있었는데 ─ 뚱뚱하고, 예순쯤 되었고, 다정다감하고, (심장병으로) 얼굴이 누렇고, 친절하고, 똑똑하고, 아주 소박한 여자였어요. 남자는 호리호리하고, 역시 예순 살쯤이고, 한쪽 눈은 *poché*(부어올랐어요). 그는 세련되고, *esthète*(탐미주의자)이고, 미술에 대한 이해력이 대단합니다. 두 딸은 매혹적이고요…….

집에는 온통 제복에 연미복을 걸친 하인으로 가득하고, 벽은 조상의 *tableaux*(그림들)로 뒤덮였어요. 시골은 평온하고 좋아요. 때로는 비가 내리고, 때로는 날씨가 화창합니다. 내일 나는 늙은 백작 부인과 함께 그녀의 차를 타고 런던으로 돌아갈 예정이에요.

그들이 나에게 준 방은 널찍하고 값진 가구로 가득합니다……. 침대는 16세기 제품이어서, 오래된 *bordure*(가장자리 장식)는 갖가지 악기를 연주하는 중세의 악사들을 새겨 넣었더군요. 세면대와 물병은 박물관에서 진열해 놓는 그런 골동품 *faïences*(에나멜 제품)이고요.

사냥터는 굉장히 넓어요. 그곳을 숲이 둘러쌌고, 강에는 *canots*(카누들)가 있어요…….[6]

1939년 8월 1일
헌팅턴의 히칭브루크에서

나는 런던으로 돌아왔어요. 아이기나에서 떠나야만 한다면 우리가 지낼 만한 곳은 이곳뿐이겠어요. 평화로움, 평온함, 푸르른 풀밭 ─ 자연 ─ 그리스에서도 누릴 만한 것들이죠.

나는 끊임없이 책을 읽고, 자료를 수집하며, 영국에 대한 책을 집필할 준비를 합니다. 그 기행문은 영어로 번역될지도 모르기

---

6 엘레니에게 쓴 편지.

때문에 잘 써야만 하고, 그래서 일이 아주 힘듭니다. 그런 *usé*(낡은) 주제에 대해서 무슨 새로운 얘기를 쓰겠어요?

하루도 빼놓지 않고 날마다 비가 내리고, 날씨는 단조롭고, 슬프고, 잿빛입니다. 적어도 새로운 무엇인가를 내가 구경하게끔, 심한 안개가 내리기를 나는 초조하게 기다리는 중이에요……[7]

1939년 8월 2일

런던에서

내 사랑이여, 연기와 웃을 줄 모르는 촌스러운 사람들, 가난과 엄청난 부(富)……. 이곳은 가장 추악한 도시들 가운데 하나예요. 어제는 옥스퍼드에 갔었는데, 아름답고 중세의 분위기가 풍기는 고장이었어요. 날씨가 기막혀서, 햇살과 열기가 맞아 주었습니다. 나는 구경하고, 나 자신을 충족시키고, 얼른 자리를 뜨면서 하루 종일 정신없이 돌아다녀 기진맥진해졌어요……. 내일 아침에는 체스터로 가고, 모레는 리버풀로 가서는 블라스토스의 집에서 이틀 동안 쉬고 싶어요……. 나는 이런 모든 활동으로부터 별로 혜택을 받지 못했고, 내 마음도 활력을 느껴 본 적이 단 한 번도 없었어요. 하지만 나는 그 모든 것을 보아야만 했습니다. 스코틀랜드에서는 우리가 어떤 기쁨을 발견하게 되기를 바랍니다……[8]

1939년 8월 14일

버밍엄에서

……아름다운 성당, 옛날 집들, 성벽을 따라가는 산책로와 상가 ── 이 작은 중세의 도시는 아름답습니다. 나는 오늘 아침에

---

7 엘레니에게 쓴 편지.
8 엘레니에게 쓴 편지.

도착했는데, 해가 지기 전에 나는 지금 당신에게 짤막한 편지를 씁니다. 지옥 같은 버밍엄을 거치고 난 다음 나는 이곳에서 행복감을 느꼈어요. 여자들은 아주 못생겼고, 가난으로 인해서 빨리 늙어 버렸더군요. 어디에서도 웃음은 찾아볼 길이 없고요. 사람들은 고통스러운 얼굴이었어요……. 여행은 곧, 내가 생각했던 것보다 더 빨리 끝날 것입니다……. 나는 하루 종일 서둘러 돌아다니고, 도시들은 바닥이 드러나고 있으니까요…….[9]

1939년 8월 15일

체스터에서

……나는 널찍한 사냥터 안에 위치한 블라스토스 저택에 머물며 — 블라스토스의 표현을 빌리면 — 〈마치 누구에게 쫓기기라도 하는 듯〉 내일 이곳을 떠날 예정입니다. 장원, 총명하고 쾌활한 아내, 아주 예쁜 두 딸. 리버풀은 크고 비위에 맞지 않는 도시여서, 온통 석탄투성이이며 〈미술관〉에 가야만 그림을 한두 개 보게 될 따름인데 — 크라나흐[10]와 옛날 독일이나 이탈리아 화가들의 작품이 대부분이죠. 나는 맨체스터로 떠나고, 다음에는 셰필드, 피터스버러를 거쳐 19일이나 20일까지는 런던으로 돌아갑니다……. 굉장히 지치기는 했지만 나는 건강합니다…….[11]

1939년 8월 16일

리버풀에서

9 엘레니에게 쓴 편지.

10 Lucas Cranach(1472~1553). Kranach나 Kronach라고도 표기하는 독일 화가 판화가로서 1504년에는 작센 선제후 프리드리히의 궁정 화가이기도 했다 — 역주.

11 엘레니에게 쓴 편지.

······나는 맨체스터로 가서, 하루 종일 돌아다녔습니다. 해 질 녘에 나는 그곳을 떠나 여기 ─ 셰필드 ─ 로 돌아왔어요. 온통 연기와 석탄과 침울한 얼굴과 똑같이 생긴 막사들, 살벌한 도시입니다. 나는 아무것도 놓치고 싶지 않아서 이 지옥 속에서 이리저리 돌아다닙니다. 나는 추악함을 알아야 하기 때문에, 그 모든 추악함 속에서 즐기고 싶어요. 모든 도시에는 저마다 〈미술관〉이 있으며, 그곳에는 〈인간〉이 창조한 아름다운 작품이 두세 개 걸렸는데, 그 작품들은 추악함의 품 안에 안겨 있기 때문에 더욱 깊은 감동을 줍니다······ 내일 나는 아름다운 성당이 있는 피터스버러로 갈 예정인데, 그러면 런던에 가까이 가는 셈이죠······.[12]

1939년 8월 18일
셰필드에서

······전쟁이 터질 모양이니까, 가능한 한 빨리 오도록 해요. 갑작스럽게 체결된 러시아와 독일의 조약이 그럴 가능성을 높여 주었어요. 이곳 사람들은 전쟁 발발을 확신하고 있습니다. 그리고 이렇게 두려운 순간에 우리는 어떤 결정을 내려야 할지 생각해 보기 위해서 같이 지내는 것이 좋겠어요······.

앞으로 고생스러운 나날이 닥쳐올 테니까, 가능한 한 검소한 생활을 해요······.[13]

1939년 8월 23일
런던에서

12 엘레니에게 쓴 편지.
13 엘레니에게 쓴 편지.

버밍엄, 맨체스터, 리버풀, 셰필드 — 카잔차키스는 자랑스러운 앨비언[14]의 더럽혀진 내장을 뒤져 보았다. 그는 이런 도시들이 산더미 같은 석탄을 집어삼키고 소화하는 광경을 지켜보았다. 그는 사람들의 얼굴을 — 눈과, 콧구멍과, 석탄 가루가 묻은 입과, 더 이상 미소를 지을 줄 모르게 된 입술을 — 지켜보았다. 정교하고 정밀한 경이로움…… 기계들이 빨리 빨아 대면 빨아 댈수록 그만큼 더 — 사람들이 감시하는 일은 그만큼 더 — 힘들어졌다. 지진이 일어나기 전 몇 초 동안에 사람들이 느끼는 그런 긴장감 속에서, 카잔차키스는 그가 본 광경을 어서 정확하게 화폭에 담아 두고 싶어 하는 화가처럼, 시원시원하게 붓을 휘둘러 영국의 지옥을 그려 냈다. 제2차 세계 대전의 종전과 더불어 그는 케임브리지에서 전후 영국의 지성인들에 대한 책을 집필하고 싶어 했다. 그는 시도를 했지만 실패하고 말았는데, 이 나라에서 그가 만난 지식인들이 신통치 않았기 때문이 아니라, 대단한 반론자(反論者)였던 그는 더 이상 그들을 이해하기가 힘들어졌기 때문이었다. 그가 그들에게 보냈던 질의서는 엉뚱한 면에서 그들의 신경을 건드렸다. 질의서에 대해 응답서를 보낸 사람이 거의 없을 정도였다. 그들 대부분이 화가 났거나 냉담해졌다는 사실을 우리는 쉽게 짐작할 수 있었다. 그리고 케임브리지에서 머물던 그 무렵, 카잔차키스는 전쟁이 터지기 전에 그가 목격했었던 산업화의 도래가 야기하는 악몽이 머리에 떠올랐다. 그는 자신이 느꼈던 불안감을 회상하며, 가상의 연인에게 보내는 편지[15]의 형

---

14 Albion. 영국을 지칭하는 고대의 시적인 이름. 도버 해협의 골 지방과 마주 보고 있는 백암 절벽에서 연유하는 이름이라고도 하는데, 라틴어로 *albus*는 〈새하얗다〉는 뜻이다. 하지만 켈트어에서 바위, 절벽, 산 등을 의미하는 *alp* 또는 *ailp*라는 단어에서 연유한다는 얘기도 있다. 나폴레옹은 영국을 〈*Albion Perfide*(미덥지 못한 앨비언)〉이라고 부른 적이 있다 — 역주.

태를 취해서 이제 와서야 그 인상을 글로 표현했는데, 그 책은 그가 원하는 바에 따라 아직도 출판이 되지 않았다.

　　머나먼 곳에서 나에게 기쁨과 위안을 주는 사랑이여!

　　영국의 시커먼 도시들을 돌아다니며 보고 느꼈던 점들을 나는 당신에게 모두 얘기하지는 않겠습니다. 나는 장님이었다가 눈을 떴습니다. 나는 육신을 지니지 못한 물체들을 소홀히 지나쳐 버렸었는데, 그러다가 노동을 하는 육신을 보았고, 그 육신에 밀착한 영혼은 오늘날의 세계가 나아갈 운명을 두 손으로 움켜잡은 채 고통을 느낍니다. 공장이나 기계에 매달려 노동을 하고, 배 위에서나 땅 밑에서 일하는 사람들을 볼 때, 그리고 루이스의 집에 모였던 지식인들에게 놀라움을 얘기했던 나의 순진함을 돌이켜 생각해 볼 때면 나는 창피해서 피가 머리로 치솟아 올라옵니다.

　　나는 멤피스 앞 갈림길에서 수천 년 전에 꼼짝도 않고 책상다리를 하고 앉아 분노와 절망적인 놀라움 때문에 휘둥그레진 눈으로 사악한 도시를 응시하던 고독한 율법학자가 지7만 미리에 떠오릅니다. 먹을거리도 넉넉하지 못한 늙은 아버지와 어머니, 남편에게 버림받은 여자 같은 비참한 인간들이 찾아오면 그는 날마다 아침부터 저녁까지 그들의 비참한 얘기를 담은 편지를 대신 써주고는 했습니다. 자신의 체중으로 인해 살이 축 늘어지고, 너무 먹고 키스를 많이 해서 졸린 나머지 멍한 표정으로. 노예들의 품에 안겨 세도가들도 역시 그의 앞을 지나갔습니다. 율법학자는 아침부터 저녁까지 눈알을 굴리며 보고 또 보았습니다. 그리고

---

15 이 편지에 담긴 내용 대부분은 거의 그대로 카잔차키스의 기행문인 『영국 기행』에 실려 있다.

그는 잊지 않았고, 그가 절규하는 소리는 바위에 새겨져 아직도 그대로 보존되어 있습니다. 〈나는 보았노라! 나는 보았노라! 나는 보았노라!〉

우리가 심연으로 떨어지기 전에 우리 자신의 산업 시대는 그런 율법학자의 탄생을 과연 보게 될까요! 우리의 주변에서는 탄식하는 목소리들이 들려오고, 그 목소리들을 잃어버려서는 안 되기 때문입니다.

우리는 일요일에 버밍엄에 도착했습니다. 모든 것이 답답해서 — 지난 한 주일의 고생뿐 아니라 내일 시작될 한 주일의 공포가 새겨진 얼굴들은 웃음을 잃었습니다. 수레바퀴, 고역의 수레바퀴, 영원히 돌아가는 수레바퀴.

오늘은 햇빛이 났고, 강렬한 햇빛 때문에 거리는 전보다 두세 배나 더 추악해졌습니다. 나는 그 거리들을 서둘러 지나가서 숨을 돌리려고 애스턴 파크에 올라갔습니다. 금잔화, 제비꽃, 온갖 빛깔의 꽃들. 나는 그리스의 향기를 맡았습니다. 모든 둥근 형태 중에서는 지옥의 심장부에서 피어나는 장미가 어쩌면 가장 냉정하고 비인간적인지도 모릅니다. 인생이 어떠해야 하는데 그렇지 못하다는 진실을 그 꽃이 저주받은 사람들에게 상기시켜 주기 때문입니다.

이튿날인 월요일 아침 일찍, 나는 다시 거리로 나갔습니다.

다행히도 그날은 태양이 자취를 감추었습니다. 짙은 안개가 깔려 벽들을 뭉개고 추악함을 감추었어요. 또다시 도시는 신화적인 상징의 행렬로 변모했고, 냉혹한 광경을 이루었습니다. 만물을 무자비하게 드러내는 태양이 군림하는 땅에서 태어난 사람에게 베일에 덮인 이날은 점잖은 고상함과 신비를 발산합니다.

저마다 점심으로 먹을 작은 꾸러미를 손에 들고 일터로 가는 남녀들이 떼를 지어 부지런히 나타나서는 높다랗고 시커먼 문들 뒤로 사라졌습니다. 인간의 마음을 쥐어짜는 가슴 아픈 장송곡 — 12세기의 슬픈 프랑크족 노래가 공장 안에서 울려 나오는 듯싶었습니다.

우리는 영원히 누더기를 걸친 채로
한없이 비단 옷감을 짜리라.
우리는 영원히 시커먼 가난 속에서 썩어 가며
굶주림 속에서 한없이 죽어 가리라!

이 공장 저 공장을 돌아다니는 동안 내 마음을 죄는 기분은 점점 더 심해졌습니다. 〈행복한 영국〉은 행복하기를 그만두었고, 수레바퀴는 추진력을 얻었으므로 아무도 그것을 막을 힘이 없습니다. 기계가 승리를 거두었습니다. 새로운 철의 노예들을 소유하려는 열광 속에서 현대인은 순진한 낙관주의와 비이성적인 희망에 도취되어 물질을 정복하기 위해 마구 앞으로 달려 나갑니다. 이렇게 함으로써 현대인은 행복을 성취하고 영혼을 해방시키게 되리라고 믿습니다. 물질적인 세계의 비인간적인 법칙을 심성의 법칙으로 대치시키려는 영원한 투쟁은 인간의 숭고함을 보여 주는 상징입니다. 정의, 평등, 만인의 행복 — 인간은 자신의 모습과 유사성을 지닌 철저히 인간적인 이상들을 창조해 놓았습니다. 그 이상들은 인간의 욕망 속 이외에는 어디에도 존재하지 않습니다. 불의, 불평등, 소수만의 행복 — 밀림이 되어 버린 인간의 하늘과 땅은 그런 이상들과 정반대되는 다른 법칙의 지배를 받고, 소수만의 행복 — 까지도 번갯불처럼 달아나 사라집니다.

그런데도 여전히 인간은 물질적인 세계의 법에 대항해서 싸우고, 그것을 받아들이기를 거부합니다. 그는 자신의 심성보다 세계를 열등하다고 간주하며, 자신을 위한 보다 좋은 세계를 이룩하기를 갈망합니다. 신중한 자들과 흥한 자들이 저항합니다. 「우리는 안정되었다.」 그들이 소리칩니다. 「세상은 훌륭하다. 그것을 파괴하지 마라.」 그러나 인간의 심장부에서 타오르는 불꽃이 언제 이런 사람들의 얘기에 귀를 기울일 정도로까지 몰락했었던가요? 이 불꽃은 부유한 자들과는 결코 같은 편이 되었던 적이 없습니다. 인간들 사이로 서둘러 돌아다니는 나그네. 배고프고 목마른 그는 사막에서 시원한 오아시스의 신기루들을 ― 정의와 평등과 행복을 ― 보았으며, 서둘러 걸음을 재촉했습니다. 그는 목적지에 도착하고 싶어서 마음이 급합니다. 과거에 그를 끌어 주었던 말들이 그에게는 견딜 수 없이 느린 속도로 그를 인도하는 듯 여겨졌고, 그는 서둘러야 했습니다. 그래서 그는 대륙과 바다와 공중을 빨리 횡단하는 새로운 철마(鐵馬)를 만들어 냈습니다. 그리고 영혼은 키메라를 추구하기 위해 말을 탔습니다. 하지만 우리가 악몽에 시달릴 때 가끔 그러듯이, 말들이 갑자기 기수를 올라탔고, 완전히 반대 방향을 택해서 달려가며 우리는 그 말들과 함께 달려갑니다.

　나는 버밍엄을 돌아다니고, 다음날은 리버풀을 돌아다니며 기계와 공장을, 아이들의 가늘고 발육이 중단된 정강이뼈를, 그들의 구슬픈 미소를, 작업장의 어둡고 눅눅한 창문에 걸린 누더기들을 둘러봅니다. 나는 추악함에 숭고함과 의미를 부여하기 위해서, 희망을 잃은 사람들에게 희망을 마련해 주기 위해서, 전체적인 범주 안에서 내 능력이 미치는 한 현재의 공포를 찾아내어 그것을 기쁨으로 전환시키기 위해서 투쟁을 벌였습니다. 세상을 바꿔 놓을 수야 없는 노릇이니까, 우리가 세상을 보는 눈을 바꾸도록 합시다!

〈멧돼지와 들소와 늑대들만이 살아가는 위험한 늪지대〉 —— 이런 식으로 옛날의 어느 역사가는 거대하고 괴이한 도시 맨체스터가 펼쳐진 땅을 묘사했습니다. 옛날에도 그러했고, 오늘날에도 역시 그러합니다. 여기에서 우리는 우리 산업 문명의 얼굴을 —— 사납고 무자비하고 가혹하며, 인간적인 다정함과 부드러움이 결여된 얼굴을 —— 봅니다. 미소 지을 줄 모르는 거리를 서둘러 오르락내리락거리는 인간들의 개미탑을 지켜보려니까 나는 고뇌에 사로잡힙니다. 혹시 내가 흉악한 꿈을 꾸고 있지는 않은지 나 자신에게 묻습니다. 아니면 혹시 어떤 집단적인 악몽 속에서 인류가 파멸을 맞는 것일까요? 그들은 어디로 가나요? 왜 그들은 서둘러 갔을까요? 왜 사람들의 일생이 이런 비인간화로 끝나게 되었을까요?

파멸이냐 구원이냐 하는 이 비극적인 순간은 얼을 빼는 소음과 절규로 울리고, 이름 없는 공포뿐 아니라 비밀의 희망도 전해 줍니다. 사람들은 괴이하고도 벅찬 도취감을 느낍니다. 가장 하찮은 순간, 가장 덧없는 인간의 모습이 사람들의 마음속에서 불균형하게 강렬한 흥분감과 감정을 자아냅니다. 마치 현실에서 우리 모두가 하나이고, 우리의 종말이 도래했으며, 우리는 목이 메도록 흐느껴 울고, 〈안녕히! 안녕히!〉 소리치며 허둥지둥 도망을 치기라도 하는 듯 말입니다. 대도시에서처럼 이런 분위기가 그토록 무겁게 징조로서 충일한 곳은 또 없습니다. 겉으로 보기에는 아무리 사소해 보일지라도 모든 현상은 적절한 무게를 지니고, 운명의 저울 위에서 자리를 잡습니다.

수많은 도시에서 수천 번이나, 나는 갈망하는 눈으로 상점 진열창에 매달린 젊은 아가씨들의 애타는 얼굴을 보았습니다. 그러나 그날 셰필드에서는 똑같은 상황이 나로 하여금 형언하기 힘든 고뇌를 느끼고 우리가 종말에 도달해 있다는 확신을 갖게 만들었습니다. 가난에 시달리고 굶주림으로 야윈 어린 소녀가 푸줏간에서 고기가 잔뜩 쌓인 진열창에 자신의 자그마한 얼굴을 처박고 있었습니다. 탐욕스럽게 고기를 쳐다보는 그녀의 눈에서는 욕망이 이글거렸습니다. 어떤 신비한 변이를 거쳐서 모든 무정한 고기는 노란 머리카락과 목덜미의 복슬복슬한 머릿다발과 빨간 입술이 되기도 합니다. 하지만 굶주려 반쯤 죽어 가는 어린 소녀가 그런 성스러운 변이를 일으키기 위한 돈을 어디서 구할 수 있을까요? 그래서 어린 소녀는 시들어 가고, 고기는 썩어 갔으며, 그리하여 그들의 결합은 결코 이루어지지 못했습니다.

지난번 맨체스터에서는 꼭 한 가지 예기치 않았던 기쁨이 나를 기다려 주었습니다. 나는 박물관에 들어갔는데…… 갑자기 걸음을 멈추었습니다. 맨체스터의 강철 심장 속에서 발견되리라고는 전혀 기대하지 않았던 무엇 ─ 나무로 만든 훌륭한 옛 중국 조각품, 곧 중국의 관음보살 상이었습니다. 노예가 끄는 고삐에 매달린 사자 위에 다리를 포개고 앉은 매혹적인 모습의 관음상이었습니다. 자비와 다정함으로 넘쳐흐르는 관음상은 차분한 미소를 지었습니다. 관음보살은 침착하고 우아하게 연기가 자욱한 맨체스터의 심장부에 숨어서, 길들인 사자를 타고 앉아 그녀의 차례가 오기를 기다렸습니다……

그리고 맨체스터에서 내가 겪었던 모든 고뇌는 마치 이 작은 여신이 우리의 영혼이며, 이제 그 영혼이 길들인 사자를 타고 찾아오기라도 한 듯 한꺼번에 사라졌습니다……

어느 날 기오르고스 조르바가 — 소설 속의 조르바가 아니라 진짜 조르바가 — 그의 두목에게 제1차 세계 대전이 어떻게 벌어졌는지에 대한 자기 나름대로의 견해를 이렇게 피력했다.

「몇 명의 하릴없고 정신 빠진 젊은이가 애국적인 책을 몇 권 읽고는 애국자가 되었답니다. 그런 다음에 그들은 사회주의 책을 읽고 사회주의자가 되었죠. 그런 다음에 그들은 무정부주의 책을 읽고는 무정부주의자가 되더니, 사람을 죽이기로 작정했어요. 하지만 누구를 죽여야 할까요? 그들은 아직 그것을 알지 못했습니다.

이런 어린 녀석들 가운데 (이름이 프린시프인) 한 아이가 사라예보로 갔습니다. 그래요, 그는 사라예보로 가서 카페로 들어가 앉았습니다. 〈무엇을 드릴까요?〉

〈난 당신의 충고를 듣고 싶습니다. 당신 생각에는 내가 누구를 죽여야 할까요? 총독을 죽여야 할지, 주교를 죽여야 할지, 난 모르겠어요. 가르쳐 주세요.〉

〈글쎄올시다, 총각. 이왕이면 황태자를 죽이는 편이 더 좋지 않을까요? 황태자가 오늘 아침에 올 텐데요.〉

〈그렇다면 좋습니다. 황태자로 하죠!〉

그는 자리를 잡았습니다. 차가 지나갔습니다. 프린시프는 차에다 폭탄을 던졌어요. 폭탄이 제대로 터지기는 했지만 다른 사람도 두 명이나 죽었죠. 프린시프는 지나가던 교수에게 물었습니다. 〈저 사람이 황태자였나요?〉

〈아뇨.〉 어느 부제(副祭)가 대답했습니다. 〈다른 사람이었는데요!〉

그리고 황태자는 목숨을 건진 데 대해서 감사하기 위해 성당으로 갔습니다. 그는 찬미를 했고, 성당에서 나와 배가 고프니까 집으로 가겠다고 했습니다. 점심때가 되었거든요. 거기엔 길이 둘이었습니다.

　〈왼쪽으로 갈까요, 아니면 오른쪽으로 갈까요?〉 운전사가 물었습니다.

　〈오른쪽으로 가지.〉 황태자가 대답했습니다.

　운전사가 그 말을 못 들었어요. 〈오른쪽이라고 하셨나요?〉 차를 세우며 운전사가 다시 물었습니다. 차가 멈추었고, 어떤 악마가 그를 프린시프와 정면으로 마주치게 했습니다. 그래서 프린시프는 권총을 뽑아 들었어요. 탕! 탕! 황태자비 소피아가 쓰러졌어요. 〈소피아!〉 황태자가 울부짖었습니다. 〈아이들을 위해서 당신은 살아야 해요!〉 탕! 탕! 총성이 또다시 울렸고, 황태자가 쓰러졌습니다. 그들은 마차에 실려 공동묘지로 옮겨졌습니다. 황태자의 아버지 — 아버지인지 아저씨인지 난 기억이 안 나지만 — 가 어쨌든 이 얘기를 듣고는 화가 나서 칼을 뽑아 들었답니다. 그러고는 죽은 사람들의 친척 중 또 한 사람이 칼을 뽑아 들었어요. 모두 저마다 칼을 뽑아 들기 시작했습니다. 그래서 사람들이 유럽 전쟁이라고 부르는 저주받을 놈의 전쟁이 터졌다는군요!」[16]

　정말로 저주받을 일이로다! 니코스가 혼자서 — 양념 노릇을 할 조르바도 없이 — 영국의 산업화한 지옥이나 풀밭을 거닐던 순간에, 이제 두 번째로 전쟁이 우리를 괴롭히고 있었다.

16 『영국 기행』 참조.

영국 문화원의 손님으로서 그는 문학과 예술과 학문 분야의 많은 인사들뿐 아니라 영국 귀족 사회의 몇몇 인물도 접할 기회를 가졌다. (너무도 오랜 안락함으로 인해서 둔해진) 로빈 후드가 몸을 일으키고 이제는 (다른 사람들의 해방이 아니라) 자신의 자유를 수호하기 위해서 분발하는 모습을 보게 되었기 때문에, 침체를 싫어하는 이 사람에게 그것은 지극히 상서로운 순간인 셈이었다.

영국은 더 이상 어떤 적극적인 공격이라도 감행하려는 욕구를 보이지 않았다. (니코스 카잔차키스는 『영국 기행』에서 이렇게 썼다.) 무엇을 위해서 그런다는 말인가? 그들에게 부족한 바가 무엇이라는 말인가? ……영국인들은 목적을 달성했다. 〈우선 행동하라〉는 그들의 옛 공격 구호는 공격할 준비를 갖춘 가난한 민족들의 구호가 되었다.

이제 위험이 닥쳐왔다. 영국인들은 그것을 깨달았다. 그들은 주먹을 불끈 쥐고 입술을 깨물었다. 그들은 결판을 내기 위해 그들의 운명을 끝까지 실천할 순간이 되었음을 인식한다. 「깨어나라, 황소 같은 영국인이여!」

그들은 시대에 약간 뒤떨어졌지만, 이것이 그들의 호흡이다. 나는 그들의 특성을 잘 나타내는 특이한 속담 하나를 알게 되었다. 〈다리 앞에 도착하기 전에는 다리를 건너지 마라!〉[17]

「영국은 어떻게 할 작정인가요?」 (니코스 카잔차키스는 런던 의회의 테라스에서, 어느 상원 의원이 개최한 파티에서 그의 옆에 앉은 교수에게 이렇게 질문했다.)

17 『영국 기행』 참조.

「영국 자체의 이해관계를 따르겠죠.」

「현재로서의 이해관계는 무엇인가요?」

「전쟁요!」 그는 엄숙한 표정으로 말했다.

우리 두 사람 다 침묵을 지켰다. 끔찍하고도 피로 얼룩진 그 어휘는 우리 사이에 떨어진 시체처럼 여겨졌다.

「두려우신가요?」 어두워지는 내 눈을 지켜보면서 나의 친구가 물었다.

「인간의 이성은 쉽게 겁을 먹지는 않아요.」 내가 대답했다. 「이성은 필연성을 알고 직시하며, 그것을 두려워하지 않습니다. 하지만 나의 심성은 두려움을 느꼈습니다.」

「나도 두려워했습니다.」 내 친구가 시인했다. 「나는 전쟁이 무엇을 의미하는지 알았으니까요……. 하지만 전쟁은 필요합니다…….」

「영국인들의 개인적인 도덕성이 영국의 공적인 도덕성과 일치하지 않을 때는 언젠가 전쟁이 일어나야 한다는 필연성은 분명한 사실입니다.」 (잠시 후에 니코스 카잔차키스는 이런 얘기를 한다.) 「그러면 어떻게 되나요?」

「그때가 되면 영국인들은 약간 슬픔에 젖은 역할을 맡아야 합니다.」 교수가 말을 이었다. 「아니면 그는 그의 국가 정책은 도덕적이고, 그 정책이 인류의 보다 숭고한 목적들을 추구하며 십계명과도 일치한다는 사실을 다른 사람들에게 (그리고 무엇보다도 우선 자기 자신에게) 설득시키려고 필사적으로 애쓰면서 엄청나게 불행한 사람이 됩니다……. 가장 민감하거나 가장 폭력적인 많은 영국인들이 궐기하고 부도덕성을 비난하는 목소리를 높입니다……. 우리 정부도 역시 고통을 받는데, 그 정부 또한 이른바 청교도라고 하는 영국인들로 이루어졌습니다. 정부도 역시 내부의 목소리를 두려워합니다. 정부도 역시 여론을 두려워합니다.

그래서 지극히 성실한 태도를 보이며 정부는 도덕성을 구가합니다. 그런 이유 때문에 우리는 위선자라는 소리를 듣습니다. 하지만 비록 우리가 더 부도덕하더라도 여전히 우리는 아직 위선자가 아닙니다. 내가 하는 말의 의미를 아시겠어요?」

「잘 알겠습니다.」(카잔차키스가 대답했다.)「그리고 나는 그 심리 분석이 마음에 들어요. 그런데 만일 전쟁이 정말로 일어난다면 ─ 전쟁에서는 어떻게 되나요?」

「그러면…… 이렇게 표현해도 될지 모르겠지만, 영국인들은 행복해집니다. 하기야 행복하지는 않겠죠. 그들은 전혀 전쟁을 원하지 않으니까요. 그들은 그냥 깊은 평온함을 느끼겠죠. 싸움에서 그들이 정의의 편에 섰다고 느끼기 때문에, 그들이 영국의 소망을 수호하고 동시에 전 세계의 소망을 수호한다고 느끼기 때문에 마음이 편해질 것입니다.」[18]

그의 저서 『영국 기행』에서 니코스 카잔차키스는 영국인들의 도시인적인 성격에 대한 존경심을 숨기려고 하지 않았다. 그는 쫓겨난 근로 계층의 수많은 아이들에게 그들의 집을 안식처로 제공하고, 그 아이들을 기꺼이 돌봐 주려고 하는 부유한 사람들을 보고 감명을 받았다.

내가 런던에 도착하자마자 니코스는 〈아크리타스〉와, 그가 전설적인 모험에 나설 때마다 즐거운 마음으로 그를 따라나섰던 음악가들과, 현인들과, 그의 군인 동료들을 나에게 소개해 주겠다고 했다.

18 『영국 기행』 참조.

초라한 영국 난로 앞에 앉아서 니코스는 내 무릎에다 페르시아와 아라비아와 인도의 세밀화 수십 장을 늘어놓았다. 그리고 그는 머릿속에서 아직도 구체화되는 과정에 있던 주인공들을 설명해 주었다.

아크리타스, 아크리타스, 아크리타스 ── 니코스 카잔차키스 같은 사람들이 아직 싹도 나지 않은 씨앗을 그토록 많이 잉태했으면서도 육신이 쇠약해져서 죽는다는 것은 얼마나 기막힌 일이던가. 만일 니코스가 몇 년만 더 살았더라면 우리는 아크리타스 역시 자라나 우리의 삶에서 훌륭한 자리를 차지하고, 그를 창조한 작가의 피를 한 방울 한 방울 받아먹으며 성장하는 과정을 지켜보았으리라. 그가 창조한 주인공들에게 엘 그레코처럼 날개를 달아 주고, 그가 전하려는 말을 쏟아 내고, 이성의 부담으로부터 자신을 해방시키고, 그러고는 〈춤추는 사람이 없는 춤〉이 되는 〈변화〉를 꿈꾸는 니코스의 모습을 우리는 가까이에서 지켜보았을 테고, 이 모든 과정이 어떻게 구현되는지를 우리는 지켜보았으리라. 그러나 아크리타스는 하나의 꿈으로 남았으며, 니코스는 이제 대지 위에 겨우 꿈이라는 그림자로서만 존재한다.

아크리타스의 친구들과 아크리타스 자신을 이렇게 소개하고 나서 한참 후에, 니코스는 바로 전날 밤 런던을 긴장시켰던 사이렌 소리에 대한 얘기를 했고, 백색 인종의 미래에 대한 우려를 나에게 전해 주었다. 이튿날 아침 일찍 우리는 손을 잡고 영국 박물관의 육중한 문 앞에 섰다.

「알겠소?」 그가 나에게 말했다. 「영국 박물관의 이 거대한 익관이 몽땅 탄틴의 것이라오. 그녀의 조카 샌드위치 부인이 스트랫퍼드의 홀스 크로프트로 우리를 몇 주일 동안 초대했어요. 거긴 셰익스피어의 딸인 수전의 집인데, 그곳도 탄틴의 소유라오.

그녀는 우리가 하인을 몇 명이나 필요로 하겠느냐고 나한테 물었어요!」

나도 역시 영국 박물관을 잘 알았으며, 그들의 무덤 위에 편안하게 안치되어 세상을 물끄러미 내다보는 그 유명한 에트루리아인 부부를 니코스에게 보여 주고 싶었다. 「부자가 되면 난 초상화를 하나 만들어 두고 싶어요!」 니코스가 신이 나서 소리쳤다. 「난 우리가 이렇게 나란히 앉아서, 히메토스 산을 마주 보고, 사로니코스 만을 저 아래 굽어보며, 한없이 방랑하는 모습을 보고 싶어요.」

어느 학자의 초청을 받아 스코틀랜드를 방문할 계획이었지만 히틀러는 우리가 그곳을 찾아갈 시간을 남겨 주지 않았다. 가차 없는 런던의 등화관제는 우리의 삶을 지극히 불편하게 만들었다. 러셀 광장에서는 우리의 집을 다른 모든 집과 구별할 만한 아무런 외적인 자취가 없었다. 그리고 니코스는 이웃집으로 들어가 층계를 올라가서 〈내 방〉의 문 앞에 이르렀고, 그제야 그가 금지된 영토에 발을 들여놓았다는 사실을 깨달았던 경험도 있었다. 이렇듯 칠흑 같은 어둠 속에서 돌아다니는 일은 하나의 도전이 되었다.

「버스를 타기로 합시다.」 어느 날 밤 니코스가 제안했다. 「차가 우리 집 바로 앞으로 지나가니까요.」

「이 버스 맞아요?」

「맞고말고요. 난 저 차를 날마다 타는걸요.」 그러고는 차장에게, 〈투탕헤이먼 코트Toutanghamon Court로 갑시다!〉

「미안합니다, 손님! 그런 지명은 한 번도 들어 본 적이 없는데요!」

세 차례나 같은 꼴을 당한 다음에 니코스가 웃음을 터뜨렸다. 지나가던 사람들이 놀라서 걸음을 멈추었고, 갈 길이 좀 더 바빴던 사람들은 이런 밤에 어떤 건방진 사람이 감히 웃어 대는지 보려고 시선을 돌렸다.

「우리가 가야 할 곳은 토트넘 코트Tottenham Court라고요! 미안해요. 그러니까 생각이 났는데⋯⋯」 그리고 또다시 웃음을 터뜨리며 그는 마드리드에서 경험했던 일에 대한 회상을 했다.

영화계 사람들에게 나를 소개해 주기로 했던 사람을 만나기 위해 마드리드에서 내가 겪었던 일을 당신은 기억하나요? 그게 말이에요⋯⋯ 나는 밤에 길을 나서서, 별다른 고생 하지 않고 그 집을 찾아내어 초인종을 울렸어요. 반쯤 귀가 먹은 할머니가 문을 열어 주었지요. 「구도노프 선생님을 만나러 왔는데요.」「잘못 알았어요. 여긴 구도노프라는 사람이 없어요!」「제가 잘못 알았을 리가 없어요. 구도노프 선생님은 저를 기다리고 계실 겁니다.」「다시 말씀드리겠는데, 여긴 구도노프 씨가 없어요!」 그리고 그녀는 내 면전에서 문을 쾅 닫아 버렸어요. 화가 난 나는 야간 경비원을 찾아 보려고 층계를 달려 내려갔어요. 경비원은 귀를 기울여 내 얘기를 들었어요. 「이 동네에는 그런 이름의 신사 분이 없는데요. 분명히 당신이 잘못 알았어요.」 나는 피가 머리로 치솟아 올랐어요. 나는 그를 찾아내려고 한 달 동안이나 시간을 보냈는데, 이제 너무나 어처구니없이 그 사람을 잃게 생겼으니까요! 나는 경비원에게 말했어요. 「내 말을 믿지 못하겠다면 이 편지를 읽어 봐요!」 그리고 나는 내 친구의 주소가 적힌 편지 봉투를 그의 코 앞으로 내밀었어요. 「자, 이 동네에 보리스 구도노프가 있나요 없나요?」「보리스 부레바 말이군요!」 경비원이 천천히 그 이름의 철자를 가르쳐 주었어요. 「보리스 B-u-r-e-b-a⋯⋯.」

나는 가끔 동화와 같은 삶을 며칠만이라도 살아 보고 싶은 꿈에 빠지고는 했다. 그러나 나는 최후의 신화들이 죽어 가던 바로 그 시절, 당시의 여건으로는 탄틴이 그런 나날을 우리에게 제공하리라고는 전혀 상상도 못했다.

홀스 크로프트는 단순히 셰익스피어의 옛집이 아니었고 — 하나의 박물관이 몽땅 우리 앞에 펼쳐졌으며, 우리는 수백 년된 나무의 밑둥들이 며칠씩 걸려서 천천히 타는 벽난로 앞에서 식사를 하고 마음대로 산책을 즐겼다.

니코스는 「배교자 율리아누스」라는 비극을 한 편 더 쓰느라고 점심을 거르고는 했다. 그는 장미 정자들과 하얀 고니들이 있는 에이번 강변을 따라서, 그리고 특이한 인상의 사람들이 그들의 집 문간에서 잡담을 나누는 중세의 오솔길을 따라 산책하기를 좋아했다. 희고 검은 얼룩빼기의 아름다운 홀스타인 소들이 풀을 뜯는 영국의 전원 풍경은 그를 매혹시켰다. 우리는 또한 높은 담을 쌓아 올리고는 그 속으로 숨어 버리기를 좋아하지 않는 시골 유지들의 광활한 영토에 들어가 보기도 했다. 언젠가 이런 산책을 하다가 우리는 — 그들이 적어도 영국 내에서 생활하는 한 — 영국인들이 보여 주는 예의 바른 정신에 감탄하기도 했다.

쫓겨난 아이들을 위해서 지주들은 그들의 집 문간에다 사과를 몇 상자 담아 내놓고는 했다. 어떤 사람들은 아이들이 과일을 더 쉽게 가져가도록 하기 위해 바구니들을 함께 놓아두는 배려까지 했다. 사과 더미 꼭대기에는 〈이 과일은 퇴거당한 아이들을 위한 것입니다!〉라는 표지판을 하나 얹어 놓았다. 우리가 보는 앞에서 다섯 살과 일곱 살 난 어린 두 소년이 호주머니를 가득 채우고는 막 가려고 하는 참이었다. 그런데 나이가 많은 소년이 아주 진지한 태도로 표지판에 적힌 글을 띄엄띄엄 읽어 내려가기 시작했다. 「이…… 과일은…… 퇴거당한…….」

「그럼 우리는 이 사과를 가져가면 안 되겠구나.」 그는 나이 어린 소년에게 말했다.

……우리보다 운이 좋고 더 가난한 영주들은 존재하지 않습니다. 이토록 중대한 시기에 우리는 다시금 소용돌이의 한가운데서, 멋지고 자신만만하고 침착한 사람들과 어울려 지내게 되었습니다…….

동상과, 그림과, 파이앙스[19]와, 역사 깊은 침대와, 그중에서도 가장 중요한 벽난로 같은 소중한 것들로 가득한, 우리가 살고 있는 집에 대해서 틀림없이 엘레니가 당신한테 편지를 썼으리라고 믿습니다. 지금 이 순간에, 엘레니는 (멋진 실내화를 신고 금방 감은 머리에는 리본을 달고) 외국의 골동품 안락의자에 앉아서 (뽕나무 빛깔의) 두툼한 영국제 털실로 새 스웨터를 짜고 있습니다. 거대한 벽난로에는 불을 지폈는데, 나무 밑둥이 타는 중이며, (연기 때문이 아니라 아이기나의 태양 때문에) 시커멓게 탄 내 이마와 소중한 탁자들 위로, 벽에서는 불꽃들이 춤을 춥니다. 그리고 나는 비극 한 편을 쓰는데 ─ 나의 동료 작가인 셰익스피어의 그림자 밑에서, 여기에서 내가 다른 무엇을 쓰겠어요? 그래서 온 세상이 불타는데도 나는 운문으로 비극을 쓴답니다. 나는 멀리 떨어진 어떤 다른 별에서, 운율에 따라 어휘들을 배열하며, 그 어

19 고급으로 채색하고 광택이 나는 프랑스 도자기 ─ 역주.

670

휘들에다 내 숨결이 끊어지기 전에 그것을 불어넣으려고 투쟁하며 원고지 위로 몸을 수그린 나 자신을 지켜봅니다.

(그녀가 굉장히 좋아하는!)「타임스」를 읽다가 가끔 머리를 들고 엘레니는 나한테 말합니다.「히틀러…… 스탈린…… 핼리팩스……」「누구? ……누구라고요?」나는 어리둥절해서 말합니다. 그러면 그녀는 내가 〈이 세상 사람〉이 아니라는 사실을 깨닫고는 대답을 하지 않습니다. 아니면 그녀는 입을 꼭 다물고 〈아무것도 아니에요! 아무것도 아니에요!〉라고 말하고는 다시「타임스」로 빠져 듭니다.

이상하고도 믿어지지 않는 기적 ─ 우리의 삶은 그러하답니다. 아이기나는 물론 바다 한가운데서 그대로 반짝이며 남아 있습니다. 아이기나는 꼼짝도 하지 않는 우주의 초점입니다. 나는 언제 아이기나를 다시 보게 될까요? 창문을 열고 바다가 내 생각을 푸르게 바꿔 놓는 기분을 느끼면서요? 신은 압니다. 머지않아 언젠가는 모든 일이 다 잘 되리라는 사실을. 이제 나는 더 이상 무엇을 소망해야 하는지를 알지 못합니다. 나에게는 세상의 모든 것이 멋지게 여겨집니다. 〈하지만 추악한 것이 하나도 없는가?〉나는 나 자신에게 침착하게 물어봅니다. 〈아무것도? 아무것도? 내 마음을 그토록 비인간적으로 만들어 놓은 데 대해서 감사를 드립니다, 신이여.〉

이 세상에서 가장 좋은 〈대상〉들 가운데 당신과 케티가 포함된다는 사실은 의심할 나위도 없습니다. 새하얀 고니들이 노니는 에이번 강둑을 따라 거닐면서 우리는 자주 우리 자신에게 말합니다.「마리카하고 케티가 여기 함께 있다면 얼마나 좋을까요!」그리고 우리는 한숨을 짓습니다…….[20]

1939년 9월

스트랫퍼드온에이번에서

　푸른 벨벳 같은 전원 풍경, 새빨간 사과, 하얗거나 검은 고니들, 장미꽃의 섬세한 향기, 그의 딸 수전의 집에 모인 보물들과 셰익스피어 — 이 모든 많은 아름다움을 꿰뚫고 부식시키는 전쟁이라는 산(酸). 우리 역시 전시 체제를 취했는데, 다만 우리는 이방인들 속의 이방인으로서 아무런 생활 수단도 없이, 어느 때보다도 더욱 무기력할 따름이었다. 우리가 어떻게 우리 몫의 책임을 감당할 수 있었겠는가? 우리가 어떻게 어떤 쓸모 있는 활동을 제공할 수 있었겠는가?

　니코스의 허락을 받고 나는 뉴욕에 있는 탄틴에게 편지를 썼다. 만일 우리가 런던에서 어떻게 해서든지 두세 달만 먹고 살 여유만 생긴다면 문제의 해결 방법을 찾아낼 수도 있었다.

　탄틴은 답장을 하지 않았다. 홀스 크로프트는 군대에 징발되었다. 우리는 짐을 쌌다.

　니코스는 파리에서 지체하기를 거부했다. 그의 두뇌가 갈망하는 대로 싸움판으로 뛰어드느냐, 아니면 시(詩)의 미래를 추구하느냐 하는 행동을 놓고 그는 또다시 갈팡질팡했다. 그리고 또다시 나는 묵시록의 야수가 나타나는 것을 보았다. 우리의 젊음에서 가장 좋은 세월 14년을 삼켜 버린 『오디세이아』를 겨우 끝내자마자 니코스는 아크리타스라는 또 다른 주인공을 상상해 놓고는 그에게 나머지 삶을 바치겠다고 맹세했다.

　전쟁이 선포되기 오래전, 이미 니코스는 서점으로 그의 젊은

---

20 후에 후르무지오스 부인이 된 마리카 파파이오안누에게 쓴 편지.

친구 스타모스 디아만타라스에게 이런 편지를 써 보냈다.

……또다시 마음은 넘쳐흐르기 시작하고, 가슴이 부풀어 오르고, 외경스러운 태아처럼 「아크리타스」가 내 뱃속에서 꿈틀거려요. 나는 멀리 떠나야만 합니다. 나는 더 이상 낭비할 시간이 없습니다. 내가 시간을 맞출지는 의문입니다. 내가 목적하는 바는 영광과 인정이 아니고, 안락함도 아니고, 즐거운 잡담도 아니며, 내 능력이 자라는 데까지 흙을 절규로 바꿔 놓는 일입니다…….

1939년 6월
런던, 러셀 광장 베드퍼드 플레이스에서

벌써 한 달도 더 전에 나는 이 편지를 쓰기 시작했습니다. 나는 당신과 얘기를 나누기가 즐거워서 지금 편지를 계속하고 있습니다. 여행은 좋았지만 그것은 크게 한 모금 마시는 술처럼, 시간에 쫓기는 사랑처럼 하나의 환상으로서 지나가야 합니다. 나는 일이라는 각성의 원천으로, 고독 속으로 다시 가라앉기 위해서 서두릅니다. 나는 훌륭한 사물들을 보았고, 사람들을 만났고, 새로운 돌을 보았고 — 여행기가 나오겠지만 — 새로운 수확을 거두었고, 그리고 「아크리타스」를 몇 구절 썼습니다. 다른 것은 없습니다. 유럽은 나에게 맞지 않는데, 그곳은 너무 가난하며 내가 얻는 바가 너무 초라합니다. 티그리스와 유프라테스 강변의 산책, 티베트로 올라가는 길, 중앙아프리카로의 원정 — 내가 갈망하는 대상은 동양입니다. 그곳에는 위대한 풍요로움이 존재하고, 수천 행의 시구가 바나나 다발처럼 주렁주렁 매달려 기다립니다. 나는 가야만 합니다, 가야만 합니다…….

또다시 나는 편지를 계속하지만, 이번에는 꼭 끝낼 생각입니다! 나는 나의 가장 소중한 두 친구요 동지인 당신과 가니아리스 씨에게 그토록 오랫동안 편지를 쓰지 않았다는 점을 부끄럽게 생각합니다. 하지만 나는 여행과, 책과, 박물관과, 사람들 속에 푹 빠졌고, 그래서 시간이 없습니다. 친구 몇 명이 내가 머물도록 손을 쓰는 중입니다. 하지만 마음속 깊은 곳에서 나는 그랬다가는 내 영혼에 보탬이 되지 않을 터이므로 머물러서는 안 된다고 느낍니다. 아이기나만 아니었더라면, 그러니까 성벽을 둘러치고 바다가 에워싼 고독의 섬만 없었다면, 나는 머무르려고 할 것입니다…….

1939년 7월 17일

파리에 도착하자 나는 무릎을 꿇고 땅에다 입을 맞추었다.

피폐함 속에서까지도 미소를 짓는 사랑스러운 아가씨 같은 도시를 우리가 더 고맙게 생각하도록 만들기 위해서 하느님이 브리튼의 노처녀 런던을 창조한 모양이라고 나는 생각했다.

여기에서도 역시 통행금지법이 시행되었지만, 그것은 인간적인 차원에서였다. 사람들이 골루아즈[21]에 미처 불을 붙일 틈도 주지 않고 라이터의 불을 어서 끄라고 경찰관이 달려와 윽박지르지도 않는다. 신문과 방송이 아무리 터무니없는 거짓말을 떠들어대어도 파리 사람들은 위험을 의식했다. 그런데도 그들의 수도는 멋진 사교장의 우아함을 그대로 간직했다.

그 이후에 우리는 얼마나 자주 갈등을 느끼고는 했던가? 파리는 개방된 도시로 선포되어야 할까? 아니면 언젠가는 승리를 성

21 프랑스의 관제 담배 이름 — 역주.

674

취하기 위해서 로마와 아테네와 더불어 열, 스물, 천의 스탈린그라드처럼 희생되어야 할까?

심성은 〈정당한〉 이성의 요구를 거부한다. 인간이 창조한 가장 아름다운 모든 것이 연기 속에서 폐허가 되고, 잿더미로 변한 유럽 — 새들도 사라지고, 풀밭도 사라지고, 하늘이나 구름도 사라진 회색의 들판에서 흉측하게 몰락한 인간의 찌꺼기.

다시금 분노를 느끼며 나는 파리에 닻을 내리기로 결정했다. 그런 결과로 나는 나치들을 염탐하기 위해 독일로 가지 않겠느냐는 제안을 받았다!

내가 겪은 모험과 실패를 나열하려면 너무 많은 시간이 걸릴 터이다. 그리고 나는 자주 이런 생각을 해보았다. 만일 내가 〈존재하지 않는〉 하느님께 드린 기도가 이루어진다면, 나는 살아날까? 그리고 니코스 — 그는 굶주림을 견디어 낼까? 아이기나 내에서만도 1만 명의 주민 가운데 2천5백 명이 영양실조로 죽지 않았던가! 자신의 육신에 대해서는 모든 것을 잊어버리고, 그 육신을 돌보는 일에 신경을 쓰지 않는 이 사람 — 만일 이 사람을 완전히 혼자 내버려 둔다면 그는 어떻게 될까?

1940년 어느 누구도 그가 마흔 살이 넘었으리라고는 생각하지 않았겠지만, 니코스 카잔차키스는 이제 쉰일곱 살이었다. 아이기나의 갑(岬)에서 등대처럼 꿋꿋하게 선 그의 눈에서는 빛이 넘쳐흐르고, 그의 머리카락은 점점 더 비단결처럼 부드러워지고, 그의 육신과 이성은 온갖 용감한 모험을 치를 준비가 되었고.

그의 지성으로 미루어 보면 비관주의자이고(〈우리는 암흑의 심연으로부터 오고, 결국 암흑의 심연으로 돌아간다〉), 강대국들의 정치에 대해서 혐오감을 느끼고(〈우리는 중세기로 들어섰고, 이번 중세기는 2백 년 동안 계속된다〉), 비극적인 낙관주의자이기 때문에 비관주의자가 아니고(〈미래가 우리에게 의존하지 않는다는 사실을 알기는 하지만, 마치 의존하는 듯 행동하기로 하자〉), 그리고 마지막으로 〈신의 창조주인 인간〉을 섬기는 사람.

양족(兩足)의 작은 수탉인 인간을 찬양하라!
그대가 울지 않으면 해가 떠오르지 않는도다!

인간의 양심이 존재하기 때문에, 새날이 존재한다고 확신했기 때문에 그는 소리쳐 울었다.

1938년이 지난 다음에 『오브라*Obra*』[22]가 완성되었다. 그 작품의 4만 2천 행을 3만 3,333행으로 줄인 다음에 니코스 카잔차키스는 무수한 발이 달린 3만 3,333명의 군사가 보여 준, 거의 기적에 가까운 유연성이 마음에 들어 흐뭇해했다.

〈미래의 인간〉 오디세우스를 빚어내는 데 그가 14년을 바쳤다고 한다면, 오디세우스는 그 나름대로 미래의 카잔차키스를 빚어내느라고 14년을 바쳤다. 그리고 탯줄이 끊어지자 심연의 언저리에서 손을 잡고 함께 거니는 성숙하고 차분한 두 남자가 태어났다. 삶과 죽음의 삼투 현상이 부드럽게, 〈경탄스럽게〉, 빈틈없이 이루어졌다.

그가 일하던 책상은 검정 옻칠을 하고 양홍색 줄무늬가 박혀서 책방의 진열대처럼 보였다. 편지를 기다리는 친구들의 주소를 벌써 써놓은 봉투와 엽서와 공책과 책들 사이에, (그가 굉장히 좋아

22 『오디세이아』를 뜻한다 ─ 역주.

하던) 초등학생용 공책과 베데커[23] 여행 안내서와 끝냈거나 끝내지 못한 원고 사이에, 스키로스에서 보낸 끌로 깎아서 만든 접시와 니즈니 노브고로드가 보낸 빨강과 황금빛의 멋진 나무 그릇이 놓였는데, 접시에는 크기와 빛깔이 각각 다른 연필이 가득했고, 그릇에는 건포도와 호두와 아몬드가 가득했다. 고기를 좋아하지 않던 니코스는 어릴 적부터 과일을 간식으로 즐겨 먹었다. 그의 책상 어느 비밀 장소에서 사람들은 가끔 월계수 잎사귀에 싸서 숨겨 둔 무화과나 기름 친 계피 비스킷을 찾아내고는 했다.

가끔 그가 손으로 짓이기고는 하던 물푸레나무 함유 수지 덩어리 같은 보물을 넣어 둔 양철 상자도 있어서 온 방 안이 향기로 가득했으며, 크레타의 흙 한 덩어리, 가위와 면도날과 신기한 물건들을 담았거나 속이 빈 수많은 자그마한 병과 지우개와 단추와 헌 안경이 담긴 몇 제곱센티미터짜리 축소판 벼룩시장…… (계피 껍질과 정향과 육두구를 담은) 상자 하나가 아직도 내 찬장에서 향내를 풍긴다.

그의 오른쪽으로 마주 보이는 벽감 속에는 6백 년 된 족자와, 일본 불상과, 달밤에 말을 타고 가는 용맹한 장수를 그린 17세기의 섬세한 판화가 자리 잡았다. 왼쪽으로는 비잔틴 십자가를 빙 둘러 가며 가치가 좀 떨어지는 성상들을 진열했는데 — 가장 좋은 성상은 무슨 이유에서인지 그가 좋아하게 된 방문객들에게 선물로 주어 버리고는 했다.

그의 뒤쪽으로는 두 장의 복제품이 책장에 압정으로 박혀 있는데, 하나는 조토가 그린 성 프란체스코 상이요 다른 하나는 단테의 초상이었다. 그 위쪽에는 시나이 산과 아토스 산에서 하나씩

23 여행 안내서를 전문으로 하는 독일 출판사 — 역주.

구해 온 두 개의 성모상이 자리를 잡았는데, 하나는 칼무코가, 그리고 다른 하나는 콘도글루[24]가 만든 복제품이었다. 그리고 이 상 아탑으로 올라오는 작은 층계 위쪽으로는 입술이 통통하고 이마가 튀어나온 엘사……

「나의 아버지」, 「아크리타스」, 연재 형식으로 발표될 소설화한 일대기, 새 칸토들, 아동들을 위한 두 권의 책…… 이 모든 일은 청동기로부터 온 나무꾼의 탐욕스러운 정력을 가라앉히지 못했다. 스트랫퍼드에서 지낸 이후 셰익스피어는 〈그를 타고 올라앉은 호랑이〉가 되었다.

「난 셰익스피어의 비극을 구어체 그리스어로 번역하고 싶어요. 하지만 어느 작품을 번역해야 하나요? 결정을 하기 전에 우리는 이미 번역된 모든 작품을 읽어야 해요. 우리의 장서는 초라합니다. 친구들로부터 도움을 받도록 합시다!」 그리고 니코스는 스타모스 디아만타라스에게 편지를 썼다. 〈로타스의 『햄릿』과 『리어왕』과 카르타이오스의 『로미오와 줄리엣』을 보내 주시면 대단히 감사하겠습니다.〉 그리고 조금 더 내려가서 그는 이렇게 썼다. 〈나는 어느 방향으로 떠나야 할지 알고 싶어서 세계 지도를 훑어보면서 열심히 일하고 잘 지냅니다. 인도가 내 관심을 끌기는 합니다만, 언젠가 나는 그곳을 가게 될까요? *Hazain pirouit!*〉

Hazain pirouit! 러시아에서 태어난 스타모스 디아만타라스는 니코스에게 그가 어린 시절에 알았던 빵집 주인 얘기를 했었는데 — 빵집 주인은 머리 한 번 들지 못하면서 쉬지 않고 몇 달씩이나 일을 계속했다고 한다. 그러다가 갑자기 악마가 그의 목덜

---

24 Fotis Kondoglou. 뛰어난 성인전 작가이고 비잔틴 미술에 대한 저술가이다.

미를 움켜잡으면 그는 하얀 작업복과 손잡이가 기다란 삽을 집어 던지고는 불을 *끄고* 기분을 내려 나가면서 문에 이런 표지판을 내다 걸었다. 〈*HAZAIN PIROUIT*(주인은 놀러 나갔음)!〉

나는 내가 열어 놓은 빵집과 내가 이겨 놓은 빵을 잊어버리고, 큼직하고 빨간 글씨로 문에다 〈*HAZAIN PIROUIT*〉라고 써 붙이고는 기분이 내키는 대로 하겠습니다. 나는 웃고, 험한 말을 하고, 거짓말로 진실을 엮어 내고, 죽어 간 사랑하는 이들 — 남자들과 여자들 — 을 모두 부활시키겠습니다. 내 마음속에서 바이올린과 횡적의 연주가 시작됩니다. 그래서 나도 역시 조금쯤은 감정을 털어놓을 여유가 생기고, 내 입술도 때맞춰 웃을 것이며, 그러면 내 이성도 잠시 심연에다 등을 돌리고는 사람과 나무와 벌레와 제국들로 화려하게 장식된 푸른 세상을 우러러보고 잠시 동안 푸른 풀밭에서 어린 당나귀처럼 마구 굴러다니며 뛰놀 것입니다.

그러고는 모두 풀어진 다음에 나는 다시 빵집의 문을 열고, 큰 불을 지피고, 다시금 심연을 향해서 내 얼굴을 돌리겠습니다.

니코스 카잔차키스는 같은 말을 되풀이하기를 두려워하지 않았다. 개울물을 굽어보며, 자신의 삶이 〈한 잔의 물〉처럼 신선하게 거기에서 흘러가는 것이 보인다고 생각하며, 그가 갈증을 풀었으리라고 생각하는 모든 사람을 꾸짖는 나이가 백 살인 노인, 〈노르웨이가 어떻게 지내는지〉 알고 싶어서 산을 내려오고는 노르웨이가 (〈남성적인 표현〉을 써서) 〈아니다〉라고 — 〈*Hazain pirouit*〉라고 말했기 때문에 기분이 좋아서 갈 길을 가는 크레타에서 온 목동, 카프카스 집에서 온 빵집 주인은 그의 아버지와 동일한 인물이 되고, 그의 대화와 글에서 되살아나고. 8년 후에 카잔차키스는 그가 앞으로 쓸 위대한 일련의 소설을 위한 서문으로서 그를 등장시키겠다는 구상을 했었다.

기분을 한번 내겠다는 욕심 — 그렇게 하지 못할 이유도 없지 않은가? 하나는 끝나고 하나는 구상하는 과정에 있는 두 가지 일 사이에서 휴식을 취한다면, 나쁠 일도 없지 않겠는가?

그리고 그는 자기 나름대로 휴식을 취했다. 그가 너무나 경멸했기 때문에 그들의 흉내는 내려고 하지 않았던 지성인들과 같은 방법으로써가 아니고, 그의 상상력이 제멋대로 날뛰도록 내버려두지도 않고(그는 자신에게 상상력이 부족하다고 선언하지 않았던가?) 대신에 그는 자신의 어린 시절과 젊은 시절의 세계를, 그의 두뇌로써가 아니라 〈심장〉으로 되살려 놓았다. 두뇌가 지배할 때마다 그는 이미 써놓은 글을 찢어 버렸다. 그는 인류의 옛 대부들인 호메로스, 톨스토이, 랍비 나흐만이 그랬듯이, 자신의 〈심장부〉로부터, 다른 사람들이 흔히 쓰는 표현을 빌리면, 그의 〈피〉로부터 직접 튀어나온 것만 받아들였다.

카잔차키스의 작품을 사랑하던 얼마 안 되는 그리스 작가들 가운데 가장 앞선 인물은 I. M. 파나이오토풀로스였는데, 그는 민중어의 수호자이자 위대한 여행가이며, 교수이자 고등학교 교장이었고, 그리고 또 시간을 내어 어느 쪽으로도 치우치지 않는 문학 고정란을 쓰기도 했는데, 작은 체구에 눈과 머리카락은 검은 빛깔이고, 웃기를 잘했으며, 어떤 상황에 처해도 사람들에게 친절했다. 그는 선배들을 사랑했고, 그의 사랑을 말로 표현하기를 두려워하지 않았다. 카잔차키스도 그를 마찬가지로 대했으며, 『오디세이아』를 옹호하는 사람들의 선두에 그가 섰음을 보고는 감동했다.

……당신의 친절한 편지에 감사하며, 내가 당신에게 감사를 표하는 데 지체했음을 이해해 주시기 바랍니다. 나는 잉크 속에 빠져 죽을 지경입니다!

나는 파나이오토풀로스의 비평 두 아몬드 받았으며, 그가 많은 부분을 이해했다는 사실이 기쁩니다. 나는 그가 3만 3,333이라는 숫자에 대해서 정확히 언급했다는 사실에 특히 감명을 받았습니다. 이제 『오디세이아』는 스스로 독립된 삶을 살아갑니다. 탯줄은 끊어졌고, 이제 그것은 자유로운 생명체로서 나를 필요로 하지 않고 나도 그것을 필요로 하지 않습니다. 자신의 아이들을 잡아먹는 무서운 크로노스와 싸움을 벌이고, 만일 그럴 자격을 갖추었다면 구원을 받도록 그것을 그냥 내버려 둡시다. 나는 더 이상 간섭하지 않습니다…….[25]

1940년 3월 3일
아이기나에서

『영국 기행』이 얼마 전에 끝났다. 「나의 아버지」는 아식노 애를 태웠다. 순결하고 누적된 풍요함 — 그것은 모두 거기에 마련되었다. 그러나 〈짤깍〉 소리가 나지 않았다. 어쩌면 프랑스어 탓이었는지도 모른다.

프랑스어로 책을 쓰기로 작정했던 카잔차키스는 크레타를 제외한 어떤 주제에 대해서도 어려움을 느끼지 않고 쓸 만큼 프랑스어를 잘 알았다. 크레타에 대해서라면 그는 선조의 도구를 — 아프리카 파도의 아늑한 율동 속에서 뱃속으로부터 울려 나오는

---

25 스타모스 디아만타라스에게 쓴 편지.

소리로 이루어졌으며 숨결의 폭이 넓은 언어, 그들 자신의 종족 언어로는 속박감을 느끼고 그래서 그것이 보다 〈생동감을 지니게〉 만들기 위해 팽창시키고, 어떤 어휘는 낭랑한 모음을 첨가시키기도 하고, 그 어휘의 성(性)을 바꿔 놓는 이상한 민족의 언어를 필요로 했다.

니코스는 —— 마치 무슨 핑계를 찾아내야만 한다는 식으로 그가 표현한 바에 의하면 —— 기억을 〈새롭게 하기〉 위해서 크레타로 돌아가고 싶은 불타는 욕망을 느꼈다. 「사람들에 대해서라면 나는 자질구레한 구석까지 다 기억을 하니까 문제가 없지만, 장소들은 둘러봐야 되겠어요. 나는 조상의 땅을 뒤져 봐야 해요.」

내가 무거운 배낭을 메고 그를 따라갈 수 없었기 때문에 마리카 파파이오안누가 나 대신 그 일을 맡았고, 테아 아네모얀니가 그들과 합류했다. 그의 공책에다 니코스는 1940년 크레타로의 즐거운 여행에 관한 기록을 첨가했다.

나의 사랑하는 레노치카!

……독일군이 덴마크를 점령했다는 소식을 듣고 카네아에서는 야단들입니다. 모두 이런 소리를 하는군요. 「그 사람들(덴마크와 스웨덴과 노르웨이 사람들) 비겁하게 굴면서 핀란드를 안 도와주더니 어디 혼 좀 나봐라.」 이곳 사람들은 크레타인의 지혜로운 태도를 좋아합니다. 내 생각에는 전쟁의 새로운 단계가 시작되는 중이고 이제부터는 치열하고 위험해질 테니까, 이런 중대한 시기에 당신이 떠난다니[26] 걱정됩니다……

---

26 엘레니는 다시 프랑스로 떠나려던 참이었다.

카네아는 매혹적인 곳입니다 — 좁다란 오솔길, 터키 상점, 대추야자나무, 바닷가, 바위, 이지적인 사람들, 모스크, 오렌지, 국제 문제에 대한 불안감과 관심, 지극히 예민한 상식, 시골의 한가함, 뚱뚱한 아낙네들, 식당에서 풍기는 참을 수 없는 튀김 기름의 냄새……[27]

1940년 4월 9일
카네아에서

그리고 칸다노스 셀리누로부터 1940년 4월 14일 마리카 파파이오안누에게 —

……막 오말로스로 올라가 거기서부터 스파키아로 가기 위해 준비를 하다가 비가 쏟아지는 바람에 나는 이곳 칸다노스에 갇혀 버리고 말았습니다. 밤새도록 폭우가 마구 퍼부었고, 오늘 아침에도 비가 억수같이 쏟아집니다. 나는 초라한 여관의 허름한 침대에 누워 바람 소리에 귀를 기울이고, 창문 틈으로 들어오는 비를 환영합니다. 언제 다시 해가 나고 길이 뚫릴지는 하늘만이 아는 일이기 때문에 굉장한 인내심이 필요합니다.

나는 크레타의 남서쪽 끝에 위치한 파나이아 리소스칼리티사로부터 어제 이곳에 도착했습니다. 나는 그곳에서 노(老) 수도원장 그리고리오스와 네 명의 수녀와 함께 몇 시간을 아주 즐겁게 보냈어요. (무척 아름답고 젊고 슬픈 수녀 한 사람이 감동적으로

27 엘레니에게 쓴 편지.

〈키리에 톤 디나메온*Kyrie ton Dynameon*〉[28]을 읊더군요.)

무거운 배낭을 어깨에 메고 혼자서 오랫동안 강행군을 했는데, 양치기들이 숨을 헐떡이며 산에서 길을 잃은 나에게로 내려오더니 긴장해서 물었어요. 「노르웨이는 어떻게 되었나요?」 그리고 이제는 비 때문에 나는 꼼짝도 못하게 되었고, 언제 다시 떠날지 알 길이 없습니다⋯⋯. 나는 아마리로 가야만 하고, 그곳으로 당신이 찾아와 우리가 함께 파이스토스에 사는 내 친구의 집에서 부활절을 보내기 위해 떠나게 되기를 바랍니다.

어제 — 토요일에 엘레니는 출발했을 겁니다.[29] 그녀가 어떤 상태로 떠났는지를 나한테 편지로 알려 주세요. 돌과 풀밭과 사람들⋯⋯ 크레타가 나를 깊이 감동시킵니다. 하지만 혼자 지내려니까 모든 것이 마음을 답답하게 만들고, 나는 견디기 힘든 아픔을 자주 느낍니다. 나에게는 웃음만이 유일한 안전 장치여서, 웃지 않으면 사나워지고 죽고 싶은 기분이 들어요.

나는 어서 크레타의 일을 끝내고 아이기나로 돌아가고 싶어서 초조함을 느낍니다. 나는 크레타에 대해서 무엇을, 그리고 그것을 어떻게 써야 할지 아직 알지 못합니다. 이것 또한 크나큰 고민이고, 오늘 비가 내려 내가 느끼게 된 슬픔을 더욱 심하게 만듭니다.

나는 단테와 셰익스피어의 소네트집밖에는 가지고 있지 않습니다. 오늘 하루 종일 나는 폭풍을 쫓아 버리는 주문을 걸기 위해 그것을 읽겠습니다. 그러나 내 마음을 달랠 길이 없고, 내 마음은 〈육신의 그늘〉로는 만족하지 않습니다⋯⋯.

28 주기도문 — 역주.
29 엘레니는 파리로 향하고 있었다.

며칠 뒤, 크레타의 토플루 수도원에서 다시 마리카에게 —

……나는 우리가 함께 보낸 9일을 결코 잊지 않겠습니다. 모두가 훌륭했고, 즐겁고, 감미롭고, 강렬했습니다. 당신이 오기 전에는 내 생활이 거칠고, 비인간적이고, 아무런 감미로움도 없었습니다. 라시티에서 우리가 작별했을 때, 나는 무척 감정이 격했지만 나 자신을 억제하고 쓸데없이 〈지나치게 풍부한 감정〉을 웃음으로 쫓아 버리려고 애썼습니다.

나는 당신에게 글을 한 줄 부탁하고 싶어요……. 테아와 함께 당신이 무사히 카스텔리로 돌아갔고, 모든 일이 순조롭게 잘 되었는지 말이에요. 그건 바로 그날 저녁, 비록 잘 끝나기는 했어도 내가 여러 가지 불쾌한 곤경을 겪었기 때문입니다. 나는 조상들의 마을인 바르바리에서 사흘 동안 머문 다음에 강행군을 계속하여 5월 중순쯤에는 당신을 보게 되기를 바랍니다.

토플루는 동부 크레타의 끝 험악한 산속에 있는 유명한 수도원입니다. 거기에는 기막힌 성상이 많아요. 어쩌면 당신이 그것들을 영원히 못 보게 될지도 모른다니 안타깝군요. 하지만 삶이란 예상치 못할 정도로 너무나 좋은 것이어서, 어쩌면 우리는 크레타의 땅을 다시 함께 거닐게 될 날을 맞이할지도 모릅니다.

엘레니한테서 편지를 받으셨는지 여부를 알려 주세요……. 나는 그녀를 다시는 만나지 못할지도 모른다는 생각에 깊은 고뇌를 느낍니다. 정치적인 분위기가 너무 어두워서 엘레니가 돌아올 수 없게 될지도 모르니까요. 그 연약하고 사랑스러운 육신을 생각할 때면 크레타가 모두 희미해진답니다.

제2차 세계 대전 이전에는 훌륭한 그리스 작가들은 집필 활동을 통해서 전혀, 또는 거의 아무것도 벌지 못했다. 아이기나에 고립되었던 카잔차키스는 작품을 출판사에 팔기보다는 그냥 주어 버리고는 했었다. 그리고 어쩌다가 막상 팔게 되더라도 그는 정당한 보상을 요구하는 것을 어색하게 생각했다.

친애하는 스타모스에게.

……어제 나는 5백 쪽가량 되지만 프랑스어로 쓴 크레타에 대한 소설을 끝냈습니다. 우리 언어를 광신적으로 사랑하는 내가 외국어로 글을 쓰지 않으면 안 되는 처지로 몰리고 말았군요. 다른 곳에서는 세 출판사가 내 책을 출판하지만, 그리스에서는 아무도 없으니까요…….

오늘 아침에 나는 드라구미스를 위해서 *terza rima*로 짤막한 시를 한 편 썼습니다. 나는 구상하던 중국 비극[30]을 내일 아침에 쓰기 시작할 생각입니다. 나는 잠시만 게으름을 피워도 마치 곧 죽기라도 할 듯 숨이 막히는 기분을 느낀답니다…….[31]

1940년 10월 2일

아이기나에서

……일본으로 말하자면, 피르소스 출판사가 자체 경비를 충당하고 나서 당장, 나머지는 틀림없이 나에게 보내 주리라고 Th.가 다짐했습니다. 하지만 만일 그가 잊어버렸다면, 일부러 기억을 되살려 주지는 말기를 바랍니다…….[32]

---

30 나중에 〈붓다〉라는 제목으로 출판된 비극 『양쯔 강』을 뜻한다.
31 스타모스 디아만타라스에게 쓴 편지.

성자와 순교자가 되려는 잠복성 소망에 그가 스스로 속아 넘어가는 경향을 우리가 설명해야만 하는가? 나는 그렇게 생각하고 싶지 않다. 인간들 사이에서 자신의 권리를 수호하기 위해서는 싸우는 능력을 — 그러니까 시간과 영혼을 잃어버릴 줄 아는 능력을 — 키워야만 한다. 〈시간은 영혼〉이라는 말을 그는 즐겨했었다. 그러므로 시간과 영혼만 구제한다면 나머지를 모두 상실할 가치가 충분하다.

〈나의 오른쪽 손은 전쟁을 하고 싶어서 근질거리고, 왼쪽 손바닥에서는 내 머리 위로 날아가는 참새의 따스한 가슴이 느껴진다〉고 그가 자주 얘기했듯이, 아버지의 음울한 성격과 어머니의 꿋꿋한 신념을 아직도 지녔던 이 남자가 어떻게 자신의 시구(詩句)가 지닌 리듬 속에서 숨을 쉬었으며, 어떻게 바다와 산들바람과 북풍과 태양이 불꽃과 그림자들의 변덕스러운 리듬, 끝이나 시작이 없는 시작과 끝, 새벽과 석양이 가져다주는 쪽빛 푸르른 변화와, 그리고 별들의 평온한 순환과 그의 시가 조화를 이루는 균형을 발견했을까?

아이기나와 우리의 터전을 회고하면서 나 자신도 그곳을 지배했던 조용한 평화와, 밀물이나 썰물에 스스로 경탄하곤 한다. 지극히 복합적인 속에서도 소박했고, 낮에는 일을 하고 베개에 머리를 대자마자 잠이 들고, 둥글고 장난스럽고 작은 눈을 뜨자마

---

32 스타모스 디아만타라스에게 쓴 편지.

자 원고에 매달리던 남자.

잠은 나를 피해 다녔다. 잠이 모자라 몽롱한 속에서 나의 셰에라자드는 늘 즐겨 그렇듯이, 항상 크레타를 배경으로 삼아 자신의 어린 시절로부터 되살려 낸 새로운 얘기를 지어내고는 했다. 저녁마다 푸짐한 모험을 펼쳐 내던 〈이웃 사람들〉이 내가 가장 좋아하던 얘기였다.

「……우리 집에서 나가 오른쪽으로 가면 첫 번째 집, 바나나나무와 초록빛 창문에 덧문이 달린 그 집에는 키리오스라는 꼽추가 살았는데…….」

두 명의 도둑처럼 발돋움을 하고 우리는 유명한 이웃집들을 하나씩 몰래 숨어 들어가서, 성모의 성상 앞에 무릎을 꿇고 앉아 기도를 드리거나, 외동딸을 두들겨 패는 중이거나, 잔돈을 헤아리거나, 러시아의 황제나 영국 여왕에게 기독교를 믿는 크레타를 구원하러 어서 달려오기를 바란다고 간절하게 애원하는 편지를 부지런히 쓰는 사람들을 깜짝 놀라게 해주고는 했다.

우스꽝스러운 이야기, 비극적인 이야기, 현장에서 발각되는 희비극적인 이야기, 기막힌 이야기들.

「한데 레노치카, 우리가 무슨 얘기를 하고 있었죠?」

「층계가 삐걱거리는 소리를 냈고…… 가엾은 아버지가 잠자리에서 뛰어나와…….」

「그리고 벌레가 갉아 먹은 층계를 한꺼번에 네 개씩 달려 내려온 그는 딸의 묵직한 머리채를 휘어잡고는…….」 니코스가 말을 이었고, 얘기가 한참 동안 계속되었다.

내가 두서없는 얘기를 늘어놓기 시작하자 니코스는 목소리를 낮추고는 앞으로 내민 내 뺨을 어루만졌고, 그의 손길은 내가 깊은 잠이 들었음을 알려 주는 고른 숨결의 리듬을 확인한 다음에야 멈추었다.

　가을이 되었다. 무솔리니가 그리스를 공격했다. 무기도 없고, 탄약도 없고, 군사 행정도 없고. 북부 에피로스의 산속에서 싸우는 우리의 보병은 발과 다리가 얼었다. 의사들은 그들을 치료하는 대신 겁에 질려 팔다리를 절단해 버렸다. 자원해서 간호사로 일하던 나의 언니는 우리 병사 수십 명이 양쪽 다리를 절단당하는 광경을 목격하고는 그야말로 혼비백산했다. 우리 공군은 신형 전투기 열여섯 대와 폭격기 스물여섯 대가 전부였다! 회고록에서 파파고스 장군은 우리 군대의 이런 한심한 실정을 개탄했다. 우리 비행기는 대부분 시속 150킬로미터 이상은 날지 못하는 구식이었다! 그리고 우리 우방국들이 공급해 주는 무기와 탄약은 어찌나 질이 좋지 않았던지, 그것을 사용하려는 병사들의 손에서 터져 버렸다. 이 모든 역경과 우리 독재자의 본부에서 악명이 높았던 독일 숭배론에도 불구하고 그리스 군대는 포그라데츠로부터 히메라에 이르기까지, 알바니아 국경 너머 60킬로미터 지점에서 벌인 전투를 성공적으로 치러 냈다. 그런데 왜 본부에서는 우리 군대가 발로나 항구를 점령하지 못하게 막았을까? 이유는 아무도 알아내지 못하리라……

　피레에프스와 아이기나 사이에서는 더 이상 왕복하는 배편이 없어졌다. 우리는 낡아 빠지고 고약한 냄새가 나는 발동기가 달린 배, 특히 바다가 험할 때면 고장을 잘 일으키는 좋지 않은 배를 억지로 타고 다녀야 했다.

　나는 아테네로 가야 했고, 아이기나에 혼자 남았던 니코스는 초조해졌다.

사랑하는 툴피차[33]에게.

당신이 떠난 직후에 코리차[34]가 함락되었다오. 나는 너무나 기뻤어요……. 오늘 아침에 나는 칼무코를 만났는데, 그는 자신의 집 테라스로 올라가 아름다운 그리스 깃발을 게양했어요……. 나는 당신이 건강한 모습으로 〈벤지나〉[35]를 타고 도착하기를 바라며, 벌써부터 날짜를 그러고는 시간을 계산하기 시작했다오. 피르소스에 들러 성탄절 전에 책이 출판되도록 당신이 받아들일 만한 어떤 조건으로 무슨 결정을 내리기를 바라요. 꼭 그래야만 합니다…….[36]

1940년 11월 말
아이기나에서

사랑하는 툴피차에게.

P선생 덕택에 집 안이 갑자기 풍요로워졌어요. 밤이었는데, 그가 문을 두드리고 들어와 가방을 열었어요……. 나는 즐거웠고, 어린아이였을 때가 생각났어요…….

『영국 기행』의 수정 사항들에 대한 얘기인데, 당신 말이 맞아요. 그곳에 머무는 동안 당신이 처리해 주기를 바랍니다. 나는 헌사 앞에다 〈이 책이 그리스와 영국이 하나가 되어야 한다는 새로운 위대한 사상을 대변하기를 바란다!〉라는 구절을 삽입하도록 부탁하는 편지를 가니아리스에게 썼어요. 검열에 그 구절이 통과될지 어떨지를 나한테 편지로 알려 달라고 그에게 부탁하기를 바

<hr>

33 Toulpitsa. 툴파스Toulpas의 별칭으로, 티베트 사람들이 자신의 상상력으로 만들어 내어 하인으로 부리던 상상의 산물이었다.
34 알바니아 전투의 이정표 노릇을 했던 곳으로, 1940년 11월 25일에 함락되었다.
35 발동선을 가리키는 그리스어.
36 엘레니에게 쓴 엽서.

라요.

지난번에 나는 엘사에 대한 꿈을 꾸었는데, 혹시 그녀한테 무슨 일이 일어나지 않았는지 걱정이 되는군요. 다음 날 나는 뒤셀도르프가 심한 폭격을 받았다는 소식을 들었어요……[37]

1940년 12월 7일

아이기나에서

역설적인 얘기이지만 프랑스에 대해서 처칠이 했던 생각을 카잔차키스는 그리스에 대해서 했으며, 야만인들에 대한 투쟁에서 고립된 상태로 남지 않으려면 그리스가 영국과 하나가 되어야 한다고 믿었다. 그리스의 검열이 끼어들었고, 이 제안에 대한 얘기는 아무도 듣지 못했으며, 그래서 나중에 영국이 그리스에 대해 무력 개입을 했을 때 니코스는 난처한 입장에 처하지 않았다.

언젠가는 그 나라의 통치권 내에 있던 단 한 명의 개인[38]에 얽힌 이해관계를 보호하기 위해서 함대를 동원하여 우리를 봉쇄하기를 주저하지 않았던 영국이었으므로, 연방의 힌 가맹국이 된 우방을 구하기 위해서라면 영국이 발벗고 나서지 않았겠는가? 철두철미한 이상주의자였던 터여서 흔히 어떤 〈숭고한〉 행동 뒤

---

37 엘레니에게 쓴 편지.
38 1849년 부활절에 지브롤터 태생인 돈 파시피코는 어떤 좋지 못한 일을 저질렀던 탓으로 아테네 주재 포르투갈 영사 자리에서 쫓겨났으며, 아테네 경찰의 실수로 그의 집이 군중에게 약탈의 대상이 되고 말았다. 그가 얼마 전에 취득한 영국 시민권과 당시 프랑코 편이라고 여겨지던 그리스 정부에 대해 영국 외무 장관 팔머스턴 경이 보여 주었던 적대감을 이용해서 파시피코는 어처구니없을 정도로 많은 88만 6,736드라크마라는 액수의 손해 배상을 청구했다. 영국 정부는 그리스를 봉쇄했고, 그리스는 43만 드라크마를 보증금으로 배상해 주었다. 겨우 2년이 지난 다음에 영국과 프랑스 공동 위원회가 조사한 결과 그리스가 파시피코에게 배상해야 할 금액이 3천7백 드라크마라고 확인되었다.

에 숨겨진 못된 동기를 잊어버리고는 했던 니코스는 아마도 그런 식으로 생각했을 것이다.

시켈리아노스와 카잔차키스가 서로 만나지 못하는 사이에 여러 해가 지났다. 그들 두 사람 다 쉴 새 없이 일했는데, 그들이 서로 만나기를 갈망했으리라고 나는 믿는다.

그러던 어느 날 나는 펠로폰네소스의 어느 산에서 (내가 학교에서 알았던) 안나와 둘이 굉장히 행복해하면서 손을 맞잡고 금련화와 야생 백리향 사이에서 거닐던 그와 마주쳤다.

「당신 생각에 니코스가 나하고 같이 에피로스로 가려고 할까요?」 그가 나에게 물었다.

그리고 니코스는 그 초대를 당장 받아들였다.

사랑하는 나의 형제에게.

그대가 원하면 나는 그대와 함께 가리라.
기꺼이. 우리가 함께
다시 웃는 소리는
크나큰 기쁨일지니![39]

1940년 12월 12일
아이기나에서

무슨 이유에서인지는 몰라도 시켈리아노스는 그의 친구에게

[39] 앙겔로스 시켈리아노스에게 쓴 편지.

답장을 하지 않았다.

몇 달 후에 아이기나에서 마차를 모는 바사노스가 우리에게 시켈리아노스에 대한 얘기를 해주었다.

「니코스 선생님, 어제 저녁에 시켈리아노스 씨가 선생님 댁으로 데려다 달라고 나한테 얘기했었어요. 하지만 막상 선생님 댁 앞에 도착하고 나니까 내리지 않겠다고 했고, 그래서 우린 돌아갔답니다…….」 (이것이 1941년 12월 24일 시켈리아노스에게 쓴 편지에서 니코스가 언급한 〈중단된 야간 방문〉이었다.)

기만적인 평온함 다음에는 몇 분 전까지만 해도 그것이 가능하리라고 전혀 상상도 못했던 갑작스러운 격렬함에 휘말리며 바다와 바람이 휘몰아 대고는 했다. 날씨가 좋거나 나쁘거나 간에 전혀 제한을 받지 않았던 니코스는 파도 꼭대기에서 부표처럼 떠다녔다. 나는 험악한 자연현상에 저항하느라고 악착같이 버티다가 콧구멍이 바다의 소금기로 헐고 몸이 뻣뻣해지면서 발이 미끄러지고는 했다. 나는 더러운 유리창에다 코를 대고는 내가 그토록 잘 알았던 경쾌한 바람을 꿈꾸면서 꿀과 송진 냄새를 숨쉬었다. 나의 동반자는 내 생각을 짐작했다. 3월의 첫 폭우가 쏟아지자 우리는 잠시 아티카에서 지내기 위해 우리의 절벽을 떠났다.

키피시아에서는 심한 추위가 우리를 기다리고 있었다. 우리의 첫 여행 — 약혼 여행의 발자취를 다시 밟아 본다는 욕심은 어림도 없는 일이 되었다. 난로를 끼고 앉아서 우리는 바다를 건너지 않고도 카잔차키스와 즐겁게 지내기를 좋아하던 친구들과 많은 시간을 함께 보냈다. 우리와 오래전부터 알았던 친구들도 어울렸으며 〈대단한 인물〉을 조금이라도 접해 보고 싶어서 처음 찾아온 사람들도 있었다.

때때로 불꽃이 활활 타올랐고, 웃음소리가 뒤섞이며 사람들은 마음을 터놓기도 했다. 때로는 어두운 그림자가 어두운 그대로 남기도 했다. 프랑스인 교수 로제 밀리에와 그의 젊은 아내 타티아나 그리시의 경우가 바로 그러했는데 ― 올리브처럼 갈색인 타나그라의 여인을 동반한 사파이어빛 눈동자의 훌륭한 모범 인간 ― 훌륭한 저술가들이요, 훌륭한 남편과 아내요, 기막힌 동지들이요, 페기와 카바피스와 시켈리아노스를 흠모하는 사람들. 그들의 마음속에서 가장 깊은 현을 카잔차키스가 울리지 못했다고 해서 어쨌다는 말인가? 중요한 것은 그들이 카잔차키스의 현을 울렸다는 사실이었다. 그 까닭은 인간의 존엄성을 사랑하는 〈진실한〉 젊은이로서 카잔차키스가 바라는 모습으로 존재하는 그들에게서 카잔차키스가 자신을 발견했기 때문이었다.

아이기나로 돌아갔을 때, 카잔차키스는 더 이상 「나의 아버지」에 만족하지 못했고, 그래서 그는 그것을 서랍 속에 처박아 두었다. 금전적인 걱정거리로부터 얼마 동안 자신을 해방시키기 위해서 그는 연재물 형태로 나타날 두 권의 신작 소설을 서둘러 끝냈다. 그는 또한 「아크리타스」에 해설을 추가했고, 『오셀로』를 영어로부터 운문으로 번역했으며, 그가 번역한 단테의 『신곡』을 개작하여 결정판으로 만들었고, 운문으로 된 새로운 비극 『양쯔 강』을 쓰고는 그 작품에 대한 찬사를 내 앞에서 늘어놓기도 했다.

「읽어 보라고요, 내 사랑! 그건 가장 중요하고도 접근하기 힘든 작품이니까요. 아, 나에게도 바로 Barrault가 있기만 했더라면 얼마나 좋겠어요! 난 그것이 아름답다고 확신해요. 그것은 우리가 사랑하는 비잔틴 성상처럼 두 개의 차원에서 전개된다오. 밑에서는 대지와 땅의 얘기. 위에서는 하늘과 천공의 얘기…… 난 그것이 조금이라도 훌륭한지 당신의 견해를 듣고 싶어요.」

「비극, 아름다운 비극이에요.」 약간 화가 나서 내가 중얼거렸다. 「내가 그것을 좋아한다는 건 당신도 잘 알잖아요. 하지만 당신은 ─ 비록 나를 즐겁게 해주기 위해서만이라도 ─ 우리 〈이웃〉을 10분의 1, 아니 100분의 1이라도 쓰면 안 되나요? 이 요란한 조르바의 100분의 1이라도요?」

「소설이란 나 자신의 맥박하고는 다른 어떤 맥박을 요구한다오, 레노치카. 나에게는 거기에 필요한 인내심이 없어요.」

「당신에게는 인내심이 충분하고도 남아요. 당신은 착수만 하면 된다고요.」

「난 천성이 극작가라서, 갑자기 한꺼번에 뛰어넘어 앞으로 나아가고는 해요. 나는 『안나 카레니나』 같은 작품은 도저히 쓸 수가 없어요.」

니코스 카잔차키스는 소설가로서의 자신감이 부족했다. 소설이라는 분야를 어떻게 다루어야 하는지 그가 알지 못했다는 것은 미래가 그에게 증명해 주었다.

1941년 4월 26일과 27일 밤새도록, 닫힌 덧문 뒤에서 케티와 마리카와 나는 우리 우방군이 떠나가고 그 뒤를 이어 독일군 모터사이클이 따라 들어오는 광경을 지켜보았다. 친구들의 집으로 겨우 피신한 연합군 병사들을 구하기 위해서 우리는 이안니스 망글리스와 함께 대사관을 찾아다녔다. 그들을 터키나 레바논이나 이집트로 보낼 서류를 기꺼이 만들어 주려는 사람이 아무도 없었다.

독일군이 도착하던 첫날, 햇살이 눈부시던 4월 27일 일요일에 아테네 사람들은 집 안에 틀어박혀 밖으로 나오지 않았다. 파리에서 유명한 외과 의사 마르텔이 자살했을 때처럼 떠들썩한 자살 사건은 없었다. 이튿날 사람들은 잔뜩 호기심을 느끼며 구경하기 위해 거리로 몰려나왔다……. 그리고 그들은 보았다 — 도시의 빵가게에 들어앉아 케이크와 우유를 마구 먹어 대는 독일인들을.

「초콜릿 케이크 세 개에다 스트리크니네[40] 다섯 개!」 조나르 식당의 웨이터가 주방을 향해서 소리쳤다. 「바클라바[41] 다섯에, 우유 다섯에, 스트리크니네 다섯!」

다행히도 보복이 벌어지기 전에 장난이 끝났다.

5월 15일에 나는 아이기나에서 니코스가 보낸 놀라운 편지를 받았다.

사랑하는 레노치카!

……미래에 대해서 전혀 걱정하지 말아요.[42] 미래라는 건 아예 없어질지도 모르니까요! 최근 이곳에서 전쟁이 벌어지는 동안에 우리 집 일대가 〈위험 지역〉이 되었어요. 마리니의 술집 부근에 폭탄이 떨어져서 마리니 자신도 하마터면 죽을 뻔했고, 집에서 몇 미터 떨어진 곳에는 기관총 총알이 날아왔어요. 나는 머리 위로 날아가는 비행기들을 보았고, 모든 일이 실 한 가닥에 의해서 얼마나 좌우되는가 하는 현실을 느꼈어요. 나는 머지않아 이 세상을 떠나야 한다는 기분이 들었고, 완벽하게 준비를 갖추고 평온하게 기다립니다. 그러니까 〈미래〉는 생각도 하지 말아요. 세계가 겪는

---

40 독약이란 뜻으로, 농담으로 한 소리이다 — 역주.

41 아몬드 비슷한 그리스의 간식거리 — 역주.

42 이 섬이 난공불락이라고 생각했기 때문에, 이안니스 망글리스를 동행하여 우리는 크레타와 마니 쪽으로 출발하게 되기를 희망했었다.

현재의 무서운 순간을 우리도 역시 경험하지 않으면 안 되므로, 정신을 잃지 않고 그 순간들을 살아가도록 노력해야 합니다. 우리가 거치도록 운명으로서 주어진 중대한 시대를 존엄성을 간직한 채로 견디어 내기 위해서는 많은 인내심과 사랑이 필요합니다. 나에게는 필요한 두 가지 요소가 다 갖추어졌다고 확신합니다. 나는 당신도 그것들을 갖추도록 부탁하겠어요. 지금과 같은 이런 순간에는 인간의 용기가 두각을 나타내죠…….

나는 당신이 무척 보고 싶습니다. 멀리 떨어져 있어 나는 당신이 더 이상 느껴지지가 않아요. 나는 무척 피곤해집니다……. 돌아와요…….

집에는 하얀 백합이 가득해요. 내가 백합을 많이 샀고, 선물로 받은 꽃도 좀 있는데, 그 꽃들이 당신을 기다려요…….

나는 서둘러 니코스에게로 돌아갔다. 묵시록의 야수처럼 들판 위로 아랫배를 보이며 저공으로 날아가는 독일 폭격기들이 던지는 음산한 그림자가 내 시선을 사로잡았고, 나는 비행기의 치밀적인 모터 소리를 들었다.

「대지는 삶에 대한 사랑을 찬미하는데, 인간은 죽음의 씨앗을 뿌리며 즐거워하는구나…….」 니코스가 중얼거렸다. 「우리는 무엇을 할 수 있을까? 끔찍한 살육을 중단시키기 위해서 무엇을 할 수 있을까?」

그리고 북부 그리스에서 벌어졌던 비극이 아직 자유의 땅이었던 유럽의 마지막 보루에서 되풀이되었다.

1940년 5월 10일에 뉴질랜드인이었던 크레타의 영국군 사령관 프라이버그 장군에게는 비행기가 겨우 서른여섯 대밖에 없었다. 독일 공군의 심한 폭격에 이 소중한 비행기들을 잃게 될 것을 걱정한 그는 항공기들을 이집트로 대피시켰다. 그래서 독일의 첫 공수대가 낙하한 5월 20일에는 크레타에 전부해서 여덟 대의 항공기와 단 하나의 대공 포대밖에 남지 않았다!

병사들로 말하자면, 충분한 무기나 탄약을 보유하지 못했던 영국군과 그리스군은 저마다 최선을 다해서 스스로 방어를 하는 수밖에 없었다. 시골 주민들이 그들을 구하러 달려와서 단검과 무거운 호리병박을 무기로 삼아 전쟁에 뛰어들었다. 독일 낙하산부대 1만 6천 명 가운데 7천 명이 목숨을 잃었다.

「얼마나 많은 아름다운 것들이 폐허가 되려는가!」 크레타의 늙은 여자들도 탄식하며 역시 전투에 참가했다. 「프리즈에서 얼마나 많은 어머니들이 눈물을 흘리려는가!」 나중에 크레타의 집단 수용소로부터 기적적으로 탈출한 어떤 사람은 그가 느낀 놀라움과 경탄을 숨기려고 하지 않았다. 증오의 모든 자취가 사라져 버렸다.

「우리는 그들을 그곳에다, 바다 가까운 곳에다 매장하라는 명령을 받았습니다. 우리는 그들의 치수를 우리 자신의 치수로 계산했습니다. 그런 다음에 우리는 그들을 운반해야 했습니다. 오, 맙소사! 바위 같아서 들어 올리기가 거의 불가능했어요.」

그리고 나중에 그는 바로 이 보잘것없는 크레타에서 벌어진 끔찍한 보복에 대한 얘기를 우리에게 해주었다.

크레타에서 총성이 멎고 꼭 하루가 지난 다음에 아크로폴리스에서 독일 국기가 사라져 버리자 매국 정부가 당황했고 점령군은 분노했다. 5월 31일 아침에 아테네 사람들은 나치 사령관이 벽에 붙인 포고문을 보게 되었다.[43]

---

43 D. 가토풀로스의 『저항이 시작되다 The People Begin the Resistance』 참조.

1. 5월 30일 밤부터 31일 사이에 아크로폴리스에서 휘날리던 독일 전쟁 깃발을 신원 미상의 사람들이 뜯어 내렸다. 범인과 공모자들은 사형에 처하겠다.

2. 그리스로부터 추방된 영국인들에 대해서…… 신문들과 여론은 아직도 공개적으로 동정심을 표현한다.

3. 크레타에서 벌어진 사건과 독일군 포로들에 대해서 자행된 만행은 아무런 분노를 자아내지 못할 뿐 아니라, 오히려 그와는 반대로 만족스럽게 여겨질 따름이다.

4. 분명하게 금지시켰음에도 불구하고 영국 포로들에 대해서 (선물이나 꽃이나 과일이나 담배 등등을 제공하는) 동정심의 표현이 몇 차례에 걸쳐 이루어졌으며……

5. 독일 군대에 대한 대다수 아테네 시민들의 태도가 점점 더 적의를 드러내고…….

그리고 저녁 10시부터 통행금지가 선포되었다.

국경일인 1945년 3월 25일이 되어서야 우리는 점령군에 대하 첫 저항 활동이라는 위험한 행동을 개시했던 두 학생 마놀리스 글레조스와 아포스톨로스 산타스의 이름을 겨우 알게 되었다.

독일군, 이탈리아군, 불가리아군…… 가난에 시달리던 나라로서는 그들을 감당하기가 힘들었다. 며칠 만에 식량은 바닥이 나고 말았다. 35만 이상의 그리스 사람들이 영양실조로 죽었다. 해방이 된 다음에 우리는 다른 민족들도 같은 고통을 받았다는 사실을 알게 되었다.

하기오스 에브스트라티오스와 더불어 아이기나가 가장 심한 시련을 겪었던 섬이었다. 죽은 자들은 더 이상 매장할 틈도 없어서 공동묘지 울타리 너머로 그냥 던져 버렸다. 어린아이들도 목발의 도움을 받고서야 돌아다녔다. 배가 부어오르고, 얼굴은 종기와 솜털로 뒤덮이고, 벗겨진 머리에는 상처와 벌레가 들끓었다. 나는 이런 장면을 기억한다 —.

항구 근처에서 뼈만 앙상하게 남은 어린 소년이 독일군의 쓰레기통을 뒤지고 있었다. 젊은 병사 한 사람이 그에게로 와서 발로 찼다. 아이와 쓰레기통은 한꺼번에 땅바닥으로 나뒹굴었다.

「왜 그렇게 잔인한 짓을 하세요?」 내가 독일인에게 물었다. 「만일 저 애가 당신의 아들이라면, 그래도 그렇게 했겠어요?」

「내가 당신이라면 저런 애들은 모두 독살해 없애 버리겠습니다.」

나는 이 새로운 헤로데 왕의 이름을 물어보았다. 그의 이름은 쾨니히였다.

그렇지만 아이기나의 우리는 비교적 운이 좋았다. 우선 독일인 고고학자 가브리엘 벨터는 겨우 몇 달 동안만 나치 노릇을 했다. 히틀러가 소비에트 연방을 공격했다는 사실을 알게 된 날 그는 우리에게로 달려와서 제3제국의 종말을 예언했다.

우리는 우리 섬의 사령관도 라인란트 출신의 파이프 상인으로서 평화로운 사람이라는 얘기를 들었다. 그는 하루 종일 담배를 피우고 밤에는 술을 마셨으며, 사령관실에 틀어박혀 지내며 아무도 만나지 않았다. 우리의 마지막 시장이었던 콧수염을 기른 여든 살의 노인이 해방되기 며칠 전에 카잔차키스와 우리의 친구들을 체포하라고 독일 친위대에 요청했을 때는 이 독일인이 친위대원들한테 가장 좋은 포도주와 (들려오던 소문에 의하면) 아이기나 박물관에서 가장 훌륭한 물건 몇 개를 제공함으로써 우리의 생명을 구해 주었다.

낮이 짧아졌다. 우리는 식량이 떨어져 가는 중이었다. 힘을 낭비하지 않으려고 우리는 침대에서 일어나지도 않았다. 이토록 암울한 시기에 카잔차키스는 그의 가장 활극적인 소설 『그리스인 조르바』를 썼다.

「키리아 레니차, 문 열어요!」

만일 그것이 우리가 사랑하는 어느 노인의 목소리이면 나는 니코스더러 문을 열어 주지 말라고 부탁했다. 만일 그것이 어린아이의 목소리이면 우리는 남은 기름 한 숟가락을 얼른 그의 입에다 넣어 주었다.

만일 아이기나에서 살던 우리 친구들, 특히 아이기나의 형무소장이자 법률가인 트라시불로스 안드룰리다키스와 그의 아내 데스피나, 저술가이자 해면 상인이었던 이안니스 망글리스와 그의 아내 노타, 그리고 점령 기간의 후기에 우리가 사귀게 된 엘리 기올만 같은 친구들이 힘을 합쳐 구해 주지 않았더라면 우리도 분명히 죽고 말았으리라.

가능한 한 자주 안드룰리다키스 부부는 그들의 식사를 우리와 함께 나누고는 했다. 이안니스 망글리스는 우리를 가끔 초대해서 팬케이크를 대접했고, 1942년 봄에는 밀수 계획을 수립했다. 해면을 채취하는 튼튼한 잠수부 몇 명을 데리고 그는 작은 돛배를 타고 남부 펠로폰네소스로 출발했고, 크레타까지 가서는 감자와 기름을 잔뜩 구해 싣고 돌아왔다. (우리 친구의 대담성을 제대로 이해하기 위해서는, 그에게는 신장이 반쪽밖에 없었고, 그나마도 시원치 못한 상태였다는 설명을 보태야 하리라.)

내가 굶주림에 대해서 이토록 장황하게 설명을 하는 까닭은 나중에 우리가 겪은 모든 고생이 그 이유에서라고 믿기 때문이다. 다른 사람들은 모두 여유가 좀 있었다. 그러나 니코스는 그의 홀

룽한 생명력으로 하여금 희생과 극기의 철저한 극단을 거치게 만들었다. 그는 자신을 기진맥진하게 만들었던 것이다. 1948년 성탄절에 그가 처음으로 병이 났을 때, 의사들은 혹시 그가 나치 집단 수용소에서 탈출하지 않았느냐고 물었다. 그는 그런 징후들을 보였다.

우리도 역시, 누구보다도 내가 가장 먼저 그리고 가장 진심으로 그를 불멸의 존재라고 간주했음을 나는 시인하지 않을 수 없다. 어떤 시련도 견디어 내는 육체적 지구력을 가지고 전혀 불평하지 않으면서 그는 우리 모두를 기막히게 속였던 셈이다.

「아내는 내가 아프다고 주장하는군요!」 말년에 그는 자주 이렇게 말했었다. 「난 아무렇지도 않아요! 나는 잠도 잘 자고, 잘 먹고, 일도 잘 하고, 부족한 것이 없어요!」

우리가 어느 해에 엘리를 만났는지 나는 이제 더 이상 확실하게 알지 못한다. 우리의 상황이 위험하다고 생각한 그녀는 혼자 지내기를 싫어하는 여자처럼 행동했다. 그때부터 무슨 핑계를 대고라도 그녀는 우리를 찾아와서 〈잡담〉을 나누었다. 해 질 녘이면 그녀는 왼쪽 팔에 하얀 보퉁이를 들고, 작은 양산을 머리 위로 빙글빙글 돌리면서 한가한 걸음으로 돌멩이가 깔린 오솔길에 모습을 나타내고는 했다. 그녀가 지나갈 때면 농부들은 머리를 들어 인사했고, 그들의 코는 잠시 후에 우리가 맛있게 먹을 마늘 소스와 튀긴 생선의 유혹을 받았다. 이런 핑계 좋은 나들이도 모자라서, 그녀는 자기 집에서 혼자 자기가 무서운 체하는 새로운 장난도 생각해 냈다. 이 무렵에 그녀가 섬기던 신은 사르트르와 베르그송과 피란델로였다. 식탁에 둘러앉아서 오랫동안 토론이 이어졌고, 감옥의 파수병들이 외치는 소리와 무거운 나치 군화들이 저벅거리는 상당히 초현실적인 음향과 더불어 저녁이 끝났다.

「피스타치오가 가득 찬 이 그릇들을 왜 당신이 우리 침대 옆에 놓아두는지, 엘리, 그 이유를 우리에게 설명해 보겠어요? 당신은 우리가 정말로 그것을 밤 사이에 다 먹으리라고 생각하나요?」

그러면 엘리는 얼굴을 붉히고는 했다. 「뭐…… 꼭 그런 건 아니에요. 하지만 나만 그렇게 많이 가지고 산다는 게 아주 부끄럽게 생각되어서요……. 잡수세요, 먹을 만큼만. 그게 저한테 잘해 주시는 거예요…….」

왜 독일군은 우리의 섬에서 피스타치오나무와 무화과나무와 포도원을 징발해 가지 않았을까? 그것들을 서둘러 맛보려던 그들의 조급함 때문에 우리는 철저한 재앙으로부터 구제를 받은 셈이었다. 아직 제철이 되지도 않았는데, 그들은 대검으로 포도 송이를 잘라 내고 무화과와 피스타치오를 따 먹었다. 그 후 그들은 입술이 퉁퉁 부르트고 혓바닥에서 허물이 벗겨져, 이런 열매는 먹으면 안 된다고 생각하게 되었던 것이다.

우리 동네에는 기오르고스 레파스라는 그리스인과 결혼한 미국 여자도 살았다. 레파스 씨는 라디오를 가지고 있었다. 서녁마다 니코스는 그의 집으로 가서 처칠과 드골이 우리에게 희망을 불어넣던 〈프랑스인에게 프랑스인이 하는 얘기〉를 듣고는 했다.

석양 무렵에 니코스는 일을 끝냈다. 듣기 좋게 〈차〉라고 불렀던 썩은 물 한 잔을 놓고 우리가 세계의 미래에 대한 얘기를 나누려니까 안드룰리다키스가 창문을 두드렸다. 납빛이 된 얼굴로 그는 의자에 털썩 주저앉았다.

「난 방금 끔찍한 일을 당하고 오는 길이에요.」 이마를 닦으며 그가 한숨을 지었다. 「시계가 정오를 알렸어요. 형무소 마당에 커다란 가마솥을 내다 걸었죠. 포로들이 그 주위를 빙 둘러쌌습니다. 그리고 바로 그 순간에 한 남자가 미쳐 버려 수프 속으로 뛰어들었어요! 우리가 그를 건져 내기는 했지만, 그 사람은 살이 절반이나 소스 속에 남았어요. 〈아무도 콩을 먹으면 안 됩니다!〉 내가 소리를 질렀어요. 〈20분 후에 여러분에게 밥을 주기로 약속하겠어요.〉 죄수 몇 명이 콩을 먹으려고 기웃거려서 난 간수들을 동원하지 않으면 안 되었어요.」

「물에 덴 사람은 어떻게 되었나요?」

「죽었어요. 몇 시간 후에요. 개의치 않으신다면 담배 좀 피우고 싶은데요. 뱃속이 뒤집혀서요.」

아이기나의 외로운 남자를 괴롭힌 것은 독일인들뿐만이 아니었다. 그의 창작극이나 번역극을 국립 극장에서 모두 거부한 이후에 니코스는 프레벨라키스에게 (「비비에나 주교」를 각색한) 「칼란드리아」를 카테리나 같은 다른 극단에 주선해 보지 않겠느냐고 제안했다. 카테리나가 작품을 받아들였다. 하지만 검열에 걸려 실현이 되지 않았다.

〈내년이 된다고 하더라도 과연 내 작품이 국립 극장에서 공연될지 의문이야.〉 니코스는 1941년 8월 12일에 쓴 편지에서 그의 〈동생〉 프레벨라키스에게 말했다. 〈자네도 알겠지만 나는 영원히 박해를 받는 기분이야……. 보아하니 나를 참아 줄 만한 정권이 없는 모양인데 ── 하기야 내가 참아 줄 만한 정권이 없고 보니 그럴 만도 하겠지.〉

프레벨라키스와 마찬가지로 스타모스 디아만타라스도 카잔차키스를 위해 돌파구를 찾으려고 했다. 그는 얼마 전부터 법률 서적 출판을 전문으로 하는 아테네의 어느 돈 많은 출판업자 밑에서 일했다. 출판업자는 문학 작품에도 손을 대고 싶어 했지만, 그가 내놓은 조건이 너무나 기막혔다! 이 무렵에 쓴 니코스의 편지가 그런 여건을 잘 보여 준다. 1941년 8월 22일에 그는 디아만타라스에게 이런 편지를 썼다.

……나는 바구니 등등을 받았습니다. 당신이 올 수 없었다는 사실에 우리는 매우 섭섭했습니다. 내가 보기에는 제시된 보수가 창피할 만큼 모욕적이어서 나는 책을 당장 돌려보냈습니다. 받아들이면 옳지 않은 일이라는 생각이 들었어요…….

내가 가는 것이 절대적으로 필요한 일인지의 여부를 편지로 알려 주시기를 난 기다립니다……. 그렇지 않으면 내가 집필을 시작해서 열심히 쓰고 있는 『조르바 송가(頌歌)』를 끝내게 해주기 바랍니다. 벌써 150쪽까지 나갔으니까요…….

이곳에서의 내 생활은 당신이 잘 아는 바와 같아서, 나는 동이 트기 전에 일을 시작합니다. 밤이 되면 일을 끝내고요. 나는 바닷물로 뛰어들고, 무화과와 포도를 많이 먹고, 저녁이면 열심히 라디오에 귀를 기울입니다.

고민은 많지만, 나는 일로써 고민을 길들이려고 노력합니다…….

그리고 『오셀로』에 대해서 그는 프레벨라키스에게 이런 편지를 썼다.

사랑하는 동생에게.
『오셀로』를 위해서 주선해 준 것을 고맙게 생각하네. 나는 세익스피어를 내가 어떻게 번역했는지 보여 주고 싶기 때문에 이 번역 작품이 공연되기를 무척 원하지. 하지만 그들이 제안한 〈굶어 죽으라〉는 조건을 보니 아무 가망도 없다고 생각하네…… 만일 내가 경제적으로 어려운 입장만 아니라면 그들이 나를 뜯어먹더라도 참겠지만, 지금은 어떤 조건에서도…….

인간은 먹고살아야 하지. 하지만 그것으로는 충분하지 않아. 어휘의 차원을 넘어 인간의 본질을 이루는 순수한 힘을 박탈당한다면 우리의 삶이 어떤 가치를 지니겠는가? 나는 참을 수가 없어!

1941년 9월 1일
아이기나에서

그렇다, 카잔차키스는 더 이상 참지 않았다! 평범한 적으로부터 도피하기 위해 책상 앞에 앉아서 일을 계속한다는 삶이 그에게는 고통스러워졌다. 다시금 그는 그가 〈무기력〉이라고 부르는 대상에 맞서 저항했다. 그는 싸움판으로 뛰어들고 싶은 불타는 욕망을 느꼈다.

트라시불로스 안드룰리다키스는 산으로 출발하려던 참이었다. 카잔차키스는 그에게 자신도 가담할 각오가 되었다는 사실을 파르티잔들에게 알려 달라고 부탁했다. 가능한 한 빨리 회답을 받기 위해서 우리는 비밀 암호를 정해 두었다.

카잔차키스는 그를 공산주의자라고 생각해서 우익 사람들이 얼마나 자기를 불신하는지 알고 있었다. 그는 또한 자신의 신비주의가 좌익의 반발을 산다는 사실도 알았다. 하지만 그는 저항 운동의 지도자들이 비방을 퍼부으면서 그를 정보부의 첩자라고 생각해서 그의 제안을 거부하리라고는 전혀 의심하지 않았다.

한편 앙겔로스 시켈리아노스는 그의 시 한 편을 친필로 베껴서 니코스에게 보냈다. 그리고 니코스는 서슴지 않고 그에게 감사의 뜻을 표했다.

친애하는 형제에게.

자네가 시를 적어 보내 준 소중한 원고 잘 받았고, 「네아 에스티아」에서 자네의 다른 시를 읽고 반가웠네. 어느 때보다도 이런 중대한 시기에 성 디미트리스는 성 게오르기우스[44]와 함께 있어야겠지. 에피로스로 가고 싶지 않느냐고 나한테 묻는 내용을 자네가 엘레니에게 전했을 때, 나는 기꺼이 초청을 받아들인다고 알려 주기 위해 당장 자네에게 편지를 써 보냈네. 나는 프레벨라키스에게도 편지를 썼지만 답장을 받지 못했어. 1월에 나는 자네를 만나려고 아테네의 자네 집에 들렀었지만, 자네를 보지 못했다네. 그리고 언젠가 자네는 아이기나의 우리 집으로 찾아왔다가 들어오지를 않았다더군.[45] 하지만 이제는 우리가 만나야 할 때가 되었다고 나는 생각하네. 어쩌면 그리스의 숙명적인 순간에 우리는 만나지 않으면 안 될지도 모르니까. 하지만 어떻게? 어디서? 결정을 내리도록 하게.

〈하느님〉의 뜻에 따라 우리의 1942년은 활동으로 가득하게 될지도 모르고, (회색과 백색의) 두 마리 말은 나란히 싸우겠지…….

1941년 12월 24일

아이기나에서

44 그들의 첫 만남이 있은 얼마 후에 시켈리아노스는 두 친구를 회색과 흰색 말을 탄 성 게오르기우스와 성 디미트리스로 묘사한 아주 아름다운 시를 쓴 적이 있었다.
45 본문 p. 693 참조.

1942년 이해가 시작되자 프레벨라키스는 아테네에 있는 그의 집으로 니코스를 초대했는데, 놀랍게도 거기에서 시켈리아노스와의 만남이 이루어졌고 — 이 만남은 레지스탕스의 좌익들이 그에 대해 보여 준 불신 때문에 상처를 받았던 크레타인의 영혼을 위로하는 약간의 향유 노릇을 했다.

그리고 1942년 2월 25일 프레벨라키스에게 편지를 썼다.

내가 자네의 집에서 보낸 나날은 내 마음에서 절대로 지워지지 않을 것이네. 따스하고, 충만하고, 온통 알찬 시간이었지. 그리고 그 순간들을 거치면서 강렬함과 감미로움을 느끼던 나는 크나큰 환희를 맛보았고……

그리고 같은 날 그는 되찾은 시켈리아노스에게도 편지를 썼다.

사랑하는 형제 앙겔로스!

자네의 존재로 인해서 모든 분위기가 틀림없이 빛나리라는 기쁜 소식[46]을 가지고 나는 안나의 꽃과 더불어 집에 도착했지. 열흘쯤 후에 나는 아테네로 돌아가 자네를 다시 만날 작정이라네. 우리가 하느님과 함께 있음으로 해서 당신도 우리와 함께 계신다네. 일, 웃음, 바닷가에서 저녁에 나누는 대화, 머리 위에는 하늘, 발밑에는 대지. 영원한 순간은 영원이라는 순수한 본질을 지닐 테고.

---

46 〈앙겔로스Angelos〉의 이름과 〈소식〉이라는 뜻의 단어 〈앙겔리아Angelia〉의 말장난.

새 칸토를 끝낸 니코스는 그것을 곧장 프레벨라키스에게로 보
냈다.

……내가 자네에게 보낸 칸토 『토다 라바』[47]가 검열을 통과할
지 대단히 의문스럽군…… 나는 변함없이 솔직한 경탄을 느끼며
『황폐한 크레타 *Pandérmi Kríti*』[48]의 프롤로그를 다시 읽었
네…… 나는 앙겔로스를 맞을 준비를 하겠어…… 나는 눈에 보이
지 않는 공동 작업에 대해서 대단한 희망을 걸었다네. 『다이달로
스 *Daedalos*』[49]를 집필하고, 『양즈 강』도 마무리를 짓게 될 테니
까. 봄이 오는데, 봄은 내 마음을 벌써 희망과 초조함으로 가득
채웠지.

1942년 3월 28일
아이기나에서

봄이 되자 우리의 작은 섬에는 바다의 물고기보다도 많은 백합
이 피었다. 그 계절에는 항구가 무슨 왕자님의 결혼식을 위해 잔
뜩 장식한 왕궁처럼 보였다. 작은 배들이 꽃의 무게에 눌려 가라
앉을 지경이었다. 하늘에는 은은한 향기가 가득했다. 그들의 사
랑이 봄철을 맞아 눈부시게 빛나던 앙겔로스와 안나 시켈리아노
스가 백합 더미들 사이로 배에서 내렸다. 칼무코가 그들에게 집
을 내주었다. 융숭한 대접을 받은 안나와 나, 그리고 (우리를 맞

47 『토다 라바』의 칸토는 이안니스 망글리스에게 헌납했다.
48 프레벨라키스가 쓴 소설.
49 시켈리아노스는 이 비극을 아이기나에서 집필했다.

아 준) 사촌 지지는 젊음의 샘으로 10월 말까지 갈증을 풀었다.

아테네에 있는 그의 멋진 아파트로 시켈리아노스를 찾아간 모든 사람은 우리에 갇힌 사자를 만난 셈이었다. 바다가 펼쳐진 시골에서는 그의 심리적이고 육체적인 힘과, 그의 웃음소리와 목소리가 마음 놓고 퍼져 나가는 데 필요한 공간을 찾아냈다. 모든 면에서 과도한 경향을 보이던 이 남자는 강하고 자신감이 넘쳤으면서도 그의 일행이 조금만 그에게서 멀어지는 듯싶으면 당장 (내가 직접 목격했듯이) 나약한 사람처럼 괴로워했다.

시켈리아노스와 카잔차키스는 외모가 너무나 달랐고, 절대적인 대상의 추구에서는 너무나 일치하면서도 또한 너무나 활기찼으며, 웃음과 농담을 사랑했고, 아테네에서 만연하던 세련되지 못한 표현과 방종한 행동을 혐오했다. 굵은 목소리에 유연한 몸짓을 보이고, 길고 하얀 비단으로 만든 소매가 긴 겉옷을 걸치고, (아시아의 어떤 신을 섬기는 수도자에 더 가까운) 너그러운 교주처럼 다정하고, 목청이 높은 이오니아의 시인. 동이 튼 다음부터 하루 종일 오렌지 빛 옥양목 조끼에 검푸른 바지 차림으로 진지하고 굳건하며, 뼈마디가 섬세하고 약간 갑작스러운 손짓을 하던 크레타인 농부의 아들. 그들 두 사람 다 대지로부터 버림을 받았거나 강인한 상대방과 편안한 마음으로 자리를 같이했다.

(1941년에서 1942년에 걸친 겨울 동안의) 기근을 타개하기 위해서 그리스 공산당은 아테네에서 민족 연합(Ethniki Allilenghii)을 결성했다. 이 조직의 구성원들은 대학교수, 교사, 계층과 성향이 다른 모든 부르주아였다. 그들의 주된 목표는 과거의 메탁사스 독재 정권이 독일군과 이탈리아군에게 넘겼던, 공산주의자들이 대부분인 정치범과 국외로 추방된 인사들의 가족을 돕는 것이었다. 1941년 9월 27일, 극우파와 중앙 당국과의 여러 차례에 걸

710

친 헛된 회담 끝에, 공산주의자들은 그리스 저항군 EAM(민족 해방 전선)의 창설을 발표했다.

짜증스러울 만큼 한참 지연된 다음에 그나마 조금씩 부분적으로 전해진 소식도 헛소문이 섞인 내용이 보통이었다. 가끔 니코스는 입가에 미소를 띠고 레파스 씨의 집에서 돌아왔다. BBC 방송은 파르티잔들의 용기를 찬양했다. 나중에 그리스 사람들이 감행한 가장 대규모적인 사건들을 BBC는 침묵으로 그냥 넘겨 버렸다. 영국 쪽에서 아직도 인간의 권리를 믿는 사람들과 그렇지 않은 사람들 사이에서 일어나는 불화가 처음으로 분명하게 드러났다.

1942년 봄에 니코스 카잔차키스는 호메로스 학자인 이안니스 카크리디스[50]를 만났다. 예기치 않았던 이 만남으로부터 깊은 우정이 생겨났으며, 화기애애한 13년 동안의 공동 작업을 거쳐 걸작이 태어났으니 — 우리 조상과 그들의 후손이 그토록 즐겼으며, 몇 개의 어휘를 연결시킨 형용사들을 단 하나도 빼놓지 않고 동원하여, 17음절의 시로 『일리아스』의 현대 그리스어 번역이 이루어졌다.

카잔차키스와 카크리디스 사이의 교류는 가슴을 설레게 만드는 사건이었다. 「우리 자신의 개인적인 계획은 잊어버리기로 해요. 호메로스가 우선입니다! 사전이라는 매개체 없이 젊은이들로 하여금 그를 가까이 알게 하기 위해서 말이에요……. 민중어가 걸작을 통해서 풍요로워지도록요……」

---

50 Iannis Kakridis. 테살로니키 대학교의 교수.

「가혹하셔야 합니다. 나에게 불가능한 일을 요구하세요.」카잔 차키스가 카크리디스에게 부탁했다. 「우리에게는 당나귀의 인내심이 필요하고, 우리는 그런 인내심을 갖게 될 거예요. 하나씩 하나씩 우리는 어려움을 극복해야 합니다. 호메로스는 이런 고생을 할 가치가 있으니까요……..」

두 친구는 그들이 극복해야 할 거의 불가능한 집필 과정에서의 어려움들을 흔히 공동으로 처리해 나갔다. 나는 〈발목이 백설처럼 하얀〉 여신에 잘 어울리는 형용사를 아직도 기억한다. 어떤 어휘도 찾아낼 수가 없었던 그들은 신문을 통해서 다른 그리스 사람들의 도움을 청했다. 아무도 그들을 도와주지 않았다. 그들이 절망에 빠졌을 때 니코스는 우연히 키프로스의 어떤 민속 시를 접하게 되었다. 그리고 기적적으로 그는 필요한 어휘를 여기서 찾아냈다. 그런 순간이면 그의 기쁨은 한이 없었다.

기근에 시달리던 그해 여름, 굉장히 많은 고생을 한 다음 안드 룰리다키스는 돌투성이였던 우리 집 마당을 겨우 채소밭으로 바꾸어 놓았고, 그리하여 두 번째로 우리의 생명을 구해 주었다. 생선까지도 구하기가 불가능했기 때문이었다. 그리고 이제 나는 암시장에서 빵을 좀 구하기 위해 아테네로 떠나야 했다. 검열은 점점 더 엄격해졌고, 니코스는 편지에서 진짜 관심사는 묻어 둔 채 책이나 빵이나 일 따위의 일상적인 문제에 대해서만 얘기했다.

사랑하는 레노치카! 나는 방금 소중한 빵을 받았고, 허가서를 얻어 그것을 엘리 양 편으로 당신에게 보내겠어요……..

이웃들이 나를 잘 먹여 주기는 하지만…… 나는 해산 전날을 맞았기 때문에 굉장히 기진맥진한 기분이에요……. 프로메테우

712

스가 세상으로 나오고 싶어 하며 내 배 속에서 발길질을 해요. 나는 심한 고통을 받아요……

우리는 카크리디스 씨와 함께 호메로스에 대한 일을 아주 잘 해냈어요……[51]

1942년 가을 일요일
아이기나에서

시켈리아노스도 역시 일을 잘 해냈다. 그는 정복당한 그리스 사람들의 마음에 직접 호소하는 운문으로 된 힘찬 비극 『다이달로스』를 끝냈다. 그는 아테네인들이 봉기하여 살라미스로 싸우러 가도록 용기를 불어넣을 권리를 찾기 위해 미친 체했던 솔론에 대한 그의 시를 우리에게 낭송해 주었다. 우리는 울고 박수를 쳤으며, 시인이 지칠 때까지 앙코르를 했다. 우리 친구들도 와서 같이 즐겼다. 우리의 모임에 끼이지 못했던 교장은 공산주의자들의 음모가 진행 중이라고 생각했다. 그리고 전쟁 초기에 그는 어느 날 밤 우리가 독일 잠수함에 불빛으로 신호를 보낸다고 경찰에 신고했다. 겁에 질린 나머지 그 불쌍한 남자는 라우사 열도의 등대 불빛을 우리 편의 악마 같은 자들이 보내는 신호라고 오해했던 것이다.

『일리아스』와 『프로메테우스』 때문에 잠을 설치던 니코스는 다시 한 번 그리스도라는 아주 오래된 파랑새를 좇기 시작했다. 이번에 그가 쓰려고 계획한 작품은 『예수의 회고록』이었다. 그리고 그 일을 위해서 그는 성서와 외경에 빠져 들었다.

---

51 엘레니에게 쓴 편지.

4년 후 파리에서 유네스코에 근무하던 무렵에도 그는 여전히 그리스도를 늘 염두에 두었다. 그러나 이 무렵에 그는 정신 분석을 통해서 그리스도의 메시아적 정신을 치유하려고 했다. 젊은 그리스인 정신 분석가인 M.G.가 가끔 우리 집으로 찾아와서 이 학문의 신비를 카잔차키스에게 깨우쳐 주었다.

시켈리아노스가 떠나자 우리의 환경은 삭막해졌다. 사나운 파도, 소금물에 젖은 절벽, 황갈색 모래의 후미들, 별이 총총한 하늘이나 보름달, 심지어는 저녁에 우리를 찾아와 함께 어울리며 우리의 두 시인과 웅변 대회를 벌이고는 하던 작은 부엉이까지도…… 모두가 생소하고 무미건조해졌다.

환상과 더불어 한가하게 거닐고, 자신을 신이라고 생각하며 말하기를 조금도 주저하지 않았던 사람, 그의 〈오만함〉이란 숭고함과 애정의 변형으로서, 드높은 정상에 대한 갈망이요 옆 사람에 대한 사랑에 지나지 않았던 이 예언자적인 시인, 그의 찬란한 존재.

타고난 군주인 그를 가까이서 접하기만 하면 사람들의 조롱이 얼마나 빨리 애정으로 변했던가! 그의 삶에서 많은 부분을 즐겁게 보냈던 산의 양치기 오두막에서와 마찬가지로 그는 궁전의 사치와 비단 속에서도 완전한 행복을 찾아낼 능력을 지녔었다.

사랑하는 형제에게.

제비들과 더불어 자네가 돌아오기를 기다리며 살아가려니까 얼마나 자네가 그리워지는지 얘기하기가 불가능할 지경이네……. 10월 23일에 나는 『일리아스』를 끝냈고, 날마다 친구 노릇을 해 주던 일이 없어지니 섭섭하더구먼. 지금 내 앞에는 두세 개의 길이 보이는데, 어느 길을 선택해야 할지 ─ 보다 정확히 얘기하자면, 어느 길이 나를 선택하게 될지 ─ 알 수가 없다네. 이곳은 다시금 해가 나서, 지극히 부드럽고 촉촉한 햇빛이 비치고, 마음은 대지처럼 새싹으로 가득해서 위안을 받지. 나는 우리가 함께 지낸 모든 영원한 순간을 기억하고, 회상과 실질적인 삶의 차이를 느끼지 못하겠어. 만물이 존재하고, 따라서 불멸하지. 자네가 이곳에서 살았다는 사실은 나의 쓸쓸한 바닷가에 새로운 본질을 부여했다네…….[52]

> 1942년 10월 28일
> 아이기나에서

시켈리아노스의 약속들은 실현이 불가능했다. 독일인들은 우리가 필요로 하는 주거 허가증을 내주지 않겠다고 고집스럽게 거부했다. 그러나 우리는 계속해서 만났다.

독일인들과 파시스트들이 우리 국민을 못살게 굴면 굴수록 그리스 사람들은 비록 상부에서는 자주 분열을 일으켰어도 근본적인 차원에서는 그만큼 더 결속되었다. 우리는 결코 다시는 그토록 완벽한 단결을 이루지 못하리라고 믿는다.

1942년 11월 24일에 그리스 파르티잔들은 (에디 마이어스, 크리스 우드하우스, 그리고 데니스 햄슨이 이끄는)[53] 몇 명의 영국 비밀 첩보원의 도움을 받아 오이티스 산에서 고르고포타모스의

---

52 앙겔로스 시켈리아노스에게 쓴 편지.
53 C. M. 우드하우스의 『불화의 원인』(1948년 런던), 처칠의 『제2차 세계 대전 회고록』(프랑스어 판), 프랜시스 노엘베이커의 『그리스 이야기』, 프랜시스 드 갱고드 경의 『승리 작전』, 리비아의 윌슨 경의 『해외에서의 8년』 참조.

고가 철교를 폭파했다. 이것은 최초의 대규모 교란 행위였고, BBC는 환호했다. 즉각적인 보복이 뒤따랐다.

같은 해 12월 22일에 아테네가 봉기했다. 4만 명의 노동자가 파업을 일으켰다. 그들의 포스터에는 이런 내용이 등장했다. 〈테러리즘을 중단하라!〉〈포로들을 석방하라!〉〈EAM 만세!〉

비무장 군중은 질서 정연하게 노동부 방향으로 나아갔다. 노동부 앞에서는 이탈리아 장교 한 사람이 차를 탄 채 손을 잡고 전진하는 젊은이들에게로 돌진했다. 권총을 휘두르던 그는 어느 젊은이의 가슴을 정면에서 겨누었다. 아테네의 전투에서 쓰러진 최초의 학생은 미초스 코스탄티니디스였다. 같은 날 저녁에 다른 학생 하나가 부상으로 사망했다. 많은 사람이 부상을 당했다. 이탈리아군과 독일군은 예비 병력의 도움을 받아 체포에 나섰다.

1943년.
나의 사랑하는 L!
나는 당신의 불안하고도 슬픈 편지를 받았고, 빵도 받았어요. 이안니스 망글리스는 수요일에 크레타로 떠날 생각인데…… 나는 우리가 소유한 모든 것을 그에게 줄 생각이고……. 그러면 그는 우리에게 비누를 구해다 줄 거예요……. 나도 디아만타라스 때문에 굉장히 걱정이 되는군요. Z한테 들러서 그에 대한 소식을 물어보도록 해요. 난 지난번에 끔찍한 꿈을 꾸었어요……[54]

1943년 1월 월요일
아이기나에서

54 엘레니에게 쓴 편지.

716

나의 사랑하는 L!

우편으로 소식을 전하기가 힘들군요. 당신 엽서는 15일 만에야 도착했어요! 나는 이곳에서 편하게 지내요. 내가 영양실조에라도 걸릴까 봐 친구들이 나를 식사에 초대하죠. 나는 망글리스 씨 댁에서 늘 식사를 하고, 일요일마다 판사님이 나를 마리니 식당으로 데리고 가서 생선 요리와 생선 수프를 대접해 준답니다……. 스민티차가 커가면서 음식 먹는 걸 배웠어요. 내가 훈련을 시켰죠. 이제는 거의 완벽해졌답니다. 저녁에 잠을 자려고 자리에 누우면 스민티차는 자신의 잠자리(작은 상자)로 물러가도록 길이 들었고, 모든 문은 열어 둔답니다. 밤새도록 스민티차는 평화롭게 잠을 자요. 하지만 날이 밝기만 하면 나한테로 달려와 문을 두드리는데 ─ 내 방의 문을 발로 긁어 대는 거예요. 너무 이른 시간이면 야단을 쳐요. 「아직 안 돼!」 처음에는 〈아직 안 돼!〉가 무슨 뜻인지 모르고 고집을 피웠어요. 하지만 이제는 이해를 하기 시작하는군요. 아주 큰 소리로 〈아직 안 돼!〉라고 내가 소리를 지르면 물러간답니다. 반 시간 후에 다시 돌아오면 내가 문을 열어 주지요. 스민티차는 처음에 내 발을 핥아 주어요. 그러고는 힘차게 펄쩍 뛰어 침대로 올라와서 내 가슴에 앉아서는 목울음을 울어요. 나는 침대에서 책을 읽고 글을 쓴답니다. 고양이는 내 어깨나 무릎 위에 자리를 잡고 앉아 내가 하는 (고양이가 생각하기에도 그렇고 실제로도 그렇지만) 이상하고도 쓸데없는 짓이 끝나기를 기다리지요. 그래서 내가 자리에서 일어나면 고양이는 꼬리를 사이프러스처럼 일으켜 세우고는 서둘러 내 뒤를 따라온답니다. 스민티차 얘기는 이 정도만 해두죠…….

어제 나는 베를린의 출판업자인 베스트팔의 사촌으로부터 편지를 받았는데……『돌의 정원』을 출판하고 싶다는 얘기였어요…….

나는 『일리아스』의 첫 4부를 가지고 일했는데, 카크리디스가 교정을 봐서 보냈더군요. 굉장히 향상되었어요. 나는 이것이 뜻 깊은 작품이 되리라고 생각해요.[55]

1943년 2월 17일 수요일
아이기나에서

……나는 방금 돌아왔어요. 엘리는 도착하지 않았지만, 당신이 새로 보낸 꾸러미는 나를 깊이 감동시켰어요. 빵, 훌륭한 올리브, 맛 좋은 할바,[56] 흰 페타 치즈 — 열어 보니 모두 기막힌 선물이 었어요…….

당신의 정성에 나는 감동했고, 내가 심한 병에 걸리거나 위험에 처해서 당신이 나를 돌보아 주는 기쁨을 누리게 될 때가 어서 왔으면 좋겠어요. 나도 역시 인간이며, 내 마음은 돌이 아니요, 땅이 꺼져서 나를 삼켜 버릴지도 모른다는 사람들의 인식, 나를 사랑하는 사람들이 갑자기 나를 잃을지도 모른다고 생각해서 느끼는 두려움 — 나하고 가장 가까운 사람들에게서 동정을 받기 위해서는 그런 식으로 아파야 하는데, 나는 통 앓는 법이 없어서 그게 탈이에요…….[57]

1943년 2월 수요일 저녁
아이기나에서

1943년 2월 23일, 독일 총통의 이름으로 동원령이 내리던 날

---

55 엘레니에게 쓴 편지.
56 깨와 꿀로 만드는 터키 과자 — 역주.
57 엘레니에게 쓴 편지.

나는 아테네에 있었다. 그 소식은 몇 분 만에 아테네 구석구석까지 전해졌다. 사람들의 분노는 더 이상 억제할 수가 없었다. 그날로 소규모 시위들이 벌어졌다. 이튿날은 대규모 봉기가 일어났다. 아침 8시부터 군중은 노동부를 향해 몰려갔다. 이번에는 모든 사람이 호주머니에는 돌멩이를, 윗도리 속에는 몽둥이나 쇠막대기를 감춰 가지고 나갔다. 정오도 되기 전에 노동부에 불을 질렀고, 노동자들과 합세하여 학생들은 서류철을 태워 버렸다. 희생자가 많았지만 동원령은 철회되었다. 그리고 이렇게 해서 아테네의 첫 싸움은 승리로 끝났는데 — 사람들은 이것이 아주 중요한 승리임을 알았고, 그들 나름대로 이 승리를 축하했다.

……지난번 사육제 때는 멋진 의상으로 가장한 아가씨 몇 명이 집으로 왔어요. 그들은 마당에서 춤을 추고 노래를 불렀어요……. 잠시 후에는 (얼굴을) 시커멓게 칠하고 가면을 쓴 프롤레타리아 인사들이 도착했는데, 그들은 페스 모를 쓰고, 헐렁헐렁한 바지에 누더기를 걸쳤으며, 맨발이었어요. 그들은 기분이 좋아서 노래를 불렀고, 캐러브[58] 열매 몇 개를 집어 들고는 달려가 버렸어요…….

스민티차가 나아지는군요. 만일 고양이가 몇 달 더 나하고 지내면 내가 야옹거리는 언어를 완전히 배우거나, 아니면 고양이가 엉터리 그리스어를 배우게 될 것 같아요…….[59]

1943년 3월 4일

아이기나에서

58 콩과의 나무로서 지중해 지방산이며 열매는 사료로 쓰인다 — 역주.
59 엘레니에게 쓴 편지.

……나에 대해서는 전혀 걱정하지 말아요. 나는 가능한 한 규칙적인 생활을 하고, 당신이 오면 풀떡과, 트라하나[60]와, 밥과, 마카로니 등을 먹을 생각으로 지금은 별로 좋지 않은 음식을 요리해서 먹고 살아요…….[61]

1943년 3월 11일
아이기나에서

……날씨가 매우 춥지만 석탄이 떨어져서 나는 불을 땔 수가 없어요…….

내가 〈신문 편집인 협회〉에 대한 편지를 또다시 쓰는 까닭은 그것이 아주 중요한 일이기 때문이에요. 그들은 모든 회원에게 60만 드라크마[62]를 융자하겠다고 말했어요. 이만한 돈이면 우리는 구제를 받을 수 있어요. 그렇기 때문에 난 당신이 후르무지오스와 합의를 보기를 바라요…….

최근 며칠 동안 나는 좀 불안하고 피곤했어요. 악몽도 꾸고요. 하지만 당연한 일이니 그다지 걱정하지 말아요…….[63]

1943년 3월 15일
아이기나에서

비록 그리스의 〈편집인〉들이 니코스 카잔차키스를 그들과 같은 신분으로 받아들이기를 꺼리기는 했어도 기오르고스 파판드

---

60 그리스 음식으로 일종의 수프이다 — 역주.
61 엘레니에게 쓴 편지.
62 따로 설명할 필요도 없이, 전시에 팽창된 통화이다.
63 엘레니에게 쓴 편지.

레우는 우리를 구제하기 위해서 최선을 다했다. 그는 〈유명한〉 백만장자 출판업자가 『일리아스』 번역 작품을 얻기 위해 겨우 올리브기름 두 깡통을 내놓겠다고 했다는 사실을 알게 되자, 어려운 입장을 깨달았던 모양이었다. 몇 시간 만에 카크리디스와 카잔차키스 두 사람 모두 너그럽기로 유명한 두 그리스인의 도움을 받았는데, 그 두 사람이란 아테네 시장의 아들이며 그의 이름을 붙인 박물관을 설립한 M. 베나키스와 이름난 외과 의사에 진서 수집가인 트리코르포스-스바루니스였다. 나중 사람은 돈 이외에도 약간의 식량을 보태 주었다.

또 다른 곳에서도 역시 돈이 좀 들어왔는데, 오래전에 마놀리스 칼로모이리스가 오페라로 개작한 카잔차키스의 비극 「도편수 Oprotomástoras」 덕택이었다.

……나는 불쌍한 「도편수」가 벌어 준 18만 드라크마 때문에 기뻤어요. (그것은 내가 학생 시절에 썼던 작품인데) 그토록 오랜 세월이 지난 다음인 이제야 결실을 맺기 시작하는군요. 「멜리사」 등등의 비극 작품은 언제 결실을 맺게 될지 궁금하네요. 내가 죽기 전에 그렇게 되기만 바랍시다……

스바루니스에게 어떻게 감사해야 할지 모르겠어요. 내가 그에게 뭐라고 편지를 써야 할까요? 이런 곤란한 시기에 알지도 못했던 사람으로부터 받은 너그러운 도움에 내가 얼마나 감격했는지를 어떻게 그에게 설명해야 할까요?[64]

1943년 3월 23일

64 엘레니에게 쓴 편지.

우리의 삶을 서술해 나가면서 나는 우리의 존재 전체를 지배하는 한 가지 불변의 법칙을 의식한다. 하나의 손이 우리에게 무엇을 주고 나면 당장 — 우리가 그것을 누려 볼 여유도 주지 않고 — 다른 한 손이 빼앗아 가는데, 심지어는 우리가 비축해 놓은 것까지도 덤으로 가져가고는 했다. 스바루니스 박사가 가져다준 기쁨은 겨우 며칠밖에 지속되지 않았다. 우리 집 청소부 소피아가 그것을 훔쳐 가 버렸기 때문이었다. 그래서 우리는 다시금 식량이 떨어졌다.

「어쩌면 우리한테 이럴 수가 있나요, 소피아?」

「내 정신이 어떻게 돌아 버렸던 모양이에요, 키라 레니차. 날 경찰에 넘기지 마세요. 내 집을 가지셔도 좋지만, 나를 경찰에 넘기지는 마세요. 가지고 가서 나 혼자서만 먹은 건 아니에요. 난 그걸 이웃 여자들하고 나눠 먹었어요!」

그리고 그녀는 자신의 참회와 고마움을 우리에게 증명하기 위해 무슨 일이라도 하겠다고 약속했다. 그 후에 소피아는 펠로폰네소스를 다녀올 때마다 잊지 않고 우리에게 오렌지와 무화과를 가져다주었다. 그러나 그녀가 우리에게 가장 멋진 선물을 한 것은 독일인들이 우리의 섬을 떠난 날이었다.

어느 성자에게 기도를 드려야 좋을지 더 이상 알 길이 없었던 우리는 허리띠를 졸라매고 밭에서 따온 야채와 민들레 잎으로 만족해야 했다. 하지만 바로 그때 우리가 가장 좋아했던 성인 프란체스코가 우리를 구해 주었다.

〈만일 이외르겐센의 『성 프란체스코의 생애』를 번역해 주시겠다면 우리는 기꺼이 당신에게 보답으로 식량을 공급해 드리겠습니다.〉 그리스의 가톨릭 성직자 몇 명이 카잔차키스에게 편지를 보내왔다. 이 제안에는 긴 프롤로그를 써준다는 조건이 뒤따랐다. 카잔차키스는 기꺼이 일에 착수했다.

호메로스의 작품에서 따온 스민티차[65]라는 이름의 붙인 도둑 고양이가 일을 방해한 것이 마침 이때였다.

니코스는 어린 고양이를 어깨에 올려놓은 채로 불을 지핀 난롯가에서 일을 하던 중이었다. 갑자기 〈생쥐의 여신〉이 의식을 잃고 마룻바닥으로 떨어졌다. 니코스가 자리에서 일어나 고양이를 안고 문을 열었다…… 니코스도 복도의 돌바닥에 쓰러졌다가 이튿날 아침이 되어서야 심한 두통을 느끼며 깨어났다. 스민티차는 석탄 가스 중독에서 며칠 후에야 회복되었다.

……지난 며칠 밤 동안 나는 마놀리스 게오르기아디스에 대한 악몽을 꾸었어요. 나는 그가 살아 있어서 굉장히 기뻐하다가 기진맥진해서 깨어났습니다. 만일 동틀 녘에 스민티차가 와서 문을 두드려 깨워 주지 않았다면 나는 끝내 깨어나지 못했을지도 몰라요. 고양이가 목울음을 울며 와서는 내 침대에서 잠깐 낮잠을 잡니다. *Páli kalà*(그만해도 다행이라고 나는 생각해요)! 이 고양이는 정말 표현력이 사람 같아요. 그리고 나로 말하자면, 고양이가 나에게서 모든 고양이 같은 성품을 일깨워 놓았어요. 그저께부터 나는 화가 났을 때나 기분 좋을 때 고양이가 야옹거리는 소리를 흉내 내기 시작했어요. 내가 상상하기로는, 만일 어떤 사람이 어

65 스민테우스Smintheus라는 생쥐의 신의 여성형.

떤 동물과 사막에서 몇 년 동안 같이 살면 둘이 똑같아질 것 같아요. 인간은 몰락하고 동물은 발전해서, 몇 년 후에는 차이가 없어질 거예요. 그리고 이제 나는 스민티차가 내 어깨로 기어 올라와 내가 글을 쓰는 것을 관찰하는 모습을 지켜봐요. 고양이는 글의 내용이 무엇인지 아직은 이해하지 못하지만 머지않아 이해하게 될지도 몰라요…….

나는 무사하니까 당신한테 가스 중독 얘기는 공연히 했나 봐요……. 당신을 위해서라도 이제부터는 조심해야 되겠다는 생각이에요. 직접 요리를 해 먹기가 정말로 힘드는군요! 당신을 위해서 하는 요리라면 즐거울 텐데. 하지만 내 요리 솜씨가 너무나 엉망이어서! 스민티차에게 먹이를 만들어 주면 나를 빤히 지켜본답니다. 고양이가 머리를 숙이고 음식의 냄새를 맡아 본 다음, 다시 한심하고 처량한 얼굴로 나를 쳐다보는 품이 꼭 이런 소리를 하는 듯싶어요. 〈도대체 이게 뭡니까? 이것도 음식인가요? 이건 개도 못 먹겠어요!〉 내가 어쩌겠어요? 때로는 기름이 너무 적게 들어가고, 또 어떤 때는 너무 많이 들어가서 사람은커녕 고양이도 팬케이크를 못 먹을 지경이니까요. 어떤 때는 너무 흐물흐물하고 또 어떤 때는 너무 질퍽해져요.

가스 중독과 내 건강에 대해서 당신이 쓴 편지는 나를 감동시켜서, 나에게는 한 잔의 우유 같은 효과가 있었어요……![66]

1943년 3월 25일
아이기나에서

---

66 엘레니에게 쓴 편지.

724

카잔차키스는 예순 살을 다 채웠다. 그의 사상은 무르익었고, 머리카락은 희끗희끗해졌다. 그의 마음은 어린애처럼 부드럽고 장난스러운 상태 그대로 남았다.

　　당신이 나한테 계속 보내 주는 맛있는 음식들은 무엇인가요? 나는 배가 터지겠어요! 벌써 나는 달라지기 시작했으니까요. 오늘 나는 아침부터 요리를 시작했어요……. 나는 에피쿠로스의 개처럼 되어 내가 소유한 가장 소중한 재산 ── 금욕주의자로서의 명성 ── 을 잃게 생겼어요. 제발 부탁이니 이제는 그만 해요! 우편집배원은 그것들을 나한테 배달하느라고 숨이 찰 지경이니까요. 「제발 부탁입니다, 니코스 선생님.」 그들이 나한테 이런답니다. 「제발 그녀더러 그만 하라고 하세요. 더 이상 견딜 수가 없으니까요!」[67]

1943년 3월 28일

아이기나에서

　　니코스 카잔차키스는 아직도 중매쟁이 노릇을 하는 경향이 심했다. 젊은 여자와 젊은 남자가 한 사람씩 우리 집에 머물 때마다 그들을 기쁘게 해주는 것은 필수적인 일이 되어 버렸다…….

　　……내일 엘리가 찾아올 예정이니, 배불리 먹게 되겠군요. K에

---

67 엘레니에게 쓴 편지.

게 시험을 치러야 하기 때문이라면서 그녀는 머리를 하고 오겠다는군요. 그녀는 냉소적으로 얘기하는데, 나는 걱정이에요. 만일 이 시도가 실패하면 나는 진심으로 후회할 거예요. (내가 집필하려고 하는 희극 「결혼 중개소」의 도입부에서 등장하는 제우스를 뜻하는) 신이 손을 내밀어 그들 두 사람이 결합되도록 같은 방향으로 이끌어 주기를 바라요.

우리가 맞을 두 손님과 당신을 위해서 나는 꿀을 남겨 두겠습니다.

여름이에요. 카네이션이 만발했고, 저녁이면 그 향기로 집 안이 진동합니다. 그리고 4년에 한 번씩 꽃이 피며 청어를 (아니면 늙은 경찰관의 콧수염을) 닮은 선인장에서는 싹이 났고, 멋지고도 큼직한 꽃이 작은 나무처럼 피어났어요······. 당신이 이 꽃을 볼 수 있게 때맞춰 왔으면 좋겠어요. 나는 선인장을 집 안 그늘에 들여놓아 꽃이 피는 것을 지연시키기 위해 최선을 다하려고 합니다. 스민티차는 하루 종일 마당에 나가서 나비들을 쫓아다니지요. 고양이는 공중으로 뛰어올라 앞발을 휘둘러 나비를 잡으려고 애를 쓰죠. 나는 가능한 한 많은 나비들을 살려 줍니다. 하지만 고양이의 수염에는 나비의 날개에서 황금빛 가루가 많이 묻어나고는 해요······.[68]

1943년 4월

아이기나에서

1943년 말 이후에는 파르티잔이 그리스 영토 가운데 3분의 1을 장악했다. 이탈리아와 독일 군대가 자유 그리스로 쳐들어와서 살

[68] 엘레니에게 쓴 편지.

육을 벌이고는 했지만 더 이상 버티지는 못했다. 얼마 전부터 에디 마이어스와 그의 동지들이 군복 차림으로 지프를 몰고 돌아다녔다. 나는 안드레아스 케드로스의 『1940~1944년의 그리스 저항 운동』에서 1943년 4월 9일자로 수록된 다음의 독일군 보고서를 인용하겠다.

……날마다 이탈리아 병사의 암살뿐 아니라 대규모 반항 활동이 관측된다. 1942년 11월 이래로 점점 더 많은 안다르테스[69] 조직이 독일군에게 점령된 지역으로 침투하여 무기와 탄약을 탈취하기 위해 경찰서들을 공격한다. 테살로니키의 군사 통치 지역에서만도 12월부터 오늘에 이르기까지 이런 종류의 공격이 30회 가량이나 보고되었다. 다른 지역에서도 반항 활동과 암살이 날마다 벌어진다.

남녀를 불문하고 안다르테스가 기적을 행하며, 이탈리아군이 북부 그리스에서 지역 주민에게 가혹한 보복을 가하기는 해도 기능이 마비되었다는 사실을 우리는 이탈리아 여권을 소유하고 훨씬 쉽게 돌아다니고는 했던 이안니스 망글리스를 통해 알게 되었다. 그는 (레지스탕스가 적에게 심한 피해를 입히기 시작한 지역인) 펠로폰네소스로 밀수를 하러 가는 길에 만난 이탈리아 장교들과 정치적인 얘기를 주고받기도 했었다. 얼마 후에는 파르티잔이 성공적으로 해방시켰던 이탈리아군 점령 지역에 독일군이 개입했

69 *Andartes*. 〈파르티잔〉을 뜻하는 그리스어.

다. 며칠 사이에 수십 개의 마을이 잿더미로 변했다.

그 소식은 전하는 사람의 희망과 두려움에 따라 변질된 형태로 아이기나의 우리에게 알려졌다. 니코스는 이 소식을 듣고 분개했으며, 그가 동지라고 생각했던 사람들로부터 따돌림을 당했다고 느꼈다.

편지에서 그는 가끔 자신이 느끼는 괴로움을 내비쳤다. 그러나 그는 현재의 소용돌이에 휘말려 들어가지 않고 모든 개인적인 걱정으로부터 초연하고 싶어서 그의 일에 조금이라도 그림자가 드리워지지 않도록 조심했다.

1943년 8월 10일에 그는 새로운 비극 「프로메테우스 3부작」을 막 시작했노라고 프레벨라키스에게 알렸다. 그는 8월을 너무나 사랑해서 그 달을 성자(聖者)로 지정해야겠다는 생각을 또다시 하게 되었다. 그리고 그는 무화과와 포도를 두 손 가득 쥔 〈성 아우구스티누스〉의 성화를 그려 달라고 훌륭한 성상 작가 포티스 콘도글루에게 부탁하려고 생각했다.

그는 1943년 8월 10일에 프레벨라키스에게 이런 편지를 썼다.

……나는 정오까지 시를 쓰고, 다음에는 바다로 달려 내려가 물로 뛰어든다네. 하루 가운데 이때가 가장 행복한 순간이라고 생각하지. 나는 식사를 하고 ── 엘레니가 여기 와 있으니까 음식까지도 이제는 기쁨이 되었고 ── 파이프를 피우고는 다시 일을 시작하지. 해가 지기 전에 나는 다시 한 번 바다로 내려간다네. 그리고 저녁에는 테라스에 앉아서 한참 동안 별을 쳐다보고.

나는 만족스럽다네. 나는 원하는 것이 없어. 나는 어떤 걱정거리에도 마음이 흔들리지 않아. 나는 육신과 영혼을 견실하게 유지하려는 절대적인 욕구를 느껴. 나에게는 낭비할 시간이 없으니까. 나는 세계가 붕괴되고 있다는 걸 알고, 다시 일어서도록 나중에 힘자라는 데까지 도와주고 싶어. 하지만 지금 당장은 내가 우주와 조화를 이루며 일하는 유일한 길이란, 죽기 전에 나에게 맡겨진 창조적인 일을 끊임없이 잘 해내는 것이라고 믿어. 내가 하는 다른 모든 활동은 이제 내 눈에는 피상적이거나 불결하게만 여겨지지…….

육신은 아주 튼튼하고 영혼은 인간들로부터, 그러니까 질병의 모든 형태로부터 완전히 해방되었지. 이제 나는 나 자신의 자아와 더불어 홀로 남았고, 나의 자아가 정말로 선하고, 정말로 정직하고, 열심히 일하고, 긍지를 지녔음을 알기 때문에 나는 나의 자아와 함께하기를 좋아하네. 인간은 점점 더 참을 수가 없어져. 세월이 흐름에 따라 그들은 축 늘어지고 모자란다는 생각이 들어. 자네하고라면 나는 아직도 깊은 유대를, 피로 맺은 유대를 느끼고, 언젠가는 우리가 어떤 공동 작업을 함께하게 되기를 바라네. 하지만 인생이란 가혹하지. 자네가 필요성으로부터 완전히 해방될 때까지 내가 살아 있을지 알 길이 없는 노릇이니까…….

한 달 후에 그는 호메로스의 『오디세이아』 번역에 뛰어들었고, 그의 동료 카크리디스에게도 마찬가지로 서두르라고 재촉했다.

나의 친구에게!
……나는 「프로메테우스 3부작」을 끝내고 『오디세이아』를 시작했습니다. 그것은 무척 즐거운 일이고, 날마다 저녁이면 나는 어서 다음 날이 밝아 와서 일을 다시 시작하게 되기를 초조하게

기다립니다. 나는 나에게 무슨 일이 생길지 알 수가 없고, 그래서 비록 초고이기는 하지만 당신이 여유를 갖고 일할 수 있도록 원고를 서둘러 보냅니다.[70] 마찬가지 이유로 해서 나는 『일리아스』의 추고 작업도 서둘러 시작할 참입니다. 나는 당신이 나에게 보낸 모든 원고를 완료했고, 모든 시구를 고쳐 썼습니다. 우리는 이제 원작에 아주 가까이 접근했습니다. 나는 또한 〈Obrimupatre〉를 어떻게 단 하나의 단어로 표현하면 좋을지도 알아냈습니다. 불가능하다고 생각했었지만 갑자기 나는 그것을 알아냈어요. 하지만 얘기하지는 않겠어요. 고생을 좀 하시기 바랍니다. 어쩌면 당신이 더 좋은 표현을 찾아낼지도 모르니까요…….

바다는 아직도 멋지고 포도는 풍성합니다. 엘레니는 포도로 시럽 케이크를 만들고 잼을 담그느라 분주합니다 하지만 비록 잼이 묻은 손이나마 쌍수를 들어 당신에게 애정의 인사를 보내겠답니다. 그리고 나도 역시 잉크가 묻은 손으로…….

1943년 9월 16일

아이기나에서

1943년 초가을에 아테네에서 두 명의 서정 시인 말라카시스와 팔라마스가 사망했다. 팔라마스의 장례식에서 시켈리아노스와 또 다른 서정 시인 S. 스키피스가 연설을 하고 추모 시를 낭송했다. 며칠 후에 시켈리아노스는 (그가 아이기나에서 집필했으며 니코스에게 헌납했던 비극) 『다이달로스』가 아테네에서 출판되리라고 니코스에게 알려왔다. 니코스가 답장을 썼다.

---

70 불길한 예감은 그대로 맞아떨어졌다. 이안니스 카크리디스는, 그의 친구가 초벌 원고만 완성해 놓은 다음, 정말로 『오디세이아』의 번역을 혼자서 끝내야 했다.

앙겔로스 형제에게!

나도 역시 『다이달로스』를 어서 인쇄된 형태로 읽어 보고 싶다네. 그것은 자네가 아이기나에서 잉태한 자식이고, 그것을 나에게 제공함으로써 자네는 나한테 크나큰 기쁨을 준 셈이지! 나는 우리가 다시 만날 수 있게 어서 바닷길이 터지기만을 바라네. 작년에 나는 자네의 성축일을 보내러 아테네로 갔었지. 금년에도 과연 그럴 틈이 날까? 여름은 기막혔어. 바다에서 수영하고, 무화과에 포도, 즐겁고도 끝없는 일. 하지만 자네가 없었지.

나는 『오디세이아』 번역에서도 진전을 보았고, 곧 일이 끝날 예정이라네. 그리스에 언제라도 자유가 찾아오는 순간에 나름대로 새로운 삶을 위한 준비가 되어 있게끔 나는 모든 원고로부터 나 자신을 해방시키고 싶어.

나는 팔라마스에 대해서 자네가 쓴 조사(弔辭)를 읽어 보고는 감동했네. 그가 쓴 몇 편의 서사시 말고는 그 시인에 대해서 내가 얼마나 생소한지는 자네도 알겠지만. 아주 소수의 기막힌 시를 남긴 말라카시스는 위대한 *poeta minor*(소시인)인 반면에 그는 하찮은 *poeta major*(대시인)이지. 말라카시스의 유율에 대해 나 자신의 맥박이 아무리 거부감을 느끼더라도 역시 말라카시스의 가장 훌륭한 시들은 팔라마스의 가장 훌륭한 시보다 뛰어났으니까.

그런데도 자네는, 자네 자신의 훌륭한 포용성으로써 그를 하늘까지 오르도록 칭송했지. 그리고 자네의 조사를 들은 사람들은 하나같이 그 조사가 참되고 숭고한 성년식이나 마찬가지였다고 하더구먼.

자네 아내한테 안부를 전해 주게. 이곳 황량한 폐허 같은 바닷가에서는 그녀의 미모와, 음성과, 다정한 분위기가 굉장히 그리워지네……

점령 기간 동안에도 아테네 사람들은 그들의 문학적·철학적 교류를 계속했으며, 그들의 마찰이 한창 치열하던 무렵 이안니스 카크리디스가 강세 부호를 붙이지 않고 책을 출판하려는 대담한 모험을 감행했을 때는 보수적인 문인들과 혁신파 사이에 격렬한 싸움이 벌어졌다! 억양의 전쟁! 그래서 이 호메로스 학자는 대학에서 금지 결정을 받고 재판을 겪게 되었다! 「영원한 그리스인들, 그들 자신의 민족에 대한 적인 셈이지!」 실망한 니코스가 투덜거렸다.

하지만 많은 젊은이들은 혁신파의 편을 들었다. 그리고 카잔차키스가 받았던 많은 선견지명 있는 사람들의 격노한 편지에서 나타나듯이, 지방 사람들도 역시 머리를 들고 깨어나는 중이었다……. 니코스의 서류 중에서 나는 문학 활동을 막 시작하는 어느 젊은 여자[71]에게 보내려고 대충 초를 잡아 놓은 편지 한 통을 발견했다…….

친애하는 미지의 친구에게.

……나는 내 삶의 근본적인 노력을 인식하고 판단하는 능력을 지녔으며, 그것을 그녀 자신의 삶에서 모범으로 삼는 한 젊은 여자의 이해심과 정열을 알고는 놀랐습니다. 그리고 나는 세상에서

---

71 에피 엘리아누.

내가 사랑하는 유일한 사람들 ── 젊은 사람들과 더욱 젊은 사람들 ── 사이에서 다시 한 번 나 자신을 발견하게 되었음을 기쁘게 생각합니다. 이렇게 해서 내 의도는 많은 장래성을 지니며, 내가 사랑하고 삶에서 실천하는 〈크레타인의 시각(視角)〉이 많은 다른 사람의 눈도 비추고, 비추어 멀게 하기 때문입니다.

　당신처럼 이 시각을 갖춘 사람은 도움을 필요로 하지 않습니다…… . 인생이란 당신이 잘 아는 승부여서 피투성이이고, 허무하고, 오묘하며, 인간이 지닐 만한 가치가 없으면서도 동시에 있기도 한 수천 가지 자그마한 희망으로 이루어졌습니다. 눈이 멀지 않으면서 그것을 내면에서 즐길 줄 아는 사람은 행복하고, 내가 좋아하는 페르시아 시인이 〈내가 검은 투구를 쓰면 친구들은 더 이상 나를 보지 못하리라〉고 했던 〈검은 투구〉를 깊숙이 꿰뚫어 볼 줄 아는 사람은 행복합니다. 나는 마치 심연으로 달려 나가고 전투에 뛰어들 준비가 되기라도 한 듯 나의 내면에서 어떤 투쟁적인 절규를 인식하는 삶의 가장 행복한 순간에 가끔 그 말을 되풀이합니다. 내가 살아가는 이 섬에서 발견한 바는 고요함이 아니고 ── 신에게 감사한 일이지만 나는 아직 살았으니, 어떻게 내가 고요해지겠습니까? 내가 발견한 대상은 떠나게 될 때까지 바다가 열리기를 기다리며 앉아서 기다릴 바위입니다. 그때까지는, 사랑하는 대지로 돌아가기 전에, 나에게는 위대한 본질인 불과, 바다와, 침묵과, 긍지와, 영혼을 얘기하려고…… 열심히 기뻐하며 일하려고 합니다…… .

1944년 1월 1일

아이기나에서

4년에 걸친 전쟁 기간 동안에 아이기나는 두꺼운 부식토로 뒤덮여 버렸다. 나치 조직 아래에서의 4년 내내 대지는 봄철에 대비해서 비옥해졌다. 그리고 하늘에서는 저녁마다 같은 시간에, 날씨가 좋든 나쁘든 간에, 틀림없이 봄이 온다고 새가 미리 알려 주었다. 때로는 천둥이 새의 노랫소리를 방해했다. 우리가 저주를 퍼부었지만, 새는 아랑곳하지 않고 변함없이 노래를 불렀다. 저녁마다 이웃들은 카잔차키스가 〈프랑스인에게 전하는 프랑스인의 얘기!〉를 들으러 레파스의 집으로 출발하는 모습을 보기만 하면 시계를 맞추고는 했다. 얼마나 겸손한 표현이었던가! 프랑스인들은 모든 자유 국가들을 상대로 얘기했다.

비행기가 우리의 섬 위로 점점 더 자주 날아왔는데, 그들은 폭탄을 투하하는 대신, 나치보다 훌륭한 문장을 구사한 인쇄물을 잔뜩 뿌려 대고는 했다. 〈그리스인이여, 적을 멸살하라! 단 한 명의 독일군을 죽이기 위해서 마을 전체가 불탄다고 하더라도 주저하지 마라! 우리가 새로 마을을 건설해 주리라!〉

영국인들의 격려는 필요가 없었다. 그리스인들은 산에서 전투를 벌였고, 평야에서는 공격 계획을 수립했다. 그리고 비록 BBC에서 보도를 중단하기는 했어도 그것은 우리 파르티잔들의 잘못이 아니었다. 도시와 시골 사람들은 남자나 여자를 가리지 않고 벽에다 등을 대고, 나무에 목이 매달리고, 감옥 안에 생매장된 채로 죽어 갔다.

여러 마을이 통째로 잿더미가 되었다. 힘없는 노인과 여자와 아이들이 무자비하게 살해되었다. 그들을 추모하는 뜻에서 영국 첩보원들은 그리스 국민이 겪는 고난과, (수도에서 그들을 죽이려고 하던 영국군의 폭탄과 박격포의 공격을 받게 될 때까지) 그리스인들이 해방을 달성하기 위해 보여 준 결단력을 잘 전달했다.

니코스는 우리의 역사가 곧 맞게 될 위험한 전환점과 새로운 친구들이 우리에게 파생시킬 새로운 재난을 예견하기 시작했다. 〈아이기나의 어부들은 값이 떨어지지 않게 하기 위해서 잡은 고기를 도로 놓아주어요! 그런데도 당신은 영국군이 우리 땅에 상륙하기를 원한단 말인가요!〉 그는 어느 날 화가 나서 나한테 편지를 썼다. 그리고 1944년 1월 27일에 다시 아이기나에서 ―

……나는 바실리우에게 무슨 대답을 해야 할까 궁리해 보았다오……. 내가 내린 결론은 부정적이었어요. 아무리 우리가 돈에 쪼들리기는 하더라도, 돈을 좀 손에 넣으려는 노골적인 목적으로 그런 질문에 막연하고 아리송한 대답을 해주기란 불가능한 일이에요. 어쩌면 보다 덜 고통스럽게 결론을 내린 다른 사람들은 그렇게 할지도 모르죠. 타협을 깨끗하게 물리치는 내 모습을 보면 항상 그렇게 기뻐했던 당신 ― 당신은 억지를 부려서는 안 돼요……. [72]

ㄱ 나의 사랑하는 레노치카,

나는 빵 두 덩어리와 1천만 드라크마를 받고는 아테네라는 지옥이 얼마나 한심하게 병들고 돈이 많이 들어가는 곳인지를 깨달았어요. 이곳 집에서는 생활의 또 다른 흐름이 생겨나는데, 그것은 생활이 우리에게 요구하는 바가 아니라 우리가 생활에 부여하는 흐름입니다. (내가 기분이 언짢았기 때문인지는 몰라도) 당신이 떠난 그날, 나는 당장 「카포디스트리아스」를 시작했답니다…….

오늘 난 『성자 프란체스코』의 프롤로그를 썼는데, 마음에 들

---

72 엘레니에게 쓴 편지.

어요······.[73]

1944년 7월 금요일
아이기나에서

우리가 해방을 맞으려면 아직도 몇 달 더 기다려야 했다. 아이기나에서는 빵집이 아직도 문을 닫았고 아이들이 여전히 굶주리기는 했어도, 적어도 그들의 자그마한 얼굴이 더 이상 부스럼으로 뒤덮이지는 않았다. 가브리엘 벨터는 그들을 위해서 수프 배급제를 벌써 마련해 놓았다. 그리고 섬의 독일 지휘관들은 군인이거나 민간인이거나 간에 모든 인간의 생명을 존중했다.

어느 날 바다에서 나오다가 우리는 도둑질을 저지르는 젊은 독일 병사를 붙잡았다. 침묵을 지키지 않고 나는 그를 고발하러 가겠다고 위협했다. 우리는 그가 집 주변을 배회하는 것을 분명히 보았다. 그리고 우리 가엾은 칼무코의 집에서 도둑질을 한 사람도 바로 그였다.

범인을 찾아내도록 군 사령관이 나를 도와주었었다. 하지만 내가 취할 행동을 도둑에게 경고했기 때문에 그는 장물을 물이 말라 버린 우물 속에 감출 시간을 얻었다. 나는 그런 사실을 몇 달 후에야 알게 되었다.

며칠 후 해 질 녘에 우리가 마당에서 휴식을 취하려니까 식식거리는 이상한 소리가 들려왔다.

「뱀들이 짝짓기를 하는 철이 되었나요?」 눈앞에 닥쳐온 위험을 깨닫지 못한 채 내가 니코스에게 물었다.

---

73 엘레니에게 쓴 편지.

「아마 그런 모양이에요. 우리 안으로 들어갈까요? 아니, 아니에요, 불을 켜지 말아요! 잠시 어둠 속에 있기로 해요.」

그가 나를 마주 보고 긴 의자에 앉으려니까 둔탁하게 무엇이 부딪치는 소리가 났다.

「창문에 덧문이 부딪힌 모양이오. 하지만 덧문도 없고 바람도 불지 않는데.」 니코스가 골똘히 생각하며 중얼거렸다.

이튿날 아침 소피아와 나는 항아리 하나가 깨져 잼이 온통 찬장 바닥에 엎질러지고, 그 잼 속에 독일군의 총알이 박혀 있는 것을 발견하고 얼마나 놀랐던가! 잠시 동안 우리는 누가 짓궂은 장난을 친 모양이라고 생각했다. 부엌 쪽으로는 찬장이 말짱했다. 그러나 서재에는 동쪽으로 난 유리창에 총알 구멍이 하나, 그리고 찬장의 벽에도 작고 동그란 구멍이 하나 뚫려 있었다. 니코스는 머리를 저었다. 그는 어제 저녁에 앉았던 자리에 다시 앉아 보기만 할 뿐이었다. 긴 의자에는 아직도 그가 앉았던 자국이 그대로 남아 있었다! 총알은 아슬아슬하게 그의 머리를 비켜 지나갔던 것이다!

민간인 사령관은 그 사실을 받아들이려고 하지 않았다. 절대 그럴 리가 없다고 주장했다. 그들은 우리를 살해할 마음이 전혀 없다고 했다. 그래서 그는 유리창을 갈아 끼워 줄 책임이 없었고, 목수를 보내 합판 두 조각으로 땜질을 해주었다.

독일군이 떠나려고 할 즈음, 우리는 아테네로부터 나치 친위대 SS가 우리 섬으로 찾아올 예정이니 니코스는 가능한 한 빨리 몸을 숨기는 것이 좋으리라는 연락을 받았다. 때는 어느 토요일 오후였다. 사령부는 문을 닫아 버렸다. 나는 유리창을 통해서 타자기 앞에 앉은 사령관의 모습을 보았다.

「사령관님.」 나는 그를 소리쳐 불렀다. 「나하고 같이 계신 분이 심한 병에 걸렸어요. 그는 아테네로 가야만 합니다. 저한테 한 주일 동안의 허가서를 내주시겠어요?」

그는 어떤 선량한 친근감을 보이며 나를 내다보았다. 하지만 그의 눈초리는 전혀 속은 기미를 보이지 않았다. 아무 말도 없이 그는 신청서를 찾아내어 이렇게 적어 넣었다. 〈본인은 카잔차키스 씨가 한 주일 이상을 아테네에서 지내기를 권합니다. 15일이나 20일이면 그에게 큰 도움이 될 것입니다.〉

그리고 나치 친위대가 다녀갔다. 아이기나에서는 그들의 손에 시달린 사람이 아무도 없었다. 해방이 찾아왔을 때는 제3제국으로 돌아가기보다는 차라리 영국군에 항복하기를 원하는 독일군도 한두 명 나왔다.

테살로니키로부터의 유대인 축출은 1943년 3월에 시작되었다. 『전국 레지스탕스 문서록』[74]에서 이삭 아루크는 EAM과 그리스 국민 전체의 노력에도 불구하고 그리스 내의 10만 유대인 가운데 어째서 2만밖에 구하지 못했는지를 설명한다. 독일군에 의해서 무장된 정부의 안보부 요원이 유대인들의 처형을 도왔다. 그 요원들은 나중에 동족에게도 만행을 가했다.

나치와 그리스의 예비 병력이 국토를 짓밟았다. 히틀러가 그리스의 정치 활동에 대한 책임을 맡겼던 H. 노이바커가 독일 사령부로 보낸 전보 중에는 이런 구절도 나온다. 〈아기와 아이와 여자와 노인을 죽인다면 그것은 미친 짓이다…… 그런 행동을 취한 뚜렷한 결과로 아기들은 죽었지만 파르티잔은 살아남았다…… 무장한 집단을 남자다운 보복 정신을 가지고 추적하여 마지막 사

---

74 이 문서의 31장과 32장 참조.

람까지 제거하기보다는 방어 능력이 없는 여자와 아이와 노인을 총살시키는 일이 훨씬 편리하다는 사실은 분명하다.〉

그렇다고 해서 나치 군사들이 인질을 〈우리〉 속에 가두고 그들을 차량 행렬의 앞에 세워 행군시키는 일이 중단된 것은 아니었다. 그리고 크레타에서 그들은 파르티잔이 공격을 주저하게끔 만들기 위해 그들의 트럭에다 젊은 여자들을 함께 싣고는 했었다.

목격자인 로제 밀리에는 아테네 사람들이 유럽의 점령 지역에서 가장 훌륭한 파르티잔이었다고 서술한다. 그들 가운데 누구를 망각으로부터 건져 내야 할까? 엘렉트라 아포스톨루? 렐라 카라야니? 그녀를 깔아뭉개려던 독일군 차량으로 기어 올라가 나치 운전병의 머리를 구두 뒷굽으로 후려갈겼던 젊은 여학생? 매국노 정부에 의해서 길바닥에 버림을 받았던 전상자들이나 불구자들과 나란히 하얀 교복을 입은 채로 함께 죽음을 맞았던 어린 소녀들? 2백 명이 넘는 독일군과 맞서 싸웠던 단 세 명의 청년들? 〈그들을 잊지 않기 위해서〉 얼마나 자주 우리는 그들의 피에 우리의 손수건을 담갔던가? 그리고 만일 우리가 하나도 잊지 않았다면, 그리스에서 일어난 모든 사건을 겪고 난 다음 우리는 이렇게 살아갈 수 있었겠는가?

점령 기간이 시작된 이래로 꿋꿋하게 파르티잔과 같은 편에 섰던 그리스 정교의 고위 성직자는 칼키디키의 그리고리오스 주교, 일리아의 안도니오스 주교, 아티카의 이아코보스 주교, 키오스의 이오아킴 주교, 코자네의 이오아킴 주교, 사모스의 이리닌나이오스 주교 이렇게 여섯 명이었다. 역사는 반복된다. 오토만의 굴레로부터 해방되기 위해 그리스 사람들이 투쟁하던 시절에도 역시 좋거나 나쁜 고위 성직자, 좋거나 나쁜 정치 지도자, 좋거나 나쁜 친구들이 공존했었다. EAM에 대해서 기회만 생기면 반감을 드러내던 우드하우스까지도 이렇게 쓸 수밖에 없었다.

 EAM-ELAS(민족 해방 전선 인민 해방군)의 주도권은 그들의 지배적인 위치를 정당화했다……. 독일군이 사용하는 주요 통신 수단을 제외하고는 거의 전국에 대한 통제력을 손에 넣은 그들은 그때까지는 전혀 알려지지 않았던 수단을 동원했다. 무전기와 전령과 전화에 의한 산악에서의 통신은 그 이전이나 이후에 그토록 잘 이루어졌던 적이 결코 없었고, 자동차 도로까지도 ELAS-EAM에 의해서 보수되고 사용되었다. 무전을 포함한 그들의 통신 수단은 유격대원들이 이미 평야로 진출한 크레타와 사모스까지 뻗어 나갔다. 전쟁으로 인해서 중단되었던 문명과 문화의 혜택은 가정과 공공시설로 흘러 들어갔다. 극장과 공장과 의회들이 처음으로 문을 열었다. 그리스 농부의 전통적인 개인주의 대신에 공동체 생활이 이루어졌다. 그리스 정부가 소홀히 했던 무엇을, 그리스 산악의 조직된 체계를 창조한 EAM-ELAS의 본보기를, 멀리 떨어진 곳의 하층 조직들이 뒤따랐다…….[75]

 하지만 처칠을 필두로 한 극우파가 우려하고 비방했던 바[76]가 바로 이런 사태의 진전이었다. 그래서 서른 명의 대학교수와 여섯

75 C. M. 우드하우스의 『불화의 원인』으로부터 토드 기틀린이 『견제와 혁명』(런던, 앤서니 블론드, 1967)의 〈그리스의 신화와 현실 - 반란의 진압〉 항에 인용한 내용. 우드하우스 대령은 점령하의 그리스로 파견된 영국 군사 사절단장이었으며, 위에 인용한 그의 저서는 1948년에 출판되었다.

76 윈스턴 처칠의 회고록에서 루스벨트에게 보낸 편지 참조.

명의 주교와 다수의 성직자와 아카데미 회원 두 명을 포함한 EAM 은 트로츠키스트와 맞먹는 극단적인 좌익 단체 취급을 받았다!

1944년 10월 14일에 아테네가 해방되었다. 하지만 아이기나는 그렇지 못했다. 부근의 여러 섬에서 벌써 도착해 대기하던 영국인들은 그들 나름대로 속셈을 차렸다. 묘한 일이었지만, 막상 진주하고 난 다음 그들은 그들이 도착하기 전에 나치 밑에서 일했던 소수의 동조자들과 자리를 같이했다! 그리고 크레타에서 카잔차키스는 더욱 심한 꼴을 목격했다.

아이기나를 떠나기 전에 민간인 지휘관은 점령군의 식량과 의약품을 불태워 버리지 않기로 결정을 내렸다. 그는 군복만 태워 버리라고 명령했다. 이 반가운 소식을 알게 된 그리스인들은 그 귀중한 물건을 가지러 몰려갔다. 신이 난 그들은 학교의 긴 의자와 유리창과 의자와 문짝이 그들 자신의 소유라는 사실을 망각하고는 독일군으로부터의 노획물과 더불어 가지고 가버렸다.

「어서요! 어서요! 빈 자루 두 개를 나한테 주세요!」 탐욕스럽게 눈을 번득이며 소피아가 나에게 부탁했다. 「늦기 전에 거기 가기만 하면 난 마님께 은혜를 갚게 될 테니까요!」

다른 사람들이 통조림과 햄과 밀, 아니면 접시와 부엌 용구를 집어 챙기는 동안 소피아는 자루에다 무엇을 쑤셔 넣었던가?

「이거 받으세요! 마님이 가장 좋아하실 걸 가져왔어요!」 2인칭 단수와 2인칭 복수를 번갈아 사용해 가면서 그녀가 나에게 소리쳤다. 「자루 속에 무엇이 들었는지 보시라고요! 모두 마님 거예요!」

초조감으로 몸을 떨며 소피아는 나의 반응을 기다렸다. 그녀의 보물 보따리로부터 백 통의 화장지가 내 발 앞으로 쏟아졌다! 그리고 소피아는 호주머니에서 소형 영어-독일어 사전을 꺼내고는 〈선생님 드리려고요〉라고 말했다. 그녀가 가져온 마지막 선물은 왁스가 담긴 커다란 깡통이었다. 「우리 집 타일이 전쟁 전처럼 반들반들해질 거예요.」

우리가 막 아이기나를 떠나려고 할 때 국제 적십자 사람들이 와서 아메리카로부터 보내온 선물을 나눠 주었다. (아, 왜 부누엘은 우리와 함께 아이기나 항구에 있지 않았던가!) 당나귀를 탄 전령이 주민들에게 오후 5시에 항구로 내려오라는 말을 전했다. 선물은 제비를 뽑아 나눠 주기로 했다.

보따리를 하나씩 풀어 나가는 사이에 처음의 불안한 침묵이 요란한 웃음소리로 바뀌었다. 누가 신호를 했는지는 아무도 모르겠지만, 모든 사람이 한꺼번에, 젊은이와 노인을 가리지 않고, 한심한 게으름뱅이에서 점잖은 어른들에 이르기까지, 하나같이 요란한 옷차림으로 모양을 냈는데, 어떤 사람은 주름 장식을 잔뜩 단 레이스 무도복을 걸쳤고, 어떤 사람은 중국식 통옷을 걸쳤으며, 또 어떤 사람은 아무리 봐도 너무 크거나 너무 작은 신발에 사냥용 바지와 깃털을 단 중절모 차림이었다. 우리가 제비로 뽑은 옷은 배춧빛 바지와 가짓빛에 대단히 요부적인 인상을 주는 통옷에다가 맨해튼에 세운 자유의 여신상에게나 맞을 만큼 큰 황금빛 신발 한 켤레였다!

독일군이 섬을 떠나자마자 경찰관이 찾아와서 우리 집 문을 두드렸다.

「경찰서까지 같이 가셔야겠는데요!」

「무엇 하려요?」

「한바탕 웃을 일이 생겨서요. 어서 갑시다!」 그리고 니코스에게로 가려는 그들을 내가 보내 주지 않으려고 하자 그들은 총검으로 나를 겨누었다.

니코스는 그들이 자신에게 무엇을 요구하는지 이해하는 데 시간이 좀 걸렸고, 그나마도 두 경찰관 가운데 한 사람이 언성을 높인 다음에야 사태를 짐작했다.

「예절을 좀 갖춰요, 파나요티!」 화가 나서 내가 소리를 질렀다. 「갖춰야 할 예우는 갖추라고요. 안 그랬다가는 내가 뺨을 갈기겠어요!」

니코스가 웃음을 터뜨렸다. 「저 사람들한테 커피를 갖다 줘요, 레노치카. 누가 뭐라고 해도 그들은 우리 손님이니까. *Noblesse oblige*!」[77]

파나이오티와 그의 친구가 양쪽에서 호위한 가운데 우리는 아이기나 항구로 가는 길을 내려갔는데, 문고판 단테를 손에 든 니코스는 초연했지만, 두 개의 총검 사이에서 이렇게 어처구니없는 강행군을 하게 된 나는 굉장히 창피했다.

「우리가 도망칠까 봐 걱정인가요! 제발 솔직히 얘기해 봐요! 당신들 왜 이래요!」

「명령은 명령입니다. 당신들은 공산주의자예요!」

「공산주의자라니, 그게 무슨 소리예요!」

「우리를 바보로 생각하지 말아요, 케라 레니차! 저기 저 산 꼭대기에서 타오르는 불이 보이나요! 저 사람들은 공산주의자예요. 그리고 어디를 가나 그들은 경찰관을 죽입니다. 바로 어제만 해

---

77 〈양반은 양반답게 처신해야 한다〉는 뜻 — 역주.

도 그들은 내 동생을 죽였어요. 그래서 나도 공산주의자들을 모두 죽여 버리기로 결심했어요.」

「파나이오티, 당신은 사람을 죽여 봤나요?」

「아뇨!」

「독일인도요?」

「그래요!」

「그래서 우리부터 죽이기 시작해 보겠다는 얘기인가요?」

그들은 여러 시간 동안 우리를 경찰서에 가두어 두었고, 결국 나는 문을 마구 발로 차면서 입에 담지 못할 욕설까지 퍼부었다. 그런 순간이면 나는 자제력을 몽땅 잃게 마련이며, 놀라서 거의 동정적이라고 할 표정을 짓고 앉아 나를 멍하니 쳐다보기만 하는 니코스가 원망스럽기까지 했다.

같은 해인 1944년, 니코스는 『오디세이아』와 짝을 이루게 될 비잔틴 서사시 「아크리타스」의 집필을 시작할 준비가 되었노라고 선언했다. 하지만 작품이 〈마음속으로부터 우러난〉 것이 아니었기 때문에 그는 아직 손을 대지 않았다. 「카포디스트리아스」의 집필과 마키아벨리의 『군주론』 번역 이후에 그는 1453년 5월 29일 콘스탄티노플이 터키인들에게 함락되던 날 싸우다가 죽어 간 비잔티움의 마지막 황제 콘스탄티누스 팔라이올로구스를 주인공으로 삼은 새로운 비잔틴 비극을 집필했다.

해방 직후에 카잔차키스는 아직도 지극히 낙관적인 마음으로 아테네를 향해서 출발했다. 그 무렵 파판드레우가 관심을 가졌던 계획 가운데 하나는 시켈리아노스와 카잔차키스를 경제적인 곤경으로부터 해방시키자는 것이었다. 아카데미 회원들에게 보수를 제공하는 법을 통과시키려던 첫 단계의 계획은 아무 어려움 없이 실현되었다. 시켈리아노스와 카잔차키스에게 아카데미 회원 자격을 얻어 주려던 제2단계는 좌절되었다.

제헌 광장에서 우리는 비무장 군중이 학살되는 장면을 목격했다. 그 이후로는 타협의 모든 희망이 사라졌다. 영국-그리스 고위 사령부가 들어갔던 그런데 브레타그네 호텔 역시 이 광장 안에 위치했다. 그리고 거기에서 두어 발자국 길을 건너가 (우리가 임시로 묵었던) 〈필헬레네스〉[78] 거리에서 〈필헬레네스〉들이 우리에게 기관총과 포탄을 비 오듯 쏟아 부었다.

빵 한 조각을 구하기 위해 우리는 걸핏하면 목숨을 걸어야 했다. 탱크를 운전하는 젊은 영국인들에게 왜 우방국 사람들한테 발포를 하느냐고 물었더니 그들도 난처해했다. 그들은 명령을 받았기 때문이라고밖에는 대답할 말이 없었다! (그럼에도 불구하고 우리는 이 〈관광객〉들을, 이 〈영주〉들을 사랑했고, 더 나아가 그들을 찬미하기까지 했다.)

이 집에서 저 집으로 도망쳐 탈출한 〈공산주의자〉들을 체포하기 위해서 그들은 차량을 동원했다. 발포를 당하는 집에서 사는 사람들은 문간이나 발코니로 나와서 포격을 중지해 달라고 애원했다. 「파르티잔은 그들의 집에 하나도 남아 있지 않고, 남아 있었다고 해도 벌써 옆집 담을 넘어서 도망쳤을 거예요.」「죄송합니다!」점잖은 병사들의 대답이었다. 그들은 옆집으로 대포를 돌리며 말했다. 「죄송합니다!」

그들이 간 다음에 나는 어릴 적에 다녔던 학교 콘스탄티니디스-아이도노풀로를 찾아갔다. 그곳은 구석구석 수색을 당했다.

---

78 Philhellenes. 〈친(親)그리스주의자〉라는 뜻 — 역주.

엘레니 사미우(1928년).

아테네에서(1928년).

아이기나의 집에서 프랑스어 사전을 위한 번역 작업을 하는 카잔차키스(1931년).
크리스마스에 고테스가브에서 판델리스 프레벨라키스와 함께(1931년).

파리 시민지 박람회에서 엘레니와 함께(1931년).

아이기나에서 프레벨라키스, 르노 드 주브넬과 함께(1933년).
전쟁으로 폐허가 된 크레타를 보러 간 카잔차키스(1946년).

군스바흐에서 알베르트 슈바이처와 함께(1955년).
앙티브의 마놀리타 별장에서 비서였던 이베트 르누 부인(오른쪽)과 엘레니와 함께(1953년).

1956년 앙티브에서.

중국으로 마지막 여행을 떠나기 직전 엘레니와 함께.
1956년의 카잔차키스.

아테네 음악 학교에서 그들은 나쁜 위스키를 마신 다음 토해 버리기 위한 하수구나 재떨이로 피아노를 사용했다. 교회에서 신성 모독을 저지르는 등등의 사례도 많았다. 왜 그런 일에 대해서 불평을 늘어놓는단 말인가? 영국인들을 이곳 우리의 고향으로 불러들인 자는 결국 누구였던가?

이런 어려운 나날이 계속되는 사이에 우리 〈귀족층〉의 귀부인들은 빵을 나눠 주기 시작했다. 세그레다키스의 조카딸 가운데 한 사람이었던 마리아는 멜라스 부인과 아는 사이였다. 그래서 우리, 마리아와 나는 줄을 서기 위해 찾아갔다. 우리 차례가 되자 멜라스 부인은 카잔차키스에게 먹을 권리를 주지 않았다!

그뿐 아니라 우리는 매혹적이고 젊은 하녀 술라와 더불어 마차에 실려 경찰서로 끌려갔다. 경찰서에서 나는 입을 열지 않았다. 우리의 섬에서는 모든 사람이 우리를 알았다. 이곳 아테네에서는 사람들이 눈 깜짝할 사이에 죽음을 당한다는 사실을 나는 알고 있었다. 나는 가족들과 함께 나온 겁에 질린 어머니들과, 남자들과, 아이들이 무리를 지은 앞에서, 길 한가운데서 그런 처형을 제멋대로 자행하는[79] 광경을 한 번 목격했다. 아, 우리는 얼마나 비겁해지기도 하는가! 어느 누구도, 단 한 사람도 그 희생자를 처형자로부터 구해 내기 위해 앞으로 나서는 자가 없었다. 나는 한쪽 구석으로 피해서 구토를 하는 일 이외의 어떤 행동도 할 수가 없었다.

이 모든 맹목적인 우매함으로 인해 좌절감에 빠진 우리는 바리케이드를 통과했다.

---

[79] 어느 예비군이 인질 한 사람을 처형하면서, 그가 불가리아인이라고 소리쳤다.

『오디세이아』의 출판 이후 테아 아네모얀니는 매주 토요일에 〈오디세이아 모임〉을 개최해 왔었다. 점점 더 많은 친구들이 그곳에서 모였다. 기오르고스 룰라카키스가 서사시의 여러 대목을 낭송했다. 미할리 아나스타시우, 디미스 아포스톨로풀로스, 그리고 데스포토풀로스 형제가 해설을 곁들였고, 토론도 벌어졌다. 휴식 시간이면 테아는 무화과와 크레타 포도로 만들고 깨를 뿌린 케이크를 대접했다.

그리고 우리가 이번에 안식처를 구한 곳은 이안니스 아네모얀니의 집이었다. 1년이 넘도록 친구들은 ― 젊거나 나이가 많은 친구들, 오래전부터 사귀었거나 새로 알게 된 친구들은 ― 그들이 아끼는 시인을 찾아왔다. 가끔 모임의 중간에 누군가 자리에서 일어나 나가고는 했는데 ― 대개 현대 시인인 그들은 어느 모로 보나 시시한 인물은 아니었다. 니코스는 너무나 비현대적인 그의 서사시에 대해서 엘리엇의 제자들이 느끼는 반발심을 존중했다. 젊은 사람들을 좋아했던 그는 그들이 그에게 저항하는 모습을 보면 기분이 좋아졌다.

그리고 얼마 후에는 정치적인 〈화해〉이 모임이라는 또 다른 종류의 모임이 테아의 집에서 열렸다. 젊거나 늙은 사람들이 다 같이 그곳에 와서 그리스의 장래를 토론했다. 이 모임을 통해서 1945년 5월에 카잔차키스를 회장으로 하는 〈사회주의 노동자 연맹〉이 탄생되었다.

크레타에서는 영국인과 독일인이 아직 활개를 치고 다녔는데, 영국인들은 시간이 없어서 독일인들이 탈취하지 못했던 모든 전리품을 긁어모았고, 독일인들은 아직도 완전 무장을 한 채로 돌아다녔다. 정부에서는 니코스 카잔차키스와 사진사 쿠툴라키스를 대동하고 현장으로 가서 몇 차례나 피해를 입은 이 섬의 곤경에 대한 보고서를 작성하라는 임무를 아테네 대학교의 두 교수 이안니스 카크리디스와 이안니스 칼리추나키스에게 맡겼다.

사랑하는 레노치카!

아직도 카네아를 떠나지 못했다오! 자동차가 고장이 나서, 우린 새 타이어를 구하거나 영국인들로부터 새 자동차를 얻으려고 애를 씁니다……. 어제 우리는 대주교의 차를 빌려 타고 몇 군데 마을을 돌아다녔어요. 크레타는 대단한 고통을 받고 있어요. 어느 마을에서는 그들의 남편이 모두 독일군에게 총살당했기 때문에 상복을 입은 여자들만이 우리를 맞아 주었답니다. 마을이 통째로 불타서 폐허만 남았고요. 그곳 사람들은 포크나 유리잔이나 몸에 걸칠 옷이나 포도주를 구할 길이 없어서, 우리에게 대접할 것이 하나도 없다면서 흐느껴 울었어요. 가슴이 찢어질 일이에요…….

그들은 아직도 우리에게 차를 내주지 않았어요. 우리는 고통을 받습니다. 어쩌면 우리는 내일 레팀논으로 떠날지도 몰라요.[80]

1945년 7월 11일
카네아에서

……나는 이라클리온에 왔어요. 자동차가 고장나서 사람들이 차를 수리하는 중이므로 오늘은 여행할 수가 없어요…….

카스트로[81]는 알아보기도 힘들어요. 폐허, 옛날 집들, 새로운 사람들. 내가 아는 사람들은 죽었거나 파멸을 당했고요. 가슴 아픈 회상을 하며, 아무런 즐거움도 없이, 나는 그냥 오락가락합니

---

80 엘레니에게 쓴 엽서.
81 *Kastro*는 〈요새〉라는 뜻으로, 이라클리온의 옛 그리스 명칭이다.

다. 나는 숨이 막혀 죽을 지경이어서 크레타에 관한 책을 쓰기가 아주 힘들어요. 난 레프테리스를 만났는데, 늘 그렇듯이 잘 버티더군요. 머지않아 당신도 그를 만날 거예요. 나는 친척을 만나도 아무런 기쁨을 느끼지 못해요. 여행은 비극이었고, 나는 마음이 지극히 무거워요⋯⋯.[82]

1945년 7월 19일
이라클리온에서

이 몇 줄의 편지는 니코스 카잔차키스가 크레타에서 목격한 광경 가운데 1천 분의 1밖에 전하지 못한다. 카크리디스와 칼리추나키스 두 교수와 공동으로 작성한 전체적인 보고서는 몇 쪽에 달한다. 사진은 차마 눈 뜨고 볼 수가 없다. 독일군이 다녀간 마을은 집집마다 문 위에다 하나 또는 몇 개, 때로는 네 개 이상의 검은 십자가를 그려 놓았는데, 하나하나의 십자가는 독일군에 의해서 처형된 남자 한 명을 의미했다.

「나는 아들 다섯을 두었어요.」 더 이상 나이를 알아보기 어려운 어떤 여자가 말했다. 「이제는 하나도 남지 않았답니다.」

「그들은 왜 죽었나요?」

「내가 영국인 몇 명을 숨겨 주었기 때문이에요.」

「그럼 왜 그들을 숨겨 주었나요?」

「그들의 어머니를 생각해서요.」

조금 더 가니까 전에는 마을이 있던 곳에 잿더미밖에 남지 않아서 불도저들이 밀어 넘기고 있었으며⋯⋯ 어느 나무 십자가에

---

82 엘레니에게 쓴 엽서.

는 〈본보기로 깔아뭉갠 칸다노스가 여기에 묻혔노라〉고 되어 있었다.

크레타에서는 칸다노스 같은 인물이 얼마나 많이 나왔을까? 그리고 왜 영국인들은 그들의 친구들이 참된 상황을 보고하지 못하도록 자꾸만 방해했을까? 그들은 보고를 막기 위해 모든 노력을 기울였다. 자동차는 어떠했던가? 자동차들이 있기는 했지만 징발을 당하는 중이었다. 여러 대도시에서 세 사람은 누더기를 걸치고 굶주린 주민들 면전에서 서로 친절하게 인사를 주고받는 독일인들과 영국인들의 오만함을 보고는 분노하고 혐오감을 느꼈다.

몇 명의 크레타 파르티잔의 도움을 받아 두 명의 영국인 첩보원에 의해서 계획되고 수행되었던 독일군 크라이페 장군의 납치는 해방 투쟁에 아무런 도움도 되지 못했다. 그와는 반대로 그 사건은 독일군에게 납치범들의 행적과 관련된 주변의 모든 마을을 봉쇄하는 핑계를 제공해 주었을 따름이었다. 산 필딩[83]은 이 사건에 대한 어처구니없는 자랑을 늘어놓았다. 그는 정말로 용감했는지도 모르고, 그 점에 대해서는 이론을 제기하려는 사람도 없겠지만, 그는 마치 남의 집에 가서 말썽을 부리는 못된 아이처럼 무책임한 행동을 자주 했다.

납치 작전에 참여했던 파르티잔 한 사람을 동행하고 카잔차키스는 나치의 분노가 휩쓸고 갔던 마을을 찾아가 보았다. 1946년에 케임브리지에서 집필한 그의 저서에서 니코스는 실제로 대화를 나누다가 나에게 자주 해주었던 그대로 크레타에의 여행을 서술하고 있다.

---

83 Xan Fielding. 『숨바꼭질 — 전쟁 첩보원 이야기 *Hide and Seek: The Story of a Wartime Agent*』를 1954년에 출판했다.

……그림자들이 길어지기 시작했다. 마놀리오스와 코스마스와 노에미아는 첫 번째 마을에 도착했다. 두세 채의 집이 아직도 그대로 남아 있었다. 폐허 속에서 누더기 차림의 여자들이 모습을 나타냈다. 한 소녀가 우리에게 박하나무 가지를 던졌다. 「어서 오세요!」 그녀가 소리쳤다.

「이곳이 우리가 지나간 첫 번째 마을입니다.」 마놀리오스가 말했다. 「이제는 이 마을이 우리의 양심에 걸리는군요.」 며칠 후에 독일군이 도착했다. 그들은 여자들을 교회 안으로 몰아넣고 문을 잠가 버렸다. 남자들은 방앗간으로 몰아넣었다. 「파르티잔은 장군과 함께 이 길로 지나갔나요?」 「그랬어요.」 「어느 쪽으로 가던가요?」 「모르겠어요.」 「바른대로 말하지 않으면 죽여 버리겠어요!」 「우리는 모릅니다.」 그리고 그들은 마을에서 가장 쓸 만한 청년 40명을 선발했다. 그들은 청년들을 공동묘지로 데리고 가서 벽 앞에 줄지어 세웠다……. 비참한 꼴로 쪼그라든 꼽추 한 사람이 지나갔다. 그는 수치심을 느꼈다. 그는 독일군에게 소리쳤다. 「이렇게 멋진 청년들이 죽음을 당하는데 꼽추인 나는 살아야 한다는 사실이 부끄럽습니다. 나를 죽이고 대신 저 사람들 기운데 하나를 살려 주세요.」 독일군이 웃고는 키 작은 꼽추를 붙잡아서 40명의 다른 사람들과 함께 벽 앞에 나란히 세웠다…….

그들은 마을 공터에 이르렀다. 여기저기에 커피 집과 교회와 학교 — 모두가 폐허로 변했다. 마을 사람들이 모여들었는데, 모두 늙은이뿐이었다. 여자들도 몇 명 왔다. 그들은 뒤로 물러나 서서 기다렸다. 키가 크고 뼈가 앙상한 촌장 노인이 모자를 벗어 들고 앞으로 나섰다. 「우린 당신들에게 앉으라고 내드릴 의자가 없답니다.」 그가 말했다. 「혹시 당신들이 목이 마르더라도 우리는 마시라고 내드릴 한 잔의 물이 없습니다. 혹시 당신들이 배가 고

프더라도 우린 내드릴 빵 한 덩어리가 없습니다. 우리에게는 아무것도, 아무것도, 아무것도 없습니다.」

「우리 중에는 당신들과 함께 얘기를 나눌 남자조차도 없습니다.」 어느 늙은 여자가 덧붙였다. 「여기 우리는 모두 늙은 남자들과 늙은 여자들뿐입니다.」

「우리에게 남은 남자들이라고는 이들이 전부입니다.」 엄마의 젖을 빨던 몇 명의 아기를 가리키며 또 다른 여자가 말했다. 「저 애들도 죽는다면 마을은 끝장입니다.」

「이제는 3년이나 지났는데, 집을 다시 지을 널빤지와 쇳조각과 벽돌도 주지 않던가요?」 코스마스가 물었다.

촌장이 머리를 저었다. 「그걸 누가 가져다주겠어요?」 그가 물었다. 「집은 또 누가 짓고요? 겨울이면 우리는 동굴 속에서 잠을 자고, 여름에는 집이 무너진 폐허 속에서 잠을 잔답니다. 모두가 악마의 밥이 되었죠.」

그는 마놀리오스에게로 시선을 돌렸다. 「당신도 하느님으로부터 똑같은 꼴을 당하기를 바랍니다. 마놀리오스 대장!」

「나는 조국에 대한 나의 의무를 수행했을 뿐입니다.」 마놀리오스가 침착하게 대답했다. 「전쟁이란 그런 것이 아닌가요!」

「당신도 하느님으로부터 똑같은 꼴을 당하기를 바랍니다.」 촌장이 되풀이해서 말했다.

「전쟁도 역시 하느님에게서 나왔습니다.」 마놀리오스가 말했다.

「그리고 집과 아이들과 여자들도 역시 하느님에게서 나왔어요, 마놀리오스. 당신도 알다시피 그들은 그날 나의 두 아들을 죽였어요. 그리고 그들은 그날 내 아내를 불태워 죽였어요. 내가 말을 너무 많이 했다면 용서해 주시기 바랍니다……」

그리고 그들은 울타리를 둘러친 작고 황량한 밭으로 들어갔다.

얼마쯤의 곡식이 누렇게 익었다. 양귀비 몇 송이가 그대로 매달려 있었는데, 버림을 받아 씨앗이 되었다. 올리브나무 밑에 두세 채의 오두막, 밥을 짓느라고 불을 지피는 여자들, 장작이 타는 냄새가 나는 바람……. 나무를 잔뜩 짊어지고 늙은 여자가 맨발로 지나갔다.

「안녕하십니까, 선생님들.」 두세 명의 인간이 지나가는 광경을 황홀하게 쳐다보느라 걸음을 멈추며 그녀가 물었다.

「어떻게 지내십니까, 키라?」 코스마스가 물었다. 「생활은 어렵지 않고요?」

「개들이 잘사는 걸 보셨나요?」 그녀가 대답했다. 「하느님도 고생을 시킬 만큼만 시키셔야죠.」

「당신은 크레타인인가요?」

「그래요.」

「그렇다면 내 축복을 받으세요! 아이들을 낳으세요. 크레타는 바닥이 났습니다. 아이들을 낳아서 크레타인이 지구상에서 사라지지 않게 하세요. 크레타인도 역시 필요합니다…….」

「저 여자가 우리에게 돌을 던지지 않아서 천만다행입니다.」 마놀리오스가 말했다. 「우리는 쉽게 빠져나온 셈이에요. 그 늙은 여자의 이름은 콘스탄디나입니다. 남자를 볼 때마다 그 가엾은 여자는 머리가 돌아 버리죠. 그녀는 돌멩이를 집어 들고 쫓아옵니다. 그녀는 모든 남자를 독일군으로 알고 죽이려고 하죠.」

그는 허리춤에서 담배 쌈지를 꺼내더니 궐련을 한 대 말았다.

「가엾은 그녀에게는 아들이 넷이었는데, 훌륭한 청년이었던 그들은 모두 파르티잔이었어요. 어느 성토요일 밤에 그들은 마을로 내려와서 어머니와 함께 부활절을 지내려고 했답니다. 동틀 녘에 독일군이 집으로 쳐들어와서 그들 네 사람을 모두 체포했어요……. 어머니는 독일군 장교의 발밑에 엎드렸어요. 장교는 웃기만 했습니다. 〈네 명 중에 한 아들만 선택하시오.〉 그가 말했습니다. 〈그러면 그 아들 하나는 살려 주겠소.〉 어머니는 떨면서 네 아들을 둘러보았습니다. 그들 가운데 어머니가 누구를 택하겠습니까? 〈어머니.〉 결혼을 하지 않은 세 아들이 말했어요. 〈니콜리 형을 선택하세요. 형은 결혼을 한 몸입니다. 그에게는 가족이 있어요.〉 그러자 니콜리가 화를 냈어요. 〈나는 아이들을 낳았어.〉 그가 말했습니다. 〈씨앗은 잃지 않았어. 너희 셋 가운데 하나가 살아야 해. 결혼해서 아이들을 낳게 말이야.〉 그리고 다시 세 아들이 다투었습니다. 저마다 다른 형제의 생명을 구하고 싶어 했습니다. 결국 독일군 장교는 더 이상 참을 수 없게 되었어요. 그는 노모를 붙잡아 구덩이로 밀어 던졌어요. 그는 손을 들어 명령을 내렸습니다. 그리고 넷이 모두 총살을 당했어요. 마당에는 시체들이 가득…….」

「인간이 어떻게 그토록 많은 고통을 견디어 낼까요?」 더 이상 얘기를 듣지 않으려고 두 손으로 귀를 막으며 노에미아가 소리쳤다.

「인간은 인고할 줄 압니다.」 마놀리오스가 말했다. 「인간은 인고합니다. 쇠나 돌이나 금강석은 견디지 못하지만 인간은 견딥니다…….」

그들은 말없이 걸음을 옮겼다……. 그들은 이제 밭을 건넜다. 그들 앞에 산이 나타났다. 그들은 계속해서 나아갔다.

「저기가 그 마을입니다.」 손으로 가리키며 마놀리오스가 말했다. 코스마스가 둘러보았지만 아무것도 눈에 띄지 않았다. 산기슭에는 돌무더기뿐이었다.

「어디요?」 그가 물었다. 「내 눈에는 안 보이는데요.」

「저기, 저 앞에요. 저 돌무더기요.」 마놀리오스가 대답했다.

「이제 사람들이 보일 거예요. 보세요. 개들이 벌써 우리의 냄새를 맡았어요.」

폐허 속에서 굶주려 갈비뼈가 앙상하게 드러난 두세 마리의 개가 달려 나와서 마구 짖어 대었다.

이미 날은 어두웠다. 「불빛이 하나도 보이지 않는데요!」 코스마스가 말했다.

「기름을 어디서 구하겠어요? 어디에서 그들이 석유를 구하겠어요?」 마놀리오스가 대답했다. 「여기서는 해가 지기만 하면 사람들이 폐허 속으로 파고 들어가서 사냥하는 새처럼 어둠 속에서 먹고 잠을 잡니다.」

바위 뒤에서 즐거운 표정의 얼굴이 대여섯 나타났다.

「어서 오세요!」 사람들의 목소리가 들려왔다. 「어서들 오세요! 어디로 가시는 길인가요?」

「수르멜리나 할머니를 만나러요.」 마놀리오스가 대답했다. 「그 여자가 우리한테 잠자리를 마련해 주기로 했어요.」

「먹을 건 가지고 오셨나요?」 누가 조롱하는 목소리로 물었다.

「그래요.」

「아, 그럼 수르멜리나 할멈도 먹을거리가 생기겠군요. 덮을 것도 가지고 오셨나요?」

「그래요..」

「아, 그럼 수르멜리나 할멈도 덮을 게 생기겠군요!」 같은 목소리가 되풀이되었고, 돌무더기 뒤에서는 웃음소리가 들려왔다.

「사람들이 웃는군요.」 노에미아가 말했다. 「그들은 고통을 느끼지 않나요? 아니면 그들은 고통을 극복했을까요?」

「처음에 그들은 울고는 했어요.」 마놀리오스가 설명했다. 「나중에 그들은 울어 봤자 아무것도 생기지 않는다는 사실을 깨닫고는 웃어넘기기로 한 거예요…….」

　소풀리스가 수상이 되고 난 다음 그는 카잔차키스에게 그의 내각에서 정무 장관으로 일하지 않겠느냐고 제안했다. 마음속으로 그는 〈재건〉의 의의를 호소하기 위해서 니코스를 미국과 멕시코, 영국에 보내고 싶어 했다. 그는 니코스에게 같이 일할 사람을 마음대로 선택할 자유를 주었다. 니코스는 청중에게 활기를 불어넣는 능력이 뛰어난 앙겔로스 시켈리아노스가 당장 머리에 떠올랐다. 안나도 역시 참여할 터였다. 어떤 불필요한 문제도 야기하지 않고 나도 니코스를 따라 미국으로 가서 함께 일하도록 (결혼을 하지 않고 18년을 지낸 다음에) 우리는 결혼을 하기로 결정했다.
　1945년 11월 11일에 아테네의 아이오스 기오르고스 카리치스 교회에서 결혼식이 거행되었다. 주례를 맡은 성직자는 마리카의 친척이었다. 그는 우리를 알고 있었기 때문에 예식을 간단히 했다. 하지만 우리 같은 무신론자를 위해서도 그는 격려의 말을 아끼지 않았다. 교회는 향과 꿀 냄새가 풍기는 벌집 같았다. 그리스 정교의 성자들과, 안나와 앙겔로스 시켈리아노스가 증인으로 참석했고, 아이기나에서 온 매혹적이고 어린 하녀 술라도 참석했다. 정교의 예식에서 요구하는 오렌지꽃 화환 대신에 시켈리아노스는 친구의 머리에 예쁜 면류관을 씌워 주었다. 나는 즐거운 마음으로 니코스를 쳐다보았고, 그가 조금쯤 감동한 기미를 눈치채고는 기뻤다.
　장관이 된 니코스는 다시 물불을 가리지 않고 일을 하기 시작했다.

사랑하는 레노치카!

내가 얼마나 피곤하고 얼마나 많은 고통을 받는지는 말로 표현하기가 불가능하다오. 관직을 하나 얻으려고 모든 사람이 나에게 매달립니다…… 그리고 나는 대통령과 연락을 취하고 정신없이 일하고 투쟁합니다……. 그러는 틈틈이 나는 기근에 대한 영화, 논문, 신문 기사, 사진 등등 아메리카에 대한 자료를 수집합니다. (엘레니[84]가 어쩌다가 늦기라도 할 때마다 걸핏하면 식사도 못한 채로) 나는 오전 7시 30분에 집을 나서고, 때로는 자정이 되어야 집으로 돌아옵니다. 우리 친구들이 모두 나에게 매달리고, 나는 나 나름대로 최선을 다해요…….

수천 명의 속된 사람들이 가고 싶다는 부탁을 해옵니다. 대통령이 나서지 않으면 많은 사람들이 비참해지리라는 생각이 드는군요. 나는 그를 자주 만나지만, 겨우 몇 분밖에는 얘기를 나눌 시간이 없고, 그는 나에게 한 시간을 내주겠다는 약속을 계속합니다…….

많은 사람이 아카데미의 회원이 되고 싶어 해요……. 사람들은 훈장과 상과 직위와 임무를 원하고, 그들은 그들의 희망과 욕망으로 나에게 부담을 줍니다. 그리고 내 버릇 때문에 — 그들의 욕망을 나의 욕망으로 간주하고, 내가 성공하지 못할 때는 그것을 나의 개인적인 재난으로 생각하는 바람에 — 나는 지쳐 버리고 말아요.

당신에게 할 얘기가 많지만 나는 지쳤어요. 앙겔로스도 역시…… 지쳤어요. 인간들과 함께 살아가기란 힘겨운 일이에요……[85]

1945년 11월 화요일

---

84 니코스의 누이.
85 엘레니에게 쓴 편지.

내란이 벌어지던 어두운 기간 동안에 두 시인의 관계는 더욱 돈독해졌다. 시켈리아노스 일가에 참혹한 비극이 일어났는데, 안나의 언니가 아테네 길거리에서 죽음을 맞았기 때문이었다.

앙겔로스 형제에게.

무슨 일이 벌어지는지 편지로 쓰기가 불가능하군. 나는 자네를 만나러 갈 것이고, 언젠가는 얘기를 나눌 기회가 찾아오겠지. 나도 역시 우리 민족의 슬픔을 온몸으로 살아가고 있어. 하지만 나는 며칠 안에 비극이 ─ 그 제1막이 끝나기를 바란다네.

자네가 잘 지냈으면 좋겠고, 나는 두려워하지 않기로 했어.[86]

니코스가 장관으로 재직하던 나중 시기에 시켈리아노스는 그리스를 유린하던 복수전에서 죄 없는 사람들을 구제하기 위해 나서 달라고 자주 그에게 부탁했다.

앙겔로스 형제에게!

나로서는 힘자라는 대로 노력해 보겠네. 나는 대통령을 만나도록 하겠고, 만일 그것이 불가능하다면, 중상모략이 얼마나 부당하

---

86 앙겔로스 시켈리아노스에게 쓴 편지.

고 추악한지를 알기 때문에 대통령에게 강력한 서한을 보내겠어.

우린 어두운 나날을 보내고 있어. 현재 나로서는 죄 없는 사람들을 구제하기 위해서 항상 노력하는 중이지만, 내가 나서서 과연 어떤 결과를 얻어 낼지 아직은 모르겠어.

자네에게 하느님의 가호가 함께하기를 빌겠네. 나는 늘 자네를 염두에 두지. 우린 열심히 일해야 해. 민족이 위기에 빠졌으니까.

자네 아내의 손에 키스를.

영원한 형제 N.[87]

그리스에 대한 그토록 불길한 징조들이 뚜렷하던 1946년 초에 우리에게는 라헬이 살아 있다는 기쁜 소식이 전해졌다. 그녀는 프랑스에서 나치로부터 겨우 탈출했다. 쫓기는 동물처럼 살았음에도 불구하고 그녀는 기운을 차려서 훌륭한 책을 한 권 쓰고, 범죄자들의 손에서 아이들을 구출하는 과업을 수행해 냈다.

아끼고 아끼는 라헬에게.

나는 방금 당신의 편지와 『디오니소스』를 받았습니다. 둘 다 열심히 읽었어요. 우리는 아직도 살아갑니다, 라헬. 우리는 아직도 고통을 견디어 낼 능력을 지녔어요. *Gott sei dank*(하느님에게 감사합시다)! 내가 보고, 듣고, 고통을 겪었던 것들, 최근의 붉고 검은 나날은 말로 표현하기 힘들 정도입니다. 행동만이, 격렬하고 탐욕스러운 행동만이 그것을 표현합니다.

---

87 앙겔로스 시켈리아노스에게 쓴 편지.

아끼고 아끼는 라헬, 당신을 생각할 때면 나에게는 삶이 커다랗고 검은 눈이 달린 신비처럼 여겨집니다. 삶의 빛에서 마지막 섬광이 꺼질 때까지 당신은 항상 격렬하면서도 침묵하는 강렬한 불꽃으로서 나와 함께합니다. 정신력을 포착하여 품었으며, 그것에게 라헬이라는 이름의 현실적인 존재를 부여하는 어떤 본질에 축복이 있기를!

고적한 시간을 마련하게 되면 당장 나는 당신의 『디오니소스』를 번역하겠습니다. 그 작품은 나를 아주 깊이 감동시켰고, 나는 현대 그리스어로 그것을 찬란하게 재현하도록 노력하겠어요.

아끼고 아끼는 라헬, 나는 이 편지가 당신 손에 과연 들어갈지 알 길이 없습니다. 어쩌면 내 절규는 허공 속으로 사라질지도 모릅니다. 그것은 상관없는 일입니다. 현실적이거나 신비한 어떤 방법으로라도 이 절규는 틀림없이 당신에게 이를 테니까요. 당신이 쫓기는 짐승처럼 자그마한 오두막 속으로 숨어들어야 했을 때, 박해의 시대에 나는 당신을 위해서 많이 울었습니다, 라헬.

당신의 크고 검은 눈에 키스를 보냅니다.

1946년 1월 10일
아테네에서
N.

6년이 지난 다음에야 엘사가 살아 있다는 증거가 나타나게 되었다. 우리는 희망을 포기한 상태였다. 우리에게는 〈자그마하고 말 없는 여인〉이 뒤셀도르프나 어느 나치 수용소의 야만적인 폭격 속에서 사라진 존재로 여겨졌었다. 그러나 어느 날 우리는 기쁜 소식을 접했다. 그녀는 살아 있고, 언젠가는 우리를 만나러 찾아오겠다고 약속했다. 병원에서 니코스는 당장 그녀에게 편지를 썼다.

　아끼고 아끼고 아끼는 엘사에게.
　길고도 어두운 세월 동안 왜 당신은 나로 하여금 절망 속에서 지내게 했던가요? 슬픔을 견디기가 힘들어서 나는 더 이상 당신을 생각할 수도 없었습니다.
　다행히도 당신은 ─ 당신과 당신 남편과 도로테아가 ─ 아직도 이 세상에 살아 있군요. 나도 아직 살아 있습니다. 그리고 나는 일을 하고, 완전한 젊음을 느끼고, 만족을 모르는 나의 검은 눈 앞에서 우주는 자꾸만 새로워집니다! 그리고 엘레니도 참된 현실로서 내 옆에 그대로 존재합니다. 고통이 많고도 많았지만, 그것은 다 끝났고, 마음은 불멸의 상태 그대로 남았습니다.
　오늘은 더 이상 당신에게 편지를 쓸 수가 없습니다. 기쁨이 너무 큰 탓이죠. 아끼고 아끼고 아끼는 엘사. 반가워요.
　　　　　　　　　　　　　　　1952년 12월 2일
　　　　　　　　　　　　　　　위트레흐트(네덜란드)에서
　　　　　　　　　　　　　　　　　니코스

　마음대로 하도록 내버려 두기만 했더라면 니코스는 그가 전에 사랑했던 어느 여자도 만나기를 거부했으리라. 우정의 압력에 밀리면서도, 그는 본디 인상을 마음속에서 망치지 않으려고 최선을 다했다.
　파리에서 라헬은 그녀의 웃음 때문에 구원을 받았었다. 퓌오 부인의 널찍한 응접실에서 포탄처럼 둥글고 정력적인 라헬은 웃음을 터뜨리면서 그녀가 최근에 겪은 얘기를 하나씩 늘어놓았는데, 거지 밥그릇에다 음식을 담아 주면 반발을 하던 거리의 유대인 부랑자들과, 같은 민족인 한 사람을 재판하기 위해 젊은 청년들이 조직한 재판소 같은 얘기를 들으면 우리는 슬퍼서 눈물이 날 지경이었다. 하지만 우리는 웃었다. 라헬의 두 눈이 번득이며 심연을 건너는 다리를 놓은 덕택이었다.

엘사의 경우는 완전히 달랐다. 〈하느님의 선물〉이라던 딸과 남편과 더불어 앙티브에 도착한 그녀는 니코스를 만나기도 힘들었다. 왜냐하면 그녀가 머무는 기간 동안 니코스의 입술이 다시 한번 알레르기로 흉하게 변했기 때문이었다.

그러다가 마침내, 여느 때나 마찬가지로 가냘픈 〈자그마하고 말 없는 여인〉은 볼테르 안락의자에 앉았다. 그리고 그녀를 맞은 니코스는 어둠 속에서 긴 의자의 한쪽 구석으로 멀리 물러나 앉아서 질문을 시작한 후 대답을 기다리고는 했다. 거의 아무것도 알아볼 수가 없었다. 그토록 머나먼 곳에서 그리워했고, 그토록 오랜 세월이 흘러가 버려서 ─ 무슨 크나큰 변화를 찾아내려고, 지극히 하찮은 어떤 소중한 내용을 되새기며, 두 사람의 목소리는 섬광처럼 서둘러 얘기를 주고받았다.

몇 시간이 흘러갔다. 장님의 신비한 더듬이들이 활동을 계속했다. 마음이 벽을 쌓아 올렸다. 어떤 후회도 약속이 가득한 미래를 구축하려는 힘을 막지 못했다.

인간의 연약한 배를 공격하는 어뢰와 같은 세월이 존재한다. 노련하게 키를 한 번 옆으로 돌렸더라면 배를 구했을지도 모른다. 그러나 무지하거나 탐욕스러운 선장은 눈앞의 이득이라는 눈부신 광채에 눈이 멀어 스스로 파선을 자초하고 자신의 파멸을 불러온다.

1946년이 바로 그런 어뢰의 형태였다. 대부분의 사람은 그것이 눈에 보이지 않았고, 그것이 다가온다는 사실은 오직 지도자들만이 알았다. 어떤 지도자들은 비겁하고 무기력했으며, 또 어떤 지도자들은 배가 침몰한 다음의 노략질을 위해 패를 짰다.

카잔차키스는 그가 명예 회장으로서 이끌었던 사회주의자 친구들과 자기 자신의 무력함을 깨닫고는 거기에 반발했다. 분명히 그에게는 정치인으로서의 면모가 하나도 없었다. 그렇다면 왜 그는 영혼의 지도자로서 자신을 이끌어 나가지 않았을까?

그 까닭은 그토록 오랫동안 그가 추구했던 새로운 신화를 자신의 내면에서 발견하지 못했기 때문이었다. 그는 자신이 사랑했으며 머지않아 또다시 부패하고 탐욕스러운 계층에 의해서 거침없이 착취를 당할 사람들에게 무엇을 제안해야 할지 알지 못했다. 그에게는 자신의 고행자적인 생활이 낳은 결과를 공개할 자격이 있었던가? 〈불로 뛰어드는 사람에게는 자신의 비명 이외의 도피처는 없다.〉[88] 아니면 (성 프란체스코에 대한 그의 비방록에서 언급했듯이) 불가능을 향해서 투쟁하는 정신력의 고통스럽고도 풍요한 긴장감, 그러니까 인간의 잠재력보다 항상 훨씬 우월해서 신비한 힘을 불러일으키는 이상을 전파해야만 하나? 카잔차키스는 자기 자신의 신이 존재할 때만 진실로 강해졌다. 자기 자신을 위해서는 아무것도 바라지 않았고, 아무것도 두려워하지 않았기 때문에 그는 죽음의 면전에서도 역시 강했다. 그런가 하면 그는 자기의 민족을 위해서 굉장히 많은 것을 바랐다. 그리고 어쩌면

---

88 프랑스의 시인 르네 샤르René Char의 말. 그는 레지스탕스 활동을 했다.

바로 그것이 그의 무력함을 야기한 숨겨진 원인이었는지도 모른다. 그는 미래에 이루어질 어떤 부활의 희망을 걸고서 자기의 민족을 죽음으로 이끌어 가기를 주저했다.

자신이 쓸모가 없다고 느낀 그는 사임할 생각을 했다. 채찍으로 책상을 후려친 영국 장군은 그로 하여금 예상보다 빨리 행동을 취할 기회를 마련해 주었다. 소풀리스 내각은 모든 장관이 참석한 가운데 독재와 외국의 점령 기간 동안에 군대로부터 제거되었던 가장 유능한 베니젤로스파 장교들에 대한 법안을 통과시키기 위해 소집되었다. 40명의 그리스 장관이 만장일치로 동의했다. 영국 장군 스코비는 찬성하지 않았고, 거부권을 행사했다.

3월 25일에 국경일을 맞아 국립 극장에서는 「카포디스트리아스」가 공연되었다. 극장에서 많은 사람이 흐느껴 울었다. 극장장은 학식이 많은 기오르고스 테오토카스라는 사람이었다.

하지만 우리가 자주 그런 일을 당했듯이, 이 기쁨도 역시 이번에는 니코스에 반대하는 시켈리아노스의 친구들이 벌인 운동 때문에 망치고 말았다……. 니코스 카잔차키스의 친구들은 니코스도 역시 노벨 문학상의 후보가 되어야 한다고 주장했었다. 그러나 이 경우에도 카잔차키스는 예외가 되었다. 몇 주일 전에 그리스 문인 협회장으로서 그는 시켈리아노스를 노벨상에 추천하려는 협회의 결정을 찬양했었다. 그래서 그는 친구의 성공에 방해가 될 어떤 행동도 취하고 싶지 않았다. 이 문제를 철저히 알아보기 위해서 그는 노벨상에 대한 스웨덴 한림원의 정관을 구해 달라고 테아 아네모얀니에게 부탁했다. 그리스 문학은 해외에 잘 알려지지 않았다. 다른 나라들은 성공할 가능성이 훨씬 많았다. 만일 두 사람의 이름을 하나로 합친다면 그리스가 상을 탈 가능성이 더 많아질지도 모른다고 카잔차키스는 생각했다. 하지만 어떤 행동을 취하기 전에 그는 시켈리아노스의 의견을 물어보기로 작정했다. 시켈리아노스는 대단히 열광적인 반응을 보였다. 「나는 내 손으로 당신의 머리에 왕관을 씌워 주겠습니다.」 그가 웃으며 말했다. 「그러면 당신이 나에게 왕관을 씌워 주십시오!」 카잔차키스는 기분이 좋았다. 무기를 든 형제들은 인생에서 이런 식으로 전진을 해야 한다! 그들은 미래의 세대들을 위하여 훌륭한 본보기가 되었다.

그래서 문인 협회는 카잔차키스를 노벨상 후보로 내보낼 준비를 했다. 하지만 카잔차키스는 분명한 조건 한 가지를 첨부해 달라고 요구했다. 〈위대한 시인 앙겔로스 시켈리아노스가 함께 수여하는 경우에만 카잔차키스는 상을 받을 것이다.〉

마음이 홀가분해진 그는 시켈리아노스의 위대함을 믿었기 때문에, BBC에서 더욱 열렬한 말로 시켈리아노스에 대한 찬사를 늘어놓기 위해서 런던으로 떠날 준비를 했다. 그러나 그의 친구의 〈친구들〉은 (어쩌면 시켈리아노스는 알지도 못하는 사이에) 카잔차키스를 비방하는 운동을 벌였다. 이 운동은 위대한 두 시인이 모두 죽은 다음에 다시 불붙기도 했다.

영국으로 출발[89]하기 전에 니코스는 아테네에서 보고 배운 것들에 대한 명상을 하기 위해 그의 〈천국〉 아이기나로 돌아갔다. 정치가들은 편협하고 냉소적이며, 인류에 대해서 생각하는 적이 드물었고, 저마다 자신의 나라에 대해서도 가끔씩만 생각했으며, 힘없는 자의 권리에 대해서는 전혀 관심이 없었다. 따라서 그들은 심하게 낡아 빠진 〈자유〉, 〈평등〉, 〈박애〉 따위의 어휘에 새로운 내용을 불어넣을 만한, 새로운 세계를 일으켜 세울 새로운 힘

---

89 영국 문화원의 초청으로.

을 동원할 능력이 없었다. 어쩌면 그런 과업은 전 세계의 지성인들이 떠맡아야 할지도 모를 일이었다. 겨우 극장이 만원을 이루기 시작할 바로 그 무렵, 「카포디스트리아스」가 간판을 내려야 했다는 따위의 일상적이고 자질구레한 걱정거리에 대해서 니코스는 평상시처럼 무관심한 반응을 보였다.

……조금도 걱정하지 말아요. 「카포디스트리아스」도 머지않아 때를 만날 테니까요. 우리가 잘 지내고, 우리의 마음이 항상 순수하고 올바르며, 우리의 사랑이 식어 버리지 않는 한, 나머지는 모두 연기와 바람이라오.

이곳에서 나는 평화롭게 지냅니다. 나는 아무도 만나지 않고, 집 밖으로 나가지도 않았어요. 나는 「콘스탄티누스 팔라이올로구스」를 집필하는 중입니다. 나는 도입부를 여러 번 다시 썼어요. 무척 힘들기는 하지만 잘될 테니까 걱정하지 말아요…….[90]

1946년 봄
아이기나에서

영국 문화원은 갑자기 카잔차키스에게 24시간 내에 출발해야만 한다는 통고를 해왔다. 그리고 그는 거절했다.

……나는 미친 사람처럼 그렇게 서둘러 떠나기보다는 차라리

90 엘레니에게 쓴 편지.

영국을 잃는 쪽을 선택하겠어요. 나는 그것을 조금도 섭섭하게 생각하지 않아요. 나는 당신이 혹시 섭섭하게 생각할까 봐 그것만이 걱정입니다……. 만일 그들이 6월 중순에 내가 프레벨라키스와 함께 출발하게 해준다면 아마도 나의 런던 체류는 어떤 실질적인 결과를 가져다줄지도 모르겠어요…….[91]

1946년 5월 일요일
아이기나에서

그러나 6월 2일에 그는 결국 출발했다.

……나는 어젯밤에 도착했어요. 비가 내렸고, 역에는 아무도 나오지 않았으며, 휴가철을 맞아 수백만 명의 방문객이 런던을 찾아왔어요. 호텔을 찾기가 불가능했습니다. 어둠 속에서 짐을 들고 가며 나는 아이기나를 떠난 순간을 저주했어요. 마침내 나는 경찰관 한 사람에게로 가서 내가 처한 입장을 설명했죠. 그는 나를 안내해 데리고 가서 여기저기 전화를 걸기 시작했어요. 그는 술이 취했지만 점잖은 사람이었어요. 그는 손이 떨렸고, 번호를 몇 차례 잘못 돌렸어요. 그러더니 우체국으로 가서 지위가 높은 직원을 찾더군요. 하지만 오늘은 승리를 축하하는 대단한 경축일이어서 그 직원도 역시 술에 취한 상태였어요. 그는 전화기를 두들기다 자꾸 새로운 전화로 바꾸었으며, 분명히 전화가 잘못이라고 생각해서 한참 욕설을 퍼부었어요. 그러는 사이에 덜

91 엘레니에게 쓴 편지.

취한 상태의 다른 사람들이 왔고, 마침내 우리는 영국 문화원과 연락이 닿았어요…….

으리으리한 아파트 같은 특실, 나 혼자서 쓸 다섯 개의 방…….
사치스러운 호화로움, 비단과 황금과 지극히 고급스러운 진열품, 오늘 아침에 나의 방으로 들어온 2인분의 *breakfast(sic!)*[92] 기타 등등. 그러나 환희가 없어요. 나는 거리로 나가서 몇 시간을 배회했어요. 오늘은 일요일이어서 모든 곳이 문을 닫았더군요. 나는 아무도 발견할 수가 없었어요……. 나는 「타임스」를 사서 무릎에 펼쳐 놓고는 우리가 스트랫퍼드에서 불가에 앉아 지내던 날들을 회상했답니다. 날씨는 어둡고, 춥고, 음울했어요. 나는 마침내 언젠가는 조금이라도 기쁨을 느끼게 될지 알고 싶어 조바심합니다. 인간들로부터라면 나는 가슴을 뛰게 만들 그 무엇도 기대하지 않아요.

오늘 오후에 산책을 나갔습니다. 부슬비가 내렸습니다. (승리의 축제가 아직도 계속되는 중이어서) 길거리에는 군중과 군가와 깃발과 훈장들로 가득하고, (주로 발코니에 내놓은 베고니아들이었지만) 예쁜 꽃도 많았어요. 나는 국립 미술관으로 갔고, 많은 사랑을 받는 그림들을 다시 보게 되어 기뻤어요. 하지만 이런 기쁨은 더 이상 충분하지 않았고, 나는 잔뜩 슬픔만 느끼면서 지극히 사치스러운 나의 아파트로 돌아왔어요. 점심때가 되자 그들은 커다란 은쟁반에 담긴 갖가지 음식을 나한테 가져다주었어요. 그들은 잠시 후에 다시 그렇게 할 텐데, 만일 당신이 나하고 여기에 와서 이런 헛된 모든 사치를 함께 누린다면 얼마나 좋을까 하고 나

92 괄호 속의 라틴어는 〈원문 그대로〉라는 뜻으로, 특히 본문이 잘못된 것을 그대로 인용할 때 쓰인다. 여기에서는 아침 식사*breakfast*의 철자가 잘못되어 〈c〉자가 더 들어 있음을 보여 준다. 아마도 그 호텔의 메뉴에 오자가 있었던 모양이다 — 역주.

는 혼자 마음속으로 생각해 봅니다. 그러면 그것은 어떤 목적과 감미로운 뒷맛을 지니게 될 테니까요. 나는 『전후의 대화』라는 책을 써볼까 생각 중입니다…… 화요일부터 나는 사람들을 만나기 시작합니다…….

오늘 월요일은 하늘이 *bedeckt*(흐려서), 즐거운 전망이 없습니다. 두고 봐야겠어요.

11시에 영국 문화원에서 어떤 여자가 찾아왔고…… 우리는 중국인 한 명과, 칠레인과 벨기에인 한 명의 초대 손님들, 그리고 영국 문화원에서 나온 또 다른 한 여자를 만나기 위해 나섰습니다. 우리는 시골로 멀리 나가 중세의 주막에 들러서 사과술을 마시고 떠났어요. 유쾌하고 피상적인 동반자들…… 신이 나지 않았습니다. 영국의 시골은 습하고, 부드럽고, 철저히 여성적이었어요. 부슬부슬 비가 내리고, 하늘은 침침하고, 방금 파헤친 무덤의 냄새가 났어요. 또다시 나는 엘레니 S.[93]가 생각났고 마음이 언짢았어요.

내일 화요일, 나는 일을 시작합니다…… 어쩌면 나는 권태로움을 몰아내게 될지도 모릅니다. 그런데 나는 언제쯤에나 당신의 편지를 받게 될까요? 그러면 아마도 영국이 나에게는 덜 처량하게 느껴질지도 모를 텐데요…….

이제는 저녁이 되었어요. 나는 아파트로 돌아와서 샹들리에를 켰습니다. 사람들이 와서 나를 위해 커튼을 닫아 주었고, 나는 당신에게 편지를 씁니다. 당신은 도대체 어디에 있을까요? 당신은 어떻게 지낼까요? 당신은 아이기나로 돌아갔을까요? 용기를 가져요, 사랑하는 전우여. 우리가 함께하는 한 세상은 견딜 만하고, 가끔은

---

93 그리스에서 갑자기 사망한 아름답고 이지적인 젊은 여인.

멋진 곳이기도 해요. 인간들에 대해서 짜증을 느끼기 때문에 만일 당신이 없었더라면 나는 천 번은 죽어 버렸을 거예요…….[94]

1946년 6월 9일

세인트 제임스 코트, 런던 호텔

민스터 하우스, 버킹엄 게이트

……며칠 후에 나는 BBC에 출연할 예정이라오. 이곳 영국인들은 나를 아주 잘 보살펴 줘요. 그들은 나를 갈 때나 올 때 자동차로 데려다 주고, 극장표도 보내 줍니다. 오늘 나는 와일드의 연극 한 편을 볼 예정이고, 내일은 자바의 춤을, 월요일에는 영국발레를 감상하죠……. 난 모건도 만날 텐데, 당신의 번역[95]에 대해서 그에게 얘기를 하겠어요. 나는 그들을 모두 만남으로써 드디어 나의 호기심을 충족시킬 테고, 우리가 만날 때 나는 당신에게 할 얘기가 많을 거예요…….

나는 당신이 필요로 하는 모든 것을 구하지 않고는 이곳을 떠나지 않겠어요. 버터와 베이컨과 설탕이 굉장히 부족해요. 심지어는 빵까지도 그들은 (배급) 점수에 따라 나눠 주는 정도이니까 말이에요. 영국인들의 빨간 뺨이 발그레하게 변하는 중이고, 어쩌면 나중에는 창백하게 될지도 몰라요…….

L이 아주 헌신적으로 날마다 찾아오는군요. 그녀는 나에게 설탕과 버터와 비누와 빵을 가져다주었어요……. 그녀는 지극히 불행하고, 그리스로 돌아갈 생각이죠…….

한밤중이에요. (영국 문화원의 아주 고위급 관리인) 솔리스베

---

94 엘레니에게 쓴 편지.
95 엘레니는 이 무렵 찰스 모건Charles Morgan의 『샘The Fountain』을 번역하고 있었다.

리의 집에서 열린 파티에서 방금 돌아왔는데, 나는 거기에서 로사의 유명한 친구인 아르헨티나에서 온 도냐 빅토리아[96]를 만났어요. 우리는 지난날들에 대해서 한참 동안 얘기를 나누었어요. 아름답고, 부유하고, 처음 만나는 사람 앞에서는 허세를 부리고, 똑똑하고…… 나는 영국의 지성인들에게 제시할 질문들을 써놓았어요…….

6월 14일…… 다시 비가 내리는군요. 컴컴한 하늘은 숨이 막히게 해요……. 오늘 오후에는 자바의 춤을 보러 갈 생각이에요…….

저녁입니다. 자바의 춤이 아주 아름다웠어요. 감동적이지는 않았지만 아름답고, 우아함과 조용함과 자제력이 돋보이더군요. 다시 비가 내리고 날씨가 추워요……. 나는 문화의 국제화를 제안하기로 작정했어요. 아마도 그것은 내가 이곳을 찾아온 목적을 정당화해 줄지도 몰라요…….[97]

1946년 6월 13일
런던에서

1946년 6월 14일에 그는 테아 아네모얀니에게도 편지를 썼다.

……지금까지는 런던이 나에게 아무런 기쁨도 주지 못했어요. 아프리카, 강, 밀림의 개미들, 양 떼, 아이슬란드의 물고기, 베나레스, 바그다드…… 겨우 몇 가지 장엄한 광경만이 아직도 나에

---

96 Doña Victoria. 아르헨티나의 잡지 『수르Sur』의 여성 이사.
97 엘레니에게 쓴 편지.

게 기쁨을 줍니다. 그러나 프랑클란드[98]는 더 이상 내 마음을 속이지 못합니다…….

모든 순간에 나는 흐트러질 줄 모르는 사랑과 감정을 느끼며 당신을 생각합니다. 위험에 빠진 주인공의 옆에 서서 싸우기 위해 호메로스의 서사시에서 불쑥 나타나는 아테나 프로마코스[99]처럼 눈에 보이지 않는 투구를 쓰고 창을 들고 싸우기 위해 내 오른편에 꿋꿋하게 선 사랑스럽고 용감한 당신의 모습을 내가 어떻게 잊겠어요. 그리고 더 이상 죽음과 부패를 두려워하지 않는 주인공은 가슴이 뛰자, 그녀의 존재를 인식합니다…….

여기에서는 고통을 겪었거나, 많은 생각과 투쟁을 거친 사람에게 지성인들이 제공할 만한 것이 전혀 없답니다. 그들은 심한 절망 속에서까지도 지극히 순진하고, 평온하고, 행복한 듯 보이는군요. 그들의 눈과, 입과, 마음에는 불이 붙지 않았어요. 그리고 혹시 불이 붙었다고 해도 그 불은 얌전히 타오르고, 항상 보상에 대한 소박한 확신을 간직해요…….

얼마 전부터 그의 머릿속에서 영글어 가던 계획이 얼마 후에 생명을 얻게 되었다. 니코스 카잔차키스가 1946년 7월 18일에 BBC 방송을 통해 천명한 다음, 영국의 작가들과 학자들을 대상으로 마련했던 질문서가, 『삶과 글Life and Letters』 9월호에 게재되었다.

98 Frankland. 카잔차키스가 서유럽을 지칭하는 말.
99 싸움터에서의 아테나를 가리키는 별명.

불멸의 해방된 인간 정신.

이 외침은 전 세계의 순수하고 명예로운 인간을 대상으로 한다. 그 까닭은 인류가 심각한 시기를 거치는 요즈음, 세계가 너무나 통합된 하나의 유기체를 이루어서, 모두가 구원을 받기 전에는 한 민족이 구원을 받을 수 없기 때문이다. 그리고 만일 한 민족이 길을 잃으면 그 민족은 다른 모든 민족을 파멸로 끌고 들어갈지도 모른다. 한 민족이 스스로 고립됨으로써 오직 혼자서만 구원이나 파멸을 맞던 시대는 영원히 사라졌다. 그렇기 때문에 우리는 오늘날 자신의 종족에 대한 얘기를 할 때는 인류의 모든 종족을 한꺼번에 대상으로 삼는다는 인식을 갖게 된다. 나는 그리스인이기 때문에 전 세계를 대할 때 더욱 책임감을 느끼는, 그리스에서 태어난 정신적인 인간이 지닌 불안과 희망을 표현하고 싶다.

현대 문명사회를 어떤 커다란 위험이 위협한다는 사실을 우리는 모두 막연히 인식한다. 우리는 두려움을 갖지 않고 이런 위험을 정면에서 직시하기로 하자. 우리가 그것을 정복하는 길은 오직 그것뿐이다. 악의 군대에 대한 가장 무서운 적은 용기와 빛이다.

그렇다면 전후의 우리 세계를 위협하는 크나큰 위험은 무엇인가? 그것은 다음과 같다 ─ 인간이 그의 영혼보다 더 빨리 그리고 열심히 발전시켜 온 인간의 이성이다. 이성은 우주적인 힘을 얻었고, 그 힘을 세계의 평화와 번영을 위해서만 사용하기에 충분할 만큼의 도덕적인 성숙을 이루지 못한 현대인에게 마음대로 사용하라고 그 힘을 내맡겼다. 인간의 지적 발달과 도덕적 발달 사이에는 부조화가, 균형의 결함이 존재한다. 그리고 내가 보기에는 그것이 크나큰 위험이다. 동양에서는 여러 다른 시기에 그와 반대인 현상을 보여서, 영혼은 발전했지만 탐구하는 이성, 즉 학문은 뒤처졌었다. 조화가 위험할 만큼 결여되었기 때문에 도덕적으로는 우월했지만 힘에서는 무지했던 동양의 민족들은 그 대가를 무겁게 치렀다. 야만인들이 쳐내려 와서 그들을 멸망시켰던 것이다. 요즈음 유럽에서는 그와 반대 현상이 벌어진다.

문명 세계가 드높은 수준을 유지하기 위해서는 이성과 영혼의 조화를 성취하는 데 성공해야 한다. 이 발전이 우리 현대 인간의 투쟁에서 최고 목표로 설정되어야만 한다. 힘든 과업이기는 하지만 우리에게 달성이 불가능한 일은 아니다. 우리가 무엇을 원하고, 우리가 어디로 가는지를 분명히 알기만 하면 충분하다.

그러나 우리가 그러한 목표를 달성하기까지는 얼마 동안 무정부 상태와 혼돈이 앞을 가로막는다. 도덕적·정신적 혼돈이 뒤따른다. 오늘날 세계에서 정신성의 대변자들을 접하게 되는 모든 사람은 그들에게서도 역시 전쟁의 처절한 폐해와 굶주림과 불행을, 절망과 불확실성을 발견한다. 그리고 무엇보다도 전후 인류의 내적인 재건이 바탕으로 삼을 만한 원칙, 보편적으로 인정받는 도덕적 원칙의 결여를 발견한다. 우리가 자신을 기만해서는 안 되기 때문이다. 참된 재건은 전쟁으로 파괴된 집과 공장과 선박과 학교와 교회들을 다시 짓는 일이 전부가 아니다. 참되고 유일하게 확실한 재건이란 인간의 내면적인 재건이다. 오직 정신적인 기초 위에서만 문명 세계는 튼튼해진다. 경제적·정치적 삶은 항상 인간 영혼의 발달에 의해서 이루어진다. 심한 절망과 불안과 불확실성 속에서 어떻게 인간의 내면적인 재건이 이루어지겠는가? 오직 한 가지 길밖에 없다 — 모든 인간과 모든 민족의 내면에 존재하는 빛의 모든 힘을 총동원해야 한다. 저명한 종교인 뮈니에Mugnier가 나에게 말하기를, 언젠가 그는 친구이며 위대한 철학자인 베르그송에게 그의 철학 전체를 단 하나의 어휘로 어떻게 집약할 수 있겠느냐고 물어보았노라고 했다. 베르그송은 잠시 생각에 잠겼다. 「동원입니다!」 그가 단언했다. 모든 결정적인 순간에 우리는 자신의 모든 도덕적인 자원을 동원해야만 한다.

현재의 심각한 순간에는 다른 어떤 구원도 존재하지 않는다. 우리는 자신의 모든 능력을 동원하여 기만과, 증오와, 가난과, 불의에 맞서야 한다. 우리는 세상에 미덕을 다시 가져와야 한다.

우주의 도덕적인 자원들을 향상시킬 사람은 누구인가? 우리는 정치가나, 전문적인 기술자나, 경제학자 같은 일시적인 지도자들로부터 가장 중대한 이 투쟁의 절규를 기대하기가 어렵다. 오직 세계의 정신적인 영도자들만이 모든 개인적인 욕망을 초월하는 숭고한 과업을 성취할 능력을 갖추었고, 그들이 그것을 성취해야만 한다. 모든 욕망은 맹목적이기 때문에 우리의 시대에서는 정신적인 인간의 책임이 엄청나게 크다. 욕망은 충돌을 일으킨다. 이성이 인간의 손에 쥐여 준 물질적인 힘은 엄청나다. 그리고 그 힘이 어떻게 사용되느냐에 따라 인류가 구원되느냐 파멸되느냐를 결정짓는다. 정신력을 믿는 우리 모두가 단결해야 한다. 우리가 거치는 위험한 시기를 확실하게 직시하자. 그리고 오늘날 정신적인 인간의 의무가 무엇인지를 깨닫자. 아름다움으로써는 더 이상 충분하지 않다. 신학적인 진실로는 충분하지 않으며, 수동적인 우애만으로도 충분하지 않다. 오늘날에는 정신적인 인간의 의무가 더욱 크고 더욱 어렵다. 전후의 혼란 속에서 인간은 길을 뚫고 질서를 창조해야 하며, 인간의 이성과 심성에 통일성을 — 조화를 — 부여할 새로운 내적인 개념을 발견하고 만들어 내야 한다. 우리 모두가 형제라는 지극히 단순한 사실을 인간들에게 다시금 보여 줄 간단한 어휘를 찾아내야만 한다.

모든 창조적인 시대에 그랬듯이, 시인은 지금 다시 선지자로 간주되는 중이다. 정신력에 대해서 자신을 갖도록 하자. 세계의 운명이 위험에 처했던 대부분의 고난의 시기에 책임을 맡았던 힘은 정신력이었다. 현재 세상의 피투성이 심장부에서 위대한 사상이 태어나고 있음은 분명한 사실이다. 그리고 바로 그런 이유로 해서 그토록 많은 고통이 존재하며, 지난 몇 해 동안에 악의 세력이 새로 태어난 아기를 목 졸라 죽이기 위해 다시금 발버둥을 치느라고 그토록 맹렬하게 날뛰었던 것이다.

바로 그런 이유로 해서 선의 힘이 조직되어야 하며, 정신력을 섬기는 사람들이 이기주의를 버리고 서로 인정해야만 한다. 그들은 우리 시대의 고민스러운 문제들을 자신에게 맡겨야 하며, 해답을 찾으려고 노력해야만 한다. 그들의 과업은 더 이상 개인적으로, 고립된 저마다의 민족 내부에서 이루어져서는 안 된다. 오늘날에는 일을 한다는 사실뿐 아니라, 함께 일하는 것이 필요하고 시급하다.

따라서 나는 전 세계의 양심적인 모든 지성인에게 이렇게 호소한다. 그리고 나는 그들의 대답이 정신력의 광범위한 협동을 촉진하리라고 자신하며, 다음과 같은 질문을 하고 싶다.

1. 당신은 우리가 역사적인 한 시대의 끝에서 살아간다고 생각하는가, 아니면 새로운 시대의 시작에 산다고 생각하는가? 그리고 어떤 경우라고 해도, 당신은 그 특성이 무엇이라고 생각하는가?

2. 역사의 현시점에서 문학이나 예술이나 신학적인 사상이 영향을 주는가? 아니면 그것들은 단순히 기존의 조건들을 반영하는 데 그치는가?

3. 만일 사상과 예술이 현실에 영향을 끼친다고 믿는다면 당신 자신의 나라에서 그것들이 어떤 방향으로 정신력의 발달을 이끌

어야 한다고 생각하는가?

4. 영국의 사상과 예술이 세계에 어떤 긍정적인 공헌을 하리라고 당신은 생각하는가?

5. 영국의 지성인과 대다수의 대중 사이에서 어떤 수준의 접촉이 이루어지는가? 그리고 이런 접촉의 바탕을 넓히기 위해서는 무엇을 해야 하는가?

6. 오늘날의 지성인과 예술가에게는 무엇이 가장 중요한 의무가 되는가? 모든 민족의 평화로운 협동에 그들은 어떻게 공헌하는가?

7. 〈영혼의 국제 기구〉를 설립한다는 일이 실질적인 행동이라고 믿는가? 그리고 만일 실질적이라면, 당신은 그 기구에 참여하겠는가?

BBC 방송국은 이 호소문과 질문서를 7월 중순에 방송했다. 그보다 한 달 전에 카잔차키스는 이미 그의 노력이 아무런 결실을 맺지 못하리라는 사실을 예견했었다. 그리고 대지에 대한 향수가 그를 사로잡았다.

……비와, 진흙과, 추위가 말로 표현도 못할 정도로 비참합니다. 그리고 나는 자꾸만 아이기나를 생각합니다. 포도 알이 빛나기 시작하겠고, 무화과들이 살찌겠고, 바다는 이곳의 템스 강과는 달리 신선하고 투명하겠죠. 나는 더 이상 유럽을 조금도 좋아하지 않게 되었어요. 우리가 함께 지낼 테니까 파리는 좋겠지만요.

6월 25일. 어제 저녁에 나는 시 낭송회에 갔는데, 그곳에서는 영국에서 만든 턱뼈가 커다랗고 하르피이아이[100]처럼 생긴 세 마리의 까치가 나른한 몸을 떨치고 일어나 연민을 보이며 시를 낭송하기 시작했어요. 그런 다음에 그들은 다시 나른한 상태로 돌아갔어요. 시시한 시보다 더 한심한 것은 없다고 나는 믿어요……[101]

1946년 6월 20일
런던의 세인트 제임스 코트에서

런던의 음울함과 소란스러움을 겪은 다음에 니코스는 케임브리지의 푸르른 정적을 즐겼다. 아이기나에서 나는 우리를 그곳으로부터 멀리 데려갈 어떤 기적을, 예를 들어 옥스퍼드나 케임브리지에서 현대 그리스 문학을 강의하게 될 가능성 따위를 아직도 바랐다. 나는 그것이 절대적으로 필요하다고 생각했다.

……형언하기 어려운 고요함, 평화로움, 푸르름. 난 우리가 아테네의 초조함과, 황급함과, 막연함과, 비참함으로부터 회복되기 위해서 2년만 이곳에서 보내게 된다면 좋겠어요. 내가 머무는 호텔은 강가에 위치했고, 젊은 남녀들을 태운 너벅선이 끊이지 않고 소리 없이 조용히 미끄러져 지나가요……. 천국 같은 길거리에는 높다랗고 높다란 나무들, 그리고 영국의 위대한 매력 ── 오랜 역사를 자랑하는 대학과 성당을 둘러싼 푸른 잔디밭.

난 훌륭한 대학교수 몇 명을 만났어요.

100 그리스 신화에서 얼굴과 상반신은 추녀로, 날개와 꼬리와 발톱은 새로 등장하는데, 죽은 사람의 영혼을 나른다고 한다 ── 역주.
101 엘레니에게 쓴 편지.

6월 24일. 나는 런던으로 돌아왔다오. 나는 이곳에서 한 주일을 지낸 다음에 옥스퍼드와 스트랫퍼드로 돌아갈 계획입니다. 보아하니 7월 말쯤에나 당신을 만날 수 있겠군요……[102]

1946년 6월 23일
케임브리지의 가든 하우스 호텔에서

그의 비망록에서 니코스 카잔차키스는 이런 언급을 했다.

6월 21일 케임브리지에서……. 대지는 유연하고, 습기를 머금고, 여성적이라오. 이곳에서는 꽃이 자양분을 쉽게 찾아내어, 그리스에서처럼 영웅적인 투쟁을 벌일 필요가 없어요. 이곳의 꽃은 꽃잎이 넓지만 그리스의 향기가 없어요. 오늘 오후는 킹스 칼리지의 학장 셰퍼드와 함께 지냈어요. 활력과 재치와 힘이 넘치는 나이 많은 사람인데, 약간 극적이고 자아도취에 빠졌어요. 그는 말이 많고, 웃기도 잘하고, 인간이 전문화하기보다 교양을 쌓는 편이 중요하다고 주장합니다. 그는 지식층을 비웃지만 〈정신력의 종〉들은 존경해요. 그는 트리벨리언을 세상에서 가장 훌륭한 사람이라고 생각합니다. 셰퍼드 — *bighteartened*(마음이 밝은) 사자.

6월 22일. 태양, 푸르름, 대학가의 산책, 오래된 고딕 대학 건물들 사이에 천국처럼 평온하게 휴식을 취하는 풀밭 — 얼마나 대단한 기적인가. 점심때 나는 트리니티의 학장이며 유명한 역사

---

102 엘레니에게 쓴 편지.

가인 트리벨리언을 만났어요. 근엄하고 고행자 같은 인상에, 과묵하고 웃음을 모르는 — 셰퍼드와는 정반대로 — 훌륭한 사람이었어요. 내가 그에게 질문서를 보여 주자 그는 첫 질문을 읽고는 화가 나서 당장 벌떡 일어났어요. 「난 대답을 하지 않겠어요!」 그가 말했습니다. 「이건 질문이 아니에요! 당신은 내가 무슨 말을 하기를 바라나요? 세상이 부조리하다는 얘기. 난 그런 얘기는 하기 싫어요!」 그는 격분해서 질문서를 구겨서는 나한테 되돌려 주었어요. 그러더니 그는 예의를 갖춰 자리에서 일어나더니 나에게 대학을 보여 주었고, 뉴턴이…… 살았고 일했던 방과, 서재에 비치된 그의 장서, 그러고는 바이런의 방으로 안내했어요.

6월 23일. 오늘 오후에는 킹스 칼리지의 루카스 교수의 집에서 차를 들었어요. 셰퍼드 학료장이 순수한 〈인간〉이라고 말할 만큼 매혹적이고, 총명하고, 웃음이 많고, 대담한 사람. 우리는 그리스에 대한 얘기를 했어요. 그는 걸어서 펠로폰네소스를 여행했다더군요…… 그가 나에게 말했어요. 「*Je ne lis plus; je relis*(나는 더 이상 책을 읽지 않습니다. 나는 다시 읽기를 합니다).」 그는 자신의 동시대인들을 코웃음치고, 현대인을 신통치 않게 생각합니다…….

그리고 〈잊지 않기 위해서〉 그는 잠시 후에 이런 말을 적어 놓았다.

(내가 교수의 집을 찾아내기 직전에) 관능적인 붉은 입술과 크고 푸른 눈의 아가씨를 만났음을 잊지 않아야 함.[103] 우리는 오랜 친구처럼 악수를 하고 헤어졌는데, 푸른 영국 풀밭을 지나 그녀

는 왼쪽으로, 나는 오른쪽으로 갔다.

   더 내려가서 카잔차키스는 전보 문체로 〈매혹적이고, 세련되고, 공감할 줄 아는 노인〉 데이비드 가넷과의 만남에 대해서 언급했는데, 이 사람은 그의 질문서에 응답했다. 첼시의 키프로스 식당에서 로리 리와 저녁 식사를 함께 할 때는 〈기분이 유쾌했고 시의 힘, 철저한 좌익. 그는 플라멩코를 노래하고 스페인을 안다. 나는 흥겨움을 느꼈다……〉 존 리먼에 대해서는 〈아주 유쾌하고, 몸가짐이 단정하고, 이지적이고, 유능하고, 우리는 카페타나키스[104]에 대해서 얘기했다. 내년에 그는 그리스를 방문할 예정이다……〉
   스티븐 스펜더와의 점심 식사. 젊고, 몸집이 크고, 이지적이고, 프랑스어를 할 줄 안다. 우리는 많은 얘기를 즐겁게 나누었다……. 도킨스의 집에서. 대단한 생명력! 그는 층계를 한 번에 두 개씩 올라갔다. 그는 나한테 미르토에서 사는 백두 살인 하드지다키스의 아버지에 대한 얘기를 했는데, 황소와 당나귀를 양쪽에 세워 놓고 (그가 결혼할 나이였을 때) 품에 안고 흔들어 주던 아기였던 80대의 남자와 그는 마당에서 열심히 잡담을 나누었단다! 늙고 눈먼 성직자가 바구니를 짜는 집사를 동행하고 그를 찾아왔었다. 「거기서 무얼 하나요, 집사님?」 노인이 물었단다. 「바구니를 짜는데요.」 「헛소문을 들추기보다는 바구니를 짜는 편이 더 훌륭한 일이에요!」 도킨스는 나에게 책을 몇 권 보여 주었고, 그날 저녁에 우리는 식사를 같이 했다…….

   103 카잔차키스는 이 젊은 아가씨의 아름답고 붉은 입술을 찬양했으리라는 가능성이 매우 크다.
   104 Kapetanákis. 영국에서 사망한 젊은 그리스 시인.

어제 나는 존 메이스필드를 만났는데, 대단한 학자이며 쾌활한 성격이었다. 우리는 영국 시에 대한 얘기를 했다. 그는 스윈번이 어찌나 완벽한 시구를 구사하고는 했는지, 그의 시가 단조로워지지 않도록 하기 위해 어느 만큼의 불완전한 상태를 갖추려고 나중에는 일부러 손질까지 했다고 말했다……

나는 워댐 대학으로 가서 시를 강의하는 보라 교수의 집을 찾아갔다. 귀족의 저택, 잔디밭, (보라가 중국에서 태어났기 때문이어서인지) 중국 골동품들…… 활기차고…… 이지적이고…… 세련된 기질. 그는 시를 이해하고, 모건을 싫어한다. 우리는 시를 좀 읽었다. 그는 루이스와 에디스 시트웰을 가장 훌륭한 시인들이라고 생각한다.

모티머의 집에서 저녁 식사. 나는 울적했고, 그리스에서 영국인들이 무슨 짓을 저지르는지에 대한 얘기를 퉁명스럽게 했다. 그토록 이지적인 사람인데도 그는 하나도 이해하지 못했다! 나는 그리스에서 실시하는 영국의 정책이 얼마나 영국에 손해인지를 그에게 얘기해 주었다……

미술 평론가 아이언사이드와 점심 식사를 같이했다. 그는 프랑스어를 대단히 잘하고, 이지적이며, 세련되었고, 그림이나 조각 등 미술을 완벽하게 알았다. 우리는 한참 동안 얘기를 나누었는데, 나는 다시 그를 만나러 테이트 미술관으로 갈 계획이다……. 로사먼드 레만과 C. 데이 루이스와 함께 점심 식사. 로사먼드는 아름답고, 매력적이고, 흰머리에 발그레한 혈색, 아름다운 입과 눈, 완벽한 루이 15세 시대의 후작 부인. 이지적이면서도 상냥한 루이스는 깡마른 몸집에 길고 비쩍 마른 얼굴, 오늘날 최고의 젊은 시인. 우리는 한참 동안 즐겁게 얘기를 나누었다……

(영국 문화원에서 〈방문객〉 부서의 책임자인) 솔즈베리의 집에

서 도냐 빅토리아 데 캄포는 아빌라의 성 테레사에 대한 얘기를 한 가지 했는데, 이 얘기는 카잔차키스에게 깊은 인상을 남겼다.

「어느 날 성 테레사가 입맛을 다셔 가며 메추라기 고기를 먹었답니다. 수녀 한 사람이 자꾸만 못마땅한 눈초리를 그녀에게 던졌어요. 그러자 성 테레사가 반박했어요. ⟨*Cuando penitencia, penitencia; cuando perdices, perdices*(참회를 할 때는 참회를 해야 하고, 메추라기를 먹을 때는 메추라기를 먹어야 해요)!⟩」 그리고 카잔차키스는 그의 비망록에 몽테뉴의 말을 덧붙였다. ⟨나는 춤출 때는 춤을 추고, 잠을 잘 때는 잠을 잔다.⟩

런던으로 돌아온 다음에 그는 테아 아네모얀니를 생각했고, 1946년 6월 25일에 그녀에게 편지를 썼다.

……나는 어제 막 케임브리지에서 돌아왔습니다. 나는 그곳에서 훌륭한 세 사람의 학자를 만났어요.[105] 그리고 마침내 해가 났으며, 나는 영국에서 처음으로 기쁨을 느꼈어요……. 나는 박식한 많은 사람과, 시인과, 학자들을 만나는 중이고, 우리의 친구 찰스 모건[106]이 스위스에서 돌아오기를 기다립니다. 나는 당장 그를 만나러 갈 생각입니다. 나는 또한 엘리엇이 미국에서 돌아오기를 기다립니다. 나는 그들에게 제시할 질문서를 당신에게 보냅니다. 그리고 나는 그들 가운데 아주 소수만이 응답하리라고 생각합니다. 그들은 그것이 어렵고 ⟨무모하다⟩고 느낍니다. 나는 그 사상이 이곳에서 우리가 바라는 높은 경지에까지는 이르지 못했다

---

105 미케나이 문헌의 해독을 위해 노력 중이던 늙고 연약한 미르즈, 역사가 트리벨리언, 그리고 킹스 칼리지의 학장 셰퍼드.
106 그의 저서들을 너무나 좋아했기 때문에 우리는 그를 ⟨친구⟩라고 했다.

고 믿으며, 그것은 우리에게 거의 아무런 혜택도 주지 못할 것입니다. 우리 자신의 불안은 질적으로 다르고 — 맥박이 다르며 — 우리 자신의 정신은 영국인들보다 훨씬 나락에 가까워서, 훨씬 더 만족하기가 힘들어요. 여기 사람들은 어떤 권태로움과 많은 자제력을 겪는데 — 자제력은 자체를 통제하는 어떤 큰 힘의 결과가 아니라 쉽게 통제되는 나약함으로부터 연유합니다. 이곳에는 굴레를 씌워야 할 어마어마하고 흉악한 악마도 없고, 사람들은 그들의 평화를 간직하기가 쉽습니다. 나락에 접하는 모든 것이 저마다 그들의 마음을 어지럽힙니다. 그리고 그들은 딱딱히 굳어 버린 인습 밑에서 껍질을 부숴 버리고 세상을 불태우기를 갈망하면서, 폭발하는 불길에 다시 불을 붙이기를 두려워하는 문명 세계의 평온한 겉모습을 그대로 간직하기를 바랍니다. 그들은 모든 것이 저절로 안정되고, 현재의 불안이 점점 더 말라붙어서, 결국 그것도 인간의 심장부에서 사납게 타오르는 불길을 더욱 두껍고 확실한 켜로 덮어 버리는 껍질이 되기를 바랍니다.

이 모든 것이 나 자신의 천성에 얼마나 어긋나고, 이곳 지성인들과 대화를 나눌 때 내가 얼마나 숨이 막히는지를 당신은 이해하리라고 생각합니다……

적막하고 고상한 영국의 사교 회관으로 갑자기 황소가 뛰어 들어가면 당연히 그들이 당황하게 되듯이, 비록 나의 사고방식과 문체가 그들을 혼란에 빠뜨리기는 하겠지만, 나는 곧 나의 글이 영국의 어떤 간행물들에 게재되기를 바랍니다……

그리고 7월 4일에 그는 옥스퍼드로부터 다시 테아에게 편지를 썼다.

……고고학자, 언어학자, 물리학자, 수학자 같은 이곳 학자들
은 아주 흥미 있는 존재들이어서, 그들 자신의 특수 분야에서 대
단히 뛰어납니다. 나는 늙은 마이어스를 만났는데, 다리가 불구
라서 두 개의 목발을 짚고 뒤뚱거리며 겨우 돌아다니고, 나이가
여든이나 되어서 이제는 더 이상 말도 명확하게 하지 못하며, 미
노아의 문자를 해독하느라고 밤낮으로 고생합니다. 그는 나에게
자신의 원고를 보여 주었습니다. 너무나 장황하고, 어렵고, 복잡
한 내용이었어요! 그는 그 시대의 모든 알파벳을 수집해 놓았어
요. 대단한 배합과 대단한 희망을 그는 집대성해 놓았고, 그가 해
답을 찾아낼 때까지 하느님이 시간을 주고 돕기를 바란다는 뜻을
전했더니 그는 목발로 두드렸어요. 「나는 죽지 않아요! 나는 해답
을 찾아내겠어요!」

　　바로 그날 니코스는 나에게 편지를 썼다.

　　……나는 어제 스트랫퍼드에 갔었고, 「맥베스」 공연을 봤습니
다. 조잡하고, 학구적이고, *pompier*(지나치게 과장)스럽더군요.
하지만 우리가 사랑을 나누던 곳을 다시 찾아보게 되어 기뻤어
요. 강, 고니, 꽃이 만발한 장미, 디킨스의 주인공 같은 노인들이
드나들던 낡은 집, 심지어는 우리가 좋아했던 나무 안내판……
모두가 그대로였어요. 우리의 집[107]은 문이 닫히고 담쟁이로 뒤덮
였으며, 바깥에서는 고양이 한 마리가 햇볕을 쬐고 있었어요. 나는

---

107 카잔차키스와 엘레니가 1939년에 머물렀던 셰익스피어의 딸 수전의 집.

아주 천천히 걸어서 집 앞을 세 차례나 지나갔어요…….

7월 5일. 어제 나는 유명한 옥스퍼드 출판사에 들러서 『일리아스』의 원문과 번역을 함께 출판해 보지 않겠느냐고 제안했다오. 그들은 나에게 희망을 주었어요……. 만일 내가 성공한다면 그때부터 『일리아스』의 출판이 국제적인 의미를 지니게 될 터이기 때문에 그것은 아주 중요한 일이에요. 모레 런던으로 돌아간 다음에 나는 「정신 수련」을 출판할 사람을 찾으려고 노력해 볼 계획이에요. 난 워털로의 딸을 만났는데, 그녀가 「정신 수련」을 번역해 주겠다고 약속했어요.

영국의 지성인과 학자들과의 교류는 곧 끝났다. 카잔차키스는 이제 런던으로 돌아가 세인트 제임스 코트에 위치한 그의 화려한 아파트를 떠날 준비를 했다. (소설 집필을 염두에 두었던) 그는 전후에 그가 겪은 최근의 경험을 작품으로 쓰기 위해 정신을 집중할 조용한 안식처를 구할 수 있도록 도와달라고 영국 문화원에 부탁했다.

우리는 아테네 주재 프랑스 문화원장이 약속했던 프랑스 정부로부터의 초청을 아직 받지 못했으므로, 나는 걱정이 되었다. 너무나 오래 계속된 외딴 생활이 나에게는 이중의 위협으로 여겨졌다. 아무리 카잔차키스 같은 사람이라고 해도 나는 저녁이면 불가에 둘러앉아 풍요한 대화에 참여하는 그런 대학촌의 생활을 필요로 한다고 생각되었다. 비록 낯설고 머나먼 고장과는 친숙해지기가 어렵더라도, 우리는 적어도 낯설고 머나먼 영혼들과의 친분은 도모해 보고 싶었다. 그리고 이런 여행은 다른 경험 못지않게 우리에게 많은 풍요함을 가져다줄 터였다……. 니코스는 나를 기

쁘게 해주기를 무척 원했지만, 자신을 위해서는 아무것도 요구할
줄 몰랐다.

……만일 그런 기회가 어쩌다 주어지기만 한다면 나는 이곳에
머물고 당신도 올 수 있도록 노력하겠어요……. 나는 (버트런드)
러셀에게 편지를 썼고, 그의 아내는 며칠 후에 그가 벨기에에서
돌아올 테니까 우리가 만나게 되리라고 답장을 했다오…….[108]

크나큰 위안이 되니까 나한테 정기적으로 편지를 해요……. 당
신 편지는 나에게 쓰라린 감각과 힘을 주고, 나를 황량한 아이기
나로부터 멀리 데려가 준다오…….[109]

1946년 7월 8일
런던의 세인트 제임스 코트에서

……내가 호텔에 머물고 싶지 않다고 했기 때문에 영국 문화원
에서는 정원이 온통 푸르고 평화로운 오솔길 옆에 위치한 기막힌
집에다 두 개의 방을 구해 주었어요. 그 집에는 층계와 방과, 젊
고 늙은 이상한 사람들과, 세를 든 노부인들이 잔뜩 모여 살고 있
어요. 내 서재는 2층에 마련되었어요……. 침실은 3층인데, 작고
불편하답니다. 세인트 제임스 코트의 화려함은 옛일이 되었고요!
나는 어떤 방이 어떤 방인지 통 찾을 수가 없으므로, 수상해 보이
는 데다 복도를 유령처럼 돌아다니는 사람들에게 자꾸만 길을 물
어보는데, 그들은 지극히 공손하게 나한테 대답을 해준답니다.
화장실도 다른 층에 있는데, 거울과 낡은 가구를 헤치고 나가서

108 카잔차키스는 영혼의 국제 기구에 대해서 러셀과 얘기를 나누고 싶어 했다.
109 엘레니에게 쓴 편지.

층계를 오르락내리락해야 하고 길을 안내할 〈냄새〉도 전혀 나지 않기 때문에 나로서는 역시 찾아가기가 불가능해요. 그리고 로리 부인은 도스토예프스키의 작품에서 불쑥 튀어나온 늙은 여자 같아서 — 호리호리하고 옷깃은 빳빳하게 세웠고, (어느 쪽인지 나로서는 알아내지 못했지만) 포도주나 맥주의 냄새를 풍기고 다녀요. 그리고 1층의 방 두 개는 상인방(上引枋)[110]에다 큼직하게 대문자로 그리스 글자들을 박아 넣었어요. 한 가로대에는 *Haire Hutra*(밥그릇 만세)*!*라고 써놓았고요. (거기는 부엌이죠.) 다른 방에는 *Haire i Filia*(우정 만세)*!*라고 씌어 있어요. (나는 그곳이 무슨 방인지 알아보기 위해 아직까지 들어가 볼 용기를 내지 못했어요.) …… 어제 저녁에 나는 극장으로 가서 사르트르의 작품인 「출구 없음Huis Clos」[111]를 보았어요…….

> 1946년 7월 30일
> 체스터턴 레인, 캐슬 브레이, 로리 부인 댁
> 케임브리지에서

카잔차키스는 자신도 역시 1909년에 〈출구 없음〉[112]을 발표했었다는 사실을 전혀 기억하지 못하면서 사르트르의 희곡에 대해서 짤막한 서술을 했다……. 편지는 계속된다.

……나는 두려움에 사로잡히지 않으려고 모든 노력을 기울이

---

110 창이나 입구 따위의 위에 붙인 가로대 — 역주.
111 『카잔차키스의 편지』 1권 p.73 참조
112 「희극: 단막 비극」을 말한다 — 역주.

는 중이에요. 그 까닭은 내가 여기에 머물고, 작품을 써야만 하기 때문이라오. 파이프만 없었더라면 나는 울음을 터뜨렸을지도 몰라요. 아이기나를, 무르익은 무화과를, 온통 반짝거리는 포도를, 세상에서 다른 어느 누구도 그렇게 사랑하지 못했을 정도로 내가 사랑하는 여인을 — 마당에 앉아서 바다를 쳐다보며 편지를 기다리는 여인을 — 항상 내가 생각하기 때문에······.

나는 작품에 대한 계획을 세웠어요. 이곳의 지성인들은 나에게 아무 자료도 제공하지 못했기 때문에, 그 작품은 소설이 될 거예요. 크레타, 영국, 고독, 이렇게 3부로 이루어지고요. 그리고 내가 물어본 질문에 대해서 나 스스로 대답을 하겠어요. 내가 원하는 풍토를 이곳, 이 집에서 찾아낼지 어떨지는 잘 모르겠어요. 다행히도 서재의 작은 창문으로 아름다운 정원이 내다보이고, 내 앞에는 커다란 사과나무가 서 있어요.

비가 내리고 날씨가 추워요. 날이 저물었고, 하늘은 온통 구름으로 뒤덮였어요. 식사를 가져왔는데······ 소금에 절인 고기 한 조각, 양배추 날것, 그리고 자두 스튜. 얼마 안 되는 음식이지만, 나는 배가 고프지 않아서······.

토요일에 나는 하루 동안 런던으로 올라갈 계획이에요. 노엘베이커 장관이 저녁 식사를 같이 하면서 그리스에 대한 내 견해를 얘기해 달라고 초대했어요. 내 견해가 그들에게 전혀 아무런 영향도 끼치지 못하리라는 사실을 나는 알아요. 하지만 나는 견해를 밝힐 생각이고, 결정적인 순간에 늘 그러듯이, 불쑥 그리고 또박또박 말하겠어요······.[113]

---

113 엘레니에게 쓴 편지.

……하나같이 똑같은 나날이 지나가고, 그런 날을 모두 함께 모으면 단 하루가 될 듯싶어요. 나는 아침마다 오전 5시 30분에 일어나서 서재로 내려가고 — 책과 원고가 수북하게 쌓인 책상, 루이 15세 시대의 소파, 낡은 라디오 한 대! 그리고 두 개의 의자…….

이제 나는 일을 3분의 2쯤 끝냈어요. 8월 말이면 일이 끝날 예정이에요. 3부에다 나는 「정신 수련」 전체를 포함시킬 생각이에요…….

국민 투표가 어떻게 될지 두고 보기로 합시다. 나는 그리스에 대해서 무척 고민이 많고, 크나큰 고통을 느껴요…….

나는 러셀에게 다시 편지를 냈어요. 그는 벨기에에 가 있었죠. 언젠가 나는 답을 구할 거예요. 이곳 사람들은 모건을 어리석고 세상 물정을 모르는 자아 도취자라며 싫어해요. 그가 그리스를 찾아오면 틀림없이 아이기나로 오리라고 믿어요. 나는 그에게 그가 굉장히 좋아하는 할바 깨과자 한 상자를 주겠다고 약속했어요…….[114]

1946년 8월 19일
케임브리지에서

……나는 국민 투표 때문에 무척 걱정이 되는군요. 나중에 무슨 일이 벌어질까요? 우리는 어디로 가고 있나요? 이곳에서 나는 암흑밖에 보이지 않아요. 하지만 정치 얘기는 하지 맙시다. 신경이 곤두서니까!

오늘 신문에 카판다리스[115]의 죽음이 보도되었어요. 그가 정직하고 용감한 사람이었기 때문에 나는 가슴이 아팠어요…….[116]

114 엘레니에게 쓴 편지.
115 Giorghos Kaphandaris. 그리스의 개방주의자 정치인.
116 엘레니에게 쓴 편지.

1946년 8월 29일
케임브리지에서

    국민 투표는 거대한 촌극으로 끝나고 말았다. 영국 문화원 사람들은 그들의 손님이 공화국을 지지하는 표를 전신으로 보냈다는 사실을 알고는 분개했다. 「당신은 영국에 체류하는 동안 정치에 관계하지 않겠다고 우리에게 약속했습니다.」 그들은 못마땅한 표정으로 말했다. 그리고 카잔차키스는 그들의 우호적인 초청을 받아들였을 때 그의 시민권까지 포기했던 것은 아니었다고 그들에게 설명하지 않을 수가 없었다. 그는 대답했다. 「조국의 장래를 결정짓는 국민 투표에 참여한다는 행위란 책임감을 느끼는 모든 사람의 가장 소중한 의무라고 나는 생각합니다.」

    노엘베이커와 그가 나누었던 대화는 그에게 그리스 내에서 영국이 행하는 정치에 대하여 추호의 환상도 남겨 놓지 않았다. 무거운 마음으로 그는 영국을 떠날 준비를 했다. 그리고 바로 그 무렵에 프랑스 정부로부터의 초청장이 도착했다. 옥타브 메를리에[117]가 약속을 지켰던 것이다. 하지만 프랑스 방문을 위해 제공된 액수가 너무나 적어서, 우리는 파리에서 니코스와 합류하기 위해 내가 찾아가는 것이 잘하는 일인지 어떤지 더 이상 알 수가 없게 되었다. 그리고 니코스는 그 판단을 나에게 맡겼다. 그가 다시는 그리스를 보지 못할 것이며, 프랑스가 우리의 나라가 되리라고는 니코스와 나 두 사람 다 상상도 하지 못했다.

117 Octave Merlier. 아테네 주재 프랑스 문화원의 원장이었다.

……어느 쪽이건 당신의 선택이 바로 내가 원하는 바라오……. 나에게는 국제적인 상황이 무척 고민스러워요……. 그리스에서는 보이지 않지만 이곳에서는 여러 가지 놀라운 조짐들이 눈에 보인답니다……. 그리스도 나를 놀라게 하고, 나는 더 이상 마음이 편하지 않아요. 이제는 해결 방법이 없어요. 나는 최선을 다했어요. 나는 할 얘기를 다 했으니까요. 그리스는 국제적인 조직에서 하나의 세부적인 사항일 따름이고, 하나의 톱니에 지나지 않아서, (비록 그것이 망가지더라도) 그들은 그들 자신을 위한 일시적이고, 끔찍하고, 긴급한 필요에 따라 움직이고 말아요. 지금은 두 개의 거대한 진영이 서로 대치하며, 그리스는 두 개의 맷돌 사이에 끼인 한 알의 밀처럼 그 사이에 끼었어요. 이제는 다시 한 번 어떤 기적이 그리스를 구원해 주기만 기다리기로 해요…….

어느 대학에 혹시 자리를 알아볼까 해서 난 허버트에게도 편지를 썼어요. 두고 보기로 합시다. 무슨 수가 생길지도 모르니까요. 우리 삶의 가장 결정적인 순간들에는 기적이 찾아옵니다. 우리는 길을 잃지는 않을 거예요……. 파리에 도착하는 대로 당신에게 편지를 쓰겠어요.[118]

> 1946년 9월 12일
> 케임브리지에서

1946년 7월 30일의 편지에서 니코스는 자신의 고뇌를 숨기지 않았다. 그는 전후의 영국에 대한 책을 하나 집필해야 할 책임을 느꼈다. 그러나 그리스에 뿌리가 박힌 그의 마음은 창조에 도취되

---

118 엘레니에게 쓴 편지.

기를 거부했다. 기쁨을 느끼지 못하면서 쓰인 그의 책은 시인의 서랍 속에서 질식함으로써 작가 자신으로부터 배척을 받았다.

케임브리지를 떠나기 전에 카잔차키스는 새로운 북유럽인 친구 뵈리에 크뇌스[119]를 사귀었는데, 니코스와 마찬가지로 그는 자유와 정의를 사랑했다.

친애하는 크뇌스 씨!

……나는 우리 시대가 거치는 도덕적인 위기에 대해서 점점 더 놀라고 있습니다……. 내가 방금 끝낸 책은…… 놀라운 상황을 소설의 형식으로 다룬 것입니다…… 나는 인류의 운명이 지금 중대한 시기를 거친다는 생각으로 인해서 진지한 고뇌에 빠져 듭니다. 마치 인간이 되기 전의 고릴라가 불을 발명하기라도 한 듯 말입니다……

1946년 9월 17일
케임브리지에서

떠날 날이 가까워졌다. 런던에서 카잔차키스는 영화와 연극 감독이 되기 위해 공부를 하던 키프로스계의 젊은 그리스인을 만났는데, 그는 무대 배우로도 일하면서 키프로스에 대한 BBC 방송 프로그램을 담당했다. 그는 카잔차키스가 누구인지를 알았고, 그에게 라디오에 출연할 기회를 마련해 주었다. 첫 방송은 이미 언급한, 지성인들에 대한 호소문이었다. 두 번째와 세 번째는 앙겔

119 Börje Knös. 스웨덴 출신의 그리스 학자로, 카잔차키스의 말년에 그와 가까운 친구가 되었으며, 니코스의 작품을 소개한 주요 번역가이기도 했다.

로스 시켈리아노스와 버나드 쇼에 대한 내용이었다. 모두 10회에 걸친 프로그램이었다. 미카엘 카코얀니스 덕택에 모금된 약간의 비상금으로 우리는 기적을 기다리는 동안 파리에서 머물 여유가 생겼다. 『조르바』의 시나리오가 집필되던 무렵 나는 카코얀니스에게 그의 친절함을 상기시켜 주었는데, 그의 가벼운 미소는 감정을 숨기려는 듯 보였다. 그의 도움이 없었더라면 우리는 프랑스에 정착하기 어려웠을 것이다. 이런 식으로 우리의 운명은 항상 한 가닥의 실에 매달려 버티고는 했다.

1946년 9월 15일에 니코스는 케임브리지에서 테아 아네모얀니에게 편지를 썼다.

……나는 무슨 이득을 얻고서 케임브리지를 떠나게 되었을까요? 한 권의 책, 대학들로부터 받은 인상, 그리고 무엇보다도 찬란한 푸르름 — 대학 교정의 잔디밭 — 어떤 어휘로도 담아내지 못할 만큼 그렇게 소박하고 그렇게 심오한 기적. 나는 그곳의 잔디밭을 볼 때마다 당신이 나와 함께 보았으면 하고 생각했었습니다. 그것은 당신에게 보기 드물게 감미롭고, 평온하고, 말문이 막히게 하고, 그러면서도 동시에 격렬한 기쁨을 — 당신이 좋아하는 그런 기쁨을 — 느끼게 해줍니다……. 당신의 영혼처럼 탐욕스러운 영혼은 세상에 존재하는 모든 좋은 것을 손에 넣지 않고는 이 세상을 떠나서는 안 됩니다. 내가 부자가 되고 싶은 가장 비밀스러운 한 가지 이유는 (두세 달이면 충분하겠지만) 당신을 데리고 다니며 세상을 보여 주고 싶다는 소망입니다…….

802

니코스의 기록 중에서 나는 이안니스 카크리디스에게 보내려고 런던에서 1946년 9월 22일에 썼지만 결국 보내지 못했던 한 통의 편지를 발견했다.

……나는 글로 쓸 수가 없는 많은 얘기를 당신에게 해주고 싶어요. 당신을 생각할 때면 나는 조금 마음이 위안을 받는답니다. 이제는 인간들의 모습이 내 눈에 역겨워졌어요.

지난 몇 달 동안에 인간 전체에 대한 크나큰 고뇌가 나를 사로잡았어요……. 어제 미국인들은 9그램만 가지면 미국과 캐나다 (즉, 러시아)의 인구를 모두 한꺼번에 휩쓸어 버릴 정도로 무시무시한 독약을 발명했노라고 자랑스럽게 발표했습니다. 그렇습니다. 고릴라가 ── 사람이 되기 위한 시간을 기다리지도 않고 ── 불을 발견하고는 세계를 불태워 버리려고 합니다…….

이제 50년 이상을 니코스 카잔차키스는 양심의 검토를 위한 기회, 그리고 그의 길고도 고독한 강행군에 대해서 자신의 신에게 보고하는 기회로 삼느라고 그의 생일을 바치는 습관을 지켜 왔다.

1947년 2월 18일에 그는 예순네 살이 되었다. 그의 오르막길을 표시하는 이정표들은 무엇이었던가? 그리고 나락이 존재한다는 사실을 단 한 순간도 잊지 않으면서 결코 돌아서서 나락을 보려고 하지 않으며 앞으로 나아가기만 하던 이 남자는 누구였던가?

탐색을 위한 첫 번째 시기인 1906~1918년에는 몇 개의 작고 붉은 깃발이 여기저기 꽂혀서, 중편 소설 한 편과 희곡 한 편(「뱀과 백합」과 「동이 트면」)이 출판되었고, 비극 한 편(「도편수」)이

오페라로 만들어졌으며, 단막극 한 편(1909년에 이미 어느 누구도 해답을 제시하지 못했던 크나큰 문제를 제기한「희극: 단막 비극」즉「출구 없음」)이 탄생했다.

두 번째 시기인 1918~1924년에는 행동과 어휘에서 다 같이 그의 특징인 명석함과 총명함을 드러내며 시인이 자신을 표현하는 데 성공하였고, 카프카스로 가는 사명을 성공적으로 성취했을 뿐 아니라, 위대한 통찰력을 지닌 세 편의 비극(「니키포로스 포카스」와「오디세우스」와「그리스도」)을 완성했고, 성경의 몇 장으로 집약하여 니코스 자신의 이념을 담은「정신 수련」이 이루어졌다.

세 번째는『오디세이아』의 시기로서, 14년의 인생 기간을 한 편의 서사시에 바쳤다. 4만 2천이 넘는 시구가 완벽한 수준에 이를 때까지 빚어지고 다시 빚어졌다. 여기에서 장인은 그의 연장을 놓았더라도 괜찮았다. 그는 이 말을 즐겨 했다.「『오디세이아』는『오브라』이다. 나머지 모든 작품은 나 자신이 즐기기 위해서 쓴 글이다.」스스로 즐기는 이 방법이 다른 모든 사람에게는 숨을 죽이고 부러움을 자아내는 행동으로 여겨졌으리라. 같은 시기에 세 편의 비극과 한 편의 희곡이 탄생했고, 세 권의 소설이 직접 프랑스어로 집필되었으며, 풍요한 운율이 아주 드물었던 현대 그리스어로는 하나의 도전이었던 *terza rima*로 저마다 엮어진 150행에서 180행에 달하는 21편의 칸토를 완성했고, 길거나 아주 짧았던 여행의 진수를 네 권의 책에 담았으며, 두 권의 교과서와 한 권의 지침서를 집필했다. 항상 원본에 충실하게 운문으로 번역한 단테의『신곡』과, 괴테의『파우스트』와, 셰익스피어의『오셀로』와, 많은 현대 스페인 시인의 작품. 그 이외의 번역으로는 콕토와, 피란델로와, 하우프트만. 쥘 베른의 대다수 작품을 포함한 청소년 책도 마흔 권이 넘었다. 라루스 사전의 앞 부분 절반도 4만

단어를 민중어와 순수어로 옮겼고…….

만일 니코스 카잔차키스가 1938년이나 그보다 조금 후인 1941~1942년의 대기근 동안에 사라졌더라면 창조주가 그의 자질을 완전히 소모했으리라고 확신해서 그의 친구들과 적들은 양심이 편안했을지도 모른다. 그러나 대기근이 한창이던 무렵, 죽음이 너무 일찍 찾아오지 못하게 하려고 카잔차키스는 ― 미소를 지으며 그가 자주 말했듯이 ― 〈갈증을 해소하기 위해서〉 ― 아니면 나로서는 갈증을 일깨우기 위해서라고 표현하고 싶지만 ― 『알렉시스 조르바의 황금 전설』을 집필함으로써 반격을 가했다.

그래서 마지막 위대한 소설의 시대이며, 그의 삶에서 네 번째 시기인 1942~1957년의 문이 열렸다. 그리고 항상 그렇듯이 〈자신이 즐기기 위해서〉 호메로스의 『일리아스』와 『오디세이아』라는 두 편의 획기적인 번역이 이루어졌는데, 『일리아스』는 카크리디스 교수와의 밀접한 협동을 통해서 진행되었다.

그뿐 아니라 너무나 많은 시인과 자유의 정신을 탄생시켰으면서도 깔보았던 사랑스러운 민족 ― 그가 속한 민족의 정치적인 삶에 적극적으로 참여하려는 뜻으로 썼던 불후의 논문도 몇 편 남겼다.

그리고 이제, 1947년 2월 18일에 우리는 파리에 와서 그 시인의 예순네 번째 생일을 축하하게 되었다. 등대의 불빛처럼 카잔차키스의 눈길이 과거를 훑어보았다. 「아니에요!」 그가 말했다. 「아니에요. 그것으로는 충분하지 않아요. 나는 내 능력을 낭비했어요. 나는 더 잘했어야 됩니다. 다행히도 나는 앞으로 20년은 더 살겠지만요.」

그는 그렇게 믿었고, 거기에서 위안을 얻었다. 나는 격렬하면서도 짧은 좌절의 주기를 예상했다. 그리고 나는 절망 다음에 재생의 시기가 오리라는 사실도 알았다. 한 자루의 연필, 사용하지 않은 한 장의 종이, 시간, 고적함, 그리고 그가 사랑하는 사람과의 웃음. 그리고 또다시 걸작이 하나씩 차례로 빛을 보고.

외적으로는 그의 젊은 분위기에서 아무런 변화도 나타나지 않아서, 그의 시선은 날카로우면서 동시에 포용적이고, 그의 이성은 모든 바람을 맞아들였다. 오직 관자놀이와 콧수염과 성난 눈썹만이 희끗희끗해지기 시작했을 따름이었다. 대기근이 남긴 결점이랄까, 모든 다른 인간에게서는 당연한 일이었지만, 그늘 속에는 정신적인 육체의 피로를 나타내는 어떤 흔적들이 나타났다.

우리는 그리스에 우호적인 작가이자 저널리스트였던 르네 퓌오의 미망인이며 작곡가 알프레 브뤼노의 딸인 수잔 퓌오 부인의 집에서, 마들렌 광장에서 살았다. 대학 시절 이후 처음으로 니코스는 파리의 심장부에 편안하게 정착했으며, 이 사실만으로도 그는 파리를 황홀한 곳으로 생각하게 되었다.

벌써 얼마 전부터 그와 프레벨라키스는 미국의 이민 문제에 대해서 생각했었다. 주로 풍토적인 기근 때문에 고향을 버린 문맹자였던 그들은 일단 아메리카에 도착하고 난 다음 대규모 생산과 대규모 편리함의 높은 파도에 휩쓸려 들어갔다. 조상의 언어를 그들의 자식에게 가르친다는 것, 그들의 마을을 회상하거나 그들 자신의 뿌리에 대해 얘기를 나눈다는 것 — 그래서 무슨 소용이라는 말인가? 그들은 조상에 대해서 거의 수치감을 느낄 정도였다. 그들이 생각하는 것이라고는 시간을 얻어서 가능한 한 빨리 환경과 동화하는 일이었다.

프레벨라키스와 카잔차키스는 미국 내에 그리스 문화 연구원을 설립할 자세한 계획을 수립했다. 민족의 장래가 걸린 모든 일에서 항상 장님이기만 했던 아테네 정부는 카잔차키스의 여권을 갱신해 주기를 거부했다. 그리고 뉴욕으로 곧 출발하려던 프레벨라키스 역시 한심한 음모의 희생자가 되었다. 해외로 나간 카잔차키스의 영광이 싹트는 과정을 보게 된 이 무렵에는 그리스에서 카잔차키스의 이름을 입에 올리는 행위는 위험한 일이 되었다. 문학지 『네아 에스티아*Nea Estia*』의 주간이며 편집인이었던 페트로스 하리스는 성경을 토대로 해서 카잔차키스가 쓴 비극 「소돔과 고모라」를 게재했다는 이유로 안보부에 끌려갔다. 반공주의로 잘 알려진 문학 평론가 안드레아스 카란도니스는 라디오에서 니코스 카잔차키스의 「콘스탄티누스 팔라이올로구스」가 〈국민적인 가치를 지닌 비극〉이라고 단언했기 때문에 직장을 박탈당하리라는 위협을 받았고, 사실상 10년 동안 승진을 못 했다.

사람은 늙고, 편이 바뀌고, 죽는다. 그러나 사상은 남는다. 20년이나 지체한 다음, 현재 그리스는 두 명의 크레타인이 그토록 열심히 꿈꾸었던 연구원의 설립을 위해 법석을 부린다.

비상 탈출구를 찾느라고 애를 쓰면서도 줄곧 카잔차키스는 그의 〈심장부〉가 말없이 일을 계속하도록 내버려 두었다. 아마도 그가 알지도 못하는 사이에, 그들은 그로 하여금 「아크리타스」에 등을 돌리고는 보다 인간적인 차원에서 새로운 하나의 열매가, 자신이 인간이라고 생각했던 고릴라에 대한 소설 「파우스트 제3부」가 무르익게 하는 데 자신을 바치도록 강요한 셈인지도 모른다…….(니코스의 말을 빌리자면) 발레리가 성취하지 못했던 일을 니코스는 성공하기를 바랐는지도 모른다. 그의 비망록에서 몇 쪽은 서둘러 적은 글로 가득 차 있다.

친애하는 크뇌스!

나는 진실로 〈빛의 도시〉라고 할 만한 파리에 왔으며, 흠모하던 나의 스승 앙리 베르그송의 강의를 경탄하면서 듣고는 했던 젊은 학창 시절을 회상합니다. 여기에서 나는 영국에서 시작했던 과업을 계속할 생각인데, 그것은 작가와 화가와 학자들 같은 〈영혼의 종〉들을 한데 모아 (어떤 정치적인 형태도 탈피하여) 위기에 빠진 영혼을 구제하자는 단 하나의 목적을 위해 〈영혼의 국제 기구〉를 조직하자는 것입니다.

지성인들은 위험을 잘 이해하지만, 그들 대부분은 너무 소극적이고, 너무 회의적이고, 더 이상 저항을 하지 않고, 그들 자신이 세상만사에 끌려가라고 그냥 내버려 둡니다. 그러나 이 원대한 계획에 참가할 준비가 갖추어진 사람들도 있어요. 지난 며칠 동안 나는 툴루즈에서 과학 교수단장이며 뛰어난 학자인 가스통 뒤 푸이와 심오한 대화를 나누었습니다. 그는 우리 시대에 대해서 비극적인 관점을 피력했으며, 모든 힘을 다 동원해서 저항할 각오를 보여 주었습니다. 또한 위대한 학자 브로글리 공작은 인류의 눈앞에 갑자기 나타난 절벽을 분명히 보았습니다. 인간에게 노출된 힘은 너무나 엄청나서, 지구를 폭파해 버릴지도 모른다고 그는 말했습니다…….

나는 11월 말까지 이곳에 머물 작정입니다. 그런 다음에는 드디어 아이기나에서 나의 고적한 생활로 되돌아가 나 자신의 외로운 일을 계속하게 되리라고 생각합니다. 나는 낭비할 시간이 없습니다. 〈검은 투구를 쓴 신〉이 가까이 왔으며, 나는 내 영혼을 표현함으로써 생명이 없는 내 육신만을 밥으로 남겨 놓고 나의 영혼 전체를 구원하고자 서두릅니다…….[120]

120 뵈리에 크뇌스에게 쓴 편지.

808

1946년 10월 4일

파리에서

……당신 말이 그대로 맞았어요. 〈영혼의 국제 기구〉를 실현시키기 위한 가장 확실하고 가장 실질적인 방법은 국제적 명성이 높은 인물들에게 우리가 직접 나서서 호소문에 서명을 하도록 설득하는 것입니다.

영국의 지성인들은 소극적이고, 회의적이고, 일상생활에 기진 맥진했으며, 지극히 완고해요. 파리에서는 지성인들이 보다 활동적이고, 보다 유동적이며, 위기에 빠진 영혼에 대한 그들의 책임을 보다 깊이 인식합니다. 영국이 성취한 그런 승리는 패배와 아주 비슷하다고 말하는 사람도 있습니다. 그리고 프랑스가 당한 그런 패배는 굴욕을 당한 민족의 힘을 활기차게 일깨워 놓고요…….[121]

1946년 10월 17일

파리에서

……이곳에서도 역시 사람들이 점점 회의적으로 되어 가며, 혼란이 모든 곳을 지배하고 있는데, 특히 선거를 치르고 난 지난 며칠이 그랬어요. 그런가 하면 그리스는 파시스트의 멍에 밑에서 신음합니다. 지성적 · 도덕적 관점에서 볼 때 가장 흠잡을 데 없고 가장 훌륭한 것들이 심한 박해를 당합니다. 현재의 그리스에서 가장 순수한 불꽃이 위기에 빠졌습니다. 그것을 어떻게 구제할까요? 나는 계획을 하나 세웠는데…… 그 불꽃을 수호하는 안식처로서 현대 그리스 문화 연구원을 그리스 밖에다 설립하자는 것입

---

121 뵈리에 크뇌스에게 쓴 편지.

전쟁 809

니다. 그리스에서는 정치적·경제적 상황뿐 아니라 지적·도덕적 상황도 지극히 심각한 상태입니다. 모든 우호적인 활동은 사라졌어요. 연구원은 오늘날 그리스의 불꽃을 외국 땅에서 불붙일 능력을 지닌 작가와 화가와 학자들 같은 보기 드물게 순수한 그리스 사람들을 위한 투쟁의 터전 노릇을 할 것입니다…….[122]

1946년 11월 14일

파리에서

---

122 뵈리에 크뇌스에게 쓴 편지.

제4부

지평을 향하여

1946~1957

1947년 그의 친구 뵈리에 크뇌스에게 얘기했듯이, 카잔차키스는 〈영혼의 국제 기구〉에 대해 호소하기 위해서 몇 사람을 찾아갔다. 그리고 비록 경제적으로 아주 어려운 여건이기는 했어도 그는 프랑스어로 글을 써야 하는 계약을 거절했다.

친애하는 크뇌스 씨!

나는 현대 그리스어를 어찌나 열정적으로 사랑하는지, 파리의 큰 출판사에서 어떤 총서를 위한 계약을 제안했을 때 동의하고 싶지 않았어요. 출판사는 나에게 내 소설 『토다 라바』 같은 책 다섯 권을 직접 프랑스어로 써달라고 제안했어요. 내 자리는 그리스 문학 속에 위치합니다. 우리 언어의 발전은 결정적이고 창조적인 단계를 거치는 중이며, 나는 어떤 대가를 치르더라도 내 자리를 떠나고 싶지 않아요. 그리스어는 호메로스에 등장하는 엘레니(*Ou nemedis toiēde gynaiki polyn chronon algea paschein*)[1]

---

1 대충 번역하면, 〈이토록 아름다운 여인을 위해서라면 어떤 천벌도 오랜 고통이 아니리라〉.

만큼이나 아름답습니다.

1947년 1월 24일
파리에서

니코스는 이제 그의 옛 친구들을 재발견하게 되었다. 라헬, 피에르와 마디 소바조, 르노 드 주브넬, 1939년 펠로폰네소스 여행 동안에 니코스가 만난 두 프랑스 여자들 가운데 한 명이며 지금은 J. 피에르 메트랄과 결혼한 이본, 프레벨라키스, 그리스인 화가 하드지키리아코스-그히카, 그리고 마놀리스 세그레다키스……. 또한 새로 사귄 친구들도 생겨서, 그들은 카잔차키스에게 〈시인의 안락의자〉²가 따로 마련된 우리 집주인의 멋진 응접실에 모여 코코아를 마시고는 했다. 그 이외에도 젊은 프랑스 작가 앙리 뒤케르, 재치가 넘치는 리발스 부인과 세그레다키스의 조카 니콜라스도 있었는데, 니콜라스는 뤼 드 레셸의 화랑가에서 곧 그의 위치를 확보했다……. 그리고 자신의 나라에서 안개로부터 가끔 도망쳐 오던 훌륭한 그리스 학자 뵈리에 크뇌스는 스웨덴의 국가 교육부에서 국무대신으로 일하면서 카잔차키스의 주요 소설을 조금씩 번역하여 스칸디나비아 각국에 소개하기 시작했다.

그리스에서 정치적 박해가 벌어지는 동안 우리의 친구 장 에르베르는 니코스 카잔차키스를 위한 구명정을 구하려고 애썼다. 당시 파리에서 유네스코 총재이며 에르베르의 친구였던 쥘리앵 윅

2 퓌오 부인은 니코스를 위해 안락의자 하나를 따로 마련해서, 다른 사람은 아무도 앉지 못하게 했다.

슬레는 에르베르에게 고전 번역부의 부장직을 제공했다. 왜 하필이면 장 에르베르가 선택되었을까? 그것은 이 계획을 실험하기 위해서 (당시 레바논 대사이며 번역 계획의 원안자였던) 샤를 말리크와 그가 뉴욕에서 같이 일을 했었기 때문이었다. 그리고 또한 1935년 이후 (『힌두교』, 『살아 있는 정신계』 등등 그의 저서에서) 에르베르가 했던 일이 말리크의 계획과 일치했기 때문이라는 가능성도 매우 높다. 어쨌든 UN에서의 업무 때문에 에르베르는 일을 맡기가 힘들었으므로, 비록 개인적으로 그가 전혀 모르기는 했어도 유네스코 총재에게 니코스 카잔차키스를 추천했다.

니코스는 〈허수아비〉가 된다는 생각에 상당히 많이 주저했다. 마지막 한 가지 제안으로서 에르베르는 그의 딸 이베트 르누 부인을 니코스의 비서로 일하게 하겠노라고 제안했다. 니코스는 그녀의 노련함과 다정함을 사랑하고 높이 평가했다. 그래서 1947년 5월 1일, 그는 정식으로 고전 번역부의 부장으로 취임했다.

세 명의 그리스 정치 지도자 소포클레스 베니젤로스, 파판드레우, 그리고 카넬로풀로스로부터 카잔차키스에 대한 호의적인 말을 받아내기 위해서 테아 아네모얀니와 데스포토풀로스 형제들과 프레벨라키스 같은 우리 친구 몇 명이 기울인 노력을 언급하지 않고는, 나는 유네스코에 대한 이 대목을 절대로 끝낼 수가 없다. 그 까닭은, 비록 카잔차키스에게 제공된 직책이 그리스에 의존하는 일은 아니었지만, 그리스 정부가 필연적으로 제기할 항의는 피하는 편이 더 좋았기 때문이었다. 그 세 명의 그리스 정치인은 카잔차키스를 지지했다. 그렇지만 그리스 외무부는 그런 사건을 묵과했다고 파리 주재 그리스 대사관을 공개적으로 질책하는 것을 그들의 의무라고 생각했다!

그리스에서는 카잔차키스가 세계적인 명성을 얻기 위한 일종의 도약대 노릇을 유네스코가 담당했다는 기사도 나왔다. 터무니없는 얘기였다. J. J. 마유와 오랜 후에 사망한 매력 있는 스페인 학자 이외에는 유네스코의 어느 누구도 r자를 흘려 쓰는 버릇이 있었으며, 일단 그의 일이 끝나자 〈너무 쉽게 벌리는 돈에는 손을 대지 않기 위해서〉 사표를 낸 이 연약한 그리스인의 존재를 눈여겨보지도 않았었다.

자유인임을 자처했던 카잔차키스가 몇 년이라는 기간 동안 노벨상에 욕심을 냈다는 얘기를 듣고도 사람들은 역시 〈경악〉했다. 그리고 그가 그것을 탐낸 이유가 영광을 위해서가 아니라, 겨우 반쯤만 그의 관심을 끌던 일을 하느라고 자신을 소모시키는 대신 〈내적인 풍요함〉 속에 자신을 함몰시키고, 마음 놓고 여행하면서 세상의 위대한 경이로움을 가까이서 만져 보기 위해서였다는 사실을 못마땅하게 생각했다.

그러나 카잔차키스는 그리스 작가들이 짊어진 십자가를 알았으며, 그들에 대해서 아무런 원한도 품지 않았다. 그와는 반대로 그는 그들의 언어가 순수하고 풍요하면 할수록 그것을 번역하기가 그만큼 더 힘들다는 현실도 알았고, 자신의 존재를 해외에 알리는 어려움에 직면한 어떤 다른 작가의 악의에 대해서 내가 마구 쓰라린 마음을 토로할 때면 그는 내 어깨에 손을 얹고 착한 아이처럼 빙그레 웃고는 했다. 「그리스는 작은 나라예요, 레노치카.」 그가 말했다. 「정말로 잘 알려진 나라는 아니라고요. 작품을 쓰고 ― 좋은 작품을 쓰는데 그들의 작품이 그리스의 국경을 넘어갈 가능성을 너무나 조금밖에 기대할 수 없는 사람들의 입장이 되어서 생각해 봐요. 선량해지도록 노력하라고요.」

암울한 얘기는 이것으로 종결짓기로 하겠다. 우리가 한 번도 만난 적이 없는 친구이며, 잘 알려진 영국의 젊은 작가 콜린 윌슨은 영국식 유머를 동원해 가면서 1962년 런던에서 출판된 저서 『꿈을 꾸려는 힘』에 이렇게 적었다.

카잔차키스의 주요 작품 다섯 권이 이 나라에서 번역 출판되었는데도 그의 이름은 거의 알려지지 않은 상태이다. 이것은 이상한 상황인데, 어쩌면 카잔차키스가 그리스어로 작품을 쓰고, 현대 독자들은 중요한 그리스 작가를 만나리라고 기대하지 않았다는 현실이 부분적인 이유일지도 모른다. 그의 이름까지도 절망적인 소리를 담아서, 만일 그가 러시아어로 작품을 썼고 이름이 카잔초프스키였다면 그의 작품은 틀림없이 숄로호프의 작품만큼이나 널리 알려졌으리라. 여기에 어떤 비극성이 존재한다. 그의 생애와 작품에 익숙한 독자는 (그가 유사성을 지닌) 톨스토이와, 도스토예프스키와, 니체 같은 19세기의 거인들과 어깨를 겨룰 만한 작가가 여기에 존재한다는 사실을 추호도 의심하지 않는다. 그렇지만 그는 집필 활동을 통해서 거의 한 푼도 돈을 벌지 못했고, 『컬럼비아 현대 유럽 문예사전』은 그의 이름을 언급조차 하지 않는다.

하지만 그해 초, 〈기적〉이 일어나기 전의 얘기로 돌아가기로 하자. 1947년 1월 19일 니코스의 생각이 테아를 향했고, 그는 파리에서 그녀에게 편지를 썼다.

친애하는 동지여!

삶은 짧고, 우리는 인생을 마땅히 즐길 만큼 많이, 그리고 원하는 방법으로 즐길 만한 시간이 없어요. 겁에 질린 왜소한 인간들로 이루어진 〈미덕〉이라는 관념이 우리를 가로막습니다. 역시 왜소한 인간들로 이루어진 죄악은 도취시킬 줄을 모릅니다. 그리고 우리의 〈데칼로그〉[3]를 우리가 스스로 창조하기 시작하는 바로 그 순간, 우리는 죽습니다.

작년 신년 전야에 당신 집에서 내가 꾸었던 꿈을 기억하시나요? 전나무처럼 가지가 아주 똑바른 나무 — 가지가 스물네 개였던 나무. 그리고 하나하나의 가지 끝에는 알파벳의 대문자들이 A, B, C…… 해가면서 꽃 피었어요. 하나하나의 글자 위에는 작은 새가 한 마리씩 앉아서 목을 길게 뻗어 지저귀었지요. 그리고 작은 새들이 이 글자에서 저 글자로 자꾸만 날아다니며, 음절처럼 연결하고, 갈라놓고, 다시 연결하고…….

언젠가 콘스탄티노플의 공동묘지에서 나는 회교의 금욕과 고행자의 무덤에서 솟아 나온, 바로 그의 가슴에서 솟아 나온 힘차고 멋진 월계수를 보았습니다. 마찬가지로 나는 스물네 개의 가지가 달린 나무가 나 자신의 심장부에서 튀어나오는 기분을 느낀답니다. 그리고 내가 음절을 엮고 노래를 지어내기 시작하는 바로 그 순간에 나는 죽습니다. 하느님의 뜻이 그렇다면 언젠가 당신은 내 무덤 앞을 지나가다가 내가 하는 얘기를 듣게 될 것입니다.

사랑하는 동지여, 이 편지는 슬퍼지고, 그래서 중단해야 되겠습니다. 어쩌면 내일은 나의 영혼이 보다 평화로워질지도 모르겠습니다…….

3 모세의 십계명 — 역주.

그리고 1947년 3월 23일에 그는 이안니스 카크리디스에게 편지를 썼다.

……나는 당신의 편지를 무척 고대했습니다. 방금 편지를 받고서 나는 당신이 피로 얼룩지고 깊이 사랑하는 그리스의 함정으로부터 탈출했다는 사실을 알고 기뻤습니다. 이제 나는 당신이 북쪽에 정착하여 일을 시작했다는 소식을 어서 듣고 싶습니다…….

하느님이 금년에는 당신을 스웨덴으로 보냈습니다. 그곳에서 당신은 삶과 영혼을 위한 나의 투쟁에 대해서 그들에게 얘기할 것입니다……. 나는 아직도 창조력이 성숙하고 생산적인 두 사람이 그리스로부터 함께 명예를 얻어야 한다는 것이 (가능한 일이기 때문에) 옳다고 생각합니다. 두 사람 가운데 누가 더 오래 살고, 저마다 자신의 터전을 어떻게 찾을지는 아무도 알지 못합니다. 하지만 그 두 사람 다 일을 많이 했고, 그들의 능력이 미치는 한 높이 올랐습니다. 그리고 그들은 그리스의 두 면모를 보여 줍니다. 틀림없이 정직하고 현명하겠지만, 알지는 못하는 그곳 사람들을 깨우쳐 주기 위해서 최선을 다하시기 바랍니다.

당신도 역시 그리스에서 벌어지는 사태를 걱정스러운 눈으로 지켜보는군요. 그토록 훌륭한 민족이 그토록 어리석고, 범죄적이고, 불명예스러운 지도자들의 지배를 받는다는 현실이 어떻게 가능할까요? 그리스의 운명은 비극적이고, 최후의 모험은 그리스를 구할지도 모르겠지만, 깊은 심연 속으로 침몰시킬지도 모릅니다…….

유네스코 건에 대해서 그는 테아 아네모얀니에게 편지를 썼다.

일을 저지르고 말았습니다. 문학, 철학, 물리학, 사회학 등등의 분야에서 모든 시대의 우수한 작품을 총망라하여 여러 언어로 번역하는 거대한 준비 업무를 내가 맡겠다고 했습니다. 이 계획은 11월에 멕시코에서 개최될 총회에 제출됩니다. 만일 승인을 받는다면 그들은 당장 실천에 옮기기 시작할 예정입니다. 엄청난 업무이고, 우수하기는 하지만 굉장히 관료적인 사람들로 이루어진 여러 위원회와 끊임없이 접촉해야 합니다. 조금이라도 질서를 잡고, 엉성한 부분들을 모아 분명한 형태를 갖추게 하려면 많은 노력이 필요해요. 사람들은 화려한 계획과 어마어마한 어휘 속에서 자신을 잃어버리고는 우렁차게 대지를 밟는 뚜렷한 흐름을 의식하지 못합니다…….

나는 거대한 국제적 기구인 유네스코에 들어와 친숙해질 기회가 나에게 마련된 데는 당신의 덕도 무척 크다는 사실을 압니다. 그리고 이런 신세를 졌다는 사실이 나를 기쁘게 하고 흥분시키기도 한다는 사실을요. 하느님이 항상 당신과 함께하시기를!

1947년 5월 5일
파리에서

니코스는 파리에 혼자 머물면서, 치료를 받으러 피레네로 간 나에게 편지를 썼다.

나의 귀엽고 사향 기름을 바른 악어에게!
……이곳에서는 파업이 확산되는 중이고, 편지가 발송되지 않을까 봐 걱정이 되는군요. 어쩌면 총파업이 일어날지도 몰라요.

어쩌면 이곳에서 내전이 벌어질지도 모르겠고요. 어쨌든 상황이 약간 긴장되고 흥미 있어요. 무슨 일인가 벌어질 거예요. 어쩌면 유럽의 장래를 좌우할 만한 사태가 벌어질지도 몰라요…….

아무 걱정 하지 말아요, 내 사랑……. 당신이 아무리 투덜거리더라도 당신의 운명은 특전을 받았으니까요. 밟고 다닐 단단한 한 치의 땅도 찾아내기가 불가능하고, 모든 사람이 혼란에 빠진 이 비참하고 불명예스러운 시대에는 너무나 희귀하고 너무나 힘들 정도로 당신을 사랑하는 꿋꿋한 한 인간이 당신에게는 있으니까요…….

나의 사랑하는 꼬마 악어여, 햇볕에 나가 길게 누워서 입을 벌리고 그 속으로 새들이 날아 들락날락하게 내버려 둬요. 악어에게는 새들이 이쑤시개나 마찬가지라는 사실을 당신은 알잖아요.

깊은 사랑을 보내며.

1947년 6월 9일
파리에서
큰 악어 N.

1947년 6월 14일에 니코스는 자신에 대한 크뇌스의 찬사에 프랑스어로 답장을 썼다.

……나는 당신이 『오디세이아』[4]의 푸른 물로 용감하게 뛰어들었다는 생각을 하면 흐뭇한 기분을 느낍니다. 시적인 형태와 사

4 카잔차키스의 『오디세이아』를 뜻한다.

상적인 내용의 관점에서 보자면 『오디세이아』는 내가 성취할 수 있었던 가장 높은 차원을 의미하고, 영혼을 섬기기 위해서 바친 평생의 노력을 보여 줍니다.

17음절의 운율은 15음절의 고전적 또는 현대적 그리스 운율에 익숙해진 시인들을 놀라게 했습니다. 그러나 전통적인 운율은 나에게는 너무 낡았다고 느껴졌으며, 생명의 숨길이 결여되었고, 그래서 보다 깊고 보다 폭넓은 호흡을 창조하기를 갈망하면서 그것을 질식시키는 한계점을 깨뜨리기 위해서 갈망하고, 투쟁하고, 괴로워하는 불 같은 현대의 정신력을 담는 능력이 없어졌다고 생각되었습니다. 추가된 두 음절은 예기치 않았던 폭과 웅장함을, 그리고 동시에 절제된 격렬함을 서사시에 부여합니다……. 그렇기 때문에 카크리디스와 나는 호메로스의 번역에서 17음절의 운율을 채택했습니다.

나의 이타카에서 피어오르는 〈연기를 언제 다시〉 보게 될까요? 그리스는 점점 더 깊이 망각 속으로 가라앉았습니다. 미국인들은 영혼과 달러를 혼동함으로써 그리스에서도 역시 큰 실수를 범하려고 합니다. 그리스 사람들은 구원의 길을 똑똑히 보았습니다. 그들은 그 길을 따르고 싶지만, 그렇게 하지 못하도록 방해를 받습니다. 그리스의 운명은 항상 비극적이었습니다. 이번에는 고통이 우리의 영혼을 강하게 만들어 주기를 바랍시다…….

그리고 1947년 6월 16일에 파리에서 그는 또다시 테아 아네모안니에게 편지를 썼다.

······여긴 일이 많아요. 나는 숨이 막히는 기분입니다. 엄청난 계획이죠. 나는 숨을 쉴 겨를도 없습니다······. 겨우 일요일에만 나는 책상에 자꾸 쌓이는 책을 정신없이 들춰 볼 틈이 생기지요. 나의 내면에서 당장 꽃이 피어 작품이 되려고 했던 씨앗은 아직도 그대로 파묻힌 채입니다. 강요된 휴식이 씨앗을 강하게 만들어 주기를 나는 깊이 희망합니다. 내가 찬란한 고독의 천국으로 들어가게 될 축복의 순간을 나는 얼마나 갈망하는지요. 언제? 언제? 나에게는 더 이상 시간이 없습니다······.

파리는 멋집니다. 우리는 언제 당신을 이곳으로 데려오게 될까요? 그것은 내가 소중히 여기는 계획 가운데 하나이고, 언젠가는 이루어지리라고 믿습니다······.

고생 끝에 치료가 끝난 나의 귀엽고 사랑스러운 악어에게!

······나는 정거장에서 당신을 마중하겠어요. 에르베르가 오늘 밤에 떠나는데, 우리는 유네스코에서 일을 잘 했어요······.[5]

1947년 6월 24일

파리에서

연출가 자크몽 덕택에 알베르 카뮈가 『카잔차키스 희곡집』을 읽었다. 너그러운 사람이었던 카뮈는 그의 선배에게 편지 쓰기를 주저하지 않았고, 파리에서 극장을 찾도록 도와주겠다는 제안도 했다.

5 엘레니에게 쓴 편지.

선생님께.

「멜리사」는 아름다운 희곡이고, 저는 일종의 고마움을 느끼며 작품을 읽었습니다. 작품에는 아무것도 더 보태거나 뺄 것이 없습니다. 그리고 그것은 지체 없이 공연되어야 합니다. 이번 주일에 만나 뵐까요? 지금으로서는 이렇게 훌륭한 비극을 저로 하여금 읽도록 해주신 데 대한 고마움을 표현하고 싶을 따름입니다.

화요일
선생님을 존경하는 알베르 카뮈

기쁘기는 해도 소심했던 우리는 감히 카뮈를 집으로 초청하지 못했다. 니코스는 그를 N.R.F. 사무실에서 잠깐 만났을 따름이었다.

『조르바』를 원했던 파리의 세 출판사 가운데 우리는 ── 마치 의도적이기라도 한 것처럼 ── 책이 출판되는 그날로 망해 버릴 듯싶은 가장 튼튼하지 못한 출판사를 선택했다. 신문에 게재된 몇몇 지극히 우호적인 호평은 우리에게 아무 도움이 되지 못했다. 그리고 책은 출판사 지하실에 쌓이기만 했다. 나중에 플롱이 초판을 몽땅 사버리려고 했을 때, 우리는 저자가 알지도 못하는 사이에 그것이 몰래 팔렸음을 알게 되었다.

1946년에서 1948년 사이에 니코스가 파리에서 그의 친구 프레벨라키스에게 보낸 20여 통의 편지를 다시 읽는 사이에 나는 카잔차키스가 그의 습관적인 성급함으로 해결하려고 애쓰던 개인적인 문제들뿐 아니라 이미 익숙해진 주요 걱정거리를 발견했다. 결정

824

적인 순간이면 니코스는 당장 행동을 취할 준비가 되어 있던 두 친구 P. 프레벨라키스와 테아 아네모얀니의 도움을 구했다.

……나는 나 자신의 일을 가지고 당신에게 너무 많은 부담을 주게 되었습니다만, 나는 정말로 결정적인 순간에 처했습니다. 그리스로 돌아간다는 것은 끔찍한 일입니다. 나는 아무것도 하지 못하고, 그들은 나를 숨 막히게 할 것입니다. 외국에 머물려고 해도 나는 살아가기 위한 돈이 별로 없습니다……. 나는 아이기나가 너무나 그립습니다. 하지만 내가 그곳에서 어떻게 살아가겠어요? 이런 편지를 쓴다는 것은 창피한 일, 대단히 창피한 일입니다. 부끄러운 일이기는 하지만 나에게는…….

(1946년 10월 15일)

그리고 다시 노벨상에 대해서 ─

나는 절대로 나 혼자 추천을 받고 싶지 않습니다. 우리 두 사람다 추천이 되어야 하며, 아니면 나는 나 혼자만의 수상을 거부합니다. 그것은 단순히…….

나는 모든 순간에 당신을 생각합니다. 내 삶은 흘러가고, 낭비되려고 합니다. 나는 무엇을 원하나요? 가능한 한 많은 영혼을 구제하기 위해 충분한 시간…….

(1947년 2월 15일)

……나는 차마 말로 설명할 수 없을 정도로 그리스 때문에 심한 고민을 합니다. 오직 기적만이 우리를 구원할 것입니다. 그리고 기적 이외에는 아무런 다른 희망이 없는 모든 사람에게는 슬픔이 있을 따름입니다! 나는 괴로워하고, 혼자 있을 때는 가끔 울음을 터뜨립니다……

(1947년 8월 7일)

그리고 프레벨라키스의 신작 소설 『크레타인』에 대해서 그는 이렇게 썼다.

……이 작품은 순수한 투쟁이고, 자네는 거기에서 더욱 용감한 모습을 보이네. 그렇지 않고 만일 자네가 겁쟁이였다면 자네는 그 밑에 짓눌려 파멸을 당했겠지. 그것은 용감한 행동이었어. 나는 그토록 행동으로 가득 찬 책은 본 적이 없다네.

그리고 나는 『크레타인』을 나에게 헌납함으로써 자네가 나에게 준 기쁨과 영광을 결코 표현할 수가 없을 것 같네. 내가 살아오면서 줄곧 투쟁했다는 것은 사실이지. 그리고 나는 내 영혼이 죽어 가지 않도록 하기 위해 아직도 투쟁하는 중이야. 나는 필멸의 존재가 어떻게 불멸해지는지를 알아. 그리고 바로 그것이 내 삶에서는 크나큰 고통이지. 그 까닭은 안다는 사실만으로는 충분하지 않기 때문이라네. 자네는 그렇게 되어야 하고……

(1948년 4월 30일)

826

1947년 10월 21일에 니코스 카잔차키스는 그의 오랜 친구 뵈리에 크뇌스와 다시 대화를 계속했는데, 크뇌스는 북쪽의 눈 속에서도 그리스에서 시선을 떼지 않았고, 세상에서 조금이라도 더 정의를 실현시키기 위한 투쟁을 계속했다.

　　……개인을 초월하는 보다 높은 차원의 어떤 원칙에 〈미움 받는 자아〉를 종속시킬 만한 신념은 더 이상 존재하지 않습니다. 사람들은 모두가 개인주의자이고, 물질주의자이며, 물질과 양(量)을 숭배하고, 질과 영혼에 코웃음칩니다. 전에는 원시적인 야수를 덮어 주었던 껍질이 ― 도덕성, 사랑, 아름다움이 ― 깨지고 말았습니다. 인간 화산에서는 연기가 피어오르고, 폭발은 확실합니다. 빠른 속도로 우리는 무시무시한 충돌을 향해서 나아가고, 그 충돌에서 우리는 패배를 당할 것입니다……. 굶주림과 헐벗음과 누추함이 인류를 압도하고 ― 나중에 인류는 다시 한 번 고통스럽게 정신을 차리기 위해 발버둥치고, 질서를 찾고, 처음부터 다시 시작하게 될 것입니다……. 〈올바른 길은 무엇인가?〉 인도의 속담이 묻는 질문입니다. 〈하느님의 길이다.〉〈그러면 무엇이 하느님의 길인가?〉〈위로 올라가는 길이다.〉 인간은 시시포스와 마찬가지로 다시 한 번 위로 올라가는 길을 택해야 합니다.
　　폐허로부터 태어날 새로운 인간을, 위로 올라가는 새로운 길을 우리가 원하고, 우리가 스스로 준비하고, 우리가 믿는다는 것 ― 이제 우리에게는 하나의 기쁨, 하나의 의무만이 남았습니다. 미래가 우리에게 의존하지 않으리라는 사실을 우리는 압니다. 그렇지만 우리는 마치 미래가 우리 손에 좌우되기라도 하는 듯 행동해야 합니다. 이것은 모든 위대한 행동이 이루어지는 유일한 길입니다. 오직 이렇게 함으로써만 미래는 우리의 영향을 받을 수 있습니다. 따라서 비관주의가 아니라 비극적 낙관주의가 가능합니다. 우리가 인간이라고 부르는 직립 벌레에 대한 새로운 신념, 사랑, 존중…… 이것이 우리를 구원할 수 있습니다.

프랑스와 세계를 위해서 너무나 중대한 시기인 요즈음, 친애하는 친구여, 나는 이런 생각을 합니다. 이곳에서는 극우와 극좌, 두 진영이 편을 갈랐습니다. 가운데 길, 올바른 길은 사라졌습니다. 이곳에서도 역시 충돌을 위한 준비가 벌써 이루어지는 중입니다. 악마가, 20세기의 악마가 인류를 재난으로 몰아가는데 — 창조의 첫 번째 단계, 최초의 단계는 항상 이러했습니다…….

니코스 카잔차키스가 허무주의자라는 주장이 자주 나오고는 했었다. 그러나 그의 전체적인 작품 세계와, 삶과, 서한문에서는 그와 정반대 양상이 나타난다.

그는 자신을 무엇이라고 묘사했던가? 〈비극적 낙관주의자〉라고 했다. 파괴의 악마를 직시하고, 그것을 증오하지만 모든 파괴가 새로운 창조의 준비 단계에 지나지 않음을 알기 때문에 두려워하지는 않는, 인간에 대해서 확신을 가졌던 사람.

……나는 지드에게 상을 준 스웨덴 한림원의 오만함을 보고 기뻤습니다. 지드는 위대한 작가이고, 지성인으로서의 그는 대단한 탄력성과 섬세함과 사상의 세련됨을 갖추었을 뿐 아니라, 고뇌에 찬 오름길도 있습니다. 하지만 그는, 그의 작품을 읽고 우리 시대의 지도자들 가운데 한 사람으로서, 정신적인 구루guru로서 그

를 섬기는 프랑스의 젊은이들과 전 세계의 젊은 사람들에게 많은 해를 끼친 몇 가지 〈도덕적 이론〉을 (이론과 행동으로서) 선언하고 지지해 왔습니다…….[6]

1947년 11월 19일
파리에서

……지난번에 나는 브로글리 공작을 만났는데, 그분 역시 걱정스러워하면서도 인간의 운명에 대해서 희망적이기도 해서, 인간이 자살하기 위해 원자탄을 사용하지는 말기를 바랐습니다. 그는 나에게 깊은 인상을 남긴 표현 한 가지를 사용했는데, 지금까지 여러 해 동안 내가 그 표현을 글과 대화에서 인용했을 때, 모두 그것을 잘못 해석하더군요. 「*Ni peur ni espoir*(두려움도 아니고 희망도 아니고).」 나는 그것이 요즈음의 모든 과학자와 명석하면서도 쓸모 있는 인간이 되기를 원하는 모든 사람에게 훌륭한 좌우명이 되리라고 생각합니다. 〈나는 아무것도 두려워하지 않는다. 나는 아무것도 바라지 않는다. 나는 자유인이다.〉 내가 내 무덤에 새겨 넣으라고 부탁한 말은 바로 그것입니다. 두려움에 사로잡히지 않고 환멸과 희망을 정복한다는 것, 이것이 지난 20년간 내 삶의 투쟁에서 전부였고, 인간의 존엄성을 침착하고 태연하게 간직하면서 애원이나 위협을 하지 않고 울음도 터뜨리지 않으며 나락을 직시한다는 자세, 나락을 보고도 마치 내가 불멸의 존재이기라도 한 듯 일하는 자세…….

나는 위대한 학자 브로글리를 만났고, 그가 내 마음속에 담긴 여러 가지 생각을 확인시켜 주었기 때문에 아주 기쁩니다…….[7]

6 뵈리에 크뇌스에게 쓴 편지.
7 뵈리에 크뇌스에게 쓴 편지.

1948년 신년 축제 분위기가 끝나자마자 우리를 단숨에 좌절시킨 사건이 일어났다. 우리의 선량한 세그레다키스가 고향 마을을 방문하던 중에 복막염에 걸렸는데, 치료를 제대로 받지 못해 세상을 떠나고 말았던 것이다.

「크레타 사람들은 자신의 죽음이 가까워 오면 감각으로 알아요.」니코스가 멍한 표정으로 중얼거렸다. 「그래서 그들은 태어난 곳으로 돌아가지요.」

그는 이제 유네스코에 사표를 냈고, 국제 문학 총회에서 그리스 문학에 대하여 발표할 연설문을 준비했다. 항상 그렇듯이 그는 하나하나의 단어를 검토하고, 내용을 쓰고 다시 고쳐 썼으며, 객관적이 되려고 노력했다.

〈만일 그이가 유네스코에 6개월만 더 근무하겠다고 동의를 하면 얼마나 좋을까.〉나는 속으로 자꾸 이런 생각이 들었다. 〈저축한 돈으로 우리는 파리에 아파트를 두 채 사서, 한 곳에 살면서 다른 한 채를 세놓으면 경제적인 문제가 영원히 해결될 텐데.〉

그러나 니코스는 우리의 장래를 다른 식으로 구상했다.

「어떻게 당신은 나더러 아무 일도 하지 않으면서 돈을 받으라는 충고를 하나요?」그가 불평했다. 「나는 더 이상 유네스코에 남아야 할 이유가 없어요. 만일 다시 한 번이라도 내가 사무실로 가는 길로 나서야 한다면 나는 길바닥에서 울음을 터뜨릴 거예요.」그는 한숨을 지으며 말끝을 맺었다.

나는 그를 편안히 내버려 두었고, 나의 자신감을 회복했으며,

완전히 새로운 화폭에다 우리는 함께 아메리카에 지을 미래의 성(城)들을 수놓기 시작했다……

　무척 소중한 친구에게.

　『할아버지』[8]의 번역에 대해서 당신에게 고맙다는 편지를 오랫동안 하지 못했군요……. 하지만 나는 아주 착잡한 나날을 보냈습니다. 내가 가장 아끼던 친구들 가운데 한 사람이 갑자기 세상을 떠났고, 여러 날 동안 나는 수심에 잠겨 있었어요. 그리고 지난번에는 간디의 암살이 내 마음과 이성을 괴롭혔습니다. 그저께 이후로 세상은 위축되었습니다. 네 발의 총탄이 세계적인 양심에 깊은 상처를 주었고요……. 현재와 같은 물질주의적이고, 탐욕스럽고, 비도덕적인 세계에서는 비폭력의 영웅이 폭력에 의해서 죽음을 당한다는 것이 오히려 당연한 일이겠죠……. 이토록 비참한 시대에는 평화와 사랑의 신조가 증오를 촉발시키고 키우는 모양입니다. 암흑의 세력이 ― 눈먼 타이탄들이 ― 활개를 치고, 모든 숭고한 노력은 그들이 분노를 열 배로 자극할 따름입니다……[9]

1948년 2월 2일
파리에서

　마침내 3월 25일, 오스만의 멍에로부터 그리스가 해방된 기념일에 유네스코에서 사퇴한 니코스는 그의 비망록에 이런 글을 써 넣었다.

8 본래 제목은 『미할리스 대장』이다.
9 뵈리에 크뇌스에게 쓴 편지.

<해방의 날 — 1821년 3월 25일과 1948년 3월 25일!>

······나는 다시금 자유인이 되었고, 순수하고도 초연한 영혼의 작업으로 다시 뛰어들었습니다. 나는 『오디세이아』의 번역자(레아 달빈)가 기다리는 아메리카로 갈 여권을 그리스에 신청했습니다. 현 그리스 파시스트 정부는 (그들의 말을 빌리면) 내가 혹시 무슨 정치적인 회합이라도 주선할까 봐 걱정이 되기 때문에 나에게 비자 발급을 거부했습니다. 아, 하느님은 언제 그리스의 머리 위로 손을 뻗고 그 나라를 보호해 줄까요? 우리가 우리 자신을 상실해 가고 있으니 말입니다. 그리스 민족은 위기에 처했습니다. 날마다 형제들이 서로 죽이고, 수난은 점점 더 맹목적이고 비인간적으로 되어 갑니다.

불화는 항상 우리 민족이 받은 저주 가운데 하나였습니다. 그것은 자주 우리를 나락의 언저리로 몰고 갔습니다. 지금까지는 (우리 민족이) 구원을 받아 왔습니다. 그리고 단순히 구원만 받은 것이 아니어서, 수난은 피를 끓게 했고, 위험은 우리의 모든 힘을 동원했으며, 두뇌는 더욱 예민해졌습니다. 영혼은 일시적으로 잃었던 평화와 사랑과 창조를 위해서 필요한 안락함의 상태를, 단순하고도 웅대한 행복을 갈망하고 동경했습니다. 그렇기 때문에 모든 처절한 살육 다음에는 우리 민족이 영혼의 창조에 열렬히 뛰어들고는 했습니다. 그리고 오늘날에는 이것이 나의 크나큰 비밀의 희망입니다 — 피 흘림과 폐허와 눈물 속에서 영혼의 위대한 작품이 탄생하리라. 그리고 불길은 파괴의 손에서 하느님의 손으로 전해집니다. 사람들은 하느님이 그리스를 사랑하고 푸스타넬라[10]를 입는다고 말합니다. 이제 두고 봐야 되겠습니다![11]

1948년 4월 23일
파리에서

　우리가 아메리카로 떠나지도 못하고 그리스로 돌아갈 수도 없었기 때문에 나는 파리에 머물도록 니코스를 설득하고 싶었다. 트라소 카스타나키스[12]가 니코스에게 앙티브를 고대 앙티폴리스와, 바다와, 소나무 숲과, 성벽과, 내륙 지역과, 발걸음을 옮길 때마다 그리스를 연상시키는 해변의 알프스를 열거해 가면서 어찌나 황홀한 곳으로 묘사했는지, 니코스는 당장 짐을 싸서 떠나고 싶어 할 지경이었다. 그러나 유네스코를 떠나기 전에 그는 국제 문학 총회에서 논문을 낭송할 일이 남아 있었다. 유네스코는 그를 위해서 연회를 열어 주었다. 그리고 11개월의 노예 생활 끝에 오디세우스는 다시 망망대해로 나섰다.
　직장을 떠나기 몇 주일 전, 미열이 생기면서 그의 윗입술이 조금 부어올랐다. 유네스코의 의사는 〈아기의 열병〉이라면서 코웃음쳐 넘겼다. 다른 사람과는 달리 사무실에서 전혀 차를 마시지 않았던 니코스는 집으로 돌아오면 목이 말라서 몇 잔의 차를 마시고는 했다. 그러다가 〈시인의 안락의자〉에서 그가 쓰러지는 바람에 나는 크게 놀랐다. 이 무렵, 니코스와 나는 이런 불길한 징후들에 별다른 의미를 부여하지 않았다.
　일단 앙티브에 도착한 니코스는 전에도 그랬던 것처럼 우리가

---

10 그리스 남자들이 입는 전통 의상.
11 뵈리에 크뇌스에게 쓴 편지.
12 파리의 동양 언어 학교에서 현대 그리스어를 가르치던 교수이자 유명한 작가로, 1년에 6개월씩은 앙티브에서 지냈다.

새로 기거할 곳을 끈기 있게 열심히 찾아다녔다. 그리고 그는 모든 면에서 기막힌 거처를 구했다.

사랑하는 레노치카!

로즈 별장에 행운이 깃들지어다! 이 별장을 찾아내게 된 경로는 기적 같았다오. 이번에도 역시 여자들이 나를 구해 주었답니다…… 나는 버스나 기차를 타거나, 아니면 걸어서 여기저기 돌아다녔어요. 어디를 가봐도 아무것도 없더군요……. 나는 앙티브 외곽으로 나가 보았고, 몇 차례의 모험을 치른 후에 뚱뚱하고, 둥글고, 금발에 내시처럼 생긴 중개인을 만나게 되었어요. 「갑시다!」그녀가 나한테 말했어요. 「당신을 위한 물건이 있으니까요.」 우리는 푸르디푸른 오솔길을 내려가 로즈 별장에 도착했는데, 정원에는 무르익은 모과가 잔뜩 달린 서양 모과나무와, 올리브나무와, 무화과나무와, 자두나무들이 자라고, 입구에는 커다란 사이프러스가 솟아 있으며, 멋진 테라스에서는 눈 덮인 알프스와 바다가 내다보였고, 바닷가까지는 걸어서 10분이면 되고…….

나는 편안한 집을 찾아냈고, 당신이 거기서 즐겁게 지내리라는 생각을 하니 행복해요…….[13]

1948년 6월 3일
앙티브의 로즈 별장에서

13 엘레니에게 쓴 편지.

834

파리를 떠나기 전에 니코스는 재능 있는 젊은 배우이자 연출가인 조르주 카르미에한테 「배교자 율리아누스」를 무대에 올리고 〈젊은이들의 경연 대회〉에서도 공연하도록 허락해 주었다. 그는 준비 과정을 지켜보기까지 했다……. 세그레다키스의 조카 니콜라스가 축하하는 뜻으로 우리에게 주었던 몇 가지 옷(카르미에 부인이 염색한 그리스 면직물)은 군인 황제와, 주교와, 그리스 병사들의 의상 노릇을 했다. 생 쥘리앵−르−포브르 뒤에 있는 작은 회당에서 우리는 의상 총연습을 관람했다.

그러나 니코스는 실제 개막을 기다리지 않고 떠났으며, 나는 그 직후에 에비앙에 도착했다.

귀엽고 사랑하는 악어 장갑!

……간디 총회[14]에 대한 소식을 듣고 기뻤어요……. 나는 「율리아누스」의 공연에 대한 얘기를 뒤케르와 S와 퓌오 부인으로부터 편지로 들었어요. 보아하니 대성공이어서 박수를 많이 받은 모양이에요…….

「소돔과 고모라」는 6월 19일에 끝났는데, 그러니까 13일 동안에 쓰인 셈이에요. 이제 나는 당신이 읽어 보도록 그것을 정서하는 중이에요…….

지난번에 강한 바람이 불어서 자두가 모두 떨어졌어요. 멋지고, 무르익고, 기타 등등. 하지만 당신을 위해서 남겨 두었었기 때문에 나는 섭섭했어요…….[15]

1948년 6월 23일 수요일

14 엘레니는 그레노블의 소위원회 앞에서 간디에 대한 발표를 했다.
15 엘레니에게 쓴 편지.

내가 에비앙에서 회복기를 보내는 사이에 니코스는 영감의 회오리에 휘말려 로즈 별장에 파묻혀 살았다. 나는 엉망이 된 우리의 계획에 대해서 후회도 없이, 현재의 순간에 몰입해서, 아이기나 시절에서처럼 그가 눈부시게 젊어진 모습을 보게 되었다.

「이걸 읽어 봐요, 레노치카. 어디 쓸 만한가 나한테 얘기해 줘요!」 그리고 그는 새로 태어난 두 권의 책을 내 무릎에 놓았는데, 그가 13일 동안 원고지에다 써놓은 3막짜리 비극 「소돔과 고모라」와 나중에 그를 유명하게 만들어 줄 대형 소설 『수난』의 초고였다.

나는 얼이 빠져 읽었다. 언제 어디에서 이런 피난민들의 세계가 태어났는가? 그리고 그가 지녔으리라고는 내가 알지 못했던 부드럽고, 참을성 있고, 열정적인 이 새로운 언어는?

「하지만 당신은 정신 분석을 통한 그리스도의 치료에 대한 글을 쓸 준비를 하지 않았던가요?」

「나는…… 그랬는지도 모르죠. 하지만 다른 사람, 나의 내면에 존재하는 미지의 〈나〉는 당신이 지금 손에 든 그 작품을 쓸 준비를 했어요. 자, 어서 읽어 보고, 조금이라도 쓸모가 있는 작품인지를 나한테 얘기해 줘요.」

라헬은 「소돔과 고모라」에 대해서 몇 가지 반론을 제기했고, 니코스는 몇 달 후에 그녀에게 답장을 썼다.

친애하는 라헬에게.

오, 아브라함과 그의 수염을 내가 얼마나 흔들어 대고, 때리고,

괴롭혔던가요! 그리고 지금 쓰는 책[16]에서는 내가 가리옷 사람 유다를 어떻게 예수와 맞먹을 만큼 성스럽게 묘사했던가요. 창조하는 모든 사람에게는 성스럽거나 흉악한 갖가지 *Gestalten*(형상)이 궁극적인 놀이의 팻말에 지나지 않는답니다. 나는 〈암양처럼 울어 대는 아브라함〉이 필요했습니다. 나는 성경에서 다른 아브라함을 발견했어요. 그래서 교활한 사진 작가들이 그렇듯이, 나는 내 목적에 맞도록 그를 다듬고 손질했습니다. 그것은 간단한 일이며, 그리고 낡은 전통을 약간 흔들어 놓는 것은 너무나 좋고 정당한 일이었어요. 당신이 편지에 쓴 얘기는 모두 옳지만, 그 반대도 역시 옳습니다. 창조하는 자에게는 정의와 불의, 선과 악, 신과 악마가 더 이상 존재하지 않습니다. 모든 맛 좋은 음식을 집어 삼키는 굶주린 불길만이 존재할 따름이니까요. 그리고 하느님의 살보다는 악마의 살에 항상 양분이 더 많습니다. 그리고 그것을 먹고, 소화하고, 동화시키기가 가능하다고만 한다면, 나는 그런 양분을 사랑합니다……

『수난』을 집필하는 과정에서 니코스는 입술이 부풀어 오르는 증상을 의식했다. 그것은 이제 더 이상 파리에서처럼 응어리가 아니었고, 미열을 동반한 일종의 알레르기 현상으로 부풀어 오르는 돌출이었다. 7월 27일에 니코스는 비망록에다 이렇게 적었다. 〈내 소설에서 그리스도의 역을 해내는 주인공의 얼굴이 부어오르는 장면을 묘사하던 순간, 내 입술이 부어오르기 시작했다.〉

병은 어느새 사라져 버렸다. 그리고 이번에도 우리는 영혼이

16 『최후의 유혹』을 뜻한다.

육체에 끼치는 영향이라는 니코스의 해석 말고는 거기에 아무런 중요성도 부여하지 않았다.

프레벨라키스가 앙티브로 우리를 찾아왔고, 우리는 뛸 듯이 기뻐했다. 니코스는 아직 철저한 포기 상태로 접어들지 않았었다. 그는 유배당한 기분을 느꼈으며, 같은 동포인 친구를 만난다는 생각에 환희를 느꼈다. 프레벨라키스가 우리에게 읽어 준 새 작품은 훌륭했다. 그리고 니코스는 그에게 축하하기를 주저하지 않았다.

프레벨라키스가 다녀간 직후, 피에르와 이본 메트랄이 찾아와 햇빛으로 집 안을 가득 채웠다. 그리고 뵈리에 크뇌스와 시실리의 후손이며 그리스 문화를 연구하는 브루노 라바니니가 찾아왔다. 북부와 남부, 그리스에 매혹된 두 영혼이 저마다의 나라에 우리 문학을 알려 주려고 똑같은 열정을 가지고 일했으며, 뵈리에 크뇌스는 더 나아가서 가장 암울한 시대에 그리스 사람들을 괴롭히던 잔인한 만행을 고발했다. 그리고 니코스는 그에게 고마움을 표했다.

……진리를 수호하기 위해 당신이 스웨덴에서 제기한 용감하고 의로운 고발에 대해 그리스를 대신하여 깊은 감사를 드립니다. 솔직한 절규가 순수하고 의로운 모든 사람에게 전해지고 각성시키게 되도록 하느님께서 도와주기를 빕니다……. 가장 소중한 친구여, 당신은 당신이 너무나 사랑해 온 나라 — 명예롭고 깨우친 모든 영혼의 사랑을 받아 마땅한 나라 — 에 대해서 크나큰 정신적 지원을 한 셈입니다…….

대학들과 학교들이 다시 문을 열었고, 여름 사람들은 해안에서 떠나갔다. 우리는 이제 가루프 숲에서, 한적한 바닷가를 따라서, 아니면 앙티브와 칸의 언덕을 따라서, 아티카의 밝은 흙을 연상시키는 해안 알프스를 지나 몇 시간씩이고 산책을 즐겼다. 니코스가 그토록 여러 해 동안 고대하던 〈새벽〉이 찾아왔다. 모든 문이, 심지어는 영원히 닫혀야 할 문까지도 저절로 열렸다. 성탄절 며칠 전에 우리는 넓은 사냥터 안에 위치한 멋진 별장을 제공받았다. 그리고 니코스를 빤히 응시하면서 젊은 부동산 중개인이 구체적으로 설명했듯이, 별장은 홀로 일을 하기에 이상적인 정자도 갖추어져 있었다. 중개인은 틀림없이 우리가 기뻐하리라고 생각하며 3년짜리 임대 계약도 제안했다.

「절대로 그럴 수는 없어요!」 니코스가 아연실색하며 말했다. 「3년이나 더 그리스에서 떠나 지내다니! 그건 다시 말하면……」

나는 3년짜리 계약서에 서명하도록 그를 설득하느라고 무척 애를 먹었다.

그래서 집에서는 모든 일이 잘 풀려 나갔다. 그러자 항상 그렇듯이, 지극히 찬란한 나날들 가운데 어느 하루에 폭풍이 밀어닥쳤다. 갑자기 니코스의 얼굴이 부어올랐다. 성탄절 전야였다. 의사들은 그것을 피부병으로 생각했다. 하지만 그것이 아니었으며, 6개월 후에 새로운 놀라움이 찾아왔다. 어쩌면 알레르기일지도 모르지만 어떤 알 수 없는 병이 1년에 두 번, 보다 심하거나 덜 심한 형태로 왔다가 가고는 해서 우리를 깊은 절망 속으로 몰아넣었는데, 이것은 1922년 빈에서 그를 괴롭혔던 것과 같은 일종의 마스크였다.

지극히 낙천적이었던 니코스는 더 이상 그 생각을 하지 않았다. 재발이 되던 날까지는.

……나는 병을 앓았어요. 나는 줄곧 당신 생각을 했고, 당신에게 편지를 쓰고 싶었지만 그럴 수가 없었어요. 이제 나는 건강해요. 오늘 나는 현대 그리스에 대한 당신의 비극적인 연구 논문을 받았고, 그 글을 뒤적이면서 깊은 감동을 느꼈답니다…….

병을 앓으면서도 나는 일을 계속했어요. 새 소설은 잘 나가는 중이에요……. 카이에르 뒤 쉬드에서 발행하는 잡지 『그리스의 영원성Permanence de la Grèce』을 읽었나요? 전반적으로 훌륭하고 쓸모 있는 내용이지만 아주 공정하지 못해서, 프레벨라키스, 미리빌리스, 카스타나키스 같은 우리나라의 가장 훌륭한 산문 작가들과 바르날리스, 니코스 파파스, 리타 부미-파파 등등의 시인은 언급도 하지 않았어요. 레베스크는 정열적인 프랑스인으로서 아테네의 한심한 도당의 희생자예요……. 나는 그것이 무척 슬퍼요. 언젠가는 당신 자신이 이 영광스러운 과업을 시작했으면 좋겠어요…….[17]

> 1949년 1월 29일
> 앙티브에서

17 뵈리에 크뇌스에게 쓴 편지.

1949년 이제 우리는 사라마르텔 공원의 마놀리타 별장에서 살았다. 봄은 비단 같았다. 한 주일에 한 번씩 우리는 해안 알프스의 요새화한 마을을 향해 일찍 출발했다. 소나무와, 야생 백리향과, 금련화와, 꽃이 핀 미모사 숲과, 향기로운 공기와, 붕붕거리는 벌과 땅벌들, 우리의 발치에서 빛나는 바다. 앙티브는 〈우리의 앙티폴리스〉가 되었고, 우리가 그곳으로 갈 수가 없었기 때문에 그리스가 우리에게로 찾아왔다.

태양은 더 이상 우리에게서 떠나가지 않았다. 마당에서는 무화과가 무르익었고, 모과와 레몬과 감귤과 아몬드와 호도도 익어 갔다.

니코스는 일이 아주 잘되었다. 그를 찾아오는 그리스인 친구에게 일일이 그는 그리스를 휩쓸던 내란에 대해서 자세한 얘기를 들려달라고 부탁했다. 그는 기록을 해두고, 〈그는 자유가 되고 싶었다. 죽이라고 그는 말했다〉라는 부제가 달린 소설 『전쟁과 신부』의 초고를 끝냈다.

같은 해 4월에 그는 운문과 운율이 담긴 산문을 썼으며, 그의 가장 아름다운 비극 가운데 하나인 「쿠로스(테세우스)」를 썼다. 5월과 7월 사이에 그는 〈황금 사과〉라는 부제가 달린 「크리스토퍼 콜럼버스」를 썼다. 이 두 작품 사이에 그는 「콘스탄티누스 팔라이올로구스」를 썼다.

……나는 이제 건강하고 열심히 일합니다. 내가 당신한테 편지로 알렸듯이, 새로운 소설 『전쟁과 신부』가 끝났어요. 프랑스어로만 출판될 예정이에요……. 이제 나는 미노스, 테세우스, 미노타우로스, 아리아드네 이렇게 네 주인공에 대한 비극을 시작할 생

각이에요. 위대한 문명의 마지막 결실인 미노스. 새로운 문명의 첫 번째 꽃인 테세우스. (동물, 인간, 신) 세 개의 커다란 가지가 아직 갈라지지 않은 어두운 잠재의식 미노타우로스, 이것은 모든 것을 포함하는 원시적이고 어두운 본질입니다. 아리아드네는 사랑이고요…….

지금은 힘든 일을 통해서 나는 그리스의 고통을 잊기 위해 노력합니다. 나는 성모를 생각하면 가슴이 찢어집니다. 순교는 언제 끝날까요? 금년에 그렇게 되기를 바랍니다……. 하지만 어떻게요? 나는 많은 것을 두려워합니다…….[18]

1949년 4월 3일

앙티브에서

니코스의 얼굴이 다시 부어올랐고 우리는 병의 원인을 알아낼 길이 없었다.

……지난 몇 달 동안 나는 줄곧 일을 아주 많이 했고, 또 병이 나기도 했기 때문에 오랫동안 당신과 얘기를 나누지 못했습니다. 모레 나는 비시로 떠나는데, 그곳에서 21일 동안 머물 예정입니다……. 몸이 아플 때면 나는 마치 창조와 추진력이라는 열정으로 그 병을 정복하고 싶기라도 한 듯 두 배는 열심히 일합니다……. 이런 식으로 나는 13음절 운율로 「콘스탄티누스 팔라이올로구스」의 마지막 원고와 「크리스토퍼 콜럼버스」를 완성했어요. 요즈

---

18 뵈리에 크뇌스에게 쓴 편지.

음 줄곧 어떤 새로운 주제가 강력하고도 끊임없이 나를 사로잡는데, 그것은 예루살렘의 문둥이 왕 볼드윈 4세 이야기입니다. 얼마나 놀라운 인상인가요! 날이 갈수록 썩어 들어가고 악취를 풍기는 육신 속에 깃든 영웅적인 불굴의 정신. 인류 전체에 대한 얼마나 무시무시한 상징인가요!

나는 마음이 진정되지가 않습니다. 나는 나 자신을 해방시키기 위해서 그것을 어휘로 빚어내야만 합니다. 산 자의 피를 조금 마시고, 그래서 부활하여 다시 태양의 빛을 보려고 갈망하면서 수천 년이나 죽었던 자들이 얼마나 갑자기, 그리고 예기치 않게 그들의 무덤에서 나와 살아 있는 자들을 사로잡는가. 나는 『오디세이아』와 「엘레니」와, 「배교자 율리아누스」와, 「니키포로스 포카스」와 그리고 최근에는 『알렉시스 조르바』의 경우에도 똑같은 고통을 겪었어요…….[19]

1949년 8월 26일
앙티브에서

마침내 그가 치료를 받기로 동의한 비시에서 니코스는 나에게 편지를 썼다.

사랑하는 *Veuve d'un vivant*(남편이 멀쩡히 살아 있는 과부)여, 나는 의사를 만난 다음 바로 당신에게 편지를 씁니다…….

정신적인 어떤 일을 하기가 힘들다는 생각이 들어요. 하루가

19 뵈리에 크뇌스에게 쓴 편지.

온통 토막이 났어요. 몇 분에 한 번씩 중단을 하고 여기저기 광천(鑛泉)을 찾아가야 합니다. 필요에 의해서 나는 시간을 낭비합니다. 하지만 몸이 좋아지기를 바라기로 해요……. 유형자가 어떻게 되었는지 당신에게 알려 주려고 나는 서둘러 이 편지를 보냅니다…….

1949년 9월 2일 금요일
비시에서

……내가 아무도 알지 못하고 아무도 나를 모르기 때문에 나는 너무나 행복했어요. 그리고 나는 바보처럼 어슬렁거리고 돌아다니면서, 나무와 물과 여자들과 창문에 진열해 놓은 물건들을 생전 처음 보기라도 하는 듯 멍하니 쳐다보고는 했어요. 비시는 공원이 많고 매혹적인 작은 강 알리에도 흐르며, 아주 귀족적인 분위기예요. 나는 빈둥거리며 돌아다니고, 식물처럼 시간을 낭비해 버리는 행위를 서운하게 생각하지 않으려고 애쓴답니다. 나는 책을 좀 읽기도 하지만, 라디오가 무척 아쉬워요. 하지만 이곳에서는 아침 6시에 그랑드 그릴 광천으로 가면 「르 몽드」를 읽을 수 있어요…….[20]

1949년 9월 5일
비시에서

……나는 방금 야수를 만나고 돌아왔어요. 오늘은 훨씬 얌전하더군요……. 내가 그에게 물었어요. 「*Quel est le nom de ma maladie*(내 병명이 뭔가요)?」「*Mais vous n'êtes pas malade! Ce*

---

20 엘레니에게 쓴 편지.

844

n'est rien(하지만 당신은 아픈 게 아니에요! 아무것도 아니에요)!」

내가 고집을 부렸죠. 그랬더니 그는 화가 나서 종이 한 장을 집어 이렇게 썼어요. 〈*Gastroentéroptose avec insuffisance hépa-tique, sans infection*(비전염성 간장 결함에 위장염)!〉......[21]

1949년 9월 월요일

(의사를 만난 다음) 비시에서

그리고 1949년 9월 8일에 뵈리에 크뇌스에게 ─

......내 생애 처음으로 나는 게으름이 무엇을 의미하는지를 경험했습니다. 처음으로 나는 육신이 버젓하게 존재하고, 우리는 육신 자체를 위해서가 아니라 그것이 짊어지는 영혼을 위해서 육신을 보살펴야 한다는 사실을 깨달았습니다. 나는 목욕하고, 미지근한 물을 마시고, 푸른 플라타너스 밑을 거닐고, 우울한 사람들의 무리를 구경합니다. 그리고 가끔 성직자들이 성경을 펼치듯, 나는 나의 작은 단테를 ─ 나의 길동무를 ─ 펼치고는 두세 줄 읽고 지옥이나 연옥이나 천국으로 떠나갑니다......

......오늘 의사는 나에게서 놀라운 향상을 발견했다는군요. 한 주일만 지나면 간장이 *presque parfait*(거의 완전)해진대요......[22]

1949년 9월 9일

비시에서

---

21 엘레니에게 쓴 편지.
22 엘레니에게 쓴 편지.

지평을 향하여 845

Veuve d'un vivant, Haire(생과부 만세)*!*

나는 당신에게 날마다 편지를 씁니다……. 하루하루가 납덩이 처럼 무겁고 앞으로 나아갈 줄을 몰라요. 하지만 그러는 사이에 내 마음속에서 쿠로스 총서에 들어갈 새로운 작품 하나가 태어났 고, 나는 집으로 돌아가기만 하면 당장 그것을 쓰겠어요……. 당 신이 그 작품을 좋아하기를 바라요…….

나는 라디오를 듣고 싶어요. 보아하니 러시아가 불쌍한 *Andartes*(파르티잔들)을 오도가도 못하게 만들어 놓은 모양이에 요. 물론 공산주의자들은 핑계를 찾아내겠죠. 하지만 나는 「르 몽 드」밖에 읽지 못했으니까, 사실은 전혀 그렇지 않을지도 몰라요.

수요일 아침. 오늘은 비가 내려요. 사람들은 광천이 있는 정자 로 다시 몰려들어 갔고, 그들은 저마다 작은 유리잔을 움켜잡고 약수를 받아 마십니다. 나는 뜨개질을 하는 누르스름한 여자들과 신문을 읽는 우울한 남자들 한가운데 의자를 놓고 앉았어요. 나는 오랫동안 기다려 온 비가 시원하고 평화스럽게 바깥의 푸르른 나 무들 위로 내리는 풍경을 구경했어요. 나는 책을 들고, 파이프에 불을 붙이며, 마놀리타, 그리고 마놀리타와 관련된 모든 것을 생 각해요. 뜨거운 물로 목욕한 다음에는 누구나 그렇듯이 나는 차분 하고 약간 피곤한 기분을 느껴요. 나는 비록 이것을 절반만 끝내 고 그냥 내버려 두더라도 할 일이 별로 남지 않은 듯, 내가 한 그 루 나무처럼 식물로서 존재하도록 나 자신을 놓아두어요. (하기 야 누가 그것을 끝내겠어요?) 하지만 내가 이곳 비시에 머무는 한 나는 바보 노릇을 하겠고, 육신을 튼튼하게 하고 몇 달 더 버티 기 위해서 일도 하지 않겠어요. 의사는 내 체력에 감탄하고, 내가 한 번도 통증이나 *migraines*(편두통)나 *vertiges*(현기증)을 느낀 적이 없다니까 깜짝 놀랐어요. 나는 나의 아버지가 누구였는지를

(항상 바빠서 헉헉거리며 돌아다니는) 그에게 몇 마디로 간단히 설명했고, 그랬더니 그는 이해를 하더군요……[23]

1949년 9월

비시에서

우리는 비시에서 한 주일을 같이 보냈고, 그런 다음에 니코스는 앙티브로 혼자 돌아갔다.

사랑하는 동지!

난 우리가 비시에서 같이 보낸 주일을 결코 잊지 않으리라고 생각해요. 거기에는 약혼식에서처럼 — 마치 우리가 처음으로 함께이기라도 했던 것처럼 — 이상한 감미로움과 부드러움이 느껴졌었죠. 나는 모든 순간을 차분하게, 말없이, 강렬하게 음미했어요. 비록 말은 하지 않았어도 나는 굉장히 행복했답니다……

오늘 라디오에서 트루먼은 시베리아에서 원자탄 폭발을 탐지했다고 말했으며, 방송하던 사람은 러시아가 원자탄을 보유했다는 사실에 대해서 무척 불안해하더군요![24]

1949년 9월 24일 토요일

아이기나에서(*sic!*)[25]

---

23 엘레니에게 쓴 편지.
24 엘레니에게 쓴 편지.
25 카잔차키스가 잠시 앙티브를 아이기나로 착각한 모양이다 — 역주.

그리고 1949년 10월 16일에는 뵈리에 크뇌스에게 ─

……나는 앙티브의 천국으로 돌아왔습니다. 날씨는 봄철 같아서 햇살이 화사하고 상큼합니다. 미모사 같은 나무 몇 그루가 속아 넘어가서 꽃을 피우고 말았어요. 나는 서재에 갇혀 지낼 수가 없습니다. 하루 종일 나는 반쯤 벌거벗은 채로 햇볕을 쬐고 앉아서 글을 씁니다. 태양이 *certus deus*(확실한 신)라고 생각했던 로마인들이 옳았어요…….

나는 내가 쓴 두 편의 비극에 확실한 형태를 부여했고, 이제는 새로운 비극 「엘레니」[26]를 시작하려는 참입니다……. 「예루살렘의 보두앵 4세(볼드윈 4세)」는 금년 겨울에 쓰겠어요…….

성공의 호수에는 절제하는 낙관주의가 존재한다고 사람들은 말합니다. 그리스 문제도 언젠가는 해결될 것입니다. 그 해결은 틀림없이 미미할 터이고, 몇 해 동안 그리스에서의 삶은 견디기 어려울 지경이겠죠. 비록 내란이 끝난다고 하더라도 *vendetta collective*(집단 복수극)가 시작될 테니까요. 마치 그 작은 땅덩이에서는 눈물과 피로써만 영혼에 물을 줘야 한다는 듯, 그리스 민족의 운명은 두렵고도 종잡을 길이 없어지겠죠……. 따라서 모든 그리스인은 자신의 존재를 정당화하기 위해서 피와 눈물을 영혼으로 변형시키는 의무를 지게 됩니다…….

또다시 천천히 풍요롭게 가을이 왔고, 마지막의 하얀 무화과들

---

26 아무 데서도 발견되지 않은 것으로 보아 이 원고는 카잔차키스가 파기한 듯하다.

은 겉이 보랏빛이고 속은 꿀빛이었던 8월의 달고 싱싱한 무화과의 맛이 어떠했었는지를 우리에게 상기시켜 주었다. 니코스는 화색이 돌았다. 아침마다 그는 무화과나무로 기어 올라가서 반가운 과일을 큰 그릇에 담아다 나에게 가져다주었다. 그리스의 비극적인 운명만 아니었더라면 니코스가 〈아이기나〉라고 착각을 일으켰던 이 새로운 낙원에 적응한 우리는 행복했을 것이다.

……나는 언제 그리스로 돌아가게 될까요? 그러면 나는 당신에게 꿀, 건포도와, 무화과를 — 영원한 그리스의 선물을 — 보내 줄 텐데요…….

언제가 될까요? 그곳은 모두가 암흑입니다. 노예 제도가 다시 한 번 우리를 탄압하는데, 이번에는 조직이 잘 되고 위장도 잘 된 과학적인 노예 제도입니다. 그리고 우리 자신을 해방시키기 위해서 새로운 1821년이 필요합니다. 그것도 기필코 찾아올 것입니다. 하지만 그때까지는 수천의 다른 영혼이 죽어 가겠고, 다른 사람들은 말라주기도 하며, 또 어떤 사람들은 자신을 팔아먹을 것입니다…….

그래서 나는 앙티폴리스의 이 낙원으로 유배되어, 이곳에 앉아서, 내 능력이 미치는 한 최선을 다하여 현대 그리스어와 정신력을 가지고 일을 합니다. 지금까지 40년 동안이나 나는 다른 일을 하나도 하지 않았고, 그에 대한 보상은 그리스 관리들로부터의 박해 말고는 받지 못했습니다. 하지만 나는 크레타의 훌륭한 흙으로 빚어졌으며, 그래서 나는 저항합니다. 나는 죽을 때까지 이런 식으로 싸우기를 원합니다.

크레타에 대한 새 소설은 날마다 진전을 보이고, 곧 준비가 될 것입니다. 나는 나의 아버지를 부활시키기 위해서 최선을 다합니다. 나에게 생명을 준 아버지에게 생명을 줌으로써, 이런 식으로 나의 빚을 갚기 위해서 말입니다……[27]

1949년 12월 12일
앙티브에서

1950년 그리스의 정치적인 상황이나 우리 자신의 개인적인 삶에서는 달라진 바가 하나도 없었다. 아이기나에서와 마찬가지로 신년 초에는 아몬드나무의 꽃이 피었다. 2월 18일에 우리는 꽃이 만발한 미모사로 덮인 해안 알프스로 긴 산책을 나감으로써 니코스의 생일을 축하했다. 그리고 우리는 같은 날 태어난 프레벨라키스에 대해서 많은 얘기를 나누었다. 산책을 하면서 니코스는 다시 한 번 그의 삶을 검토해 보았다. 처음으로 나는 그가 중요한 정치적인 운동의 선두에 설 능력이 없는 자신에 대해서 한마디도 후회의 말이 없다는 사실을 깨달았다. 그는 완벽한 상태였다. 책상에서 그를 억지로 떼어 놓기 위해서 나는 올리브를 주우라고 그를 불러내고는 했다. 여든 살의 정원사를 포함한 우리 세 사람은 7백 킬로그램 정도를 주웠다. 니코스는 나무를 두들기는 일도 도왔으며, 이런 즐거운 시골 일에 대해서 그는 결코 제일 먼저 지치는 법이 없었다.

아주 소중한 친구에게.

27 뵈리에 크뇌스에게 쓴 편지.

    모레, 일요일에는 공포의 상태에서 선거가 실시될 예정입니다. 선거가 우리나라에서 복잡한 사태를 야기할까 봐 걱정이 되는군요. 나의 작품에 관해 조언을 해주신 데 대해서 다시 한 번 감사를 드립니다. 내 생일이 며칠 전에 지나갔습니다. 이제 65년 동안 나는 〈인간〉이라고 부르는 감옥 속을 들락날락하면서, 작은 두 개의 창문을 통해서 세상을 내다보면서, 결코 한껏 보지 못하면서 존재해 왔습니다. 세상이란 얼마나 대단한 기적인가요! 신에 대한 우리의 갈망, 우리의 굶주림과 목마름에 대해서 세상은 얼마나 조화를 이루며 응해 오던가요! 그 45년 동안 나는 모든 광경을, 모든 배고픔과 목마름을, 내가 죽기 전에 그리스 알파벳 스물네 자로 치장하기 위해서 투쟁해 왔습니다. 내 능력이 미치는 한 많은 실체를 〈정신력〉으로 바꿔 놓기 위해서요. 그리고 만일 내가 다시 태어난다면, 나는 다른 길을 택하지 않겠습니다. 내가 선택한 오름길이 힘들고 가파르기는 해도 나는 후회하지 않습니다……[28]

1950년 3월 3일
앙티브에서

스톡홀름에서 반가운 소식이 왔다. 『그리스인 조르바』가 계속해서 대단한 호응을 불러일으켰다. 뵈리에 크뇌스는 「테세우스」의 번역을 완료했고, 그 작품은 스웨덴 라디오로 방송될 예정이었다. 그는 또한 대단한 장래성이 엿보인다고 예상했던 작품 『수난』도 번역했다. 니코스는 감격하여 그에게 고마움을 표하면서, 주로 파시즘이 판치는 그리스에 대한 얘기를 했다.

---

28 뵈리에 크뇌스에게 쓴 편지.

……지난번에 그리스에서 벌어진 일은 정말로 하나의 기적이었고, 그리스 민족의 숭고함과 긍지와 용감한 모습을 보여 주었습니다. 믿어지지 않는 폭력 속에서도 사람들은 파시즘에 반대하는 표를 던지러 수천 명씩 몰려갔습니다!

당신은 예순일곱 살이라는 젊은 나이입니다. 그리고 나는 예순다섯 살의 청년이고요. 우리 두 사람 모두 마음은 스물, 기껏해야 스물한 살입니다. 우리는 쉽게 투쟁을 포기하지 않아야 합니다.

내가 아직도 기대하는 가장 큰 기쁨 가운데 하나는 당신을 그리스로 데려오는 것입니다. 하지만 우리 두 사람이 함께 세 차례 성스러워진 크레타의 산을 오르고 땅을 밟으며 돌아다니기 위해 나도 그곳에 가게 되기를 바랍시다……[29]

1950년 3월 15일

앙티브에서

……『수난』을 끝냈다니 축하를 드리며, 작품을 끝까지 다 좋게 보셨다니 나도 기쁩니다. 이것이 진짜 소설이고, 『그리스인 조르바』는 주로 글을 쓰는 사람과 민중 속의 위대한 인간 사이에서 이루어지는 대화, 이성의 대변자와 위대한 대중적인 영혼 사이의 대화였습니다. 나는 『미할리스 대장』도 끝냈는데 ─ 그것은 신도 역시 영혼이 되려고 그를 짓누르는 모든 인간적인 미덕으로부터 해방되는, 물질이 해방되어 영혼으로 변형되는, 영혼의 해방에 대한 영원한 갈망, 자유를 위한 투쟁에 대한 아주 비극적인 작품입니다. 미할리스 대장의 전설은 지극히 극적이고, 나는 네 살 때

---

29 뵈리에 크뇌스에게 쓴 편지.

처절한 방법으로 그런 경험을 했는데, 나중에는 성장하는 동안 줄곧 크레타의 비극적인 분위기 속에서 살았습니다. 이 책에 등장하는 인간들, 사건들, 대화는 비록 서양 문명의 빛이나 그 절반의 빛이라도 받으며 태어난 사람들에게는 믿기 어렵다고 여겨질지도 모르겠지만, 그 모두가 진실입니다.

나는 이제 그것을 얼마 동안 내 책상에 놓아두겠고, 얼마 전부터 나를 괴롭혀 온 비극 「파우스트 제3부」를 시작할 생각인데 — 이것은 괴테의 『파우스트』하고는 완전히 달라서, 역할이 거의 뒤바뀌다시피 했으며, 경탄을 자아내는 본래 주인공들과 내가 경쟁을 벌여야 하기 때문에 아주 힘든 작품이기도 했어요. 하지만 나는 떳떳한 작품을 만들어 놓기 위해 노력하겠습니다. 나는 케케묵고 익숙한 주제, 익숙한 전설을 대단히 좋아합니다. 옛사람들도 마찬가지 아니었던가요? 그들은 어떤 특정한 내용에서 주제를 끌어냈고, 그 내용을 새롭게 단장해서 보다 깊고 확대된 의미를 부여했을 따름입니다. 가능하다면 나도 이제 『파우스트』를 가지고 같은 시도를 해볼 생각입니다. 신의 도움이 함께하기를![30]

1950년 5월 9일
앙티브에서

알레르기가 재발했다. 혈액 검사는 다핵 세포와 단핵 세포 사이의 균형에 결함이 있음을 보여 주었다. 앙티브의 의사는 니코스에게 파리로 가서 훌륭한 혈액 전문의를 찾아보라고 충고했다. 니코스는 단호히 거절했다. 「난 잘못된 곳이 없으니까요.」 그가

---

30 뵈리에 크뇌스에게 쓴 편지.

말했다.「그리고 난 할 일이 많아요!」

　다행히도 그는 내가 대신 파리로 가서 전문의의 견해를 물어보리라고는 전혀 짐작도 하지 못하면서, 가장 최근에 비시에서 받았던 실험 결과를 나한테 우편으로 보내 주겠다고 동의했다.

　사랑하는 이에게.

　금요일에 의사는 파리에서 활동하는 윗사람에게 보내는 편지와 엑스레이를 나한테 주기로 했어요. 그걸 스테리아노스[31]에게 보내도록 해요……. 내 걱정은 조금도 하지 말아요. 나는 식사도 잘 하고 피곤해지지도 않아요. 내일 「소돔과 고모라」가 완성될 것이고, 우리는 당신이 그것을 정서해 주기를 기다리겠어요.

　오늘 아침에 젊은 크리슈나무르티라는 사람이 당신과 인사를 나누고 싶다면서 황급히 찾아왔어요. 앙티브의 모든 사람이 그에게 당신이 인도와 중국 철학의 권위자라는 얘기를 했기 때문이죠……. 그는 왜 당신이 영적인 방법으로 간을 치료하려고 하지 않았는지 의아해하더군요…….[32]

1950년 6월 수요일

앙티브에서

　다정하고 다정한 니코스! 항상 장난스럽고, 항상 명랑해서 자신의 개인적인 걱정거리들은 거의 생각도 하지 않고.

---

31 파리에서 개업하고 있는 그리스인 의사로, 니코스의 친구였다.
32 엘레니에게 쓴 편지.

나를 구하기 위해서 카론과의 전투를 불사하는 용감하고도 사랑스러운 아크리타이나![33] 나는 방금 당신이 파리에서 보낸 편지를 받았어요. 그토록 고생을 많이 하고 나서 며칠 머물지도 못했다니 안타깝군요. 우리가 결정을 내릴 수 있도록 당신이 도착하기를 기다리겠어요…… 하지만 당신은 걱정하면 안 돼요. 나는 혈액에 이상이 좀 생겼을 따름이지, 나에게 심각한 큰 탈은 없으리라고 굳게 믿어요. 나는 온몸이 튼튼하게 느껴지고 ― 그리고 나는 위험한 나이인 여든셋이 아직 안 되었어요. 그때가 되면 당신도 걱정을 해야 되겠지만, 그 걱정도 며칠 동안뿐일 거예요. 모든 일이 아주 간단히, 그리고 빨리 끝날 테니까요.

　　나는 아침에 모차르트를 들으며 당신에게 편지를 씁니다. 나는 이곳에서는 모든 일이 시곗바늘처럼 잘 돌아간다는 사실을 당신에게 알려 주기 위해서 이 편지를 부치기 위해 (주앙-레-팽으로) 당장 나가겠어요…… 나는 밤낮으로 「파우스트 제3부」를 생각하고, 새 소설을 시작할 구상도 세웠어요…….

　　바닌은 제7천국에 이르렀답니다. 내일은 윙거가 찾아옵니다. 토요일 저녁에 나는 그들과 식사를 같이 할 생각이에요. 나는 그를 만나게 되어서 기뻐요…….

　　모차르트가 거의 끝나 가요. 나는 자리를 떠야 해요. 카론과 싸우는 나의 사랑, 나의 아크리토풀라, 건강과 기쁨이 함께하기를![34]

1950년 6월 월요일
앙티브에서

---

33 그리스의 전설적인 영웅 디오게네스 아크리타스에서 따온 이름으로, 변경을 지키는 파수꾼을 의미한다.
34 엘레니에게 쓴 편지.

독일 작가 윙거를 흠모하는 바넌이 카잔차키스와의 만남을 주
선한 때는 내가 앙티브를 떠나 있는 동안이었다. 이 만남으로부
터 그녀는 니코스에게 도움이 될지도 모르는 우정이 탄생되기를
바랐다. 또 하나의 환상에 지나지 않았지만.

　　……윙거는 아주 흥미로운 사람이에요. 훌륭한 체격에 호리호
리하고, 활기차고, 백발이고, 신랄하고, 냉소적이고, 아주 준엄하
고, 독일적이고, 이기적이면서 호감이 가고. 그는 잘 웃지만 그
웃음은 깊이가 없고, 입술로만 웃고, 냉소적이고, 약을 올리고.
그와 비교하면 바넌이 얼마나 순진하고, 선량하고, 마음이 착하
고, 〈순수〉해 보이던가요! 아무런 중요한 대화도 없었어요…….[35]

1950년 6월 일요일

앙티브에서

　　지난번 트라소(카스타나키스)의 집에서 나는 샤갈을 만났어
요. 아주 즐거웠죠. 나는 기분이 좋았어요.[36]

금요일 저녁

　　오늘날 인간의 운명을 표현하는 「파우스트 제3부」의 집필이 그
의 머리를 꽉 채웠던 모양이어서, 그는 편지에서 자주 그 얘기를
했다.

35 엘레니에게 쓴 편지.
36 엘레니에게 쓴 편지.

⋯⋯나는 「파우스트 제3부」를 쓸 생각을 해요. 나는 괴테 작품의 속편을 만들겠다는 의도를 가지고 오만함이나 과대망상증에서 그 일을 하려는 것은 아니에요. 하지만 제3의, 오늘날의 파우스트에 대해서, 그의 지적인 인식의 절정에 이른 다음에 이제는 나락과 정면으로 마주치게 된 현대인의 운명이 지닌 비극에 대해서 글을 쓰고자 하는 것이 나의 크나큰 심리적·정신적 욕구입니다. 이 작품에는 파우스트, 아크리타스, 메피스토펠레스, 그리고 엘레니 이렇게 네 명의 주요 등장인물이 나옵니다. 당신도 알다시피 메피스토펠레스는 그리스어로 *Mi Photophilos*(빛을 사랑하지 않는 자)가 변조된 형태예요.[37]

1950년 6월 17일
앙티브에서

마침내 카잔차키스는 혼자 파리로 떠나기로 마음을 먹었다.

네 번째 의료 보고서
삶과 죽음을 같이하는 동지!
아침 내내 나는 창크 박사가 다스리는 생루이 병원에서 지냈어요. 여러 가지 특별 관리. 3시간이 걸려서 나는 면담과 시험들을 끝냈어요⋯⋯.
창크는 나를 옛 친구처럼 대해 줍니다. 나는 그토록 활기차고 흥미로운 노인을 만난 적이 없어요. 나는 백혈병에 걸린 것은 전

37 뵈리에 크뇌스에게 쓴 편지.

혀 아니고, 단순한 *lymphotome*(임파선 장애)에 지나지 않는다고 그가 말했어요……. 어쨌든 그는 전혀 심각한 걱정거리가 아니라고 나한테 안심을 시켰고…… 내가 앙티브에서 무엇을 겪고 고생했는지를 얘기했더니 그는 웃었어요……. *Entre temps*(그 사이에)우리는 파스칼과, 발레리와, 클로델과, 베르그송에 대해서 수준 높은 대화를 나누었고, 그는 내가 그들을 안다는 사실에 대해서 깊은 인상을 받았어요……. 덕택에 그는 나를 옛 친구처럼 대했고요. 나로 하여금 그를 만나게 해준 데 대해서 스테리아노스에게 축복이 내리기를…….[38]

> 1950년 6월 수요일 저녁

다섯 번째 보고서, 금요일 아침

……지오노에게 비극 원고를 주기로 한 메트랄 부부[39]의 친구를 나는 오늘 저녁에 만나기로 했어요.[40] 어제 나는 닷새나 엿새 후에 아테네로 떠날 계획인 소피아노풀로스[41]도 만났어요……. 그는 지쳤고 별로 낙관적이지 않았어요…….[42]

> 1950년 7월 7일
> 파리에서

38 엘레니에게 쓴 편지.
39 충직한 친구였던 이본과 피에르 메트랄의 라이-레-로즈 집에서 카잔차키스가 가끔 묵었다.
40 여기에서 얘기하는 메트랄의 친구는 그의 그리스인 작가 친구에 대한 호기심을 프랑스 작가에게서 자극하는 데 성공하지 못했다.
41 명석한 그리스의 정치계 인사였던 이안니스 소피아노풀로스는 그리스의 중립을 주장했으며, 카잔차키스에게는 각별한 친구였다.
42 엘레니에게 쓴 편지.

여섯 번째 보고서

……나는 니콜라스하고 식사를 같이 했어요……. 그는 나에게 두 가지 푸짐하고 훌륭한 무어식 요리를 대접했어요……. 바타유 양은 아주 다정하고 헌신적이며…… 나는 거기에서 무엇인지 이루어지리라는 생각을 하고…… 이본은 아주 매혹적인 시인을 저녁 식사에 초대했어요……. 「테세우스」에 대해서 아주 열성적이었어요.

레아가 나한테 전화를 했어요. 나는 내일 그녀를 만날 계획이에요……. 하지만 당신이 어떻게 지내는지에 대한 걱정이 항상 나를 사로잡기 때문에 모든 일에 주저하게 되는군요. 나는 당신만 생각하고, 어서 돌아가고 싶어서 마음이 초조해요…….

메트랄 부부는 천사 같은 진짜 친구예요. 그들은 나에게 도움이 되기 위해서 모든 노력을 기울여요……. 나는 아주 피곤해요. 지하철 때문에 지쳐서요…….[43]

금요일 한밤중

일곱 번째 보고서

사랑하는 이에게.

나를 파리로 보낼 때 당신이 나한테 맡긴 사명이 오늘 끝났어요. 그래서 당신에게 결과를 알려 주겠어요.

창크 박사와 장 베르나르가 얘기를 나누고 나서 다음과 같은 결론을 내렸어요. 1) 내가 걸린 병은 임파종이라고 한다. 2) 그것은 아주 드문 병이다. 3) 그것은 심각하지 않다. 나는 좋아하는 음식을 무엇이든 먹어도 되고 어떤 약도 먹지 않아도 된다…….

---

43 엘레니에게 쓴 편지.

나는 강한 태양을 피하고, 3개월에 한 번씩 혈액 검사를 받아서 그것을 창크 박사에게 보내야 한다. 나는 더 이상 파리에 머물 필요가 없다. 만일 다시 부어오르면 엑스레이 치료를 받고…….[44]

토요일 저녁

우리가 며칠 동안 찾아갔던 페라 카바(고도 1,450미터)에서 니코스는 그의 친구 뵈리에 크뇌스에게 편지를 썼다.

……나는 8월 1일부터 이곳에서 신선한 공기를 쐬고 있습니다. 내 아내는 드디어 휴식을 취하게 되었습니다. 나도 같은 목적으로 왔지만, 내가 어떻게 쉴 수 있겠어요? 내 뱃속에서는 새 소설이 활동하며, 태아처럼 내 살을 파먹고, 내 피를 마시면서 성장하여 자유를 찾아 태양을 보러 나오기를 원합니다. 나는 곧 탄생의 크나큰 아픔과 크나큰 기쁨이 시작되기를 바랍니다. 동시에 내 머릿속에는 「파우스트 제3부」가 담겨 있습니다. 그것은 『오디세이아』의 동반 작품으로 오랫동안 구성해 왔으며, 내 삶의 중요한 작품이 되리라고 믿습니다. 그것은 세상의 표면을 내가 잠시 스쳐 지나가는 과정에서 마지막 작품이 될 것입니다.

……존엄성과 신념을 가지고…… 나락을 직시함이 우리의 의무입니다. 현재의 순간과 바로 다음의 순간은 분명히 두렵고, 앞으로 더욱 그러할 것입니다……. 그러나 그보다 멀리서 기다리는 순간은 찬란합니다. 인간은 미래가 지닌 모든 풍요한 잠재력을

---

44 엘레니에게 쓴 편지.

아직 발휘하지 못했다고 나는 확신합니다. 대지의 뱃속에는 아직도 알이 가득합니다…….

1950년 8월 21일

　우리는 이제 행복하기 위해 필요한 모든 것을 소유했다. 적어도 우리는 그렇게 생각했다. 건강, 평화, 니코스를 위해서 내가 그토록 바랐던 명성, 그리고 기쁨으로 넘치는 내 모습을 보는 그의 기쁨. 파리로부터의 〈좋은 소식〉을 축하하기 위해서 메트랄 부부는 우리에게 스페인 여행을 제공했다.[45]

　부지런한 활동력을 보이며 니코스는 우리 여권의 공식적인 필요성을 충족시킬 만큼 자주 니스와 앙티브로 내려갔다. 그리스 정부는 우리 여권을 겨우 한 달씩만, 1회의 여행만 하도록 갱신해 주었다.

　9월 5일부터 22일까지 우리는 관광객 노릇을 했다. 나르본과 페르피냥을 통해서 스페인으로 들어간 우리는 바르셀로나, 타라고나, 발렌시아, 알리칸테, 코르도바, 톨레도, 일레스카스, 마드리드, 비토리아, 산세바스티안, 바욘을 거치는 여로를 따라갔고, 거기에서 다시 앙티브로 돌아왔다. 니코스는 이것을 그의 〈즐거운 여행〉 목록에 첨가했다. 그는 나를 엘 그레코에게 소개하는 기회를 가지게 된 것을 기뻐했다. 메트랄 부부의 동반은 큰 도움이 되었다.

　그리고 이해의 중요한 사건으로는 스톡홀름에서 방송극으로 「테세우스」가 소개되었다는 것이었다. 우리는 솜털과 깃털 덩어

---

45 이 여행에서 이들과 동행했던 뤼시엔 플뢰리는 이본 메트랄과 자매간이었다.

리 같은 우리의 귀여운 고양이를 무릎에 앉혀 놓고 앙티브에서 방송극을 들었다. 내가 재채기를 하거나 목소리를 높일 때마다 고양이가 짜증스럽게 가르릉거렸다…….

그러나 세상의 운명은 니코스의 마음을 편하게 해주지 못했다.

…….새해가 분노하며 우리를 찾아왔습니다. 요즈음에는 인간이 나락의 언저리에 섰습니다. 지금 당신에게 편지를 쓰는 동안에도 내 마음은 고뇌와, 슬픔과, 분노로 가득합니다. 그렇다면 인간을 지배하는 운명은 무엇인가요? 그것은 눈이 달렸을까요, 아니면 장님일까요? 그것은 두뇌를 가지고 있을까요? 그것은 그것보다 우월한 어떤 이성에게 복종할까요? 그것은 지구상에서 인간이 발전하기 위해서는 불가피한 피 흘림이며, 우매함이요 불의일까요? 나는 압도적인 아픔을 느껴 왔고 — 그러면서도 나는 그래야 하기 때문에, 하루 종일 자리에 앉아 글을 씁니다. 인간은 마치 불멸의 존재인 듯 행동하지 않으면 안 됩니다…….[46]

1950년 12월 20일

앙티브에서

그리고 그의 다정한 친구 이안니스 카크리디스에게 —

방금 우리는 당신의 편지를 받았습니다. 엘레니는 춤을 출 정

---

46 뵈리에 크뇌스에게 쓴 편지.

도로 기뻐했습니다. (내가 어땠는지는 얘기하지 않겠어요.) 아내는 집 안을 요란하게 치장해 놓고 당신을 기다립니다. 만일 가능하다면 사흘 이상…… 적어도 한 주일은 머물도록 계획을 짜보세요. 인간의 고통은 끝이 없지만, 인간의 기쁨도 마찬가지입니다. 그러니까 날짜를 더 빼세요!

당신을 만날 생각을 하니까 너무 기뻐서 나는 아무 말도 쓸 수가 없군요. 하기야 편지는 무엇하러 쓰나요? 우린 만나서 얘기를 나눌 텐데요.

우리는 소피아 안토니아데스[47]와 금년에 두 차례 편지를 주고받는데, 그녀는 현대 그리스 문학 선집을 꾸몄고, 나의 모든 작품 가운데 내가 번역한 단테에서 몇 행을 발췌했다고 하더군요. 그러니까 그녀는 나를 번역가로 소개했다는 뜻입니다…… 영원한 그리스인들이여!

1951년 1월 1일 햇살이 밝은 베란다에 앉아서 정말로 아무것도 우리가 기대하지 않을 때 우편집배원이 반가운 소식을 전해 주었다. 『그리스인 조르바』 직후에 출간된 『수난』이 스웨덴에서 대단한 성공을 거두었다는 소식이었다. 나는 그보다 값진 선물은 기대할 수가 없었다. 나는 춤추고 노래했다. 니코스는 약간 눈물을 글썽거리는 눈으로 나를 쳐다보았다. 「너무 늦었어요, 여보.」 그가 중얼거렸다. 「너무 늦었다고요. 그렇지만 당신이 기뻐하니 나도 기뻐요.」 그리고 그는 깊은 생각에 잠겨 계속해서 파이프를 피웠다.

---

47 네덜란드의 현대 그리스어 교수.

그러나 바로 그날 그는 친구 뫼리에 크뇌스에게 편지를 썼다.

당신이 우리에게 보내 준 두 편의 평론보다 더 좋은 새해 선물을 우리는 기대하지 못했습니다. 아내는 그것을 읽고 기뻐서 울고는, 이 모든 기쁨이 소중한 친구 당신 덕택이기 때문에 당신의 이름을 축복했어요. 나는 이 책도 그토록 좋은 반응을, 『조르바』 보다도 더 좋은 반응을 얻었다는 소식이 기뻐요. 하지만 나는 『미할리스 대장』에 대해서 큰 희망을 품었어요. 그 작품은 내가 깊이 경험한 내용이고…… 나는 우리가 무엇을 견디어 냈고, 어떤 피비린내 나는 극복을 해냈으며, 아직도 계속하고 있고, 그리스가 얼마나 무거운 운명의 짐을 짊어졌는지를 외국인들이 알기를 바랍니다……

슬프게도 지구의 주민들은 아직도 유인원들입니다. 과대망상증에 빠져서 그들은 자신을 〈인간〉이라고 부르죠. 아마도 언젠가 우리는 인간이 되겠죠……. 미리 인간이 된 자들에게 재앙이 내릴지어다!

1951년 1월 1일
마놀리타 별장에서

P. 프레벨라키스가 새 책을 발표할 때마다 그의 선배이자 친구는 마치 그것이 자신이 쓴 작품이기라도 한 듯 축하해 주었다.

현재까지 나는 『크레타인』(초고)을 세 번 읽었고, 이 작품을 쓰는 데 얽힌 대단한 어려움을 자네가 어떻게 극복했는지 감탄한다네……. 나로 하여금 감동해서 떨게 만든 장면도 여럿이었지. 마나시스가 주교에게로 갈 때, 제9장에서 코스탄티스가 집으로 돌아올 때의 장면 말일세. 마나시스는 신화의 차원으로 올라섰고, 언젠가 자네가 나한테 쓴 편지[48]가 생각나서 나는 가슴이 마구 두근거린다네. 나에게는 아직도 조금쯤의 삶이 남았어. 나는 죽기 전에 할 일을 모두 하겠지만, 절대로 마나시스와 맞먹을 수야 없지. 나에게 위안을 주는 사실은 오직 한 가지 ── 정말로 내가 죽게 될 때는 나는 노력을 하지 않았다는 후회만큼은 하지 않을 거야.

1951년 1월 25일
앙티브에서

그리고 그의 젊은 친구이며 도서 판매업자인 스타모스 디아만타라스에게 그는 1951년 2월 9일에 편지를 썼다.

……나는 소설을 쓰느라고 열심히 일하는데, 당신이 언젠가 얘기했듯이 *Hazain pirouit*이고, 그것은 내가 쓰려고 하는 일련의 소설 전체가 지니게 될 일반적인 주제가 됩니다. 지금까지 다섯 권을 썼습니다. (그리스어로 출판된 것은 『조르바』뿐이고요.)

육신은 아직도 튼튼하고 이성은 여전히 맑아요. 영혼은 아직도 순수하고 불길처럼 뜨겁습니다. 이 세 마리의 말은 나에게 아무

48 프레벨라키스는 카잔차키스에게 이런 편지를 썼다. 〈크레타인〉을 완성하고 났을 때, 나는 당신이 마나시스라는 사실을 깨달았습니다! 세 번째 원고를 읽으시면 당신도 그 뜻을 이해할 것입니다.〉

런 존엄성도 부여하지 않으며 나를 무자비하게 무덤을 향해서 끌고 갑니다. 세상에서 〈영주가 자신의 삶을 누릴〉 시간을 오래 가지게끔 말들이 너무 서두르지 않게 신께서 보살펴 주시기만을 바랍니다.

......중국인들은 〈좋은 세상에서 네가 태어나기를 바란다〉는 놀라운 욕을 합니다. 이 저주가 우리를 덮치려고 합니다. 그리고 우리 자신의 노력에 의해서, 우리의 두뇌에 의해서, 우리 정신력의 긍지에 의해서 이런 저주를 축복으로 바꿔 놓는 일이 우리의 의무입니다. 우리는 해가 아니라 주일과 날과 시간을 우주적인 속도로 살아갑니다. 요즈음에는 정말로 모든 순간이 저마다 한 세기의 가치를 지닙니다. 지금은 누구라도 10년을 살면 아주 나이든 늙은이가 됩니다. 시간은 계산이 불가능하고 예기치 못했던 가치를 획득했습니다. 그래서 나는 당신에게 축복을 바라고, 당신이 좋은 세상에 태어나기를 바랍니다!

이토록 오랜 세월이 지난 다음 당신과 다시 얘기를 나누게 되어 기쁩니다. 사랑하는 친구로서 당신을 내가 항상 얼마나 깊이 존경해 왔는지를 당신은 알 것입니다.

그리고 뵈리에 크뇌스에게 ——

......나는 일이 잘 됩니다. 새로운 작품(『최후의 유혹』)이 진전을 보여요. 봄이 오는 중입니다. 모든 것이 활짝 피었어요. 바다에서는 무르익은 과일 냄새가 납니다. 태양의 가면 뒤에서 저 멀리 아폴로가 반짝입니다. 피가 훨씬 빨리 순환되고, 음식은 더 빨

866

리, 그리고 더 훌륭하게 정신력으로 바뀝니다.

　나는 『바라바』[49]를 읽었어요. 잘 쓴 작품이고, 주제가 아주 흥미롭습니다. 하지만 숭고한 창조적인 새로움은 없더군요. 그리스어 표현을 빌리면 〈산뜻한〉 작품, 그러니까 산뜻한 사람이 창조해낸 작품이죠. 훌륭한 장인의 작품으로서, 상식으로 가득하고 광증은 결여되었어요…….

1951년 3월 3일
앙티브에서

　……지드가 갔습니다. 문장가로서의 그는 위대했습니다. 그는 대단한 작가였지만 위대한 작가는 아니었습니다. 도덕적으로 얘기하자면 프랑스 젊은이들에 대한 그의 영향은 파괴적이었어요. 그의 작품은 형식에서 흠잡을 데가 없었습니다. 하지만 내용은 나로서는 하나도 받아들이고 싶지 않아요. 이제 프랑스에는 노대가(老大家)인 클로델만 남았습니다. 그가 죽고 나면 나머지는 모두 아류들이죠.

1951년 3월 20일
앙티브에서

1951년 3월 23일에 니코스는 레아 둔켈블룸에게 편지를 썼다.

　……우리를 잊지 않아 주셔서 감사합니다. 나도 당신 생각을

---

49 페르 파비안 라게르크비스트Pär Fabian Lagerkvist의 소설.

무척 자주 하고, 다정한 레아, 언젠가는 다시 당신을 저주받은 유
혹의 바빌론 같은 파리에서가 아니라 내가 그토록 사랑하는 약속
의 땅에서, 예루살렘에서, 텔아비브에서 만나기를 아직도 바라고
있어요. 내 핏줄 속에는 아주 커다란 한 방울의 유대인 피[50]가 흐
르며, 이 한 방울은 나의 모든 그리스와 크레타 피 속에서 흥분과
격동을 일으킵니다. 나는 유대인의 운명에 마음이 사로잡혔습니
다. 열 살 때 나는 아버지에게 히브리어를 배우러 카네아의 랍비
집으로 가게 해달라고 애원했었어요. 나는 세 번 가서 세 차례 강
의를 들었습니다. 하지만 나의 삼촌들, 특히 숙모들은 걱정이 되
어 반대를 하고 나섰어요. 그들은 유대인들이 내 피를 빨아 마실
지도 모른다고 두려워했으며, 아버지는 나를 랍비의 학교로부터
퇴교시켰어요.

이곳에서 고적하게 나는 열심히 일합니다. 나는 이제 히브리
주제에 관한 책(『최후의 유혹』)을 쓰고 있어요. 그것은 팔레스타
인이 무대이고, 그러니 내가 성지를 다시 찾아간다면 얼마나 흥
미로워할지 당신은 이해하겠군요. 하지만 성지 여행은 불가능한
것 같아요.

……고향(그리스)에서는 모든 일이 나쁘게 돌아갑니다. 천박하
고 썩어 빠진 세상에서 거꾸러지지 않으려면 사람들은 아예 영웅
으로 태어나거나, 아니면 스스로 영웅이 되어야 합니다. 하지만
썩어 빠진 세상 밑바닥에서는 신선한 정신이 밀고 올라와서 머리
를 들고는 썩은 것을 양분으로 섭취하는데, 언젠가는, 우리가 죽
은 다음 몇 세기 후에는 그것이 승리를 거둘 것입니다. 메시아가
벌써부터 오는 중이니까요…….[51]

---

50 니코스는 말장난을 하고 있을 뿐, 사실상 그에게는 유대인의 피가 전혀 흐르고
있지 않았다.

그리고 또다시 뵈리에 크뇌스에게 ―

    ……나는 『최후의 유혹』의 기쁨과 고뇌에 너무나 몰입해서 머리를 들 겨를도 없을 지경입니다. 그리고 시간은 흘러갑니다. 달이 밝아졌다가 번갯불처럼 순식간에 희미해집니다. 내 아내는 비시의 광천으로 갔고, 이제 홀로 남은 나는 또다시 나 자신의 참된 땅으로, 나의 사나운 고독 속으로 빠져 들어가는 데 아무 방해도 받지 않습니다. 아내는 내가 사납게 날뛰도록 허락하지 않고, 나를 아직도 인간 사회 속에 가두어 둡니다. 언젠가 내가 시나이 산을 찾아갔을 때 수사들은 나에게 작은 예배소와 세 개의 골방과 올리브나무 두 그루에 오렌지 한 그루, 그리고 자그마한 우물이 있는 마당으로 이루어진 사막의 *skiti*(은둔처)를 내주려고 했습니다. 성 카테리나 수도원에는 내가 읽고 싶었던 원고가 많았고, 가장 중요한 자료들은 출판을 해도 좋을 터였는데……. 그 이후로 그곳의 암자는 내 눈앞에서 어른거렸고, 아내만 없었다면 나는 벌써 오래전에 그곳으로 분명히 돌아갔을 것입니다. 내 삶 전체에서 아라비아의 사막처럼 나를 매혹시켰던 곳은 또 없었습니다.
    하지만 다행히도 3주일 후에는 당신이 찾아오고, 당신은 나를 인간들과 화해시킬 것입니다…….

1951년 6월 1일
앙티브에서

51 카잔차키스는 이 편지를 프랑스어로 썼다.

하나씩 하나씩 위대한 소설이 세월의 까마득한 통 속으로 ─ 나뭇잎들 사이에 숨겨진 채로 높은 곳에 매달린 어떤 벌통에서 방울져 떨어지는 꿀처럼 떨어져 내렸다. 니코스는 비록 현인의 모습을 간직하기는 했어도, 하루의 길이를 마음대로 늘릴 수가 없다고 해서 자신에게 욕설을 퍼붓고는 했다. 그의 손은 도저히 그의 머리를 따라가지 못했다. 나는 새로운 혼자만의 속기술에 스스로 익숙해지기 시작했다.

전과 마찬가지로 그는 평온하고, 얌전하게 웃고, 식사를 하고, 잠을 잤다. 그의 일상생활에서는 모든 것이 그에게 좋고 상서롭게 보였다.

「니코스.」 우리를 방문한 어느 젊은 미국 작가가 감탄했다. 「이런 한증막 속에서 어떻게 일을 하시나요?」

「오, 나의 친구여.」 니코스가 대답했다. 「전혀 문제가 안 돼요. 더위는 너무나 기운을 북돋워 준답니다.」

몇 달 후에 다시 찾아온 우리의 젊은 미국인은 이번에는 니코스가 꽁꽁 얼어붙는 추위 속에서 정자에 혼자 나가 글을 쓰는 모습을 보았다.

「그런데 니코스, 이런 끔찍한 추위 속에서 어떻게 글을 쓰나요?」

「오, 나의 친구여, 내 말을 믿어요. 추위처럼 기운을 북돋워 주는 건 또 없으니까요.」

그가 비시에서 나에게 보낸 엽서는 아직도 낯익은 낙관주의와 유쾌한 어조가 엿보였다.

물 흐르는 도시의 사랑하는 주민이여, 오늘 나는 고양이에게 먹일 생선을 사러 시장에 가야 하는데, 나도 좀 먹어야 하니까 덤으로 더 사오겠어요. 어제 돼지고기를 좀 사러 갔었는데, 정신이 나가기라도 했던 탓인지 푸줏간에 들어가서는 〈돼지 갈비 *côtelette*〉라고 하는 대신에 〈돼지 바지*culotte* 있습니까?〉라고 물었어요. 사람들은 웃음을 터뜨렸고, 푸줏간 주인은 잔뜩 근엄한 표정을 짓고 대답하더군요. 「아뇨, 선생님, 사람이 입을 바지밖에 없는데요!」 그리고 나는 다른 가게에도 갔는데, 바지 가게였어요.

1951년 5월 26일

……마침내 고양이가 나하고 같이 잤어요. 나는 고양이만을 위해서 — 바구니를 들고 오는 나를 보면 말뚝처럼 꼿꼿하게 서서 꼬리를 부풀리는 고양이를 위해서 — 따로 생선을 산답니다.

1951년 5월 30일

바다에 잠기는 대지의 가느다란 혀, 우거지는 초목, 독콩나무, 백리향, 마스티카나무, 올리브나무, 사이프러스, 소나무, 유칼리나무, 참나무들과 떡갈나무들…… 신들이 지난 4년 동안 우리에게 살라고 마련해 주었던 앙티브 곶은 그런 곳이었다. 정자에 올라가 앉아서 동풍을 맞으며, 지중해 북서풍에 시달리고, 선조들의 향내에 콧구멍을 벌름거리던 카잔차키스는 항상 탁 트인 공간에 시선을 고정시키고 키 옆에 선 늙은 선원처럼 보였다.

「당신 여권을 내가 처리해 드리기를 원하시나요?」 며칠 다니러 온 이안니스 소피아노풀로스가 그에게 물었다.

「난 북부 이탈리아를 다시 보게 때맞춰 여권을 받고 싶어요.」 니코스가 말했다. 「난 그리스는 내 마음속에 넣고 다녀요. 난 그곳은 다시 보고 싶은 마음이 없습니다. 가능하다면 나는 인도나 멕시코로 떠나고 싶어요.」

이안니스 소피아노풀로스의 심장은 이미 기진한 상태였다. 그를 데리러 갈 때면 우리는 그의 호텔과 우리를 갈라놓은 완만한 비탈을 몇 미터 올라오도록 그를 돕느라고 온갖 주의를 기울여야 했다. 우리는 진심으로 불안했다. 하지만 그의 활력과, 상대방의 호기심을 사로잡는 그의 재능과, 국제 정치에 대한 그의 올바른 해석과, 동양과 서양 사이에서 그리스가 맡아야 할 중개자의 역할에 대한 그의 견해와, 우리의 나라를 나락으로부터 끌어낼 정부의 수반으로서 언젠가 다시 한 번 그를 만나게 되었으면 하는 소망 — 이 모든 것은 우리로 하여금 보다 좋은 미래에 대한 희망을 품게 했다. 아테네에서는 앙겔로스 시켈리아노스하고도 같은 일이 벌어졌다. 우리는 그의 건강에 새로운 문제가 생겼음을 깨달았다. 하지만 참나무가 그대로 꿋꿋하게 서서 버티면 아무도 뿌리를 자세히 살펴보려는 생각을 하지 않는다. 시켈리아노스는 평범한 차원을 초월하는 우뚝한 존재였다. 우리는 그가 불멸하리라고 생각했다.

이안니스 소피아노풀로스가 막 앙티브를 떠나고 난 다음에 나쁜 소식이 우리의 손에서 수류탄처럼 터졌다.

「그럴 리가 없어요, 그럴 리가 없어요.」 이를 악물면서 니코스가 중얼거렸다. 「아니에요, 이건 정말 너무해요.」 방금 받은 편지를 집어 던지고 그는 자리에서 일어나 창문으로 가서 유리창에다 이마를 기대었다. 나는 끔찍한 소식을 집어 들었다. 앙겔로스 시켈리아노스가 죽었다는 내용이었다.

「그럴 리가 없어요.」 니코스가 다시 중얼거렸다. 「날마다 수천 명의 인간 폐물이 그들의 고통을 빨리 끝내 달라고 하느님께 애원하잖아요. 실체를 지니지 못한 절망적인 사람들 수천 명이 보다 좋은 삶을 믿으며 죽음을 추구한다고요. 그리고 바로 이런 순간에, 뛰어난 자들 중에서도 뛰어난 〈완전한〉 인간이 그의 창조적인 능력의 정상에서 벼락을 맞았어요.」

새로 파헤친 이 무덤에 몰두하던 그의 마음을 돌려놓기란 대단히 어려운 일이었다. 내가 알았던 유일한 처방은 그의 시선을 새로운 아름다움으로 향하게 하는 일, 아니면 여행밖에는 없었다.

그리스에서는 테아 아네모얀니가 우리의 여권 문제를 부분적으로나마 해결하는 데 드디어 성공했다. 그래서 산악 지대를 거친 다음에, 우리는 이탈리아로 여행하게 되었는데 ─ 니코스는 나에게 이탈리아에 대해서 항상 향수에 어린 듯한 얘기를 했었다.

1951년 7월 14일, 그는 테아 아네모얀니에게 편지를 썼다.

나의 다정하고 특별한 동지에게.

당신에게 축복을! 당신은 싸웠고 이겼으며, 당신 덕택에 우리는 8월 초에 이탈리아로 갑니다. 하지만 정부에서는 여권을 겨우 2개월밖에는 연장해 주지 않았군요. 마치 나를 범죄자 취급하는데, 전례가 없는 일이에요! 나는 화가 나서 숨이 막힐 지경입니다……. 그리고 죽은 사람이 내 염두에서 밤낮으로 떠나지를 않아서 내가 눈을 감을 수도 없는 바로 그런 시기에 이 모든 일이 벌어졌어요. 나는 프랑스의 어느 산에서 2주일을 보낼 계획입니다. 어쩌면 나는 마음이 좀 가라앉을지도 모르죠. 오직 나의 육신이 압도적으로 피곤할 때만 나의 영혼은 조금이나마 평화를 찾는답니다……. 내일 우리는 알프스를 향해서 떠납니다. 그곳에서 나는 다시 당신에게 편지를 쓰겠고, 믿어지지 않을 정도로 지치고 슬퍼하는 엘레니도 역시 편지를 쓸 것입니다. 죽음이 우리의 문을 두드렸어요. 테아⋯⋯.

앙티브에서

나는 사소한 어떤 수술을 받아야 했고, 니코스에게는 아무 얘기도 미리 하지 않기로 작정했다. 고양이 문제를 핑계 삼아서 나는 그에게 나보다 먼저 산으로 떠나도록 부탁했다. 그리고 그가 죽음에 대한 생각을 너무 많이 하지 않도록 하기 위해서 나는 그에게 특별한 부탁을 했다.

「난 당신이 두 번째로 쓴 〈콘스탄티누스 팔라이올로구스〉가 마음에 들지 않아요.」 내가 말했다. 「그것을 〈테세우스〉만큼 훌륭하게, 새로운 니코스 카잔차키스에게 어울릴 만하게 세 번째로 고쳐 쓰지 않겠어요?」

니코스는 아무 말 없이 내 논평을 경청했다. 시갈에서 며칠 후에 내가 그를 다시 만났을 때, 그는 나에게 「테세우스」와 맞먹는 「콘스탄티누스 팔라이올로구스」의 1막을 읽어 주었다.

이름이 너무나 감미로운 시갈은 니스로부터 겨우 몇 킬로미터 떨어진 해안 알프스에 위치했으며, 버림을 받다시피 한 마을이었다. 황폐한 모든 집이 건축가들의 꿈처럼 우리에게로 다가왔다. 「이곳이야말로 우리가 앞으로 정착할 만한 곳이에요. 이쪽 구석에다 책상을 놓고, 저쪽에 방치해 놓은 벽난로 앞은 거실로 쓰고⋯⋯.」 골짜기 깊숙이 굽이치며 개울도 하나 흐르고, 포도원들이 언덕을 덮어 내렸다. 마을 입구에는 원추꼴의 야한 장식물 위로 십자가가 하나 솟아올랐다. 보물을 숨겨 놓은 교회를 돌보는 아주 늙은 성직자까지도 한 사람 있었다. 그리고 밤이면 포도원들 위로 수많은 푸르스름한 도깨비불이 날아다녔는데, 그것은 짝짓기를 즐기는 개똥벌레들이었다. 「좋은 징조예요!」 니코스가 눈을 크게 떴다. 「나는 이토록 대단한 결혼식은 정말로 정말로 상상해 본 적도 없어요.」

……우리는 알프스 높은 곳의 작은 마을로 왔는데, 이곳에서 8월 3일까지 머물고는 피렌체로 떠날 계획입니다……

나는 심한 타격을 받은 후라 이곳 산의 정적 속에서 평화를 찾으려고 노력하는 중입니다. 끊으려야 끊을 수 없는 40년 동안의 우정이 나와 시켈리아노스를 하나로 묶어 놓았습니다. 내가 더불어 숨을 쉬고, 얘기를 나누고, 웃고 침묵할 만한 상대는 오직 그 사람뿐이었습니다. 이제 나에게는 그리스가 황량해졌습니다.

그의 말년은 아주 슬프고 억울했습니다. 실수로 사람들은 그에게 약 대신에 독약을 — 리졸을 — 주었고, 그의 내장이 타버렸습니다. 그는 용감하게 투쟁했습니다. 그가 독약을 마시자마자 사람들은 그를 차에 실어 키피시아에서 아테네의 큰 병원 에반젤리스모스로 옮겼습니다. 그곳 사람들은 병원비 2주일 치를 선불하지 않았다고 해서 그를 받아 주기를 거부했습니다. 그들은 그를 키피시아로 다시 데리고 돌아갔으며, 그런 다음에는 가톨릭 병원인 〈꽌마카리스토스〉로 데려갔지만, 때는 이미 너무 늦어 버렸어요. 마지막 순간까지 그의 이성은 명석하게 깨어 있었습니다. 「네아 에스티아」를 보면 여러 가지 자세한 얘기를 알게 됩니다……. 국가 경비로 장례식을 치러 줘야 한다는 제안이 나왔지만, 처음에는 정부 쪽에서 시켈리아노스가 반국가적인 인물이고, 공산주의자이며, 조국의 적이라고 말하면서 거절했습니다. 우리는 이런 지경까지 왔답니다. 이것을 보면 어떤 종류의 인간들이, 어떤 안드룰리스[52]들이 오늘의 그리스를 통치하는지 알게 됩니다. 시인들 가운데 가장 그리스적이었던 인물, 영원한 그리스를 가장 숭배했던 사람, 〈그리스〉라고 일컬어지는 기적을 구상했던 영혼들 가운데 하나가 요즈음 정치가들에 의해서 반역자라는 소리를 듣다니!

당신에게 편지를 쓰려니까 나는 고통과 분노와 역겨움의 눈물이 멈추지를 않습니다. 내가 태어난 땅을 뒤덮은 수치를 느끼지 않도록 나는 죽어 버리고 싶습니다. 6월 19일(그날은 화요일이었습니다) 동틀 녘에 나의 친구는 죽었고, 그날 이후로 나는 그의 시체를 내 품에 안고 다니며, 나는 걸어 다니고 잠을 자고 깨어 있지만 마음의 평화를 찾지 못합니다. 그리고 혼자일 때만 나는 그를 굽어보고 흐느껴 웁니다. 대답하기 힘든 해묵은 질문들이 다시 내 머리에 떠오르고, 나는 삶의 불의를 견딜 수가 없습니다. 지적인 유인원들의 무리가 살아서, 아주 싱싱하게 살아서 그리스를 좀먹는데, 시켈리아노스는 죽었습니다. 만일 신이 존재한다면 그는 언젠가는 우리에게 이렇게 되어야만 했던 이유를 설명해야 합니다.[53]

1951년 7월 22일
에스테론의 시갈, 고르다 호텔에서

---

52 Androulis. 시켈리아노스와 카잔차키스를 비방했던 스톡홀름 주재 그리스 대사.
53 뵈리에 크뇌스에게 쓴 편지.

피렌체의 파브리코티 별장에 도착하자마자 우리는 또 하나의 비참한 충격을 받았다.

……또 하나의 국가적인 재난이 그리스를 덮쳤습니다. 그리스의 가장 정직하고 깨어 있는 유능한 정치가 이안니스 소피아노풀로스가 그저께 갑자기 세상을 떠났습니다. 아무도 그의 자리를 대신할 수가 없습니다. 나는 그리스를 통치할 만한 다른 인물을 하나도 찾아내지 못하겠습니다. 나는 소중한 친구를 잃고 비탄에 빠졌습니다. 카론은 어떻게 가장 훌륭한 사람들을 골라내는지 방법을 잘 아는 모양입니다. 불명예스러운 사람들은 현재의 세계에 완전히 적응하기 때문에 쉽게 죽지 않습니다. 요즈음에는 모든 여건이 그들에게 편리하고, 그들과 동조하므로, 그로 인해서 명예로운 사람은 모든 적과 맞서서 싸워야 하며, 적들과 친구들에 의해서 온갖 독약에 흠뻑 젖게 됩니다. 그는 오늘날의 세상에 적응하지 못하고, 세상은 그를 증오하며 배척합니다. 그리고 소피아노풀로스는 그의 적뿐 아니라 ㄱ의 친구들이 뿌려 대는 모든 독약에 흠뻑 젖고 말았습니다. 그 까닭은, 명예로운 사람의 친구들까지도 비겁해서, 안전한 길을 택하고, 어느 순간에라도 다른 편으로, 명예롭지 못한 자들의 막강한 진영으로 넘어갈 준비를 갖추었기 때문입니다. 그래서 피렌체는 지금 내가 기대했던 기쁨을 주지 못합니다. 나는 두 사람의 죽은 자를 데리고 다니며 모든 사물을 눈물이 글썽거리는 눈으로 봅니다. 나는 시켈리아노스와 우리가 40년 동안 나눈 우정에 대한 책을 한 권 쓰기로 작정했습니다……. 어쩌면 글을 씀으로써 나는 약간의 위안을 받을지도 모릅니다. 시켈리아노스와 나, 우리는 그리스 각지를 함께 여행

하며, 위대한 삶을 함께 살았습니다. 그리고 어쩌면 우리가 함께 보고, 생각하고, 행동했던 대상들이 다른 사람들에게 흥미를 줄지도 모릅니다…….[54]

1951년 8월 4일
피렌체에서

가장 소중한 테아에게.

당신에게 축복을. 당신이 아니었다면 나는 피렌체를 다시 보지 못했을 것입니다. 나는 이곳을 돌아다니며 모든 순간을 즐깁니다. 나는 감동하면서, 그러나 기쁨은 느끼지 못하면서 피렌체를 둘러봅니다. 마음속으로 나는 온갖 종류의 슬픔과 고통을 느낍니다. 나는 시켈리아노스에 대한 책을 한 권 쓸 생각입니다. 어쩌면 나는 나 자신을 위한 약간의 위안을 발견할지도 모릅니다.[55]

1951년 8월 4일
피렌체에서

니코스를 길잡이로 삼아서, 그곳에 축적된 모든 보물을 내가 접하게 될 이탈리아 순례를 우리는 얼마나 오랫동안 기다려 왔던가! 그런데 우리는 두 사람의 상여꾼처럼, 두 사람의 문상객처럼, 눈물을 글썽거리며 그곳에서 돌아다녔다…… 미켈란젤로의 어떤 조각품을 보러 갔던 우리는 그곳에서 고통의 경련을 일으키는 앙겔로스 시켈리아노스를 보았다. 베노초 고촐리의 「팔라이올로기의 최후」를 보았을 때 우리는 소피아노풀로스의 약간 희미해진

54 테아 아네모얀니에게 쓴 편지.
55 뵈리에 크뇌스에게 쓴 편지.

모습이 보인다고 생각했다. 심지어는 프라안젤리코의 어린 천사들까지도 우리에게는 죽음의 미사에 참석하는 모습으로 보였다.

니코스가 영혼의 고통을 잊기 위해서 자신의 육신을 괴롭혀 극도로 피곤하게 만드는 버릇 때문에 나는 돌아가는 여행을 서두르기를 주저했다. 그래서 우리는 계획대로 여행을 계속하여 베네치아, 시에나, 산제미니아노, 파도바, 피사, 그리고 제노바를 들렀지만, 니코스는 따뜻한 음식 먹기를 거부하고 과일과 치즈와 빵만으로 영양분을 섭취했다.

스톡홀름에서 『수난』이 선을 보인 후 니코스에게는 새로운 친구가 두 사람 생겼는데, 그들은 독일계 유대인 작가 막스 타우와 활력 있는 젊은 작가 덴 둘라르트였으며, 나중 사람은 니코스의 승낙조차 기다리지 않고 한시도 지체하지 않으며 『수난』을 요란한 편지와 함께, 자신의 미국 출판인 막스 링컨 슈스터에게 보냈다.

앙티브로 돌아간 니코스는 『최후의 유혹』을 마지막으로 다듬었다. 그리고 그는 멀리 떨어져 지내는 친구 뵈리에 크뇌스와 다시 대화를 계속했다.

……이탈리아 순례를 끝내고 우리는 어제 집으로 돌아왔습니다. 우리의 눈과 마음에는 사람들이 창조해 낸 오묘한 작품으로 가득합니다. 나는 그것들을 전에도 서너 번 보았지만, 그래도 매번 마치 처음으로 보기라도 하는 것처럼 내 눈에는 새롭게 여겨집니다. 이번에는 하나하나의 예술 작품 주변에서, 그 위에서 죽음의 날개가 퍼덕임을 알아서인지, 옛날의 찬란한 광채 대신 밤

의 광채가 서린다는 것을 깨닫고는 깊은 불안감을 느꼈습니다. 파도바에서 에레미타니 성당으로 들어갔을 때, 전에는 만테냐의 뛰어난 벽화를 보았던 자리에서 나는 이제 깨진 파편밖에는 볼 수 없었습니다. 투하된 폭탄이 모든 그림을 흙더미로 바꿔 놓았습니다. 피사에서도 마찬가지여서, 캄포산토에서는 오르카냐의 벽화와 베노초 고촐리의 벽화가 자리를 차지했던 벽이 이제는 모든 빛깔의 기적과 더불어 헐벗은 잿더미가 되어 버렸습니다. 나는 오락가락하면서 만족할 줄 모르는 부드럽고 쓰라린 마음으로 모든 것에게 작별을 고했습니다.

그리스로 가신다니 당신도 이제 같은 경험을 하게 될 것입니다. 아직 그것이 건재할 때 〈그리스의 기적〉을 볼 수 있도록 늦지 않게 서두르세요. 파르테논도 흙더미로 변할지 모르니까요……

1951년 9월 12일
마놀리타 별장에서

그의 친구들이 〈마지노(마술사)〉라고 불렀던 막스 타우는 독일계 유대인이었으며, 유명한 미술 출판업자이며 옥스퍼드에서 망명 생활 끝에 죽은 브루노 카시러와 오랜 기간에 걸쳐 함께 일한 협력자였다. 마지막 순간에 막스 타우는 히틀러의 지옥을 겨우 탈출했다. 그는 오슬로에 정착하여 그곳에서 결혼했고, 박해를 받는 난민을 가능한 한 많이 구제하기 위해서 아내와 함께 지칠 줄 모르고 일하기 시작했다. 비록 자신의 가족을 구하는 데는 성공하지 못했지만 그는 증오로 인해서 눈이 멀지는 않았다. 모든 범죄적인 우매함에 대한 보복으로서, 그는 자신의 글과 행동을 통해 독일 국민과 다른 민족들 사이의 신뢰와 우정의 재창출에 자신을 바치기로 맹세했다.

　문학에 대한 정열이 강했던 막스 타우는 재능 있는 작가들을 발굴하기를 즐겼고, 그들을 더 유명하게 만드는 과업을 스스로 떠맡았다. 그에게 힘입어 명성을 얻은 스칸디나비아와 독일의 시인들과 산문 작가들은 더 이상 두 손으로 헤아릴 수가 없었다.

　알베르트 슈바이처와 토마스 만의 가까운 친구였던 그는 그들에게 『수난』을 읽어 보라고 주었다. 그는 이 책을 좋아했으며, 앙티브의 은둔자와 친해지고 가능하다면 그를 돕겠다는 마음을 먹기에 이르렀다. 편지를 주고받는 상대방과 아직 안면이 없었기 때문에 니코스의 첫 감사 표시는 어색했다. 그리고 니코스는 그림자하고는 결코 따뜻한 대화에 뛰어들지 못했다. 그러나 니코스가 노르웨이로 갈 수 없었기 때문에 막스 타우가 앙티브로 오기로 했다. 나중에 두 사람은 함께 비극적인 시간을 이겨 내게 된다. 그들은 잘 웃었고, 심지어는 낙관적인 계획을 세우는 경쟁을 벌이기까지 했다. 그것이 마지막이 되리라고는 상상도 못하면서 그의 친구에게 작별의 포옹을 해주러 프라이부르크의 병원으로 막스 타우가 찾아갔던 최후의 나날까지.

　다정하고 훌륭한 친구에게.

　당신의 편지는 나의 고독 해소에 큰 도움이 되었어요. ⋯⋯나는 더 이상 혼자가 아니고 당신과 함께이며, 네덜란드에서는 다시 한 번 당신 덕택에 덴 둘라르트가⋯⋯. 언젠가는 내 고마움을 증명하게 될 날이 올까요?

　⋯⋯이제까지는 나의 걱정거리와 희망을 남들에게 전하는 데 거의 신경을 쓰지 않았지만, 당신의 목소리가 내 목소리에 대

답한다고 느끼는 지금은 다른 친구들의 목소리를 찾아봐야겠다는 욕심이 생깁니다. 아, 끔찍하고도 찬란한 우리 시대의 부패함과 패배주의에 저항한다는 목적을 위해서, 옛날 종교 교단들처럼 어떤 단체를 설립한다면(얼마나 멋질까요)!

혹시 앙티브를 거쳐 가게 되는 경우가 생기면, 나는 당신을 나의 집으로 맞아들여 환영하고 싶습니다. 현실은 영혼의 열렬한 소망에 호응하기만을 목적으로 삼습니다. 그래서 나는 당신을 언젠가는 앙티브에서 만나고 싶습니다......[56]

1951년 9월 15일
앙티브에서

프랑스어로부터 현대 그리스어와 순수어로 번역되어 아직도 아테네 프레벨라키스의 집 장롱 속에 파묻혀 있던 4만 단어가 밤낮으로 내 머리에서 떠나지 않았다. 완벽한 현대 프랑스어-그리스어 또는 그리스어-프랑스어 사전이 존재하지 않는데도 그 원고를 그냥 팽개쳐 둔다는 사실이 나에게는 한심하게 여겨졌다. 내가 그 얘기를 니코스에게 어찌나 자주 했던지, 그는 일을 같이 할 적절한 인물을 찾아내기만 한다면 그 과업을 끝내겠노라고 동의했다. 우리 두 사람은 일을 마무리 지어야 할 때가 되었다고 믿었다.

......소르본에서 현대 그리스어를 가르치는 교수 미람벨[57] 씨가

56 막스 타우에게 쓴 편지.
57 미람벨은 생각이 달라져서 나중에 사전을 혼자서 만들었다.

얼마 전에 6개월간 낙소스의 어휘 연구를 마치고 그리스로부터 돌아오는 길에 앙티브로 찾아왔었습니다. 그는 이곳에서 사흘 동안 묵었고, 우리는 순수어와 민중어로 프랑스어–그리스어 사전을 만들기 위한 기초 작업을 했습니다……. 우리는 그 일을 2년 안에 끝내자는 생각을 했습니다. 엄청난 작업이며 아주 힘든 일이기도 하죠. 하지만 미람벨은 너무나 총명하고, 나는 현대 민중 그리스어를 너무나 사랑하기 때문에, 우리가 훌륭하고도 아주 쓸모 있는 작품을 남기게 되기를 소망합니다…….

나는 굉장히 일을 많이 합니다. 더 이상 잠을 잘 시간도 없어졌습니다. 눈사태처럼 창조의 폭풍이 우리 위로 쏟아집니다……. 그것을 지탱하려면 무쇠 같은 육신이 필요합니다. 나는 휴식을 좀 취하고 싶지만, 어떻게 그럴 수 있겠습니까? 나는 서둘러야 합니다. 나의 내면에 존재하는 어떤 힘이 무자비하게 서두르고 있으니까요…….[58]

1951년 11월 6일
마놀리타 별장에서

『최후의 유혹』을 타자로 정리하고 난 다음 우리는 그것을 뵈리에 크뇌스에게 보냈다.

나는 깊은 애착심을 가지고 이 작품을 당신에게 보냅니다. 당신은 그것을 읽을 만한 인내심을 지녔고, 조금씩 읽어 내려가면

---

58 뵈리에 크뇌스에게 쓴 편지.

당신은 틀림없이 내가 그 글을 쓸 때 느꼈던 똑같은 감정에 사로잡히게 되리라고 믿습니다. 나는 서양의 위대한 기독교 문명 밑에 깔린 거룩한 신화를 새롭게 보충하기를 원했습니다. 그것은 단순한 〈그리스도의 생애〉가 아닙니다. 그것은 모든 교회와 모든 사제복을 걸친 기독교의 성직자가 그의 모습을 왜곡해 가면서 덧붙인 거짓말과 왜소함을 — 그런 군더더기들을 — 벗겨 버린 그리스도의 진수를 재생시키려는 힘들고, 성스럽고, 창조적인 노력입니다.

내가 흐르는 눈물을 참을 수 없었기 때문에 원고의 여기저기 얼룩이 났습니다. 복음서에서 전하는 그런 식으로는 그리스도가 절대로 남겼을 리가 없는 가르침들을 나는 보충했고, 그리스도의 마음에 어울리는 숭고하고도 자비로운 종결로 얘기들을 끝냈습니다. 그가 말한 우리가 알지 못하는 어휘들을 나는 그의 입을 통해서 전했는데, 만일 그의 정신적인 힘과 순수성을 제자들이 지녔더라면 그리스도가 틀림없이 그런 말을 했다고 전했으리라는 생각에서였습니다. 그리고 어디를 봐도 시와, 동물과 식물과 인간에 대한 사랑과, 영혼에 대한 자신감과, 의지를 밝히는 빛으로 충만합니다.

지금까지 1년 동안 나는 칸의 도서관에서 그리스도와 유대, 그 시대의 역사, 탈무드 등등에 대한 책을 빌려다 보았습니다. 그래서 〈*Poiēsis philosophōteron historias*(시는 역사보다 철학적이다)〉라는 말마따나 노예처럼 역사에 충실하지 않아도 되는 시인의 권리를 나도 인정하기는 하지만, 모든 세부적인 사항은 역사적으로 정확합니다.

1951년 11월 13일
마놀리타 별장에서

그 무렵 『미할리스 대장』을 읽는 중이었던 막스 타우에게 편지를 쓸 때 니코스는 자신으로 하여금 크레타를 주제로 한 작품을 쓰게 했던 동기를 다시 언급한다.

……이 책에 담긴 모든 내용은 진실입니다……. 무엇보다도 내가 더 보여 주기를 원했던 바는 자유를 위해서 투쟁하는 민족 전체를 사로잡았던 성스러운 분노입니다. 지극히 하찮은 사람들이 너무나 인간적이면서도 너무나 비인간적인 무서운 회오리에 휩쓸려 영웅이 되었습니다…….

나는 1889년의 크레타 반란을 너무나 강렬하게 경험했기 때문에 오늘날까지도 참된 깊이와 피맺힌 모서리를 지닌 무엇을 글로 쓰려고 할 때마다 어린 시절의 그 기억들을 뒤지고는 합니다……. 하늘, 바다, 여인, 꽃, 죽음의 개념, 삶의 잔인한 아름다움을 나는 어린아이의 불타는 마음으로밖에는 알지 못합니다. 이런 모든 신비를 나는 그때 처음 나 자신의 것으로 만들었으며, 그것들을 접할 때면 지금까지도 불타오르거나 떨고는 합니다. 만일 내가 이렇게 떨리는 감각과 어린 시절의 기억들을 상실한다면, 나머지는 모두 아무런 가치도 지니지 못합니다. 거기에는 서양의 그림자들과 하찮은 당위성만 남을 테니까요.

1951년 11월 16일
앙티브에서

1952년 이해는 시작이 나빴다. 독감과 고열에 시달린 다음에 니코스의 입술이 다시 부어올랐다. 그는 계속 기침을 했다. 그것이 나를 걱정스럽게 했다. 그의 선량하고 장난기 어린 눈에는 슬픔밖에 없었다. 나는 나 자신의 얼굴에 가면처럼 자꾸만 집요하게 덮쳐 오려는 얼굴을 — 루브르에서 본 코바루비아스의 얼굴을 — 쫓아 버렸다. 나는 그가 고통을 잊게 하려고 머리에 떠오르는 대로 아무 얘기나 했다. 그는 나의 젊은 조카가 정성을 들여 예술 작품처럼 만들어 내놓는 요리를 거들떠보지도 않았다. 그는 우리에게 한 가지만을 요구했다.

「나한테 신경 쓰지 말아요.」 그가 우리에게 말했다. 「내 영혼이 나름대로의 법칙을 내 육신에게 강요할 따름이에요. 내 영혼은 〈파우스트 제3부〉를 통해 자신을 표현할 능력이 없다는 데 대해서 분노했어요.」

「〈파우스트 제3부〉니 제4부니 하는 게 다 무슨 상관인가요?」 내가 말했다. 「당신의 두뇌 속에서는 너무나 많은 주제가 들끓어요. 당신은 나에게 고향의 노처녀들을 연상시켜요. 〈나는 남편을 원해요. 나는 지금 남편을 원한다고요. 그리고 만일 내가 기다려야 한다면 나는 그런 남편은 전혀 원하지 않아요.〉」

제비 한 마리가 날아왔다고 해서 여름이 오지는 않듯이, 오래간만에 그리스에서 전해 온 한 가지 반가운 소식도 상황을 바꿔 놓지는 못했다. 판델리스 프레벨라키스가 「정신 수련」을 호화판으로 준비해 놓았다는 소식이었다. 그리스 최고의 목각 공예가들 가운데 한 사람인 이안니스 케팔리노스가 아주 아름답고 점잖은 삽화로 표지를 장식했다. 엠마누엘 카스다글리의 도움을 받아 프레벨라키스는 그의 선배이자 친구의 전집을 지극히 정성스럽게 만들어 보려는 계획에 몰두했다. 카잔차키스는 그 소식을 듣고 기뻐했다. 그의 친구가 『수난』을 좋아하지 않았고, 연달아 위대한 소설을 쓰는 동안 그가 느꼈던 기쁨과 강렬한 감정에 공감하지 않았다고 해서 늙어 가는 작가가 그 젊은이에 대해서 간직했던 애정에 변화가 생긴 것은 아니었다. 「나는 능력이 미치는 한 발전을 해왔어요.」 카잔차키스가 가끔 말했다. 「나를 능가하는 것이 프레벨라키스가 해야 할 일이에요. 오직 그것만이 아들이 아버지를 영광스럽게 만드는 길이에요.」

하지만 다른 그리스인들에 대해서 카잔차키스는 훨씬 엄격했다. 이것은 그리스를 방문하려고 준비 중이던 뵈리에 크뇌스에게 그가 쓴 편지이다.

산악과 섬에서 사는 그리스 사람들은 대단히 훌륭해요. 그들에게는 크나큰 미덕과 인간적인 깊이가 있습니다. 하지만 요즈음 그들의 지도자들은 수치스러운 존재입니다. 그리고 지성인들 가운데에서 당신은 포부와, 지적인 호기심과, 초연한 사랑을 지닌 젊은 사람을 몇 명 발견할 수 있을 것입니다. 나이가 많은 사람들은 모두 길을 잃었어요.

내가 쓴 책들은 오늘날의 그리스 사람들이 흥미를 느끼지 못하는 심리적인 문제들을 다루기 때문에 그리스에서는 아무런 반향을 일으키지 못합니다. 나의 모든 작품이 다루는 중요한, 그리고 거의 하나뿐인 주제는 〈신〉에 대항하는 인간의 투쟁 ── 그의 내면과 주변에 존재하는 요소들의 무서운 힘과 어둠에 맞서서 〈인간〉이라고 불리는 벌거벗은 벌레가 수행하는 꺼질 줄 모르고 항복할 줄 모르는 투쟁입니다. 영원하고 끝없는 밤을 뚫고 나가 어둠을 정복하기 위해서 싸우는 작은 불꽃의 강인함, 그 투쟁의 집요함. 어둠을 빛으로 바꾸고, 노예 제도를 자유로 바꾸려는 고뇌에 찬 싸움 ── 모든 투쟁이 슬프게도 오늘날의 그리스 지성인들에게는 생소하고 이해하기 힘든 무엇이 되어 버리고 말았습니다. 그리고 그런 이유로 해서 나는 그리스에서 그토록 낯설고 외로운 존재입니다…….

1952년 1월 4일
앙티브의 마놀리타 별장에서

모든 존재가 행복을 갈망하는 가운데 봄이 일찍 찾아왔다. 영혼은 지친 육신을 싫어했고 날개를 요구했다. 니코스의 부어오른 입술이 서서히 가라앉았다. 그러나 슬픔은 끈질기게 계속되었다. 이것은 그의 성(城) 주춧돌에서 성의 주인이 발견한 최초의 균열이었을까?

「내가 간에 병이 나서 쓰러지고 당신이 내 병상 옆에서 몇 시간씩이나 대야를 들고 기다리다가 어둠 속에서 습포를 바꿔 주었을 때, 당신은 나에게 자꾸만 무슨 말을 하셨던가요? 〈참아요, 참아요, 레노치카. 삶은 아름다워요. 우리는 특별한 은혜를 받은 사람들이에요.〉 그리고 병을 쫓아 버리기 위해서 당신은 어떻게 했나요? 당신은 나에게 아름다운 크레타의 얘기를 해주었어요. 슬프게도 나는 크레타의 얘기를 하나도 알지 못합니다. 하지만 부탁만 하신다면 나는 인간의 책이 지금까지 담아낸 가장 아름다운 얘기를 당신에게 읽어 주겠어요.」

내가 사랑했던 두 눈이 아주 먼 곳으로부터 되돌아왔다. 잠시 동안 그 눈은 재미있다는 듯 나를 쳐다보더니, 다시 한 번 형언할 수 없는 슬픔 속으로 빠져 들어갔다.

그랬더니 — 어떤 연상 작용 때문이었는지 이제 더 이상 나로서는 알 길이 없지만 — 눈이, 고테스가브의 멋진 백설이 내 머리에 떠올랐다. 침묵과 수정의 우주, 경쾌한 공기, 암소의 따스한 입김.

「당신 혼자 높은 산으로 가서 눈 속에서 당신 자신을 잃어버리고 싶지 않으세요?」

오스트리아의 알프스로 떠나기 직전에 니코스는 오슬로로부터 가슴을 설레게 하는 소식을 들었다. 비록 그리스 작가들이 그를 반대하는 모함을 꾸미기는 했어도 노르웨이의 문인들이 그를 만장일치로 노벨상 후보로 추천했다는 소식이었다. 그리고 비록 그리스가 그의 여권을 갱신해 주기를 꺼려해서 그를 프랑스에 죄수처럼 가두어 두기는 했어도 노르웨이가 갱신해 주겠다고 동의를 해왔다. 〈당신이 노르웨이 시민권을 받는 데는 몇 시간이면 충분해요.〉 막스 타우가 편지를 보내왔다. 〈그리고 만일 내가 라디오에서 호소를 한다면 당신은 원하는 어느 나라에서든 살게 될 겁니다.〉 하지만 그가 무슨 얘기를 해도 카잔차키스는 국적을 바꾸기를 원하지 않았고, 누구에게 도움을 청하려고도 하지 않았다.

존경하는 소중한 친구에게.

얼마나 놀라운 기적인가요! 당신은 모든 일을 주선하고 준비했으며, 대단한 성공을 거두었습니다. 내가 무슨 말로 당신에게 감사를 드려야 할까요? 어떤 수호천사가 당신을 나의 고독한 삶으로 이끌어 주었나요? 그리고 당신은 나를 손으로 이끌어 주면서 이렇게 말했습니다. 「나를 따라와요. 내가 길을 아니까 안심해요.」 그리고 나는 당신을 따라갑니다.

당신 편지가 도착했을 때 나는 열이 40도였습니다. 지난 두 달 동안 나는 새 작품[59]을 시작하려고 엄청난 노력을 기울였고, 대단한 어려움을 겪는 중입니다. 나의 분노한 영혼은 육신을 빚어내고, 뭉개기도 하고, 다시 빚어내면서 제멋대로 다루고는 열병에 걸린 듯 허탈한 상태에서 침대로 던져 버리기도 합니다. 나의 내면에서 이성과 그것에 저항하는 실체 사이에서 전쟁이 벌어질 때마다 항상 이런 일이 생깁니다. 당신의 편지가 도착한 것은 행운입니다. 그것이 벌써 나에게 좋은 영향을 끼쳤다는 사실을 나는 확신합니다.[60]

1952년 1월 20일
앙티브에서

1952년 1월 30일에 그는 뵈리에 크뇌스에게 편지를 썼다.

······며칠 후에 나는 오스트리아의 티롤로 떠날 생각입니다. 나는 매우 지쳤고, 조심해야만 합니다. 새 작품을 시작하려던 노력이 나를 무척 지치게 했습니다······ 지난 몇 달 동안 나는 여러 가지 생각을 했습니다······ 나는 더 이상 지금까지처럼 누구에 대한 책임으로부터도 자유로운 몸이 아닙니다. 『수난』이 그런 결과를 가져온 후, 이제 내가 쓰는 하나하나의 작품은 한 발자국 더 멀리, 더 앞으로, 더 높이 나아가게끔 만들어야 할 의무가 나에게 생겼습니다. 『최후의 유혹』이 바로 그런 발전을 이룬 작품입니다. 새 작품

---

59 「파우스트 제3부」를 말한다.
60 막스 타우에게 쓴 편지.

은 그보다도 한 발자국 더 나아가야 합니다. 이 책임은 아주 무거우며, 내 육신은 영혼을 따라가느라고 기진맥진했습니다…….

　그리고 키츠뷔엘의 슈탕 여인숙에서 그는 앙티브로 나에게 편지를 썼다.

　……오늘 나는 키츠뷔엘로 내려갔었어요……. 점심때쯤 집으로 돌아왔고요. 꽃이 만발한 듯 눈을 잔뜩 인 채로 꼼짝 않고 선 나무들의 아름다움은 말로 표현할 수가 없다오. 그리고 사방의 산은 새하얗고 아주 높았어요. 그리고 항상 눈이 내리고 또 내렸어요. 눈이 몇 미터씩이나 높이 쌓인답니다. 사슴이 숲에서 먹이를 찾지 못해 마을로 내려오고요……. 나는 고테스가브를 회상했는데, 다른 점이라고는 유럽에서 가장 아름다운 경치 가운데 하나인 이곳 경치가 지극히 멋지다는 사실뿐이죠…….
　나는 잘 지내고, 휴식도 취해서 기침을 하지 않아요. 피부가 터진 마지막 흔적도 사라졌어요. 내일부터 나는 피베그가 나에게 요구한 소설 『전쟁과 신부』 때문에 바쁠 거예요…….
　마놀리타에서는 모든 일이 잘 되어 가리라고 믿으며, 내가 없는 생활에 당신이 익숙해졌기를 바라요. 멀리 떠나면 나는 당신에게 폭군 노릇을 했던 일 때문에 온통 양심의 가책에 시달린답니다. 산악 생활이 나에게 마음의 평화를 주어 내가 보다 좋게 처신하게 되기를 바랍시다…….
　너무나 많은 사람들, 너무나 많은 여자들, 너무나 많은 노파들이 아침마다 스키를 타러 눈 속으로 나가요……. 굉장한 활력과 유쾌한 기분을 드러내는 그들은 점심때가 되면 야수처럼 배고파 하면서 돌아옵니다……. 하얗고 하얀 숲에는 온통 전나무들. 새도 없고 짐승도 없고, 새와 짐승들이 창조되기 전 시대의 침묵뿐이에요. 가끔 한 번씩 추녀 끝에 매달린 고드름이 무게를 못 이겨 부러져서 떨어지고요. 눈이 잔뜩 쌓인 지붕이 삐걱거리고 사람들은 틈만 나면 삽을 들고 올라가서 눈을 치웁니다.

이게 나의 생활이에요. 나의 모든 편지가 같은 내용이에요…….

내 사랑이여, 하느님의 가호가 당신과 함께하기를! 세상에는 다른 사람은 아무도 존재하지 않아요…….

1952년 2월 13일

키츠뷔엘에서 니코스는 얼마 후에 보다 조용한 곳인 로퍼로 거처를 옮겼다. 그와 사이가 좋아진 여관 주인은 히틀러에게도 그런 적이 있다면서 그에게 점을 봐주겠다고 했다……. 「주제를 찾느라고 자신을 기진맥진하게 만들지 말아요.」 니코스의 손금을 보고 나서 그가 말했다. 「주제가 당신을 찾아올 테니까 참고 기다리면서 시간을 주도록 해요. 그뿐 아니라 당신은 오래 살겠어요. 아주 심한 병을 앓기는 하겠지만요.」

니코스는 이제 내 곁에 없으므로, 후회하는 나를 말릴 길이 없다. 그리고 나에게는 후회할 일이 많다. 나는 별생각 없이 떠났던 어떤 여행들을 후회한다……. 나는 나하고 같이 길을 가던 이의 과장된 낙천성에 내가 도취되었던 때를 후회한다……. 나는 때때로 우리에게 경고를 하려고 했던 나 자신의 육감에 순종하지 않

892

았음을 후회한다…… 무엇보다도 나는 우리의 운명이 붉은 머리의 낯선 여인의 형태를 취했기 때문에 어느 날 문을 열어 주었던 것을 가장 후회한다.

문의 유리를 통해서 나는 성냥개비들처럼 일어선 숱이 적은 머리카락을, 무슨 심한 사고를 당해 망가진 얼굴을, 곤경에 빠진 표정을 보았다. 낯선 이는 나에게 서투른 프랑스어로 말했다. 니코스가 시갈에서 나를 기다렸으며, 나는 버스를 놓칠까 봐 굉장히 급했다. 그럼에도 불구하고 나는 지체하면서 낯선 이의 얘기를 들었다. 그녀는 친구가 머물 수 있도록 방을 하나 달라고 부탁하러 왔노라고 말했다. 그녀는 얼마 전부터 우리 이웃에 살았으며, 산책을 나온 우리를 보았노라고 했다. 그녀는 〈예술인〉이었으며, 우리 시대의 모든 위대한 사람을 알고 있었다.

가능한 한 완곡한 방법으로 나는 면담을 종결지었다. 그녀는 전혀 기가 꺾이지 않았고, 우리가 돌아오기만 하면 당장 다시 찾아와서 더 안면을 익히겠다고 약속했다.

그토록 오랜 고통스러운 회상의 세월이 지나고 난 지금, 나는 아지도 이 붉은 머리 여자의 얼굴 뒤에 우리의 운명이 숨어서 기다리고 있었다고 생각한다.

시갈과 이탈리아에로의 여행을 끝내고 우리가 앙티브에서 삶을 다시 계속하려니까, 붉은 머리 여자가 다시 한 번 우리 집 초인종을 울렸다. 우리는 그녀의 초대를 받아들였다. 그녀의 나라에서 나온 신문을 통해서 그녀는 네덜란드에서 거둔 『수난』의 놀라운 성공에 대해서 알게 된 최초의 인물이 되었다. 그때부터 그녀는 자기와 함께 네덜란드로 가서 니코스의 포진(疱疹)을 치료해 보도록 하라고 끈질기게 권했다.

그렇게 해서 1952년 12월에 우리는 위트레흐트의 웅장한 병원을 찾아가게 되었다.

네덜란드의 출판사 사장은 친절한 정도가 아니라 보기 드문 사람이어서, 밤낮으로 우리의 곁을 떠나지 않았다. 아이기나에서 온 우리의 친구들 —— 블레이스트라 부부는 매혹적이었고, 덴 둘라르트와 그의 젊은 아내는 지극히 흥미로운 사람들이었으며, 선교사 J. 폰 G.는 자주 찾아와서 갖가지 형이상학적이거나 사회적인 문제들을 놓고 니코스와 대화를 가졌다.

실험 결과 아무런 별다른 병이 나타나지 않았고, 우리는 12월 5일에 병원을 떠나기로 했다. 성 니콜라스의 축일인 6일에는 카잔차키스를 존경하는 사람들이 그를 위해 암스테르담에서 환영회를 열기로 했다. 그러나 12월 4일에 니코스의 입술이 약간 부어올랐다.

「남편의 입술이 부어올랐기 때문에 우린 병원을 떠나지 않겠어요.」 내가 의사에게 말했다. 「어쨌든 그이는 사람들 앞에 나갈 수가 없어요.」

「나는 당신들이 12월 5일에 병원을 떠나게 되리라고 약속했고, 그러니까 당신들은 떠나야 합니다.」 의사가 반박했다. 「카잔차키스 선생님은 스트렙토마이신을 호주머니에 넣어 가지고 가시면 됩니다.」

「날씨가 굉장히 춥고 우리는 추위에 익숙하지 않아요. 암스테르담에서는 독감이 기승을 부립니다. 그리고 의사 선생님은 내 남편이 감기에 걸리지 않도록 조심하라는 말을 여러 번 하셨잖아요.」

「카잔차키스 선생님은 감기에 걸리지 않아요. 그분은 아주 튼튼합니다.」

카잔차키스는 감기에 걸렸다. 더욱 나쁜 일은, 독감에 걸렸다는 사실이었다. 우리가 네덜란드 여기저기에 흩어져 있는 미술관에서 렘브란트와 프란스 할스와 페르메이[61]와 반 고흐의 작품을 구경할 시간도 별로 가지지 못했을 때, 니코스는 열이 심해져서 자리에 누워야만 했다.

그다음에 벌어진 일을 자세히 서술하기가 불가능하다. 암스테르담에서 며칠 절망적인 나날을 보내고 나서 우리는 위트레호트로 돌아갔다. 젊은 의사는 또다시 고집을 부렸다. 나는 그에게 충혈되어서 통증을 일으키는 니코스의 눈을 검사하도록 병원의 안과 의사를 데려오라고 애원했지만 소용없는 일이었다. 「아무것도 아니에요.」 의사가 우겼다. 「전체적인 상태의 일부일 따름이니까요.」

검사 결과 혈액에서 아무런 변화도 발견할 수 없었다. 그러나 니코스의 얼굴이 심하게 부어오르자 의사는 처음으로 그에게 코르티손[62]을 투약했다.

아, 니코스무여, 니코스여, 당신은 병든 사람이기는 했어도 그때 얼마나 대단한 저항을 했던가! 당신은 병상에서 발버둥을 치며 당장 당신을 앙티브로 데려가야 한다고 나에게 명령하지 않았던가!

「나는 아무렇지도 않아요. 집으로 돌아가기만 하면 병이 나을 거예요.」

내 애원도 소용이 없었다. 환자에게 인내심을 불어넣기 위해 노력하는 대신, 운명이 우리에게 보내 준 젊은 의사는 (나중에 내가 알아낸 사실이지만) 저녁이면 교회에 가서 그를 위해 기도하느라고 시간을 보냈다. 그리고 그는 출판사 사장에게 내가 구할

---

61 Frans Hals(1581?~1666)는 초상화와 풍속화로 유명했던 네덜란드 화가이며, Jan Vermeer(1632~1675)는 가정생활을 주제로 한 소품을 주로 그린 네덜란드 화가이다 — 역주.

62 부신 피질 호르몬의 일종으로 류머티즘성 관절염 치료약 — 역주.

길이 없다고 거짓말을 한 돌아갈 차표를 우리에게 구해 주라고 부탁했다.

통찰력이 있는 카산드라처럼 나는 우리의 미래에 닥쳐올 재난을 예견했다. 간호사 경험이 없었던 나는 내 동반자의 심한 초조감에 그만 영향을 받고 말았다. 나는 그런 상태에 빠진 그의 모습을 한 번도 본 적이 없었다.

일단 우리가 앙티브로 돌아온 다음 그의 눈 상태는 더욱 나빠졌다. 눈이 곰팡으로 덮이는 것을 보게 된 날, 마침내 나는 내 손으로 일을 처리해야겠다고 결심했다.

「의사 선생님.」 나는 안과 의사에게 말했다. 「오늘 저녁에 남편을 파리로 데려가겠어요. 여기서 하루라도 더 지체하면 그이는 눈을 잃고 말겠어요.」

「하느님은 우리에게 두 개의 눈을 주셨습니다, 부인. 하나를 잃어도 다른 하나는 남습니다!」

다행히도 파리에서는 우리의 친구 스테리아노스 박사와 의리 있는 메트랄 부부가 역에서 니코스를 기다리고 있었다. 그리고 그의 눈은 처음으로 구제를 받았다.

(그러나 나는 얘기를 앞당겨서 했다. 자신의 삶에 대한 뼈아픈 얘기를 시간적으로 정리해서 회고하기는 어려운 일이다. 가능한 한 빨리 지옥을 벗어나 빛이 보이는 곳으로 나오기 위해 어서어서 우리는 서두르게 마련이다.

그때부터 나는 니코스의 곁을 결코 떠나지 않았다. 그래서 나는 나중에 그가 하일마이어 박사에게 치료를 받기 위해서 갔던 프라이부르크로부터 보낸 〈건강 보고서〉 엽서들밖에는 가지고 있지 않다.)

이제 나는 다시 뒤로 ── 1952년 여름으로 ── 되돌아가야 하겠다.

비시와 키츠뷔엘 다음에 니코스는 다시 나를 이탈리아로 데리고 가기를 원했다. 이번에 우리는 볼로냐, 라벤나, 리미니, 산마리노, 페루자, 아시시, 아레초, 시에나를 찾아갔다…….

잊지 못할 시간들. 조토와 피에로 델라 프란체스카와 포베렐로를 발견하고 재발견하는 기쁨. 페루자의 에트루리아인들. 그러나 무엇보다도 니코스의 회상이 이외르겐센과 에리케타 푸치 백작 부인 두 사람 다 내 눈앞에서 되살아나게 했고, 낡은 집을 한 채 구하자는 미친 듯한 충동에 사로잡혔으며, 전에는 한 번도 함께 나오는 것을 본 적이 없는 두 종류의 과일인 무화과와 복숭아를 이외르겐센과 먹으면서 「피오레티」를 노래 부르며 그늘진 오솔길을 산책하던 아시시.

「당신은 문둥이의 입에 키스할 용기가 있나요?」 어느 날 우리가 포르티운쿨라에서 나오자마자 내가 그에게 불쑥 물어보았다.

「절대로 못 해요!」 부르르 떨면서 니코스가 대답했다.

「그렇다면 성 프란체스코와 슈바이처가 당신에게 무슨 도움이 되었나요? 만일 당신이 알베르트 슈바이처나 포베렐로만큼의 능력을 갖추었다면 당신은 문둥이들과 함께 살면서 그들을 위해 당신 삶의 다른 모든 능력을 희생시킬 수 있었겠어요?」

「아니, 아니에요. 나는 그렇지 못해요. 나는 전혀 그런 사람이 아니에요.」

「그렇다면요?」

「그래도 난 한 가지 배운 바가 있는데, 그건 인간은 아직도 기적이 세상으로 내려오게 만들 힘이 있다는 거예요. 손쉬운 행복으로 가는 큰길을 피하고, 불가능으로 가는 오름길을 선택하기만 하면 충분해요…….」

「행동의 길을 선택하지 않았다는 데 대해서 당신은 아직도 후회하나요?」

「당신도 알다시피 나는 내 본성을 바꿔 보려고 여러 번 노력했어요. 지금 나는 오직 한 가지, 내가 선택한 길의 끝에 도달하기만 바랄 뿐이에요. 누가 알아요, 레노치카? 어쩌면 나에게는 다른 길이 하나도 없었는지도 몰라요. 어쩌면 끝에 다다라서 보면 모든 길이 서로 만났는지도 모를 일이고요.」

「기적 속에서요?」

「우리가 삶이라고 부르는 영원한 기적 속에서요.」

일단 앙티브로 돌아온 그는 1952년 9월 9일에 뵈리에 크뇌스에게 편지를 썼다.

또다시 나는 순교와 기쁨의 책상 앞에 펜을 들고 앉아서 글을 씁니다. 나는 이탈리아에서 아주 아름다운 것들을 보았고, 무척 기분이 좋습니다. 나는 많은 생각을 했고, 아시시에서는 내가 너무나 사랑하는 위대한 순교자이며 영웅인 성 프란체스코와 다시 한 번 삶을 함께했습니다. 그리고 이제 나는 그에 대한 책을 쓰고

898

싶은 욕망에 사로잡혔습니다. 나는 그것을 쓰게 될까요? 아직 모르겠습니다. 나는 계시를 기다리고 있으며, 계시가 내린 다음에는 일을 시작하겠습니다. 당신도 알다시피 항상 나의 내면에서 벌어지는 인간과 신 사이의 투쟁, 실체와 영혼 사이의 투쟁은 내 삶과 작품의 지속적인 주제입니다.

집으로 돌아온 나는 카크리디스와 내가 번역한 『일리아스』의 원고를 발견했습니다. 강렬한 유혹을 느낀 나머지 나는 아주 더운 날 시원한 바닷물로 뛰어들듯이 호메로스의 시로 뛰어들었어요. 나는 새로운 눈으로 번역 원고를 살펴보고, 수정하고, 우리의 현대어가 지닌 풍요로움과 조화와 유연성을 접하며 기쁨으로 넘칩니다. 나는 이보다 큰 관능적인 쾌감을 한 번도 느껴 본 적이 없다고 생각합니다. 얼마나 훌륭한 언어이고, 얼마나 큰 감미로움과 힘이던가요!

어제 칸에서 나는 미국에서 내 책을 출판하는 막스 링컨 슈스터를 만났습니다. 우린 오랫동안 얘기를 나누었어요. 나는 그에게 영어로 번역된 『그리스인 조르바』를 주었습니다…… 오늘 나는 『그리스인 조르바』도 역시 출판하겠다고 동의하는 그의 열광적인 전보를 받았어요. 당신도 알다시피 내가 그 작품을 무척 사랑하기 때문에, 인간 조르바를 내가 무척 사랑하기 때문에 나는 기뻤습니다.

또다시 고양이와 생쥐의 싸움, 한쪽은 케이크이고, 다른 쪽은 독약. 9월에 우리는 완전한 황홀경에 빠졌었고, 12월에는 슬픔에 잠겼다.

우리가 미국인 출판업자 막스 슈스터와 그의 아내 레이를 만나러 칸으로 갈 준비를 하려니까 우편집배원이 존 리먼의 영어판 『그리스인 조르바』 한 권을 우리에게 가져다주었다. 겨드랑이에 책을 끼고 니코스는 호텔 칼턴에 모습을 나타냈다.

「잠깐 실례하겠어요.」 슈스터 씨가 말했다. 「난 위층에 올라가 무엇을 찾아봐야 되겠는데요.」 그는 한참 지난 다음에야 돌아왔다. 밑으로 내려온 그는 싱글벙글 웃었다. 식탁에서 그는 자기가 먹는 음식에 대해서는 거의 관심이 없어 보였다. 자기 자신이 읽지 않을 때면 그는 아내더러 『조르바』의 어느 구절을 읽거나, 책의 어떤 쪽에 주석을 달라고 부탁했다.

호텔로 돌아가는 동안 줄곧 그는 나더러 『최후의 유혹』에 대한 얘기를 해달라고 고집했다. 이 첫 번째 만남 이후로 카잔차키스의 작품이 한 권씩 계속해서 미국에 나타나기 시작했다. 유럽을 다시 방문할 때마다 슈스터 부부는 그들의 새 친구들을 만나려고 찾아왔다. 우리는 그런 이해심은 전혀 기대하지도 않았었다.

「막스, 『오디세이아』를 들고 있어요. 난 사진을 찍고 싶어요. 난 당신이 그 작품을 출판하리라는 걸 예견하니까요.」 『오디세이아』의 커다란 표지를 손에 든 남편의 사진을 찍으며 레이가 말했다.

우리가 위트레흐트로 떠나기 전에 니코스는 뵈리에 크뇌스에게 다음과 같은 편지를 썼다.

……성 프란체스코와 한 달 동안 떨어져 지내게 되어서 미안합니다. 날마다 아침에 책상으로 갈 때마다 나는 화가 앞에 앉은 모델처럼 그가 나를 기다리며 거기에 앉아 있는 모습을 봅니다. 그

리고 나는 그의 삶을 서술하고, 그의 도시와 얼굴을 묘사하기 시작하면 마음이 설레게 됩니다.

1952년 11월 7일
앙티브의 마놀리타 별장에서

네덜란드에서는 『수난』이 거두는 성공이 자꾸만 커졌다. 신문들은 위트레흐트로 치료를 받으러 갔던 그리스인 작가에 대해서 많은 기사를 실었다. 또다시 실험 결과는 아무런 심각한 문제가 없다고 우리를 안심시켰다. 홀가분해진 마음으로 우리는 계획을 세웠다. 종달새가 거울에 끌리듯 우리는 이 나라의 수많은 미술관에 끌렸다.

가장 소중한 동지에게.
나는 당신의 마지막 편지를 설레는 마음으로 읽었고, 당신이 『최후의 유혹』을 좋아한다니 기쁩니다. 이곳 네덜란드에서 나는 그 작품의 신학적인 측면에 대해서 성직자들과 흥미 있는 대화를 나누었습니다. 어떤 사람들은 그리스도가 유혹을 당했다는 데 대해서 충격을 받았습니다. 하지만 이 작품을 쓰는 동안 나는 그리스도가 느끼는 바를 느꼈습니다. 그리고 나는 그가 골고타로 가는 길에 크나큰 유혹이, 지극히 신비하면서도 대부분 타당한 유혹이 그를 방해하려고 찾아왔다는 사실을 분명히 알고 있습니다. 하지만 신학자들이 어떻게 그것을 다 알겠어요?
우리는 위트레흐트에서 사흘 동안 더 머물고, 그런 다음에는 여러 도시와 미술관을 찾아보는 여행을 시작할 것입니다. 내일

의사가 엘레니한테 어떤 식이 요법을 따라야 할지 가르쳐 준답니다. 어제 그녀는 수혈을 받았는데 ── 네덜란드의 피를 받았죠.

나는 그토록 많은 화폭, 기막힌 그림들을 보게 되기를 즐거운 마음으로 고대합니다. 이것은 내가 반쯤 끝마치고 마놀리타 별장의 책상에 놓아두고 온 성 프란체스코에게 틀림없이 도움이 될 것입니다. 모든 예술은 뿌리가 같으며, 때로는 한 곡의 음악이나 한 장의 그림이 문학 작품보다 더 많은 영향을 나에게 끼치고 도움을 줍니다. 그렇기 때문에 나는 어서 렘브란트와 할스와 반 고흐를 보고 싶어 조바심합니다.

내가 당신에게 편지를 쓰는 이 순간에 눈이 내립니다. 나무들이 수정처럼 보여요. 갈매기 한 떼가 창밖에서 날아다닙니다. 나는 북부의 풍경과 정적을 무척 오랫동안 갈망해 왔습니다…….

내가 당신에게 보낸 사진은 많은 네덜란드 신문에 실렸고, 서점의 진열창에도 전시가 되었어요. 엘레니는 그것이 기분 좋은가 봅니다. 불행히도 나는 행복감을 느끼지 못하는데 ── 나는 이제 성 프란체스코만을 갈망합니다…….[63]

1952년 11월 27일
위트레흐트에서

……네덜란드 여행이 끝났습니다. 모레 우리는 비행기 편으로 마놀리타를 향해 출발합니다. 의료 결과는 아주 좋았어요. 엘레니나 나에게는 아무런 심각한 결함이 없답니다. 하지만 우리는 이제 어떤 식이 요법을 따라야만 하는지를 알게 되었습니다.

성탄을 축하하고, 나의 친구여, 많은 기쁨과 건강과 행복이 당

---

63 테아 아네모얀니에게 쓴 편지.

902

신 가정에 깃들기를 바랍니다. 그날 밤 베들레헴에서 〈거룩하시다Hosanna in Excelsis Deo〉를 노래한 모든 천사들이 당신의 집으로도 찾아와 지붕 위에서 노래를 불러 주기를 바랍니다!

Pax et bonum(평화와 기쁨이)*!*

1952년 12월 23일
위트레흐트에서
니코스가[64]

1953년 신경을 안 쓰는 독자라면 마지막 두 편지 사이에 많은 사건이 흘러갔음을 전혀 눈치 채지 못했으리라. 자신의 개인적인 고통에 대해서 니코스는 친구들에게 단 한 마디도 언급하지 않았다. 나중에 비샤 병원이나 뷔트-쇼몽의 작은 진료소에서 그는 모든 사람을 놀라게 했다. 오슬로에서 온 토베와 막스 타우,[65] 옥스퍼드에서 온 영국인 출판업자 조지 힐, 위트레흐트에서 온 A. 블룸스마, 파리의 친구들, 우리의 영원한 친구들…… 차례로 우리에게 거처를 제공했던 메트랄 부부나 뮈오 부부의 집에서 얼마나 자주 우리는 이 고통스러운 순간들을 되새기고는 했던가. 그리고 고통을 받는 중에도 어떻게 처신해야 하는지에 대해서 니코스는 우리에게 얼마나 기막힌 교훈을 주었던가!

「그는 사자예요! 나는 사자 한 마리를 보았어요!」 눈에 붕대를 감은 채 면도도 못 하고 사나운 모습으로 병상에 누운 니코스를 처음 보고 나서 마리루이스 바타유가 감탄했다. 「조금도 두려워하지 말아요, 엘레니. 그가 낙관적인 건 당연하니까요. 그에게 말

---

64 『영혼의 자서전』과 『성자 프란체스코』 참조.
65 그들은 엘레니가 기다리기로 했던 앙티브로 먼저 갔다.

을 하도록 시키는 것은 그가 아니라 그의 본능이에요……」

3개월 후 한 발을 무덤에 걸쳐 놓고, 고름이 가득한 커다란 종기가 생기고, 바깥세상은 거의 의식하지 못하면서, 그는 나에게 앵두를 달라고 하고는 프란체스코 시구를 받아쓰라고 했다. 그리고 이미 영혼이 표면으로 나오도록 허락한 그의 육신이 그러했듯이 시는 완벽하고, 견실하고, 투명했다. 그리고 그는 시를 아무것도 삭제하지 않으면서 나에게 받아쓰기를 시켰는데, 받아쓰기를 잘 시키지 못했던 그로서는 예외적인 일이었다. 이것을 나는 〈성 프란체스코의 두 번째 기적〉이라고 불렀는데, 첫 번째 기적은 아이기나에서 굶주림으로부터 우리를 구해 주었다.

첫 번째와 두 번째 재난 사이에 우리는 몇 주일의 평온한 기간을 가졌으며, 그동안 니코스는 〈아시시의 거지〉와 함께 지냈다.

……당신 편지를 받아서 기뻤습니다. 눈은 계속해서 좋아지지만, 피로가 빨리 오기 때문에 나는 아직도 앉아서 글을 쓸 수가 없습니다. 그래서 성 프란체스코는 내 책상에서 기다립니다. 그렇지만 내 이성은 변함없이 일을 해요. 내 마음속에서는 작품 전체가 완성되었고, 나는 이제 그것을 베껴 놓기만 하면 됩니다. 당신도 알다시피 외국 평론가들은 예기치 않게 열광적이고 과장된 표현을 동원하므로, 만일 강인한 크레타인 두뇌를 가지고 있지 않았다면 나는 행복했을 것입니다. 하지만 지금 나는 내가 원하던 바를 성취하지 못했고, 시간은 흘러가지만 내가 과연 그것을 성취할 수 있을지 알 길이 없습니다. 나는 언제 「파우스트 제3부」를 착수하게 될까요? 내 능력이 저절로 드러나는 것은 그 작품에서일 것입니다. 나는 아직 그 작품을 쓸 능력을 갖추지 못했다고

느끼기 때문에 자꾸만 일을 뒤로 미룹니다. 하지만 파리의 병원에서 나는 드디어 신화를 찾아냈습니다. 그래서 가장 힘든 첫걸음은 떼어 놓은 셈입니다. 신의 도움이 나에게 내리기를![66]

1953년 3월 19일

앙티브에서

바로 그 무렵 어느 화창한 날 아침에 그는 눈이 충혈되기 시작했다. 겁에 질린 나는 니코스에게 파리로 돌아가자고 애원했다. 그는 거절했다. 앙티브의 늙은 안과 의사는 알코올 중독자였지만 우리는 그런 사실을 알지 못했다. 거추장스러울 정도로 자라난 눈썹을 소작(燒灼)하려다가 그는 니코스의 눈에 화상을 입혔다.

「아!」 그가 짜증을 부리며 소리쳤다. 「내가 당신한테 화상을 입혔군요!」

그래서 다시 한 번 니코스는 파리로 가야 했다. 그가 기차를 타기 직전에 안과 의사는 우유 주사를 놓으면서 파리에 가면 두 대를 더 맞으라고 지시했는데, 그 주사가 굳어 버린 종기에 자극을 주기 위해서라는 설명은 그에게 해주지 않았다.

만일 장 베르나르 박사가 직접 그를 맡지 않았더라면 이번에는 니코스 카잔차키스도 죽음을 피하지 못했을 터였다.

무슨 수를 써서라도 니코스를 제거하려던 운명과, 이번에도 다시 의사의 경험 부족 때문에 생겨난 새로운 사건의 자세한 내용은 생략하겠다. 그러나 카잔차키스의 태도에 대해서는 얘기를 하지 않고 지나갈 수가 없다. 우리 친구 메트랄 부부의 집에 도착한

66 테아 아네모얀니에게 쓴 편지.

나는 그가 완전한 환희의 상태에 빠졌음을 알았으며, 그는 나를 보려고 눈을 뜨고는 소리쳤다. 「어서 와요! 왜 그런 사소한 문제를 가지고 흥분하나요?」 그리고 나중에 몽마르트르의 진료소에서는, 『『미할리스 대장』을 나한테 읽어 줘요. 아니, 차라리 종이를 가지고 와서 받아쓰도록 해요.」

가혹하고 숭고한 시간들! 그는 친구인 뵈리에 크뇌스에게 보내는 편지를 나더러 받아쓰라고 했다.

……이 병을 앓는 동안 나는 성 프란체스코의 시 몇 편을 썼는데, 내 생각에는 좋은 작품 같아요. 간결하고, 감정과 의미가 가득하며, 하느님에 대한 성 프란체스코의 믿음으로 넘칩니다. 진료소와 병원의 벽 속에 갇혀 너무나 여러 달을 지내다 보니 내 삶은 어둡고 절망적입니다. 엘레니와 프란체스코가 아니었더라면 나는 견디어 내지 못했을 것입니다. 나는 문을 열고 떠나갔어야 합니다. 하지만 나는 당신과 세상에서 내가 사귄 몇 명, 아주 소수의 친구들을 생각했고, 그들을 실망시키고 싶지 않습니다. 나는 어둠을 정복하기 위해서 저항하고, 싸우고, 나의 내면에 존재하는 모든 빛의 힘을 동원합니다. 그리고 나는 이미 그것을 정복하기 시작했다고 믿습니다. 나는 완전히 향상되었습니다. 상처만 아물면 되니까요. 그러니까 걱정하지 마세요. 아주 소중한 친구여, 나는 곧 일어서고, 당신 곁에서 싸우겠습니다. 그것은 우리두 사람 모두 용감한 투사이고, 영혼으로 물질을 정복하겠다는 위대한 목표에 삶과 행복을 바쳤기 때문입니다……

1953년 6월 8일

파리에서

……내 건강에 대해서는 전혀 걱정하지 마십시오. 이제는 모든 일이 잘 풀려 나가고, 나는 이달 말에는 앙티브로 돌아가게 되리라고 기대합니다. 그곳에서 나는 카크리디스를 기다리겠고, 그러면 우리는 위대한 과업을 시작하게 됩니다. 나는 이 작품이 우리의 현대어를 영광스럽게 만들 철학적이고 문학적인 기념탑이 되리라고 생각합니다…….

프란체스코로 말하자면, 우리는 서두르면 안 됩니다. 내가 병을 앓는 지금, 이 작품은 나의 내면에서 끊임없이 보다 풍요하게 자라나는 중입니다. 나는 비망록을 만들었고, 성 프란체스코의 시를 썼으며, 장면들을 창조했고, 작품은 (새로운 자료의) 크나큰 풍성함으로 계속해서 팽창합니다. 나는 새로운 추진력을 가지고 그것을 처음부터 다시 쓰기 시작하겠습니다……. 내 능력이 미치는 한 나는 병을 앓는 기간을 이용해서 그것을 내 마음속에서 다시 쓰도록 노력했으며, 그래서 나는 병을 영혼으로 변형시켰기를 바랍니다.[67]

> 1953년 6월 12일
> 파리에서

성 프란체스코에 대한 니코스의 열정을 나는 성자의 모습을 한 영웅에 대한 그의 편애라고 나 자신에게 설명했다. 하지만 어떻게 그는 한 권의 작품을 그에게 바치려고 했던가? 그의 삶에서 이렇게 말기를 맞던 그는 가톨릭 성인 언행록으로 뛰어들려는 생각이었을까? 이 주제에 대한 우리의 오랜 토론으로부터 산발적

---

67 뵈리에 크뇌스에게 쓴 편지.

인 말들이 내 머리에 다시 떠올랐다.

　열병의 혼수 상태 속에서(독자는 뷔트-쇼몽의 진료소를 기억하는가?) 나는 포베렐로가 나를 굽어보는 모습을 보았다고 생각했어요. 불면증에 시달리는 밤이면 그가 찾아와서 내 병상 곁에 앉아 나이 많은 간호사처럼 그의 삶에 대해서 얘기해 주었어요.

　작품에서 나는 포베렐로의 말을 기록하겠지만, 복음서에 나오는 우화에 대해서 내가 그랬듯이, 실제로는 하지 않았더라도 그가 당연히 했을 만한 말도 기록하겠어요. 그 까닭은 그리스도가 반쯤 얘기하다 말지는 않았으리라고 확신하기 때문이에요. 그의 선(善)은 제자들이 인정한 차원을 능가했어요.

　나는 문학 작품을 쓰지도 않겠고, 그렇다고 해서 정신 분석을 하지도 않겠습니다. 나로 하여금 흥미를 느끼게 만드는 대상은 비겁하거나 이상을 가지고 있지 못하다는 두 가지 이유 가운데 하나 때문에 잠들어 멸하도록 우리가 내버려 두는 인간 내면의 의심할 줄 모르는 힘입니다.

　성 프란체스코는 자신의 마음속에서 그가 (오늘날의 과학이 우리를 다른 길로 이끌어 가는) 우주와의 완전한 결합을 실현했기 때문에, 그리고 아직도 해결되지 않는 가난과 불의와 폭력 따위의 문제에 대한 해결 방법을 그의 마음이 찾아냈기 때문에 현대의 인간이 되었습니다.

　그의 수도원 복도를 달려 지나가며 찢어지는 듯한 절규를 했던 성녀는 누구였던가요? 「사랑에 대한 사랑은 존재하지 않는가요?」 우리 자신의 시대에는 사랑에 응답하는 사랑이 존재하지 않아요. 그리고 지구상에서 행복의 자물쇠를 여는 열쇠는 그것밖에 없어요.

옛날의 성인 연구가들은 포베렐로의 지복(至福)의 경지를 강조했을 따름이지, 그 지복으로 인도하는 힘겨운 길은 소홀히 했습니다. 그것은 틀림없이 힘든 투쟁이었을 테고, 나를 감동시키는 것은 바로 투쟁 자체입니다. 구원을 향해서 인간이 돌진하는 순간이 나에게는 인생 전체에서 가장 숭고한 순간이라고 여겨져요. 자신을 해방시키기 위해서 인간이 겪는 어려움이 크면 클수록 우리는 그의 본보기에서 그만큼 더 많은 용기를 얻고, 그의 승리에서 더 많은 위안을 받아요.

성 프란체스코는 그의 육신을 무척 많이 괴롭혔습니다. 하지만 삶이 끝나 갈 무렵에 그는 육신을 불쌍히 여겼어요. 「나의 당나귀 형제여.」 그가 육신에게 말했어요. 「나의 당나귀 형제여, 내가 그대를 너무 심하게 괄시했으니 나를 용서해 주오.」

눈물 어린 눈으로 성 프란체스코는 그에게 미소를 짓는 하느님의 얼굴을 보았어요. 만물 속에 존재하는 하느님의 존재성으로 인해 성 프란체스코에게는 모든 것이 순수해졌어요. 그가 자신의 국에다 뿌린 잿가루는 순수했고, 굽비오의 양 떼를 습격한 늑대도 순수했으며, 그를 찾아오자 누이처럼 반갑게 맞은 죽음도 순수했습니다.

내 동반자의 심각한 얼굴에서 나는 그를 데려가려는 죽음에 대한 똑같은 부드러운 감정을 인지했었던가? 나는 알 수가 없다. 어쩌면 인간으로서의 존엄성을 유지하면서 그는 그것을 증오심 없이, 그러나 또한 아무런 기쁨도 없이 맞이했을지도 모른다.

그해 여름 니코스는 더 이상 동틀 녘에 무화과나무를 기어오를 수도 없었고, 우리가 올리브를 따는 일도 이제는 돕지 못했다. 상처가 아무는 데는 오랜 시간이 걸렸다.

　그렇지만 아직 아물지 않은 상처와 비소의 과다 사용으로 인해서 생겨난 새로운 알레르기성 증상에도 불구하고, 니코스는 그의 온화한 성품과 창조의 열정을 그대로 간직했다. P. 프레벨라키스의 짧은 방문과 이안니스 카크리디스의 도착, 이 두 가지 사건에서 그는 진심으로 즐거움을 느꼈다. 카크리디스는 우리와 거의 한 달 동안을 함께 지냈다. 그리고 이 기간 동안에 두 사람은 『일리아스』의 번역을 마지막으로 함께 손질했다. 남은 일이라고는 그것을 출판하기 위한 돈을 마련하는 것뿐이었다.

　단 한 권에다 고대 그리스어 원문과 현대 그리스어 번역을 함께 싣겠다는 동독의 어느 대학교에서 내놓은 제안은 카잔차키스를 기쁘게 했다. 하지만 카크리디스는 그 제안에 반대했다. 니코스는 고집을 부리지 않았다. 의식도 못하는 사이에 그는 조금씩 조금씩 그의 삶에서 마지막 단계로 — 포기의 단계로 — 들어섰다. 모든 것이 그에게 기쁨을 주었다. 그는 하나의 미소, 한 송이의 꽃, 깃털이 떨어졌는데도 날아가는 새를 보면서도 그는 즐거워했다. 정의와 자유에 대한 꺼질 줄 모르는 갈망과 음악 이외에는 이제 그에게 꼭 필요한 것이 하나도 없어졌다.

　이렇게 우리는 1954년을 맞게 된다.

　……아내가 당신에게 안부를 전해 달라는군요……. 하루 종일

그녀는 새로 구한 작은 집을 돌보느라고 바쁩니다.[68] 목수들이 정신없이 일합니다. 내 책상도 준비가 되는 중이고요. 우리는 4월에 이사를 들어가게 되기를 희망합니다. 함께 축하라도 하게 당신이 이곳에 있지 못해 섭섭합니다. 때때로 짓고 있는 작은 새집을 보면, 나는 〈왜 당신도 집을 짓지 않나요?〉라는 질문을 받았다고 하는 20세기의 어느 이슬람교도 고행자의 말이 생각납니다. 「그 까닭은 이렇습니다.」 그가 대답했어요. 「어느 점쟁이가 나더러 7백 년밖에는 살지 못하리라고 말했기 때문입니다. 글쎄요, 그토록 짧은 기간을 위해서 집 한 채를 짓느라고 고생할 가치가 과연 있을까요?」

그리고 나는 어느 점쟁이한테 여든세 살까지 살리라는 얘기를 들었어요. 그런데도 나는 어리석고도 교만하게 집을 짓습니다![69]

1954년 1월 8일
앙티브에서

요즈음 나는 내 전집이 출판되었으면 하는 희망을 가지고…… 내 모든 작품을 결정판으로 만들기 위해서 정리합니다. 이곳은 봄철입니다. 찬란한 크레타의 태양. 열기. 나는 추위와 안개 속에서 지내는 당신을 생각합니다. 하지만 북방의 아폴로에게도 나름대로의 매력이 있습니다. 영혼은 자체 내에서 응축되어야만 하는데, 날씨가 더워지면 그것은 사상보다 삶의 기쁨이 더 높다고 생각하며 이완되어 밖으로 나가 돌아다니게 됩니다.

……작은 집이 진척을 보여서, 아주 작지만 매력 있는 집이 되어 갑니다. 우린 그 집을 〈쿠쿨리〉라고 이름 지었는데, 누에고치

---

68 앙티브의 성벽 위 폐허 속의 작디작은 집.
69 뵈리에 크뇌스에게 쓴 편지.

라는 뜻입니다. 벌레의 몸으로 들어가서 영혼(나비)이 되어 나오라고요……[70]

1954년 1월 20일

1954년 2월 18일에 니코스는 지극히 가슴이 설레는 생일을 맞았다. 〈마술사〉 막스 타우는 여러 가지 놀라운 선물을 준비했다. 우정과 고마움의 소식을 입에 물고 비둘기들이 세계 각처에서 날아왔다.

그 전날 저녁에 이미, 아직도 눈을 덮어쓴 산타클로스처럼 그는 니코스 앞에 선물을 자꾸만 늘어놓아 우리를 황홀하게 만들기 시작했다. 현실적이거나 그렇지 않은 다른 선물이 자꾸만 나타났는데, 시간이 흐를수록 선물은 점점 더 좋아졌다. 『수난』을 희곡화한 작품이 오슬로의 노르셰 극장에서 거둔 성공, 거의 모든 곳에서 새로 출판되는 책들, 비평가들의 새로운 찬사, 20개 이상의 국가에서 준비 중인 번역본 — 많은 작품이 그 소리를 듣기 위한 새로운 마음과 귀를 찾아내기 시작하는 중이었다.

우리는 노르웨이 크리스털 잔에다 사모스 포도주를 가득 부어 축배를 들었다. 타우는 그가 선택한 땅 노르웨이에 대한 찬사를 늘어놓았는데, 그곳 사람들은 원칙에 충실하고 심오하기 때문에 견실했으며, 그곳 문인들은 그들 자신의 비용으로 그리스인인 니코스 카잔차키스를 노벨상 수상자로 추천하자고 만장일치로 주장했다. 「만일 당신이 노르웨이 국적을 얻고 싶다면, 그보다 더 쉬운 일은 없어요.」 그가 말했다.

---

70 뵈리에 크뇌스에게 쓴 편지.

하지만 카잔차키스는 크레타를 주제로 삼은 『미할리스 대장』 때문에 그에게 퍼부어진 비방에 대해서 반박하기를 거부했고, 자신의 크레타가 보여 준 이상한 태도에도 불구하고, 아프리카의 심장을 지닌 크레타인으로 그냥 남기를 원했다.[71]

1954년 2월 18일, 칠을 새로 하고 온통 불을 밝힌 마놀리타는 지붕에다 우정의 깃발을 올리고 축하를 벌였다.

동틀 녘부터 막스 타우가 직접 달려가 문을 열어 주고는, 도시와 마놀리타 사이를 자전거로 오가면서 눈에 보이지는 않지만 튼튼한 우정의 거미줄을 엮어 주던 젊은 우체국 사람들을 박수로 맞아 주었다.

나는 우리 고양이 푸풀리[72]가 좋아하는 크림을 주려고 소리쳐 불렀지만 보이지 않았다. 우리는 사라마르텔 공원의 여기저기를, 그리고는 앙티브와 주앙-레-팽의 멀리 떨어진 거리를 거의 모두 쏘다녔지만 헛수고였다. 우리는 야옹 소리가 나기만 하면 도둑처럼 모든 울타리를 침범했다. 온통 털이 복슬거리던 고양이는 깃털처럼 가벼웠고, 우리는 고양이를 보기만 하면 상자에 잡아넣고 토끼처럼 눌러 죽이는 이탈리아 여자 만자가타에게 우리 고양이가 잡혀 먹히지만 않았기를 기도했다.

처음에 니코스는 내가 우는 소리를 참아 내야만 했다. 하지만 어느 날 갑자기 나는 울음을 그치게 되었다. 그가 깜짝 놀라 벌떡 일어나서는 〈푸풀리! 푸풀리!〉 하고 소리쳤으며, 덜덜 떨면서 침대에서 뛰쳐나가 창가로 달려갔기 때문이었다.

푸풀리는 돌아오지 않았고, 니코스는 절대로 어떤 고양이도 다

---

71 이러한 소용돌이가 정점에 달했을 때는 밀 후르무지오스만이 「카티메리니」에서 진실을 옹호하는 목소리를 높였다.

72 〈솜털〉이라는 뜻의 그리스어로서, 한국말로는 〈복슬이〉 정도가 되겠다.

시는 집에 들여놓지 않겠다고 맹세했다.

1954년 5월, 니코스는 뵈리에 크뇌스에게 두 통의 편지를 썼다.

……어제 나는 독일의 출판사로부터 전보를 받았는데, *Letzte Versuchung auf päpstlichen Index*(『최후의 유혹』이 교황청 금서 목록에 올랐음)라는 내용이었습니다. 나는 인간의 편협한 이성과 심성에 항상 놀라고는 했어요. 나는 그리스도에 대한 열정적인 사랑을 가지고 깊은 종교적인 황홀경에 빠져 작품을 썼는데, 지금은 그리스도의 대변자인 교황이 그것을 전혀 이해하지 못하고, 그 글을 쓸 때의 기독교적인 사랑을 이해하지 못해서 비난을 하는군요! 그렇지만 현대 세계의 노예 제도와 누추함에 입각해서 보면 내가 비난을 받아도 당연한 일이겠죠.

1954년 5월 1일

앙티브에서

……나의 뉴욕 출판인이 어제 그의 아내와 함께 우리 집에 왔었습니다. 우리는 오랫동안 얘기를 나누었고, 그는 『오디세이아』가 번역되기를 원합니다. 그는 나하고 공동 작업을 하도록 번역자(키먼 프라이어 씨)가 앙티브로 와서 6개월 동안 체류할 경비를 대기로 했습니다. 초인간적인 인내심과 사랑이 요구되는 엄청나고도 아주 힘든 과업입니다.

『미할리스 대장』은 아직도 그리스인들을 격분시킵니다. 키오스의 주교는 그것이 수치스럽고, 반역적이고, 반종교적이며, 크레타에 대한(!) 비방이라고 비난했습니다. 그러니까 당신은 내가 태어난 나라, 즉 그리스의 관리들, 정치가들, 종교인들이 어떤 야만적인 상태에 빠져서 허우적거리는지 상상이 가겠죠. 그리고 아메리카 정교회가 소집되어 『최후의 유혹』을 지극히 불결하고, 무신론적이고, 배반적이라고 비난했는데, 그들은 책을 읽지도 않고 「에스티아」에 실린 기사만 읽고서 그런 판단을 내렸다고 시인했더군요…….

그리고 나는 이곳에 차분하게 홀로 앉아 나의 임무에 헌신하며, 그리스 언어와 그리스 정신을 내 능력이 닿는 한 최선을 다해서 가꾸어 나갑니다! 테르툴리아누스[73]의 글을 인용하면, 〈*Ad tuum, domine, tribunal appello*(당신에게 심판을 맡기겠습니다, 오, 주여)〉.

1954년 5월 14일
앙티브에서

테르툴리아누스의 인용문을 니코스 카잔차키스는 금서 목록 위원회에 전보로 보내기도 했다. 그리스 정교회에 보내는 회신에서 그는 이렇게 덧붙였다. 〈성스러운 사제들이여, 여러분은 나를 저주하나 나는 여러분을 축복합니다. 여러분께서도 나만큼 양심이 깨끗하시기를, 그리고 나만큼 도덕적이고 종교적이시기를 기원니다.〉

73 Tertullianus (B. C. 160? ~ B. C. 230?). 카르타고인으로 초기 교회의 설립자이며, 기독교의 진리를 증명하는 가장 확실한 것은 기독교의 부조리성이라는 주장을 했다 — 역주.

우리가 마놀리타를 떠나야 할 때가 가까워졌다. 아주 초기의 편지에서 니코스가 나에게 했던 두 가지 엄숙한 약속대로 —〈인간에게 어울리는 기쁨과 고통〉의 5년, 내가 절대로 따분함을 느끼지 않았던 5년이 끝나려고 했다.

하지만 나에게서 흰머리를 한 가닥 새로 발견할 때마다 비록 그가 〈얼마나 기쁜 일이에요! 당신이 내 손 안에서 늙기 시작했으니까요〉라면서 뛸 듯이 기뻐하기는 했어도 나는 — 비록 그의 이성은 아직도 우리가 처음 만났을 때처럼 젊었더라도 그의 육신이 서서히 말라 가고 얼굴이 시드는 모습을 지켜보면서 — 같은 기분을 느낄 수는 없었다.

우리는 한 켤레의 신발과 여벌로 속옷 한 벌을 가지고 아이기나의 절벽을 떠났었다. 우리는 아이기나를 다시는 보지 못할 터이며, 우리가 사랑하는 상당히 많은 것이 영원히 사라지리라는 선언을 받았다. 자신이 추방을 당했다고 느낀 니코스는 앙티브에서 3년간의 임대 계약을 해야 한다는 생각에 두려움을 느꼈었다. 우리는 그곳에서 9년을 살았으며, 그 가운데 가장 좋았던 5년은 마놀리타에서 보냈다.

그러다가 고별의 시간이 찾아왔다. 관절염으로 마비된 우리의 정원사 카무가 떨리는 손을 내밀었다.

「결국 우리를 남겨 두고 떠나시는군요.」 그는 프랑스식 콧수염으로 덮인 입으로 중얼거렸다. 「그리고 우리는 다시는 못 만나겠군요.」

「가끔 찾아오겠어요, 할아버지!」 니코스가 그에게 약속했다.

「모과를 먹기 위해서라도 오겠어요.」 나는 유쾌한 체하면서 덧붙여 말했다. 「올리브도 따고, 무화과와 포도도 따고…… 당신 감도 따서 먹겠어요, 할아버지.」

카무가 먼저 떠났다. 그의 저고리에서 발견된 작은 종이 쪽지에는 연필로 이렇게 씌어 있었다.

〈친애하는 엘레니 카잔차키여, 나는 천국으로 떠납니다. 거길 가면 나는 적들이 나에게 자행한 짓들을 용서하렵니다. 우리가 다시 천국에서 만나게 되기를 빕니다.〉

우리는 푸른 잎이 무성한 언덕과 넓은 정원과 큼직한 별장을 뒤에 남기고 떠나서 자그마한 어부의 집으로, 지하실에 불과했지만 그래도 옛 마을 광장을 굽어보는 절벽의 높은 곳에 위치한 지하실로 기어 들어갔다. 시렁을 얹어 그늘이 진 발코니로부터 우리는 당당한 바다를 배경으로 삼은 위트릴로의 세계로 곧장 뛰어들었다.

첫날 저녁, 커튼을 닫고 등불을 켠 우리는 꿈을 꾸는 기분이었다.

「당신 행복해요, 니코스무? 당신은 여기서 일을 할 수 있겠어요?」

「그렇게 생각해요. 겨울에 우리를 따뜻하게 해주는 건 집이 아니라 털옷이에요.」

「돌로 쌓은 벽이 이렇게 두꺼우니까 여름에는 시원하게 지내겠어요.」 내가 한마디 했다.

「우리 이 집을 〈쿠쿨리〉라고 부르도록 해요. 우린 벌레로 이곳에 들어왔다가 나비가 되어서 나갈 테니까요.」 자신의 파이프에서 피어오르는 연기 속에서 꿈을 찾으며 니코스가 말했다.

그러는 사이에 아이기나에서 그의 책과 원고들이 도착했다. 그는 서둘러 분류하기 시작했다. 나는 종이를 찢는 시끄러운 소리를 들었다.

「그렇게 많이 찢어 버리는 게 잘하는 일인가요?」

「그래요. 난 그렇게 생각해요.」 그리고 바구니 가득가득 원고지가 쓰레기로 되어 자꾸만 나갔다.

……그래서 우리의 친구 『조르바』가 프랑스에서 출판된 최우수 외국 소설로 상을 탔습니다. 나는 그가 틀림없이 가 있을 천국에서 웃는 모습이 눈에 선합니다…….

이곳 햇살이 밝은 발코니에서 나는 인간의 격정을 놀라움과 비애를 느끼며 관찰합니다. 그리고 보다 나은 인간성에 대한 공상을 하고, 그것을 규정지으려고 애를 쓰느라 나는 일을 계속할 수가 없습니다. 그것을 규정함으로써 나는 그것의 실현을 촉진시킨다고 생각합니다.

모레…… 미국 시인 프라이어 씨가 도착합니다. 그는 나의 뉴욕 출판인이 보내는데, 출판인은 우리가 『오디세이아』를 번역하도록 그가 6개월 동안 나하고 같이 지내는 비용을 대기로 했습니다……. 나는 나의 영혼 전체, 나를 형성하는 실체로부터 내가 뽑아 낸 모든 불길과 빛이 『오디세이아』 안에서 결실을 맺었다고 생각합니다. 다른 모든 작품은 부수적인 것들입니다. 그렇기 때문에 나는 6개월을 할애한다는 희생을 감수하겠다고 동의했습니다.

모레, 우리는 드디어 누에고치 속으로 이사를 들어갑니다. 나는 책을 정리했고, 엘레니는 둥지를 틀고 이제 알을 품으러 들어가는 새처럼 즐거워합니다. 무슨 알이냐고요? 내가 쓰고 그녀가 정서할 작품들 말입니다. 우리가 가진 아이들은 그것들이 전부입니다…….[74]

1954년 6월 21일

---

74 뵈리에 크뇌스에게 쓴 편지.

918

작기는 해도 아늑한 누에고치에는 자주 드나드는 사람이 많았다. 걸핏하면 동틀 녘에 초인종이 울렸다.

「우리 산파께서 오셨구먼요.」 그의 젊은 친구이며 화가인 라디슬라스 키노가 나타나면 니코스가 소리치고는 했다. 「오늘 아침에는 무슨 행사가 벌어지나요?」

「나는 혹시나 해서……」 아직 면도도 하지 않고, 벌써 원고를 들여다보며 앉아서, 누가 그에게 말을 붙이더라도 전혀 화를 내지 않는 나이 든 남자를 다정한 눈으로 쳐다보며 키노가 말문을 열고는 했다.

「나는 혹시나 해서……」 그리고 찰리아핀[75]같은 그의 굵직한 목소리가 높아지고는 했다.

나는 그들이 몇 분 동안 웃고 잡담을 나누는 소리를 들었다. 키노가 가고 나면 집은 다시 침묵에 잠겼다.

오후에는 앙티브 미술관의 관장이며 친구이면서도 피카소를 존경했던 도르 드 라 수셰르가 공책을 들고 찾아오고는 했다. 몇 년 전부터 그는 카잔차키스에 대한 책을 한 권 쓸 생각을 했다. 그리고 니코스는 그의 질문을 받으면 열심히 대답해 주었다.

누에고치에서 지내던 시절에 거무튀튀한 혈색의 미남 청년 한 사람이 나타났다. 이집트 태생인 그는 엑상프로방스에서 살았으며, 『네 마리의 돌고래 Les Quatre Dauphins』라는 훌륭한 프랑스어 잡지의 소유주이자 편집인이었다. 아지즈 이제트는 어떻게 카

---

75 Chaliapin(1905~1992). 러시아의 오페라 가수.

잔차키스를 매료시켜야 하는지 알고 있었다. 독일어와 영어와 프랑스어와 이탈리아어가 유창하고, 아랍인의 후손으로 혁명가이며 동시에 신비론자이기도 했던 그는 니코스가 수천 번이나 밟았던 영역에 대해서 아무런 불편함을 느끼지 않으며 얘기를 나누었다. 그래서 아주 처음부터 니코스는 「정신 수련」을 그에게 맡겼다. 나는 진심으로 이 동양인이 니코스에게 바친 그 작은 책이 나름대로 완벽하다고 믿었다.

1955년에는 줄스 다신도 누에고치를 찾아왔다. 미소를 짓는 선량한 아이이며 재미있는 이야기꾼. 그는 『수난』을 가지고 자신이 만든 시나리오의 영어 대본을 우리에게 읽어 주었다. 니코스는 간결한 대화에 흡족해했다. 「아, 아.」 그는 자꾸만 감탄했다. 「만일 내가 그리스인이 아니었다면 나는 바로 그 언어를 휘두르고 싶어 했겠어요!」 다신이 크레타에서 가지고 온 많은 얘기는 앙티브의 망명객을 즐겁게 해주었고, 그의 마음에서 지워지지 않는 향수의 한숨을 자아냈다.

많은 사랑을 받던 또 다른 인물, 겸손하지만 위대한 어떤 인물도 처음으로 누에고치를 찾아왔다. 그의 이름은 보후슬라프 마르티누였다. 완전히 꾸밈없는 옷차림에다 우비를 팔에 걸친 그는 그의 음악을 한 소절도 들어 보지 못한 우리 두 사람에게 자신을 소개했다. 겸손하기 그지없는 영혼의 소유자였던 니코스는 자신의 놀라움을 감추었다. 그는 마음을 터놓았으며, 몇 분 후에는 두 남자가 형제처럼 서로 친해졌다.

보후슬라프 마르티누는 니코스에게 아무런 도움도 받지 않고 사실상 혼자서 오페라 『수난』의 대본을 썼다. 작곡가는 자신의 제안을 내놓았고, 작가는 바꿔야 할 부분을 하나도 찾아내지 못하고 당장 그의 제안들을 받아들였다. 그들 두 창조자는 1962년 취리히에서 공연되고 마르티누의 친한 친구 폴 사커가 지휘를 맡았던 오페라의 세계 초연에 참석하는 행운을 누리지 못했다.

우리가 이미 아는 사람이거나, 니코스를 만나고 싶어 하던 그리스나 외국의 이름난 여행가들이 (이제는 우리 이웃이 된) 카스타나키스 부부를 방문할 때면 그들은 틀림없이 우리에게 연락을 취했다.

니코스는 또한 〈대화〉라는 제목의 라디오 프로그램으로 프랑스에서 잘 알려진 피에르 시프리오와 상당히 많은 일을 함께 했고, 같은 기간 동안에 그는 『오디세이아』의 영어판을 끝내도록 도와줘야 했다. 이 두 가지 일을 동시에 하느라고 그는 말할 수 없이 지치고 말았다.

그가 피에르 시프리오에게 했던 몇 가지 대답을 내가 가능한 한 잘 요약해 보겠다. 작가의 작품과 그가 사는 시대의 관계에 대한 질문의 대답이 가장 명확했다.

나는 중요한 문학 작품과 행동 사이에 분명히 큰 차이가 생겨난다고 믿었었다. 순수한 소설가는 자기 자신의 시대에서밖에는 살지 못하고, 이런 현실을 살아감으로써 그는 자신의 책임에 대한 의식을 갖게 되며, 그의 시대가 처한 중대한 문제를 다른 사람들이 파악하고 가능한 한 해결하도록 도와주는 책임을 맡는다. 만일 그가 사명에 대한 의식을 지니게 된다면 소설가는 형태를 갖추지 못하고 흘러가는 현실로 하여금 그가 인간에게 가장 잘 어울린다고 간주하는 형태를 갖추게 하도록 노력한다……

1453년 콘스탄티노플 멸망 이후의 그리스 역사와, 터키의 점령과, 1821년의 봉기 이후에 이루어진 그리스 일부의 해방과, 크레타의 해방만을 다룬 니코스 카잔차키스의 소설 『미할리스 대장』에 대한 니코스 카잔차키스의 대답은 이러했다.

그리스는 항상 강대국들의 노리개였다. 우리는 터키의 멍에 밑에서 무척 많은 고통을 겪었고, 강대국들의 위선적인 멍에 밑에서 아주 많은 고통을 겪었으며, 아직도 겪고 있다. 그리스 민족은 순교의 민족이며, 자유에 대한 그들의 욕구가 빵에 대한 욕구만큼이나 강렬하기 때문에 더욱 그러하다. 히틀러가 노르웨이를 침공하겠다는 위협을 하던 당시에 나는 크레타를 여행했다. 나는 어느 골짜기를 횡단하다가 산꼭대기로부터 아래쪽으로 나를 향해 외치는 큰 목소리를 들었다. 「거기 서요, 젊은이, 거기 서요!」 나는 걸음을 멈추었고, 눈을 들었으며, 이 바위에서 저 바위로 뛰어 내려오는 늙은 양치기를 보았다. 마침내 숨을 헐떡이며 내 머리 위에 있는 바위까지 내려온 그가 큰소리로 물었다. 「젊은이, 노르웨이는 어떻게 되어 가나요?」「상황이 좋아졌어요, 할아버지.」 내가 대답했다. 「상황이 좋아졌어요.」「하느님을 찬미합시다.」 성호를 그으며 그가 말했다. 그의 늙은 얼굴이 안도감으로 빛났다. 「담배 드릴까요, 할아버지?」 내가 물었다. 「노르웨이의 상황이 좋아졌다니까 나는 아무것도 필요 없어요.」 그가 대답했다. 「나는 아무것도 필요 없어요.」 그리고 그는 지팡이를 집어 들더니 다시 산을 올라가기 시작했다.

그 사람이야말로 진정한 그리스인이다. 늙은 양치기는 노르웨이가 어디에 위치했는지 모르는 사람이었음이 분명하다. 어쩌면 그는 그것이 나라인지 아니면 여자 이름인지조차 알지 못했는지도 모른다. 하지만 그는 자유가 무엇인지는 알았다…….

그리고 이제 여러분은 그리스의 운명이 얼마나 비극적인지 이해하게 되었다. 자유의 어머니인 그리스는 여러 세기에 걸쳐서 야만적이거나 은폐된 노예 생활에 시달려 왔다. 그런데 어떻게 여러분은 그리스의 작가가 자유를 섬기기 위해서 그의 모든 능력을 동원하지 않으리라고 기대한다는 말인가?

니코스 카잔차키스의 소설에 대한 얘기를 하면서 피에르 시프리오는 소설이 그의 정치적인 활동의 연장인지 아니면 그와는 반대로 인간 문제가 사회적·정치적·도덕적 문제들을 압도해 버리는지를 물었다. 작가는 이렇게 대답했다.

정치적인 삶에 잠시 몰두했던 과정에서 내가 경험한 모든 것은 환멸을 가져다주었다. 선의 편에서 벌이는 모든 노력은 그에 맞서 도열한 악의 힘들을 만났다…… 다른 모든 곳에서와 마찬가지로 그리스에서는 아직도 투쟁이 진행 중이다. 자유는 아직 결실을 맺지 못했지만, 앞으로 맺게 될 것이다. 그 까닭은 신비한 법칙이 존재하여 인간의 운명을 조절하기 때문인데, 비록 심한 상처를 입고 피를 흘리며 때로는 진흙투성이가 되더라도 신은 승리한다.

정치적인 활동에서 나의 모든 능력을 발휘하기가 어렵다는 사실을 깨닫고 나는 문학 활동으로 돌아왔다. 거기에는 내 기질에 맞는 싸움터가 기다리고 있었다. 나는 내 소설로 하여금 자유를 위한 우리 아버지의 투쟁을 연상시키게 하고 싶었다. 하지만 서서히 작가로서의 내 책임에 깊이 몰두하게 됨에 따라, 인간의 문제가 정치적·사회적 문제들을 압도하게 되었다. 모든 정치적·사회적·경제적 발전, 모든 기술적인 발전은 우리의 내적인 삶이 현재의 상태를 그대로 유지하는 한 아무런 재창조의 의미를 지니지 못한다. 본성의 비밀을 지성이 벗겨 내고 침범하면 할수록 위험은 그만큼 더 커지고 심성은 위축된다.

되돌아간다는 개념은 이상향적이다. 그러나 기계는 이성을 섬기도록 길들여져야 한다…… 우리는 인간의 운명에서 중대한 기로에 섰다. 우리는 묵시록에 들어섰다. 결과적으로 우리는 우리를 집어삼키는 공포를 명확하게 의식하지 못한다. 우리는 세계를 재창조하거나, 그렇지 못하면 멸망할 수밖에 없다.

그리스인의 욕구는 모두가 정신적이어서 가난이 그들을 불행하게 만들지 않기 때문에 현대 그리스를 성지라고 정의한 헨리 밀러의 인용 구절에 대해서 언급하며 카잔차키스는 이렇게 대답했다.

지나치지도 않고 굶주림과 비참함의 지경에까지 이르지만 않는다면 가난은 육체가 정신력을 짓누르는 것을 꺼리는 어떤 사람들이나 개인에게도 사실상 잘 견딜 만하다. 그러나 가난이 지나치면 그것은 인간을 타락시키는 재앙이 된다. 그리스에서는 가난이 지나치다. 공식적인 통계에 의하면 230만 명의 그리스인, 그러니까 전체 인구 가운데 3분의 1은 배가 고플 때 먹지 못한다.

그토록 비극적인 상황을 보고도 마음이 편하다면 부끄러운 일이다. 천성이 보다 민감한 작가는 그의 분노를 억누르거나 책임을 회피할 수가 없다. 그는 잠을 자지 못할 의무를 지고, 자신의 민족을 일깨워 줘야 한다. 그뿐 아니라 선동가로서의 작가가 지니는 이러한 역할은 불의가 판치는 모든 나라에서 불가피한 요소이다. 내가 하고 싶은 얘기는 사실상 전 세계에서 그렇다는 뜻이다.

위험에 쫓기고, 선동가로서의 의무에 밀리면서, 나는 내 작품 속에서 사람들 앞에 영웅적인 본보기를, 전혀 존재하지 않았던 허구의 영웅이 아니라 내 민족의 심장부로부터 솟아 나온 영웅을 제시하려고 노력한다. 오직 그들만이 굶주리고 핍박받는 자들의 요구와 희망을 실현하고 사람들에게 구원으로 가는 길을 보여 줄 능력이 있다.

우리는 1954년 6월에 니코스가 『오디세이아』의 영어 번역을 위해 키먼 프라이어와 함께 일하도록 (바르셀로네트 위쪽) 해발 1천4백 미터의 봉우리에 있는 소즈로 피신했다.

소즈에서의 힘든 일은 니코스에게 도움이 되지 못했다. 그의 건강이 얼마나 나빠 보이는지를 깨닫고 우리는 내 여동생의 충고를 따르기로 결정해서, 「소돔과 고모라」가 만하임에서 초연을 한 다음 프라이부르크로 하일마이어 교수에게 상담하러 가기로 했다.

우리는 어느 날 아침 대학 병원에 도착했다. 「실험 결과를 알고 싶으면 3시에 다시 찾아와요.」 우리는 실험실에서 설명을 들었다. 「그때 하일마이어 교수를 만나세요.」 3시간 후 — 니코스의 사랑스러운 결점들 가운데 하나이지만 — 흑맥주를 상당히 많이 마신 다음에 우리는 심각한 결함은 하나도 없으리라고 확신하며 돌아갔다.

「카잔차키스 선생님, 저는 당신이 가도록 허락할 수가 없습니다. 치료를 하기 위해 당신을 이곳에 붙잡아 둬야 합니다.」독일 교수가 말했다.

「불가능해요!」니코스가 반박했다.「내가 어떻게 해야 할지를 얘기해 주면 앙티브에 가서 그대로 하겠어요.」

「안타깝게도 선생님, 선생님은 병원에 머물러 계셔야 합니다. 부인께서 당신 물건들을 가져오도록 하고, 저는 오늘 저녁부터 당신을 입원시키겠습니다.」

「하지만 나에게는 필요한 돈이 없어요.」

「제가 선생님한테 무엇을 요구하던가요?」

니코스는 임파성 백혈병이었다. 그리고 종기 사건 이후로 백혈구가 규정된 한계를 넘어서기는 이때가 처음이었다.

1주일 동안의 치료를 받은 후, 하일마이어 교수는 장 베르나르 교수만큼이나 낙관적이 되었다.

「심각하진 않아요.」그가 말했다.「선생님의 백혈구들이 성숙했습니다. 무서워할 건 하나도 없습니다. 선생님이 1년에 한 번씩 다시 오시면 저희들이 선생님의 건강을 알아서 보살펴 드리겠습니다.」

오늘 나는 드디어 누에고치로 돌아왔습니다. 나는 위대한 독일인 혈액 전문가 하일마이어의 유명한 병원에 갔습니다. 그곳에서 나는 40일 동안 머물며 치료를 받았어요. 모든 일이 잘 되었어요. 내 피가 정상으로 돌아왔고, 이제 나는 카프카스 바위에 올라 제우스의 독수리가 내 간을 파먹기를 기다립니다……

그렇습니다. 현재 나는 『전쟁과 신부』[76]를 쓰고 있는데, 아직도 끝내지 못했습니다. 그리고 이제부터는 빛을 보러 나오려고 서두르면서 세 권의 다른 책이 나의 내면에서 다툽니다. 나는 그것을 감당할 수가 없습니다. 나에게는 시간이 없으니까요. 나는 죽고, 나의 내면에는 수많은 책이 남을 것입니다.[77]

1955년 1월 21일
앙티브에서

니코스 카잔차키스의 소설은 점점 더 빠른 속도로 여러 나라에서 등장하는 중이었다. 더블린에서는 W. B. 스탠퍼드 교수가 오디세우스 주제에 대한 그의 저서에서 한 대목 전체를 현대 『오디세이아』에 할애했다. 하지만 작가를 행복하게 했던 것은 엠마누엘 카스다글리의 도움을 받아 판델리스 프레벨라키스의 책임하에 그의 전집이 나오기 시작했다는 사실이었다. 화가 G. 바를라모스가 표지를 맡았고, 그의 활동 절정기에 이른 유명한 그리스 판화가인 갈리니스는 희곡 작품집 세 권 가운데 하나의 표지를 맡고 싶어 했다. 그러나 또다시 그늘이 드리워져서 빛을 잠식해 들어갔다.

얼마 전부터 프레벨라키스가 병들었다는 소문이 들려왔었다. 니코스는 친구의 은둔처로 쳐들어가고 싶지 않았지만, 1955년 1월 30일에 첫 기쁜 소식을 듣고는 그에게 편지를 쓰기는 했다.

---

76 카잔차키스는 『전쟁과 신부』를 1949년에 시작했다.
77 뵈리에 크뇌스에게 쓴 편지.

……드디어 오늘 나는 『나자로』를 읽었지. 자네하고는 너무나 강하게 일체감을 느끼기 때문에 나로서는 자네 작품을 제대로 판단하기란 힘든 일이야. 마치 자네가 쓰는 모든 글은 내 머리에서 나온 듯한 기분이니까. 『나자로』는 나를 무척 감동시켰어. 출중함과 사상과 아름다움의 높은 정상이었지. 그 정상에 올라서서 영원히 숨을 쉴 힘을 하느님이 자네에게 주기를 바라네!

만하임에서는 사람들이 「소돔과 고모라」를 전혀 이해하지 못했어. 그 작품은 세 차례 공연되었지. 많은 사람들이 왔지만 나는 차마 못 보겠기에 공연을 중단해 달라고 부탁했어. 내가 하려던 얘기가 무엇인지를…… 그들은 전혀 나에게 자문을 구하지 않았고, 자기들 마음대로 풀어 나갔지…….

1955년 2월 18일에 우리는 니코스의 70회 생일을 축하해 주었는데 — 적어도 우리는 그렇게 생각했다. 사실상 그는 이미 일흔두 살이었다. 그가 세상을 떠난 다음에 우리는 우연히 그가 교과서에다 직접 손으로 써넣은 정확한 출생 일자를 발견했다. 〈나는 1883년 2월 18일, 금요일에 태어났다.〉

적어도 나에게는 크나큰 기쁨이었다. 우리는 죽음으로부터 2년을 빼앗은 셈이었다.

이렇게 카잔차키스는 그의 일흔두 번째 해를 시작했다. 그는 아직도 사이프러스처럼 꼿꼿했지만, 어떤 위대한 사상에 몰입하게 자신을 내버려 둘 때, 그리고 그 사상을 작은 무리를 이룬 친구들 앞에서 펼쳐 낼 때, 그것도 특히 그 친구들이 젊을 경우 이외에는 더 이상 젊음의 어지러운 찬란함은 보이지 못했다.

점점 더 그는 자신의 일에 몰두했고, 나는 그가 산책하러 나가게 만드느라고 애를 먹었다.

「좋아요, 좋아요, 화를 내지 말아요. 내가 지팡이를 데리고 산책을 나갈 테니까!」 내가 너무 피곤해서 혼자 나가라고 얘기하는 날이면 그가 이렇게 말하고는 했다. 그리고 그는 별로 내키지 않는 마음으로 나가서는 지팡이를 ─ 르네 퓌오의 소유였다가 병원에서 퇴원한 다음 수잔 퓌오 부인이 니코스에게 준 지팡이를 ─ 짚고 산책했다. 그러나 우리가 함께 외출해서 성벽 주변을 돌아다닐 때면 그는 굉장히 기분이 좋아서 우리가 새로 즐기던 놀이에 몰두하고는 했다. 「내년 이맘때쯤이면 우리는 어디에 가 있을까요?」

안부를 물어 줘서 대단히 감사합니다. 나는 71년째로 접어들었는데, 내 육신만이 그렇습니다. 내 마음과 두뇌는 늙지 않았으니까요. 늙음이란 비겁하고 나태한 사람들을 짓누르는 패배주의입니다. 우리는 그런 무리에 속하지 않습니다…….[78]

1955년 2월 20일
앙티브에서

나는 결국 그리스에서 유명해지고 말았습니다. 두 개만 제외하고는 모든 신문이 내 편을 들겠다고 나섰으며, 그리스 전국 각지에서 내 책을 압수하기를 바라는 성직자들의 처사에 항의하는 전보들이 도착하고 있습니다…….[79] 그래서 내 이름은 모든 사람들에게 잘 알려지고 말았어요! 그리고 책은 인쇄가 되기 무섭게 다 팔려 나가고, 어떤 책장수들은 책을 많이 사두었다가 아주 비싼 값

78 뵈리에 크뇌스에게 쓴 편지.
79 그들은 분서(焚書)를 자행할 생각이었다.

으로 암거래를 한답니다! 얼마나 창피한 일인가요! 얼마나 중세적인 현상이고요!

내 얘기를 하자면, 나는 어느 누구도 귀찮게 하지 않고, 나의 내면에 존재하는 가장 훌륭한 재산을 모두 다른 인간들에게 주려고 노력하며, 그들로 하여금 삶을 견디며 빼어남에 대해서 확신을 갖도록 도와주려고 차분하게 일을 계속합니다. 당신이 얘기했듯이 악은 분명히 정복될 것이고, 벌써 정복되었습니다. 몇몇 성직자와 멜라스 집안만 제외하고는 그리스 전체가 내 편입니다. 그리고 나는 며칠 안에 선의 승리로 모든 일이 끝나게 되기를 바랍니다. 항상 그렇게 되니까요…….[80]

1955년 3월 24일
앙티브에서

그리스 교회가 반(反) 카잔차키스 운동을 왜 중단하지 않으면 안 되었는지에 대한 얘기를 한다는 것은 거의 창피할 정도이다. 개혁 반대론에 짜증이 난 그리스 내각의 한 관리는 마리 보나파르트 공주에게 경종을 울려 주기로 했다.

그녀는 〈소문난〉 책을 읽었고, 그 책이 마음에 들어 좋다고 하면서 여왕에게도 추천했다. 그리고 (독일인인) 그리스의 여왕은 그리스 정교로 하여금 우스꽝스러운 짓을 그만두라고 말렸다.

마리 보나파르트는 작가였다. 프로이트의 제자이며 친구[81]였던 그녀는 스스로 상당한 양의 저술을 했다. 프랑스와 코르시카의 부모로부터 태어난 그녀는 〈공주〉라는 명칭이 그녀를 질식시

---

80 뵈리에 크뇌스에게 쓴 편지.
81 그녀는 나치로부터 프로이트를 구하느라 인질금을 낸 적이 있다.

키거나 족쇄에 묶어 두도록 용납하지 않았다. 그녀는 같은 작가인 사람을 자신의 집으로 초청하는 일이 적절한 절차라는 생각이 들었는지도 모른다. 그녀는 그를 찾아와도 되겠느냐는 허락을 받으려고 함으로써 첫 단계를 밟는 쪽을 택했다.

그녀는 가방에 책을 잔뜩 넣어 가지고 혼자 찾아왔다. 그다음에 그녀는 딸 외제니와 함께 왔다. 세 번째는 남편인 그리스의 게오르기오스 공과 함께 왔다. 〈젊은 그리스 왕족〉의 크레타 도착은 터키의 지배가 끝나는 때와 우연히 일치했으며, 이 사건을 니코스는 『미할리스 대장』에서 그의 생애에서 가장 행복했던 순간이라고 묘사했다. 세월이 흘러갔다. 비록 반대 당에 소속했음에도 불구하고 두 남자는 그 예외적인 날을 아직도 그들에게는 가장 행복한 날이었다고 간주하는데, 카잔차키스는 자유에 대한 그의 사랑 때문에 그러했고, 공에게는 모든 여건에도 불구하고 자기 나름대로 크레타를 가장 소중한 애첩처럼 〈사랑했기〉 때문에 그러했다.

그해 휴가를 보내기 위해서 우리는 루가노 호수보다 5백여 미터 높은 카데마리오를 선택했다. 〈시간 낭비〉를 하지 않기 위해서 아침에 니코스는 공책에 무엇을 기록했다. 오후는 나의 소유였고, 우리는 주변의 숲을 산책하고는 했다.

「내년 이맘때쯤이면 우리는 어디에 가 있을까요?」

나는 지극히 환상적인 곳들을 열거했다. 니코스는 주저하지 않고 나보다 한술 더 뜨려고 했다. 「못할 것도 없잖아요? 돈을 충분히 벌기만 한다면 우린 세계 일주를 세 번 하자고요. 우린 멕시코에서 시작하여……」

친구들이 찾아왔으며, 시원스럽고 기운찬 니코스의 웃음소리가 그들의 웃음소리와 뒤섞였다. 그들 중에는 『성자 프란체스코』를 번역하던 헬무트 폰 덴 슈타이넨과, 밀라노에서 온 이탈리아인 출판업자 알도 마르텔로와 그의 아내 안나와, 부에노스아이레스에서 온 출판업자 카를로스 로홀레와, 장 피에르와 이본 메트랄도 있었다……. 카데마리오에는 프랑스인의 피가 흐르는 매혹적이고 젊은 독일 여류 시인도 있었다. 그녀의 이름은 밀라 부버였다. 니코스는 그녀의 시를 좋아했고, 예기치 않던 얘기들이 잔뜩 쏟아져 나오는 그녀와의 대화도 좋아했다. 그녀와 같이 있으면 마치 세월로 지친 그의 얼굴로 젊음이 되돌아오는 것 같았다.

엘레니와 나는 마침내 평화를 찾았습니다……. 여기에서 나는 『영혼의 자서전』이라는 새 책을 시작할 생각입니다. 일종의 자서전인데 — 나의 할아버지 엘 그레코에게 나는 고백을 할 겁니다. 어제 폰 덴 슈타이넨이라는 현명한 친구 한 사람이 나를 만나러 왔었는데, 그는 페트라르히가 자신이 무척 사랑했던 『키케로에게 이 말을』이라는 책을 썼다고 하더군요. 나는 기분이 좋았습니다. 그러니까 내 착상은 개인적인 발상이 아니라, 창조하는 자가 그의 슬픔을 얘기하기 위해 믿을 만하고 사랑하는 죽은 사람과 대화를 나누려는 옛 욕구에서 기인한 것이었습니다. 현재는 당신도 역시 시골에서 휴식을 취하는 중이로군요. 우리에게 휴식은 무엇을 의미하나요? 그것은 외적인 필요성이 요구하는 바가 아니라 우리가 원하는 일을 하고 있음을 의미합니다…….[82]

82 뵈리에 크뇌스에게 쓴 편지.

1955년 7월 10일
루가노의 쿠르하우스 카데마리오에서

그리고 우리는 알베르트 슈바이처를 방문할 기대감으로 벌써 부터 큰 기쁨을 느꼈다.

선과 가난의 사도에 대한 니코스 카잔차키스의 관점은 J. 피어할의 『알베르트 슈바이처, 어느 선량한 인간의 삶Albert Schweitzer: das Leben eines guten Menschen』[83]의 에필로그에서 나타나고, 『영혼의 자서전』에서 다시 소개된다.

마음속으로 나는 순간적인 시간에서는 너무나 멀리 떨어졌고, 영원한 시간, 그러니까 하느님의 품속에서는 너무나 잘 결합된 심오하고 오묘한 두 인간을 결코 갈라놓을 수가 없었다. 아시시의 성 프란체스코와 알베르트 슈바이처, 그들은 형제나 마찬가지이다.

자연에 대한 똑같이 열렬하고 부드러운 사랑. 그들의 마음속에서는 밤낮으로 우리의 형제인 태양에 대한 찬가, 우리의 자매인 달과 바다와 불에 대한 찬가가 울려 퍼진다. 그들 두 사람 다 손가락 끝에 나무의 잎사귀를 들고 거기에서 모든 창조의 기적을 본다.

인간, 뱀, 개미 — 살아서 숨쉬는 모든 존재에 대한 외경심으로 가득한 똑같이 부드러운 감정. 그들 두 사람에게 모든 생명은

---

83 뮌헨에서 1955년에 출간.

성스럽다…….

고통을 받는 모든 존재를 향해 적극적으로 쏠리는 똑같은 연민과 상냥함. 그들 가운데 한 사람은 백인 나환자들을, 다른 한 사람은 아프리카의 흑인 나환자들을 ― 비참함과 고통의 가장 헤아리기 힘든 나락을 선택했다…….

똑같이 신성한 광기 ― 생의 기쁨들을 저버리고, 〈위대한 진주〉를 얻기 위해서 작은 진주들을 희생시키고, 거룩한 광기를 향해서 솟아오르는 두 개의 절벽 사이로 가파르게 올라가는 길을 택하고. 그들 자신의 자유 의지에 따라 불가능을 선택하고…….

똑같이 선량한 기질…….가벼운 마음의 깊은 곳으로부터 방울져 올라오는 웃음…….

음악에 대한 똑같이 열정적인 사랑. 첼라노의 토마스[84]가 한 사람에 대해서 한 얘기는 다른 사람에게도 역시 완벽하게 적용된다. 「아주 얇은 벽 하나가 그를 불멸성으로부터 갈라놓았다. 그렇기 때문에 그는 벽을 통해서 신성한 선율을 들었다.」 이 선율을 들음으로써 그들이 저마다 느끼는 기쁨은 황홀경에 가깝다…….

그리고 두 사람 다 가장 천한 금속을 황금으로 바꿔 놓고 황금을 영혼으로 바꿔 놓는 현자의 돌을 가지고 있다…….

2년 전에 나는 심오하게 프란체스코적인 가을을 아시시에서 보냈다. 나는 온화한 태양의 햇살을 쬐며 즐겁게 펼쳐진 대지를 말없이 둘러보면서 움브리아의 거룩한 평원 위로 뻗어 나간 길을 따라 혼자서 걸었다. 대지는 맡은 바 책임을 다 해서, 사람에게는 밀을, 당나귀와 소에게는 보리와 건초를 주었다. 대지는 포도 덩굴들과 무화과나무에게 꿀맛의 열매를 매달아 주었다. 영원한 법

---

84 Thomas. 13세기 이탈리아의 프란체스코회 수도사로, 아시시의 프란체스코에 대한 책과 글을 많이 남겼다 ― 역주.

칙의 지배를 받아서 대지는 인내심과 확신을 가지고 출산과 고통의 단계를 거치고는 마침내 풍요한 미덕의 가을걷이를 맞았다.

작고 푸른 열매가 잔뜩 매달린 움브리아의 올리브나무들 밑에서 손을 잡고 두 형제가 걷는 모습을 내가 처음으로 (내 눈으로 직접) 보았던 것은 은총의 관을 쓴 가을의 찬란함 속에서, 바로 아시시에서였다……

그렇기 때문에 내가 아시시를 떠나 성 프란체스코에 대한 책 『평화와 선*Pax et Bonum*』을 집필하기 시작했을 때, 나는 알베르트 슈바이처가 내 어깨 너머로 굽어보며 내 이성과 손을 이끌어 주는 듯한 기분을 느꼈다. 만일 내가 알베르트 슈바이처에 대한 책을 쓴다면, 그때는 틀림없이 성 프란체스코가 내 등 뒤에서 굽어보며 그의 형제의 삶 얘기를 나로 하여금 받아쓰게 했으리라. 이런 식으로 알베르트 슈바이처는 기쁨과 고통으로, 그리고 최상의 결실로 — 확실성으로 가득한 책을 쓰도록 나를 도와주었다……

성 프란체스코는 중세의 마지막 영혼이었고, 르네상스 최초의 영혼이었다. 추악함과 부정(否定)과 불의로 속속들이 물든 현대에서는 알베르트 슈바이처가 새로운 르네상스의 첫 영혼이 되게 하라! 만일 지구가 존속되어야 한다면, 미래 인간의 귀감으로서는 이 사람이 앞에 서리라. 알베르트 슈바이처가 우리 한가운데 존재한다는 사실은 크나큰 위안이다. 그에게 축복을. 그는 우리에게 신의 힘이 스며들었으며 인간이라고 불리우는 존재 내면에 자신감을 부여한다.

2년 후 파리에서, 언론인 피에르 데스카르그로부터 왜 그렇게 〈무시무시한〉 인물로 성 프란체스코를 그려 놓았느냐는 질문을 받고 니코스는 다음과 같은 대답을 했다.

그들이 재앙을 향해서 나아가며, 우리의 세계가 그것을 집어삼킬 커다란 나락의 언저리에 이르렀다는 경고의 말을 인간에게 소리쳐 알려야 하는 필요성 때문에 내가 쓰는 작품들 가운데 가장 열등한 것은 마음을 언짢게 하고 가장 훌륭한 것은 두려움을 준다. 이런 문제에 관심을 둔 작가는 거의 없다. 그들은 성적인 문제나 정신 분석을 가지고 장난을 한다. 보다 민감한 화가와 음악가는 대단원이 얼마나 가까웠는지를 인식하지만, 작가들은 퇴폐적인 쾌락을 얘기하며 스스로 즐긴다. 우리는 인간이 종말에 가까워지고 있음을 그들에게 얘기해 줘야만 한다. 그렇기는 하지만 내 책도 각성의 날을 뒤로 미루려는 목적을 가지고 쓰였다. 비록 내가 성 프란체스코의 일대기를 쓰기는 했지만, 그것은 우리의 세상이 영웅이기도 한 성자들을 필요로 했기 때문이었다. 그리고 성 프란체스코는 나에게 각별히 소중한 존재이다. 나는 아시시에서 상당히 오래 살았다. 그리고 그는 내 생명을 두 차례 구해 주었는데, 첫 번째는 점령 기간 동안 그리스에서 우리가 굶주림으로 죽어 가려고 할 때였고, 두 번째는 내 눈이 감염되어 거의 죽을 뻔했을 때였다……[85]

다시금 성 프란체스코와 성 프란체스코의 〈현대의 형제〉 알베르트 슈바이처 얘기를 하면서 니코스 카잔차키스는 우리가 1955년

85 『로잔 트리뷴』 1957년 5월 26일자.

후기에 찾아갔던 때를 언급했다.

　나는 알자스 숲 속의 군스바흐라는 자그마한 마을로 가는 좁다란 길을 따라 걷던 8월의 그날 오후에 가슴이 벅찼다. 내가 문을 두드렸더니 오늘날의 성 프란체스코가 손수 열어 주고는 손을 내밀었다. 그의 목소리는 굵고 평온했으며, 허옇고 짙은 콧수염 밑 입가에 미소를 짓고 나를 쳐다보았다. 상냥함과 불굴의 의지를 가득 지닌, 그와 똑같은 늙은 크레타의 투사들을 나는 보았었다.
　운명이 잘 선택해 준 순간이었다. 우리는 서로에게 마음을 터놓았다. 우리는 날이 저물 때까지 함께 앉아서 그리스도와 호메로스와 아프리카와 나환자들과 바흐에 대해서 얘기했다. 오후 늦게 우리는 마을의 작은 교회로 출발했다.
　「우리 침묵을 지키기로 합시다.」 그의 거친 얼굴에 깊은 감동이 넘치며 그는 길을 가다가 나에게 말했다.
　그는 바흐를 연주하려고 오르간이 놓인 곳으로 갔다. 그는 자리에 앉았다…… 내 삶에서 가장 행복했던 순간들 가운데 하나였다고 나는 믿는다.
　우리가 돌아오던 길에, 길가의 야생화 한 송이를 보고 나는 그것을 따려고 걸음을 멈추었다.
　「그러지 마세요!」 내 손을 막으며 그가 말했다. 「그 꽃은 살아 있습니다. 당신은 생명을 존중해야 합니다.」
　작은 개미 한 마리가 그의 저고리 옷을 따라 기어갔다. 그는 남이 모르는 상냥함을 보이며 그것을 집어서 아무도 밟지 않게 한쪽 옆 땅바닥에 놓아 주었다. 비록 그가 아무 말 하지 않았어도 〈개미 형제〉라는 어휘가, 아시시에서 살았던 그의 조상이 사용하던 부드러운 어휘가 그의 혀끝에 맴돌았다.

밤이 되자 우리는 마침내 작별했다. 나는 나의 고적함으로 돌아왔지만, 8월의 그날은 내 마음의 지평선에서 절대로 밑으로 가라앉지 않았다. 나는 더 이상 혼자가 아니었다. 흔들리지 않는 자신감을 가지고 이 투쟁자는 내 곁에서 젊고 당당한 발걸음으로 그의 길을 나아갔다. 비록 그의 길이 나의 길은 아니었지만, 나는 그토록 깊은 확신과 집요함을 가지고 오름길을 올라가는 그의 모습을 보고는 크나큰 위안과 엄격한 교훈을 받았다. 그날 이후로 나는 성 프란체스코의 생애는 동화가 아니었다는 확신을 얻었으며, 그때부터 나는 인간이 아직도 지상에서 기적을 행한다는 신념을 갖게 되었다. 나는 기적을 보았고, 그것을 만졌고, 그 기적과 얘기를 나누었으며, 우리는 함께 웃고 함께 침묵을 지켰었다.[86]

1955년은 훌륭하고 풍요한 해였다. 알베르트 슈바이처, 마리 보나파르트, 〈카크리디스-카잔차키스〉의 이름이 붙은 『일리아스』뿐 아니라 그리스에서 출판된 니코스의 〈전집〉 가운데 첫 두 권의 등장, 준비 중인 오페라와 영화…… 그리고 젊은 그리스인들의 애정. 어느 누구보다도 니코스가 사랑했던 미지의 젊은 그리스인들 가운데 몇몇은 곧 종말이 닥쳐오리라는 걱정을 사방에 퍼뜨린 신문 기사들 때문에 겁이 났고, 그래서 그들은 니코스가 그의 누이에게 쓴 편지에서 그는 건강하고, 일을 계속하며, 교황과 다른 얼치기 신자들의 박해를 코웃음쳤노라고 알리는 내용을 등사하여 배포했다. 몇몇 친구들이 그 얘기를 우리한테 전해 주

---

86 『영혼의 자서전』에서 인용했다.

자 니코스는 놀라면서도 재미있어했다. 「그 사람들 도대체 편지를 어디서 구했대요?」 그가 말했다. 「난 내 여동생이 그랬으리라고는 상상도…….」

니코스 카잔차키스가 어떤 정열을 가지고 번역이라는 일에 임했는지를 전해 주기 위해서 나는 그가 이안니스 카크리디스에게 보낸 편지에서 몇 구절 인용하겠다.

……『일리아스』가 출판된 다음에 우리는 수정할 사항을 더 많이 발견할 것입니다. 그리고 내가 『검은 투구』를 쓴 다음에 당신은 새로운 개정판을 당신 스스로 출판해야 할 의무가 있습니다. 그 까닭은 우리가 이 사실을 잊지 말아야 하기 때문입니다 — 때로는 원작은 수정을 필요로 하지 않을지도 모르지만, 번역은 항상 그 과정을 필요로 합니다. 나는 『신곡』을 번역했을 때, 단테의 말마따나 *largo sudore*(많은 땀을 흘려) 그 사실을 깨닫게 되었습니다…….

1955년 4월 29일
앙티브에서

잠꼬대에서까지도 카잔차키스는 그가 카크리디스와 의견의 일치를 보지 못한 어떤 형용사를 놓고 자신을 괴롭히고는 했다.

아주 소중한 동료 투사에게!

출판된 『일리아스』를 보니까 너무나 기분이 좋고…… 당신에게 축복을 빕니다! 지난번에 나는 꿈을 꾸었습니다. (꿈속에서) 나는 웃다가 당신에게 이런 말을 했어요. 「아, 언제 재판이 나오게 될까요? 그러면 우리가 〈kalognomos〉를 고칠 수 있을 텐데요.」 (보시다시피 그 단어는 내 마음을 편히 내버려 두지 않습니다.) 아침에 나는 디미트라코스 사전에서 찾아보고는 깨달았는데 — 그 얘기는 그만 하겠어요! 재판이 나올 때까지 나는 한 마디도 하지 않겠습니다…….

프롤로그에서 만일 독자가 어떤 단어 때문에 고생을 하는 경우가 생긴다면 그것은 독자가 그 단어를 모르고…… 구어의 다채로움을 알지 못하기 때문이라고 밝혀 놓아야 합니다. 당신이 밝혀 놓은 내용은 마치 이상한 어휘를 사용한 데 대해서 우리가 용서를 비는 소리처럼 들립니다…….

언제 우리는 『오디세이아』[87]에 착수하게 될까요? 나는 불멸의 시구들 속으로 깊이 뛰어들고 싶은 강한 갈망에 빠졌습니다…….

1955년 9월 12일
앙티브에서

……우리가 핀다로스[88]와 투키디데스를 함께 번역했으면 하는 욕심도 생기기는 하지만 슬프게도 인생은 짧고, 인간은 가능성과 욕망을 그대로 잔뜩 간직한 채 무덤 속으로 들어가야 합니다…….

나는 서둘러 일을 하는데, 나의 민감함을 민감하지 않은 보호

---

87 호메로스의 『오디세이아』. 두 사람은 이 작품도 함께 현대어로 번역하고 싶어 했다.

88 Pindaros(B. C. 518 ~ B. C. 438). 그리스의 시인 — 역주.

막이 덮어서인지는 몰라도 나를 당연히 불안하게 만들어야 할 수많은 일감이 나를 초조하게 만들지 않고, 그래서 어느 누구도 나의 내적인 평온함을 어지럽히지 못합니다. 데카르트의 말마따나, *Larvatus prodeo*(나는 가면을 쓴 나 자신을 보여 주는지도) 모릅니다. 모든 사람이 단단한 가면을 써야 하고, 우리가 살아가는 부정직한 시대에는 그것이 필연적인지도 모릅니다……

1955년 9월 29일
앙티브에서

니코스의 열망대로 멋지게 꾸며진 『일리아스』를 우리가 받게 되는 날이 왔다. 그는 이안니스 카크리디스에게 편지를 썼다.

많은 사랑을 받고 승리하는 동료 투사에게.

나는 오늘이 내 삶에서 가장 행복한 날들 가운데 하나라고 믿습니다. 엘레니가 손을 뒤로 감추고는 한 번에 네 발자국씩 뛰면서 내 책상으로 왔습니다. 「눈을 감아요!」 그녀가 나에게 소리쳤습니다. 그리고 나는 당장 눈치 챘어요. 『일리아스』로구나!

나는 눈을 감았고, 두 손으로 그것을 받았으며, 거기에다 입을 맞추었고, 눈을 떴습니다. 그래요, 투쟁의 결실이 천천히 형태를 갖추어 가는 동안 여러 해에 걸쳐서 투쟁을 계속하고, 그러고는 그 결실을 두 손으로 받아 든다는 것은 얼마나 멋진 일인가요! 하느님이 당신을 잘 보살펴 주시기를 바랍니다, 나의 소중한 동지여. 당신이 없었다면 아무것도 이루어지지 않았을 것입니다. 영광은 오직 당신 것입니다. 이제 우리 소매를 걷어 올립시다. 이번에는 『오디세이아』의 차례입니다! 세 번째 작품까지도 시도한다면 얼마나 좋겠습니까만, 나에게는 시간이 없습니다. 당신은 혼자 남을 것입니다……

1955년 11월 9일
앙티브에서

……내가 『일리아스』의 재판을 준비하기 시작했다는 사실을 나는 얼마 전부터 편지로 당신에게 알리고 싶었습니다. 이 작품은 나를 편안히 내버려 두려고 하지 않습니다. 아침마다 잠자리에서 일어나기만 하면 나는 달려가서 책을 펼치고는 초기에 기독교인들이 성경을 읽었던 식으로 큰 소리를 내어 읽습니다. 다행히도 나는 수정할 부분을 아주 조금밖에 찾아내지 못했어요. 그리고 그 첫 번째는 물론 그 유명한 〈*kalognomos*〉인데, 나는 두세 번 그것을 여기저기 모조리 찾아볼 생각입니다……. 당신에게 편지를 쓰려니까 우리가 마놀리타 별장에서 보낸 서사시적인 8월이 다시 머리에 떠오릅니다. 그것은 얼마나 대단한 행복이었으며, 얼마나 대단한 불꽃이었던가요!

1955년 12월 1일
앙티브에서

카잔차키스가 회상하던 불타는 행복의 달, 〈서사시적인〉 그 달이 단순히 고통의 한 달에 지나지 않았다는 사실을 도대체 누가 알았겠는가? 비소 치료 때문에 생겨난 물집으로 뒤덮이고, 상처가 아직 그대로 입을 벌린 채로 겨우 기운을 되찾은 그는 피로한 눈에도 불구하고 이안니스 카크리디스와 함께 그들이 사랑하는 번역본의 결정판을 위해 꼭두새벽부터 일을 했다.

그는 의심할 나위도 없이 호메로스의 서사시를 생각하면서 〈서사시〉를 썼다. 하지만 서사시적인 것은 이 사람의 이성과 정신이 지닌 힘이었으니, 그는 그것이 어디에서 오든 간에 모든 악을 잊고 삶의 즐거운 면만 기억하는 방법을 알았다. 질병과 죽음을 증오하고, 모든 허약함을 부끄럽게 생각하면서도, 막상 우리가 병들면 그는 그것을 어떤 짜증스러움과 더불어 받아들일 줄 알았는데 ─ 처음에는 불가사의한 기분으로, 그러고는 점점 더 깊은 평온함을 보이며 받아들였다. 그는 제대로 감추지 못하던 나의 불안감을, 그리고 자신의 머리 위에 매달려 기다리던 칼을 코웃음쳤다.

「내 생명이 머리카락 한 가닥에 매달려 버틴다는 사실을 알지만, 그 머리카락은 엘레니의 머리카락이어서 끊어지지를 않아요!」 그는 웃음이 담긴 작은 눈으로 나를 쳐다보면서 즐겨 이 말을 했다.

언젠가 나는 오사카에서 꼭두각시 놀음을 보았다.[89] 무대의 오른쪽에서는 악사들이 한 사람씩 들어와 성직자 같은 몸짓으로 제자리를 찾아서 앉았다. 왼쪽에서는 예복 같은 기모노를 걸친 꼭두각시극의 우두머리 격인 사람이 나왔다. 그는 남들의 눈에 띄지 않게 몸을 낮추고 작은 발판 위로 올라서서 전체적인 통일된 활동을 지휘했다. 그런 다음에는 그의 조수 두 명이 검은 두건을 쓰고 들어왔는데, 한 사람은 다리를, 다른 한 사람은 꼭두각시의 왼쪽 손을 움직였다.[90] 오른쪽 손과 머리는 우두머리가 맡아서 움직였다.

89 분라쿠(文樂).
90 그들은 다리 하나의 움직임을 배우기 위해 스승 밑에서 20년 동안 공부한다.

처음에 이 구경은 내 마음을 산란하게 만들었다. 진지하게 보려고 하는데, 인형들 주변에 인간이 너무나 많았다. 황금과 자수로 화려하게 장식한 차림으로 꼭두각시를 놀리는 사람과 검은 두건을 쓴 그의 조수들은 아직도 무대 위에서 너무 눈에 잘 띄었다.

하지만 서서히 믿어지지 않는 일이 벌어졌다. 인형들이 점점 더 살아 움직이게 되고, 그들이 점점 더 사랑하거나 미워하거나 콧노래를 부르거나 통곡을 하게 되자 인형을 작동하는 사람들은 점점 더 보이지 않게 되었다. 구경이 끝나 갈 무렵에는 우리 앞에 속이 비고 투명한 껍질만이, 모든 생명이 비어 버린 일종의 뱀 허물만이 꼿꼿하고 뻣뻣하게, 거의 눈에 보이지 않을 정도로 투명하게 섰으며, 그런 한편으로는 피와 살을 지닌 작은 남자들과 여자들이 분출하는 생명력과 매력을 발산하며 그들의 모험을 펼쳐 내었다.

홀리기도 하고 동시에 얼어붙기도 한 나는 그제야 우리에게 어떤 일이 벌어졌는지를 이해하게 되었다. 나는 모든 놀음 가운데 가장 위험한 놀음으로 — 지적이고 도덕적인 면에서뿐만 아니라 물질적인 면에서까지도 그의 개입을 필요로 하는 인간들의 창조라는 놀음으로 — 니코스를 몰아넣었던 셈이다. 그리고 나는 전체적인 소모의 막연한 이유들을 깨닫지도 못하면서 그가 서서히 점점 투명해지는 모습을 보았다.

인형극의 우두머리처럼 일단 그의 활약이 끝나고 나면 자신의 육신으로 돌아가 식사를 하고 웃으면서 그에 대해서 조금이라도 불안감을 품었던 우리를 당당하게 조롱하고는 하던 이 남자와 함께한 자리에서 도대체 누가 그것을 인식했겠는가?

1956년 이해의 첫 편지는 어느 시인에게, 믿어지지 않을 정도로 젊은 여든 살의 시인에게, 현대 그리스어에 대해서는 니코스만큼이나 미쳤던 스피로 테오도로풀로에게 가는 것이었다.

⋯⋯당신의 새 노래에 대해서도 감사를 드립니다. 나는 당신이 스베덴보리[91]의 천사라는 의심이 들기 시작하는데, 당신도 알다시피 그들은 하느님에게 가까워지면 가까워질수록 점점 더 젊어지죠. 나는 당신의 젊음과, 스스로 새로워지는 당신의 마음과, 역동하는 당신의 정신력을 기뻐합니다. 정말로 ⟨*megas hēlios ephilē sen autēn*(위대한 태양이 입을 맞추었도다).⟩

1956년 1월 3일

앙티브에서

그리고 두 달 후 같은 사람에게 —

⋯⋯나도 역시 『일리아스』를 대단히 사랑합니다. 나는 그것을 아무리 읽어도 속이 차지를 않습니다. 현대 그리스어는 얼마나 대단한 기적인가요! 언어상으로 당신이 언급하고 싶은 얘기가 있으면 모두 적어 보내 주시기를 부탁드립니다. 나도 역시 재판을 위해서는 몇 군데 고치기로 했으니까요⋯⋯.

1956년 3월 4일

91 Emanuel Swedenborg(1688~1772). 스웨덴의 자연과학자이자 신학자이며 철학자로 많은 저서가 있다 — 역주.

앙티브에서

　니코스는 자신이 번역한 『일리아스』를 향상시킬 수 있도록 그의 모든 친구들에게 언어상의 조언을 보내 달라고 부탁했는데, 항상 겸손한 태도가 그의 특징이었으므로 조금도 거짓된 부끄러움은 내세우지 않았다. (호메로스의) 『오디세이아』로 말하자면, 그는 열렬한 환희에 빠진 상태에서 이미 번역을 시작한 터였다. 5월 15일, 처음 150행에서 그가 지적한 수정 사항에 대해서 공역자에게 고마움을 표시한 다음 그는 계속해서 이렇게 썼다.

　……나는 우리가 시간을 낭비하지 말고 『오디세이아』에 뛰어들어야 한다고 생각합니다. 그러면 필요한 감미로움은 저절로 생겨납니다. 『일리아스』에서 강인함을 성취했듯이, 우리는 작품에 부드러움을 부여할 수 있으리라고 나는 확신합니다. 하느님의 이름으로 그렇게 합시다!

　나는 전체 검진을 위해서 20일 동안 프라이부르크를 다녀왔습니다. 아무 이상이 없었고, 건강한 상태로 돌아왔습니다. 우리는 해마다 이 과정을 거칩니다.

　우리가 금년 여름에는 어디로 갈지 난 모르겠어요. 빈, 유고슬라비아, 중국, 인도…… 계획은 많은데, 모르겠습니다. 어쨌든 6월에 나는 평화상 수상을 위해 빈으로 가지 않으면 안 됩니다.

　데모스테네스 다닐리디스는 스톡홀름에서 우연히 국제 평화 위원회로부터 카잔차키스의 마음을 타진해 보라는 책임을 맡았다. 니코스는 발표문을 읽어 보고는 한참 동안 당혹해했다.

「내가 상을 받는 건 옳지 않아요.」 그가 말했다. 「이 상은 평화를 위해서 고생한 어떤 사람에게, 어느 공산주의자에게 주어야 해요.」 그리고 펜을 집어 든 그는 상을 그리스의 시인 바르날리스나 파시스트 경찰에 의해서 실제로 투옥되었던 작가 코르나로스에게 대신 수여해야 한다는 전문의 초안을 잡았다.

늦은 시간이어서 앙티브 우체국은 문을 닫은 후였다. 이튿날까지 대답을 미뤄 두고 싶지 않았던 니코스는 우리에게 근처에 전화가 없는지 찾아보라고 했다. 그리고 집으로 돌아오는 동안 줄곧 〈내 할 일을 하고 났더니 얼마나 기쁘고, 얼마나 마음이 놓이는지 몰라!〉라고 중얼거리며 그가 얼마나 즐거워했는지를 나는 아직도 기억한다. 그러나 평화 위원회는 뜻을 굽히지 않았다.

「상은 이미 당신에게 수여된 셈입니다.」 다닐리디스가 설명했다. 「당신이 거절한다면 그것은 만장일치로 당신에게 상을 수여한 위원회에 대한 반발로 간주됩니다. 작년에는 이 상이 프랑스 혁신 사회당 당수이자 리옹의 시장이며 작가 등등인 에두아르 에리오에게 수여되었어요. 그전에는 찰리 채플린, 쇼스타코비치, 락스네스[92]에게, 그리고 영국의 성직자와 몇 명의 다른 예술가들에게 수여되었습니다…… 금년에는 당신과 더불어 아흔 살 난 중국 화가 치파이시에게도 역시 수여됩니다……」

그해에는 이 상만큼이나 예상치 않았던 또 다른 초청이 니코스를 유혹했는데, 네루가 그를 인도로 초청했던 것이다. 그가 맞아야 할 수많은 주사를 생각하고 나는 초청을 받아들이지 말라며

92 Halldór Laxness(1902~1998). 아이슬란드의 시인으로 1955년 노벨 문학상을 받았다 — 역주.

결사적으로 반대했다.

……모레 우리는 빈으로 떠나고, 거기서 유고슬라비아의 산악지대로 갑니다. 나는 그리스로 내려가는 문제에 대해서는 무척 주저하고 있습니다. 크레타인들은 라키와 푸짐한 음식과 사랑으로 나를 뒤덮어 씌우려고 합니다. 그것은 아주 위험한 일이므로, 나는 그 기쁨을 사양할까 합니다. 나는 조금 더 살아야 하니까요……

당신이 「네아 에스티아」에 써준 기사에 대해서 감사를 드립니다. 우리가 함께 일하는 〈신혼기〉가 알려지는 것은 좋은 일입니다. 그것은 현재와 미래의 그리스인들을 위해서 하나의 귀감이 되어야 합니다. 그리고 이 달이, 이 보름달이 영원히 지지 않았으면 좋겠습니다!

평화상은 대단히 갑작스러운 일이었어요. 엘레니가 기뻐했고, 그래서 나로서도 후회는 없습니다. 이런 모든 것에 대한 나의 병적인 무관심은 믿어지지 않는 일입니다. 내 마음은 다른 일들 때문에 불타오릅니다. 하지만 그것을 누가 믿겠어요? 당신 말고는.[93]

1956년 6월 24일
앙티브에서

외국의 억압으로 인해서 고통을 받아 본 사람들만이 니코스 카잔차키스의 모든 행동으로부터, 그의 모든 말과 글로부터 드러나는 자유에 대한 사랑을 이해할 수 있다. 빈의 국제 평화 위원회에

---

93 이안니스 카크리디스에게 쓴 편지.

서 모든 민족과 모든 개인이 누려야 마땅한 자유와 평화 이외에 어떤 다른 주제에 대해서 그가 얘기를 했겠는가?

……저는 하루의 일을 끝내고 임금을 받는 늙은 근로자처럼 이 높은 상을 받습니다. 저는 이 상으로 인해서 깊은 감동을 받기도 했지만, 심한 혼란과 당혹감을 느끼기도 합니다. 저는 과연 이런 임금을 받을 자격이 있을까요?

처음 얼마 동안은 주저했지만, 결국 이 영광을 받아들이도록 저 자신을 용납했던 까닭은 오직 제가 태어난 섬 크레타의 이름을 위해서였습니다. 그토록 애써서 평화를 성취한 크레타만이 이런 상을 받을 권리가 있습니다.

몇백 년 동안 크레타는 평화를 갈망해 왔습니다. 하지만 크레타는 피와 눈물의 강을 거쳐서야 겨우 그것을 얻었습니다. 크레타가 일깨워 준 영감에 힘입어 저는 한 남자로서, 그리고 한 사람의 작가로서 자유와 평화와 인간의 존엄성을 위해 투쟁하도록 저 자신을 강요했습니다.

그러나 저에게는 이 시상이 제 마음 가까이 와 닿는 또 하나의 의미를 지니게 되는데, 그것은 국제 평화상의 심사위원들이 올리브나무 가지를 그리스 시인에게 주기 때문입니다. 이 상징적인 행위가 전체 헬레네 세계에서 평화의 전조가 되기를 바랍니다.

이곳에서 평화의 축제가 벌어지는 한가운데에서도 키프로스의 처절한 광경이 제 눈앞에서 어른거립니다. 그곳에서는 이 순간에도 어둠의 세력들이 자유를 억누르려고 날뛰고 있습니다…….

우리의 시대보다 평화의 이상이 더 절실했던 때는 없었습니다. 처음으로 인류는 의식적으로 나락을 접하는 그들 자신을 알게 되

었고, 따라서 우리 주변의 그토록 많은 사람들 사이에서는 무질
서와 패배주의와 배반 행위가 만연합니다.

세계가 허공 속으로 빠져 들어가지 않도록 막고 싶다면 우리는
물질 속에 숨겨진 힘을 해방시켰듯이 인간의 마음속에 숨겨진 사
랑을 해방시켜야 합니다. 원자의 힘은 원자의 마음을 섬기도록
만들어야 합니다. 자유와 평화가 자연의 범주 너머에 존재한다는
사실을 우리는 잊지 말아야 합니다. 그것은 둘 다 눈물과 땀에 의
해서 탄생된 인간의 자식입니다. 지구상에서 인간이 숨을 쉬는
한 그것들은 충실한 반려자로서, 개척자로서 거기 존재할 것입니
다. 그렇지만 모든 순간에 그들은 위협을 받습니다. 매 순간 우리
는 그것들을 지키기 위해서 모든 힘을 동원해야 합니다. 우리는
항상 신경을 곤두세우고 그것들의 곁에 머물러야 합니다…….

현재 인간다운 모든 인간을 움켜잡은 고뇌는 위대한 희망, 더
정확히 얘기하자면 위대한 확신과 — 느리기는 하지만 확실한
선의 능력 앞에서 악은 항상 굴복하게 된다는 확신과 조화를 이
룹니다. 이 신비한 법칙이 인간의 운명을 지배하지 않았더라면
영혼은 벌써 오래전에 물질 앞에서 거꾸러졌을 것입니다. 자유와
평화는 크나큰 공포에 의해서 질식했을 것입니다…….

빈에서 니코스가 발견했을 가장 큰 기쁨은 의심할 나위도 없
이, 두 사람 다 국제 평화 위원회의 위원이었던 위대한 콜롬비아
의 시인 호르헤 살라메아뿐 아니라 아르헨티나의 작가 알프레도
바렐라와의 만남이었다. 카잔차키스는 살라메아의 작품을 어찌
나 좋아했는지 「부룬둔 부룬다의 죽음」과 다른 몇 편의 시를 당장
번역했다.

관광, 열띤 토론, 미술관 찾아가기, 선배를 대접하기 위해서 멀리서부터 찾아온 그리스 친구들과의 만남, 2등 차칸에서 사흘을 보냈으면서도 건강하고 신선한 모습으로 도착한 테오도로풀로. 모든 일이 니코스에게 기쁨을 주었지만 그의 웃음소리, 깊고도 낭랑한 웃음소리는 빈에서, 그리고 나중에 유고슬라비아에서 한 번도 터지지 않았다. 전혀 침울해지지는 않았어도 그는 천성적인 장난꾸러기 노릇은 그만두었다. 병으로 야윈 그의 얼굴에는 심각한 표정이 자리를 잡았다.

빈 다음의 우리 계획에는 슬로베니아와 크로아티아의 몇몇 작가들이 우리를 기다리는 자그레브와 류블랴나가 포함되었다. 다음에는 자그마한 온천지 로가스카 슬라티나, 그러고는 푸르른 호수 근처의 보힌.

「우린 항상 산악 지대에서 살아야 해요.」 전나무와 낙엽송 냄새로 향기로운 공기를 계속해서 열심히 호흡하면서 니코스가 중얼거렸다. 「평원에서 사는 사람들에게도 영혼이 있는지 크레타의 산사람들이 이상하게 생각할 만도 해요.」

불행히도 니코스는 또다시 휴식을 취하지 못했다. 『오디세이아』의 영어 번역 때문에 키먼 프라이어와 일을 해야 했기 때문이었다.

배경에 폭포가 드리워지고 숭어가 뛰노는 그림엽서 같은 호수의 호반에 앉아서 니코스는 크레타의 우리 친구이며 전에 아이기나에서 형무소 소장을 지냈던 트라시불로스 안드룰리다키스에게 편지를 썼다.

아, 지나간 것들이여, 아, 과거의 것들이여,

아, 해마다 단 하루만이라도 그것들이 돌아오기만 한다면!

　나의 소중한 트라시여, 이 만티나다[94]는 내가 당신의 멋진 편지를 읽는 동안 줄곧 나비처럼 내 마음속에서 날아다녔답니다……. 당신은 나를 위해서 돌밭에서 맛있는 채소를 생산하고, 라디오를 귀 기울여 듣고, 창문을 두드렸으며, 그곳에서 당신을 기다리던 나에게 소식을 전해 주고는 하던 영웅적인 시대[95]를 되살아나게 했습니다. 찬란함으로 가득했던 암흑의 시대. 당신은 내가 굶어 죽지 않게 하려고 당신 물통에 담긴 식량을 나하고 나누어 먹고는 했습니다. 망명 생활을 하는 동안 얼마나 자주 우리는 당신의 아내이며 동반자인 데스피나가 보여 주었던 용기를 회상하고는 감정이 북받쳐서 눈물을 글썽거렸던가요! 당신의 용기와 사랑이 그토록 빛나게 만들었던 굶주림과 공포에 축복이 내리기를.

　잊을 수 없고 사랑하는 친구여. 우리가 당신과 함께 지낸 시절은 내 기억에서 결코 지워지지 않을 것입니다. 그 공포의 나날은 내 삶에서 가장 아름다운 때 가운데 하나였으니, 하느님의 축복이 당신에게 내리기를!

　그때 나는 투쟁을 했으며, 지금도 투쟁하는 중이고, 나는 죽을 때까지 투쟁을 계속하려 합니다. 그것이 나의 의무이기 때문입니다. 나의 삶 전체는 인간을 위해서, 인간의 자유를 위해서 잿더미로 변했습니다. 당신처럼 내 삶을 가까이서 보았던 사람들만이 내 투쟁을 압니다. 그리고 분명히, 만일 엘레니가 그곳에 없었다면, 나는 그토록 오랜 형벌을 견디어 내지 못했을 것입니다. 죽음과 절망으로부터 여러 번 나를 구해 주었던 그녀에게 축복이 내

---

　94 크레타 민중시의 한 장르.
　95 독일 점령하에서 심한 기근으로 시달리던 무렵.

리기를.

이제 그녀는 (다신의) 영화가 촬영되는 현장을 구경하려고 열흘 동안 크레타로 내려갔습니다. 그녀는 무척 가고 싶어 했어요. 나는 전혀 호기심을 느끼지 않지만요. 나 자신의 투쟁은 이런 작은 인간적인 기쁨까지도 허락하지 않아요. 〈멈추지 말고, 뒤를 돌아다보지 말고, 계속해서 위로 올라가기만 하라.〉 ── 비인간적인 (그러면서도 너무나 인간적인) 목소리가 나로 하여금 어떤 기쁨도 느끼지 못하게 막습니다.

그렇지만 비록 나의 행복이 사납고, 미소를 지을 줄 모르고, 만족할 줄도 모르고, 잠시 동안이라도 내가 쾌락을 맛보도록 용납하지 않더라도, 나는 내가 행복하다고 말합니다. 기쁨은 휴식이요 휴식은 죄악이라고 행복은 나한테 말합니다⋯⋯.

내년 5월에는 ── 하기야 (나는 내가 불멸한 것처럼 생각하고 행동하니까 내가 그때까지도 여전히 살아 있기를 바라지만) 내년 5월에 우리는 중국으로 갈 생각이에요⋯⋯.

나는 작별을 고하겠어요, 안녕히⋯⋯. 곧 나는 내가 사랑했던 사람들에게도 역시 작별을 고할 것입니다. 그러니까 다정한 트라시불로스여, 우린 다시 만나게 될 것입니다⋯⋯.

1956년 8월 18일
보힌의 즐라토로크 호텔에서

그리고 1956년 9월 15일 카크리디스에게 ──

빈, 유고슬라비아, 제네바⋯⋯ 우리는 두 달 반 걸린 여름 여행에서 방금 돌아왔습니다. 금년의 순례는 끝났습니다. 종이와, 책과, 원고…… 나는 나의 골방을 다시 찾게 되어 반가웠습니다. 그리고 나는 『오디세이아』의 번역을 목마르게 기다립니다. 빨리 행동하십시오. 나는 아직 살아 있지만, 내가 영원히 살지는 않으리라는 사실을 잊지 마세요. 그리고 그토록 무난히 함께 일할 사람을 당신은 어디서 구하겠어요? 나는 할 일이 많지만, 『오디세이아』를 위해서라면 다른 모든 것을 포기하겠습니다……

지리상의 그리스는 점점 더 나의 지평에서 사라져 갑니다. 다른 그리스는 남아 있습니다. 그리고 나는 그 나라의 땅을 밟아 보고 싶은 향수에 어린 갈망은 전혀 없습니다……

카크리디스 부부는 만일 니코스와 나에게 무슨 일이 생기는 경우, 『일리아스』와 『오디세이아』의 번역이 어떤 운명에 처할지 걱정이 많았다. 나는 이 얘기를 니코스에게 했고, 그는 주저하지 않고 저작권을 이안니스 카크리디스의 두 아이에게 넘겼다.

……나는 우리의 공동 노력과 기쁨이 사랑하는 두 사람의 머리 위에서 계속 결속된 채로 남기를 바랍니다……

1956년 10월 12일
앙티브에서

그리고 10월 15일 다시 이안니스 카크리디스에게, 그의 작품에 대해 공개적인 자리에서 언급한 데 대해 고마움을 표시하기 위해서 —

　나는 방금 당신이 극장에서 나에 대해서 한 연설의 텍스트를 받았습니다. 나는 그 글을 읽고 깊이 감동했습니다. 한데, 당신 말이 맞을까요? 그렇다면 내 삶은 낭비되지는 않았기 때문에 나는 그 말이 사실이기를 바랍니다.

　나는 조바심하며 『오디세이아』를 기다립니다. 그 일은 내가 집필 중인 『영혼의 자서전』보다 더 나의 관심을 끕니다. 『영혼의 자서전』은 얼마 전에 완성했지만, 다시 고쳐 쓰는 중입니다. 그것은 고백록이고, 관심을 기울여야 할 작품입니다. 나의 모든 작품이 고백이지만, 이 책은 그런 경향이 더 깊습니다. 나는 여러 가지 덧없는 일을 거치며 내 삶의 오름길을 가는 네 가지 주요 단계를 고백하려 합니다…….

　성공은 카잔차키스를 둔화시키는 대신에 생각하는 존재로서, 결과적으로 책임을 지는 존재로서 그가 지닌 모든 자질을 각성시켰다. 그가 소설 쓰기를 얼마나 좋아했고, 왜 그가 작품들을 썼는지를 그는 이미 그의 친구 뵈리에 크뉘스에게 설명했었다. 나는 그가 프레벨라키스와의 서신 왕래에서 거기에 관련해 쓴 몇 구절을 발췌하여 여기에 첨가하겠다.

　……나는 지금 『미할리스 대장』에 깊이 빠져 있다네. 나는 어린 시절의 이라클리온을 부활시키려고 노력을 기울이는 중이지. 벅

찬 감동, 벅찬 기쁨, 그리고 동시에 벅찬 책임! 수천 명의 죽은 사람들이 내 기억 속에서 일어나 햇빛을 받는 자그마한 터전과, 두세 줄의 글과, 멋진 어휘 하나를 요구하기 때문이지. 그들은 어떤 다른 구원이나 부활의 희망이 없음을 알거든. 누가 이제 그들에 대해서 글을 쓰겠나? 그들의 자식과 손자들까지도 그들을 잊어버렸는데…… 나는 그런 열정과 인내심을 한 번도 접해 본 적이 없어. 내가 작품 하나를 끝내기 전에 두세 가지 다른 작품이 내 마음속에서 솟아올라 육신을 달라고, 견실한 형태를 갖추고 대지 위에서 걸어 다니게 해달라고 요구하지…… 나는 아직 시간이 남았을 때 끝낼 수 있도록 노력한다네……

1949년 12월 3일
앙티브에서

……나는 줄곧 새 소설 『미할리스 대장』 속에서 헤엄치며, 기쁨과 크나큰 안도감을 느낀다네. 나는 나의 옛 순간들, 이제는 신화적이 되어 버린 순간들, 공룡과 매머드가 사라져 버린 태곳적 인간의 시대를 다시 살아가지…… 글쓰기가 나에게 이토록 많은 기쁨을 주기는 이것이 처음이라네.

1950년 2월 28일
앙티브에서

……나는 평온하게 일을 계속한다네……. 일을 하면 〈내 시간이 흘러가기〉 때문에, 그리고 내가 다시 젊어진다는 기분을 느끼기 때문에 나는 (소설이라는) 새로운 장르에 뛰어든 것이 기쁘다네. 나는 방금 글을 쓰기 시작한 신인처럼, 처녀 같은 기분으로 흥분이 고조되어 글을 쓰지……

다음 편지는 그가 『최후의 유혹』을 집필하는 동안 쓴 내용이다.

나는 이제 새로운 작품의 산고를 치르는데, 평상시의 내 생활 과정을 벗어나기 때문에 무척 고생이 된다네……

과거의 모순성들이 하나의 유기적인 총체로 짜여지기 시작하지. 비잔틴의 신비론자들이 말하고는 했듯이, 나는 노력의 결여라고 부르는 노력의 정상에 이르렀다는 생각이 들고는 한다네. 어쩌면 나는 지금 내가 쓰는 책에서 상반적인 요소들의 유기적인 해결을 끌어내게 될지도 모르겠어. 나는 이제 어떤 〈문제〉로부터도, 어떤 〈고뇌〉로부터도 간섭을 받지 않기 시작했어. 나는 지성과 분석의 영역 밖에서, 그러니까 〈사탄〉의 터전 너머에서 해답을 발견했지……

1950년 11월 11일

앙티브에서

우리는 로퍼에서 호텔 주인이 니코스에게 그가 쓸 주제를 찾아나서지 말고 주제가 그에게로 자유롭게 찾아오도록 하라고 충고했던 일을 이미 살펴보았다.

……여러 달 동안 나의 영혼은 「파우스트 제3부」라는 힘든 주제를 놓고 투쟁을 벌이느라고 육신이 기진맥진 지쳐 버렸다네……. 나보다도 더 많은 고통을 받던 엘레니는 나더러 여행을 하라고, 산으로 가라고, 그리고 신선한 공기를 숨쉬라고 부추겼어……. 그래서 나는 신성하고 백설로 덮인 산을 숨쉬게 되었고, 사흘 후에는 완전한 휴식을 취한 다음 마놀리타로 돌아갈 생각일세. 하지만 나는 산문 작품을 하나 쓰는 중이지. 그리고 작품을 씀으로써 나는 휴식을 취하는 셈이야. 「파우스트 제3부」가 나를 찾아오지 않는다면 나는 더 이상 그것을 찾아 나서지 않겠네. 그것만이 〈때가 되었다〉는 유일하고도 확실한 징후이지…….

1952년 3월 6일
잘츠부르크 로퍼에서

……나는 지금 『성자 프란체스코』를 쓰는데, 좋은 작품이 되리라고 생각해. 인간과 신의 투쟁, 이것이 나의 관심거리라네…….

1952년 12월 18일
암스테르담에서

……(『성자 프란체스코』는) 자네가 좋아하지 않을 작품들 가운데 하나이지만, 내가 그것을 어떻게 썼는지 스스로 놀랍기만 하다네. 글쎄, 나의 내면에는 종교적인 신비론자가 존재하는 것일까? 그 작품을 썼을 때 나는 깊은 감동을 했으니까…….

1953년 12월 6일
앙티브에서

이제 나는 (프라이어와 함께) 『오디세이아』의 번역에 모든 시간을 바치는데, 내가 한창 집필하던 작품(『전쟁과 신부』)을 중단하게 되어 슬프다네……

1954년 8월 18일

앙티브에서

1955년 부활절 무렵, 그는 병상에 누운 그의 친구를 위로했다.

……몸을 움직이지 못한다는 상황이 결실을 가져다주기도 하지.「하느님의 거지」에서 가장 훌륭하다고 여겨지는 부분은 열병에 걸렸을 때 엘레니한테 받아쓰게 한 것이었으니까…….

……며칠 후에 나는 『영혼의 자서전』을 끝내게 된다네……. 엘레니는 그 원고의 정서를 하고 싶어 하지 않았어. 나의 죽음에 대한 얘기를 했더니 그녀는 울음을 터뜨렸지. 하지만 그녀는 내 죽음에 익숙해져야 해. 나도 역시 거기에 익숙해질 테니까.

나는 여러 시간씩 일을 하는데도 지치지를 않아. 인내의 이런 힘은 나를 놀라게 하는데, 그것은 자연스러운 일이 아니지. 나는 갖가지 작품을 염두에 두고 있다네. 하루하루가 나에게는 짧게 느껴져. 요즈음에는 1년이 그렇게 짧을 수가 없네. 나에게는 시간이 충분하지 않아. 나의 내면에서 타오르는 불길은 마치 더 이상 나를 참아 낼 수가 없어 나를 불태워 없애 버리고 싶기라도 한 듯 자꾸만 치솟아 오르지…….

1956년 3월 22일

1957년 대단히 바쁜 봄철이 되리라는 사실이 벌써부터 분명해
졌다. 『성자 프란체스코』의 출판에 즈음하여 파리에서 플롱 출판
사가 마련한 축하 행사들, 푀 크루아제 총서의 2백 권째 작품으로
선정, 칸 영화제에 다신의 영화 출품, 『오디세이아』 영어 번역판
의 마지막 감수, 그리고 우리의 대담한 계획을 위해서 필요한 하
일마이어 박사의 도움과 동의를 얻기 위해 프라이부르크 병원에
서 며칠 머무르는 막간을 곁들이며…… 중국으로의 대여행을 위
한 준비와 갖가지 강연도 빼놓을 수 없었다…….

1957년 1월 9일에 니코스는 이안니스 카크리디스에게 편지를
썼다.

……나는 5편과 6편, 두 편을 끝냈습니다……. 나는 〈먹고 나면
아까보다 더 배가 고파지는〉 단테의 지옥에 나오는 야수와 마찬
가지여서, 호메로스의 세계로 들어가면 어찌나 도취되는지 거의
기진맥진한 기분이 듭니다……. 그러면 엘레니는 나더러 산책을
나가고, 바람과 햇빛을 좀 쬐라고 강요하고는 합니다. 내가 모든
고전을 번역할 수 있도록 인간이 5백 년 동안 살지 못한다는 사실
은 안타까운 일입니다…….

그리고 얼마 후에 뵈리에 크뇌스에게 ─

……나는 이곳에서 일과 병에 맞서 용감히 투쟁하며, 일 이외
에는 아무런 위안도 없습니다. 현재 나는 호메로스의 『오디세이
아』를 번역하며, 우리가 살아가는 비참하고 명예롭지 못한 세상
을 잊어버립니다. 델피의 수레 전차를 타는 사람처럼 나는 가능
한 한 힘껏 고삐를 잡고는 내 육신이 스스로 가고 싶어 하는 곳으
로가 아니라, 나의 영혼이 그것을 보내고 싶어 하는 곳으로 이끌
고 가도록 노력하고 있습니다.

……한 달 전에 처음으로 그리스 정부는 공식적으로 나를 인정
해서 나에게 우수 희곡상을 주었습니다……. 나는 그 상을 병들고
가난한 부티라와 코치울라의 고아와 공동으로 수상했습니다. 우
리는 언제쯤 만날 수 있을까요? 마음이 더 홀가분해지게 말입니
다. 나는 더 이상 얘기를 나눌 사람이 없습니다. 나의 아내 이외에
는…….

1957년 1월 25일
앙티브에서

1957년 2월 초순에 디미트리 포티아디는 니코스에게 우리 나
라의 독립 투쟁에서 가장 보기 드문 영웅 가운데 한 사람이며 수
녀의 아들이었던 카라이스카키스에 대해서 그가 쓴 책을 보내 주
었다. 포티아디는 아직 젊은 작가로 그의 모든 힘과 재능을 우리
역사에, 학교에서 가르치는 그런 내용이 아니라 우리의 참된 역
사에 바친 사람이다. 그는 순수한 현대 그리스어로 작품을 쓰고

진실을 그대로 얘기하기를 두려워하지 않는다. 그리스인들은 그를 무척 사랑하지만, 외국에서는 전혀 알려지지 않은 인물이다. 그의 책은 한 권도 외국어로 번역된 적이 없는데 ─ 첫 번째 이유는 포티아디가 그의 작품이 번역되도록 노력하지 않기 때문이고, 두 번째 이유는 출판업자들이 그리스의 참된 역사에 전혀 관심이 없기 때문이다.

늘 그러듯이 니코스는 나에게 페이지들을 잘라 개봉[96]하도록 부탁했다. 그리고 그는 읽기 시작했다. 그리고 나는 그의 울음을 눈치 챘는데, 그는 감기에 걸렸기 때문이 아니라 나에게 눈물을 감추기 위해 자꾸만 코를 풀었다. 디미트리 포티아데에게 그는 다음과 같은 편지를 썼다.

친애하는 포티아디에게.

그리스의 신이 그대를 건강하게 지켜 주고 글을 쓰는 그대의 손에 축복을 내려 주기를! 나는 『카라이스카키스』를 읽으면서 자꾸 눈앞이 흐려지고는 합니다. 자유라는 이름으로 어떤 불명예스러운 행위와, 어떤 용감한 행위와, 어떤 배반과, 어떤 희생이 이루어졌던가요! 그렇다면 1821년이란 무엇이었고, 어떤 종류의 똥이었으며, 그 위에서는 어떻게 파란 꽃이 뿌리를 내려 피어났을까요? 그리고 더 나아가, 학교에서는 우리에게 어떤 거짓말들을 가르쳤으며, 얼마나 늦게서야 당신 같은 참된 인물들이 나서서 진실을 얘기했던가요!

나는 당신 책을 내려놓을 수가 없고, 우리가 이토록 멀리 떨어

---

96 외국에서는 책을 펴낼 때 칼로 베어 내어야 페이지들이 분리되어 읽을 수 있도록 봉해서 내놓는 경우가 있다 ─ 역주.

져 살기 때문에 내가 가서 당신 손을 쥐여 줄 수가 없으니 얼마나 섭섭한 일인가요. 당신의 『카라이스카키스』는 나에게 크나큰 기쁨을 주었고, 나로 하여금 크나큰 슬픔을 느끼게 만들었습니다. 나는 그 책을 내 앞 책상 위에 놓아두었고, 앞으로 과연 어떤 다른 작가의 작품이 나를 이토록 감동시킬지 알 수 없기 때문에 끝까지 다 읽어 치우고 싶지 않아서 천천히 읽어 나가기로 했습니다.

친애하는 포티아디, 나의 감사하는 마음을 받아 주세요. 당신은 아름다운 작품을 썼고, 용감한 행동을 실천했습니다. 그 두 가지를 겸비하기란 드문 일입니다……

1957년 2월 27일
앙티브에서

그리고 1957년 4월 28일 뵈리에 크뇌스에게 —

……나는 독일에 가 있었기 때문에 당신에게 편지 쓰는 것을 오랫동안 지체해 왔습니다……. 모든 일이 잘되었어요. 혈액은 다시 정상으로 돌아왔고, 나는 대단히 건강한 몸으로 앙티브로 왔으며, 굉장히 많은 양의 일을 시작했습니다……. 프랑스가 나를 인정하기 시작했고, 나에게 대단한 영광을 베풀어 주었습니다. 약간 늦기는 했지만 상관없는 일입니다. 모든 영광에 대해서 나는 무관심해졌으니까요. 나는 내가 모든 야망을 초월했다는 생각이 들고, 이제는 나락의 쓴 냄새를 숨쉰답니다…….

나는 칸에서 소수의 관객에게 공개된 영화의 첫 공연을 보고 막 돌아왔습니다. 나는 눈물을 막을 수가 없었습니다. 그것은 대단히 감동적이었습니다……

나는 건강은 아주 좋지만 쉽게 피곤해집니다. 나는 여행이 나에게 휴식을 주었기를 바랍니다. 『오디세이아』의 영어판 번역은 훌륭합니다……. 번역가가 지금 이곳에 와 있고, 우리는 번역 전체를 추고하는 중입니다. 굉장히 신경을 곤두세우는 일이죠…….

이런 불평은 카잔차키스의 여러 편지에서 발견된다. 「몇 분만 더 계속해야 한다면 나는 죽고 말겠어요!」 그는 나에게 도움을 청하며 소리쳤다. 「나에게는 이렇게 소리를 내어 읽는 일이 무척 힘들어요.」

우리가 중국으로 떠나기 얼마 전, 이혼을 하고 나서도 40년이나 지난 후에 갈라테아는 니코스에게 묘한 선물을 보냈는데, 그것은 그녀가 얼마 전에 쓴 책이었다. 소설의 형태를 취한 인신 공격이었던 그 책에서 그녀는 그를 지극히 흉악한 인물로 그려 놓았다. 니코스는 책을 읽으려고 하지 않았다. 내 견해로는 이런 종류의 비방에는 반박을 해야 마땅했지만 니코스는 머리를 저었다. 「아니에요. 가엾은 갈라테아.」 니코스가 중얼거렸다. 「그녀는 그런 종말을 맞아야 할 책임이 없었어요.」 그리고 그는 아무도 그녀를 나쁘게 얘기하도록 용납하지 않았다.

레프테리스에 대해서 그는 더 훌륭하게 행동했다. 레프테리스 역시 그와 처남 매부간이었던 니코스를 적대시하는 소설을 발표했다. 그는 니코스가 세상을 떠나기 1년 전 영명 축일에 그 책을 그에게 선물로 보냈다. 니코스는 책을 읽고는 그의 문체와 언어에 대해서 칭찬했다. 며칠 후에 레프테리스는 굉장히 열광적인 편지를 다시 보냈다. 〈오, 니코스, 당신은 멋있는 사람이고, 당신은 최고이고(어쩌고저쩌고). 성탄절 기간 동안에 내 책의 판매에 도움이 될 수 있게 당신의 찬사를 사용하도록 허락해 주기 바랍니다.〉 니코스는 마지못해서 승낙했다. 그리고 악의에 찬 소설은 피해자가 쓴 찬사 덕택에 잘 팔렸다! 내가 화를 내며 항의했더니 니코스가 대답했다. 「그토록 많은 악의에 찬 얘기를 누가 믿겠어요?」

1957년 6월 1일, 우리가 떠나기 직전에 니코스는 뵈리에 크뇌스에게 편지를 썼다.

……모레 나는 엘레니와 함께 중국으로 떠납니다. 나는 모스크바에서 열흘, 중국에서 한 달을 보내고, 돌아오는 길에는 유고슬라비아에서 1개월 동안 체류할 예정입니다. 9월까지는 앙티브로 돌아오고 싶어요. 나는 긴 여행을 떠나서 아시아를 다시 보게 되어 기쁩니다. 그곳에서는 정적이 너무 오랫동안 지속되었죠.

그저께 나는 열흘을 보낸 다음 파리에서 돌아왔습니다. 갖가지 축하 행사가 벌어졌고, 나는 라디오와 텔레비전에 여러 번 출연했어요. 그리고 이런 모든 일이 천성에 맞지 않아서, 나를 피곤하게 만들었습니다. 이제 힘드는 여행 동안에 나는 휴식을 갖게 되기를 바랍니다.

당신을 항상 마음속에 간직하며, 중국에서 편지를 드리겠습니다…….

그리고 우리는 중국으로 출발했다.

니코스의 지친 모습을 보고 우리의 친구들은 최악의 불길한 예감을 느꼈다. 그러나 니코스는 그들의 말에 전혀 귀를 기울이려고 하지 않았다.

「카잔차키스 선생님, 저는 선생님의 잔 밑바닥에서 파헤쳐 놓은 무덤이 보입니다.」 우리가 출발하기 전날 저녁에 우리의 친구들 가운데 한 사람인 푸아리에 부인이 그에게 말했다. 「하느님의 이름으로 부탁이니, 제발 떠나지 말아요.」

「한심한 소리 말아요.」 니코스가 코웃음을 쳤다. 「꿈에서도 그렇듯이, 무덤이 보이면 그것은 결혼을 의미한답니다.」

우리가 떠나던 날 푸아리에 부인이 다시 찾아왔다. 「제발 부탁이니 가지 말아요. 전 나쁜 꿈을 꾸었어요.」

니코스는 다시 웃음을 터뜨렸다.

「니코스무.」 이번에는 내가 부탁했다. 「당신은 우리가 자유라고 말했어요. 이라클리온의 성문 앞에서 당신의 유명한 크레타인이 말했듯이 ─ 〈내가 들어가느냐 안 들어가느냐 하는 것은 내 마음대로이다!〉 그래요, 우리가 원한다면 떠나도 되지만, 그러고 싶지 않으면 우린 안 떠나도 되는 거예요!」

「이러지 말아요, 나의 전우여, 당신은 무기를 버리고 항복할 작정인가요? 베이징에서 당신의 안내자 노릇을 하게 되어 내가 너무나 기뻐하는 마당에 말이에요?」

니코스가 장난을 치고 싶어 하는 기분일 때, 그가 웃을 때는 피로와 늙은 나이와 주름살이 모두 그에게서 파도가 쓸어 내는 모래밭의 발자국처럼 사라졌다.

프라하와 모스크바에서 우리는 피곤할 만한 일은 모두 피했다. 여행에서 우리와 동반했던 두 사람의 그리스인은 우리가 예상치 못했던 선물을 준비해 왔는데, 그것은 일본으로의 초청이었다.

「우린 가겠어요.」 니코스가 신이 나서 소리쳤다.

「당신은 베이징을 떠나지 않겠다고, 남쪽으로는 내려가지 않겠다고 나한테 약속했잖아요. 당신도 신문을 읽었어요. 도쿄에서는 독감이 기승을 부리고 있어요. 그리고 의사 선생님은 감염이 되면 안 된다고 했고요.」

「왜 이래요. 독감은 나 같은 사람들한테는 아무 짓도 못해요. 그러니까 레노치카도 일본을 구경해야 해요.」 니코스는 콧노래를 부르면서 내가 보게 될 신기한 사물들을 나열하기 시작했다.

베이징에서는 우리를 접대하는 사람들이 대단한 배려를 보여 주었다. 「소금은 안 되고, 공장 방문도 안 되며, 날마다 한 시간씩 휴식이 필요합니다.」 ── 내가 그렇게 한 번만 부탁하면 충분해서, 그들은 빈틈없이 요구를 들어주었다. 카잔차키스의 마음을 즐겁게 해주려고 그들은 상하이와 산업 도시들을 통과하는 단체 여행들을 피했다. 그들이 방문객을 위해서 선택한 일정 가운데 하나는 〈시인의 길〉 ── 그러니까 이백 같은 너무나 많은 유명한 시인이 노래했던 양쯔 강 계곡이었다. 더위가 극심했던 충칭까지도 우리를 피곤하게 하지는 않았다. 하지만 우리의 건강을 배려한 평화 위원회는 영원한 봄의 고장이며 티베트 국경에서 멀지 않고 고도가 2천 미터인 쿤밍(昆明)에서 며칠 쉬도록 우리에게 신경을 써주었다. 그래서 니코스는 중국에서 전혀 지치지 않았다. 그리고 그는 모든 여정을 굉장히 즐거워했다.

「이곳은 말이에요……」 그가 나에게 말했다. 「동네 노천 하수도가 있었는데, 사방으로 뛰어다니며 놀던 어린아이들에게는 위험천만한 곳이었어요……. 저기 저곳에는 하나같이 온통 파리 떼로 뒤덮인 거지들이 흐리멍덩한 눈으로 길게 줄지어 앉아 있고는 하던 광경이 기억나는군요. 이제는 인력거꾼까지도 하얀 장갑을

끼지만요!」

「우리가 긴 장갑보다도 더 하얀 장갑을 말이죠!」 중국인들의 청결함에 감탄하면서 내가 덧붙여 말했다.

우리가 몇 마디 얘기를 나눌 기회를 가졌던 쿠오모조,[97] 저우언 라이, 마오둔, 하얀 옥으로 깎아 만든 부처 상, 하늘의 사원, 대학 과 실험실 공원, 구멍가게들, 위대하고도 보기 드문 배우 메이 란 팡(梅蘭芳)…… 너무나 많은 잊지 못할 기쁨들. 그리고 세계의 어느 다른 나라에서도 기대하기 어려운 중국인들의 예절 바른 습성.

늙어서 건강이 별로 좋지 않고, 많은 사랑을 받는 한 남자를 포 함한 내빈들이 베이징 대학교를 방문했을 때의 기념식을 독자는 상상할 수 있겠는가? 앞쪽 층계에서 기다리던 총장은 니코스가 차에서 내려 몇 개의 층계를 올라가도록 부축하기 위해 젊은 여 학생을 보내 주었다. 「나는 불구자도 아니고 늙지도 않았어요!」 그가 감탄했다. 「하지만 난 그것이 좋더군요!」 그리고 그는 아름 다운 젊은 처녀가 자신의 오른팔을 얌전히 부축해 주도록 가만히 내버려 두었다.

일단 그들이 탁자 앞에 자리를 잡고 앉자, 젊은 학생은 나비의 날개처럼 가벼운 손가락을 부지런히 놀리며 니코스가 머리에 쓴 커다란 밀짚모자의 끈을 풀어 주기 시작했다. 그런 다음에는 유 명한 내빈에게 어울리는 모든 예우를 갖추고, 한마디 말도 없이 그녀는 니코스의 저고리 단추를 풀어 주기 시작했다. 왼손으로 옷의 한 자락을 붙잡고 그녀는 자그마한 부채로 한참 동안 땀에 젖은 그의 가슴을 찬찬히 부쳐 주었고, 그러는 동안 줄곧 그녀는 늙은 할아버지에게 그러하듯이 그에게 미소를 지었다.

---

97 궈모뤄(郭沫若)의 오기라고 여겨진다 — 역주.

우리는 이 광경을 보고 깊은 감동을 받았으며, 중국 예절의 비밀을 우리가 너무나 모른다는 생각을 했다.

한커우에서 충칭으로 우리를 태우고 가던 배 안에서 나는 니코스가 여러 차례 한숨을 지으며 그리스 민요의 후렴을 중얼거리는 것을 눈치 챘다. 「내 우물에서 물이 나오기만 한다면 얼마나 좋을까……」 당시에 나는 그가 슬퍼하던 이유가 여행하는 도중에 걸핏하면 나머지 일행이 둘러보고는 했던 여러 마을을 같이 가서 구경하지 못하게 그를 막았기 때문이라고 해석했었다.

수백 척의 고기잡이배가 활기차게 돌아다니던 쿤밍 호수로 관광을 다녀온 다음에 우리는 대문과 사원과 탑들을 지나 〈하늘에 닿은 사원〉까지 이어지는 층계를 올라가기 시작했다.

니코스는 나머지 일행과 같은 속도로 올라갔고, 결코 뒤로 처지는 법이 없었다. 〈용의 문〉과 〈잠자는 미녀〉를 지나니까 옛 시조에서 만나게 되는 〈용과 사람들의 사원〉이 있었다.[98] 더 위쪽으로는 삼정사(三淨寺). 제일 꼭대기에는 대학자(大學者)를 위한 정자. 붓다를 닮았고 온통 황금으로 뒤덮인 젊은 남자의 모습. 그는 한 손에 벼루를, 다른 손에는 붓을 들고 있었다. 하지만 붓끝이 부러진 상태였다. 그것은 조각가 추키앙쿠오가 아직 작품의 틀을 잡아 가던 단계에서 부러졌고, 절망한 나머지 젊은 예술가는 스스로 목숨을 끊었다고 한다.

불행히도 프라이부르크에서는 모든 예방 접종을 피하라는 경고를 잊어버리고 니코스에게 해주지 않았다. 그리고 광저우에서 그는 콜레라와 천연두 예방 주사를 맞았다.

98 쿤밍 호(昆明湖)나 용의 문(龍門) 등 이 대목의 지명은 본문에 나타난 그대로 옮겨 놓았다 — 역주.

우리가 도쿄에서 머물고 있을 때 그의 팔이 부어오르기 시작했다. 나에게는 아무 얘기도 하지 않은 채, 그는 소매가 긴 셔츠를 입고 굉장히 뜨거운 물로 목욕을 하기 시작했다. 놀라서 묻는 내 질문에 그는 어색하게 미소를 지으며 대답했다. 「나는 일본 사람들 흉내 내기를 좋아한다오.」나중에 가서야 나는 이유를 알게 되었다.

일본에서의 잘 짜여진 관광 여행도 에벨피디 부인 덕택에 역시 니코스가 피곤하지 않게 해주었다. 그러나 그의 팔은 계속해서 부어올랐다. 그리고 내가 겨우 그런 사실을 깨달은 것은 고향으로 돌아가는 비행기 안에서였다.

한심하게 코펜하겐에서 낭비한 20일 때문에 하마터면 종말을 재촉할 뻔했다. 하지만 마침내 장 베르나르가 도착해서 다시 한 번 상황을 돌려놓았다.

「당장 그를 하일마이어에게 데리고 가야 합니다!」그가 말했다.

「난 첫날부터 줄곧 그러고 싶었어요.」내가 대답했다. 「하지만 사람들이 나를 떠나게 해주지 않았어요.」

「이제는 떠나게 해줄 거예요.」

「어쩌면 너무 늦었는지도 몰라요.」

「난 그렇지 않다고 확신합니다. 하지만 당신은 무슨 일이 일어나더라도 도중에 지체하지 않겠다고 나에게 약속해 주어야 합니다. 당신은 가능한 한 빨리 프라이부르크에 도착해야만 하니까요.」

우리는 아직 살아서 프라이부르크에 도착했다. 니코스는 들것에 실려 가기를 거부했다. 그는 걸어서 비행기로 갔다. 그는 비행기 안에서, 그리고 프랑크푸르트 역에서도 앉아 있었고, 우리를 프라이부르크로 태우고 가는 기차 안에서도 계속해서 앉아 있었다. 하지만 프라이부르크 역의 층계에 도착하자 그는 죽어 가는 꽃처럼 쓰러졌다.

「왜 나한테 얼른 데려오지 않고 당신은 그가 이런 상태가 될 때까지 기다렸나요?」 회르더 박사가 나를 꾸짖으며 말했다.

「그의 목숨을 구해 주세요, 의사 선생님. 장 베르나르는 당신이 목숨을 구해 줄 것이라고 나한테 맹세했어요.」

그리고 기적이 일어났다, 마지막으로.

「프라이부르크의 거리들이 펑 젖어 버렸다는 사실을 모르셨나요, 의사 선생님? 사람들은 아마 〈비가 내린 모양이야〉 하고 얘기할지도 모릅니다……. 아니에요, 비가 내리진 않았죠. 그건 카잔차키스 부인의 눈물이었으니까요.」 걱정거리가 일단 사라지자 니코스가 짓궂게 말했다.

「그들은 당신의 팔을 절단하고 싶어 했어요.」 몇 주일 후 그가 꾸준히 회복되던 무렵의 어느 날, 나는 그에게 솔직히 얘기했다……. 「다리라면 혹시 몰라도……」

「맙소사! 다리라고 해도 끔찍한 일이라오!」 니코스가 깊은 생각에 잠겨 중얼거렸다. 그리고 몇 분 후 —.

「여보, 나한테 종이하고 연필을 갖다줘요.」

그리고 그는 왼손으로 글을 쓰기 시작했다.

니코스 카잔차키스가 프라이부르크에서 병을 앓고 있다는 소식이 서서히 퍼져 나가기 시작했다. 막스 타우가 알베르트 슈바이처의 비서와 딸을 동반하고 가장 먼저 달려왔다. 라디슬라스 키노는 걸작 현대 그림을 복사한 멋진 엽서들을 우리에게 보내기 시작해서 우리의 다정한 친구 세그레다키스를 생각나게 했다. 케르키라에서 사형 선고를 받은 정치범들은 파랗고 하얀 멋진 작은 돛배를 보내와서 니코스에게 기쁨을 주었다. 1922∼1923년 베를린에서 지냈던 시기에 사귀어 끝까지 친구로 남았던 D. 다닐리디스는 선배를 찾아와 포옹해 주려고 아주 먼 길을 우회했다.

라헬은 이상한 꿈을 꾸었는데, 나의 어머니가 그녀에게 나타나서 죽은 자들 중에서 나를 찾아보라고 했다는 것이다. 니코스는 너무나 건강했고, 그가 회복되리라고 의사들이 너무나 확신했기 때문에 나는 그 꿈 얘기를 그에게 했다.

「가엾은 라헬리나.」 그가 중얼거렸다. 「쓸데없는 걱정을 하는군요.」

나는 또한 그에게 내가 꾸었던 어떤 꿈도 얘기해 주었다. 어머니가 또다시 나타나서, 육체를 지닌 인간이라기보다는 실체로서 나를 대하며 말했다. 「너는 내일 죽는다!」 「내가요? 내가 죽는다고요?」 「그래, 너 — 네가 죽는다고!」

「아주 좋은 꿈이로군요.」 니코스가 재미있어하며 말했다. 「우린 무슨 좋은 소식을 듣게 될 거예요.」

안락의자에 편안하게 앉아서, 그는 놀라울 만큼 많은 책을 읽었다. 프라이부르크의 프랑스 도서관에서 일하는 젊은 사서는 자신의 눈이 믿어지지 않을 정도였다. 다른 책들도 읽었지만, 니코스는 나에게 몽테뉴와 라신과 몰리에르의 책을 가져다달라고 부탁했다. 그리고 가끔 그는 한숨을 지었다. 「오, 위대한 제신이여, 너무나 오래 걸리는군요! 도대체 나는 언제 다시 일을 하게 될까요?」

「세상을 살아가려면 참고, 참고, 또 참아야 해요.」 니코스 자신이 좋아하는 좌우명을 인용해서 내가 반박했다.

「내 머릿속에서는 세 가지 새로운 소재가 서로 싸움을 벌여요. 어느 것이 가장 먼저 나올까요? 나는 『영혼의 자서전』도 다시 써야 해요. 완전히 다른 식으로요. 내가 받아쓰기를 시킬 줄만 안다면 얼마나 좋을까요.」

「우리 어디 한번 시도해 봐요.」

시도는 별로 성공적이지 못했다.

「나는 연필을 손에 잡지 않으면 일이 안 돼요. 그러니 당신이 번역한 중국과 일본의 시를 나한테 읽어 줘요. 어쩌면 수정할 곳들이 나올지 모르니까요.」

그는 시에서 몇 군데 훌륭한 수정을 해주고 난 다음 독서를 계속했다. 지드의 죽음에 대한 로제 마르탱뒤가르의 짧은 책을 단숨에 읽어 치우고 나서 그는 그것을 나에게 넘겨주었다. 「당신도 읽었으면 좋겠어요, 레노치카. 나는 그런 식으로 죽고 싶으니까요.」

토요일마다 어느 목사님이 환자들을 만나러 찾아왔다. 니코스는 예의 바르게 그에게 인사를 했으나 대화를 나누는 부담은 나에게 떠맡겼다. 그 선량한 사람이 가버린 다음에 니코스는 안도의 한숨을 내쉬고는 했다.

「그 사람의 말이 진심일까요!」 그가 중얼거렸다. 「그 사람의 말이 진심일까요!」

우리는 부자가 아니었다. 병원과 산 위에 지은 호텔에서 오래 지내려니까 우리가 가진 돈은 바닥이 나고 말았다. 니코스는 이런 사실을 의식하지 못하는 눈치였다. 그가 걱정을 하는 듯싶었던 것이라고는 내가 한 바퀴 돌면서 책과 프랑스 신문을 모아 가지고 집으로 돌아오는 시간이 좀 늦고는 할 때뿐이었다. 그럴 때면 멀리서도 그가 다정한 얼굴을 창문에 대고 그의 작은 두 눈이 공원의 길을 살펴보는 모습이 눈에 띄고는 했다.

「당신은 왜 창가에 서서 그래요, 니코스무?」 감정을 감추면서 내가 불평을 했다. 「나에게는 아무 일도 없으며, 내가 틀림없이 돌아오리라는 건 당신도 알잖아요.」

「그래요, 그래요, 그건 나도 알지만, 나로서는 어쩔 수가 없어요.」 그리고 그가 방 안에서 너무 빨리 걸어 다니기 때문에 내가 꾸짖으면 그는 새롭게 느껴지는 자신의 힘에 감탄하면서 이렇게 말하고는 했다. 「나는 완전히 새사람이 된 기분이에요. 정말이지 난 날개에 실려 다니기라도 하는 기분이 들어요.」

그날 저녁에 나는 안락의자에 얌전히 앉은 그의 모습을 보았다. 「어서요, 어서 와요!」 그가 나에게 말했다. 「좋은 소식이 한 가지 있어요.」

「아주 좋은 소식인가요?」

「그래요. 아주아주 좋은 소식이에요!」

「노벨상이로군요!」 무척 흥분해서 내가 소리쳤다. 막스 타우는 그에게 노벨상을 약속해 주는 전화를 스톡홀름에서 받았었고, 그래서 나는 그런 기대를 할 만도 했다. 「노벨상이에요! 만세!」

「그것보다도 더 좋은 소식이에요, 레노치카! 더 좋은 거라고요!」 니코스가 웃으면서 말했다. 그리고 그는 손에 들고 있던 전보를 나에게 넘겨주었다. 그것은 내가 읽어 본 어떤 전보보다도 긴 내용이었다.

「읽어 봐요!」 그가 말했다.

그것은 베이징의 국제 평화 위원회에서 온 전보로서, 우리의 불운에 대한 소식을 접한 그들은 안타까운 뜻을 전하면서 우리에게 병원비에 충당하라고 상당한 액수의 돈을 보내왔고, 필요하다고 생각되는 한 앞으로의 비용에 대해서도 책임을 지겠다고 약속했는데 — 이런 모든 내용을 아시아식으로 우아하게 표현했다.

「흠! 어떻게 생각해요? 당신도 만족스러운가요?」 그러고는 내가 외투를 벗고 전보를 살펴볼 틈도 주지 않고 니코스가 얘기를 계속했다. 「나에게는 세상의 모든 상보다 우정이 더 소중해요, 레노치카. 그러니까 우리의 중국 친구들에게 감사하는 멋진 전문의 초안을 잡게 나를 도와줘요. 그렇기는 해도 우린 그들의 제안을 받아들이면 안 돼요. 우린 중국인들의 쌀 한 톨도 먹지 않아야 해요.」

일단 전보의 초안이 잡히고 나자 니코스는 시계를 보았다. 「당신이 은행으로 가서 돈을 돌려보낼 시간은 충분하겠어요.」 그가 말했다. 「조심해요. 그들이 보낸 돈에서 한 푼도 비지 않도록 내야 할 송금료는 당신이 다 내도록 해요. 그들은 환율 때문에 조금이라도 손해를 봐서는 안 돼요.」

그리고 그렇게 처리가 되었다.

돌아오는 길에 나는 니코스가 그의 모든 소설을 아무 조건도 없이 그들에게 제공했을 때 마오둔과 다른 작가들이 보여 주었던 즐거운 놀라움을 회상했다. 왕첸히가 내 귓전에다 대고 속삭였다. 「누구든지 중국으로 올 때는 종이와 연필을 꺼내 들고 이 책은 얼마를 벌어들이고 저 책은 얼마를 벌어들일지 계산을 시작합니다. 어느 작가의 작품이 이런 식으로 몽땅 우리에게 제공되기는 이번이 처음입니다.」

「하지만 잊지 마세요.」 이번에는 내가 통역관의 귓전에다 대고 속삭였다. 「당신들이 카잔차키스 같은 사람을 만난 것도 이번이 처음이니까요.」

노벨상이 알베르 카뮈에게 수여되었을 때, 프라이부르크의 대학 병원 전체에서 실망하지 않은 사람은 카잔차키스 한 사람뿐이었다.

「레노치카, 어서 와서 내가 전보의 초안을 잡을 수 있도록 도와

줘요. 후안 라몬 히메네스와 알베르 카뮈…… 노벨상을 받아야 할 자격이 충분한 사람은 그들이에요. 우리 축하 전보를 보내도록 합시다!」

이것이 니코스 카잔차키스가 친구에게 보내기 위해서 나더러 받아쓰라고 했던 마지막 내용이었다.[99]

이튿날, 아무런 뚜렷한 원인도 없이 고열이 그를 찾아왔다. 그가 막 다시 언덕을 올라가기 시작하려고 할 즈음, 그 훌륭한 남자를 끝내 버리기 위해서 우리의 운명이 이번에는 아시아 독감을 보냈던 것이다.

비록 죽을병을 앓아서이기는 했지만, 한 사람씩 차례로 우리 이웃에 사는 세 명의 그리스인이 바로 앞에서 먼저 죽어 갔다. 이 것이 나에게 강한 인상을 남겼다.

「하일마이어 교수님, 당신은 그들을 구할 수가 없었나요?」 내가 물었다.

「그들은 마지막 순간에 찾아왔어요. 그들은 너무 오래 기다렸습니다.」

「나는 두려워요, 남편 때문에 나는 두려워요.」

99 1959년 3월 16일 알베르 카뮈는 나에게 다음과 같은 편지를 썼다. 〈부인, 귀하의 초청을 받아들이지 못하게 되어 매우 미안합니다. 나는 당신 남편의 작품에 대해서 항상 많은 호감과, 이런 표현을 용납하신다면, 일종의 애정을 간직해 왔습니다. 나는 그리스의 가장 위대한 작가에 대해서 그리스 정부가 눈살을 찌푸리던 무렵, 아테네에서 나의 호감을 공개적으로 발표하는 기쁨을 가졌습니다. 학생층 청중이 나의 증언에 대해서 보여 준 환영의 반응은 당신 남편의 작품과 활동에 대해서 보여 준 가장 훌륭한 찬사에 해당합니다. 나는 또한 카잔차키스가 나보다 백배는 누려야 할 자격이 있는 영광을 안타깝게도 내가 차지해야 했던 바로 그날, 그에게서 지극히 너그러운 전보를 받았던 일을 잊지 않습니다. 그 전보의 내용이 그가 사망하기 며칠 전에 작성되었다는 사실을 나중에 알게 된 나는 마음이 아팠습니다. 그의 죽음으로 인해서 우리 시대의 마지막 위대한 예술가들 가운데 한 사람이 사라지게 되었습니다. 그가 뒤에 남긴 공백을 지금 느끼고, 계속해서 앞으로 느끼게 될 사람들과 나는 마음을 같이합니다……〉

「당신은 무슨 상상을 하나요, 부인? 당신 남편은 암에 걸리지 않았습니다. 당신 남편은 아직도 더 오래 살 테니까, 내 말을 믿도록 해요.」

그리고 그는 나에게 우리가 산에서 지낼 때 필요하게 될 겨울 옷 몇 가지를 챙기러 앙티브로 가라고 충고했다. 「며칠 후에는 병원에서 나가게 될 테니까요.」 그가 나에게 말했다. 「산이 두 사람 모두에게 좋겠어요.」

내가 막 떠나려고 할 즈음에 열이 치솟았다. 첫날에는 그가 창자에서 중독을 일으킨 모양이라고 생각했었다. 그는 단식을 하라는 지시를 받았고, 설파민이 투약되었다. 이튿날 아침에 열이 내렸지만 저녁에 다시 치솟아 올랐다.

사흘 내내 사정이 똑같았다. 니코스의 호흡이 점점 짧고 잦아졌다. 의사들은 그런 증상에 대해서는 걱정하지 않는 눈치였다. 그는 또한 기침도 하고 침도 뱉었다. 알베르트 슈바이처가 10월 25일에 도착했다. 니코스가 기운을 내어 침대에서 겨우 몸을 일으켰다. 그는 친구를 포옹하고 어찌나 쾌활하게 얘기를 했는지 이 착한 의사는 며칠 후에 돌아와서 보면 니코스가 회복기에 접어들리라고 안심하고는 나갔다. 프라이부르크에서는 아직 아무도 아시아 독감 얘기를 하지 않았지만, 그 독감은 프랑크푸르트를 휩쓸고 있는 중이었다.

나는 중요한 사건 하나를 잊어버리고 말하지 않았다.

니코스가 이렇게 고열에 시달렸던 첫날인 10월 23일 그에게 코르티손 주사를 놓아 주려고 회르더 박사가 왔을 때, 니코스는 팔을 내밀면서 〈Und jetzt Schluss(그리고 이제는 끝이로군요)!〉라고 의사에게 말했었다.

그는 그의 참된 생각을 표현했던 것일까? 아니면 그것은 그가 아무런 중요성도 부여하지 않았던 잠재의식의 목소리였을까? 그의 삶에서 아직 남아 있던 나흘 동안, 그는 비관적인 말을 한 마디도 하지 않았다.

그와는 정반대였다. 마지막 순간까지 베개로 몸을 받치고서, 그는 붕대를 갈도록 팔을 내밀었고, 요구르트를 먹었으며, 풀어질 줄 모르고 극심했던 갈증 이외에는 무엇에 대해서도 불평하지 않았다. 「목이 말라요…… 목이 말라요!」

10월 26일 토요일 아침, 의사가 〈오늘은 당신 남편이 심각한 상태라는 걸 이해하시나요?〉라고 나에게 말했다.

「난 그이가 이런 상태인 것을 벌써 두 번이나 봤어요. 난 그이가 다시 무사해지도록 당신이 도와주기를 바랍니다.」

그는 나에게 약속했다. 그리고 그는 병원을 떠났고, 모든 것이 다 끝나 버린 밤 10시까지 돌아오지 않았다.

나의 병든 남자의 병상 곁에 홀로 남아서 나는 도와달라고 모든 성자에게 호소했다.

「니코스무, 니코스무……」 나는 그에게 말했다. 「이것은 *tri-imeros*(사흘 동안 계속되는 열병)예요. 용기를 내요, 내 사랑. 오늘 저녁에는 열이 내리겠죠. 내일이 오면 새벽이, 찬란한 새벽이 빛나고요.」

「그래요, 그래요.」 니코스가 머리를 끄덕이고는 마실 것을 달라고 했다.

「동원에 대한 베르그송의 얘기를 잊지 말아요. 당신의 힘을 동원해 보라고 나는 당신에게 애원합니다!」

토요일에는 두 사람의 성직자가 우리 방으로 들어왔다. 상주하는 개신교 목사와 천주교 신부. 니코스는 벽으로 얼굴을 돌렸다.

978

희망을 잔뜩 품었던 나는 종말에 대해서는 생각하지 않았었다. 「니코스무.」 내가 꾸짖었다. 「당신이 방금 한 행동은 예의에 어긋나요. 오늘은 성 디미트리의 축일이고, 저 불쌍한 사람들은 우리를 기쁘게 해주고 싶었던 거예요.」

그는 아무 말도 하지 않았다. 그는 얼굴을 나에게로 돌리고는 마실 것을 달라고만 했다.

「기분이 좀 나아지셨나요?」

「그래요…… 그래요.」

「어디 아픈 곳은 없고요?」

「없어요…… 없어요. 목이 말라요.」

어느 순간엔가, 그리고 나중에 두 번 더, 나는 그가 손가락을 입술에 대는 것을 보았다. 열이 나서 또다시 부르텄기 때문에 나는 그가 긁고 싶어 한다고 생각했다.

「가려워요?」

「그래요.」 니코스가 머리를 끄덕였다.

그는 나에게 거짓말을 했고, 나는 너무 늦게서야 그 사실을 깨달았다. 그는 시력이 어느만큼이나 희미해졌는지를 알아보려던 중이었다. 얼마나 되었는지 나로서는 알 길이 없지만, 어쨌든 몇 시간 후에는 그의 두 눈이 유리처럼 변했다.

「니코스무, 니코스무!」 나는 울부짖었다. 「내 말이 들려요, 내 사랑?」 그는 움직이지 않았다. 그의 심장은 아직도 뛰고 있었다. 그의 호흡은 더욱 짧고 가빠졌다. 나는 비단 같고 결코 축축해지지 않던 그의 왼손을 잡아 내 머리로 가져갔다.

「나에게 축복을 내려 줘요, 내 사랑……. 당신이 깎아 놓은 길로 나도 따라가게 해줘요.」

내가 사랑했던 그대로 ── 뜨겁고, 부드럽고, 아직도 건조한 그대로 — 손은 오랫동안 내 머리 위에 얹혀 있었다. 그런 다음에 나는 그 손을 다시 홑이불 위에다 살그머니 내려놓았다.

니코스 카잔차키스는 더 이상 존재하지 않았다. 33년에 걸친 내 행복의 두 번째 문이 닫혔다. 두 번째 밤이 나를 기다리고 있었다.

나는 그에게로 가까이 되돌아갔고, 한참 동안 그를 쳐다보았으며, 그의 두 눈을 — 결코 다시는 태양을 보지 못할 선량하고 짓궂고 작은 올리브 빛의 두 눈을 — 감겨 주었다.

그가 살아온 방식 그대로 그는 방금 그의 영혼을 포기했다. 〈향연에 참석하고 나서, 자리에서 일어나 문을 열고, 뒤돌아보지도 않고 문턱을 넘어서는 왕처럼.〉

〈끝〉

부록
카잔차키스의 해명서[1]

죄목에 대한 해명을 위해서 나는 현 사회 문제를 보는 나의 시 각에 관해서 간단하게나마 소신을 밝히려고 한다.

「해명서」를 논리적으로, 당위성과 일관성을 지닌 처방 역할을 하게끔 작성하기 위해서, 나는 세 개의 동심원을 통해 상호 연관된 관념을 밝히고자 한다.

1. 오늘날 우리가 살아가는 국제적·역사적 시대
2. 그러한 시대에 임해서 그리스가 취해야 할 입장과 의무
3. 나 스스로 생각하는 나 자신의 개인적인 의무

1

나는 현 사회 조직의 욕구와 불안을 부르주아 체제가 더 이상 통제할 능력을 상실했다고 믿는다.

1 1924년 이라클리온으로 돌아간 니코스 카잔차키스는 그가 표방한 〈반역적인 견해〉로 인해 당국에 체포되었다. 이때 체포를 당한 직후 「해명서」의 원문이 마련되었으며, 나중에 내용이 약간 수정되었음을 밝혀 둔다.

경제적으로 보자면, 부르주아 체제는 불평등한 부의 분배와 약육강식의 개인주의적 생산 체제에 기초를 두었다.

사회적으로는 인간관계를 뒷받침할 도덕성이 이제는 존재하지 않는다.

정치적으로는 지배 계급이 정치적인 권위를 자신들의 이익을 위해 활용함으로써 대다수의 사람들에게 해를 끼치며, 인물과 기구의 교체를 불가능하게 만든다.

부르주아 체제에서는 고결함과 일관성을 지닌 개인과 국가의 행동을 고취시키는 숭고한 이상이 더 이상 존재하지 않는다. 개인의 사상과 감정과 행동을 관통하는 신념, 즉 개인을 초월하는 흐름도 존재하지 않는다.

우리는 모든 문명 세계의 종말에 이르러 보게 되는 그런 상황에 직면했다. 처음에는 성직자와 마법사들이었다가, 왕을 거쳐, 영주들, 그리고 부르주아에 이르기까지 — 기존의 계급을 파괴하고 나서 단 하나의 계급이 권력을 장악한다. 그러고는 얼마쯤 시간이 지나고 나서, 새로운 계급이 영광과 몰락의 모든 과정을 거친 다음, (똑같은 순환을 반복하게 될) 또 다른 계급이 등장한다. 이런 순환은 역사가 굽이치는 굴곡을 이룬다.

부르주아 계급은 봉건적인 통치를 무너뜨리고 사상과, 예술과, 과학과, 행동에서 (대단한 양과 질의) 변화를 이루었다. 그리고 이제는 숙명적인 몰락 과정을 밟는 중이다.

우리는 이러한 퇴락을 스스로 살아가고, 그래서 몰락을 인식하기가 매우 어렵다. 그렇지만 붕괴가 어찌나 빠른 속도로 이루어지는지, 아무리 가죽이 두꺼운 사람이라고 해도 불안감을 느끼기 시작한다.

그리고 두 종류의 노력이 분명하게 모습을 드러낸다.

1. 한편에서는 반발하는 모든 형태의 행동과 사상에 맞서 싸움으로써 부르주아 체제를 유지하려고 투쟁한다.

2. 다른 한편에서는 보다 의롭고 명예롭다고 그들이 확신하는 새로운 체제를 일으켜 세우기 위해 부르주아 체제를 무너뜨리려고 투쟁한다.

보수적인 경향을 띤 전자(前者)는 현재 권력을 장악한 진영으로서, 물론 그들 자신의 이념과 이해관계를 수호해야 하는 권리와 의무를 부여받았다. 탄생, 번영, 몰락, 부패라는 불변의 순환 법칙을 무시하며 그들은 이제 기적이 일어나서 역사상 처음으로 그들 자신의 권력이 영원히 존속되기를 희망한다.

하지만 역사를 살펴보면 보수주의자들의 노력이 끝까지 결실을 맺었던 예는 하나도 발견되지 않는다.

만일 그런 결실이 이루어졌다면, 최초의 안정되고 불완전한 형태로부터 생명이 태어나는 일은 없었으리라. 쿠리에[2]가 남긴 유명한 말을 잊지 말아야 한다 ─ 「하느님이 세상을 창조하려고 했을 때, 보수파 천사들이 그를 에워싸고 소리쳤다. 〈주여, 혼돈을 파괴하지 마소서!〉」 하지만 하느님은 보수주의자들의 말에 귀를 기울이지 않았으며, 지금까지도 그들의 말은 듣지 않는다.

어떤 계급이 부르주아 체제의 뒤를 잇겠는가? 노동하는 계급, 노동자와 농부와 정신적이며 생산적인 사람들이 그들의 뒤를 잇게 되리라고 나는 단호하게 확신한다. 이 계급은 〈박애〉라는 첫 단계를 거쳤다. 그들은 이제 더 이상 1백 년 전처럼 부유한 자들의 자비를 애걸하지 않고, 동냥을 하지도 않는다. 그리고 〈정의〉라는 두 번째 단계도 지나서, 통치권을 장악하겠다고 요구하지도

2 Paul Louis Courier(1772~1825). 정치성이 강한 프랑스 작가이며 그리스 문화 연구가였다 ─ 역주.

않는다. 이제 그것은 세 번째이자 마지막 단계에 이르러서, 역사적인 필연성에 의해 통치권을 취하게 되리라는 확신을 얻었다.

그래서 현재 우리는 강력한 외적인 양상에도 불구하고 하나의 계급이 무너지는 결정적인 시점을 맞이했다. 그 기초가 흔들리고 있다. 심리적인 일관성을 상실했기 때문에, 신념을 잃었기 때문에, 그 계급은 와해되는 중이다.

또 다른 계급이 응집하여 조직화 과정을 거친다. 그들은 신념을 얻었지만 아직 조직은 완전하게 이루어지지 않았고, 전체적으로 계몽되지 않았으며, 그들 자신의 힘에 대해 완벽한 인식을 갖추지도 못했고, 부패한 거인 밑에서 아직도 노예로서 기능한다.

낡은 가치관은 한때 그것을 유지하고 의미와 권위를 부여했던 신념을 상실했다. 새로운 가치관은 끊임없이 창조되는 중이어서, 아직은 확정된 형태를 이룩하지 못했다. 그리고 우리가 경험하는 무서운 과도기의 비극적인 본질이 바로 여기에서 발견된다.

이런 사실들로 인해서 부르주아 체제가 유발시키는 위험이 더욱 걱정스러워진다.

1. 역사상 처음으로 우리는 다음과 같은 놀라운 사실들을 접한다. 이제는 다섯 대륙이 모두 집단 행동에 참가한다. 역사상 처음으로 지구는 통일된 의식을 갖게 되었다. 흑인, 백인, 황인종……모든 인종이 똑같은 목적을 지향하여 단결한다. 현재 윤곽이 드러나는 부르주아 체제의 파괴에 비하면 그리스-로마 문명의 파괴는 지역적인 현상에 지나지 않는다.

2. 위험을 증가시키는 두 번째 사실은 아시아와 아프리카에서 여러 민족의 의식이 놀랄 만한 각성의 과정을 거친다는 점이다. 제2차 세계 대전에서 그들을 이용해 먹기 위해 유럽인들은 그들의 민족의식에 불을 붙이고, 승리를 거두고 나면 그들을 자유 국

가로 만들어 주겠다고 약속했다. 유럽인들은 그들을 무장시키고, 그들에게 유럽인과 싸우고 유럽인을 죽이도록 가르친 다음, 자신의 나라로 돌아갔다. 그들은 약속을 지키지 않았다. 그리고 이제 모든 식민지는 자유를 요구하며 들끓어 오르고 있다.

3. 부르주아 체제를 철저히 극단적인 위기로 몰아가는 세 번째 사실은 이것이다 — 이러한 국제적인 움직임의 두 전선 어디에서나 한 사람의 지도자가 발견되는데, 그는 경제적인 해방을 요구하는 무산자층의 지도자이면서 동시에 민족으로서의 해방을 요구하는 동양[3] 민족들을 위한 지도자이기도 하다. 이 지도자는 지구의 6분의 1에 해당되는 거대한 국가로서, 아주 강력한 군대와, 무한정의 원자재와, 위대한 과학자들과, 준엄한 정치 지도자들, 그리고 무엇보다도 상대방 세계에는 존재하지 않는 엄청난 무엇을, 새로운 신념을 갖춘 러시아이다.

러시아는 무산 계급 국가에 대한 표본을 제시하려고 노력한다. 그래서 전 세계의 무산자 대중 사이에서 러시아는 경쟁심을 불러일으키고, 구원을 위한 변화의 윤곽을 보여 준다. 천재적이라고 할 만한 선전술을 동원하여 러시아는 동양의 여러 민족에게 지극히 단순한 진리를, 동양인이 완전히 이해하고 매료될 만한 진실을 얘기한다.「유럽인들을 몰아내자. 외국 자본으로부터 우리 자신을 해방시키자! 자신의 땅에서는 주인의 자리를 찾아야 한다!」

러시아는 더 이상 아시아에서 유럽의 선봉 역할을 하지 않고, 유럽에서 아시아의 선봉 역할을 맡고 있다.

3 일곱 권으로 이루어진 『할리우드 키드의 20세기 영화』 총서에서 필자가 자세히 밝힌 바와 같이, 〈서양인〉들이 생각하는 일반적인 〈동양the Orient〉의 개념은 우리 동양인들이 흔히 생각하는 〈동양the East〉과 큰 차이를 보인다. 따라서 여기에서처럼, 유럽의 백색 인종 중심적인 관점에서 보면 러시아는 동양에 속하고, 중동의 이슬람 국가뿐 아니라 심지어는 이집트도 동양으로 분류된다 — 역주.

광활한 러시아의 대지에서는 힘겹고 피비린내 나는 결정적인 실험이 진행 중이다. 적과 우방, 모든 민족이 다 함께 증오와 애정 속에서, 시선을 러시아에 집중시킨다. 지금은 우리가 원하든 원하지 않든 간에, 러시아가 세계의 중심이다.

전후의 심리적인 고뇌, 오늘날의 경제적·사회적·정치적 참상으로부터의 해방을 찾으려는 필요성에 대한 지극히 첨예한 인식, 그리고 명확하게 갈라진 두 진영으로의 편성 —— 이들 세 가지 요인은 현재의 거대한 국제적 현실을 구성한다.

2

이러한 크나큰 국제적인 현실에 입각하여 우리는 그리스의 작은 국지적인 현실을 만나게 된다. 이 작은 현실은 큰 현실과 어떠한 관계인가?

많은 사람들이 이렇게 말한다. 「보다 발전하고 산업화한 다른 여러 국가에 비하면 그리스에서는 아직 계급투쟁의 윤곽이 분명하게 드러나지 않는다. 우리는 마을 촌로들과 터키인들의 봉건적인 통치로부터 겨우 벗어난 정도이다. 부르주아 계급은 아직 잠재력을 충분히 실현할 시간이 없었다. 우리의 무산자층 노동자와 농민은 소수이며, 그들 대부분은 계몽이나 조직화가 되지 않았다. 우리 사회에서는 계급투쟁이 이루어질 가능성이 없다. 우리는 천성이 보수적이다. 우리는 폭풍이 우리 자신의 국경을 넘어오게 내버려 두지는 않으리라.」 사람들은 그렇게 말한다.

그리스에서의 정권 축출은, 만일 나머지 세계로부터 그리스가 철저히 고립되기만 한다면, 수백 년이 지난 다음에야 이루어지리라고 나는 확신한다. 하지만 우리는 다음과 같은 명백한 세 가지 사실을 잊어서는 안 된다.

1. 지금은 어떤 나라도 고립되기가 불가능하다. 어떤 권력도 지리적인 울타리 속에서 〈사상〉을 토착화할 수 없다.

2. 발전한 자본주의 국가들은 그들 자신의 경제적인 이해관계에 따라 우리를 쉴 새 없이 오도한다. 그리고 그들이 우리에게 자행하는 사실상의 식민주의적 착취는 점점 더 부담스러워진다. 원하든 원하지 않든 간에 우리는 유럽과 아메리카의 자본주의적 굴레를 써야 하고, 그들의 모든 경제적인 문제는 우리에게 직접적이고 힘겨운 영향을 끼친다.

3. 우리는 또한 다음과 같은 사실도 잊어서는 안 된다. 제2차 세계 대전 이전에는 몇 세대를 필요로 했던 형성과 성숙 과정의 여러 현상이 이제는 아주 짧은 기간에 잉태되며, 지극히 빠르게 행동으로 나타난다는 것이다. 그렇기 때문에 계급투쟁은 그리스에서 이미 시작되었으며, (우리 모두 알다시피) 날이 갈수록 점점 더 첨예한 양상을 띠게 된다.

그리스에서 우리는 자연스러운 방법으로 발전의 모든 형태를 거쳐야만 한다는 것이 나의 확고하고도 절대적인 인식이다. 인내심을 가지고 우리 자신의 투쟁에 의존하여, 우리도 역시 모든 단계의 정상적인 종결을 이루었어야 한다.

하지만 세상에서는 모든 일이 그렇게 일사불란하고 논리적으로 이루어지지 않는다. 식물과 동물 가운데 수많은 종이 사라졌다. 미개한 모든 사람에게는 무자비할 정도로 밀어닥치는 삶의 흐름, 그런 흐름에 스스로 적응하지 못한 여러 민족의 역사는 강의 한가운데서 오도 가도 못하게 되었다. 물론 그들에게는 시한이 주어졌어야 옳고 자비로운 일이었다. 하지만 물리학과 역사에서는 시한이 주어지는 법이 없다. 능력을 타고난 자만이 구원을 받는다!

전 세계 어디에서나 결정적인 순간이 다가온다. 역사적·인종적인 이유로 해서 우리는 보기 드물게 미개한 상태로 남아 왔던 까닭에 그리스에서는 사태가 훨씬 더 심각하다. 그리스의 필연성이라는 흐름보다 훨씬 더 빠른 국제적인 흐름에 스스로 적응할 시간이 우리에게는 아주 조금밖에 없는지도 모른다.

우리가 원하거나 말거나 폭풍은 닥쳐온다. 그것은 우리가 우선 성숙하도록 기다려 주는 호의를 베풀지 않는다. 작은 그리스의 현실은 큰 현실에 의해서 휩쓸려 내려갈 것이다.

우리의 의무는 무엇인가? 스스로 준비를 해야 한다. 어떻게? 우리가 거쳐 가야 할 역사적인 순간의 개념을 분명하게 정의하고, 국민을 계몽하여 노동과 정의와 미덕에 대한 관념에서 새롭고 보다 숭고한 의미를 깨닫게 해야 한다.

오직 이렇게 함으로써만 민중은 그들의 권리를 인식하는 단계로부터 의무를 실현시키는 과정으로 발전할 준비가 이루어진다. 오직 이렇게 함으로써만 운명의 순간이 닥친 다음 그들은 책임질 능력을 갖추게 된다.

내가 인식하기로는 투쟁은 단순히 경제적인 양상이 아니다. 경제적인 해방은 인간의 심리적·정신적 해방을 위한 수단일 따름이다. 우리는 최대한의 사람들을 위한 물질적인 행복을 성취하고, 이 목적이 달성된 다음에는 행복의 내용을 보다 높은 차원으로 고양시키는 것을 목표로 삼아야 한다.

말할 필요도 없이 부르주아 체제는 이런 노력을 압살시키려고 애쓴다. 기존의 권위를 방어하는 자들은 새로운 사상을 부도덕하고 범죄적이라고 규정짓는다. 당연히 그럴 만도 한 까닭은, 새로운 사상이란 새로운 현실의 씨앗이어서 이제는 열매를 맺지 못하고 삶에 장애가 될 따름인 사상들 —— 많은 사람들이 소중하게 간직하는 모든 낡은 사상들 —— 을 뿌리 뽑아 버리고는 세상을 정복하고 싶어 하기 때문이다. 가장 초기의 기독교 시대에 무슨 일이 일어났었는지를 —— 낡은 체제를 수호하는 자들이 새로운 사상을 어떻게 박해하고, 괴롭히고, 비방하고, 말살시키려고 시도했었는지를 —— 생각해 보라.

이런 식으로 국제 사회를 고찰하는 시각에서, 나는 그리스라는 작은 지역에 초점을 맞추고, 그 안에서 개인의 행동이라는 최소 단위의 반경을 생각해 보려고 했다.

3

나는 우리가 살아가는 전체적인 시대를 관통하는 가장 큰 현대적인 문제, 러시아라는 문제에 관해서 명확하고도 공평한 개념을 제시해야 한다는 강렬한 의무감을 느낀다.

내가 읽은 모든 글은 피상적이고 편견이 담긴 견해로 가득하며 모순된 내용이었다. 어떤 사람들은 러시아를 천국으로 묘사했고, 다른 사람들은 지옥이라고 했다. 나는 직접 가서 보고 나 자신의 견해를 정리해야 했다. 우리가 경험 중인 이 중대한 시기에는, 국제적인 투쟁에서 우익이냐 좌익이냐, 확실한 신념을 가지고 분명한 입장을 취해야 할 의무가 인간에게 생긴다고 나는 믿는다. 평온하고 균형 잡힌 다른 시대에서라면 개인은 혼자만의 고적한 세계로 은둔하거나, 편안한 상대만 골라서 교류하며 살아갈 권리를 누려도 된다. 하지만 우리의 현시점에서는 모든 이기적인 은둔과 편리한 타협이 혐오스러운 비겁함으로 간주된다.

　이러한 심리적·정신적 필요성들이 나로 하여금 러시아로 가게 만들었다. 나는 그곳으로 가서 몇 달 동안 머물렀다. 그리고 다시 돌아가기도 했다. 나는 신중한 관심과 고뇌 속에서 러시아를 살펴보았고, 불안감과 감정과 희망으로 내 마음을 가득 채운 놀라운 실험을 감행하는 존재를 발견했다. 러시아에서 나는 단순한 공산주의자들이 내세우던 낙원도 발견하지 못했으며, 겁에 질리고 악의에 찬 부르주아 계층에서 고발하던 지옥도 발견하지 못했다. 하지만 인간이 탈출구를 찾기 위해서 — 그의 영혼이 더 이상 용납할 수 없어진 낡은 세계, 그리고 태어나기 위해 헛된 투쟁을 벌이는 새로운 이상을 연결하는 길을 뚫기 위해서 — 노력하고, 추구하고, 시험하고, 실험하는 세상을 나는 보았다.

　아직도 끝나지 않은 이 놀라운 노력은 내 마음을 고뇌와 존경심으로 가득 채웠다. 내가 러시아에서 가지고 온 가장 소중한 재산은 이것이었다 — 인간성에 대한 자신감, 부르주아 세상에서 살아가는 동안 내가 상실했던 자신감.

　그리스로 돌아온 나는 추악한 무지 속에서 거대한 러시아 문제를 놓고 대립하는 두 진영을 보게 되었다. 나는 공산주의자들과 부르주아지를 다 같이, 최대한 많은 사람들을 깨우쳐 주는 것이 나의 의무라고 생각했다. 나는 계속해서 글을 쓰고, 책을 펴내고, 강연을 하면서 항상 주의 깊고 흔히 냉혹할 정도로 중도적인 입장을 견지하려고 노력했다. 이러한 이유 때문에 나는 부르주아지와 공산주의자 어느 쪽도 기쁘게 해주지 못했다. 그것은 상관없는 일이다. 나의 목표는 진실을 알려 주는 것이지, 어느 누구의 비위를 맞추려는 것은 아니었다.

　나는 편협하게 헐뜯거나 겉으로만 칭찬을 늘어놓는 사람이 아니다. 나는 실질적으로 행동하는 사람이 아니라, 사고하기 위해 노력하고 생각을 정리하는 삶을 지향하는 사람이기 때문이다. 그렇기 때문에 나는 환한 곳과 어두운 곳 모두, 하나의 개념을 전체적으로 보려는 능력과 더불어 그렇게 할 권리 또한 소유하고 있다. 만일 내가 〈행동하는 인간〉이었다면, 나의 행동에 이로운 모든 요소를 지나치게 가꾸고 행동에 장애가 되는 모든 요소를 (의식적으로든 무의식적으로든) 소홀히 했을 것이다. 그런 다음에 나는 파악하기 쉬운 얼치기 이념을 부르짖었으리라.

나는 어떤 사상이 일단 형성되고 나면 당장 그것이 현실로 나타나리라고 믿을 만큼 어리석은 인간이 아니다. 최대한 많은 사람으로 하여금 우리가 경험하는 역사적인 순간을 보다 심오하게 반추하고, 그들의 개인적·사회적 삶이 다시 태어나도록 — 물론 심리적인 태어남이 가장 먼저, 그리고 정신적·사회적 태어남, (때가 되면) 마지막으로 정치적·경제적 태어남이 이루어지도록 — 스스로 준비를 갖추게끔 도와주는 일을 나는 목표로 삼는다.

이렇게 함으로써, 개인으로서의 나 자신이 지닌 최소 단위의 힘을 동원하여, 나 또한 그리스를 위해 유일한 길을, 구원으로 가는 가장 논리적이고도 가장 가까운 길을, 작은 그리스의 현실이 거대한 현실에 점진적으로 적응하는 길을 마련하도록 나름대로 도왔다.

이것이 내가 믿고 천명하는 바이다. 여러분은 사상을 타격할 권리와 의무를 분명히 소유하고 있다. 그렇지만 여러분이 직면해야 하는 갈등은 엄청나서, 타격을 가했다가는 영웅과 순교자를 만들어 낼 가능성이 높다. 그렇기 때문에 — 항상 그렇게 되듯이 — 여러분은 새로운 신념이 승리하도록 도와준다. 만일 격퇴하지 않는다면 사상은 낡은 기초를 거침없이 쓸어 버리고 전복시킨다.

여러분이 어떤 행동을 취하고 얼마나 많은 시간이 흘러간다고 하더라도, 소수는 항상 다수로 불어나고, 불의에 희생된 자들은 항상 보다 강한 자가 되며, 불의를 행하는 계급은 항상 몰락한다.

이것이 내가 믿는 바이다. 완전히 진지한 마음으로 내 생각을 밝히는 것이 나의 의무이며, 만일 내 생각이 벌을 받아 마땅하다고 여러분이 믿는다면, 나를 처벌함이 여러분의 의무라고 나는 믿는다.

옮긴이의 말
안정효

니코스 카잔차키스가 남긴 서한을 중심으로 그의 아내 엘레니가 엮어 낸 이 책은 특이한 형태의 전기로서, 『영혼의 자서전』과는 또 다른 감동을 준다. 그를 곁에서 지켜보고 숭배했던 한 여자가 그려 낸 초상화랄까. 카잔차키스만큼이나 순수했던 삶의 동반자의 눈을 통해 우리는 니코스라는 한 인간의 인간스러운 면모를 접하게 된다. 특히 마지막 4부는 사뭇 감동적이기까지 하다.

세계적인 작가였던 그가 끝까지 가난하고 검소하게 살면서 창작에 정진하는 모습은 상업주의에 빠진 요즈음 예술인들의 추한 모습과 퍽 좋은 대조를 이룬다. 그리하여 참된 정신적인 삶이란 무엇인지를 다시 한 번 일깨워 준다.

필자가 이 책의 영문판을 만난 것은 1989년, 『하얀 전쟁 *White Bedge*』이 미국에서 출판되어 그 책의 선전을 위해 미국의 여러 도시를 여행하던 기간 중에였다. 뉴욕에서 센트럴 파크 북쪽 자연사 박물관 바로 길 건너 엑셀시어 호텔에서 일주일가량 묵었는데, 책이 처음 출판될 때 많은 작가들이 흔히 그러듯이 나는 호텔 옆 책방에 혹시 내 책이 비치되어 있는지 염탐해 보고 싶은 생각에 어느 날 저녁 몰래 가서 살펴보았고, 내 소설이 눈에 띄기에 어쩐지 흐뭇한 마음에 그곳을 나오기가 싫어서 여기저기 기웃거리다가 이 책을 발견했다.

그러고는 귀국해서 얼마 후 번역에 착수했지만, 3년이 지난 1993년에야 일을 끝내고 고려원에서 출판되었다. 하지만 당시에는 『영혼의 자서전』에서 러시아에 관한 항목을 상당 부분 잘라 내야 했던 것과 같은 이유로, 부록 「해명서」는 부득이 삭제해야 했었다. 이번에 열린책들에서 새롭게 전집을 만드는 계기를 맞아 아쉽게 버렸던 부분을 복원시켰는데, 러시아 혁명 당시의 세상이나 지금 우리나라의 현실이나 그리 다를 바 없다는 뒷맛이 개운치가 않다.

이 책의 대본으로는 1968년 Simon and Schuster에서 출간된 *Nikos Kazantzakis: A Biography Based on His Letters*를 사용하였다.

니코스 카잔차키스 연보

1883년 2월 18일(구력)* 크레타 이라클리온에서 태어남. 당시 크레타는 오스만 제국의 영토였음. 아버지 미할리스는 바르바리(현재 카잔차키스 박물관이 있음) 출신으로, 곡물과 포도주 중개상을 함. 뒷날 미할리스는 소설 『미할리스 대장 *O Kapetán Mihális*』의 여러 모델 가운데 하나가 됨.

1889년(6세) 크레타에서 터키의 지배에 대항하는 반란이 일어났으나 실패함. 카잔차키스 일가는 그리스 본토로 피하여 6개월간 머무름.

1897~1898년(14~15세) 크레타에서 두 번째 반란이 일어남. 자치권을 얻는 데 성공함. 니코스는 안전을 위해 낙소스 섬으로 감. 프랑스 수도사들이 운영히는 학교에 등록. 여기서 프랑스어에 대한 그의 사랑이 시작됨.

1902년(19세) 이라클리온에서 중등 교육을 마치고 법학을 공부하기 위해 아테네 대학교에 진학함.

1906년(23세) 대학을 졸업하기도 전에 에세이 「병든 시대I arrósteia tu aiónos」와 소설 「뱀과 백합 Ofis ke kríno」 출간함. 희곡 「동이 트면 Ksimerónei」을 집필함.

1907년(24세) 「동이 트면」이 희곡 상을 수상하며 아테네에서 공연됨. 커다

---

*그리스는 구력인 율리우스력을 사용하다가, 1923년 대다수의 국가가 현재 사용하고 있는 그레고리우스력을 받아들이면서 그해 2월 16일을 3월 1일로 조정하였다. 구력의 날짜를 그레고리우스력으로 환산하려면 19세기일 때는 12일을, 20세기일 때는 13일을 더하면 된다.

란 논란을 일으킴. 약관의 카잔차키스는 단번에 유명 인사가 됨. 언론계에 발을 들여놓음. 프리메이슨에 입회함. 10월 파리로 유학함. 이곳에서 작품 집필과 저널리즘 활동을 병행함.

1908년(25세) 앙리 베르그송의 강의를 듣고, 니체를 읽음. 소설 『부서진 영혼*Spasménes psihés*』을 완성함.

1909년(26세) 니체에 관한 학위 논문을 완성하고 희곡 「도편수O protomástoras」를 집필함. 이탈리아를 경유하여 크레타로 돌아감. 학위 논문과 단막극 「희극: 단막 비극Komodía」과 에세이 「과학은 파산하였는가I epistími ehreokópise?」를 출간함. 순수어*katharévusa*를 폐기하고 학교에서 민중어*demotiki*를 채용할 것을 주장하는 솔로모스 협회의 이라클리온 지부장이 됨. 언어 개혁을 촉구하는 선언문을 집필함. 이 글이 아테네의 한 정기 간행물에 실림.

1910년(27세) 민중어의 옹호자 이온 드라구미스를 찬양하는 에세이 「우리 젊음을 위하여Ya tus néus mas」를 발표함. 고전 그리스 문화에 대한 추종을 극복해야만 한다고 역설하는 드라구미스가 그리스를 새로운 영광의 시기로 인도할 예언자라고 주장함. 이라클리온 출신의 작가이며 지식인인 갈라테아 알렉시우와 결혼식을 올리지 않은 채 아테네에서 동거에 들어감. 프랑스어, 독일어, 영어와 고전 그리스어를 번역하는 것으로 생계를 유지함. 민중어 사용 주창 단체들 중 가장 중요한 〈교육 협회〉의 창립 회원이 됨.

1911년(28세) 갈라테아 알렉시우와 결혼함.

1912년(29세) 교육 협회 회원을 대상으로 한 긴 강연에서 베르그송의 철학을 그리스 지식인들에게 소개함. 이 강연 내용이 협회보에 실림. 제1차 발칸 전쟁이 발발하자 육군에 자원하여 베니젤로스 총리 직속 사무실에 배속됨.

1914년(31세) 시인 앙겔로스 시켈리아노스와 함께 아토스 산을 여행함. 여러 수도원을 돌며 40일간 머무름. 이때 단테, 복음서, 불경을 읽음. 시켈리아노스와 함께 새로운 종교를 창시할 것을 몽상함. 생계를 위해 갈라테아와 함께 어린이 책을 집필함.

1915년(32세) 시켈리아노스와 함께 다시 그리스를 여행함. 〈나의 위대한 스승 세 명은 호메로스, 단테, 베르그송〉이라고 일기에 적음. 수도원에 은거하며 책을 한 권 썼으나 현재 전해지지 않음. 아마도 아토스 산에 대한 책인 듯함. 「오디세우스Odisséas」, 「그리스도Hristós」, 「니키포로스 포카스Nikifóros Fokás」의 초고를 씀. 10월 아토스 산의 벌목 계약을 위해 테살로니키로 여행함. 이곳에서 카잔차키스는 제1차 세계 대전 중 영국군과 프랑스군이 살로니카 전선에서 싸우기 위해 상륙하는 것을 목격함. 같은 달, 톨스토이를 읽고 문학보다 종교가 중요하다고 결심하며, 톨스토이가 멈춘 곳에서 시작하리라고 맹세함.

1917년(34세) 전쟁으로 석탄 연료가 부족해지자 기오르고스 조르바라는 일꾼을 고용하여 펠로폰네소스에서 갈탄을 캐려고 시도함. 이 경험은 1915년의 벌목 계획과 결합하여 뒷날 소설 『그리스인 조르바*Víos ke politía tu Aléksi Zorbá*』로 발전됨. 9월 스위스 여행. 취리히의 그리스 영사 이안니스 스타브리다키스의 거처에 손님으로 머무름.

1918년(35세) 스위스에서 니체의 발자취를 순례함. 그리스의 지식인 여성 엘리 람브리디를 사랑하게 됨.

1919년(36세) 베니젤로스 총리가 카잔차키스를 공공복지부 장관에 임명하고, 카프카스에서 볼셰비키에 의해 처형될 위기에 처한 15만 명의 그리스인들을 송환하라는 임무를 맡김. 7월 카잔차키스는 자신의 팀을 이끌고 출발. 여기에는 스타브리다키스와 조르바도 끼어 있었음. 8월 베니젤로스에게 보고하기 위해 베르사유로 감. 여기서 평화 조약 협상에 참여함. 피난민 정착을 감독하기 위해 마케도니아와 트라케로 감. 이때 겪은 일들은 뒷날 『수난*O Hristós ksanastavrónetai*』에 사용됨.

1920년(37세) 8월 13일 드라구미스가 암살됨. 카잔차키스는 큰 충격에 휩싸임. 11월 베니젤로스가 이끄는 자유당이 선거에서 패배함. 카잔차키스는 공공복지부 장관을 사임하고 파리로 떠남.

1921년(38세) 독일을 여행함. 2월 그리스로 돌아옴.

1922년(39세) 아테네의 한 출판인과 일련의 교과서 집필을 계약하며 선불금을 받음. 이로써 해외여행이 가능해짐. 5월 19일부터 8월 말까지 빈에 체재함. 여기서 이단적 정신분석가 빌헬름 슈테켈이 〈성자의 병〉이라고 부른 안면 습진에 걸림. 전후 빈의 퇴폐적 분위기 속에서 카잔차키스는 불경을 연구하고 붓다의 생애를 다룬 희곡을 집필하기 시작함. 또한 프로이트를 연구하고 「신을 구하는 자*Askitikí*」를 구상함. 9월 베를린에서 그리스가 터키에 참패했다는 소식을 들음. 이전의 민족주의를 버리고 공산주의 혁명가들에 동조함. 카잔차키스는 특히 라헬 리프슈타인이 이끄는 급진적 젊은 여성들의 세포 조직에서 영향을 받음. 미완의 희곡 『붓다*Vúdas*』를 찢어 버리고 새로운 형태로 쓰기 시작함. 「신을 구하는 자」에 착수하면서 공산주의적인 행동주의와 불교적인 체념을 조화시키려 시도함. 소비에트 연방으로 이주할 것을 꿈꾸며 러시아어 수업을 들음.

1923년(40세) 빈과 베를린에서 보낸 시기에는 아테네에 남아 있던 갈라테아에게 보낸 편지를 통해 많은 자료를 남겼음. 4월 「신을 구하는 자」를 완성함. 다시 『붓다』 집필을 계속함. 6월 니체가 자란 나움부르크로 순례를 떠남.

1924년(41세) 이탈리아에서 3개월을 보냄. 이때 방문한 폼페이는 그가 떨쳐 버릴 수 없는 상징의 하나가 됨. 아시시에 도착함. 여기서 『붓다』를 완성하고, 성자 프란체스코에 대한 평생의 흠앙을 시작함. 아테네로 가서 엘레니 사미우를 만남. 이라클리온으로 돌아와, 망명자들과 소아시아 전투 참전자들로 이루어진 공산주의 세포의 정신적 지도자가 됨. 서사시 『오디세이아Odíssia』를 구상하기 시작함. 아마 이때 「향연Simposion」도 썼을 것으로 추정됨.

1925년(42세) 정치 활동으로 체포되었으나 24시간 뒤에 풀려남. 『오디세이아』 1~6편을 씀. 엘레니 사미우와의 관계가 깊어짐. 10월 아테네 일간지의 특파원 자격으로 소련으로 떠남. 그곳에서의 감상을 연재함.

1926년(43세) 갈라테아와 이혼. 갈라테아는 뒷날 재혼한 뒤에도 갈라테아 카잔차키라는 이름으로 활동함. 카잔차키스는 다시금 신문사 특파원 자격으로 팔레스타인과 키프로스로 여행함. 8월 스페인으로 여행함. 독재자 프리모 데 리베라와 인터뷰함. 10월 이탈리아 로마에서 무솔리니와 인터뷰함. 11월 뒷날 카잔차키스의 제자로서 문학 에이전트이자 친구이며 전기 작가가 되는 판델리스 프레벨라키스를 만남.

1927년(44세) 특파원 자격으로 이집트와 시나이를 방문함. 5월 『오디세이아』의 완성을 위해 아이기나에 홀로 머무름. 작업이 끝나자마자 생계를 위해 백과사전에 실릴 기사들을 서둘러 집필하고 『여행기Taksidévondas』 첫 번째 권에 실릴 글을 모음. 디미트리오스 글리노스의 잡지 『아나예니시』에 「신을 구하는 자」가 발표됨. 10월 말 혁명 10주년을 맞이한 소련 정부의 초청으로 다시 러시아를 방문함. 앙리 바르뷔스와 조우함. 평화 심포지엄에서 호전적인 연설을 함. 11월 당시 프랑스에서 큰 인기를 얻고 있던 그리스계 루마니아 작가 파나이트 이스트라티를 만남. 이스트라티를 비롯한 몇몇 사람들과 함께 카프카스를 여행함. 친구가 된 이스트라티와 카잔차키스는 소련에서 정치적, 지적 활동을 함께하기로 맹세함. 12월 이스트라티를 아테네로 데리고 옴. 신문 논설을 통해 그를 그리스 대중에게 소개함.

1928년(45세) 1월 11일 카잔차키스와 이스트라티는 알람브라 극장에 모인 군중 앞에서 소련을 찬양하는 연설을 함. 이는 곧바로 가두시위로 이어짐. 당국은 연설회를 조직한 디미트리오스 글리노스와 카잔차키스를 사법 처리하고 이스트라티를 추방하겠다고 위협함. 4월 이스트라티와 카잔차키스는 러시아로 돌아옴. 키예프에서 카잔차키스는 러시아 혁명에 관한 영화 시나리오를 집필함. 6월 모스크바에서 이스트라티와 동행하여 고리키를 만남. 카잔차키스는 「신을 구하는 자」의 마지막 부분을 수정하고 〈침묵〉 장을 추가함. 「프라우다」에 그리스의 사회 상황에 대한 논설들을 기고함. 레닌의 생애를 다룬 또 다른 시나리오에 착수함. 이스트라티와 무르만스크로 여행함. 레닌그라드를 경유하면서 빅토르 세르주와 만남. 7월 바르뷔스의 잡지 『몽드』에 이스트라티가 쓴 카잔차키스 소개 기사가 실림. 이로써 유럽 독서계에 카잔차키스가 처음으로 알려짐. 8월 말 카잔차키스와 이스트라티는 엘레니 사미우와 이스트라티의 동반자 빌릴리 보드보비와 함께 남부 러시아로 긴 여행을 떠남. 여행의 목적은 〈붉은 별을 따라서〉라는 일련의 기사를 공동 집필하기 위해서였음. 두 친구의 사이가 점차 멀어짐. 12월 빅토르 세르주와 그의 장인 루사코프가 트로츠키주의자로 몰려 처벌된 〈루사코프 사건〉이 일어나 그들의 견해차는 마침내 극에 달함. 이스트라티가 소련 당국에 대한 분노와 완전한 환멸을 느낀 반면, 카잔차키스는 사건 하나로 체제의 정당성을 판단하기는 어렵다는 입장이었음. 아테네에서 카잔차키스의 러시아 여행기가 두 권으로 출간됨.

1929년(46세) 카잔차키스는 홀로 러시아의 구석구석을 여행함. 4월 베를린으로 가서 소련에 관한 강연을 함. 논설집을 출간하려 함. 5월 체코슬로바키아의 한적한 농촌으로 들어가 첫 번째 프랑스어 소설을 씀. 원래 〈모스크바는 외쳤다Moscou a crié〉라는 제목이었으나 〈토다 라바Toda-Raba〉로 바뀜. 이 소설은 작가의 변화한 러시아관을 별로 숨기지 않고 드러내고 있음. 역시 프랑스어로 〈엘리아스 대장Kapetán Élias〉이라는 소설을 완성함. 이는 『미할리스 대장』의 선구가 되는 여러 작품 중 하나임. 프랑스어로 쓴 소설들은 서유럽에 자신의 존재를 드러내려는 최초의 시도였음. 동시에 소련에 대한 자신의 달라진 관점을 반영하기 위해 『오디세이아』의 근본적인 수정에 착수함.

1930년(47세) 돈을 벌기 위해 두 권짜리 『러시아 문학사Istoria tis rosikis logotehnias』를 아테네에서 출간함. 그리스 당국은 「신을 구하는 자」에 나타난 무신론을 이유로 그를 재판에 회부하겠다고 위협함. 계속 외국에 머무름. 처음에는 파리에서 지내다가 니스로 옮긴 뒤, 아테네 출판사들의 의

뢰로 프랑스 어린이 책을 번역함.

1931년(48세) 그리스로 돌아와 아이기나에 머무름. 순수어와 민중어를 포괄하는 프랑스–그리스어 사전 편찬 작업에 착수함. 6월 파리에서 식민지 미술 전시회를 관람함. 여기서 『오디세이아』에 나오는 아프리카 장면의 아이디어를 얻음. 『오디세이아』의 제3고를 체코슬로바키아에서 은거하며 완성함.

1932년(49세) 재정적 어려움을 타개하기 위해 프레벨라키스와 공동 작업을 구상함. 여러 편의 영화 시나리오와 번역을 구상했으나 대체로 실패함. 카잔차키스는 단테의 『신곡』 전편을, 3운구법을 살려 45일 만에 번역함. 스페인으로 이주하여 그곳에서 작가로 살기로 하고 그 출발로서 선집에 수록될 스페인 시의 번역에 착수함.

1933년(50세) 스페인 인상기를 씀. 엘 그레코에 관한 3운구 시를 지음. 훗날 『영혼의 자서전 Anaforá ston Gréko』의 전신이 됨. 스페인에서 생계를 해결하지 못하고 아이기나로 돌아옴. 『오디세이아』 제4고에 착수함. 단테 번역을 수정하면서 몇 편의 3운구 시를 지음.

1934년(51세) 돈을 벌기 위해 2, 3학년을 위한 세 권의 교과서를 집필함. 이 중 한 권이 교육부에서 채택되어 재정 상태가 잠시 나아짐.

1935년(52세) 『오디세이아』 제5고를 완성한 뒤 여행기 집필을 위해 일본과 중국을 방문함. 돌아오는 길에 아이기나에서 약간의 땅을 매입함.

1936년(53세) 그리스 바깥에서 문명(文名)을 확립하려는 시도로서, 프랑스어로 소설 『돌의 정원 Le Jardin des rochers』을 집필함. 이 소설은 그가 동아시아에서 겪은 일들을 바탕으로 함. 또한 미할리스 대장 이야기의 새로운 원고를 완성함. 이를 〈나의 아버지 Mon père〉라고 부름. 돈을 벌기 위해 왕립 극장에서 공연 예정인 피란델로의 「오늘 밤은 즉흥극 Questa sera si recita a soggetto」을 번역함. 직후 피란델로풍의 희곡 「돌아온 오셀로 O Othéllos ksanayírízei」를 썼는데 생전에는 이 작품의 존재가 알려지지 않았음. 괴테의 『파우스트』 제1부를 번역함. 10~11월 내전 중인 스페인에 특파원으로 감. 프랑코와 우나무노를 회견함. 아이기나에 집이 완성됨. 그가 장기 거주한 첫 번째 집임.

1937년(54세) 아이기나에서 『오디세이아』 제6고를 완성함. 『스페인 기행 Taksidévondas: Ispanía』이 출간됨. 9월 펠로폰네소스를 여행함. 여기서 얻은 감상을 신문 연재 기사 형식으로 발표함. 이 글들은 뒷날 『모레아 기행 Taksidévondas: O Morias』으로 묶어 펴냄. 왕립 극장의 의뢰로 비극

「멜리사Mélissa」를 씀.

1938년(55세) 『오디세이아』 제7고와 최종고를 완성한 뒤 인쇄 과정을 점검함. 호화판으로 제작된 이 서사시의 발행일은 12월 말일임. 1922년 빈에서 걸렸던 것과 같은 안면 습진에 걸림.

1939년(56세) 〈아크리타스Akritas〉라는 제목으로 3만 3,333행의 새로운 서사시를 쓸 계획을 세움. 7~11월 영국 문화원의 초청으로 영국을 방문함. 스트랫퍼드어폰에이번에 기거하며 비극 「배교자 율리아누스Iulianós o paravátis」를 집필함.

1940년(57세) 『영국 기행Taksidévondas: Anglia』을 쓰고 「아크리타스」의 구상과 「나의 아버지」의 수정 작업을 계속함. 청소년들을 위한 일련의 전기 소설을 씀(『알렉산드로스 대왕Megas Aleksandros』, 『크노소스 궁전 Sta palatia tis Knosu』). 10월 하순 무솔리니가 그리스를 침공함. 카잔차키스는 그리스 민족주의에 대한 새로운 애증에 빠짐.

1941년(58세) 독일이 그리스를 점령함. 카잔차키스는 집필에 몰두하여 슬픔을 달램. 『붓다』의 초고를 완성함. 단테의 번역을 수정함. 〈조르바의 성스러운 삶〉이라는 제목의 새로운 소설을 시작함.

1942년(59세) 전쟁 기간 동안 아이기나를 벗어나지 못함. 다시 정치에 뛰어들기 위해 가능한 한 빨리 작품 집필을 포기하기로 결심함. 독일군 당국은 카잔차키스에게 며칠간의 아테네 체재를 허락함. 여기서 이안니스 카크리디스 교수를 만나 호메로스의 『일리아스』를 공동 번역하기로 합의함. 카잔차키스는 8월과 10월 사이에 초고를 끝냄. 〈그리스도의 회상〉이라는 제목으로 예수에 대한 소설을 쓸 계획을 세움. 이것은 뒷날 『최후의 유혹 O teleftaíos pirasmós』의 전신이 됨.

1943년(60세) 독일 점령 기간의 곤궁함에도 불구하고 정력적으로 작업을 계속함. 『그리스인 조르바』와 『붓다』의 두 번째 원고 및 『일리아스』의 번역을 완성함. 아이스킬로스의 〈프로메테우스〉 3부작을 모티프로 한 희곡 신판을 씀.

1944년(61세) 봄과 여름에 희곡 「카포디스트리아스O Kapodístrias」와 「콘스탄티누스 팔라이올로구스Konstandínos o Palaiológos」를 집필함. 〈프로메테우스〉 3부작과 함께 이들 희곡은 각각 고대, 비잔틴 시대, 현대 그리스를 다룸. 독일군이 철수함. 카잔차키스는 곧바로 아테네로 가서 테아 아네모이안니의 환대를 받고 그 집에서 머무름. 〈12월 사태〉로 알려진 내전을 목격함.

1945년(62세) 다시 정치에 뛰어들겠다는 결심에 따라, 흩어진 비공산주의 좌파의 통합을 목표로 하는 소수 세력인 사회당의 지도자가 됨. 단 두 표 차로 아테네 학술원의 회입이 거부됨. 정부는 독일군의 잔학 행위 입증 조사를 위해 그를 크레타로 파견함. 11월 오랜 동반자 엘레니 사미우와 결혼. 소풀리스의 연립 정부에서 정무 장관으로 입각함.

1946년(63세) 사회 민주주의 정당들의 통합이 실현되자 카잔차키스는 장관 직에서 물러남. 3월 25일 그리스 독립 기념일에 왕립 극장에서 그의 희곡 「카포디스트리아스」가 공연됨. 공연은 커다란 파문을 일으켰고, 우익 민족주의자들은 극장을 불태우겠다고 위협함. 그리스 작가 협회는 카잔차키스를 시켈리아노스와 함께 노벨 문학상 후보로 추천함. 6월 40일간의 예정으로 해외여행을 떠남. 실제로는 남은 생을 해외에서 체류하게 되었음. 영국에서 지식인들에게 〈정신의 인터내셔널〉을 조직할 것을 호소하였으나 별 관심을 끌지 못함. 영국 문화원이 케임브리지에 방 하나를 제공하여, 이곳에서 여름을 보내며 〈오름길〉이라는 제목의 소설을 씀. 이 역시 『미할리스 대장』의 선구적 작품이 됨. 9월 프랑스 정부의 초청으로 파리에 감. 그리스의 정치 상황 때문에 해외 체재가 불가피해짐. 『그리스인 조르바』가 프랑스어로 번역되도록 준비함.

1947년(64세) 스웨덴의 지식인이자 정부 관리인 뵈리에 크뉘스가 『그리스인 조르바』를 번역함. 몇 차례의 줄다리기 끝에 카잔차키스는 유네스코에서 일하게 됨. 그의 일은 세계 고전의 번역을 촉진하여 서로 다른 문화, 특히 동양과 서양의 문화 사이에 다리를 놓는 것이었음. 스스로 자신의 희곡 「배교자 율리아누스」를 번역함. 『그리스인 조르바』가 파리에서 출간됨.

1948년(65세) 자신의 희곡들을 계속 번역함. 3월 창작에 전념하기 위해 유네스코에서 사임함. 「배교자 율리아누스」가 파리에서 공연됨(1회 공연으로 끝남). 카잔차키스와 엘레니는 앙티브로 이주함. 그곳에서 희곡 「소돔과 고모라Sódoma ke Gómora」를 씀. 영국, 미국, 스웨덴, 체코슬로바키아의 출판사에서 『그리스인 조르바』 출간을 결정함. 카잔차키스는 『수난』의 초고를 3개월 만에 완성하고 2개월간 수정함.

1949년(66세) 격렬한 그리스 내전을 소재로 한 새로운 소설 『전쟁과 신부I aderfofádes』에 착수함. 희곡 「쿠로스Kúros」와 「크리스토퍼 콜럼버스 Hristóforos Kolómvos」를 씀. 안면 습진이 다시 찾아옴. 치료차 프랑스 비시의 온천에 감. 12월 『미할리스 대장』 집필에 착수함.

1950년(67세) 7월 말까지 『미할리스 대장』에만 몰두함. 11월 『최후의 유혹』에 착수함. 『그리스인 조르바』와 『수난』이 스웨덴에서 출간됨.

1951년(68세) 『최후의 유혹』초고를 완성함. 「콘스탄티누스 팔라이올로구스」의 개정을 마치고 이 초고를 수정하기 시작함. 『수난』이 노르웨이와 독일에서 출간됨.

1952년(69세) 성공이 곤란을 야기함. 각국의 번역자들과 출판인들이 카잔차키스의 시간을 점점 더 많이 빼앗게 됨. 안면 습진 또한 그를 더 심하게 괴롭힘. 엘레니와 함께 이탈리아에서 여름을 보냄. 아시시의 성자 프란체스코에 대한 사랑이 더욱 깊어짐. 눈에 심한 감염이 일어나 네덜란드의 병원으로 감. 요양하면서 성자 프란체스코의 생애를 연구함. 영국, 노르웨이, 스웨덴, 네덜란드, 핀란드, 독일에서 그의 소설들이 계속적으로 출간됨. 그러나 그리스에서는 출간되지 않음.

1953년(70세) 눈의 세균 감염이 낫지 않아 파리의 병원에 입원함(결국 오른쪽 눈의 시력을 잃음). 검사 결과 수년 동안 그를 괴롭힌 안면 습진은 림프샘 이상이 원인인 것으로 나타남. 앙티브로 돌아가 수개월간 카크리디스 교수와 함께 『일리아스』의 공역을 마무리함. 소설 『성자 프란체스코 *O ftohúlis tu Theú*』를 씀. 『미할리스 대장』이 출간됨. 『미할리스 대장』 일부와 『최후의 유혹』 전체에서 신성을 모독했다는 이유로 그리스 정교회가 카잔차키스를 맹렬히 비난함. 당시 『최후의 유혹』은 그리스에서 출간되지도 않았음. 『그리스인 조르바』가 뉴욕에서 출간됨.

1954년(71세) 교황이 『최후의 유혹』을 가톨릭교회의 금서 목록에 올림. 카잔차키스는 교부 테르툴리아누스의 말을 인용하여 바티칸에 이런 전문을 보냄. 〈주여 당신에게 호소합니다.〉 같은 전문을 아테네의 정교회 본부에도 보내면서 이렇게 덧붙임. 〈성스러운 사제들이여, 여러분은 나를 저주하나 나는 여러분을 축복합니다. 여러분께서도 나만큼 양심이 깨끗하시기를, 그리고 나만큼 도덕적이고 종교적이시기를 기원합니다.〉 여름 『오디세이아』를 영어로 번역하는 키먼 프라이어와 매일 공동 작업함. 12월 「소돔과 고모라」의 초연에 참석하기 위해 독일 만하임으로 감. 공연 후 치료를 위해 병원에 입원함. 가벼운 림프성 백혈병으로 진단됨. 젊은 출판인 이안니스 구델리스가 아테네에서 카잔차키스 전집 출간에 착수함.

1955년(72세) 엘레니와 함께 스위스 루가노의 별장에서 한 달을 보냄. 여기서 그의 정신적 자서전인 『영혼의 자서전』을 쓰기 시작함. 8월 카잔차키스와 엘레니는 군스바흐의 알베르트 슈바이처 박사를 방문함. 앙티브로 돌아온 뒤, 『수난』의 영화 시나리오를 구상 중이던 줄스 다신의 조언

요청에 응함. 카잔차키스와 카크리디스가 공역한 『일리아스』가 그리스에서 출간됨. 어떤 출판인도 나서지 않았기 때문에 비용은 모두 번역자들이 부담함. 『오디세이아』의 수정 재판이 아테네에서 엠마누엘 카스다글리스의 감수로 준비됨. 카스다글리스는 또한 카잔차키스의 희곡 전집 제1권을 편집함. 〈왕실 인사〉가 개입한 끝에 『최후의 유혹』이 마침내 그리스에서 출간됨.

1956년(73세) 6월 빈에서 평화상을 받음. 키먼 프라이어와 공동 작업을 계속함. 최종심에서 후안 라몬 히메네스에게 노벨 문학상을 빼앗김. 줄스 다신이 『수난』을 바탕으로 한 영화를 완성. 제목을 〈죽어야 하는 자Celui qui doit mourir〉로 붙임. 전집 출간이 진행됨. 두 권의 희곡집과 여러 권의 여행기, 프랑스어에서 그리스어로 옮긴 『토다 라바』와 『성자 프란체스코』가 추가됨.

1957년(74세) 키먼 프라이어와 작업을 계속함. 피에르 시프리오와의 긴 대담이 6회로 나뉘어 파리에서 라디오로 방송됨. 칸 영화제에 참석하여 「죽어야 하는 자」를 관람함. 파리의 플롱 출판사가 그의 전집을 프랑스어로 펴내는 데 동의함. 중국 정부의 초청으로 카잔차키스 부부는 중국을 방문함. 돌아오는 비행 편이 일본을 경유하므로, 광저우에서 예방 접종을 함. 그런데 북극 상공에서 접종 부위가 부풀어 오르고 팔이 회저 증상을 보이기 시작함. 백혈병을 진단받았던 독일의 병원에 다시 입원함. 고비를 넘김. 알베르트 슈바이처가 문병 와서 쾌유를 축하함. 그러나 아시아 독감이 쇠약한 그의 몸을 순식간에 습격함. **10월 26일 사망.** 시신이 아테네로 운구됨. 그리스 정교회는 카잔차키스의 시신을 공중(公衆)에 안치하기를 거부함. 시신은 크레타로 운구되어 안치됨. 엄청난 인파가 몰려 그의 죽음을 애도함. 뒷날, 묘비에는 카잔차키스가 생전에 준비해 두었던 비명이 새겨짐. *Den elpízo típota. Den fovúmai típota. Eímai eléftheros*(나는 아무것도 바라지 않는다. 나는 아무것도 두려워하지 않는다. 나는 자유다).

옮긴이 **안정효** 1941년 서울에서 태어났다. 서강대학교 영문학과를 졸업한 뒤「코리아 헤럴드」기자, 한국 브리태니커 편집부장 등을 역임했다. 지은 책으로『하얀 전쟁』,『은마는 오지 않는다』,『헐리우드 키드의 생애』외 다수의 소설 작품과『걸어가는 그림자』,『인생 4계』,『글쓰기 만보』,『신화와 역사의 건널목』등이 있다. 니코스 카잔차키스의『최후의 유혹』,『전쟁과 신부』,『영혼의 자서전』, 가브리엘 가르시아 마르케스의『백년 동안의 고독』, 버트런드 러셀의『권력』, 알렉스 헤일리의『뿌리』, 조르지 아마두의『가브리엘라, 정향과 계피』, 저지 코진스크의『잃어버린 나』등 150권가량의 작품을 번역했으며, 제1회 한국번역문화상을 수상했다.

카잔차키스의 편지 ❷

발행일 **2008년 3월 30일 초판 1쇄**

엮은이 엘레니 카잔차키
옮긴이 안정효
발행인 홍지웅
발행처 **주식회사 열린책들**

경기도 파주시 교하읍 문발리 521-2 파주출판도시
전화 031-955-4000 팩스 031-955-4004
www.openbooks.co.kr

Copyright (C) 주식회사 열린책들, 2008, *Printed in Korea.*
ISBN 978-89-329-0822-9 04890
ISBN 978-89-329-0792-5 (세트)

이 도서의 국립중앙도서관 출판시도서목록(CIP)은 e-CIP 홈페이지(http://www.nl.go.kr/cip.php)에서 이용하실 수 있습니다. (CIP제어번호 : CIP2008000794)